Hernán Huarache Mamani

Schattenfänger

Roman

Aus dem Italienischen
von Franziska Kristen

btb

Die italienische Originalausgabe erschien 2005 unter dem Titel »La donna dalla coda d'argento« bei Arnoldo Mondadori Editore S.p.A., Mailand.

FSC
Mixed Sources
Product group from well-managed forests and other controlled sources
Cert no. GFA-COC-1223
www.fsc.org
© 1996 Forest Stewardship Council

Verlagsgruppe Random House FSC-DEU-0100
Das für dieses Buch verwendete FSC-zertifizierte Papier *Munken Print* liefert Arctic Paper Munkedals AB, Schweden

2. Auflage
Deutsche Erstveröffentlichung Mai 2007,
btb Verlag in der Verlagsgruppe Random House GmbH, München

Umschlaggestaltung: Design Team München
Umschlagmotiv: getty images
Satz: Uhl + Massopust, Aalen
Druck und Einband: Clausen & Bosse, Leck
EM · Herstellung: BB
Printed in Germany
ISBN 978-3-442-73632-4

www.btb-verlag.de

Für den Engel in Gestalt einer Frau,
den mir der Himmel gesandt hat,
um meinen Weg zu lenken.

Inhalt

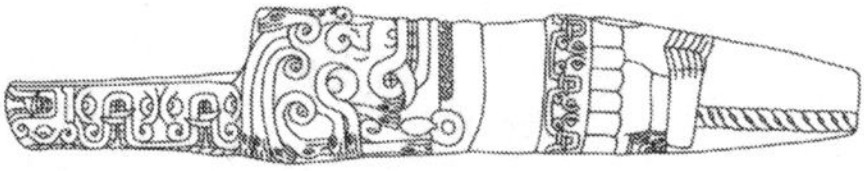

Vorwort des Autors

Das vorliegende Werk zollt der bedingungslosen Liebe seinen Tribut, jener geheimnisvollen Kraft, die uns den Zugang in eine magische Welt eröffnet, uns von einer Dimension zur nächsten führt und uns alle Gefahren meistern lässt, um ebendiese Liebe aufrechtzuerhalten.

Wir alle sind unermüdliche Wanderer in Raum und Zeit, auf der Suche nach dem göttlichen Licht der Liebe, in das wir eintauchen und das unser Leben erhellt. Doch aus den dunklen, von Egoismus beherrschten Nächten erwachsen Anspruchs- und Besitzdenken, die den Zauber und die Magie der Liebe zerstören.

Ob jemand glücklich oder unglücklich ist, hängt von dem spirituellen Weg ab, auf den er geführt wird, davon, ob in ihm das Bewusstsein für die eigene Existenz geweckt wird. Nur mit der Energie des Herzens können wir dazu beitragen, Männer und Frauen gleichermaßen spirituell zu erheben, und so das Fundament für eine neue Gesellschaft legen, in der die Liebe Vorrang hat.

Hernán Huarache Mamani

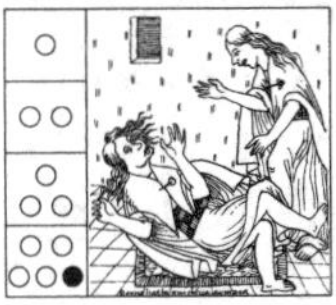

1
Falsche Hoffnungen können dich auf Abwege führen

Der Wind wurde stärker und erfasste Laras Haar. Staub wirbelte auf und legte sich auf ihr Gesicht. Als sie erwachte, spürte sie Sand auf ihren Lippen und zwischen den Zähnen. Erst in diesem Moment wurde ihr bewusst, dass sie aus einem tiefen Schlaf erwachte.

Ihr Mund war trocken, die Zunge belegt. Ihr war heiß. Sie versuchte sich aufzurichten, aber sie konnte sich nicht bewegen, irgendetwas hinderte sie daran. Unter großer Anstrengung schaffte sie es, den Kopf ein wenig zu heben. Das hier war kein Traum. Ihre Hände und Füße waren an in den Boden gerammte Pflöcke gebunden, ihr Körper hatte die Form eines X, das in alle vier Himmelsrichtungen zeigte.

Die Sonne stand im Zenit. Lara befand sich in einer wüstenartigen Ebene, weit und breit nur Erde und Himmel. Mühsam hob sie den Kopf noch ein Stück weiter an, um herauszufinden, wo sie war und wie sie in diese Lage geraten konnte. Sie betrachtete die einsame Landschaft, soweit es ihr durch die eingeschränkte Bewegungsfreiheit des Kopfes möglich war. Um sie herum das rötlich-weiße Land mit seinen gleichmäßig geformten Felsen und Geröllbrocken.

Sie lag auf dem Boden, umgeben von den Überresten eines rechteckigen Bauwerks. Von den ehemaligen Mauern waren nur noch einige alte Steine übriggeblieben. In etwa zehn Metern Entfernung befand sich ein rechteckiger Steintisch, der so groß war, dass ein Mensch sich bequem darauf ausstrecken konnte. Rechts und links von ihr erhoben sich zwei Monolithen, die groteske, menschenähnliche Gestalten darstellten. Trotz großer Anstrengung konnte sie nur vage erkennen, was sich hinter ihrem Kopf befand. Es schien ein Opferaltar zu sein. Was hatte das zu bedeuten?

Sie war nun endgültig aus jenem Zustand der Taubheit, in dem sie sich befunden hatte, erwacht und versuchte, sich von ihren Fesseln zu befreien. Erst jetzt bemerkte sie, dass ihre Arme und Beine mit Lederriemen festgebunden waren, die man zuvor angefeuchtet hatte, um sie fester an die Pflöcke binden zu können. In der stechenden Sonne trockneten sie und zogen sich zusammen. Jeder Versuch, sich zu befreien, verursachte große Schmerzen, denn die Riemen schnitten dabei nur noch tiefer ins Fleisch.

Plötzlich fiel ihr alles wieder ein: Mama Maru, jene *Curandera*, die sie in ihre Lehren einführte, hatte sie genötigt, eine Schale mit einem Kräutersud zu trinken, den sie am Morgen zubereitet hatte. Lara hatte ihn getrunken und war dann vom Schlaf übermannt worden. Nun befand sie sich hier, rücklings auf den Boden gebunden, ohne zu verstehen, weshalb.

Seit vielen Tagen lebte sie nun schon bei der *Curandera*, die trotz ihres hohen Alters immer noch die Kraft einer reifen Frau und die Behändigkeit eines jungen Mädchens besaß. Mama Maru hatte ihr die Schale gereicht, ihr dabei fest in die Augen gesehen und gesagt: »Trink! Diese Flüssigkeit wird dir helfen, deinem Leben eine Richtung zu geben und deine Ziele klarer zu sehen.«

Sie hatte ein wenig gezögert, von dem Trank zu kosten, vor allem, weil die Tasse, in der Mama Maru ihn brachte, nicht ganz sauber war. Lara, die großen Wert auf Sauberkeit und Hygiene legte, drehte es beim Anblick jener mit Schmutzrändern versehenen Schale regelrecht den Magen um. Doch Mama Maru bestand darauf.

Die Flüssigkeit hinterließ einen seltsamen Geschmack im Mund, ein wenig herb, leicht würzig, ganz ungewohnt für ihren Gaumen. Lara musste würgen, aber sie war entschlossen, das Wundermittel zu trinken.

»Wird es mir wirklich helfen, meinen Weg zu finden?«, hatte sie sich gefragt, bevor sie die Schale an die Lippen führte.

Seit mehreren Wochen befand sie sich bereits in diesem Land, nicht als Touristin, sondern um nachzudenken, um in sich zu gehen und nach dem Sinn des Lebens zu suchen.

Noch bis vor wenigen Monaten hatte Lara genau gewusst, was sie wollte, welchen Weg sie einschlagen würde. Jetzt war sie ziellos und verwirrt. Sie kam sich vor wie ein Schiff in aufgewühlter See, ohne Steuermann, ohne Kompass und Karten. Ohne zu wissen, in welchen Hafen sie einlaufen würde, in welche Richtung sie steuern musste. Sie war ganz dem Treiben der Wellen überlassen, ohne eine Vorstellung von ihrem zukünftigen Leben, ihren Zielen, ihren wirklichen Wünschen.

»Sicherlich! Du brauchst diesen Trank. Schon bald wirst du seine Wirkung spüren.«

Als Lara diese Worte hörte, trank sie den Rest in einem Zug und reichte Mama Maru die leere Schale. Die alte *Curandera* beobachtete sie. Erst jetzt bemerkte Lara ein sarkastisches Lächeln auf ihrem Gesicht. Dann verdunkelten sich ihre Sinne.

Und nun fand sie sich an diesem verlassenen Ort wieder, an Händen und Füßen gefesselt, auf dem Boden ausgestreckt und der glühenden Sonne ausgesetzt. Sie verspürte brennenden Durst.

Es war bereits Mittag, die Sonne stand hoch und brannte erbarmungslos auf sie herab. Ihre Kleider waren viel zu warm, aber sie schützten vor Sonnenbrand. Ihr Rücken war feucht vom Schweiß, der ihr zwischen den Schulterblättern hinablief. Lara spürte, wie ihr Gesicht spannte, sie hatte das Gefühl, als sei es mit einer Schicht bedeckt. Aber sie konnte nichts dagegen tun, es gelang ihr nicht, sich zu bewegen. Nur den Kopf vermochte sie zu heben und zur Seite zu drehen.

Sie lag zwischen jenen Ruinen, mitten auf einer weiten Ebene. Nirgends eine Spur von Vegetation, weit und breit nur Erde und Geröll, eine Art Mondlandschaft. In der Ferne zeichneten sich, wie in Nebel getaucht, die bleigrauen Umrisse der Berge ab. Sie hatten etwas Geheimnisvolles an sich. Laras Kopf wurde schwer, und sie ließ ihn zurück auf den Boden sinken. Das grelle Licht schmerzte in den Augen. Sie blickte auf. Erst jetzt bemerkte sie die Geier, die ihre Kreise um die Sonne zogen. Es waren etwa zwanzig schwarze Vögel, Aasfresser auf der Suche nach Nahrung. Lara wusste, dass sie angreifen, wenn ihr Opfer keine Kraft mehr hat, sich zu bewegen oder zu verteidigen. Eine beängstigende Vorstellung bemächtigte sich ihrer: War sie hier, um zu sterben?

»Oh mein Gott!«, schrie sie. »Warum bin ich hier? Was geschieht mit mir? Warum hat man mich an diese Pflöcke gefesselt?«

Ohne sich von ihren Schreien und ihrem Klagen beirren zu lassen, kreisten die Geier über ihr und kamen immer näher. Lara konnte sie jetzt deutlich erkennen: Sie waren kaum noch zwanzig Meter von ihr entfernt.

In ihrer Vorstellung sah sie sich schon von den Hieben ihrer Schnäbel zerhackt: Zuerst würden sie sich über ihre Eingeweide hermachen, danach über den Rest. Nur ihre Knochen würden übrigbleiben. Eine entsetzliche Angst überfiel sie. Sie wollte nicht so sterben!

»Hilfe! Hilf mir!«, schrie sie mit ganzer Kraft. »Mama Maru, Mama Maru, wo bist du? Binde mich los!«

Der Widerhall ihrer Stimme verlor sich in der Ferne der reglosen Landschaft.

»Mama Maru, Mama Maru, das ist kein Spaß mehr. Ich flehe dich an, binde mich los!«, schrie sie in ihrer Verzweiflung erneut.

Niemand antwortete. Außer dem leisen Flügelschlag der kreisenden Geier gab es nichts, was die Stille durchbrach. Eine zarte Brise fuhr durch ihr zerzaustes Haar und wirbelte ein wenig Staub auf, der sich auf ihre Augen und ihr Gesicht legte.

Lara versuchte, eine Hand aus der Schlinge zu ziehen. Aber sie war so fest an den Pflock gebunden, dass sie keine Chance hatte, sich zu befreien. Sie versuchte es mit der anderen Hand, dann mit den Füßen. Nach etlichen vergeblichen Versuchen sah sie ein, dass es kein Entkommen gab.

Erneut schaute sie in Richtung ihrer Füße, und beim Anblick des großen rechteckigen Steintisches musste sie unweigerlich an ihren Tod denken. Plötzlich erinnerte sie sich wieder an das, was sie über Menschenopfer in Südamerika gehört hatte, und ein furchtbarer Gedanke überfiel sie. Die Nachricht von dem jüngsten archäologischen Fund auf dem Ampato, einem schneebedeckten Berg im Süden Perus, war ihr noch frisch im Gedächtnis. Dort hatte man den Körper einer jungen Frau entdeckt, die den Göttern geopfert worden war. Sollte das auch ihr Schicksal sein, sollte sie auf jenem Tisch als Opfer dargebracht werden?

Lara versuchte, dieses Bild aus ihrem Kopf zu vertreiben. Doch nach und nach wurde sie immer stärker von diesen heimtückischen Gedanken bedrängt. Schon sah sie sich in ihrer Vorstellung vor dem Opferaltar, umgeben von einer Gruppe Indios, die sich um sie scharten und sie dazu anhielten, tapfer und würdevoll zu sterben, während sich ein alter Priester mit dem *Tumi*, dem Zeremonialmesser der Anden, näherte, um ihr den Leib aufzuschlitzen und ihr das noch schlagende Herz herauszureißen.

»Nein«, sagte sie sich, »das kann nicht mein Ende sein. Es ist nur ein grausames Spiel, das Mama Maru mit mir spielt. Sie wird zurückkehren und mich befreien.«

Sie wartete weiter geduldig, ohne dass die alte *Curandera*

erschien. Der Wind kam nun aus westlicher Richtung und kündigte das Hereinbrechen der Dämmerung an. Lara verspürte Durst. Als sie bemerkte, dass sich die Geier zurückzogen, wurde sie ruhiger.

Trotzdem breiteten sich in den kommenden Stunden erneut negative Gedanken in ihrem Kopf aus. Sie war in Gefahr. Sie überlegte fieberhaft, wie sie sich befreien konnte. Sie wollte nicht sterben! Sie musste eine Lösung finden, einen Ausweg aus dieser Falle, in die sie in jener lautlosen Wüste getappt war, fernab von den Menschen und jeglicher Zivilisation.

Die Schmerzen, der Durst und ihre unbequeme Haltung hinderten sie daran, zu einer Lösung zu kommen. Plötzlich überfiel sie die Angst vor wilden Tieren und Reptilien, die in jenen unwirtlichen Gegenden hausten. Am meisten fürchtete sie sich vor Schlangen. Sie stellte sich vor, wie sie sich langsam heranschlängelten. Lara wusste, dass einige von ihnen giftig waren. Ein Biss hätte genügt, um ihrem Leben ein Ende zu setzen.

Verzweifelt rief sie um Hilfe und flehte um Erbarmen. Da niemand antwortete, begann sie zu schreien. Sie ließ wüste Beschimpfungen los, verfluchte alle und begann schließlich zu weinen. Erneut versuchte sie, sich von ihren Fesseln zu befreien. Bei jedem Versuch spürte sie, wie die Lederriemen sich fester zusammenzogen, ihr beinahe das Blut abschnürten. Aus einem Gefühl der Ohnmacht, der Verzweiflung und der Verlassenheit heraus begann sie wieder zu weinen und zu schreien. Mama Maru spielte ein übles Spiel mit ihr. Langsam kamen in ihr die Erinnerungen hoch: Schuld an ihrer jetzigen Lage war ein Mann, ihr Ehemann. Sie hatte sich aufgeopfert für ihn, und er hatte es ihr vergolten, indem er sie mit einer anderen hinterging. Um der Erinnerung zu entkommen, war sie in das ferne Peru aufgebrochen, und nun lag sie ausgestreckt inmitten einer trostlosen, einsamen Ebene. Noch etwas anderes fiel ihr ein: Die einzigen menschlichen Spuren an diesem Ort waren die, die sie und Mama Maru bei ihrer Ankunft hinterlassen hatten. Das letzte Stück ihres Weges hatten sie zu Fuß zurückgelegt, nachdem sie zuvor in einem Lastwagen mitgefahren waren. Während sie den Weg in die Ebene einschlugen, hatte Mama Maru zu ihr gesagt: »Wenn wir Glück haben, kommt alle vierzehn Tage ein Lastwagen hier vorbei. Aber meistens ist das nicht der Fall.«

Wenn nicht irgendjemand hierher käme, um sie zu befreien, wäre dies ihr Ende. Die Geier würden unermüdlich ihre Kreise am Himmel ziehen, und früher oder später müsste sie sich vor Durst geschlagen geben. Ihr Tod würde für sie ein Festschmaus sein.

Immer dichter kamen die schwarzen Vögel an sie heran. Lara konnte nun ihre bleigrauen Schnäbel erkennen, die roten Hälse, die mächtigen schwarzen Flügel, deren Enden aussahen wie die gespreizten Finger einer Hand. Majestätisch glitten sie durch die Lüfte und warteten geduldig auf den passenden Moment, um sie anzugreifen.

Lara hatte jegliche Hoffnung verloren und begann erneut, verzweifelt zu weinen. Ein paar salzige Tränen liefen ihr hinab bis zum Mund und befeuchteten die trockenen Lippen.

Doch plötzlich entfernten sich die Geier. Lara konnte nun Schritte vernehmen. Sie versuchte den Kopf zu drehen, aber es gelang ihr nicht. Das konnte nur Mama Maru sein, denn sie sah nun den Schatten einer Frau, die mit einem Hut, einer *Manta* über den Schultern und einem Rock bekleidet war.

Als Mama Maru ihr ein wenig Wasser auf die trockenen Lippen träufelte, beruhigte sie sich wieder. Sie schluckte einige Tropfen. Das linderte den schlimmsten Durst und ließ sie wieder zu sich kommen.

»Trinke Tropfen für Tropfen, denn das ist alles, was du bekommst. Solange du nicht lernen willst, das Leben zu begreifen, wirst du so bleiben, wie du jetzt bist«, sprach die *Curandera* ruhig.

Lara blickte Mama Maru fest in die Augen, um zu ergründen, welchen Ausdruck sie hatten. Ihr Blick verriet Stärke und Bestimmtheit. Lara wusste nun, dass sie ihr ausgeliefert war. Sie war nicht im Stande, sich zu befreien. Sie musste ihren Verstand nutzen, um aus dieser misslichen Lage zu entkommen. Deshalb fragte sie: »Warum hast du mich festgebunden? Was für einen Sinn hat das? Warum quälst du mich?«

»Siehst du? Das Einzige, was du kannst, ist fragen, klagen und jammern. Du erkennst nicht, welche Lehren dir das Leben erteilt«, antwortete die *Curandera*. »Du bist hier, weil du eine wahre Frau sein willst. Du möchtest zu den Frauen gehören, die sich jeder Herausforderung stellen, die gegen alle Widrigkeiten ankämpfen und jegliches Hindernis überwinden. Aber du willst nichts lernen.«

»Binde mich los und bring mich fort von hier.«

»Du kannst nur eins: Befehle erteilen. Wenn man dir nicht gehorcht, flehst und bettelst du, aber du bist nicht bereit, von deiner Seite etwas dafür zu tun«, antwortete Mama Maru mit klarer Stimme.

»Was kann ich in dieser Situation von meiner Seite aus tun?«, schrie Lara erbost auf und vergaß dabei vollkommen ihre vom stundenlangen Liegen tauben Schultern und das schmerzende Gesäß.

»Denke über deine Existenz nach, ergründe sie. Versuche vor allem, mit beiden Beinen im Leben zu stehen: Lebe in der Gegenwart und verliere keine Zeit mit Gedanken darüber, was du hättest tun können und nicht getan hast, oder darüber, was die Zukunft bringen mag. Du willst dein Problem ganz einfach lösen, mit einer magischen Formel, die ich für dich parat haben soll. Du willst das Leben begreifen, ohne es zu leben, du willst den Verstand ohne deinen Körper gebrauchen, du beschäftigst dich nur mit der Theorie. Du willst deine Erfahrung nicht in die Praxis umsetzen.«

»Ich verstehe dich nicht. Auf diese Weise bringst du mich

nicht weiter. Außerdem hab ich dich nicht darum gebeten, mich zu quälen.«

»Du hast Recht, für dich sind es Qualen. Aber es ist eine Form der Lehre, eine Lektion über den Schmerz, die du immer in Erinnerung behalten sollst. Bisweilen sind es die harten Lektionen des Lebens, durch die wir wachsen und jene Besonnenheit und Kraft erwerben, mit denen wir den Problemen der Zukunft begegnen können.«

»Bitte, binde mich los. Befreie mich. Ich werde fortgehen und nie mehr zu dir zurückkommen.«

Mama Maru lachte, als hätte sie Spaß daran, sie leiden zu sehen. Dann sagte sie: »Siehst du, du bist immer noch das kleine Mädchen. Du hast nichts dazugelernt. Du willst eine wahre Frau werden, aber bedenke, dass die wahren Frauen ihre Lehren aus den Widrigkeiten des Lebens ziehen.«

»Was soll ich an diesem Ort schon lernen, inmitten von Erde und Staub, in dieser glühenden Hitze?«

»Genau so ist dein Leben: Du spürst die Fesseln an Armen und Beinen, du bist durch deine Gedanken, deine Gefühle und durch unzählige Bedürfnisse eingeengt. Schau in den Himmel: Dort sind die Geier. Du hast nur die negative Seite an diesen Tieren gesehen und glaubst, sie seien allein deshalb hier, um sich über dich herzumachen. Du hast nichts begriffen. Ebenso wie diese schwarzen, aasfressenden Vögel bedrohen negative Gedanken unser Leben. Wie die Geier kreisen sie unaufhörlich in deinem Kopf. Doch du tust nichts, um sie zu vertreiben, ebenso wenig, wie du versucht hast, die Geier zu vertreiben. Zeige ihnen, dass du lebst, schreie und heule. Wenn sie merken, dass du nicht tot bist, werden sie verschwinden. Dasselbe gilt für deine Gedanken: Zeige, dass du entschlossen bist, keine negativen Gedanken mehr zuzulassen, denn sonst werden sie dich eines Tages verzehren und dein Leben zerstören. Mach dir selbst Mut!«

Lara betrachtete nun die Situation von beiden Seiten. Einerseits fühlte sie sich gefangen, dem Tod nahe und glaubte, ihrem Untergang entgegenzugehen. Andererseits taten sich völlig neue Perspektiven auf: Eine Frau mit fast völlig ergrautem Haar und einem von Falten zerfurchten Gesicht, ärmlicher Kleidung, festem Blick und der würdigen Haltung einer Dreißigjährigen erteilte ihr Lehren über das Leben durch die Erfahrung des Schmerzes. Niemals hätte sie geglaubt, dass dies auf derartige Weise geschehen konnte.

In diesem Moment kamen ihr all die negativen Gedanken zu Bewusstsein, die sie in ihrem Inneren mit sich herumtrug. Zum Beispiel hatte sie eine krankhafte Angst, ihr könne etwas zustoßen. Deshalb hatte sie eine Unfallversicherung abgeschlossen. Auch ihre Angst, die Arbeit zu verlieren, war groß. Sicherheitshalber hatte sie auch für diesen Fall eine Versicherung abgeschlossen.

Sie versuchte, ihre Ängste zum Schweigen zu bringen, indem sie sich hierhin und dorthin flüchtete. Aber nie hatte sie es gewagt, ihnen entgegenzuwirken. Mit Mama Maru war sie bereits zuvor äußerst schwierigen Situationen begegnet und hatte sich trotz ihrer Angst den Problemen gestellt.

Ihr fiel wieder ein, wie sie den Ort erreicht hatte, an dem Mama Maru lebte: Auf dem Rücken eines Pferdes und in Begleitung eines Mannes hatte sie enge Schluchten und schmale Gebirgspfade passiert. So war sie auf die alte *Curandera* gestoßen, von der es hieß, sie sei eine Meisterin des Lebens.

Mama Maru entfernte sich und ließ Lara allein mit ihren Gedanken. Sie wusste nun, dass sie nicht in Lebensgefahr war, dass sie lediglich am eigenen Leib eine praktische Unterweisung erfuhr: eine harte, schmerzhafte Unterweisung, die Wunden an Händen und Füßen hinterließ. Eine Erfahrung, die sie nie wieder vergessen würde.

Während sie über ihre Existenz nachdachte, tauchten all die düsteren Gedanken wieder auf, die unerbittlich um ihr Leben kreisten: Gedanken, die sie bedrängten und nicht losließen. Das Bild, das Mama Maru beschrieben hatte, war eindringlich in ihrem Gedächtnis haften geblieben. Zum ersten Mal verspürte sie dieser Frau gegenüber keine Wut, sondern Verständnis. Ihre Unterweisungen waren lebensnah und brachten sie zum Nachdenken. Lara ließ verschiedene Lebensabschnitte vor ihrem inneren Auge vorüberziehen: die Kindheit, die Jugend, das Erwachsensein. Sie suchte nach dem tieferen Sinn, manchmal glaubte sie zu begreifen, doch dann verdunkelte sich wieder alles.

Wind und Sand trieben weiter ihr Spiel mit Laras reglosem Körper. Doch all das hatte keine Bedeutung mehr: Sie war jetzt entschlossen, ihrem Leben einen Sinn zu geben. Einige Stunden später kam Mama Maru, um die Fesseln zu lösen. Die Alte hatte auch ein wenig Wasser und etwas zu essen mitgebracht. Lara massierte sich die schmerzenden Glieder, klopfte den Staub von den Kleidern und machte einige Dehnungsübungen, um wieder Gefühl in Arme und Beine zu bekommen.

»Setzt dich hier an den Steintisch«, forderte die *Curandera* sie auf. »Wir wollen zusammen zu Abend essen. Trink das Wasser in kleinen Schlucken, nicht in einem Zug, sonst wird es dir schlecht bekommen.«

Es war später Nachmittag, als die beiden Frauen sich zusammensetzten. Während Lara sich noch immer die schmerzenden Stellen massierte, breitete Mama Maru eine Decke auf dem Tisch aus und legte getrocknete Speisen darauf, die typische Ration der Reisenden. Lara konnte nun endlich die Landschaft betrachten: überall Erde und Geröll, nur hin und wieder ein niedriger Strauch, kaum höher als einen Meter, und nirgendwo Wasser. Doch Mama Maru hatte eine kleine Amphore mitgebracht, deren Inhalt ihren Durst löschen sollte.

Während sie schweigend aßen, dachte Lara über Mama Marus Worte nach. Genau denselben Rat hatte ihr einmal ein Psychologe aus Mailand gegeben. Damals hatte sie seine Worte nicht verstanden, weil es ihr an Erfahrung fehlte. Jetzt spürte sie, wie lebensnah, wie wirklich, wenn auch erbarmungslos diese Lehre war, die sich gänzlich auf die Praxis gründete und sich für immer in ihr Bewusstsein und ihren Körper eingeschrieben hatte. Während ihr Blick über den Horizont schweifte, lauschte sie Mama Marus Worten: »Wenn du Gutes denkst, wird alles gut. Wenn du Schlechtes denkst, wird alles schlecht. Das ist das Gesetz des Lebens. Du entscheidest, was du vom Leben willst. Wenn du negative Gedanken in dir anhäufst, wird das Unglück über dich hereinbrechen, denn du hast es so gewollt.«

Während die Alte sprach, hatte Lara vollkommen reglos dagesessen. Nun wandte sie sich ihr langsam zu und betrachtete sie eindringlich, denn noch konnte sie ihren Worten nicht glauben.

»Willst du behaupten, dass ich durch meine Gedanken meinen Lebensweg beeinflussen kann?«, fragte sie ein wenig befremdet und vergaß dabei gänzlich die erlittenen Unannehmlichkeiten.

»Ganz genau. Deine Gedanken, ob positiv oder negativ, können dich in verschiedene Richtungen führen und dein zukünftiges Leben verändern. Um es dir zu verdeutlichen, will ich dir eine Geschichte erzählen: Es war einmal eine Frau, die mit ihren Töchtern in einer Hütte am Meer lebte, allein und fernab vom Fischerdorf. Die Frau schaute immerzu auf das Meer und wartete auf die Rückkehr eines Bootes. Ihre drei Brüder und ihr Mann waren vor langer, langer Zeit bei Sonnenuntergang zusammen mit anderen Fischern zum Fischfang aufgebrochen. Alle Fischerboote waren zurückgekehrt, nur das eine nicht.

Da die Frau sehr an ihren Brüdern hing und ihren Mann über alles liebte, gab sie nie die Hoffnung auf ihre Rückkehr auf. Sie wollte nicht wahrhaben, dass sie verunglückt waren. Da die Wellen ihre Leichen nicht ans Ufer gespült hatten, glaubte sie immer noch, sie eines Tages wiederzusehen. Als ihr Mann aufgebrochen war, hatte er sie mit drei kleinen Töchtern zurückgelassen, für die sie nun alleine sorgen musste. Sie blieb in ihrer Hütte und musste große Anstrengungen auf sich nehmen, um die Töchter satt zu bekommen. Aber sie wollte nicht fortgehen. Außerdem hätte sie gar nicht gewusst, wohin. Die Hoffnung hielt sie zurück. Obwohl bereits viele Monate vergangen waren, wartete sie immer noch auf die Rückkehr ihrer Lieben und starrte weiter hinaus auf das Meer. Mit der Zeit wurde ihr das zur Gewohnheit.

Wenn sie nichts zu essen hatten, ging sie zu den Fischern, die mit ihren beladenen Booten zurückgekehrt waren, und half ihnen bei der Arbeit. Zum Lohn erhielt sie ein paar Fische. So schaffte sie es, die Familie zu ernähren. Wenn sie zu viele Fische hatte, legte sie diese in Salz ein, hängte sie zum Trocknen auf und verkaufte sie dann in einem der Dörfer landeinwärts.

Von dem Erlös erstand sie weitere Vorräte. So konnten sie überleben. Immer noch glaubte die Frau an die Rückkehr der Männer und blieb in der verfallenen Hütte wohnen.

Die Jahre vergingen. Die Töchter wuchsen heran und steckten voller Erwartungen an das Leben. Deshalb fragten sie ihre Mutter: ›Warum hältst du uns an diesem Ort fest? Warum gehen wir nicht in die Stadt?‹

Doch die Mutter wollte nicht fortgehen, denn sie hatte sich bereits an dieses Leben gewöhnt. Um ihre Töchter zu beschwichtigen und um zu verhindern, dass sie aufbrachen und sie alleine zurückließen, hatte sie sich eine Geschichte ausgedacht: ›Euer Vater ist ein großer Seefahrer. Er reist um die Welt auf der Suche nach neuen Ländern. Es wird dauern, bis er zurückkehrt. Vor seiner Abreise hat er eine Übereinkunft mit drei Herrschern über ferne Inseln getroffen. Eines Tages werdet ihr euch mit ihren Söhnen vermählen.‹

An die Älteste gewandt sprach sie: ›Irgendwann wird von einer dieser Inseln ein schöner, reicher Prinz in seinem goldenen Boot zu uns aufbrechen und um deine Hand anhalten. Du wirst ihn heiraten und mit ihm auf seine Insel ziehen. Du wirst glücklich sein und alles haben, was dein Herz begehrt.‹

Das unschuldige Mädchen glaubte alles, was ihr die Mutter erzählte, und klagte nicht weiter. Auch sie wiegte sich jetzt in falschen Hoffnungen. Von jenem Augenblick an starrte auch sie tagtäglich auf das Meer hinaus.

Der zweiten Tochter erzählte die Mutter das Gleiche: ›Auf einer anderen Insel lebt ein Prinz, der für dich bestimmt ist. Auch er ist schön und reich. Eines Tages wird er mit seinem silbernen Boot zu dir kommen und dich heiraten. Du musst nur Geduld haben. Er wird kommen, glaube mir, früher oder später wird es so weit sein. Dann bist du eine Prinzessin, wirst feine Kleider tragen und alles haben, was dir jetzt fehlt.‹

›Und ich werde glücklich sein.‹

›Natürlich! Die Insel ist ein Paradies: Wälder, Blumen und Vögel, die Tag und Nacht singen. Du wirst begeistert sein. Es gibt dort alles, was du begehrst.‹

Auch die zweite Tochter gab sich nun der falschen Hoffnung auf ihren Märchenprinzen hin und beklagte sich nicht weiter. Ebenso wie ihre ältere Schwester wartete sie darauf, dass ihr Zukünftiger über das Meer käme.

Nun sprach die Mutter zärtlich zu der dritten Tochter und versuchte, auch in ihr die Hoffnung auf eine bessere Zukunft zu wecken. ›Dein Prinz wird von einer Koralleninsel mit einem wunderschönen Boot aus Kupfer kommen. Er wird dich auf die entfernteste Insel bringen, die schönste von allen. Du wirst in einem Palast aus Korallen und Smaragden leben, mit ausladenden Balkonen, großen Fenstern und prächtigen Vorhängen. Du wirst überglücklich sein und dich der erlesensten Leckerbissen erfreuen.‹

Auch die dritte Tochter schenkte den Worten ihrer Mutter Glauben, denn sie vertraute ihr. Zusammen mit den großen Schwestern träumte sie von einer schönen Zukunft. Obwohl sie oft Hunger litten und in Lumpen gehüllt waren, hielten sie die Hoffnung aufrecht, dass eines Tages ihre Prinzen zu ihnen kämen und dass ihr Schicksal sich dann wenden würde.

In jenen Jahren fuhren zahlreiche Schiffe die Küste entlang, ohne dass jemals eines davon bei ihnen angelegt hätte. Doch eines Tages, als die drei Schwestern wieder auf das Meer hinausstarrten, entdeckten sie ein Boot, das mit goldenen, silbernen und kupferfarbenen Wappen geschmückt war. Während es auf ihre Hütte zusteuerte, schwankte es gefährlich auf den Wellen.

›Schaut nur!‹, rief die Älteste, außer sich vor Freude. ›Endlich ist er gekommen! Es ist das Boot meines Verlobten, der mich holen will.‹

Ein wenig neidisch entgegnete die zweite Schwester: ›Du irrst dich, Schwester, er will zu mir.‹

Die Dritte aber sagte nichts, sondern beobachtete nur das Boot. Die beiden älteren Schwestern begannen darüber zu streiten, wer von ihnen geholt würde. Während sie aufeinander einredeten, mussten sie zusehen, wie das Boot immer näher an die Klippen herantrieb, gegen die Felsen prallte und zerschellte. Der Bootsmann fiel ins Wasser und drohte zu ertrinken.

Die beiden Älteren stritten immer noch und dachten nicht daran, ihm zu Hilfe zu eilen. Doch die Jüngste, die erkannt hatte, in welcher Gefahr der Mann schwebte, sprang sofort ins Wasser und schwamm zu ihm. Sie setzte ihr Leben aufs Spiel, um den Unbekannten an das rettende Ufer zu bringen. Dort blieb er bewusstlos liegen, als würde er schlafen. Seine Kleider waren zerrissen, im Gesicht war er verletzt.

Die beiden älteren Schwestern traten heran und betrachteten den Ohnmächtigen, der sich in einem mitleiderregenden Zustand befand.

›Ein ganz gewöhnlicher Schiffbrüchiger!‹, bemerkte die Älteste hochmütig. ›Das ist nicht mein Verlobter, er ist viel zu ärmlich gekleidet.‹

Auch die Zweite sah verächtlich auf ihn herab und bemerkte: ›Er ist überhaupt kein Prinz. Das kann nicht mein Verlobter sein.‹

Die Jüngste aber achtete nicht auf die Worte ihrer Schwestern. Aus Sorge um das Wohl des Mannes blieb sie bei ihm, reinigte seine Wunden und verband ihm den Kopf. Dann holte sie Wasser, und als er erwachte, gab sie ihm zu trinken. Sie wich nicht von seiner Seite und pflegte seine Wunden. Nach und nach fand sie Gefallen an ihm. Als der Mann sich wieder aufrichten konnte und genug Kraft hatte zu laufen, führte sie ihn zu ihrer Hütte.

Die Mutter war nicht zu Hause. Sie war zum Hafen gegangen, um zu arbeiten. Die drei Schwestern erzählten dem Mann von ihren Verlobten, die sie zu sich auf ihre fernen Inseln holen würden. Als die Mutter bei Sonnenuntergang zurückkehrte, sah sie ihre Töchter in Gesellschaft des Fremden. Viele Stunden hatten sie zusammen verbracht. Argwöhnisch und voller Misstrauen führte die Alte den Fremden vor die Tür.

›Warum bist du hier, woher kommst du, und was willst du?‹, fragte sie zornig, ohne auf die Verletzungen und die zerrissene Kleidung des Schiffbrüchigen zu achten.

›Ein Unwetter hat mich an diese Küste getrieben, und zu meinem Unglück habe ich an den Klippen Schiffbruch erlitten. Eine deiner Töchter hat mir das Leben gerettet‹, antwortete er. ›Während wir auf deine Rückkehr warteten, habe ich mit Staunen die seltsamen Geschichten deiner Töchter vernommen. Sie haben mir von reichen Männern erzählt, die auf fernen Inseln leben und kommen werden, um sie zu heiraten. Ich bin auf allen Meeren gefahren und habe viele Inseln gesehen. Die meisten von ihnen sind unbewohnt. Es gibt dort keine reichen Männer, dort leben nur Meeresvögel. Warum täuschst du sie auf diese Weise?‹

›Ich habe meine Gründe, die dich nichts angehen. Was hast du ihnen gesagt?‹

›Dass ich einer ihrer Verlobten bin.‹

›Du bist ein Lügner‹, rief die Mutter verzweifelt und fragte gleich darauf: ›Will eine von ihnen dich haben?‹

›Die beiden Älteren meinten, ich sei nicht ihr Verlobter. Doch die Jüngste hat mir in die Augen gesehen, hat mir gesagt, dass ich ihr gefalle und dass ich sie zur Frau nehmen darf.‹

›Ich werde ihr sagen, dass du nicht ihr Verlobter bist‹, drohte die Mutter, während sie sich anschickte, die jüngste Tochter zu holen. Aber der Mann war fest entschlossen, denn er hatte sich in das Mädchen verliebt und wollte sie heiraten. Deshalb erwiderte er: ›Hör zu! Wenn du mir erlaubst, deine jüngste Tochter zur Frau zu nehmen, werde ich den beiden älteren die Wahrheit verschweigen. Im Übrigen bin ich ein guter Fischer, ich arbeite fleißig und besitze zwei Boote. Deine Tochter gefällt mir. Ich möchte sie heiraten, und ich verspreche dir, sie glücklich zu machen.‹

Als die Mutter das hörte, wusste sie nicht, was sie entgegnen sollte. Sie hatte Angst vor der Wahrheit. So fragte sie ihre jüngste Tochter, wie sie zu dem Mann stehe und ob sie ihn heiraten wolle. Das Mädchen antwortete: ›Mutter, ich will nicht länger warten. Dieser Mann gefällt mir, ich habe mich in ihn verliebt und willige in eine Heirat ein.‹

Obwohl die Mutter das Mädchen nicht fortlassen wollte, blieb ihr nichts anderes übrig, als dem Ehebund zuzustimmen. Ein paar Tage später feierten sie Hochzeit, gleich danach machte sich das junge Paar auf den Weg in das Dorf des Ehemannes.

Die beiden Schwestern blieben bei ihrer Mutter und warteten weiter auf ihre Verlobten, bis zu ihrem letzten Tag. Die ganze Zeit über wiegten sie sich in falschen Hoffnungen. Immer wieder kletterten sie auf die Klippen, um Ausschau zu halten, ob ihre Zukünftigen über das Meer kämen.

Einsam und müde vom langen Warten besprachen sie miteinander, was zu tun sei. Die Ältere sagte: ›Da unsere Freier nicht gekommen sind, müssen wir sie suchen gehen.‹

›Und wie wollen wir zu ihnen gelangen?‹

Voller Sorge sahen die beiden sich an. Sie waren bereits alt geworden und hatten kaum noch Kraft. Ihr Leben lang hatten sie von ihrer Hoffnung gezehrt. Doch nun begriffen sie, dass sie nicht länger warten konnten, da ihre Zeit verstrich.

›Sie warten sicher noch auf uns‹, sprachen sie sich gegenseitig Mut zu. ›Wir müssen jemanden finden, der uns zu ihnen bringt‹, meinte die Ältere.

›Einverstanden. Wir dürfen nicht länger untätig herumsitzen. Lass uns auf die Suche gehen‹, willigte die Jüngere ein.

Die beiden Frauen wünschten sich sehnlichst, zu den Inseln zu gelangen, um ihre Träume und Ziele endlich wahr werden zu lassen. In diesem Moment tauchte vor der Küste ein Boot auf, das seit vielen Jahren hier vorbeikam. Die Schwestern schwenkten die Arme zum Zeichen, dass sie an Bord wollten.

Als sich das Fahrzeug näherte, konnten sie den Steuermann erkennen: ein alter, in graue Kleider gehüllter Fischer, dessen Gesicht verhüllt war. Trotz des starken Windes war er zu ihnen gesegelt und holte sie auf das Boot. Als sie sich vom Strand entfernten, blickten sie zurück auf den Ort, an dem sie bis dahin gelebt hatten: eine elende, fast verfallene Hütte.

›Wie konnten wir nur all die Jahre an diesem Ort leben‹, jammerten sie. ›Wir hätten uns schon viel eher auf die Suche machen sollen.‹

Die Schwestern erklärten dem Bootsmann, wo er sie hinbringen sollte. Die Inseln, nach denen sie suchten, waren sehr weit entfernt. Das Boot kam nur langsam voran, denn es war schon alt und hatte Mühe, sich seinen Weg durch die Wellen zu bahnen.

Sieben Tage waren bereits vergangen. Die Nacht brach gerade herein, als sie endlich die erste Insel erreichten. Im Licht des Vollmondes näherten sie sich dem Land, das nach und nach seine Umrisse erkennen ließ. Steil ragten die Felsen in den Himmel.

Zufrieden rief die Ältere: ›Sieh nur, liebe Schwester, meine Insel! Bloß meinen Verlobten kann ich nirgendwo entdecken.‹

›Er ist im Inneren der Insel und wartet auf dich‹, sagte der Fischer und deutete auf einen reglosen Schatten. Während sie sich im Mondlicht immer weiter dem Ufer näherten, sahen sie Tausende von Meeresvögeln, die sich in die Luft erhoben. Der Alte strich sich über den Bart und sprach: ›Hier ist dein Verlobter. Steig jetzt aus!‹ Mit diesem Befehl half er ihr auf die Mole.

›Das kann nicht die Insel meiner Träume sein‹, rief sie enttäuscht, während sie über das verlassene Land lief.

›Hast du dir nicht dein ganzes Leben lang gewünscht, auf diese Insel zu gelangen und ihre Königin zu werden? Jetzt bist du die Frau von König Pelikan‹, rief der Bootsmann.

In diesem Moment verwandelte sich die Ältere in ein Pelikanweibchen, und während sie mit den Flügeln schlug, kam der größte der Vögel und gesellte sich zu ihr.

Dann steuerte das Boot auf die nächste Insel zu. Während der Alte die zweite Schwester an Land gehen ließ, sagte er: ›Das ist die Insel, nach der du dich so sehr gesehnt hast.‹

›Wo ist mein Verlobter? Warum kommt er mir nicht entgegen?‹, rief die Frau besorgt.

›Es ist der silberne Meeresvogel, der dort vorne im Sand sitzt.‹

In diesem Augenblick verwandelte sich die Frau ebenfalls in einen Vogel und erhob sich zusammen mit ihrem Gefährten in die Luft.

Hätten die beiden Schwestern das Boot vor dem Einsteigen genauer betrachtet, wäre ihnen sicher sein Name aufgefallen: *Ernüchterung*.

Noch heute erzählen sich die Fischer, wenn sie abends zusammen am Strand sitzen, die Geschichte von den zwei verblendeten Frauen, die in Vollmondnächten mit dem Geisterboot zu jenen fernen Inseln fahren, und vom Wehklagen menschlicher Stimmen, die dabei zu hören sind.«

Als die *Curandera* ihre Erzählung beendet hatte, verharrte sie einige Minuten in Schweigen. Dann erklärte sie Lara: »Diese Geschichte passt zu deinem Leben. Denke darüber nach und vergleiche alles genau mit dem, was du selbst erlebst. Du wirst erkennen, dass du deine Art zu denken und zu handeln ändern musst. Dieses Märchen lehrt dich viele Dinge. Erstens: Eitle Hoffnung kann dir zum Verhängnis werden. Sie kann dich an einen Ort, eine Umgebung oder eine Arbeit fesseln und dir zu einer Gewohnheit werden, mit der dein Leben eintönig und unglücklich wird.

Zweitens: Du darfst dich nicht von falschen Hoffnungen nähren. Die Alte, die darauf hofft, dass ihr Mann eines Tages zurückkehrt, will von ihm abhängig sein. Wenn sie glaubt, dass nach seiner Rückkehr alles so sein wird wie zuvor, gibt sie sich einer Täuschung hin. Umso schlimmer, wenn diese Rückkehr vollkommen aussichtslos ist. Doch das Schlimmste, was wir tun können, ist, zu glauben, die Zeit würde unsere Probleme lösen.«

»Willst du damit sagen, ich soll mir keine Hoffnungen machen, dass mein Mann zu mir zurückkehrt?«, fragte Lara voller Sorge.

»Seine Rückkehr hängt von vielen Umständen ab: Was er über dich denkt, seine Gefühle, seine Bedürfnisse. Und du? Was tust du, um ihn an deine Seite zurückzuholen?«

»Genau deshalb bin ich hier. Ich möchte lernen, wie ich ihn zurückerobern kann.«

»Das sagst du, um weiterhin abhängig von ihm zu sein. So wirst du nie zur Reife gelangen. Jeder muss sein Leben selbst in die Hand nehmen, sich sein eigenes Schicksal gestalten. Man darf sich nicht von falschen Hoffnungen nähren, Luftschlösser bauen oder sich Täuschungen hingeben, die das eigene Leben zerstören können. Sei realistisch! Lebe in der Gegenwart! Setze Vertrauen und Hoffnung in das, was kommt, ohne dir etwas vorzumachen. Dann plane und arbeite für eine bessere Zukunft.«

»Was muss ich tun, damit mir das gelingt?«

»Sei nicht länger abhängig von anderen, lass dich nicht manipulieren! Glaube nicht alles, was man dir sagt. Denke nach, überlege, vergleiche. Schau auf das Leben und lebe nicht nur für einen Traum, wie die Schwestern in der Geschichte. Sei wie die Jüngste. Weder glaubte sie vollkommen an das, was ihr die Mutter erzählt hatte, noch teilte sie gänzlich die Hoffnung ihrer Schwestern auf Größe und Reichtum. Sie gab sich mit dem Mann zufrieden, den ihr das Schicksal darbot. So meisterte sie ihr Leben ohne allzu große Illusionen und stand mit beiden Beinen auf der Erde. Diese Wirklichkeitsnähe zeichnet all jene aus, die nicht in einer Traumwelt, in ihren Fantasien oder falschen Hoffnungen leben, sondern im Hier und Jetzt. Sei dir bewusst, dass die Begegnung zwischen Mann und Frau immer wieder etwas Faszinierendes und Geheimnisvolles an sich hat; eine Art Alchemie des Lebens oder auch ein Weg, der gleichzeitig angenehm und beschwerlich ist, der Nähe, Erfahrung, Verlangen, Sehnsucht und schmerzliche Trennungen mit sich bringt.«

»Ich will meinen Mann nicht verlieren. Ich werde nie die Hoffnung aufgeben, ihn zurückzuerobern. Deshalb bin ich hier.«

»Du bist schon dabei, dich als verlassene Ehefrau zu sehen. Träume, denen keine unmittelbare Handlung folgt, können dich in einer sehr traurigen Wirklichkeit erwachen lassen. Die Ernüchterung kommt, wenn du zu lange zögerst, deine Absichten in die Tat umzusetzen.«

»Ich weiß nicht, welchen Tribut ich dem Leben zahlen muss, um mein Problem zu lösen, aber ich bin bereit zu kämpfen, um mein Ziel zu erreichen.«

»Jeder von uns misst dem eigenen Leben einen bestimmten Wert bei. Wenn du wenig verlangst, wirst du wenig bekommen, verlangst du viel, wirst du viel erreichen. Deshalb lerne, dich selbst richtig einzuschätzen, ohne dich dabei zu gering zu werten.«

Während Mama Maru ihre Geschichte erzählt hatte, waren die beiden Frauen ein gutes Stück gelaufen und hatten sich einer Hütte genähert, die hinter einem Hügel lag. Es war bereits dunkel, als sie den Eingang zu ihrer einfachen Behausung erreichten. Bevor sie eintraten, schaute Lara für einen Augenblick hinauf ins Firmament. Tausende kleine Lichter erhellten den Himmel, wie um zu zeigen, dass jeder seinen Hoffnungsstern haben kann, der einen am Leben erhält. Doch ein glückliches und erfülltes Leben auf Erden schaffen wir uns allein mit unseren konkreten Handlungen und Taten.

2
Eine Liebe geht

Lara erwachte. Ihr Blick fiel durch das schmale Fenster der bescheidenen Hütte, in der sie die Nacht verbracht hatten. Sehnsüchtig schaute sie hinaus: Der Himmel war grau und wolkenverhangen. Es würde ein kühler, düsterer Morgen werden. So gerne hätte sie einen schönen Tagesanbruch erlebt. Sie beschloss, im Bett zu bleiben. Sie war sehr früh aufgewacht; ihre Armbanduhr zeigte zwanzig nach fünf. Trotz der schweren Prüfung des vergangenen Tages verspürte sie weder Müdigkeit noch Schmerzen. Nur nachdenklich war sie. In den letzten Wochen hatte sie sich so vielen Prüfungen unterzogen, und dennoch hatte sie nicht mehr das Bedürfnis, lange zu schlafen. Gerne wäre sie jetzt ein wenig spazieren gegangen, doch angesichts des trostlosen Morgens verging ihr die Lust dazu.

Seit ihrer Ankunft in Peru war viel Zeit vergangen. Nun befand sie sich hier, in dieser ärmlichen Hütte, auf einer Hochebene inmitten der kargen Andenlandschaft der Region Cuzco, fernab von jeglicher Zivilisation. Sie hatte noch die Szenen im Gedächtnis, wie alles begonnen hatte, und ließ ihre Gedanken bis zum Beginn ihres Abenteuers zurückschweifen.

Alles hatte damit angefangen, dass ihr Mann sie vor mehreren Monaten verlassen hatte. Nach einer letzten gemeinsamen Liebesnacht war Gianni ohne weitere Erklärungen mit einer anderen Frau davongelaufen. Deutlich sah Lara all die schmerzhaften Szenen vor ihrem inneren Auge ablaufen.

Als sie an jenem schicksalshaften Morgen erwachte, war ihr Blick sogleich auf einen Umschlag gefallen, der mit einem Klebestreifen an der Schlafzimmertür befestigt war. Lara stand auf, um ihn zu öffnen. Er enthielt einen beschriebenen Zettel. Im ersten Moment glaubte sie, es sei ein schlechter Scherz ihres Mannes. Wie sonderbar, wenn sie an den vorangegangenen Abend zurückdachte, der so romantisch verlaufen war, so voller Zärtlichkeit und Zuneigung von seiner Seite. Niemals hätte sie erwartet, eine derartige Nachricht zu lesen. Ungläubig starrte sie auf die Zeilen. Während sie las, spürte sie, wie ihr Herz in tausend Stücke zersprang. Etwas schnürte ihr die Kehle zu. In ihrem tiefsten Inneren wurde plötzlich eine Energie freigesetzt, die sich in ihr entlud, sie in ein Chaos aus Gefühlen stürzte und unter sich begrub.

Ihr ganzer Körper bebte. Hastig lief sie in die Küche. Alles sah unberührt aus, ein Zeichen dafür, dass ihr Mann nicht gefrühstückt hatte. Sie schaute ins Wohnzimmer, niemand war dort. Sie kehrte zurück ins Schlafzimmer, um sich den Morgenmantel überzuziehen. Beim Blick in den Schrank erlebte sie eine weitere Überraschung: Der größte Teil von Giannis Kleidern fehlte. Nur einige Kleidungsstücke, die er selten trug, hingen noch dort.

Bestürzt und voller Unruhe eilte sie in das Zimmer, das ihr Mann als Büro nutzte. Der Schreibtisch war übersät mit Büchern und Papier. Ein kurzer Blick genügte, um ihre Befürchtungen zu bestätigen. Hastig untersuchte sie den Schreibtisch und musste feststellen, dass der Computer, die Kreditkarten, der Reisekoffer und alle Fotos fehlten, die er normalerweise neben dem Telefon aufgestellt hatte. Sie waren ein Teil seiner Welt: seine Mutter, seine Brüder, einige Freunde.

Erst in diesem Moment begriff Lara wirklich, dass ihr Mann gegangen war und sie alleine zurückgelassen hatte. Sie wurde von jener Angst ergriffen, die eine verliebte Frau immer zu verdrängen versucht: plötzlich vom Partner verlassen zu werden.

Im ersten Augenblick war sie wie erstarrt und brachte keinen Ton heraus. Dann überkam sie der Schmerz, und sie begann hemmungslos zu weinen, zu schreien und zu klagen. Lange Zeit gab sie sich ihren Tränen hin. Schließlich trat sie, wie eine Schlafwandlerin, hinaus in den Garten, in der Hoffnung, dort ein wenig zur Ruhe zu finden und Ordnung in ihre Gedanken zu bringen. Ziellos lief sie zwischen den Blumen und Sträuchern umher. Es war ein strahlender Tag, die Sonne stand bereits hoch am Himmel, die Luft war mild und lud zum Frohsinn ein. Doch Lara hielt den Blick zu Boden gesenkt, gänzlich von Schmerz erfüllt. Gianni, ihr Lebenspartner, ihr Ein und Alles, war fortgegangen. Verwirrt fragte sie sich: »Wie soll es nun weitergehen? Was ist nur falsch gelaufen in unserer Ehe?«

Sie fühlte sich leer, konnte keinen klaren Gedanken fassen. Ihr Geist wollte einfach nicht gehorchen. Sie spürte nur das Zittern ihres Körpers. Sie wusste nicht, wie lange dieser Zustand schon andauerte, sie wurde sich seiner erst bewusst, als die erdrückende Hitze sie zwang, sich in den Schatten zu begeben. Während sie sich einen geschützten Platz suchte, strich sie unaufhörlich mit den Fingern über den Zettel, den sie noch immer in der Hand hielt.

Wieder musste sie die Zeilen lesen, die Gianni ihr hinterlassen hatte. Nach und nach spürte sie, wie Wut in ihr aufstieg. Wenn er jetzt vor ihr gestanden hätte, hätte sie ihn mit dem größten Vergnügen geschlagen. Um sich Luft zu machen, trat sie gegen einen Gartenstuhl.

An jenem Morgen war sie etwas später erwacht als sonst, denn es war ihr freier Tag. Sie hatte sich auf ein paar ruhige Stunden gefreut, ohne im Geringsten auf ein derart bitteres Erwachen gefasst zu sein. Lara seufzte tief. Der Schmerz war stärker als die Wut, am liebsten hätte sie wieder geweint.

Schon lange nicht mehr hatte sie sich in einem derartigen Zustand befunden. Wann hatte sie das letzte Mal geweint?

Schwierigen oder dramatischen Situationen war sie immer mit einem Lächeln begegnet. Bisweilen hatte sie sogar geglaubt, dass sie nichts und niemand zum Weinen bringen könnte.

Nun begriff sie, dass ein einziger schwerer Schlag all die Schutzdämme einreißen konnte, die sie sich im Laufe der Jahre gegen den Schmerz errichtet hatte. Man hatte ihr eingetrichtert, Weinen sei ein Zeichen von Schwäche, und sie hatte der Welt zeigen müssen, wie stark sie war.

Jetzt, wo sie allein war, ohne Zeugen, ließ sie der Verzweiflung freien Lauf und machte all ihrem Schmerz Luft. Hin und wieder unterbrach ein verzweifelter Schrei ihr Schluchzen, dann begann sie wieder zu weinen, bis sie vor Erschöpfung einschlief.

In den vergangenen Tagen hatte sie mit ihrem Mann unvergessliche Momente erlebt. Sie war so glücklich: Er hatte sie in die Arme genommen und sie sich an seine Brust geschmiegt. Einmal hatte sie sogar auf seinem Schreibtisch getanzt, während er lachend und voller Begeisterung Beifall klatschte. Am letzten Wochenende waren sie zusammen spazieren gegangen und hatten miteinander gespielt wie zwei Teenager. Ihre Liebe schien ewig zu sein.

Von einem Tag auf den anderen waren jenes Glück und jene Sicherheit zerbrochen wie Glas, das durch einen Steinwurf in tausend Stücke zerspringt. Nach fünf Jahren der Verlobung und zehn Jahren Ehe nun die Trennung. Ihre Beziehung galt bei ihren Freunden immer als vorbildlich, doch nun hielt sie einen Zettel in den Händen, auf dem in knappen Worten stand: »Lara, ich gehe. Ich habe es satt. Suche mich nicht. Ich werde in den nächsten Tagen Kontakt mit dir aufnehmen. Ich liebe dich nicht mehr, ich möchte unsere Beziehung beenden.«

Ausgerechnet sie, das perfekte Paar von Monza, immer lächelnd, immer fröhlich und zu Scherzen aufgelegt, immer bereit, auf die Probleme der anderen einzugehen und ihnen zu helfen. Wie oft hatten sie sich gegenseitig versichert, dass ihre

Liebe ewig sei, dass nur der Tod sie scheiden könne. Die Fotos von jenem Tag, an dem sie sich kennen gelernt hatten, schienen das zu bestätigen: er, ein attraktiver junger Mann, sie, eine bildhübsche Frau. Lara war damals zwanzig, Gianni siebenundzwanzig. Ein Traumpaar. Gemeinsam waren sie älter geworden. Sie war nicht mehr das junge Mädchen von damals, mit den bezaubernden Augen und der straffen Haut, der alle Männer zu Füßen lagen, und auch er war nicht mehr der jugendliche Verführer, den sie für sich hatte erobern können.

Gianni strahlte jetzt Reife aus, und sie war eine erwachsene Frau geworden. Hier und da tauchten die ersten Falten auf, insbesondere um die Augen herum, aber sie war immer noch attraktiv. Ihr Körper hatte ein wenig an Spannkraft verloren, obwohl sie sich mit Sport in Form hielt.

Jene Fotos wirkten nun wie ein grausamer Scherz ihres vergangenen Lebens. Nach fünfzehn Jahren war er plötzlich und unvorhergesehen von ihrer Seite gewichen. All das zeigte, dass eine Frau niemals behaupten kann zu wissen, was wirklich im Kopf eines Mannes vor sich geht. Wie ließ sich erklären, dass mit ein paar schlichten Zeilen von einem Tag auf den anderen alles zu Ende war?

Da Lara die stechende Sonne nicht länger ertrug, kehrte sie zurück ins Wohnzimmer. Mit tränenverschleierten Augen und wie versteinert ließ sie sich auf das Sofa fallen. Jeder, der sie so hätte sehen können, hätte eine tiefgreifende Veränderung an ihr bemerkt. Der feste Blick ihrer schönen Augen, die perfekten Gesichtszüge, die sinnlich vollen Lippen, das blonde, gepflegte Haar, ihre siegesbewusste und sichere Haltung waren einem schmerzerfüllten Ausdruck gewichen. Ihre Augen waren gerötet, die Lippen aufeinandergepresst, das Haar in Unordnung geraten.

Lara verkörperte nunmehr die am Boden zerstörte Frau, die durch einen unerwarteten Schlag aus dem Gleichgewicht geraten war. Giannis grausame Vorgehensweise hatte sie mitten ins Herz getroffen und eine tiefe Wunde hinterlassen. Sie war niedergeschlagen und verzweifelt. In ihrem Kopf herrschte Chaos, sie fühlte sich wie gelähmt.

Als sie das Gefühl der Benommenheit überwunden hatte, versuchte sie, sich Klarheit zu verschaffen und ihre Gedanken zu ordnen. Sie ließ die Ereignisse des vergangenen Tages Revue passieren, jenen romantischen Abend, an dem sie sich umarmt, gestreichelt, geküsst und schließlich miteinander geschlafen hatten. Als sie an jene Augenblicke zurückdachte, wurde ihr allmählich etwas klar: Die Zärtlichkeiten ihres Mannes hatten etwas Gezwungenes an sich.

Sie hatte geglaubt, dass seine Art zu küssen durch die Anspannung bedingt sei, durch die übermäßige Arbeit, die vielen Geschäftsreisen und Termine im Auftrag seiner Firma. Sie war sich sicher, dass bald alles anders werden würde, denn beide hatten sich dazu entschlossen, ein paar Tage Urlaub zu nehmen und sich eine Auszeit von ihrem sonst so hektischen Leben zu gönnen.

Am Abend zuvor war sie spät von der Arbeit nach Hause gekommen, und obwohl sie müde war, hatte sie eingewilligt, als Gianni mit ihr schlafen wollte. Sie war ihm ins Schlafzimmer gefolgt. Während ihrer intimen Begegnung hatte sie versucht, zärtlich und liebevoll zu sein, und für einen kurzen Moment hatte sie sich vollkommen hingegeben, während sie ihn in den Armen hielt.

Danach hatte sie das Abendessen zubereitet, das sie gemeinsam und schweigend einnahmen. Nachdem sie die Küche aufgeräumt und das Geschirr gespült hatte, verspürte sie den Wunsch, sich auszuruhen, während er weiter in seiner Zeitung blätterte. Er würde noch ein wenig fernsehen, hatte er ihr gesagt.

Von Müdigkeit überwältigt, war sie in tiefen Schlaf gesunken und nicht einmal aufgewacht, als ihr Mann sich zu ihr legte.

Am nächsten Morgen musste sie feststellen, dass Gianni nicht im Zimmer war. Sie schaute auf die Uhr. Es war bereits spät. Um diese Zeit war er schon längst bei der Arbeit. Wie rücksichtsvoll er immer war. Sicherlich hatte er ihren Schlaf nicht stören wollen und war deshalb so leise aufgestanden. Sie wusste, dass ihr Mann nicht frühstückte, sondern nur einen Kaffee trank. Er bereitete ihn immer selber zu. Wenn sie noch schlief, gab er ihr zum Abschied einen zarten Kuss, um sie nicht zu wecken. An jenem Morgen war nichts dergleichen geschehen. Dann hatte sie diesen Zettel gefunden.

»Wie hat er es nur geschafft, all seine Sachen mitzunehmen, während ich schlief? Wie kommt es, dass ich nichts gehört habe?«, fragte sie sich.

Plötzlich fiel ihr alles wieder ein: In der Nacht zuvor hatte sie in seinem Arbeitszimmer zwei Koffer neben dem Schreibtisch stehen sehen. Sie hatte sie nicht geöffnet, weil sie glaubte, es seien die Koffer, die Gianni für seine langen Geschäftsreisen benutzte. Er war manchmal bis zu zwei Wochen unterwegs. Jetzt begriff sie: Sicherlich waren sie schon fertig gepackt gewesen.

Für Lara war das, was geschehen war, Verrat, und sie spürte eine unaufhaltsame Wut in sich aufsteigen. Voller Zorn griff sie nach einer Murano-Vase und schleuderte sie gegen die Wand. Sie zersprang in tausend Scherben.

Nachdem sie ihrem Schmerz und ihrer Wut Luft gemacht hatte, versuchte sie, sich zu beruhigen und das Problem anzugehen. Unzählige Gedanken schossen ihr durch den Kopf.

»Es ist meine Schuld«, versuchte sie Giannis Handeln zu rechtfertigen. »Mir ist etwas entgangen, ich habe ihm nicht gegeben, was er sich von mir gewünscht hat. Manchmal habe ich ihn mit meinen Bemerkungen verletzt.«

Viele Fragen kamen ihr in den Sinn. Warum hatte Gianni sie so plötzlich verlassen? War eine andere Frau im Spiel? Oder hatte er irgendwelche Probleme, von denen sie nichts wusste? Da ihr keine Antworten einfielen, begann sie darüber nachzudenken, was sie nun tun könnte. Sollte sie auf seinen Anruf warten oder ihn bei der Arbeit aufsuchen und eine Erklärung fordern?

Lara war unschlüssig. Gianni hatte sie in diesem Haus zurückgelassen, das nur zur Hälfte ihr gehörte. Als sie beide sich zu jener Investition entschlossen hatten, hatte jeder seinen Anteil dazugegeben. Das Haus lag in einem begrünten Wohnviertel. Sogar ein kleiner Swimmingpool gehörte dazu. Den von hohen Mauern umgebenen Garten zierten Blumen und Bäume. Sie hatten sich mit diesem Haus einen Traum verwirklicht. Doch sie hatten nie Zeit, es zu genießen. Die wenigen Male, die sie sich einen Spaziergang in den hübschen Sträßchen des Viertels gegönnt hatten, ließen sich an einer Hand abzählen. Wie die Verrückten hatten sie gearbeitet, um in möglichst kurzer Zeit ihr teures Domizil abbezahlen zu können.

Um ihre Nerven zu beruhigen, genehmigte Lara sich einen Drink mit ein wenig Eis. Sie wollte einen kühlen Kopf bewahren, um ihr Problem in Angriff zu nehmen. Vor Anspannung schwitzte sie am ganzen Körper, die sommerliche Hitze erdrückte sie schier. Eine kühle Erfrischung würde ihr guttun. Sie lief zum Swimmingpool und zog sich aus. Einen Badeanzug brauchte sie hier nicht. Niemand würde sie sehen, das Grundstück war durch hohe Mauern vor indiskreten Blicken geschützt.

Mit einem Sprung tauchte sie unter. Das Wasser verschaffte ihr die ersehnte Erfrischung. Um all die Wut von ihrem Körper abzuschütteln, begann sie, mit kräftigen Zügen unaufhaltsam von einem Ende des Beckens zum anderen zu schwimmen, als wolle sie den Schmerz, den ihr Mann ihr an diesem Morgen bereitet hatte, im Wasser zurücklassen.

Während sie durch das Wasser glitt, dachte sie über Giannis grausames Verhalten nach. Bis zu diesem Augenblick war er ihr Ein und Alles gewesen, sie hätte alles für ihn getan. Lara spürte, wie in ihr etwas zu explodieren drohte. Um sich Luft zu verschaffen, schwamm sie noch schneller. Von ganzem Herzen sehnte sie sich nach einer Lösung ihres Problems.

Die entspannende Wirkung des Wassers tat ihr gut, nach und nach fühlte sie sich klarer. Über drei Stunden war sie ununterbrochen geschwommen. Jetzt spürte sie die körperliche Erschöpfung, ihre Muskeln schmerzten. Nur mit Mühe zog sie sich am Beckenrand empor, nahm ihren Morgenmantel und ging ins Haus.

Schnell trocknete sie sich ab und fönte das Haar. Dann machte sie es sich auf einem Schaukelstuhl bequem. In Gedanken suchte sie weiter nach einer Lösung ihres Problems. Die Müdigkeit nach dem stundenlangen Schwimmen und das gleichmäßige Schaukeln des Stuhls ließen sie in einen Zustand der Trägheit verfallen. Schließlich schlief sie ein, und alles, was geschehen war, verschwand aus ihrem Bewusstsein.

Als sie erwachte, war es bereits spät. Sie hatte mehrere Stunden geschlafen. Rasch zog sie sich an, denn sie wollte noch einige Telefonate führen. Als Erstes rief sie im Büro ihres Mannes an. Dort erfuhr sie, dass er um Urlaub gebeten hatte und seit dem Vortag frei hatte. Lara wusste nun, dass sie ihn nicht in der Arbeit antreffen würde. Sie rief seine Mutter an, aber dort war er auch nicht. Vergeblich versuchte sie es bei seinen Freunden, keiner von ihnen wusste, wo er steckte. Dann sprach sie mit ihren Freundinnen, in der Hoffnung, dass sie ihn irgendwo gesehen hatten oder irgendetwas wüssten. Lara hatte das Bedürfnis, mit jemandem zu reden. Zuerst wählte sie die Nummer von Marinella, ihrer Arbeitskollegin und Vertrauten. Schluchzend berichtete sie, was vorgefallen war. Zunächst blieb es still am anderen Ende der Leitung, nur ein leises Atmen war zu hören. Dann hob Marinella mit besänftigender Stimme an: »Beruhige dich, Lara. Versuche, dir Klarheit zu verschaffen. Solche Dinge geschehen manchmal.

Um ehrlich zu sein, ich hätte nie geglaubt, dass dir so etwas passieren könnte. Ihr wart so perfekt.«

»Gianni hat immer gesagt, dass unsere Liebe ewig hält. Er hat mich belogen. Jetzt ist er einfach abgehauen«, rief Lara schluchzend.

»Männer können nicht ehrlich sein, das liegt in ihrer Natur. Sie sind Individualisten, immer auf der Jagd nach einer anderen Frau«, erwiderte ihre Freundin.

»Willst du damit sagen, Gianni hat eine andere?«, fragte Lara besorgt.

»Du kannst sicher sein, dass es in seinem Leben noch eine andere Frau gibt. Dein Mann ist bereits über vierzig, eine kritische Phase für Männer. Sie müssen sich beweisen, dass sie immer noch jung sind. Deshalb erlauben sie sich bisweilen einen Seitensprung.«

»Warum denkst du das?« Laras Stimme klang beunruhigt.

»Eine Freundin hat mir erzählt, dass sie deinen Mann ab und zu in Begleitung einer jungen Frau gesehen hat, in einem Restaurant in der Nähe seines Büros. Vielleicht hat sie etwas mit seiner Flucht zu tun. Ich rate dir, sei ruhig und warte ab. Er wird zurückkommen. Das klingt sehr nach Midlife-Crisis.«

»Wenn er mit einer anderen abgehauen ist, ist er ein treuloser Hund, ein Bastard, ein Lügner«, brach es aus Lara hervor.

»Reg dich nicht so auf. So wirst du der Situation nicht Herr. Beruhige dich, warte ab und hab Geduld. Du wirst sehen, er kommt zurück.«

Danach rief sie Silvia an, eine Freundin, die in der gleichen Firma wie ihr Mann arbeitete. Nachdem sie Laras Schilderung angehört hatte, berichtete sie: »Wir hier wissen von Giannis Seitensprüngen mit einem Mädchen namens Maria. Sie arbeitet in einer Firma ganz in der Nähe. Ich dachte, du bist auf dem Laufenden. Deshalb habe ich nie mit dir darüber geredet. Warum sollte ich mich in eure persönlichen Angelegenheiten einmischen? Ich dachte, du bist damit einverstanden, dass er eine Geliebte hat.«

Lara spürte bei diesen Worten einen Stich im Herzen.

»Niemals hätte ich ihm erlaubt, eine andere Beziehung einzugehen«, verteidigte sie sich. »Ich liebe ihn, und ich könnte ihn mit keiner anderen teilen.«

»Beruhige dich, Lara. Du kannst sowieso nichts dagegen tun. Zur Zeit ist er nicht in der Arbeit, und du hast keine Ahnung, wo er steckt. Auch wir wissen nicht, wo er sein könnte, und selbst wenn, würde es dir nicht viel nützen. Willst du einen Skandal daraus machen? Was würde dir das bringen? Beruhige dich und warte ab. In ein paar Tagen wird alles wieder in Ordnung sein. Er wird genug von ihr haben und zu dir zurückkehren. Aber wenn es so weit ist, musst du ihm Bedingungen stellen. Du musst ihm klar machen, dass du derartige Dinge nicht mehr hinnehmen wirst.«

»Ja, das werde ich tun. Es bleibt mir nichts anderes übrig, als abzuwarten«, gab Lara traurig zu.

Es war das erste Mal, dass sie hintergangen wurde, und ausgerechnet von dem Mann, der in ihren Augen absolut perfekt war. Das zumindest hatte sie geglaubt, als sie ihm zum ersten Mal begegnet war, bei einer Abendgesellschaft in einem exklusiven Club. Ihr damaliger Chef, Herr Pivato, hatte sie mit seinem Freundeskreis bekannt machen wollen, obwohl sie nur eine seiner Angestellten war. Er behandelte sie wie eine Tochter und wollte sie in die bessere Gesellschaft einführen. Leider war Herr Pivato noch nicht da, als sie den Club betrat.

Als junge Frau aus dem Süden war sie es nicht gewohnt, sich in den gehobenen Kreisen Mailands zu bewegen. Sie fühlte sich unsicher. Trotzdem wollte sie die freundliche Einladung ihres Chefs nicht ausschlagen und war zu dem Fest gegangen. Der Abend hatte bereits seinen Höhepunkt erreicht. Am Eingang wurde sie von den umherstehenden Männern und Frauen neugierig gemustert: eine schöne Unbekannte. Sie hatte sich sorgfältig zurechtgemacht. Ihr blondes Haar war nach hinten gekämmt, ihre ebenmäßigen Gesichtszüge kamen dadurch besonders gut zur Geltung: die weichen Lippen, die wohlgeformte, feine Nase und die blauen Augen mit den zart geschwungenen Augenbrauen.

Goldene Ringe schmückten ihre zierlichen Ohren, das schlichte, aber elegante weiße Kleid betonte ihre zart gebräunte Haut und ließ sie hervorstechen unter all den fremden Menschen. Verlegen blieb Lara stehen und schaute sich suchend nach ihrem Chef um. Sie hatte das Gefühl, dass die Leute sie musterten, als sei sie ein Eindringling.

In diesem Moment nahm sie etwas wahr, das sie seltsam berührte: Auf der gegenüberliegenden Seite des Raumes sah sie ein Augenpaar, das ihr mit Verständnis und Mitgefühl entgegenblickte.

Sie wusste nicht, was sie tun sollte, sie war verunsichert und verspürte wenig Lust, sich mit Fremden zu unterhalten, die sie noch nie in ihrem Leben gesehen hatte. Deshalb blieb sie starr wie eine Statue in einer Ecke in der Eingangshalle stehen. Um sich selbst zu beruhigen, hielt sie den Blick auf den Boden gerichtet.

Als sie aufblickte, stand vor ihr ein großer, gutaussehender Mann in einem eleganten, graugestreiften Anzug. Er schaute ihr in die Augen und lächelte.

Der Unbekannte hatte kastanienfarbenes Haar, eine breite, von einigen Falten durchzogene Stirn, die ihm einen intellektuellen Anstrich gab, dichte, schwarze Augenbrauen, mandelförmige Augen und einen einnehmenden Blick. Seine Nase war fein und dennoch markant, die Lippen halb geschlossen, das wohlgeformte Kinn mit einem leichten Bart bedeckt. Es war das Gesicht eines schönen, attraktiven Mannes.

»Was für eine außergewöhnliche Erscheinung«, musste Lara unwillkürlich denken. »Seine Augen und seine ganze Art gefallen mir.«

Der Fremde begrüßte sie, hielt ihr die Hand hin und sagte mit einem gewinnenden Lächeln: »Hallo, ich bin Gianni. Es freut mich, dich kennen zu lernen! Ich habe dich beobachtet und glaube, dass wir vieles gemeinsam haben.«

Lara betrachtete ihr Gegenüber. Seine offene und selbstsichere Art gaben ihr Mut. Er war wirklich sympathisch. Sie reichte ihm die Hand und antwortete lächelnd: »Ich heiße Lara De Santis.« Ihre Stimme klang heiser und zitterte. Vor ihr stand ein Mann, der sehr viel reifer war als sie.

»Ich möchte dich gern näher kennen lernen«, sagte er, ergriff ihren Arm und führte sie zu einem Sofa. »Setzen wir uns.«

Lara faszinierte seine besondere Ausstrahlung, wie ungezwungen und natürlich er sich bewegte. Er musste jahrelang dafür geübt haben.

»Ich bin mir fast sicher, du kommst nicht von hier, oder? Sag…«, fragte er, während er ihr eindringlich in die Augen sah.

»Ich komme aus dem Süden«, gestand Lara, von dem brennenden Wunsch getrieben, ihm zu gefallen, »und ich bin nur vorübergehend hier. Mein Chef, Herr Pivato, hat mich eingeladen mitzukommen, obwohl ich hier niemanden kenne.«

»Mach dir keine Gedanken. Jetzt kennst du immerhin mich. Ich heiße Gianni Forlani, ich wohne gleich um die Ecke. Meinem Vater gehörte das Hotel Sabotino.«

Obwohl sie nur selten ausging, kannte sie das Hotel. Einmal war sie sogar dort gewesen, um ein Zimmer für einen Verwandten von Herrn Pivato zu reservieren. Sie hatte Giannis Vater kennen gelernt, eine eindrucksvolle, sehr einnehmende Persönlichkeit. Doch den Sohn fand sie weitaus attraktiver. Ihr gefiel seine Art zu lächeln und auch die Selbstsicherheit, die er an den Tag legte.

Seit jenem Abend trafen sich die beiden regelmäßig. So hatte alles begonnen. Dafür, dass Gianni der Sohn eines einflussreichen Geschäftsmannes war, benahm er sich zurückhaltend und bescheiden. Einmal hatte er Lara gestanden: »Ich bin das schwarze Schaf der Familie. Mein Vater hat mich enterbt. Wenn meine Mutter nicht wäre, würde ich wie ein Bettler leben.«

Lara hatte die Mutter und auch die übrige Familie kennen gelernt. Was Gianni erzählt hatte, stimmte: Er verfügte über keinerlei Vermögen. Er arbeitete für ein pharmazeutisches Unternehmen, und aus einem persönlichen Bedürfnis heraus nebenbei als Psychologe. Wenn er nicht auf Reisen war, saß er stundenlang in seinem Büro und versuchte, anderen bei der Lösung ihrer Probleme zu helfen.

Er hatte eine enorme Ausstrahlung, meistens lag ein Lächeln auf seinen Lippen. Er hatte sich immer unter Kontrolle, war selbstsicher und ausgeglichen, wurde nie laut oder verlor die Fassung. Immer war er geduldig.

Sie hatte sich hoffnungslos in ihn verliebt, und schließlich waren sie zusammengezogen. Bald danach kam die Heirat. Lara war von Anfang an fest entschlossen, ihr gesamtes Leben mit diesem Mann zu verbringen.

Bis zu jenem Morgen, an dem er sie verließ, hatte sie geglaubt, Gianni sei der perfekte Ehemann, treu und liebevoll. Sie war sich so sicher gewesen, dass ihre Liebe ewig dauern würde.

Niemals war ihr der Verdacht gekommen, Gianni könne sie betrügen. Untreue kam in anderen Beziehungen vor, aber nicht bei ihnen. Davon war sie zumindest bis zu jenem tragischen Tag überzeugt. Nun wurde sie mit der bitteren Wahrheit konfrontiert, eine betrogene Ehefrau zu sein.

Unwillkürlich musste sie an all die Schicksale der verlassenen Frauen denken, denen sie in den letzten Jahren begegnet war. Zum Beispiel Sara, die jahrelang mit ihrem Mann zusammengelebt und sich nach einem Streit von einem Tag auf den anderen von ihm getrennt hatte. Lara hatte nie begriffen, wie so etwas ausgerechnet zwischen Sara und Giuseppe geschehen konnte. Sie wirkten so einträchtig, arbeiteten zusammen und waren sich offenbar immer einig. Gemeinsam hatten sie eine Firma aufgebaut und ein Haus auf dem Land gekauft. Ohne ersichtlichen Grund befanden sie sich plötzlich in einem Rechtsstreit, wie zwei Feinde.

Einige Zeit nach der Trennung hatte Sara ihr die wahren Gründe geschildert. Lange Jahre musste sie Giuseppes Demütigungen ertragen. Zum Schluss hatte er in aller Öffentlichkeit zu ihr gesagt: »Verschwinde aus meinem Haus!« Tatsächlich gehörte das Haus nur Giuseppe, er hatte es von seinen Eltern geerbt. Doch Sara betrachtete es auch als ihres, denn sie hatte viel Arbeit und einen guten Teil ihrer Ersparnisse hineingesteckt, um es für sich und ihren Ehemann behaglich zu gestalten. Auch in die gemeinsame Firma hatte sie viel investiert, nahezu alles, was ihr der Vater noch vor der Hochzeit geschenkt hatte. Aber als ob all das nicht zählen würde, hatte Giuseppe sie aus dem Haus vertrieben und ihr jeglichen Zutritt in die gemeinsame Firma untersagt. Sara wäre an dem Verhalten ihres Mannes beinahe zerbrochen.

Lange Zeit litt sie, nahm ab und alterte stark. Ihre gesamte äußere Erscheinung veränderte sich. Lara hatte versucht, ihr aus diesem Zustand herauszuhelfen, und sie für ein paar Tage zu sich nach Hause eingeladen. Ob ihre guten Ratschläge wirklich hilfreich waren, hatte Lara nie erfahren. Doch im Laufe der Jahre ging eine Veränderung in Sara vor. Zunächst hatte sie noch verzweifelt versucht, die Zuneigung des Mannes zurückzugewinnen, mit dem sie so lange zusammengelebt hatte. Aber dann lernte sie eines Tages einen anderen Mann kennen und lieben, und baute sich mit ihm ein neues Leben auf.

Auch Marcellas Geschichte fiel Lara ein. Die Freundin hatte ihr erzählt, dass sie und ihr Mann sich nicht mehr liebten. Nur um den Schein zu wahren, lebten sie noch zusammen. Seit sieben Jahren schliefen sie in getrennten Betten und hatten keine intime Beziehung mehr. In Gegenwart anderer war er liebevoll zu ihr, nahm sie in den Arm oder bei der Hand, so, als seien sie ein glückliches Paar. Genau das hatte Lara auch geglaubt, als sie die beiden zum ersten Mal traf. Wenn sie jedoch ihrer Freundin Glauben schenken wollte, sah die Realität ganz anders aus. Die Situation zwischen ihnen war angespannt, sie sprachen kaum miteinander, höchstens ein paar Worte, wenn es um die Belange der Kinder ging. Als Marcella ihrer Freundin all die furchtbaren Details schilderte, die Brutalität und Gewalt, die bei ihnen herrschte, wurde mit einem Schlag das Bild zunichte gemacht, das Lara bisher von ihnen hatte.

Kurz darauf musste sie an Elena und ihre beiden Kinder denken. Nach außen hin waren sie und ihr Mann ein glückliches Paar, er zeigte sich immer gut gelaunt, sie schien zufrieden mit ihrem häuslichen Leben. Er lieferte Getränke aus, sie arbeitete in Teilzeit als Sekretärin. Beide nahmen zusätzlich hier und da kleine Gelegenheitsjobs an, um besser über die Runden zu kommen. Lara hatte sie während eines Urlaubs kennen gelernt und den Eindruck gehabt, sie seien ein einträchtiges Paar. Eines Tages brannte er mit Elenas bester Freundin durch, ohne eine Erklärung. Für sie war dieser zweifache Verrat ein schwerer Schlag. Ihr Mann hatte sie und die Kinder mittellos zurückgelassen und war auf die Kanaren abgehauen.

Dank der raschen Hilfe der Eltern und Schwiegereltern schaffte sie es, ihre Familie über Wasser zu halten. Elena wurde fast verrückt vor Trauer, und nur die Tatsache, dass sie zwei Kinder hatte, für die sie sorgen musste, gab ihr die Kraft, weiterzuleben.

Für Lara war es unbegreiflich, dass derart abnorme Verhältnisse bestehen konnten. Bei instabilen Partnerschaften, in denen viel gestritten wurde, konnte sie das noch nachvollziehen, aber nicht bei scheinbar funktionierenden, harmonischen Ehen.

Sie kannte noch andere Frauen, die in ähnlich schwierigen Verhältnissen lebten. Ihre Freundin Monica zum Beispiel hatte gelernt, es zu ertragen, dass ihr Mann seine Geliebte mit nach Hause brachte und dass diese sich in alles einmischte. Sie nahm alles hin, nur um eine Trennung zu vermeiden, die schädlich für die Kinder gewesen wäre.

Chiara, ein Mädchen aus Laras Heimatdorf, war nach der Heirat buchstäblich zur Sklavin ihrer Schwiegereltern geworden. Darüber hinaus musste sie immer wieder Beschimpfungen hinnehmen, wenn ihr Mann betrunken nach Hause kam.

Während Lara über all diese Geschichten nachdachte, kam sie zu dem Schluss, dass Frauen vieles erdulden müssen, insbesondere, wenn sie ihren Partner lieben. Nun war auch sie an die Reihe gekommen.

Lara liebte Gianni noch immer. Seit dem Beginn ihrer Beziehung hatte sie sich ganz und gar ihm gewidmet, nur für ihn gelebt. Obwohl er sie verlassen hatte, fühlte sie sich auch jetzt noch als die Seine, glaubte, nur für ihn auf der Welt zu sein. Sie klammerte sich an die Hoffnung, dass er früher oder später zu ihr zurückkehren würde.

Nach drei Wochen bangen Wartens rief Gianni endlich an. Doch seine Stimme klang diesmal nicht sanft und zärtlich, sondern hart und unnachgiebig: »Lara, ich bin es, Gianni. Ich möchte mit dir unsere Scheidung regeln.«

Laras Herz brannte. Sie versuchte sich zu beruhigen und bat ihn, noch einmal über alles nachzudenken, in der Hoffnung, ihn von seinem Entschluss abzubringen.

»Gianni, Liebling, endlich rufst du an. Ich habe mich so nach deiner Stimme gesehnt. Komm zurück nach Hause, bitte. Ich verzeih dir alles, was du getan hast, wenn du nur kommst. Ich liebe dich und kann ohne dich nicht leben«, flehte sie am Telefon.

»Du musst lernen, ohne mich zu leben. Ich liebe dich nicht mehr. Ich werde nur zurückkommen, um meine Sachen zu holen. Ich möchte nicht, dass du dann da bist. Außerdem wünsche ich die Scheidung. Wir müssen das Haus verkaufen. Mein Anwalt wird sich um alles kümmern. Unsere Beziehung ist beendet.«

Gianni blieb hart. Laras Gefühle und ihre Liebe interessierten ihn nicht. Mit tränenerstickter Stimme beschwor sie ihn: »Geh nicht, Gianni, ich liebe dich noch immer. Warum verlässt du mich auf diese Weise? Du weißt, dass ich dich brauche, dass du für mich wie die Luft bist, die ich zum Atmen brauche. Warum willst du Jahre der Zärtlichkeit und Zuneigung einfach so beenden? Komm zurück, Liebster. Ich sterbe vor Sehnsucht nach dir. Ohne dich hat mein Leben keinen Sinn. Bitte, komm zurück.«

»Es hat keinen Zweck, Lara, zwischen uns ist es aus«, antwortete er kühl, obwohl er wusste, dass Lara die Wahrheit sprach. »Von meiner Seite ist alles zu Ende. Ich liebe dich nicht mehr.«

»Gianni, ohne dich wird mein Leben zur Hölle, ich habe keine Zukunft. Bitte, komm zurück, richte mich nicht zu Grunde. Ohne dich bin ich wie eine Rose, die man ausgerissen und fortgeworfen hat. Gib mir wenigstens eine Chance. Ich weiß, dass ich Fehler gemacht habe. Ich werde alles wiedergutmachen. Du bist der Grund meines Daseins. Ich liebe dich, Gianni, ohne dich ist mein Leben leer. Verlasse mich nicht, Liebster, ich flehe dich an.« Laras Stimme ging im Schluchzen unter.

Am anderen Ende der Leitung blieb es stumm. Dann begann Gianni mit fest entschlossenem Tonfall: »Ich habe kein Bedürfnis, dich zu sehen. Ich habe eine Freundin, verstehst du? Sie gibt mir das, was du mir nie zu geben vermocht hast. Deshalb habe ich beschlossen, mit ihr zusammenzuleben. Du kannst in unserem Haus bleiben, bis die Scheidungsunterlagen vorbereitet und all die rechtlichen Dinge geregelt sind. Wenn alles geklärt ist, musst du dir eine andere Bleibe suchen. Ich bitte dich darum, mir bei den formalen Angelegenheiten keine Steine in den Weg zu legen. Zum Glück haben wir keine Kinder. Es gibt nichts, was uns aneinander bindet. Es tut mir leid für dich, Lara, aber mehr kann ich nicht tun. Fasse es als Abschied auf. Ich habe endlich das gefunden, was ich immer gesucht habe: eine Frau, die mir das Gefühl gibt, ein Mann zu sein. Nun koste ich diese Erfahrung aus. Es gibt für uns keinen Grund weiterzumachen.«

Als Lara die Worte ihres Mannes hörte, beschwor sie ihn, mit vor Schmerz gebrochener Stimme und voller Verzweiflung: »Überleg es dir noch einmal, Liebling. Bedeuten dir all die Jahre der Zuneigung gar nichts? Ich habe dir alles gegeben, meine Gedanken, mein Herz und mein Körper haben immer nur dir gehört. Willst du, dass ich vor Schmerz vergehe? Lass uns über alles reden. Wenn es eine Schranke zwischen uns gibt, so werde ich alles dafür tun, sie zu überwinden. Wenn ich dir etwas nicht gegeben habe, dann nur deshalb nicht, weil ich nicht wusste, dass du es brauchst. Ich bin bereit, mich zu ändern. Ich will bei dir bleiben, für immer.«

»Es hat keinen Zweck, Lara. Es gibt für uns keine andere Lösung. Wir müssen uns scheiden lassen«, entgegnete Gianni sehr bestimmt.

»Warum ist dir alles so gleichgültig? Was ist mit dir geschehen? Gianni, du warst das Licht meines Lebens. Du bist mein Ein und Alles, mein Glück, meine Hoffnung, mein einziger Trost. Liebster, lass mich nicht sterben. Ohne dich hat mein Leben keinen Sinn mehr. Komm zurück, ich flehe dich an. Ich tue alles, was du willst. Komm, bitte!«, rief sie mit erstickter Stimme.

All ihr Flehen und Betteln half nichts. Gianni legte den Hörer auf. Lara wusste nun: Er hatte sie wegen einer anderen verlassen. Es war nicht einfach nur ein Seitensprung, sondern etwas Ernstes. Sie wurde von einem ungeheuren Schmerz ergriffen. Unaufhörlich liefen ihr Tränen die Wangen hinab. Ihr Weinen und Klagen erfüllte das ganze Haus, mühsam rang sie nach Atem und sank schließlich ohnmächtig zu Boden. Als sie wieder zu sich kam, hatte sie nur einen Wunsch: Sie wollte sterben. Sie fühlte sich einsam, verlassen und niedergeschlagen. In den folgenden Tagen verlor sie stark an Gewicht, sie hatte dunkle Ringe unter den Augen, achtete nicht mehr auf ihr Äußeres. Hätte sich ihre Freundin Antonella nicht um sie gekümmert, wäre sie an ihrem Kummer zerbrochen.

»Wenn du dich nur deinem Schmerz hingibst, wirst du dein Problem nie lösen. Denk daran, dass er nicht der einzige Mann auf der Welt ist. Steh auf! Kehr ins Leben zurück. Solange ihr nicht geschieden seid, hast du noch eine Chance«, ermunterte sie Lara und fügte dann aufgebracht hinzu: »Wenn ich den Kerl treffe, bring ich ihn um, für all das, was er dir angetan hat.«

In den folgenden Tagen dachte Lara über alles nach. Das Leben in dem gemeinsamen Haus war ihr unerträglich geworden. Aus jedem Winkel, jedem Zimmer, jedem Möbelstück sprach ihre Vergangenheit mit Gianni zu ihr. Sie musste etwas unternehmen, sonst würde sie verrückt werden. Sie musste fort von hier, unbedingt.

Als sie diese Entscheidung getroffen hatte, spürte sie, dass ein weiterer Teil in ihrem Herzen zerbrach. Sie würde sich eine andere Arbeit, ein anderes Zuhause suchen müssen. Sie überlegte, zurück nach Mailand zu gehen, wo sie früher bereits gearbeitet hatte. Dort würde sie vielleicht ein wenig Ablenkung finden, könnte in der Stadt spazieren gehen, den Dom besichtigen und die Schaufensterauslagen betrachten. Wenn sie nichts Besseres zu tun hätte, könnte sie ins Kino gehen oder einfach durch die Stadt streifen. Auch Antonella lebte dort.

Dank der Beziehungen einer Freundin zu einer Hausverwaltung fand sie tatsächlich eine kleine Wohnung im Zentrum von Mailand.

Um sich abzulenken, verbrachte sie einen Großteil ihrer Freizeit vor dem Computer. Jeden Abend nach der Arbeit ging sie nach Hause, um zu chatten.

Antonella, die begriff, in welch heiklem Zustand sich ihre Freundin befand, sprach in aller Offenheit zu ihr: »Du kannst nicht immer nur über dein Unglück nachgrübeln, du machst dich kaputt, begreifst du das nicht? Lass es nicht zu, dass dieser Schweinehund von Gianni dein Leben zerstört. Dafür bist du zu schade. Dieser Egoist weiß nicht, welche Perle er an dir verloren hat. Mach dir selbst Mut! Wenn du verzweifelt bist, betrink dich, reagier dich irgendwie ab, oder such dir einen Kerl, mit dem du dich im Bett amüsieren kannst. Du musst weiterleben. Erst wenn du deine Lebensfreude zurückfindest, bist du wieder die Frau, die ich von früher kenne. Versuche, dein Drama zu vergessen.«

»Ich kann nicht. Ich muss immerzu an Gianni denken. Er ist für mich der einzige Mann auf dieser Welt. Ich will keinen anderen.«

»Lara, bitte, zehre nicht nur von der Erinnerung an einen Mann, nähre dich nicht von falschen Hoffnungen, die dein Leben zerstören können. Wenn du dein Leben ändern willst, musst du deine Gedanken und deine Einstellung ändern. Versuche, zu deiner alten Gelassenheit zurückzufinden, und sieh der Zukunft positiv ins Auge. Du musst lernen, wirkliches Selbstvertrauen zu entwickeln. Bau nicht auf die Sicherheit einer ewig währenden Ehe, sondern auf deine eigene Zuversicht. Wenn deine Liebe stark genug ist, wird sie ewig und allgegenwärtig sein. Wenn Gianni wirklich der Richtige für dich ist, kehrt er früher oder später zu dir zurück, wenn nicht, wird er für immer fortbleiben.«

»Ich werde auf ihn warten. Wir hatten schon unsere Gründe zu heiraten, das kannst du mir glauben.«

»Ich glaube, dass du der Ehe viel zu viel Gewicht beimisst. Heutzutage scheitern viele Partnerschaften und gehen in die Brüche. Meines Erachtens ist die Ehe eine überholte Institution, um nicht zu sagen etwas, das Männer und Frauen voneinander entfremdet. Darüber hinaus birgt sie gewisse Gefahren. Du kannst nie wissen, worauf du dich einlässt. Am Ende bist du in deiner Verantwortung für Familie und Kinder gefangen, und musst dich auch noch gegenüber der Gesellschaft rechtfertigen. Wenn du nicht arbeitest und vom Geld deines Mannes abhängig bist, kann er dich eines Tages abstoßen wie ein altes Möbelstück und sich eine Jüngere suchen.

Auch die Kinder leiden darunter. Viele unzufriedene Eltern lassen ihre Frustrationen an ihnen aus und benutzen sie außerdem als Druckmittel, um den anderen, gegen seinen Willen, an sich zu binden. Ich denke, die Gesellschaft müsste die Ehe reformieren und den modernen Gegebenheiten anpassen. So, wie sie jetzt ist, erscheint sie mir unmenschlich, ja, bisweilen geradezu als eine Form der legalisierten Prostitution der Frau.«

»Ich finde, du bist zu feministisch.«

»Ich bin realistisch, und es macht mich traurig, dich so leiden zu sehen. Ich muss jetzt gehen. Bitte, Lara, denke nach und ändere etwas. Vergeude dein Leben nicht, indem du auf Gianni wartest: Tu etwas.«

Lara war ihrer Freundin unendlich dankbar. Seit sie sich kannten, hatte Antonella ihr immer mit Rat und Tat zur Seite gestanden. Ein Gedanke kam ihr in den Sinn: »Ob sie mein Schutzengel auf Erden ist?«

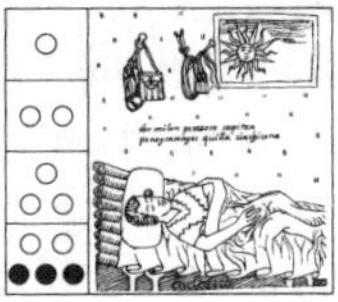

3
Das Bett ist heilig

Lara hatte erfahren, dass Gianni nun mit einer Frau zusammenlebte, die jünger war als sie. Sie hatte versucht, mit ihm zu reden, aber er wollte sie weder sehen, noch ging er ans Telefon. Ihm war es nicht schwergefallen, sich von ihr zu trennen. Doch sie hatte ein Trauma durchlebt, von dem sie sich nur schwer erholte. Lara nahm auch weiterhin am gesellschaftlichen Leben teil, aber sie wirkte wie eine Puppe: lächelnd, oberflächlich und verstellt. Sie wollte den anderen nicht zeigen, was sie wirklich empfand, welche Verzweiflung sich in ihrem Herzen verbarg.

Lara war eine attraktive Frau. So stieß sie immer wieder auf Männer, die versuchten, sich ihr anzunähern und sie zu erobern. Doch sie ging stets auf Abwehr. Sie hatte kein Vertrauen mehr zu Männern, und wenn diese merkten, dass Lara vor kurzem verlassen worden war, wandten sie sich von ihr ab oder wollten ihr Unglück zum eigenen Vorteil nutzen.

Eines Tages kam wieder einmal ihre Freundin Antonella zu Besuch, in Begleitung von Lisa, einer Kollegin. Beide versuchten, Lara aufzuheitern und sie dazu zu bewegen, auf eine Party mitzukommen.

»Auf! Du musst endlich aus deiner Isolation ausbrechen. Vergrab dich nicht zu Hause. Wenn ein Mann aus deinem Leben verschwindet, such dir einfach einen Neuen. Tu etwas und zieh dich nicht zurück.«

Lara hoffte immer noch auf ein Wunder und glaubte, dass Gianni eines Tages zurückkehren würde. Erst dann, so dachte sie, würde sie wieder anfangen zu leben. Deshalb war sie an keinerlei Abenteuer interessiert. Aber um Antonella nicht zu enttäuschen, nahm sie die Einladung an.

Die Stimmung auf dem Fest war ausgelassen: Musik, Lachen und schließlich eine Diashow. Ein Herr aus Florenz zeigte Aufnahmen von seiner Reise durch Peru. Lara entsann sich dunkel, im Geschichtsunterricht von einem König gehört zu haben, der den Spaniern ein hohes Lösegeld zahlen musste, um sein Leben zu retten. Es hatte sie nie interessiert, was später aus jenem Land geworden war, sie hatte sich nie wieder damit beschäftigt.

Trotz allem fand Lara diesen Herrn, der sich Diego nannte, sehr sympathisch. Er trug einen Vollbart, hatte einen Ansatz zur Glatze, fröhliche Augen und eine angenehme Stimme. Schritt für Schritt berichtete er von seiner Reise, und es gelang ihm dabei, seine Begeisterung auf die Anwesenden zu übertragen. Gespannt lauschten alle seinen Schilderungen und schienen seine Erlebnisse regelrecht in sich aufzusaugen. Zu jedem Bild wusste er eine lustige Begebenheit zu berichten, eine scharfsinnige Bemerkung zu machen oder ein Thema anzuschneiden, das auch in den folgenden Tagen noch Stoff für interessante Gespräche liefern würde. Lara fühlte sich wohl. Endlich hatte sie etwas gefunden, das sie wirklich interessierte.

Am Ende seines Berichtes meinte Diego: »In diesem Land habe ich mir eine Krankheit zugezogen, die kein Arzt diagnostizieren kann, und die ich als ›akute Perumanie‹ bezeichne.« Damit erntete er viel Beifall und Lachen.

Lara zog sich nach der Diashow in eine Ecke ans Fenster zurück und tat so, als schaue sie hinaus. Sie hatte keine Lust, ihre Trauer und ihren Schmerz mit jemandem zu teilen. So bemerkte sie zunächst gar nicht, dass Diego mit einem Tablett, das mit Gläsern und kleinen Häppchen beladen war, an sie herantrat.

»Magst du etwas essen oder trinken? Bedien dich.«

Lara schüttelte den Kopf, aber er meinte aufmunternd: »Du siehst so aus, als könntest du einen Happen vertragen.«

In diesem Moment wurde ihr bewusst, dass sie ausgerechnet zu der Person abweisend war, die ihr einen so vergnüglichen Abend bereitet hatte. Etwas in ihrem Inneren bewegte sich. Zwar wollte sie alleine sein, aber so konnte es einfach nicht weitergehen. Wie lange wollte sie noch in der Isolation verharren? Sie stand auf und folgte Diego, der sich bereits entfernt hatte.

»Ich hab es mir anders überlegt. Ein Brötchen täte mir sicherlich gut, und ich würde auch gerne etwas trinken«, wandte sie sich ihm zu, in der Hoffnung, auf diese Weise das Gespräch wieder aufnehmen zu können. Diego betrachtete sie aufmerksam.

»Der Abend war wunderbar«, sagte sie anerkennend. »Du schaffst es, einem selbst die unangenehmen Dinge noch schmackhaft zu machen.«

Diego schüttelte den Kopf: »Soll ich dir etwas verraten? Das war nur ein Zehntel von dem, was ich tatsächlich erlebt habe.«

»Hat es dir so gut gefallen?«, fragte Lara neugierig.

»Nie zuvor habe ich so viel Spaß an einer Sache gehabt«, gestand Diego. »Deshalb werde ich jetzt ein paar Monate arbeiten, vielleicht auch ein paar Jahre, ein wenig Geld beiseite legen und dann nach Peru zurückkehren.«

»Wie lange warst du dort?«

»Genau einen Monat. Ich wäre gerne länger geblieben, aber es ging nicht, wegen meiner Arbeit.«

Lara dachte an all die Jahre, in denen sie sich keinen Urlaub gegönnt hatte, um den Kredit für das Haus schneller abbezahlen zu können. Auch jetzt, wo Gianni es zum Verkauf freigegeben hatte und sie auf einen Interessenten warteten, musste sie weiter ihre monatliche Kreditrate zahlen, so lange, bis die Situation zwischen ihr und ihrem Mann geklärt war.

In ihrem tiefsten Inneren wollte sie nicht, dass es verkauft wurde: Zu viele Erinnerungen waren an diesen Ort geknüpft. Sie hatte Momente des größten Glücks mit dem Mann erlebt, den sie immer noch liebte.

Als sie Diego über seinen Urlaub sprechen hörte, fiel ihr daher nichts weiter ein als: »Wenn es stimmt, dass Reisen einen Menschen verändern können, so würde ich gerne einmal eine unternehmen.«

»Falls du nach Peru willst, ruf mich an«, entgegnete Diego. »Ich gebe dir gerne alle Informationen, die du brauchst.«

Das war der Beginn einer Freundschaft. Diego war ein echter Freund. Niemals unternahm er irgendwelche Annäherungsversuche wie so viele andere Männer, die auf sie zugingen, weil sie glaubten, sie sei leicht zu haben.

Diego war jemand, dem man vertrauen konnte. Er lebte auf dem Land in einem kleinen Bauernhaus, wo er zusammen mit seiner Frau Enten züchtete. Dort, fernab von seiner Arbeit als Übersetzer und Lektor, war er glücklich. Er zeigte Lara gegenüber viel Einfühlungsvermögen. Offenbar hatte er ihre inneren Ängste erkannt.

»Wenn du das Gefühl hast, dich nicht mehr zurechtzufinden, oder wenn du mal ausspannen willst, um deine Gedanken zu sammeln, komm uns auf unserem Hof besuchen«, schlug er ihr vor.

Lara hatte seine Einladung angenommen und ein Wochenende auf dem Land verbracht. Dabei lernte sie Petunia, seine Partnerin kennen.

Offensichtlich hatte Diego begriffen, dass sich hinter ihrem gezwungenen Lächeln, hinter ihrer aufgesetzten Fröhlichkeit tiefe Trauer verbarg. Er hatte das Drama erkannt, das sie durchlitt, denn er war ein großer Menschenkenner. So bot er ihr ganz offen an: »Du kannst zu uns kommen, wann immer du willst. Niemand wird dich stören, du kannst in dich gehen und dir Klarheit verschaffen.«

Als Lara seine Worte hörte, vertraute sie sich ihm an. Keinem anderen hatte sie bisher so aufrichtig ihre wahren Gefühle gestanden, den tiefen Schmerz geschildert, der ihre Seele erfüllte. Diego hörte ihr schweigend zu. Aus Zurückhaltung sagte er nichts, gab keine Kommentare ab. Doch Petunia und er gaben ihr zu verstehen, dass sie auf ihrer Seite waren.

Seitdem rief Lara ihn manchmal von der Arbeit aus an. Bisweilen meldete Diego sich auch bei ihr. Zwischen den beiden war eine aufrichtige Freundschaft entstanden.

Während jener Monate durchlebte Lara die kritischste Phase ihres bisherigen Lebens. Zu ihrem Beziehungsproblem kamen Schwierigkeiten bei der Arbeit hinzu. Diese Erfahrung war gänzlich neu für sie, da sie bisher immer für ihre Leistungsfähigkeit und Einsatzbereitschaft bekannt gewesen war. In der letzten Zeit hatten einige Veränderungen in ihrem Büro stattgefunden, und Paolo, ihr neuer Chef, verlangte von ihr unbezahlte Überstunden.

Lara war wütend, denn sie empfand es als ungerecht. Aber gleichzeitig fühlte sie sich schwach, einsam und verlassen. Ihr fehlte der Partner an ihrer Seite, mit dem sie über ihre Probleme und Sorgen hätte sprechen können. Ihre Freundinnen versuchten sie aufzumuntern, doch Lara sehnte sich nach den tröstenden Worten eines Mannes. Eines Nachmittags war sie sogar kurz davor, Diego anzurufen. Aber dann hatte sie es doch unterlassen, weil ihr ein Anruf von ihrer ehemaligen Nachbarin aus Monza dazwischenkam. Sie habe Unbekannte in ihr ehemaliges Haus gehen sehen, berichtete sie. Lara vermutete, dass der Makler einen Interessenten herumgeführt hatte. Um sich zu vergewissern, rief sie die mit dem Verkauf beauftragte Immobilienfirma an. Man versicherte ihr, dass keiner der Angestellten in ihrem Haus gewesen war.

Ihr zweiter Gedanke war, dass es vielleicht Diebe sein könnten. Rasch nahm sie die Hausschlüssel, holte das Auto aus der Garage und fuhr eilig in Richtung Monza. Als sie den Ort erreichte, an dem sie zehn Jahre lang gelebt hatte, suchte sie einen Parkplatz und ging das letzte Stück zu Fuß. Da bemerkte sie Giannis Wagen. Vielleicht ist er gekommen, um das Haus einem möglichen Käufer zu zeigen, dachte sie aufgeregt.

Das wäre die Gelegenheit für eine Aussprache von Angesicht zu Angesicht. Endlich würde sie sich Klarheit verschaffen können.

Vorsichtig steckte sie den Schlüssel ins Schlüsselloch. Als sie die Eingangstür aufstieß, hörte sie aus dem Schlafzimmer Stimmen. Die Schlafzimmertür war nur angelehnt. Lara schlich mit leisen Schritten heran. Sie zitterte vor Aufregung und hoffte inständig, dort ihren Mann bei Verhandlungen mit einem möglichen Käufer vorzufinden.

Als sie die Tür erreicht hatte, sah sie durch den Türspalt Gianni in ihrem Ehebett, nackt und eng umschlungen mit einer anderen. Sie wusste nicht, ob sie schreien oder weinen sollte. Stumm, mit traurigem Blick und wie versteinert blieb sie stehen. Alles in ihr krampfte sich zusammen.

Da bemerkte das Paar ihre Anwesenheit. Die Frau verbarg ihr Gesicht in den Händen, und Gianni eilte zum Schrank, um sich einen Morgenmantel überzuziehen. Er versuchte zu lächeln, schob Lara zur Tür hinaus und zog sie hinter sich zu. Immer noch fassungslos, starrte sie ihm in die Augen. Wie verführerisch sie immer noch waren. Auch sein Gesicht hatte sich nicht verändert. Sie begriff, dass er nicht unter der Trennung gelitten hatte.

»Lara, was machst du hier? Ich dachte, du bist in Mailand«, versuchte er, die peinliche Situation zu überspielen.

»Genau dasselbe wollte ich dich gerade fragen. Was machst du hier mit dieser Frau in unserem Haus?«, entgegnete sie mit schmerz- und wuterfüllter Stimme.

»Solange wir es nicht verkauft haben, ist es genau der richtige Ort, um meine Bedürfnisse zu befriedigen«, versuchte er sich zu rechtfertigen, ohne sie dabei anzuschauen.

Mit tränenverschleierten Augen, vor Erregung gerötetem Gesicht und erstickter Stimme erwiderte sie bitter: »Gianni, du hast nicht nur unsere Ehe und unsere große Liebe zerstört. Ohne Rücksicht auf all die gemeinsamen Jahre bist du mit dieser Frau in unser Ehebett gestiegen und hast alles in den Schmutz gezogen, was ich je für dich empfunden habe.«

»Was willst du? Zwischen uns ist es aus. Ich habe einfach das Bedürfnis nach einer Frau. Glaubst du etwa, ich bin aus Stein?« Gianni wirkte verändert: hart, erbarmungslos und zynisch.

»Schon, aber ihr hättet anderswo hingehen können, nicht hierher. Mit diesem Ort verbinden uns zu viele Erinnerungen und gemeinsame Gefühle«, widersprach Lara traurig.

»Wir waren sowieso im Begriff zu gehen. Wenn dir dieses Bett so wichtig ist, kannst du es meinetwegen mitnehmen, oder dasselbe mit einem anderen machen.«

»Werde nicht unverschämt, Gianni! Du verletzt mein Anstandsgefühl.«

Gianni sah alles sehr viel oberflächlicher und nüchterner als sie. Während er zurück ins Schlafzimmer ging, sagte er über die Schulter gewandt zu ihr: »Wir ziehen uns jetzt an und gehen.«

Lara wollte weder Gianni noch die Frau ein weiteres Mal sehen, denn sie wusste, dass ihre Gegenwart alles nur noch schlimmer machen würde. So verließ sie eilig das Haus. Ziellos streifte sie durch die Straßen der Stadt, um dem Schmerz, der Trauer und dem Zorn, der in ihr brannte, Luft zu machen. Während sie lief, spürte sie, dass ihr Magen rebellierte.

An einer Wiese blieb sie stehen, musste einige Male würgen und erbrach sich dann. Die Abscheu, die sie gegen Giannis Verhalten verspürte, hatte sie dazu gezwungen, ihre Seele auf diese Weise zu befreien. Sie trocknete ihre Tränen und wischte sich den Mund ab.

Lara hatte ihrem Widerwillen und ihrer Wut freien Lauf gelassen. Mit leerem Magen betrat sie eine Bar und bestellte sich einen Kamillentee, den sie langsam und in kleinen Schlucken trank. Die Erregung und der Schmerz darüber, derart verletzt worden zu sein, wollten nicht von ihr abfallen. Diese Gefühle brannten in ihr. Sie gab sich einen Stoß und beschloss, noch einmal zurück in ihr ehemaliges Heim zu gehen.

Sie musste offen mit Gianni reden und sich Gewissheit darüber verschaffen, ob er sie noch liebte. Sie war sich sicher, dass seine Liebe noch nicht erloschen war. Ebenso sicher stand für sie fest, dass er der einzige Mann auf der Welt war, den sie jemals lieben konnte.

Als sie zurückkam, war alles ruhig und ordentlich wie immer. Auch das Schlafzimmer sah aufgeräumt aus, als wäre niemals etwas vorgefallen. Dieser Raum, der heiligste Ort des Hauses, war befleckt worden. Sexuelle Begierde und Untreue hatten das Ehebett beschmutzt und entweiht. Laras reine und aufrichtige Liebe war mit Füßen getreten worden. Jetzt musste sie das Werk der Zerstörung ihres Mannes zu Ende führen. Er hatte angefangen, sie würde fortfahren.

Diese Gedanken wühlten sie auf. Außer sich, rasend vor Eifersucht und Zorn zerschlug Lara die Murano-Lampen und warf Gegenstände zu Boden. Wütend schleuderte sie all den Zierrat aus Glas und Porzellan, den sie jahrelang mit großer Sorgfalt gepflegt hatte, gegen die Wände. Mit den herumliegenden Scherben zerkratzte sie die Möbel. Sie zerstörte alles, was sie nur konnte. Wenn ihre Fingernägel aus Stahl gewesen wären, hätte sie sogar den Putz von den Wänden gekratzt. Als sie ging, war das Haus verwüstet, wirkte heruntergekommen, beinahe verfallen.

In ihrer Wohnung angekommen, erlebte sie eine weitere Überraschung. Das Reisebüro, für das sie tätig war, hatte ihr die Kündigung geschickt. Außerdem war ein Päckchen von Diego mit einigen Büchern über Peru angekommen.

Innerlich aufgewühlt und erschöpft von der Anstrengung der vergangenen Stunden, wollte sie nur noch schlafen. Bleiern ließ sie sich auf das Bett sinken und fiel in einen tiefen Schlaf. Morgen früh würde ein neuer Tag beginnen: Jetzt, wo sie die andere Seite des Mannes kennen gelernt hatte, den sie so sehr liebte, spielte das Leben keine Rolle mehr.

Am nächsten Morgen ging sie zur Arbeit, um alle Formalitäten für ihre Kündigung zu erledigen. Sie verspürte keinerlei Lust, länger an diesem Ort zu bleiben, an dem man sie nur ausnutzte. Sie fühlte sich niedergeschlagen, gedemütigt und weggestoßen. Jetzt kannte sie Giannis wahres Gesicht. Aber dennoch konnte sie nicht aufhören, ihn zu lieben. Es gab eine Kraft in ihr, die sie wie mit einer Kette an die mit ihm verbundenen Erinnerungen fesselte. Sie wollte ihn vergessen, aber es gelang ihr nicht. Sie fühlte sich verloren.

Lara zog sich immer mehr aus dem Leben zurück, verließ kaum noch die Wohnung und wollte keinen Besuch empfangen. Sie befand sich in einem Zustand tiefer Depression, war niedergeschlagen und vollkommen orientierungslos. Sie wusste nichts mit sich anzufangen und hatte keinerlei Vorstellung davon, wie sie ohne Gianni weiterleben sollte. Ihr Stolz war verletzt.

So gründlich hatte sie das gemeinsame Haus in Ordnung gehalten. Aus jeder Ecke und jedem Winkel sprachen die Liebe und die Sorgfalt, mit der sie es gepflegt hatte. All die Arbeit jener Jahre war mit einem Schlag durch das respektlose Verhalten ihres Mannes zunichte gemacht worden.

Sie lebte in einer Art Traumzustand, schlief wenig, wachte irgendwann auf und verrichtete alles wie in Trance. Das Trauma des Hintergangenwerdens und der Trennung sowie der Zynismus ihres Mannes hatten sie vollkommen aus dem Gleichgewicht gebracht. Trotzdem konnte sie nicht aufhören, ihn zu lieben: Irgendetwas in ihrem Inneren hinderte sie daran.

Ein paar Tage nach ihrer letzten Begegnung rief Gianni sie an. Er war außer sich wegen der Zerstörung, die Lara angerichtet hatte. Seine Vorwürfe waren hart, seine Stimme klang scharf und schneidend: »Wie konntest du bloß so dumm sein? Jetzt wird es umso länger dauern, bis wir einen Käufer finden. Du bist völlig verrückt, gedankenlos und unverantwortlich. Zum Glück habe ich mich von dir getrennt. Ich will dich nie wieder sehen!«

Alles, was er sagte, prallte an ihr ab, interessierte sie nicht. Nur der letzte Satz verletzte sie tief. Immer noch war er für sie der ideale Mann. Es gab niemanden neben Gianni. Sie hatte zwar vor ihm Beziehungen zu anderen Männern gehabt, aber Gianni war der einzige, der ihr Leben ausfüllen, ihm Farbe und Sinn verleihen konnte.

Sie schaute aus dem Fenster ihrer kleinen Wohnung im zehnten Stock. Ein feiner grauer Schleier aus Nebel und Abgasen versperrte ihr die vollständige Sicht auf Mailand. Nie war ihr die Gegend so öde und trostlos vorgekommen. Nicht einmal die Berge, die sich an klaren Tagen in der Ferne abzeichneten, konnte sie von hier aus erkennen.

Das Leben erschien ihr immer bedrückender, ohne jegliche Bedeutung. Manchmal kam ihr sogar der Gedanke, dass es besser wäre, allem ein Ende zu setzen. Gianni war fortgegangen, und sie hatte nicht die geringste Hoffnung, dass er zurückkehren würde. Sie wollte nur schlafen, alles vergessen.

Verzweifelt legte sie sich ins Bett und versuchte einzuschlafen – vergeblich. Sie wollte einfach nur die Augen schließen und an nichts denken. Immer wieder drehte sie sich um, ohne Schlaf zu finden. Plötzlich fiel ihr ein, dass sie noch ein Schlafmittel hatte. Sie öffnete die Schachtel und betrachtete die rötlichen Tabletten. Antonella hatte sie in der vergangenen Woche mitgebracht, als Lara von ihren Schlafproblemen erzählt hatte.

»Eine Tablette genügt«, hatte sie gesagt, während sie ihrer Freundin das Päckchen reichte. »Mehr kann ich dir nicht geben, sie sind rezeptpflichtig.«

Unvorstellbar, dass eine einzige Tablette genügen sollte, um sie zum Schlafen zu bringen. Lara holte ein Glas Wasser, und plötzlich musste sie daran denken, dass sie es bisher abgelehnt hatte, »Drogen« zu nehmen. Ihr Herz raste wie wild. Doch sie musste endlich schlafen, sonst würde sie noch durchdrehen.

Dann spülte sie die Tablette mit einem Schluck Wasser hinunter. Die Wirkung ließ nicht lange auf sich warten. Zunächst hatte sie das Gefühl, ihren Atem lauter zu hören, ebenso das Ticken der Uhr, die Stimmen aus der Nachbarwohnung und den von unten heraufdringenden Straßenlärm. Alle Geräusche wurden verstärkt. Doch dann überkam sie eine Art Trunkenheit und Müdigkeit. Es war, als habe ihr Körper kein Gewicht mehr, als sei ihr Kopf frei. Sie fühlte sich leicht wie Luft.

Plötzlich drang ein dröhnendes Geräusch an ihr Ohr: Das Telefon klingelte. Lara schreckte auf. Wie im Schlaf nahm sie den Hörer ab. Es war ihre Freundin Antonella.

»Hallo, Lara. Ich habe deinen Ex zusammen mit dieser verdammten Frau gesehen. Sie hielten Händchen und nahmen sich ständig in die Arme. Beinahe wäre ich hingegangen und hätte ihm eine geknallt, für all das, was er dir angetan hat, dieser Mistkerl …«

Diese Bemerkung, die sie bei anderer Gelegenheit nur wütend gemacht hätte, war in diesem Augenblick ein furchtbarer Schlag für sie. Es war gewissermaßen der Tropfen, der das mit Schmerz und Verzweiflung gefüllte Fass zum Überlaufen brachte. Lara spürte, wie eine Mischung aus Trauer, Zorn und Schmerz sie durchdrang und die Wirkung der Tablette zunichte machte, die sie kurz zuvor geschluckt hatte. Sie wurde noch wacher und nervöser. Aufgeregt, unbeherrscht und unter verzweifeltem Schluchzen rief sie: »Lass mich in Ruhe, Antonella. Quäl mich nicht länger…«

Sie legte den Hörer auf und zog den Stecker.

Wieder versuchte sie einzuschlafen, aber es wollte ihr nicht gelingen. In ihrer Nervosität und Verzweiflung nahm sie zwei weitere Tabletten, um endlich den ersehnten Schlaf zu finden. Ihr war gar nicht bewusst, dass diese Dosis gefährlich für sie werden konnte.

Als Antonella Laras hysterische Stimme am Telefon hörte, beschloss sie, bei ihr vorbeizufahren und nach ihr zu sehen. Zunächst klopfte sie leise an die Tür, dann immer lauter. Niemand antwortete. Nachdem sie eine ganze Weile versucht hatte, sich durch Klopfen und Rufen bemerkbar zu machen, holte sie den Portier. Gemeinsam brachen sie die Tür auf. Sie fanden Lara, die bewusstlos auf ihrem Bett lag. Neben ihr auf dem Boden waren die restlichen Schlaftabletten verstreut. Antonella dachte sofort an Selbstmord und rief den Notarzt. Kurze Zeit später kam ein Rettungswagen, der Lara ins Krankenhaus brachte. Dort pumpte man ihr den Magen aus.

Als Lara erwachte und wieder zu Bewusstsein kam, befand sie sich in einem Krankenhauszimmer. Neben ihr stand eine Krankenschwester und die blasse, völlig verstörte Antonella.

»Warum hast du das getan? Mein Gott, Lara, bist du so fertig mit der Welt? Ist dieser Mann derart wichtig für dich?«

Lara wusste nicht, was sie antworten sollte. In den Augen der anderen musste das, was mit ihr geschehen war, wie ein Selbstmordversuch aussehen. In Wahrheit hatte sie nur schlafen wollen, einfach nur schlafen, und niemand hatte es ihr gegönnt.

Antonella hatte einige Freunde von Laras schwerer Krise in Kenntnis gesetzt. Unter ihnen war Diego, der sie bald darauf besuchen kam. Ohne vorwurfsvollen Unterton fragte er sie einfach: »Warum hast du das getan?«

»Ich wollte nur schlafen. Ich habe Gianni für immer verloren.«

»Beruhige dich, Lara! Kein Mann, und erst recht keiner, der dich nicht liebt, ist das wert. Du bist uns allen sehr wichtig. Du darfst nicht aufgeben. Denke immer daran, dass du alleine auf die Welt gekommen bist und alleine gelernt hast zu gehen. Eines Tages wirst du einen Mann an deiner Seite haben, der dich wirklich liebt. Jetzt musst du erst einmal zu dir kommen und dich ausruhen.« Dann setzte er eine ernste Miene auf und riet ihr: »Warum gehst du nicht für ein paar Tage in eine psychiatrische Klinik, um dein Gefühl der Abhängigkeit von Gianni loszuwerden?«

»Genau das hat mir auch der Arzt gesagt. Er will, dass ich wer weiß wohin gehe. Aber es kostet fünftausend Euro im Monat. Ich bin nicht so durcheinander, dass es der Mühe wert wäre, eine derartige Summe aufzubringen. Ich bin bloß eine unglückliche, verlassene Ehefrau.«

Diego sah sie voller Zuneigung an, und während er ihr sanft auf die Schulter klopfte, meinte er: »Einverstanden. Aber wirf die restlichen Tabletten weg und bring dein Leben wieder in Ordnung. Vergiss nicht, dass sich alle Probleme bewältigen lassen. Es gibt immer einen Weg. Nur der Tod ist unausweichlich.«

Zwei Wochen lang kämpfte Lara gegen ihre Krise an. Nach jenem Vorfall war es ihr egal, was Gianni über sie dachte. Sie gab sich damit zufrieden, ihn weiter zu lieben und nach wie vor seine rechtliche Ehefrau zu sein. Manchmal dachte sie: »Ich hatte das Pech, eine Schmach zu erleiden. Die Leute sehen Gianni mit einer anderen, während ich hier eingesperrt bin.«

So gut es ging, versuchte sie, diese Gedanken von sich abzuschütteln. Sie erlebte zwei qualvolle Wochen voller Bedrängnis. Irgendwo lief Gianni gerade mit der anderen Frau herum, ohne zu begreifen, dass Lara ihn immer noch liebte.

Doch Lara hatte durch Diegos Hilfe gelernt, die Dinge auch anders zu betrachten. Sie hatte begriffen, dass Gianni ihr nicht gehörte, dass jeder für sein eigenes Leben verantwortlich ist. Der Ehebund stellt eine Art Abkommen dar, das zwei Menschen im Einverständnis miteinander treffen. Es beinhaltet gegenseitige Liebe und das Versprechen, den anderen zu beschützen und ihm auch in schwierigen Zeiten beizustehen. Aber bisher hatte niemand mit ihr über die übrigen Dinge gesprochen. Was geschah, wenn einer der Partner das Abkommen brach? Was, wenn einer den anderen hinterging? Was sagte das Gesetz, wenn einer den anderen schlecht behandelte? Welche Rechte, welche Pflichten hatte man? Was blieb, außer in moralischer und rechtlicher Hinsicht, noch zwischen ihnen bestehen?

Durch ihre Gespräche mit Diego hatte Lara erkannt, dass sie ein Gefühl der Abhängigkeit und des Besitzanspruches verinnerlicht hatte. Sie betrachtete Gianni als *ihren* Mann. Sie war *seine* Frau, deshalb gehörte sie ihm, war Teil seines Besitzes. Diese Vorstellung wurde ihr regelrecht eingetrichtert: in der Schule von den Nonnen, zu Hause über Jahre hinweg von der Mutter und der Großmutter.

»Wenn eine Frau einen Bund mit einem Mann eingeht, so gilt dieser ewig. Sie gehört nur ihm, er ist ihr einziger Mann, dem allein sie sich hingibt«, hatte sie oft genug zu hören bekommen.

Zunächst waren ihr diese Ansichten plump erschienen, aber da sie ständig damit konfrontiert war, hatten sie sich ihr nach und nach tief eingeprägt. Sie war sich dessen nicht bewusst, aber diese Denkweise hielt sie weiterhin an Gianni gefesselt.

Die tröstenden Worte Diegos, der Lara mehrmals in der Woche im Krankenhaus besuchen kam, halfen ihr, sich rascher zu erholen und allmählich ihren schlimmen Zustand zu überwinden.

»Wenn eine Ehe scheitert, ist das niemals eine Frage von Leben oder Tod«, erklärte er ihr. »Zahlreiche Ehen gehen in die Brüche. Viele kämpferische Frauen halten sie, trotz aller Widrigkeiten des Lebens, weiter aufrecht. Anderen, ebenso kämpferischen Frauen gelingt es, ihren Mann wieder zurück an ihre Seite zu holen und die Familie neu aufzubauen.«

Während Lara über Diegos Worte nachdachte, wurde ihr immer klarer, dass sie etwas unternehmen musste. In ihr entstand der Wunsch, als Frau geachtet zu werden und Gianni zu zeigen, dass sie nicht irgendjemand war. Lara De Santis war mutig und stark. Ob im Büro oder zu Hause, sie war unermüdlich im Einsatz, hatte immer ihr Bestes gegeben. In schwierigen Situationen hatte sie ihrem Mann Mut gemacht. Sie hatte ihm die schönsten Augenblicke seines Lebens bereitet.

Doch dann siegte wieder ihre Niedergeschlagenheit.

Obwohl sie ihm so viel gegeben hatte, war Gianni einfach aus ihrem Leben verschwunden, hatte sie wegen einer anderen verlassen. Seitdem waren alle Frauen für sie zu Rivalinnen, ja zu Feindinnen geworden. Früher hatte sie sie als Schwestern betrachtet, doch wegen einer einzigen, wegen der, die ihr Gianni geraubt hatte, misstraute sie nun allen Frauen.

Zu all den Leuten, die Lara besuchen kamen, gehörte auch Marisa, eine Kollegin aus dem Reisebüro. Sie war eine oberflächliche Person und hegte seit jeher einen gewissen Neid gegen Lara, wegen ihres Erfolgs und ihrer Tüchtigkeit. Doch sie hielt ihre Gefühle verborgen. Seit langem hatte sie darauf gewartet, Lara eins auszuwischen, und sah nun die Gelegenheit gekommen.

»Wenn ich du wäre«, sagte sie scheinheilig, »würde ich Gianni vergessen: Er ist ein Schuft und verdient weder deine Freundschaft noch deine Tränen und all die Gedanken, die du dir um ihn machst. Du bist klug und siehst gut aus. Es gibt bessere für dich. Antonella und ich haben deinen Ex oft mit einer anderen Frau gesehen. Jeder weiß, dass die beiden auch schon miteinander ausgingen, bevor er dich verlassen hat. Sie haben sich immer in einem feinen Restaurant getroffen, im

Nascondiglio. Um es kurz zu machen, er ist ein treuloser Hund. Vergiss ihn.«

Lara hatte ihr still zugehört und versucht, sich nicht aufzuregen. Kurze Zeit später war Diego dazugekommen. In seiner Gegenwart fühlte sie sich gleich sehr viel ruhiger und entspannter. Seine klugen Ratschläge waren wie Balsam für ihre Wunden. Doch Marisa hatte einfach weitergesprochen: »Ich weiß, dass sie seit einigen Wochen zusammenleben. Sie waren auf der Suche nach einer Wohnung. Offenbar haben sie nun eine gefunden…«

Diese Neuigkeit wühlte Lara sehr auf. Unaufhörlich dachte sie an den Mann, den sie liebte. Sie wusste von seinen Treffen, aber dass er seine gesamte Zeit mit dieser Frau verbrachte, dass sie sich sogar eine Wohnung teilten, war ihr nicht klar gewesen. Es war schwer zu ertragen. Lara fürchtete, dass das Zusammenleben der beiden es schwieriger machen würde, Gianni zurückzugewinnen. Ihre Bindung würde dadurch noch mehr gefestigt und die Beziehung immer intensiver. Deshalb unterbrach sie das Geschwätz: »Es reicht! Was er treibt, interessiert mich nicht. Soll er sein eigenes Leben führen. Schön für ihn, wenn er damit glücklich ist.«

Als Marisa und Diego gegangen waren, schossen ihr tausend Gedanken durch den Kopf. Eifersucht überkam sie bei der Vorstellung, dass Gianni nun dieselben zärtlichen Worte, die er ihr entgegengebracht hatte, der anderen zuraunte. Vielleicht vergnügte er sich gerade in diesem Moment mit ihr im Bett. Lara hatte immer geglaubt, sein Körper gehöre nur ihr. Doch jetzt gab es eine andere Frau, die ihn in den Armen hielt. Sie spürte den Stachel in ihrer Brust und wusste nicht, wie sie sich von ihm befreien sollte.

Noch am selben Nachmittag kam Antonella zu Besuch und brachte einen Stapel Zeitschriften mit. Während sie sich den Mantel auszog, meinte sie zu ihrer Freundin: »Halte dich auf dem Laufenden über alles, was draußen geschieht. So wird dir nicht langweilig, während du hier bist.«

»Danke, Antonella. Apropos draußen: Was hat es mit dieser Geschichte auf sich, dass Gianni und seine Geliebte jetzt zusammenleben?«, fragte sie besorgt.

»Wer hat dir das erzählt?«, platzte Antonella ein wenig verärgert heraus.

»Marisa war heute Morgen hier. Sie behauptet, dass du von der Sache weißt.«

»Es gibt Gerüchte ... Wir haben die beiden in San Babila gesehen. Ich hab es dir nicht erzählt, um dich nicht zu beunruhigen. Ihr lebt bereits getrennt, und er will dich nicht sehen. Warum sollst du noch mehr leiden? Ich kann dir nur raten: Schlag ihn dir aus dem Kopf, fang ein neues Leben an und denk an eine neue Liebe.«

»Hast du vergessen, dass wir verheiratet sind? Rechtlich gesehen ist Gianni noch mein Mann.«

»Aber in Wahrheit ist er es schon längst nicht mehr. Er hat dich verlassen und lebt mit einer anderen zusammen. Finde dich damit ab, auch wenn es dir schwerfällt. Auf dem Papier ist Gianni dein Mann, aber er lebt nicht mehr an deiner Seite.«

»Vor dem Gesetz gehören wir zusammen. Niemals werde ich in die Scheidung einwilligen. Hast du verstanden? Er wird niemals frei sein«, sagte Lara bestimmt.

»Ich an deiner Stelle würde in sein Büro gehen und die Heiratsurkunde vor seinen Augen zerreißen. Dann würde ich ihm die Schnipsel ins Gesicht schleudern, sie ihm in den Mund stopfen und ihn zwingen, sie hinunterzuschlucken. Du misst diesem Mann, der dich ausgenutzt und dich wegen einer Jüngeren wie ein altes Möbelstück beiseite geschoben hat, viel zu viel Bedeutung bei. Du bist so viel wert, aber du unterschätzt dich vollkommen. Du hättest viel bessere Partien machen können, aber du hast dich verzweifelt an ihn geklammert, als sei er der einzige Mann auf der Welt. Du bist abhängig von Gianni, deshalb leidest du so sinnlos.«

»Du hast leicht reden«, entgegnete Lara. »Ich liebe ihn nun mal und bin absolut sicher, dass er der Mann meines Lebens ist.«

»Ich gehe lieber, bevor du mich auch noch zum Leiden bekehrst. Ich komme bald wieder, versuche in der Zwischenzeit, deine Gefühle zu ändern.«

Antonella zog den Mantel über und verschwand. Während sie forteilte, dachte sie darüber nach, warum manche Frauen durch ihre Abhängigkeit von einem Mann vollkommen die Orientierung verlieren. Diese ungesunde Form der Beziehung, die sich unter dem Deckmantel der Liebe verbirgt, hielt ihre Freundin Lara gefangen, und so lange sie sich dies nicht bewusst machte und sich nicht befreite, würde sie weiter daran glauben, dass Gianni der Mann ihres Lebens sei. »Ich kann nicht aufhören, ihn zu lieben.« Dieser Gedanke beherrschte sie, hatte aber mit Liebe nichts zu tun. Als Psychologe wusste Gianni das und hatte es ausgenutzt. Um sich zu befreien, brauchte Lara eine Therapie, eine echte Hilfe, die sie, Antonella, ihr nicht geben konnte. Laras Vorstellung von der Seelenverwandtschaft hatte ihr Leben zerstört, ihr lediglich Frustrationen und Enttäuschungen eingebracht.

Es gab viele Frauen auf der Welt, die so wie Lara ihr Leben mit falschen Vorstellungen und Mythen über die Liebe und die Ehe ruinierten. Einige von ihnen waren sehr gefährlich:

Ich heirate aus Liebe. Die Liebe ist das Einzige, was zählt.

Mit der Zeit werden wir uns schon verstehen lernen.

Die Liebe und die Ehe währen ewig.

Wir bleiben immer zusammen, er soll niemals eine andere haben.

Ich heirate, um nicht alleine zu sein.

Antonella dachte weiter über die Abhängigkeit ihrer Freundin nach, die durch eine falsche Erziehung bedingt war. Um sich daraus zu befreien, würde sie ihre Einstellungen und Gefühle ändern müssen, wie es bereits andere Frauen vor ihr geschafft hatten.

Lara musste begreifen, dass ihr Gefühl der Minderwertigkeit und Schwäche ein Produkt der Gesellschaft war, das sich verändern ließ.

Die feministische Bewegung war entstanden, als die Frauen sich ihrer Unterdrückung bewusst wurden und anfingen, bessere gesellschaftliche Bedingungen für sich einzufordern. Zunächst waren es ganz grundlegende Forderungen gewesen, wie zum Beispiel das Recht, die eigenen Vertreter ins Parlament zu wählen. Erst im Januar 1945 hatten die italienischen Frauen dieses Ziel erreicht, ein Jahr vor den Franzosen. Bei den Amerikanern gab es dieses Recht bereits seit 1920, bei den Engländern seit 1928. Selbst heutzutage gibt es noch Länder, in denen Frauen nicht wählen gehen dürfen.

Jahrhundertelang waren die Frauen dem Einfluss der chauvinistisch geprägten Gesellschaft ausgesetzt, in der sie eine untergeordnete Rolle spielten und in Abhängigkeit lebten. Sie waren regelrecht einer Gehirnwäsche unterzogen worden. Antonellas Eltern bildeten da keine Ausnahme. Sie hatten ihre Tochter in eine Klosterschule geschickt, wo man ihr einzutrichtern versuchte, dass die Frau dem Manne untertan sei.

Zum Glück hatte ihr eine Tante väterlicherseits den Spaß am Lesen vermittelt. Ihr war es zu verdanken, dass Antonella sich weiterbildete. Im Lauf der Zeit setzte sie sich mit allen Religionen auseinander, fand Unterschiede und Gemeinsamkeiten heraus. Sie war zu dem Schluss gekommen, dass sie sich in zwei große Gruppen unterteilen ließen: die patriarchalischen und die matriarchalischen Religionen.

Im Altertum verehrte man die Natur, das Wasser, die Erde und die körpereigenen Säfte als Quellen des Lebens und des Todes. So war beispielsweise die ägyptische Göttin Isis gleichzeitig Königin der Meere und des Menstruationsflusses der Frau.

Es gab zahlreiche weibliche Gottheiten: Inanna, die Fruchtbarkeitsgöttin der Sumerer; Astarte, die Liebesgöttin der Phönizier; Ishtar, die babylonische Göttin der Liebe; die griechische Aphrodite, die Venus der Römer und schließlich im Mittelalter Maria als Königin der Natur.

In Indien glaubt man, das Absolute sei weiblich, und verehrt die Muttergöttin unter vielen verschiedenen Namen: Uma, die Göttin der körperlichen Liebe; Shakti, die Frau Shivas; Kalì, die Mutter Erde, und Lakshmi, die Hüterin der Fruchtbarkeit und Frau von Vishnu. Im alten Peru wurde *Pachamama*, Mutter Natur, verehrt und auch Achala, die Göttin der Fruchtbarkeit.

Für Antonella gab es einige unumstößliche Grundsätze, und niemals hätte sie es zugelassen, dass ein Mann wie Gianni ihr Leben zugrunde richtet.

Als Frau nahm sie die Mutterschaft als eine biologische Notwendigkeit hin, die Vaterschaft betrachtete sie dagegen als gesellschaftliche Erfindung. Ihrer Meinung nach sollten sich alle freien Frauen zusammenschließen und gleichberechtigt miteinander leben. Sie müssten an allen Bereichen der Gesellschaft teilhaben, ob auf dem Gebiet der Wissenschaft, der Technologie, der Kunst, Wirtschaft oder Politik. Aus diesen Überlegungen heraus hatte sie irgendwann ihren Freundinnen gegenüber geäußert: »Ich glaube erst dann an die Ehe, wenn die Frauen eine soziale Ordnung geschaffen haben, die sich auf Frieden, Gleichberechtigung, Freiheit und das Glück aller Menschen gründet.«

4
Es gibt immer eine Hoffnung

Als Lara aus dem Krankenhaus entlassen wurde, kam Diego, um sie abzuholen. Er sah sehr nachdenklich aus und sprach kein Wort. Lara dagegen wirkte heiter und ruhig, obwohl sie in Wahrheit verwirrt und verzweifelt war. Als sie sich ihrer Wohnung näherten, sah Diego ihr in die Augen und zwinkerte ihr aufmunternd zu. Im Aufzug nahm sein Blick den fürsorglichen Ausdruck aufrichtiger Freundschaft an, doch er blieb weiterhin stumm. Sie betraten die Wohnung, Diego holte ihr ein Glas Wasser und wandte sich ihr mit ernster Miene zu: »Willkommen zu Hause. Setz dich und trink einen Schluck, während wir miteinander sprechen.«

Lara, der es bisher gelungen war, sich unbekümmert zu geben, wurde von einem Gefühl der Traurigkeit ergriffen und ließ sich niedergeschlagen in einen Sessel sinken. Sie konnte ihre Verzweiflung nicht länger vor dem Freund verbergen: »Bitte, Diego, hilf mir, ich werde sonst noch verrückt«, flehte sie ihn an, während sie ein Taschentuch aus ihrer Handtasche holte und anfing zu weinen. »Ich habe erfahren, dass Gianni schon mit dieser Frau ausging, bevor er mich verlassen hat, und dass er seit einigen Wochen mit ihr zusammenlebt. Nach und nach schwinden all meine Hoffnungen dahin, ihn zurückzuerobern.«

Sie weinte leise vor sich hin, und Diego ließ sie gewähren. Er konnte ihre Gefühle verstehen. Wenn eine Beziehung auseinander geht, leidet der Mann meist viel weniger. Für die Frau ist es dagegen ein derart einschneidendes, traumatisches Erlebnis, dass sie bisweilen Jahre braucht, um sich wieder zu fangen. Lara hatte aufgehört zu weinen, und Diego sah den Moment gekommen, um offen mit ihr zu reden. Er setzte sich ihr gegenüber und überlegte, wie er ihr helfen konnte. Mit ruhiger Stimme begann er: »Lara, hör mit deiner Hysterie auf und sieh den Tatsachen ins Auge. Willst du deine Ehe retten und den Mann zurückerobern, den du verloren hast? Dann verzeihe ihm als Erstes den Fehler, den er in eurem Haus begangen hat, und auch die Tatsache, dass er jetzt mit einer anderen Frau zusammenlebt.«

Bei diesen Worten erstarrte Lara und sah ihn befremdet an. »Du wusstest also auch darüber Bescheid?«, fragte sie mit schmerzverzerrtem Gesicht.

»Natürlich wusste ich Bescheid… Antonella hat mir alles erzählt. Zusammen mit dem, was ich von dir weiß, kann ich mir gut vorstellen, wie sehr du leidest.«

Lara war erstaunt über die aufrichtigen Worte Diegos. Sie senkte den Blick zu Boden und schwieg.

»Du musst jetzt ruhig bleiben und deinen Verstand gebrauchen. Du hast zwei Möglichkeiten, um aus deiner Situation herauszukommen: Entweder du vergisst Gianni und gehst deinen eigenen Weg. So könntest du einem anderen Mann begegnen und dir ein neues Leben aufbauen. Oder aber du setzt alles daran, ihn zurückzuerobern, vorausgesetzt, du hast noch den Willen und die Kraft, um ihn zu kämpfen.«

»Ich kann ohne Gianni nicht leben«, schluchzte Lara leise.

»Dann musst du jetzt zu dir finden, ruhig Blut bewahren und deine Gefühle unter Kontrolle bringen. Du darfst ihm nicht länger irgendwelche Szenen machen, sonst verlierst du ihn für immer.«

»Aber er lebt mit ihr zusammen, und ich weiß, dass sie sehr hübsch ist.«

»Bist du sicher? Ich habe einiges über sie in Erfahrung gebracht und sie sogar persönlich kennen gelernt. Ihr habt beide dieselben Chancen … auch wenn Gianni im Moment auf sie fixiert ist und mit ihr zusammenlebt.«

Lara verbarg das Gesicht in ihren Händen und rief verzweifelt: »Hör auf, Diego. Was bezweckst du damit? Willst du, dass ich noch mehr leide?«

»Nein. Ich will dir die Wahrheit sagen. Wenn du weißt, wie die Dinge stehen, weißt du auch, wie du zu kämpfen hast, und kannst den Ereignissen eine andere Richtung geben. So wirst du deine Ehe retten können. Im Moment ist das größte Problem, dass Gianni dich nicht sehen will. Andererseits ist er auch nicht gerade glücklich mit ihr: Er sucht bereits nach Wegen, um sie wieder los zu werden, aber er hat weder den Willen noch die Kraft, es wirklich zu tun. Er braucht einen Stoß, um sich zu entscheiden.«

»Das kann nicht sein. Das ist nicht wahr«, hauchte Lara, als ob sie es nicht glauben könnte. »Das sagst du nur, um mich zu trösten.«

»Hör auf, das Opfer zu spielen, und hör mir zu. Ich habe Gianni getroffen und selbst mit ihm gesprochen. Ich weiß, dass es so ist. Und noch etwas weiß ich: Was er dir angetan hat, tut ihm leid. Er schätzt dich immer noch als außergewöhnliche Frau, mit nur einem kleinen Fehler. Er hat mir wortwörtlich gesagt: ›Lara ist eine großartige Frau, sie ist nicht nur klug und hübsch, sondern auch eine exzellente Kochin und eine sehr gute Gefährtin, nur im Bett ist sie eine Katastrophe‹.«

Verblüfft sah Lara ihn an. War es wahr, was er ihr erzählte? Sie konnte seinen Worten kaum glauben, doch sein Blick wirkte aufrichtig.

»Willst du damit sagen, dass dieses kleine Detail zu unserer Trennung geführt hat? Ich habe geglaubt, er liebt mich nicht mehr und alles zwischen uns ist vorbei.«

Verärgert über ihre Zweifel sah Diego sie an, zuckte mit den Schultern und meinte: »Das ist dein Eindruck von ihm. Wenn du meinst, dass ich nicht ehrlich zu dir bin … Ich kann gerne bei dem Verkauf des Hauses vermitteln, das euch noch aneinander bindet. Du wirst eine ordentliche Summe erhalten und kannst damit ein neues Leben beginnen.«

Laras Schluchzen wurde immer lauter. »Ich kann nicht. Statt ihn zu hassen, liebe ich ihn.«

»Dann kämpfe. Geh dein Problem an, auch wenn es schmerzlich ist. Du bist nicht die erste Frau, die von ihrem Mann hintergangen wurde, und sicherlich auch nicht die Letzte. Ich weiß, dass dein Stolz verletzt ist, aber viel wichtiger ist, dass du der Realität ins Auge siehst und bereit bist zu kämpfen.«

»Nichts wird mehr so sein wie früher.«

»Natürlich nicht. Du wirst einen guten Teil deiner Illusionen verloren haben, aber dafür hast du deinen Mann wieder, und wie ich dich kenne, wirst du ihm verzeihen.«

»Aber Diego … was kann ich nur tun?«

»Ich weiß nicht, wie ich dir helfen kann«, antwortete er nachdenklich. »Fang an, über eure Ehe nachzudenken. Analysiere euer Zusammenleben und frage dich, was schief gelaufen ist in deiner Beziehung zu Gianni. Vielleicht hast du seine Schaffenskraft unterdrückt oder ihn mit deiner Fürsorglichkeit erstickt, vielleicht kam er sich überflüssig vor, oder du hast ihm das Gefühl gegeben, kein richtiger Mann zu sein. Verschaffe dir Klarheit über dein Leben, zieh dich ein paar Tage zurück, um nachzudenken, suche in dir nach Antworten und versuche, wenn irgend möglich, seine Freundin zu werden. Ruf ihn an und liefere ihm keine Szenen, sondern bitte ihn darum, mit dir zu reden. Frage ihn, was schief gelaufen ist zwischen euch. Bis jetzt habt ihr nie ernsthaft darüber gesprochen.«

»Das stimmt. Bisher habe ich ihm immer nur seine Undankbarkeit vorgehalten, ohne mich jemals zu fragen, warum er sich so verhalten hat.«

»Auch der niederträchtigste Mann, der allergrößte Feigling, hat Gefühle, Achtung und Stolz. Du warst für Gianni eine gute, liebenswerte und starke Frau. Du hast ihm die Kraft gegeben, sich im Leben zu behaupten, und hast ihm ein schönes Heim bereitet. Aber offensichtlich hat er sich mit dir weniger als Mann gefühlt als mit anderen Frauen. Aus meinem Gespräch mit ihm habe ich herausgehört, dass du bei vielen Dingen die aktive Rolle übernommen hast. Meistens warst du es, die die Entscheidungen traf. Zum Beispiel, als ihr dieses Haus gekauft habt oder als du dich dazu entschlossen hast, im Reisebüro zu arbeiten, anstatt dir eine einfachere und weniger anstrengende Arbeit zu suchen. Dieselbe Haltung hattest du auch beim Sex. Du hast ihn verführt, aber dann warst du nicht vollkommen dabei. Auf diese Weise fühlte er sich gefühlsmäßig kastriert.«

Lara versuchte sich zu verteidigen: »Ich hab es getan, um ihn zu entlasten. Ich wollte, dass er immer stolz auf mich ist und sieht, wie ich alle Schwierigkeiten meistere. Nur, dass ich ihm in unserer intimen Beziehung nicht alles geben konnte.«

»Du brauchst dich vor mir nicht zu rechtfertigen. Denke über das nach, was ich gesagt habe, und suche nach einer Lösung.«

Einen Moment lang verharrte Lara in Schweigen. Dann sah sie ihrem Freund in die Augen und meinte: »Das werde ich tun, ich versprech es dir, Diego. Mein Selbstvertrauen ist immer und immer wieder zerstört worden, aber ich werde trotzdem versuchen, stark zu sein.«

»Das ist die richtige Einstellung, Lara, so musst du die Dinge angehen. Ruf mich an, wenn du irgendetwas brauchst. Freunde bleiben Freunde, in guten wie in schlechten Zeiten.«

Diego gab ihr zum Abschied einen Klaps auf die Schultern und zwinkerte ihr zu.

Als Lara alleine war, begann sie, sich Schritt für Schritt ihr Eheleben ins Gedächtnis zu rufen: die ersten Erfahrungen, die Probleme, die auftauchten, die Entwicklung ihrer sexuellen Beziehung. Tagelang suchte sie nach einer Möglichkeit, sich aufzuheitern, um besser nachdenken zu können. Sie probierte es mit Schreiben, aber ihre Gedanken waren ein einziges Chaos. Sie beschloss zu lesen, in der Hoffnung, auf diese Weise ein wenig Zerstreuung zu finden, um sich danach umso besser auf ihr Gefühlsproblem einlassen zu können.

Lara dachte über ihre sexuelle Gefühlskälte nach. Doch es schien keine Lösung für dieses Problem zu geben, das sie sich selbst gegenüber jahrelang nicht eingestanden hatte. In ihrem Kopf kreisten unaufhörlich dieselben Gedanken. Alles war so ausweglos. Noch etwas anderes beunruhigte sie. Eines Nachts hatte sie geträumt, dass sie von einer Katze angegriffen wurde, gegen die sie sich zu verteidigen hatte. Ihre Überlegungen, wie der Traum zu deuten sei, waren am nächsten Morgen vom Klingeln der Sprechanlage unterbrochen worden. Es war der Postbote, der sie bat herunterzukommen, um die Empfangsbescheinigung eines Einschreibens zu unterzeichnen. Lara begab sich in die Eingangshalle des Hauses. Der Postbote sah sie lächelnd an, reichte ihr einen Stift und fragte: »Frau De Santis?«

»Ja, die bin ich.«

»Unterschreiben Sie bitte hier.«

Er reichte ihr einen dicken Umschlag, und noch ehe sie sich bedanken konnte, war er verschwunden.

Lara betrachtete den Umschlag. Er kam aus der Anwaltskanzlei Enzo Ramella & Co. Ihr Gefühl sagte ihr, dass sie nichts Gutes zu erwarten hätte. Eilig lief sie hinauf in ihre Wohnung, öffnete den Brief und begann zu lesen.

Mit jeder Zeile, die sie las, wurde sie blasser und nervöser. Am Ende ließ sie sich auf das Sofa fallen. Es war eine Nachricht aus dem Anwaltsbüro, das mit Giannis Angelegenheiten betraut war. Mit diesem Schreiben setzte ihr Mann sie darüber in Kenntnis, dass er die Scheidung wollte.

Für Lara bedeutete dieser Brief den endgültigen Verlust jenes Mannes, den sie zurückerobern wollte. Jegliche Hoffnung, ihre Ehe zu retten, schwand nun dahin. Sie war wie betäubt. Zitternd und ohne einen klaren Gedanken fassen zu können, streckte sie sich auf dem Sofa aus und versuchte sich zu beruhigen.

Noch konnte sie nicht hinnehmen, was sie soeben gelesen hatte. Sie hatte sich also die ganze Zeit über etwas vorgemacht. Ihre Freundinnen hatten ihr gut zugeredet und ihr zu verstehen gegeben, dass sie Gianni früher oder später an ihre Seite zurückholen würde. Selbst Diego hatte ihr einen Ausweg aufgezeigt. Doch nun machten diese Papiere mit einem Mal alles zunichte, zerschlugen all ihre Hoffnungen.

Plötzlich begriff sie die Bedeutung des Traumes. Sie kämpfte gegen eine Katze, die sie unerwartet angegriffen hatte. Ihre Krallen verletzten sie, aber sie verteidigte sich und versuchte, das Tier mit einem Netz zu fangen. Es wäre ihr beinahe gelungen, doch dann erschien plötzlich eine mit Scheren bewaffnete Frau, die das Netz zerschnitt.

Lara hatte den Traum nicht zu Ende geträumt, da sie vor Aufregung erwacht war. Danach konnte sie nicht wieder einschlafen. Sie hatte darüber nachgedacht, ohne ihn deuten zu können. Jetzt verstand sie, was er ihr sagen wollte. Es gab keine Möglichkeit, ihre Ehe zu retten. Gianni konnte in jedem Fall die rechtmäßige Trennung festschreiben und nach der gesetzlich vorgegebenen Zeit um die Scheidung ersuchen.

Die folgenden Tage waren eine regelrechte Katastrophe. Lara wurde von einer ungeheuren Traurigkeit befallen, schlief kaum noch, aß nichts mehr und nahm sehr stark ab. Wenn sie das Haus verließ, streifte sie wie eine Geistesgestörte mit verlorenem Blick ziellos umher, verbittert, schmerzerfüllt und einsam.

Nur wenn sie las, schaffte sie es, zumindest für kurze Zeit ihr Drama zu vergessen.

Diego hatte ihr zwei Bücher über Peru geschenkt, die sie noch nicht kannte. Sie nahm sie zur Hand und begann darin zu blättern. Voller Staunen musste sie feststellen, dass sie geradezu für sie geschrieben zu sein schienen. Stundenlang vertiefte sie sich in die Lektüre. Mit keinem anderen Buch war ihr das bisher gelungen. Wenn ihr eines der Bücher langweilig wurde, hatte sie es beiseite gelegt und das nächste angefangen, immer auf der Suche nach einem Thema, das sie interessierte.

Doch von der Geschichte über eine *Curandera* fühlte sie sich unmittelbar angesprochen. Vielleicht würde das Buch ihr helfen, einen Ausweg aus ihrer Situation zu finden, und ihr die Richtung weisen, die sie einschlagen müsste. Sie las es vom Anfang bis zum Ende durch, um es gleich darauf ein zweites Mal zu lesen. Drei Nächte in Folge tat sie nichts anderes. Sie hätte sowieso nicht schlafen können. Danach begann sie, ihre ganze Situation im Lichte der Überlegungen und Betrachtungen dieses Buches zu überdenken.

Die Protagonistin der Geschichte, Kantu, bot all ihre Kraft auf im Kampf um eine aussichtslose Liebe. Die Art, wie sie darum kämpfte, um an ihr Ziel zu kommen, beeindruckte Lara, denn alles schien genau auf sie selbst zuzutreffen. Auf einmal fielen die Ängste und der Schmerz von ihr ab. Sie fühlte sich viel ruhiger und entspannter. Es gab einen Weg!

In den folgenden Tagen wurde Lara nur von einem Gedanken beherrscht: es der Heldin des Buches gleichzutun, mit der sie sich so sehr identifizierte. Der Wunsch, sich in die weite Landschaft Perus zu begeben und dort eine Lösung ihres Problems zu finden, wurde immer stärker.

Eine Woche später rief sie Diego an, um ihm mitzuteilen, dass sie beabsichtigte, nach Peru aufzubrechen. Er tat, als sei er überrascht.

»Willst du damit sagen, du gehst auf Reisen?«, fragte er und fügte dann hinzu: »Ein Klimawechsel tut dir bestimmt gut.«

»Im Moment bin ich arbeitslos und habe genug Zeit«, erklärte Lara. »Ich werde mir all das anschauen können, was du in so verlockenden Bildern geschildert hast.«

Ihre Worte erstaunten Diego in keiner Weise. Ihm war sofort klar, dass eine solche Reise seine Freundin aufheitern und zerstreuen würde. Nach einem kurzen Moment des Schweigens sagte er deshalb: »Du bist also entschlossen, nach Peru zu gehen. Ich empfehle dir, vorher die Bücher zu lesen, die ich dir geschickt habe.«

»Das habe ich bereits getan. Sie waren der Grund für meine Entscheidung.«

»Wenn du meinen Rat hören willst, dann sammle weitere Informationen, um deine Reiseroute besser planen zu können. Es gibt ein spezielles Reisebüro im Zentrum und verschiedene Führer. Wenn du allein nicht zurechtkommst, ruf mich einfach an. Ich helfe dir gerne.«

»Danke, Diego. Du bist ein Engel. Ich weiß wirklich nicht, was ohne deine Hilfe aus mir geworden wäre.«

»Wie ich dich kenne, hättest du auch so alles gemeistert.«

Lara schaffte es nicht, im Laufe der nächsten Tage weitere Informationen zu sammeln. Dennoch war sie entschlossen, so bald wie möglich abzureisen. Um keine Zeit zu verlieren, wandte sie sich an Diego, in der Hoffnung, von ihm ein paar praktische Tipps zu bekommen. Zunächst wollte sie ihn fragen, mit welchen Schwierigkeiten sie rechnen musste.

»Ich fahre, um mich abzulenken, um meine innere Ruhe zurückzugewinnen und um mir Klarheit darüber zu verschaffen, wie ich meine Eheprobleme lösen kann. Wenn ich Glück habe, treffe ich vielleicht auf einen *Curandero*, so wie in dem Buch, das du mir geschenkt hast.«

Diego wusste, dass Laras plötzlicher Entschluss zu der Reise eine Art Flucht war, mit der sie hoffte, ein Heilmittel für ihre Probleme zu finden. Er wollte seine Freundin nicht enttäuschen. Wahrscheinlich gab es keinen anderen Weg: Eine andere Umgebung würde ihr gut tun, sie stärken und ihr Kraft geben, die eigene Zukunft in Angriff zu nehmen. Statt ihr Vorhaltungen wegen ihrer überstürzten Abreise zu machen, ermutigte er sie daher, dem Unbekannten entgegenzugehen.

»Es ist durchaus möglich, dass du einen Ausweg aus deiner Situation findest. Zumindest wird dich diese Reise zum Nachdenken bringen, du wirst deine Probleme klarer sehen und vielleicht sogar zu einer Lösung kommen.«

Lara schwieg für einen Moment. Wieder wurde sie von dem bedrückenden und so ernüchternden Gefühl eingeholt, einsam zu sein, weit weg von ihrem Mann. Aber sie spürte, dass sie fahren musste. Sie hatte geplant, einige Monate durch Peru zu reisen, und hoffte, auf diese Weise aus ihren Schwierigkeiten herauszufinden. Deshalb antwortete sie nun: »Ich bin zwar sehr verletzt, aber ich will trotzdem um den Mann kämpfen, den ich liebe. Wenn ich das Glück habe, einen *Curandero* kennen zu lernen, werde ich ihm mein Problem schildern und ihn um Rat fragen.«

Diego wusste, dass seine Freundin falsche Erwartungen hatte, und um ihren Enthusiasmus ein wenig zu dämpfen, sagte er: »Mach dir nicht allzu große Hoffnungen, einem *Curandero* zu begegnen. Sie sind nicht immer bereit, einem zu helfen. An deiner Stelle würde ich mir als Erstes vornehmen, Peru zu entdecken und eine Vorstellung von dem Land zu bekommen. Dabei kannst du Kontakte knüpfen, die dir helfen, auf die Spuren eines *Curanderos* zu stoßen.«

Lara war sich ihrer Sache sicher. Dafür würde sie all die Fähigkeiten aufbieten, die sie bisher ausgezeichnet hatten: Beharrlichkeit, Geduld und Ausdauer.

Voller Überzeugung entgegnete sie deshalb: »Ich weiß, dass ich auf einen von ihnen treffen werde, und wenn ich dafür Berge versetzen müsste. Ich muss Gianni zurückgewinnen.

Hier finde ich keine Lösung. Ich habe die Hoffnung, sie dort zu finden, und vertraue dem Schicksal.«

»Da du so entschlossen bist zu fahren, werde ich dir einen Brief an einen Freund mitgeben, mit dem ich in engem Kontakt stehe. Vielleicht kann er dir weiterhelfen.«

Daraufhin schrieb er einige Zeilen auf ein Stück Papier, steckte es in einen Umschlag und überreichte ihn der Freundin.

»Hier hast du seine Adresse und seine Telefonnummer. Mehr kann ich leider nicht für dich tun. Ich hoffe, es hilft dir weiter.«

»Danke, Diego. Ich werde nie vergessen, was du für mich getan hast. Ich weiß nicht, wie ich dir danken soll.«

»Vergiss es. Dafür hat man Freunde«, antwortete er, während er zur Tür ging, sich den Mantel überzog und den Hut auf den fast kahlen Kopf setzte. »Lass uns etwas essen gehen.«

Eine Woche später war Lara bereits in Lima, der Hauptstadt von Peru. Auf Diegos Rat hin wollte sie sich zunächst mit den verschiedenen Kulturen des Landes vertraut machen, sich über alles genau informieren, Museen und Ruinen besuchen. Sobald sie sich an die neue Umgebung gewöhnt, sich eine Vorstellung von der Geschichte und der Bevölkerung des Landes verschafft hatte, wollte sie anfangen, die nötigen Kontakte zu knüpfen.

Bei der Planung der Route war ihr ein Reisebüro behilflich gewesen, das auch die Reservierung eines Hotelzimmers in Lima und die Anmeldung für die Teilnahme an Führungen übernommen hatte. Zusätzlich hatte sie einen Reiseführer dabei, in dem Empfehlungen für Unterkünfte in den übrigen Städten zu finden waren.

Ein paar Tage nach ihrer Ankunft wurde Lara mit einer Gruppe italienischer Touristen zum Anthropologischen Museum von Peru gebracht. Zuvor hatte sie alle möglichen Orte rings um Lima besichtigt: Museen, Klöster, archäologische Stätten. Die meisten ihrer Begleiter hatten Fotoapparate oder Filmkameras dabei und waren bunt gekleidet. Sie trugen feste Schuhe, Shorts oder lange Hosen mit vielen Taschen und Hemden in schreienden Farben. Einige hatten kleine Rucksäcke oder Umhängetaschen über die Schultern geworfen.

Während dieser Tage musste Lara feststellen, dass Lima eine ungeheuer große, chaotische und dreckige Stadt war, verpestet von den Abgasen der vielen klapprigen Autos. Zahlreiche Menschen waren auf den Straßen unterwegs und atmeten die ungesunde Luft ein. Sogar das spärliche Grün in den wenigen Parks war mit einer feinen Schmutzschicht überzogen.

Lima gilt als eine der am stärksten verschmutzten Städte der Welt. Der Gruppenleiter erklärte, dass die Regierung darum bemüht sei, die Umweltverschmutzung in Lima und den anderen Städten Perus einzudämmen. Doch Lara wusste, dass dieses Problem weltweit bestand und dass dringend eine Lösung erforderlich war.

Sie versuchte, sich möglichst wenig auf den Straßen aufzuhalten, und suchte Plätze auf, die nicht so verschmutzt waren. Sie war sehr still und zurückhaltend. Die anderen Touristen beachteten sie wenig, redeten, diskutierten und scherzten miteinander, während sie in Begleitung des Gruppenleiters auf die Stadtführerin warteten.

Vor der Gruppe hielt nun ein gelbes Taxi, aus dem eine schlanke, freundlich lächelnde Frau ausstieg und auf sie zukam. Sie war schlicht, aber elegant gekleidet. In einem der Knopflöcher ihres hellblauen Kostüms steckte eine Blumenbrosche. Zur allgemeinen Überraschung sprach sie nahezu fließend italienisch.

»Ich heiße Stefania, und ich werde euch während eures Aufenthalts in Lima die Stadt zeigen. Ich hoffe, wir werden uns gut verstehen. Folgt mir jetzt, bitte«, begrüßte sie alle und betrat das Museum.

Vor dem Eingang standen zwei Wachposten. Das Gebäude war im Stil der Kolonialzeit gebaut, mit weiß verputzten Wänden und schwarzen Türen. Stefania führte die Gruppe an der Eingangskontrolle vorbei, der Gruppenleiter überreichte die Eintrittskarten für die verschiedenen Abteilungen. Als sich alle im Hof versammelt hatten, begann Stefania: »Bevor wir die verschiedenen Säle besichtigen, werde ich euch etwas über die Geschichte Perus erzählen. Vor der Ankunft der Spanier war das Land von verschiedenen Volksgruppen besiedelt. Die Andenkultur ist Jahrtausende alt. Zahlreiche Völker haben hier gelebt. Im Norden von Peru waren die Mochicas und die Chimus beheimatet. Sie haben Spuren einer rätselhaften und sehr eigenständigen Kultur hinterlassen. Sie waren ausgezeichnete Goldschmiede, wie der Schatz des »Herrn von Sipan« beweist. Aber auch in der Töpferkunst waren sie sehr bewandert. In der Mitte und im Süden des Landes, wo Reste alter Gebäude zu finden sind, lebten die Waris. Sie sind bekannt für ihre Steinskulpturen, beherrschten ebenfalls das Töpferhandwerk und fertigten Textilien an. Im Landesinneren, in südöstlicher Richtung, waren die Chancas angesiedelt, ein berühmtes Kriegervolk. Weiter im Süden herrschte dagegen die Kultur der Puquina und der Tiahuanaco vor. Diese Völker zeichneten sich durch ihre große Spiritualität aus. Im 13. Jahrhundert konnten die Inkas in der Gegend um Cuzco Fuß fassen.

Innerhalb von drei Jahrhunderten schafften sie es, zahlreiche Andenvölker zu vereinen. Sie errichteten ein ungeheures Imperium und ein Herrschaftssystem, das sich *Tawantinsuyo* nannte. Es erstreckte sich über ein Gebiet, das heute fünf verschiedene Staaten umfasst. Um 1300 gründeten die Inkas die Stadt Cuzco, die damals Qosqo hieß. Noch heute gilt sie als das archäologische Zentrum Südamerikas.

Das Bild Cuzcos, der Hauptstadt der Inkas, ist sowohl von der Zeit vor der spanischen Eroberung geprägt als auch von der Zeit danach. Denn unter der Herrschaft von Huayna Capac, dem letzten Inka-König, dem es gelang, die Grenzen des Reiches zu erweitern, kamen bereits die ersten spanischen *Conquistadores*. Unter der Führung von Francisco Pizarro eroberten die Spanier 1532 Peru. Dabei kam ihnen zugute, dass sich die damaligen Regierungslager mitten in einem Bürgerkrieg befanden. Zwei unterschiedliche Fraktionen versuchten, ihren Einfluss geltend zu machen: im Norden unter dem Inka-Herrscher Atahualpa und im Süden unter dem Inka-Herrscher Huascar. Die spanischen Soldaten nutzten diese Situation aus, um sich des Reiches mit den wohl größten Schätzen Südamerikas zu bemächtigen. Mit der Gefangennahme des Inka-Herrschers Atahualpa erpressten sie eine ungeheure Summe: ein ganzes Zimmer voller Gold und ein weiteres voller Silber – die höchste Summe, die jemals für ein Menschenleben aufgebracht wurde.«

Ein Chor von Stimmen, Geflüster und erstaunten Ausrufen erhob sich angesichts dieser enormen Summe.

Stefania fuhr mit ihren Erklärungen fort: »In diesem Museum sind die Werke der drei kulturellen Strömungen zu sehen, die hier in der Vergangenheit existiert haben. In fünf Sälen können wir die Überreste aus der Zeit vor der Inkaherrschaft, also vor der Errichtung des *Tawantinsuyo,* bewundern. In den ersten drei Sälen sind die Werke der Inkas ausgestellt, ein Kriegervolk, das sein Reich immer weiter auszudehnen versuchte und eines der größten Herrschaftsgebiete Amerikas errichtete. In zwei weiteren Sälen sehen wir den Einfluss der Spanier und ihre ausgefeilte Kriegstechnik, mit der sie dieses Reich eroberten und ihre Kolonien gründeten.«

Stefania legte eine kurze Pause ein und fuhr dann fort: »In Peru gibt es daher drei Volksgruppen: Europäer, Mestizen und Einheimische. Das Land ist zu Recht stolz auf seine kulturelle Blüte vor der Zeit der spanischen Eroberung. Die kleine, auf einem bewaldeten Bergrücken errichtete Stadt Machu Picchu befindet sich an einem der wohl schönsten Orte dieser Erde. Sie ist seit jeher eine große Touristenattraktion und wurde von der Unesco zum Weltkulturerbe ernannt. Es gibt noch weitere beeindruckende Bauwerke, zum Beispiel die Festung Sacsaywaman von Cuzco, die aus tonnenschweren Steinquadern errichtet wurde, oder die Festung Kuelap bei Chachapoyas in den nördlichen Wäldern.

Im Süden des Landes sind berühmte Zeremonienstätten wie Pachakamac bei Lima oder die bekannten Nazca-Linien. Dabei handelt es sich um riesige Zeichnungen, die im Wüstensand verewigt wurden, die aber nur aus dem Flugzeug als solche erkennbar sind. Manche messen ihnen magische Bedeutung bei, andere glauben, sie seien Ausdruck des astronomischen Wissens eines untergegangenen Volkes. In diesen Räumen ist nur ein kleiner Teil der Töpfereien, der Metallkunst und der Textilien zu sehen, die im alten Peru entstanden sind.

Die Ausstellungsgegenstände dieses Museums umfassen nur einen Bruchteil der Produktion der ehemaligen Andenvölker. Der größte Teil der archäologischen Schätze befindet sich in Privatbesitz oder in ausländischen Museen. Obwohl es von offizieller Seite nicht zugegeben wird, ist der Verkauf von archäologischen Funden seit jeher ein Millionengeschäft.«

Lara hatte den Erklärungen von Anfang an aufmerksam zugehört und im Stillen gedacht, dass diese Frau ihre Arbeit wirklich gut machte.

Während sie Stefanias Stimme lauschte, ihrem Akzent und den typisch italienischen Redewendungen, kam sie nach und nach zu der Überzeugung, dass sie aus Italien stammen müsse.

Die Gruppe bewegte sich durch die verschiedenen Ausstellungssäle und lauschte gebannt Stefanias Erläuterungen. Lara hatte sich zwar zu den anderen gesellt, hörte aber nicht mehr zu, sondern dachte an den eigentlichen Grund ihrer Reise.

Nun kamen sie in einen Raum, in dem ein mit geheimnisvollen Zeichen und Linien versehenes Landschaftsmodell ausgestellt war. Stefania lieferte die Erklärung: »Die Linien und Symbole, die ihr hier seht, sind bloß die maßstabsgerechte Nachbildung dessen, was sich in den *Pampas* von Nazca befindet. Dort erstrecken sich kilometerlange Linien, die verschiedene Figuren durchkreuzen. Über diese Linien, die man nur aus dem Flugzeug erkennen kann, sind zahlreiche, sehr unterschiedliche Theorien entwickelt worden. Manche bringen sie mit Außerirdischen in Verbindung, andere schreiben den Linien magische Kräfte zu. Die promovierte deutsche Mathematikerin und Astronomin Maria Reiche hat mehr als sechzig Jahre ihres Lebens damit zugebracht, sie in allen Einzelheiten wissenschaftlich zu erforschen. Ihrer Meinung nach sind die Nazca-Linien eine Darstellung des Kosmos mit allen Sternbildern der südlichen Hemisphäre.«

Die Gruppe war beeindruckt und schätzte sich glücklich, eine so kompetente Führerin zu haben. Auch Lara war begeistert und betrachtete sie aufmerksam. Stefania hatte einen hellen, fast blassen Teint, war weder besonders schön noch in irgendeiner Form hässlich, steckte voller Kraft und Energie und aus ihren Augen sprach Lebensfreude.

Während einer Pause, in der die anderen sich in den Gängen ausruhten, musste Lara wieder an den Grund ihrer Reise denken. Sie war nach Peru gekommen, um ihrem Leben einen neuen Sinn zu geben und um einen Weg zu finden, Gianni zurück an ihre Seite zu holen. Vor ihrer Abfahrt hatte sie lange über ihre Existenz nachgedacht. Etwas war ihr dabei klar geworden: Sie hatte nicht wirklich gelebt, sondern nur vor sich hin vegetiert. Ein ständiges Hin und Her zwischen ihrem Zuhause und der Arbeit, früh aufstehen, schnell etwas essen, sich durch den dichten Verkehr drängen, einen Parkplatz suchen und noch um einige Häuserblocks laufen. Wie oft war alles nach diesem Schema verlaufen in all den Jahren, die sie mit ihrem Mann zusammengelebt hatte. Auch als sie nach Mailand umzog, veränderte sich im Grunde genommen nichts. Zwar waren es nun andere Straßen, aber ihre Art, sich von hier nach dort zu bewegen, blieb die Gleiche.

Während sie ihr Leben immer eingehender analysierte, musste sie sich eingestehen, dass es monoton und sinnentleert war. Sie hatte keine konkreten Vorsätze und Ziele, wusste nicht, welche Richtung sie einschlagen, was sie erreichen wollte. Wie seltsam, dass sie sich so sehr nach einem derartigen Leben gesehnt hatte!

Als sie noch in Süditalien lebte, hatte sie viele Geschichten über den Norden gehört, über den besseren Lebensstandard und den Fortschritt, die große Zahl an Arbeitsplätzen, die hohen Gehälter und all die Annehmlichkeiten, die die Menschen dort genießen konnten. Deshalb hatte sie immer davon geträumt, in den Norden zu ziehen, in eine große Stadt, um dort ihre Hoffnungen, Fantasien und Träume umzusetzen. Sie war aus einem Dorf in Kalabrien geflüchtet, ein ruhiger Ort, an dem das Leben einfach und bescheiden war. Wie alle jungen Frauen, die sich nach einer besseren Zukunft sehnen, war sie durch die Medien beeinflusst worden, hatte sich schließlich dazu entschlossen, ihre Heimat zu verlassen, und sich geschworen, niemals wieder zurückzukehren.

Sie wollte ihr Leben auskosten, glücklich sein, gut verdienen, viele Kleider kaufen, ein Auto, nur für sich selbst verantwortlich sein und ihre Freundschaften pflegen. Deshalb war sie in den Norden aufgebrochen und hatte die bedrückende Atmosphäre ihres Elternhauses hinter sich gelassen. Von klein auf war sie Zeugin der ständigen Streitereien zwischen ihren Eltern gewesen. Manchmal schlugen sie sich, insbesondere wenn der Vater betrunken nach Hause kam. Oft ließen sie die Wut, die sich zwischen ihnen angestaut hatte, an den Kindern aus. Als kleines Mädchen hatte sie ergeben die verbalen und physischen Angriffe ihrer Eltern hingenommen.

Ihr Zorn richtete sich vor allem gegen den Vater, denn sie glaubte, er allein sei verantwortlich für die Probleme zu Hause, und empfand Mitleid mit der Mutter, die alles demütig ertrug.

Als Heranwachsende begann sie, beiden Vorhaltungen zu machen. Mit achtzehn widersetzte sie sich ganz offen sowohl dem Vater, der immer noch trank und ein schlechtes Vorbild für die Kinder war, als auch der Mutter, deren fügsamen, fast unterwürfigen Charakter sie nicht länger ertrug.

Ihr Plan, das Dorf zu verlassen, war an dem Tag entstanden, als Laras Großmutter sie dabei überraschte, wie sie Marco, einen ihrer Verehrer, küsste. Sie hatte Lara daraufhin getadelt und ihr Handeln als schändlich und unmoralisch bezeichnet.

»Derart unschickliche Dinge gehören sich nicht für ein junges Mädchen. Das darfst du erst, wenn du verheiratet bist!«, hatte sie ihrer Enkelin erklärt.

Seitdem wusste Lara, dass nicht nur die Eltern, sondern auch die Großmutter gegen sie waren. Sie fühlte sich einsam und abgeurteilt, spürte Verbitterung. Immer mehr lehnte sie sich gegen alles auf und ergriff schließlich die Flucht.

An jenem Morgen, an dem sie in Mailand eintraf, hatte ihr eine Frau, die mit ihr im gleichen Abteil gesessen hatte und wusste, dass sie fremd in der Stadt war, geraten: »Am besten suchst du dir eine Stelle über eine Arbeitsvermittlungsagentur.«

Auf einen Zettel schrieb sie Lara eine Adresse, an die sie sich wenden konnte. Dann verabschiedete sie sich und verschwand in der Menge.

Als Lara die Agentur betrat, sah sie sich einer großen Zahl von Angestellten gegenüber, die hinter ihren Schreibtischen saßen. Zögernd blieb sie stehen und brachte zunächst kein Wort heraus. Eine Frau mit einem Engelsgesicht, schwarzem Haar, vollen Lippen und einer roten Bluse lächelte ihr zu. Sie gab ihr ein Zeichen und rief: »Komm, meine Liebe, sag mir, was ich für dich tun kann.«

Lara erwiderte die herzliche Begrüßung nicht und brachte mit unsicherer Stimme hervor: »Ich suche eine Stelle als Sekretärin.«

»Es tut mir leid, aber im Moment können wir dir leider kein Angebot machen. Es gibt kaum Anfragen«, antwortete die Frau mit einem Lächeln. Sie schien aufrichtig daran interessiert, Lara zu helfen.

»Ich suche Arbeit. Ich möchte mich hier niederlassen, habe aber wenig Geld und brauche deshalb dringend einen Job.«

Die Frau betrachtete sie aufmerksam, dann fragte sie: »Du bist also neu hier?«

»Ja, ich bin erst vor kurzem aus dem Süden gekommen. Ich wohne zurzeit in einer kleinen Pension und muss mir nun eine Stelle suchen.«

Die Arbeitsvermittlerin hatte eine anmutige, aber vollkommen unerfahrene junge Frau vor sich, die ganz neu in der Stadt war, ohne eine Vorstellung davon, was sie in Mailand erwartete und ohne irgendjemanden, der sie hätte beschützen können.

Sie überlegte kurz und schlug dann vor: »Was hältst du davon, es als Haushälterin zu versuchen? Ich werde dir unterdessen eine Anstellung als Sekretärin suchen, aber ich sage dir, es sind ziemlich begehrte Posten. Was ich dir im Moment anbieten kann, ist nichts Großartiges, aber du hättest zumindest die Möglichkeit, Geld zu verdienen. Du könntest sofort anfangen. Ich habe gehört, ihr Frauen aus dem Süden seid gute Köchinnen und mit allen Arten von Hausarbeit vertraut. Wenn du erst einmal mit so einer Tätigkeit beginnst, würde ich in der Zwischenzeit versuchen, dir etwas Besseres zu besorgen.«

»Gut. Ich bin bereit, jede Art von Arbeit anzunehmen, solange sie redlich ist.«

»Nun, wenn es dich interessiert, könntest du im Haushalt eines Unternehmers anfangen. Er ist Inhaber einer großen Firma und mit einer Frau verheiratet, die nicht einmal ein Ei braten kann: einer Frau von heute, einer praktizierenden Ärztin. Die Bezahlung ist gut, du könntest einiges beiseitelegen und später mit dem Geld in deinen Heimatort zurückkehren.«

»Nie wieder will ich zurück in mein Dorf. Deshalb bin ich hier. Ich bin von zu Hause fortgelaufen. Bei uns wird eine Frau, wenn sie das passende Alter erreicht hat, von den Eltern zur Ehe gezwungen. Nach der Schule heiraten alle und begnügen sich dann mit einem Leben als Hausfrau. Alles verläuft ruhig und ohne Eile, jeder kennt jeden, und alle versuchen, auf ihre Art glücklich zu werden. Ich möchte ein anderes Leben.«

»Du bist also von dort geflohen?«, fragte die Arbeitsvermittlerin mit einem Lächeln auf den Lippen und aufrichtigem Blick. Sie zwinkerte Lara zu und fügte hinzu: »Du wirst bald merken, dass wir alle hier in diesem Büro auf der Suche nach einem Mann sind. Wer weiß, vielleicht verliebe ich mich irgendwann einmal in einen deiner Verwandten oder finde während eines Sommerurlaubs in deinem Dorf den Richtigen für mich.«

»Würdest du jeden x-Beliebigen heiraten?«, fragte Lara ein wenig erstaunt.

»Nein, nicht jeden. Aber wenn er gut aussieht, genug Geld hat und für mich eine Haushälterin anstellt, die all die bekannten Gerichte aus dem Süden zubereiten kann, würde ich nicht Nein sagen. Wie war noch mal dein Name?«

»Lara.«

»Ich heiße Antonella. Was meinst du? Nimmst du die Arbeit an, oder möchtest du lieber, dass ich weiter nach einer Stelle als Sekretärin suche? Ich würde dir raten, sie anzunehmen. Du kannst dabei ein wenig sparen und hast eine sichere Bleibe. Es gibt viele Männer, die es auf Frauen aus dem Süden abgesehen haben. Du wirst schon bald merken, wie die Männer hier sind. Ich wette, sobald du sie näher kennen lernst, steigst du in den nächsten Zug und fährst zurück nach Hause.«

»Nein, nein! Ich werde niemals zurückkehren«, antwortete Lara bestimmt.

»Aber warum bist du weggelaufen?«, fragte Antonella neugierig.

»Wegen Streitereien mit meiner Familie. Was mich letztlich dazu gebracht hat zu gehen, war die Tatsache, dass sie mich mit einem Mann verheiraten wollten, den ich kaum kannte. Er wollte mich zur Frau haben, und es war ihm gelungen, meine Familie davon zu überzeugen. Ich wäre seine Ehefrau geworden, hätte mich in den engen Kreis seiner Familie einfügen und mich mit der typischen Lebensweise des Südens abfinden müssen. Ich wäre für immer an jenem Ort geblieben und hätte dasselbe Leben geführt wie meine Mutter und meine Großmutter.«

»Du brauchst nicht weiterzureden. Das ist nahezu unerträglich und alles andere als verlockend. Ich kann dich gut verstehen.«

»In unserem Dorf ist das Leben so. Seit unzähligen Generationen halten sich alle an bestimmte feststehende Regeln und Normen wie Familienehre, Jungfräulichkeit und die Vorherrschaft der Männer. Die Frauen müssen Demütigungen, Strafen und Drohungen ertragen. Ich habe mich dieser Tyrannei widersetzt. Ich will das alles nicht länger hinnehmen.«

»Lara, ich verstehe dich … aber wissen deine Verwandten, dass du hier bist?«

»Nein, nur meine Großmutter. Weder zu meinen Eltern noch zu meinen Geschwistern hatte ich jemals Vertrauen. Meiner Großmutter habe ich bloß gesagt, dass ich nach Mailand gehe, sobald ich mein Abitur habe. Sie war natürlich nicht einverstanden, und als sie merkte, dass ich es ernst meinte, hat sie versucht, mich davon abzubringen. ›Was willst du in Mailand? Du wirst dich in dieser Stadt verlieren. Wenn du sie kennen lernen willst, dann fahr einmal für ein paar Tage hin. Du wirst bald merken, wie ruhig und friedlich es dagegen bei uns zugeht. Ich bin sicher, dass du nach kurzer Zeit wieder zurückzukehren wirst.‹«

Lara erinnerte sich daran, dass sie damals mit Schweigen reagiert und nicht gewagt hatte, der Großmutter zu widersprechen. Ihre Entscheidung stand fest. Nichts konnte sie mehr zurückhalten.

Nun wandte sie sich erneut Antonella zu und vertraute sich ihr vollkommen an: »Nachdem ich ein paar Monate später die Schule abgeschlossen hatte, bin ich schließlich aufgebrochen. Bei meiner Ankunft in Mailand war der Bahnhof voller Menschen. Eine ganz neue Erfahrung für mich.«

Tatsächlich hatte Lara damals eine gewisse Angst verspürt. Mailand war so anders als ihr kleines Dorf. Die Stadt war erfüllt vom Lärm der Autos, der vorbeifahrenden Straßenbahnen und dem Hupen der Motorräder. Nur wenige Leute waren zu Fuß unterwegs. Alles wirkte kühl, trotz der drückenden Sommerhitze: Die Luft war feucht, die Straßen öde und von Autoabgasen geschwärzt. Hunderte von Metern erstreckten sich die Bürgersteige.

Antonella holte sie wieder zurück in die Wirklichkeit und fragte: »Du hast mir immer noch nicht verraten, ob du die Arbeit, die ich dir angeboten habe, annehmen willst.«

»Ja, ich nehme an.«

Antonella gab ihr einen Vermittlungsvertrag und schickte sie in Begleitung einer ihrer Mitarbeiterinnen zu ihrem neuen Arbeitgeber. Ein freundlicher Herr mit einem Vollbart öffnete. Er ähnelte dem Bahnhofsvorsteher in Laras Heimatort, lächelte allerdings sehr viel liebenswürdiger. Nicola, so der Name des Mannes, musterte die junge Frau, die so gar nicht dem üblichen Bild entsprach: keine ungekämmten Haare, keine engen Hosen oder modischen Schuhe. Ihr Haar hatte sie mit einem Band nach hinten gebunden, und ihre gesamte Erscheinung war ganz anders als das, was man sonst auf den Straßen sah: ein grauer, bis über die Knie reichender Rock, keinerlei Schmuck, keine Schminke. Sie wirkte schlicht, und ihre blauen Augen hatten einen fast naiven Ausdruck. Sie sah noch sehr kindlich aus und war obendrein hübsch.

»Du willst also hier arbeiten?«, fragte Nicola.

»Ja, mein Herr. Ich möchte in Mailand leben und arbeiten«, antwortete Lara.

»Entschuldigen Sie, Herr Rossi, hier sind die Unterlagen, die ich Ihnen mitgebracht habe«, unterbrach die Agenturangestellte das Gespräch und überreichte ihm einen Umschlag. Nicola setzte seine Brille auf und blätterte in den Seiten.

»Lass mal sehen… du bist achtzehn Jahre alt, hast gerade Abitur gemacht und noch nie in deinem Leben gearbeitet. Was soll ich denn damit? Ich suche eine Haushälterin und Köchin.«

»Nun ja, es ist nicht genau die Arbeit, die ich gesucht habe. Aber ich kann gut kochen. Das habe ich zu Hause oft getan«, verteidigte sich Lara.

»Sieh mal, mein Kind, es gibt da einen himmelweiten Unterschied. Für die Familie zu kochen, die einen ganz bestimmten Geschmack hat, ist eine Sache, aber für Leute zu kochen, die man überhaupt nicht kennt, ist etwas ganz anderes«, entgegnete er mit offensichtlicher Strenge.

»Ich dachte, dass alle den gleichen Geschmack haben.«

»Nein, nein. Was kannst du kochen?«

»Eigentlich alle Gerichte aus dem Süden.«

»Ah, das klingt interessant. Es heißt, dass die Gastronomie bei euch sehr gut sei, dass ihr ausgezeichnete Köche und große Feinschmecker seid. Ich denke, wir werden dich probeweise anstellen. Wenn du wirklich eine gute Köchin bist, kannst du bleiben«, meinte er lächelnd.

»Danke, mein Herr«, antwortete Lara ein wenig gerührt.

So hatte sie angefangen, als Köchin und Haushälterin in Mailand zu arbeiten. In ihrer Freizeit besuchte sie Computerkurse und Ausbildungslehrgänge für Sekretärinnen. Sie wollte ihre wirtschaftliche Situation verbessern. Nach zwei Jahren wechselte sie ihren Arbeitsplatz. Sie fand eine Anstellung in einer Firma für pneumatische Maschinen, später arbeitete sie als Sekretärin in einem Gesundheitszentrum, und kurz bevor sie Gianni kennen lernte, war sie als Angestellte in einer Textilfirma tätig. Nach der Heirat nahm sie an einer Fortbildungsveranstaltung am Ausbildungszentrum für Touristik teil und konnte so in dieser Branche Fuß fassen. Seitdem waren viele Jahre vergangen.

Lara war vollkommen in Gedanken versunken, als sie plötzlich eine Stimme neben sich hörte: »Ist alles in Ordnung mit dir, fehlt dir etwas?«

Stefanias Worte holten sie wieder in die Realität zurück. Die Stadtführerin hatte die Gruppe, die immer noch mit der Besichtigung der verschiedenen Räume des Museums beschäftigt war, sich selbst überlassen. Da Stefania bemerkt hatte, dass Lara sich oft von der Gruppe absonderte, war sie ein wenig besorgt auf die Suche nach ihr gegangen.

»Mir geht es gut, danke. Ich bin nur ein bisschen müde«, antwortete Lara.

»Seit wann bist du in Peru? Warum bist du hierhergekommen? Mir scheint, dich interessiert dieses Museum nicht besonders.«

Lara war überrascht, dass diese Frau ihr so viel Beachtung schenkte.

»Ich bin erst vor ein paar Tagen angekommen. Ich habe mich zu dieser Reise entschlossen, um zu mir selber zu finden. Eigentlich habe ich mich der Gruppe nur angeschlossen, um nicht alleine im Hotel bleiben zu müssen«, versuchte Lara sich zu rechtfertigen.

»Jetzt verstehe ich dein Verhalten. Am Anfang war ich ein

wenig in Sorge um dich. Du hast dich immer zurückgezogen, und ich dachte schon, dich würden meine Erklärungen langweilen«, meinte Stefania lächelnd.

»Im Gegenteil. Du machst deine Arbeit wirklich großartig. Ich weiß das, denn ich arbeite selbst in der Tourismusbranche.«

»Danke für das Kompliment. Jetzt bin ich beruhigt. Wenn ich dir irgendwie durch mein Wissen über Peru behilflich sein kann, so ruf mich unter dieser Nummer an.«

Als Stefania gegangen war, fielen Lara die Worte Diegos wieder ein: »Wenn du weißt, was du willst, ist die ganze Welt bereit, dir zu helfen.«

5
Gott ist auf allen Wegen mit dir

Lara hatte beschlossen, ihren Aufenthalt in Lima zu beenden und in den Süden aufzubrechen. Das nächste Ziel sollte die Stadt Cuzco sein.

Vor der Abreise fiel ihr wieder ein, dass Stefania ihre Hilfe angeboten hatte. Vielleicht könnte sie ihr einen Rat geben, der sie bei ihrer Suche weiterbrachte. Telefonisch vereinbarten sie ein Treffen in Laras Hotel. Gleich zu Beginn wollte sie von Stefania wissen: »Sag mal, bist du eigentlich gebürtige Italienerin?«

Stefania sah sie aufmerksam an. Sie wollte diese Frau, die so einsam, traurig und in sich gekehrt wirkte, besser kennen lernen, wollte ihre Freundin werden. Sie war hübsch, aber kümmerte sich offenbar nicht um ihr Äußeres, und sie sah unglücklich aus.

»Ja, ich bin Italienerin«, erwiderte sie daher freundlich. »Ich bin in Florenz geboren und aufgewachsen. Aber mittlerweile bin ich schon eine halbe Peruanerin, denn ich habe einen Peruaner geheiratet. Wir haben uns in Cuzco kennen gelernt.«

»Wie hat es dich hierher verschlagen?«, fragte Lara interessiert.

»Alles fing damit an, dass ich ein Buch über Peru gelesen habe, vor vielen Jahren, als ich dabei war, Spanisch zu lernen. Es hat mein Interesse für dieses Land geweckt. Damals hatte ich keinen Spaß mehr an meiner Arbeit und beschloss, mir Urlaub zu gönnen. Ich wollte ins Ausland reisen, wusste aber noch nicht genau, wohin.

Mein Freund Paolo aus Florenz interessierte sich sehr für die Indios in Amerika. Eines Tages, als er wieder einmal von einer seiner Reisen aus Südamerika zurückgekehrt war, besuchte ich ihn. Diesmal erzählte er mir von Peru, wo er einen Indio, einen *Curandero* kennen gelernt hatte.

Wenn ich ihn besuchte, sprach er fast nur noch und mit großer Begeisterung von diesem Mann. ›Er ist ein wahrer Freund, ein großartiger *Curandero*, einer der wenigen, die es noch gibt.‹ Ich kannte Paolo seit Jahren und wusste, dass er nicht leicht zu beeindrucken war. Mir war klar, dass dieser *Curandero* eine außergewöhnliche Person sein musste.

Ich hatte ein wenig Geld gespart und seit jeher den Wunsch verspürt, auf Reisen zu gehen, etwas von der Welt zu sehen. So fasste ich eines Morgens den Entschluss, nach Peru aufzubrechen. Dort wollte ich den *Curandero* suchen, von dem mir mein Freund so viel erzählt hatte. Ich wollte von ihm die Heilkunst lernen, seine Lebensweisheiten erfahren und in die fremde Kultur eintauchen.«

Während Stefania erzählte und sich all die Ereignisse aus ihrer Vergangenheit ins Gedächtnis rief, konnte Lara beobachten, wie sich ein zufriedenes Lächeln auf ihrem Gesicht ausbreitete. Lara war ganz in den Bann ihrer Erzählung gezogen, denn ebenso wie Stefania hatte auch sie diese Reise in der Hoffnung unternommen, einem *Curandero* zu begegnen.

»Hast du ihn getroffen? War es schwierig? Konntest du etwas von ihm lernen?« Tausend weitere Fragen lagen ihr auf der Zunge, aber sie wurde von Stefanias rascher Antwort unterbrochen.

»Ja, ich habe ihn getroffen. Es war eine wahre Odyssee, zu ihm zu gelangen, und ich habe lange darum gekämpft, dass er mich als seine Schülerin akzeptiert. Ich musste Dinge verrichten, mit denen er meine Geduld, meine Entschlossenheit und meinen Mut auf die Probe stellte. Letztlich hat er mir nicht alles beigebracht, was ich mir erhofft hatte, aber es war die wichtigste Lektion in meinem Leben«, erwiderte sie lächelnd und fügte hinzu: »Selbst wenn er mich verspottete, habe ich daraus noch etwas gelernt.«

»Und deine Probleme? Hast du sie lösen können?«

»Ja, aber auf ganz andere Weise, als ich mir das vorgestellt hatte. Jetzt bin ich mit einem Peruaner verheiratet, wir sind glücklich zusammen, lieben uns und genießen das Leben. Ich versuche, all die verlorenen Jahre aufzuholen. Früher hatte mein Leben keine Richtung, es gab für mich keine Wünsche und Ziele. Jetzt habe ich klare Vorstellungen. Ich bin achtunddreißig, und bisweilen bedauere ich es, nicht schon früher angefangen zu haben, intensiver zu leben.«

Lara dachte daran, dass sie bereits fünfunddreißig war und sich vollkommen orientierungslos vorkam, wie ein Schiff, das sich aus dem Hafen in das Meer des Lebens begeben hatte und nicht wusste, wo es anlegen sollte. Wie die meisten Menschen hatte sie es dem Schicksal überlassen, einen Kurs einzuschlagen. Deshalb war sie jetzt so interessiert an dem, was diese Frau ihr erzählte.

»Ich bin verwirrt. Meinc Welt ist zusammengebrochen, und ich bin auf der Suche nach meinem Weg. Stefania, meinst du, dass deine Begegnung mit dem *Curandero* eine große Bedeutung in deinem Leben hatte?«

»Ganz bestimmt! Ich bin jetzt ein anderer Mensch.«

»Ich würde diesen *Curandero* gerne kennen lernen. Kannst du mir seine Adresse geben?«

»Es ist nicht so einfach, ihn zu finden. Er lebt in den Bergen von Yanaoca in der Nähe von Cuzco. Es gibt dort weder Straßen noch Hausnummern. Tata Melchior lebt in einem abgeschiedenen Häuschen. Wenn du ihn treffen willst, musst du dich vor Ort durchfragen.«

»Ich werde ihn suchen, denn ich will unbedingt seine Bekanntschaft machen. Vielleicht kann er mir helfen, meine Probleme zu lösen.«

»Gib dich keinen falschen Hoffnungen hin und denke nicht, dass er die Lösung für alles hat. Ihm zu begegnen, wird dich sicherlich weiterbringen, da er dir zeigen kann, welchen Weg du in deinem Leben einschlagen musst. Aber er wird dir nicht aus deinen Schwierigkeiten helfen, das musst du schon alleine schaffen. Falls du ihn triffst, grüße ihn von mir. Ich schreibe dir auf, wo und wie du ihn finden kannst.« Sie reichte ihr einen Zettel, auf den sie schnell einige Zeichen und Linien gekritzelt hatte. »Ich muss jetzt gehen, es ist schon spät. Falls du doch noch ein paar Tage bleibst, kann ich dir gerne mehr über meine Erfahrungen berichten.«

»Das geht leider nicht, ich muss mit der Reisegruppe weiter nach Pisco«, antwortete Lara ein wenig traurig.

»Dann ruf mich einfach an, falls du bei deiner Suche Hilfe brauchst. Ich wünsche dir viel Glück.«

Als Stefania gegangen war, wurde Lara sehr nachdenklich. Gerne wäre sie noch länger geblieben, aber sie musste weiter.

Obwohl sie in einer Gruppe reiste, gehörte sie nicht wirklich dazu, nahm nicht am allgemeinen Geschehen teil. Nur manchmal ließ sie sich von der fröhlichen Stimmung, dem Lachen der anderen mitreißen und gesellte sich zu ihnen. Sie versuchte, all die unterschiedlichen Menschen, mit denen sie Bekanntschaft machte, zu verstehen, beobachtete, hörte zu und dachte über das Leben ihrer Reisegefährten und der Peruaner nach.

Am folgenden Tag wurde die Gruppe vom Hotel abgeholt und zum Hafen gebracht. Von dort aus ging die Reise mit einem kleinen Schiff weiter. Das Meer war aufgewühlt, und die Seeleute hatten alle Hände voll zu tun.

Die Wellen des Pazifiks können mehrere Meter hoch werden. Bei starkem Seegang haben die Fischer Angst, sich allzu weit von der Küste zu entfernen. Ihrer Meinung nach ist mittags die beste Zeit, um zur See zu gehen, und abends die schlechteste.

Während die anderen Reisenden ausgelassen und fröhlich waren, gab Lara sich ihren Gedanken über das eigene Schicksal hin und schenkte den Seevögeln, die über ihren Köpfen kreisten, keinerlei Beachtung. In dichten Scharen, wie Fliegerstaffeln, bewegten sich die Pelikane auf der Suche nach Beute. Dann tauchten sie alle gleichzeitig ins Wasser, um wenig später mit einem Fisch im Schnabel wieder aufzutauchen. Als das Boot sich den Inseln näherte, erhob sich plötzlich ein ohrenbetäubender Lärm. Es klang wie die anfeuernden Rufe der Fans in einem riesigen Fußballstadion.

Diese Laute stammten von Seehunden und Seelöwen. Im Vergleich zu den eher kleinen Seehunden wirkten die Seelöwen massig und muskulös. Jedes Männchen wurde von einer Gruppe Weibchen umringt. Für einen Moment dachte Lara nicht mehr an ihre Probleme und beobachtete, wie die Tiere sich vollkommen ohne Scheu dem Schiff näherten.

Am nächsten Tag ging die Reise weiter nach Ica und von dort nach Nazca. Aus dem kleinen Flugzeug konnte Lara die berühmten Nazca-Linien bewundern: geometrische Figuren, die Tiere und Pflanzen darstellen. Noch in derselben Nacht reisten sie weiter nach Arequipa, wo sie am nächsten Tag gegen Mittag eintrafen.

Die erste Etappe ihrer Reise war beendet. Nun wollte Lara den Autor des Buches über die *Curandera* finden, der, wie man ihr gesagt hatte, in dieser Stadt lebte. Sie hatte seine Adresse und begab sich sofort auf die Suche. Bei ihm zu Hause erfuhr sie, dass er in die Wälder Amazoniens gegangen war. Da ihr niemand Genaueres über seinen Aufenthaltsort sagen konnte, beschloss sie, sich ein paar Tage auszuruhen und dann nach Cuzco weiterzureisen.

In ihrem Reiseführer hatte Lara gelesen, dass in Arequipa an mehr als dreihundert Tagen im Jahr die Sonne scheint. Sie gilt als die Stadt des ewigen Frühlings, mit Temperaturen von höchstens fünfundzwanzig und in der Regel nicht weniger als zehn Grad.

In einer Höhe von 2363 Metern gelegen, wirkt sie wie eine Oase, umgeben von Wüste und Gebirge, eine fruchtbare Ebene inmitten von teils noch aktiven, teils bereits erloschenen Vulkanen: Der gewaltige Misti, der mit seinen 5822 Metern Höhe einer der schönsten Berge ist; der 6075 Meter hohe, wilde und eindrucksvolle Chachani; der scheinbar in sich selbst ruhende Pichu Pichu. Außer diesen Bergen, die unmittelbar um die Stadt herum gelegen sind, gibt es in nicht allzu großer Entfernung weitere Vulkane, die noch um einiges höher sind: der Ampato mit seinen 6310 Metern oder der 6613 Meter hohe Coropuna.

Seit Jahrhunderten treten in Arequipa regelmäßig Erdbeben auf. Die Bewohner sind daran gewöhnt und verlassen ihre Häuser nur dann, wenn es sich um schwere Erschütterungen handelt.

Arequipa wirkt sehr europäisch. Die Häuser, Kirchen und Klöster wurden unter spanischem Einfluss errichtet. Die Wände und Dächer bestehen aus weißem Lava-Gestein, dem sogenannten *Sillar*. Man hat beinahe den Eindruck, in eine Dauerausstellung über spanisch-mestizisch beeinflusste Architektur geraten zu sein: Viele Fassaden sind äußerst kunstvoll gearbeitet, mit wunderbaren Metallgittern, bronzeverzierten Portalen und aufwändigen Türklopfern. In den alten Gebäuden sind die oft sehr hohen Räume mit kleinen Oberlichten ausgestattet. Die Gärten stehen in voller Blüte, überall sieht man Kübel mit Pflanzen und Blumen.

Viele Bauwerke erinnern noch an die Kolonialzeit. Doch das tägliche Treiben zahlreicher Einwohner, die in den Banken, Hotels, Restaurants oder Galerien arbeiten, offenbart eine moderne Seite Arequipas. Die Menschen dieser Stadt zeichnen sich durch ihre Klugheit und Unabhängigkeit aus.

Sie gelten als feurige Liebhaber, sind häufig nachtragend und vor allem sehr mit ihrem Land verwurzelt. Trotz der anhaltend hohen Immigration aus den umliegenden Regionen Cuzco und Puno nimmt Arequipa Fremde immer freundlich auf und bietet ihnen die Möglichkeit, sich in das geschäftige Treiben einzufügen.

Lara befolgte Diegos Rat und blieb ein paar Tage in der Stadt. Sie lernte sogar einige Leute kennen, die ihr bei ihrer Suche nach einem *Curandero* behilflich sein konnten. Sie wusste, dass es in Arequipa Märkte gab, auf denen Händler ihre Heilkräuter und medizinischen Naturprodukte verkauften. Der Besitzer ihres Hotels machte sie mit Jorge, einem seiner Angestellten bekannt. Er bot ihr seine Hilfe an und warnte sie eindringlich vor falschen *Curanderos*, die sich gerne an unbedachten Personen bereicherten. Dank Jorge kam Lara mit einer *Curandera* in Kontakt, die sich auf Hellseherei verstand und einem das Schicksal mit Hilfe von Kokablättern voraussagte.

Die Kokapflanze dient nicht nur medizinischen Zwecken, sondern auch als Nahrungsmittel. In Europa ist der Handel mit ihr verboten, in Arequipa dagegen zählt sie zu den ganz gewöhnlichen Handelswaren. Das einfache Volk benutzt sie zur Heilung von Krankheiten, als Nahrungsergänzung und zur Bewusstseinserweiterung. Man hatte Lara erklärt: »Die Kokablätter sind für uns Nahrung, Medizin und spirituelle Quelle.«

Mit dieser Pflanze lassen sich über sechzig verschiedene Krankheiten heilen: Krämpfe, Koliken, Kopfschmerzen, Erkältungen, Mandelentzündungen, Lungenentzündungen, Gallenleiden und vieles mehr kann durch die Einnahme kleiner Mengen Kokablätter behoben werden. Die gut gekauten Blätter liefern dem Körper darüber hinaus eine Vielzahl an Mineralsalzen, Spurenelementen, Enzymen und Vitaminen. Sie enthalten Ballaststoffe, Kohlenhydrate und Proteine. Ein Aufguss aus Kokablättern hilft gegen die Höhenkrankheit. Die Kokapflanze wird aber auch bei den religiösen Zeremonien zu Ehren der Mutter Natur und der verschiedenen Schutzgeister der Menschen verwendet.

Auf Laras Drängen hin hatte Jorge ein Treffen mit der *Curandera* im Hotel vereinbart. Die Wahrsagerin war davon überzeugt, dass sich alle Probleme des Lebens lösen lassen. Sie selbst trug dazu bei, indem sie die entsprechenden Ratschläge aus den Kokablättern weissagte. Lara gab ihrer natürlichen Neugierde nach und beschloss, sich ihr Schicksal voraussagen zu lassen.

Es war Abend, als die *Curandera* zu ihr kam, mit dabei hatte sie einige Kokablätter. Lara war beeindruckt von ihrer Erscheinung, den mandelförmigen Augen, dem bronzefarbenen Teint, der samtweichen, zarten Haut und dem glänzenden Haar, das zu zwei Zöpfen geflochten war, die jeweils mit einem Fransenbüschel abschlossen. Es war das Gesicht einer selbstsicheren Indiofrau. Die *Curandera* wusste, dass Lara Ausländerin war, und begegnete ihr zunächst mit Misstrauen. Doch als sie bemerkte, wie groß ihr Interesse war, wurde sie ungezwungener und lächelte ihr zu.

Ihre glatten Hände mit den kräftigen Fingern ließen erkennen, dass sie sich bester Gesundheit erfreute. Die *Curandera* nahm eine rote *Manta*, eine Art quadratische Decke aus leichtem Stoff, und breitete darauf eine größere Menge Kokablätter aus.

»Schauen wir in deine Zukunft, *Mamita*«, sagte sie freundlich.

Auf ihr Bitten hin legte Lara einen persönlichen Gegenstand zwischen die Kokablätter, durch den die ihr eigenen Schwingungen übertragen werden sollten. Dann faltete die *Curandera* die *Manta* zusammen, betete und empfahl sich den Schutzgeistern der Menschen, öffnete sie wieder, nahm eine Hand voll Blätter, hob sie ein wenig an und ließ sie langsam hinabrieseln. »Die Kokablätter sind nun bereit. Wenn du Rat brauchst, so frage«, sagte sie.

»Ich möchte etwas über meine Zukunft erfahren. Werde ich den Menschen treffen, den ich suche?«, fragte Lara.

Die *Curandera* betrachtete aufmerksam die Kokablätter, die auf der *Manta* ausgebreitet lagen, dann ergriff sie erneut eine Hand voll und ließ sie von oben herabfallen. Mit flinken Fingern bewegte sie die Blätter mehrmals hintereinander auf bestimmte Weise, betrachtete sie wieder und sagte schließlich: »Ich sehe alles. Du bist auf der Suche nach einer Person, die du um Hilfe bitten willst. Ich sehe auch einen Mann. Er hat lange mit dir zusammengelebt, doch jetzt ist er fort. Er hat dich verlassen, und du versuchst, ihn zurückzuerobern.«

Lara war angesichts dieser Worte sehr überrascht. Sie hatte nichts über sich erzählt, wollte bloß erfahren, was ihr die Zukunft bringen würde.

»Was denkt dieser Mann über mich?«, fragte sie beunruhigt.

»Er ist sehr wütend und will nichts von dir wissen«, war die entmutigende Antwort. Doch nachdem Lara ihre erste Betroffenheit überwunden hatte, fragte sie: »Wie wird mein zukünftiges Leben aussehen?«

»Es wird dir gut gehen. Über die Erfahrung des Schmerzes wirst du vieles lernen, du wirst versuchen, diesen Mann zurückzugewinnen. Alles nimmt ein gutes Ende.«

»Sag, wird dieser Mann, den ich liebe, zu mir zurückkehren, oder sind meine Mühen vergeblich?«

»In deinem Leben werden sich zwei Wege öffnen, zwischen denen du wählen kannst. Große Anstrengungen liegen vor dir.«

»Aber … liebt mich dieser Mann, oder liebt er mich nicht?«

»Er liebt dich. Du selbst warst es, die alles verändert hat.«

»Und was soll ich nun tun?«, fragte Lara, zutiefst verunsichert.

»Arbeite daran, dich selbst zu erkennen, dann erst schaue auf ihn. Du musst lernen, ihn besser zu verstehen.«

»Was wird mir die Begegnung mit dem Menschen bringen, den ich hier suche?«

»Diesen Menschen wirst du nicht finden. Ein anderer wird dich leiten. Du wirst jemandem begegnen, der dich die Stärken der Frau lehren wird. Aber zuvor wird er dich auf die Probe stellen, um zu sehen, ob du es wert bist. Du wirst neue Wege beschreiten und Veränderungen in deinem Leben erfahren. Manchmal wirst du weinen, manchmal leiden. Doch wenn du stark bist, wirst du siegen.«

»Was soll ich jetzt tun?«

Die *Curandera* schaute Lara tief in die Augen. »Du bist stark und mächtig, aber du verstehst es nicht, deine Macht auf die richtige Art zu gebrauchen. Erst wenn du das gelernt hast, kannst du sie so steuern, wie du es willst, und an das gewünschte Ziel gelangen.«

Die Wahrsagerin senkte den Blick, betrachtete die Kokablätter und fuhr fort: »Du bist hergekommen, um deinem Leben eine andere Richtung zu geben. Bedenke, dass du dein Leben jederzeit verändern kannst, wenn du es nur stark genug wünschst und intensiv daran arbeitest. Das ist alles, was ich dir zu sagen habe.«

Daraufhin faltete sie die kleine *Manta* mit den Kokablättern zusammen. Lara hätte gerne noch vieles gefragt, aber die *Curandera* ließ sie nicht zu Wort kommen, sondern sagte nur: »Ich werde nichts mehr sagen.«

Lara reichte ihr etwas Geld. So hatte Jorge es ihr geraten. Die Wahrsagerin nahm es, lächelte, sah sie gütig an, als wolle sie ihr Mut machen, und verließ den Raum.

Lara blieb nachdenklich und ratlos zurück. Zu viele Dinge hatte sie soeben erfahren. Sie musste darüber nachdenken und versuchen, Ordnung in ihre Gedanken zu bringen. Mit einigen Dingen hatte die Frau Recht gehabt, mit anderen nicht.

Lara nahm ihr Tagebuch zur Hand und schrieb alles auf, was sie gehört hatte, um nichts zu vergessen und um zu begreifen, was die *Curandera* ihr hatte sagen wollen.

Als sie sicher war, alles zu Papier gebracht zu haben, trat sie hinaus auf die Terrasse. Es war kurz vor Mitternacht. Lara blickte zum Horizont. Vor ihr lag die Stadt wie ein schillerndes Tier. Die Lichter funkelten hell und überzogen sie mit einem leuchtenden Mantel.

Sie schaute hinauf zu den Bergen. Im Mondlicht, das mit ganzer Kraft nach allen Seiten hin strahlte, konnte sie nur deren schwarze Umrisse erkennen. Lara fühlte sich gänzlich durchdrungen vom Zauber der Vollmondnacht, dort in den Anden von Peru.

Sie war auf der Suche nach dem Weg, der sie zu einem der *Curanderos*, zu einem der sogenannten »Schlangenmenschen« führen würde. Von ihm wollte sie lernen, wer sie selbst war und wie sie ihren Mann zurückerobern konnte. Sie musste ihr Leben neu gestalten, zu sich selbst finden, etwas unternehmen. Die Großmutter fiel ihr ein, die ihr vor Jahren mit mütterlicher Zuneigung gesagt hatte: »Wenn eine Frau sich nach einem Gefährten sehnt und mit ihm zusammenleben will, ist es, als würde sie einen Baum pflanzen. Sie muss ihn auswählen und ihn, solange er klein ist, an einem sonnigen Platz in gute Erde setzen, sie muss ihn täglich pflegen, mit Hingabe, Ausdauer und ständigem Fleiß. So wird der Baum wachsen und kräftig und stark werden.

Auch die Ehe braucht, um zu gedeihen, Zuwendung und Pflege. Um den Richtigen zu finden, muss man wissen, wonach man sucht, darf nichts überstürzen und muss mit Ruhe auswählen. Auf jede glückliche Ehe kommen zahlreiche unglückliche. Einigen gelingt es, mehr oder weniger glücklich zu werden, andere schaffen es nie. Vielleicht wissen sie es schon von Anfang an, weil sie nicht alles geben, was sie haben, oder weil sie den falschen Partner haben.«

Lara war sich der Tatsache bewusst, dass in einer Beziehung zwischen Mann und Frau jeder einen Teil von sich selbst geben muss. Aber sie selbst hatte sich nie vollkommen hingegeben. Was hatte sie dadurch erreicht? Sie war hintergangen worden. Immer wieder klangen ihr Giannis Worte in den Ohren: »Lara ist eine großartige Frau, nur im Bett ist sie eine Katastrophe.«

Als wäre ihre Großmutter anwesend und würde die quälenden Zweifel von ihren Augen ablesen, erinnerte sich Lara plötzlich daran, was sie ihr einmal gesagt hatte: »Wenn du auf der Suche nach einem Mann bist, oder ihr bereits zusammen seid, musst du immer zwischen der Liebe und seinem Begehren nach dir unterscheiden. Liebe und Begehren gehören für die Frau zusammen. Doch für den Mann sind es getrennte Dinge, die erst miteinander verschmelzen, wenn er der Frau, die sich ihm vollkommen hingibt, sehr nahe kommt.«

Lara wusste, dass sie dem Mann, den sie liebte, alles geben musste, um ihn zurückzugewinnen. Sie war bereit, bis zum Äußersten zu gehen: Deshalb war sie in Peru. Sie war nun davon überzeugt, dass es nichts auf der Welt gab, was sich nicht erreichen ließe, wenn man es nur stark genug wünschte. Aber sie vergaß dabei einen Punkt: Wünschen allein genügt nicht, man muss auch wissen, was zu tun ist, und entsprechend handeln. Lara fehlte dieses Wissen, sie hatte keine Vorstellung davon, wie sie vorgehen sollte, und war deshalb auf der Suche nach jemandem, der ihr helfen würde, die eigenen Probleme zu lösen. Mit diesem Gedanken schlief sie ein.

Am nächsten Morgen stand sie zeitig auf, da sie nach Cuzco weiterreisen wollte. Ihr Blick fiel aus dem Hotelzimmerfenster in Richtung Osten. Hoch oben am Himmel stand Venus und leuchtete majestätisch. Die sonst bläulichen Berge sahen in der Dunkelheit gänzlich schwarz aus. Gedankenverloren wartete Lara auf die Dämmerung.

Seit sie erwacht war, hatte sie über die Liebe nachgedacht

und sich immer wieder gefragt: »Was ist Liebe? Ist es für Männer und Frauen dasselbe Gefühl? Oder ist es etwas, das nur die Frau empfinden kann, nicht aber der Mann?« Sie hatte so viel über Liebe gehört und gelesen. Aber was war dieses Gefühl für sich genommen?

Zu allen Zeiten ist immer und immer wieder von der Liebe die Rede gewesen. Man hat sie besungen und die wahre Liebe geadelt. Viele Menschen haben in ihrem Namen gekämpft und gelitten, sind sogar für sie gestorben. Doch niemand konnte bisher eine genaue Definition dieses Begriffs liefern. Jeder Versuch blieb unpräzise. Einige meinen, sie sei eine Empfindung, ein positives Gefühl. Andere behaupten dagegen, dass die Liebe das Denken zerstöre und den Menschen in die Irrationalität führe. Wieder andere bringen das Herz mit ihr in Verbindung oder betrachten sie als Lebensquelle, als ein Grundbedürfnis der Seele: Wir zehren von der Liebe, sie stärkt uns, richtet uns auf und gibt unserem Leben einen Sinn. Wir leben für sie. Ein Mensch ohne Liebe ist eine verdammte Seele, denn die Liebe ist das Himmelreich.

Es heißt, die Wurzel aller Leidenschaften gründe in der Liebe. Aus ihr erwachsen Heiterkeit und Freude, Verzweiflung und Schmerz. Doch manche sind auch der Ansicht, dass die Liebe, selbst wenn sie sich verändert, im Grunde dieselbe bleibt: Es gibt für sie nur tausend verschiedene Namen.

Während Lara ihren Gedanken nachhing, dämmerte es langsam. Nach und nach wurde der Himmel heller, und es schien, als seien die Berge ringsum von einem Lichtkranz umgeben, der alles in Violett, dann in Orange und schließlich in Gold tauchte. Kurz darauf tauchte am Horizont die Königin der Gestirne auf und kündigte den neuen Tag an.

Lara frühstückte in aller Eile und fuhr dann mit dem Taxi zum Flughafen. Eine Stunde später saß sie bereits im Flugzeug, das sich sanft in die Lüfte erhob.

Von oben aus gesehen lieferte das graue Gebirge unter ihr

ein eindrucksvolles Bild. Sie konnte die trockene, wüstenartige Landschaft der Anden bewundern: Berge, Hügel, Schluchten, Niederungen und Täler. Die Kordilleren zwischen Arequipa und Cuzco wirkten von hier aus wie ein zerknittertes graues Papier, an dessen Rändern die mit ewigem Eis bedeckten Berggipfel emporragten. Einige dieser Gipfel schimmerten weißgolden, andere wirkten durch das Spiel des Sonnenlichts wie schwarz eingefasste Diamanten. Es war ein wunderbares Schauspiel. Riesige Wolken hingen am Himmel, einige kleine Wölkchen zogen nach Osten und sammelten sich vor den Bergen. An manchen Stellen verschwanden die Gipfel teilweise hinter den Wolken, und es entstand der Eindruck, als würden diese wie der Atem eines Lebewesens aus jenen emporsteigen.

Je näher sie Cuzco kamen, desto stärker veränderte die Landschaft ihre Farbe. Das Grauviolett der Berge wich zunächst einem Grünlichviolett, um sich schließlich, beim Anblick des ewigen Schnees, in Weiß zu verwandeln. Majestätisch erhob sich der Ausangate mit seinem schneebedeckten Gipfel und den grauen Geröllbrocken am Fuße des Massivs, die dem Ganzen ein uneinheitliches Aussehen verliehen.

Man konnte seiner Fantasie freien Lauf lassen und in den Bergen Formen entdecken, die an die heiteren oder strengen Gesichter weißer Priester erinnerten, an die farbige Kleidung der wilden Krieger oder an teuflisch groteske Wesen.

Kurz darauf überflogen sie den Gletscher des 6271 Meter hohen Salcantay, der zusammen mit dem Ausangate einen Teil der Landschaft um Cuzco bildet. Hier wurden die meisten Bauwerke und archäologischen Überreste aus der Zeit der Inkas gefunden. Dieses legendäre und mächtige Volk schaffte es, innerhalb von nur drei Jahrhunderten das größte Reich unter sich zu vereinen, das es bis dahin in Lateinamerika gegeben hatte. In dieser ungeheuren geografischen und biologischen Vielfalt hatte der Mensch gelernt, die Natur zu begreifen und zu lieben.

In ihrem Reiseführer hatte Lara gelesen, dass Peru eines der wenigen Länder ist, das nahezu alle Landschaftstypen der Erde vereint. Zu Beginn der Reise hatte sie das Meer und die karge Küste kennen gelernt, nun erlebte sie die Schönheit der Berge. Vielleicht würde sie auch noch die Wälder Amazoniens zu sehen bekommen. Als sie sich Cuzco näherten, boten die Schneefelder des Salcantay und des Ausangate ein grandioses Schauspiel. Eingerahmt von einem zartblauen Himmel schillerten sie von türkis bis indigoblau. Weiße Wolken zierten die immense Himmelslandschaft. Wie Watteflöckchen hingen sie zwischen den Bergen.

Aus dem Flugzeug sah Lara zum zweiten Mal den Ausangate. Man hatte ihr erzählt, dass hier der Sitz der Andengötter sei. Wie schwierig es für die Menschen sein musste, an einem derartigen Ort zu leben.

Um Cuzco herum waren vereinzelte Häuser, Hütten und Bauernhäuser, die an Äcker und verdorrte Weideflächen grenzten. Weiter oben wurde das Land ein wenig grüner, und in den geweihten Tälern war es von saftig grüner Farbe. Lara konnte die Terrassenanlagen erkennen, mit deren Hilfe die Peruaner das Land urbar gemacht hatten.

Kurze Zeit später befand sich Lara bereits in ihrem Hotel. Von hier aus wollte sie ihre Suche nach jener Person beginnen, derentwegen sie diese Reise unternommen hatte. In dieser Stadt mit ihren dreihunderttausend Einwohnern würde sie ihn finden müssen: einen *Amaru Runakuna*, einen »Schlangenmenschen«.

Diego hatte ihr Cuzco als eine Stadt beschrieben, in der es einfach alles gibt: Menschen, die sich ganz der Wissenschaft und modernen Technologie verschrieben haben, und andere wiederum, die den Kontakt mit spirituellen Wesen suchen, oder Personen mit magischen Kräften, die Raum und Zeit überwinden können.

In Cuzco leben zwei Kulturen zusammen: die Andenkultur

und die westliche Kultur, jede mit ihrer eigenen Auffassung vom Leben, ihrem eigenen Weltbild. Mit der westlichen Kultur war Lara hinreichend vertraut, die Andenkultur war ihr dagegen vollkommen fremd. Laut Diego war es eine Welt voller Herzlichkeit und Lebenskraft, in der das Bewusstsein für die Gemeinschaft zwischen Mensch und Natur vorherrschte.

»Alles in der Natur ist voller Leben, voller Gefühl und Geist. Aber in erster Linie ist die Natur Materie und Energie. Für den, der es versteht, sich ihr zu öffnen und sie zu empfangen, kann sie eine Quelle des Lebens und des Wissens werden«, hatte er ihr erklärt.

Diego war davon überzeugt, dass die Menschen der Anden wussten, wie man mit der Natur kommunizieren kann, mit den Schneefeldern, den Meeren, den Seen und Flüssen. Es gab Medizinleute, Männer und Frauen, die die Sprache der Natur vollkommen beherrschten. Dank unermüdlichen Übens war es einigen Privilegierten gelungen, in einen Zustand harmonischer Symbiose mit der spirituellen Welt einzutreten. Sie konnten mit den Apukuna, den Aukikuna, mit *Pachamama*, den Ñustakuna, Illakuna und Wacakuna, mit all den himmlischen Wesen des Universums in Kontakt treten.

Ihr Verständnis der Natur eröffnete diesen Menschen immer neue Dimensionen. Durch die stetige Bewusstseinserweiterung stiegen sie in der Hierarchie des spirituellen Weltbildes der Anden von einer Kategorie zur nächsten empor. Westliche Schriftsteller haben für diese an Erfahrung reifen Menschen die unterschiedlichsten Namen: »Magier«, »Zauberer«, »Heiler«, »Weise« und »Scharlatane«. Die Anthropologen, die sich mit ihnen befassen, nennen sie »Schamanen«, »Curanderos«, »Naturpriester« oder »Medizinmänner«.

Diego hatte Lara außerdem erklärt: »Durch das Wenige, das uns über die Religion aus der Zeit vor der spanischen Eroberung überliefert ist, wissen wir, dass es eine Hierarchie gab, die an das jeweilige Wissen über die Natur gekoppelt war.

Dabei spielte insbesondere die kosmisch-spirituelle Dimension eine Rolle. Es gab ein sehr weit gefasstes Bild sowohl der verschiedenen Himmelsgottheiten wie Sonne, Mond oder Venus, als auch der irdischen Götter, die in verschiedenen Bereichen der Erde beheimatet waren, in Seen und Flüssen oder an den heiligen Orten auf dem Land und in den Bergen.«

Diego hatte erzählt, dass dieser Religion zufolge alle Menschen und Lebewesen eng mit Hanan Pacha, dem Reich der Himmelsgottheiten, verbunden waren, und auch mit Ukhu Pacha, der Welt des Ungewissen und Unbekannten, und mit Kay Pacha, dem Raum, den die irdischen Gottheiten einnahmen. Cuzco war ein heiliger Ort, und die beiden höchsten Berge der Region, der Ausangate und der Salcantay, wurden von den verschiedenen Schutzgeistern der Menschen bewohnt.

In der Vergangenheit gab es in Peru eine weibliche Religion, in der *Pachamama,* die Mutter Natur und kosmische Göttin, verehrt wurde. Kundige Menschen widmeten sich ganz der Aufgabe, den Kontakt mit dem Göttlichen herzustellen. Leider ist diese weibliche Religion durch den Einfluss der spanischen Missionare beinahe gänzlich verschwunden. Mit Feuer und Schwert verbreiteten sie den katholischen Glauben unter der Bevölkerung Perus, die sich dadurch immer weiter aus der bestehenden Verbindung zwischen Mensch und Natur herauslöste.

Trotz dieser gewaltsamen Bekehrung konnte ein Teil der alten Kultur und Religion der Anden überleben. Wegen der Gewalt und der Proselytenmacherei der katholischen Kirche hielten sich die Anhänger der Andenreligion verborgen – nur so konnten sie den Strafen der Unterdrücker entkommen – und entwickelten eine neue Art der Wechselbeziehung zwischen Natur und Mensch. Es ging ihnen darum, das verlorene Gleichgewicht wiederherzustellen, die Harmonie zwischen Mensch und Naturgewalten zu erhalten.

Die Anhänger jener Religion wurden an geheimen Orten

von kundigen Meistern unterrichtet, nachdem sie sich zuvor harten Prüfungen unterziehen mussten. Wer diesen Weg gehen wollte, musste ganz bestimmte körperliche, geistige und spirituelle Fähigkeiten besitzen, um als würdiger Träger des heiligen Wissens erachtet zu werden. Für einen langen Zeitraum musste er sich darin üben, die verschiedenen Wege zu finden, mit der Natur in Kontakt zu treten, das Unbekannte zu ergründen und die Praktiken der Askese zu beherrschen. Am Ende ihrer Ausbildung waren diese Menschen dazu fähig, anderen wirklich zu helfen, Krankheiten zu heilen und geistige sowie spirituelle Konflikte zu lösen.

Andere schienen vom Himmel auserwählt zu sein, wenn sie etwa vom Blitzschlag getroffen der enormen elektrischen Entladung standhielten und überlebten. Diese Menschen wurden daraufhin von einem der großen Meister in die geheimen Lehren eingeweiht, um schließlich zu den Kalpaq, den Himmelspriestern, zu gehören, die heute unter dem Namen Pampa Misayoq oder Alto Misayoq bekannt sind.

Die Träger der religiösen Ordnung und des Wissens der Andenvölker lebten an verschiedenen verborgenen Orten und standen miteinander in Verbindung. Sie hielten sich an bestimmte Gebote und Regeln, wobei ihre Vorbildfunktion, ihre Suche nach der Wahrheit und die Strenge ihrer Lebensführung eine entscheidende Rolle spielten. Ihnen unterstand es auch, die Gemeinde zusammenzurufen.

Ausgerüstet mit diesem Wissen, begann Lara gleich nach ihrer Ankunft in Cuzco mit einer tagelangen, fieberhaften Suche, die sie bis in die Gegend von Langui führte. Sie wollte Tata Condori finden, jenen Schlangenmenschen, über den sie in dem Buch gelesen hatte. Von den Einheimischen versuchte sie, vor Ort zu erfragen, wo er sich aufhielt. Sie hatte geglaubt, dass dies nicht weiter schwer sein würde, musste aber nach und nach begreifen, dass sie sich getäuscht hatte.

Niemand gab ihr genaue Auskunft. So zog sie überall umher, ohne auf seine Spur zu stoßen. Voller Zweifel, Sorgen und Ängste kehrte sie schließlich zurück in die Stadt.

Früher war Cuzco die Hauptstadt des Inkareiches gewesen. Historiker, aber auch die Bewohner selbst, nannten sie den »Nabel der Welt«. Heute übte Cuzco eine ganz andere Form der Anziehungskraft aus. Ebenso wie Lara kamen Hunderte von Menschen auf ihrer spirituellen Suche in diese Stadt, von der es hieß, sie sei das mystisch-magnetische Zentrum unserer Zeit.

Eine der ersten, von denen Lara etwas über die *Curanderos* in Erfahrung brachte, war Carmen, die erkannt hatte, wie niedergeschlagen sie war. Carmen war eine Mestizin mit freundlich zurückhaltendem Blick. Sie besaß eine kleine Pension wenige Schritte von Laras Hotel entfernt. Lara kam jeden Morgen zum Frühstück zu ihr. Nachdem Carmen einige Tage lang das unruhige Hin und Her ihres Gastes auf der Suche nach einem *Curandero* beobachtet hatte, wandte sie sich mit vertraulichem Ton an sie.

»Früher gab es in Cuzco *Curanderos* und eine Priesterschaft, der Männer und Frauen angehörten. Diese Menschen verstanden sich nicht nur auf die Heilkunst, sondern halfen den Leuten auch bei einer Reihe anderer Probleme. Jetzt, wo sie durch ausländische Schriftsteller bekannt geworden sind, gibt es viele falsche *Curanderos*, aber es gibt auch noch die echten.«

»Wo sind sie? Ich kann sie nicht finden«, meinte Lara ein wenig mutlos.

»Du musst Geduld haben. Wenn du dir Zeit nimmst für deine Suche, wirst du sie finden. Aber pass auf, dass du nicht in die Hände falscher *Curanderos* gerätst, die sich nur an den Unvorsichtigen bereichern wollen. Heutzutage werden alle Leute *Curanderos* genannt, die sich auf Naturheilverfahren verstehen: Kräuterkundler, Masseure, Spiritisten, Osteopathen, Handaufleger und Biotherapeuten. Sie praktizieren nicht die wissenschaftlich anerkannte Schulmedizin, sondern arbeiten mit alternativen Methoden. Aber sie haben wenig mit den wahren *Curanderos*, den Priester-Heilern, zu tun. Bei deiner Suche musst du genau darauf achten, was einer, der sich als *Curandero* ausgibt, sagt, was er tut und wie er lebt. Prüfe vor allem, ob er die Sprache der Eingeborenen spricht. So wirst du dein Ziel vielleicht erreichen. Als eine Folge des spirituellen Tourismus gibt es hier mittlerweile *Pseudo-Curanderos*, die sich als Andenpriester ausgeben und sogar Geld für ihre spirituellen Unterweisungen verlangen. Das ist absolut verwerflich. Es ist Betrug. Einige skrupellose Personen schlagen Profit aus den spirituellen Bedürfnissen der Menschen, die hierherkommen.«

»Ich wusste nicht, dass es so viele Betrüger gibt«, antwortete Lara, ohne jedoch allzu überrascht zu sein. Während ihrer täglichen Spaziergänge war sie einigen Leuten begegnet, die sich als *Curanderos* oder *Curanderas* ausgaben. Alles Mögliche hatte man ihr angeboten, von der Behandlung mit »Eiertinktur« bis hin zur Reinigung mit dem *cuy*, dem kleinen Haus- und Nagetier, das den Einheimischen zur Ernährung dient. Einige hatten ihr vorgeschlagen, an Zeremonien teilzunehmen, um mit *Pachamama* in Kontakt zu treten, andere, sich das Schicksal aus Kokablättern vorhersagen zu lassen.

Auch die *Rezadores*, die Gebet-Heiler, hatte Lara kennen gelernt, ebenso die *Alzadores*, die sich die halluzinogenen Kräfte einiger Pflanzen zu Nutze machten, deren Dämpfe sie inhalierten. Schließlich traf sie sogar Leute, die sich Federn ins Haar gesteckt hatten und sich als *Curanderos* der Urwälder ausgaben. Doch nirgendwo entdeckte sie auch nur eine Spur von den *Amaru Runakuna*.

Lara hatte, dank ihrer langjährigen Erfahrung im Dienstleistungssektor, schnell durchschaut, welche Mechanismen den Markt der *Curanderos* bestimmten. Sie wusste, wie schwierig es war, auf eine vertrauenswürdige Person zu stoßen, die ihr bei ihren Problemen helfen konnte. Ihre Stimme klang daher ein wenig mutlos, als sie Carmen fragte: »Sag, gibt es nicht irgendetwas, woran man die echten *Curanderos* erkennen kann?«

»Es ist leider nicht so einfach, einem von ihnen zu begegnen«, erwiderte Carmen, »denn alle sprechen von ihren eigenen Heilerfolgen und den Menschen, die sie bereits behandelt haben, um für sich selbst zu werben. Nur sehr selten schnappt man aus einem Gespräch zwischen Indios auf, dass es noch echte *Curanderos* gibt, die befähigt sind, sowohl physische als auch geistige und spirituelle Probleme zu lösen. Für diese Personen macht niemand Werbung, denn sie ziehen es vor, unbekannt zu bleiben.«

Als Lara nach den *Amaru Runakuna*, den Schlangenmenschen, fragte, meinte Carmen: »Ich weiß, dass es sie gibt, aber ich habe nie einen zu Gesicht bekommen. Nur ein einziges Mal habe ich jemanden, der sich sehr gut auskannte, über sie sprechen hören. Er sagte, dass sie einen Geheimbund bilden und dass es äußerst schwierig, jedoch nicht unmöglich sei, sie zu treffen. Man muss sehr lange suchen.«

So begann Lara, mit den unterschiedlichsten Leuten Kontakt aufzunehmen, in der Hoffnung, früher oder später auf einen echten *Curandero* zu treffen. Doch niemand, dem sie bei ihrer Suche begegnete, entpuppte sich als *Amaru Runakuna*, und niemand kannte Tata Condori. Auch nach Tata Melchior fragte sie. Irgendjemand hatte ihn einmal gesehen. Aber er lebte nicht mehr in Yanaoca, und keiner wusste, wo er hingegangen war.

Die Tage verstrichen rasch, und Lara hatte keine Vorstellung, wie es weitergehen sollte. Ihre Stimmung schwankte sehr häufig: Manchmal hoffte sie auf eine glückliche Wendung des Schicksals, ein andermal war sie vollkommen niedergeschlagen. Sie hatte Carmen von ihrer Enttäuschung erzählt. Diese versuchte, ihr Mut zu machen: »Man darf seine Träume nicht aufgeben, bevor man ihnen nicht die Chance gegeben hat, wahr zu werden. Du musst einfach weitersuchen.«

»Ich weiß nicht, wo ich beginnen soll«, erklärte Lara.

»Sei unbesorgt. Wenn du weißt, was du willst, wirst du früher oder später deinen Weg finden. Du musst nur in jedem Moment offen sein für alles um dich herum und dich von deiner Intuition leiten lassen. Wenn der Hüter unserer Welt dir helfen will, kann er durch jeden Menschen zu dir sprechen. Das Göttliche findet überall seinen Ausdruck. Wichtig ist, dass du dafür empfänglich bist und daran glaubst, dass deine Träume wahr werden können.«

»Willst du damit sagen, ich könne die Wirklichkeit durch meine Gedanken beeinflussen?«

»Ganz genau! Sobald du daran glaubst, dass dein Traum möglich und umsetzbar ist, wird von irgendwoher jemand auftauchen, der dir zeigt, wie es dir gelingen kann. Aber du musst bereit sein, den Preis zu zahlen, den dir das Leben abverlangt.«

Aufmerksam hörte Lara den Worten Carmens zu: Sie musste Geduld haben und musste *glauben*, um zu *können*.

Sie hoffte, stark genug zu sein für alles, was auf sie zukommen würde. Mit kleinen aber sicheren Schritten ging sie ihrem Ziel entgegen.

Ihr fiel ein, was ihr die Großmutter oft gesagt hatte, als sie noch klein war: »Sei immer zuversichtlich, auch in den schwierigsten Momenten. Alles kann sich von einem Tag auf den anderen wenden.«

War es ihr Schutzgeist, der so zu ihr sprach?

6

Frauen sind deine Schwestern

Die Tage vergingen, und Lara wurde immer unruhiger: Bisher hatte sie weder Tata Condori noch einen *Amaru Runakuna* getroffen. Sie suchte und erkundigte sich überall, aber die *Curanderos* reagierten mit Schweigen und Feindseligkeit auf ihre hartnäckigen Fragen. Auch die Stadt erschien ihr auf einmal abweisend. Sie wurde das merkwürdige Gefühl nicht los, überall auf Ablehnung zu stoßen. Aus den alten, steinernen Straßen sprachen Schmerz und Leid.

»Ich weiß nicht«, sagte sie zu sich selbst, »diese Stadt hat etwas Finsteres an sich. Sie schreckt mich ab und treibt mich dazu, sie zu verlassen. Zwar ist mir alles so vertraut wie die Luft, die ich atme, aber irgendetwas beunruhigt mich.«

Am meisten beeindruckte es Lara zu sehen, wie hart die Frauen auf den zahlreichen Märkten arbeiteten. Die schwersten Arbeiten wurden von ihnen verrichtet. Auch die Männer packten mit an, aber die Frauen bürdeten sich die größeren Lasten auf. Sie trugen ihre Kinder auf den Schultern, während sie Körbe, Säcke und Taschen in Händen hielten. Viele Frauen aus den ärmeren Vierteln waren den ganzen Tag über in den umliegenden Dörfern unterwegs und schleppten riesige Bündel mit sich. Nach dem Frühstück setzte Lara sich meistens auf den Exerzierplatz. Manchmal lief sie auch durch die Straßen und versuchte, mit dem einen oder anderen Indio ins Gespräch zu kommen. Sie wollte die Wurzeln dieser Kultur kennen lernen.

Nach und nach wurde ihr klar, welch wichtige Rolle die Frau für das dortige Wirtschaftsleben spielte. Die meisten Arbeiter dieser Stadt waren weiblich. Die Frauen nahmen jegliche Art von Tätigkeit an, um den Unterhalt für die ganze Familie zu verdienen. Sie ließen sich von ihrer Einsatzbereitschaft antreiben, wurden aber wegen ihrer mangelnden Bildung von den Männern ausgebeutet.

Um ihre Einsamkeit zu vertreiben, begab sich Lara eines Nachmittags wieder einmal auf den Exerzierplatz und beobachtete die Leute, die kamen und gingen. Carmen hatte ihr gesagt, dass sie darauf achten müsse, wer die Kathedrale betrat, nur so könne sie einen echten *Curandero* finden.

Während Lara in ihre Beobachtungen vertieft war, kam eine Frau auf sie zu. Sie verkaufte Obst, das sie in zwei Handkörben mit sich trug. Lara drehte sich zu ihr um und betrachtete sie. Die Frau war etwa fünfundvierzig Jahre alt, klein und mager. Ihr Gesicht war von Leid und mangelhafter Ernährung gezeichnet.

Während ihrer Spaziergänge durch die Stadt war Lara dieser Frau mit den vollen Körben bereits öfters begegnet. Sie drängte Lara zum Kauf ihrer Ware, offenbar in der Absicht, mit ihr ins Gespräch zu kommen. Lara wusste, dass sie Brigida hieß, so wurde sie zumindest von den anderen genannt.

»Erzähl mir von dir«, forderte sie sie daher in vertraulichem Ton auf. »Lebst du hier in Cuzco?«

Brigida sah sie aufmerksam an. Mit einem gezwungenen Lächeln und ein wenig scheu antwortete sie: »Wir leben im oberen Teil der Stadt, mein Mann, meine neun Kinder und ich.«

»Habt ihr ein Haus?«

»Nein, *Mamita*«, erwiderte sie traurig, »wir leben in zwei Zimmern zur Miete.«

Lara fand die Vorstellung, dass elf Personen in zwei Zimmern leben, unglaublich.

»Schaffst du es, mit dem Obst, das du verkaufst, genug für den Unterhalt deiner Familie zu verdienen?«, wollte sie wissen.

»Nein. Auch mein Mann geht arbeiten. Wir müssen uns alle sehr anstrengen, aber ich habe neben dem Obstverkauf auch noch die Hausarbeit zu erledigen. Jeden Morgen stehe ich um vier Uhr auf, koche, mache sauber und wasche alle Kleider mit der Hand. Dann gehe ich, ohne vorher etwas zu essen, zum Großmarkt, um das Obst einzukaufen, das du hier siehst. Danach muss ich schnell nach Hause, um das Frühstück vorzubereiten. Den ganzen Tag bin ich unterwegs und versuche, meine Ware zu verkaufen.«

Lara hatte den Wunsch, sich noch länger mit dieser Frau zu unterhalten, und schlug ihr deshalb vor: »Wenn ich dir eine größere Menge Obst abkaufe, bleibst du dann, um noch ein wenig mit mir zu sprechen?«

»Einverstanden«, willigte Brigida ein.

»Wann kommst du abends nach Hause?«

»Es kommt darauf an, manchmal zeitig, wenn es mir gelingt, alles Obst zu verkaufen, manchmal später. Bisweilen ist es schon tiefe Nacht.«

»Was tust du, wenn du zurück bist?«

»Ich muss weiterarbeiten. Meine Kinder gehen zur Schule. Ich möchte nicht, dass sie so enden wie ich. Wenn ich nach Hause komme, muss ich ihre Kleider bügeln. Da wir keinen Strom haben, benutzen wir Kerzen und ein Bügeleisen mit Kohlenglut. Um es heiß zu halten, muss ich ständig pusten.«

»Erzähl mir mehr aus deinem Leben. Woher kommst du, und wer sind deine Eltern?«

»Wenn ich dir meine Lebensgeschichte erzählen würde, *Mamita*, wäre das sicher sehr traurig für dich.« Brigida zog die Stirn in Falten, als müsse sie sich all ihrer bitteren Tage erinnern. Mit wehmütigem Blick sah sie zur Kirche hinüber und seufzte: »Es wird Gottes Wille sein, dass ich so leiden muss.«

»Sag nicht solche Sachen. Gott will niemandem etwas Schlechtes«, versicherte Lara.

»Schon, *Mamita*, aber ich habe vieles erdulden müssen. Als ich kaum sieben Jahre alt war, starb mein Vater. Er war Schafhirte auf einem großen Hof. Meine Mutter und ich übernahmen seine Arbeit. Eines Tages gingen zwei Tiere verloren. Sie schlugen meine Mutter und hätten sie dabei fast umgebracht. Ich floh, um der Strafe zu entkommen, und ging in die Stadt. Dort traf ich eine Frau, die mich fragte: »Willst du für mich arbeiten?« Ich ging mit ihr. Aber sobald ich auch nur den kleinsten Fehler beging, schlug sie mich und zog mich an den Haaren. Ich musste von früh bis spät arbeiten, ohne dafür den geringsten Lohn zu erhalten. Ich lief fort, denn selbst ihre Kinder traten ständig nach mir. Während ich auf der Suche nach Arbeit in den Straßen umherstreifte, traf ich wieder auf eine Frau, die mich fragte: »Warum fängst du nicht bei mir an zu arbeiten?« So kam ich in ihr Haus. Dort ging es mir gut, und ich wuchs heran. Als ich zwölf war, kam einer ihrer Söhne zu Besuch, der in Lima lebte. Er versuchte, sich an mir zu vergreifen, aber ich setzte mich zur Wehr. Seit jenem Tag ließ er mich nicht mehr in Ruhe. Um den unaufhörlichen Nachstellungen zu entkommen, ging ich fort und suchte mir Arbeit in einer Pension. Es war kein leichtes Leben, doch ich wuchs langsam heran. Später, ich war bereits ein junges Mädchen, fand ich eine Anstellung in einem Geschäft. Aber der Besitzer wollte mich vergewaltigen, und mir blieb nichts anderes übrig, als zu fliehen.«

Lara hörte mit großer Anteilnahme zu. Sie spürte, wie in ihr die Wut gegen all die Männer aufstieg, die versucht hatten, sich an Brigida zu vergehen. Plötzlich unterbrach diese ihre Erzählung und fragte: »*Mamita*, bist du sicher, dass du meine ganze Lebensgeschichte hören willst?«

»Bitte, erzähl weiter«, antwortete Lara tiefbewegt.

Brigida seufzte und fuhr fort: »Ich wurde wieder Dienstmädchen bei einer feinen Dame. In der Johannisnacht wurde ein Fest gegeben, und wie alle jungen Mädchen ging auch ich zum Tanz. Ich lernte einige junge Männer kennen, die mir zu trinken anboten. Aber sie mussten irgendetwas hineingemischt haben. Ich schlief ein, und nach dem Erwachen merkte ich, dass sie mich vergewaltigt hatten.

Nach langen Jahren, die ich allein verbrachte, lernte ich meinen ersten Mann, einen Maurer, kennen. Er kam immer betrunken nach Hause und schlug mich ständig. Manchmal richtete er mich so zu, dass ich blutete, und verlangte dann noch, dass ich ihm das Essen bereitete. Alkohol machte ihn gewalttätig, und bisweilen kam er selbst verletzt nach Hause. Eines Tages kam er nicht mehr: Er war in einen Streit verwickelt worden und wurde niedergestochen. Er starb kurz darauf im Krankenhaus.

Einige Jahre später tat ich mich mit einem anderen Mann zusammen, obwohl ich bereits ein Kind hatte. Ich verkaufte Lebensmittel auf dem Markt. Er war ein Verschwender und Frauenheld. Ich hatte viel zu leiden unter ihm. Mein zweites Kind ist von ihm. Er brachte uns in große Schwierigkeiten. Das Geld, das er verdiente, vertrank er regelmäßig an den Wochenenden. Für uns blieb nichts übrig. Eines Tages wurde er entlassen und musste sich Arbeit in einem Bergwerk suchen. Ich habe nie wieder etwas von ihm gehört.

Jetzt lebe ich wieder mit einem Mann zusammen. Mit ihm habe ich neun Kinder, meine beiden Ältesten stehen bereits auf eigenen Füßen. Er ist Arbeiter, und ich verkaufe nach wie vor Obst. Aber unsere Einnahmen sind zu gering. Manchmal trinkt er und wird dann in irgendwelche Schlägereien hineingezogen. Danach lässt er seinen Ärger an uns aus. Ich sage immer, dass wir auf die Welt gekommen sind, um zu leiden.«

Lara war tief betroffen von der Hoffnungslosigkeit und der resignierten Haltung dieser Frau, die das Ergebnis einer chauvinistischen Gesellschaft waren.

An diesem Nachmittag, während sie immer noch in Gedanken bei der Obstverkäuferin war, ging sie in einen Juwelierladen, um sich ein Paar Ohrringe und eine silberne Kette zu kaufen. Dort lernte sie durch Zufall Dora Perez kennen, eine Sozialarbeiterin, die in Cuzco tätig war. Sie schlossen sofort Freundschaft. Dora war eine wunderbare Frau, fröhlich und voller Leben. Sie lud Lara sogleich zu sich nach Hause ein, und seit jenem Tag trafen sie sich oft auf einen gemeinsamen Spaziergang.

Lara nutzte diese Treffen, um sich mit Dora über die trostlose Situation der peruanischen Frauen zu unterhalten, mit denen sie sich trotz ihrer europäischen Herkunft und ihren scheinbar so anders gearteten Problemen identifizierte. Seit jeher besaß sie einen ausgeprägten Sinn für Gerechtigkeit und zeigte große Sympathien für die feministische Bewegung. Sie empfand das Verhalten, das einige peruanische Männer Frauen gegenüber an den Tag legten, als abstoßend.

Als Ausländerin zog sie die Aufmerksamkeit vieler junger, aber auch älterer Männer auf sich. Meistens waren es Weiße oder Mestizen, die sie zunächst beobachteten, sich ihr dann näherten und versuchten, ein Gespräch mit ihr anzufangen. Wenn sie durch die Straßen lief, rief man ihr Komplimente wie *gringuita, bonita, mamacita, hijita, palomita* und andere Worte zu.

Auch wenn sie auf dem Exerzierplatz saß, um die Leute zu beobachten, kamen immer wieder Männer, setzten sich neben sie, sprachen sie an und versuchten, mit ihr anzubändeln. Erst wenn sie ihnen unmissverständlich klar gemacht hatte, dass sie keinerlei Interesse an einem Liebesabenteuer hatte, ließen sie sie in Ruhe.

Die Männer dieser Stadt machten keinen guten Eindruck auf Lara. Sie behandelten die Frauen, als seien sie ihre Untergebenen, ihr Eigentum oder Spielzeug. Sie waren ungehobelt, respektlos und gewalttätig. Lara fragte sich, warum sich die

Menschen nicht dafür einsetzten, die Situation der Frauen zu verbessern. Von ihrer neuen Freundin erhoffte sie sich einige Antworten.

Dora arbeitete in einer Frauenberatungsstelle. Dort hörte man von vielen tragischen Schicksalen. Tagtäglich gingen Beschwerden über Männer ein, die ihre Frauen misshandelten. Manchmal waren die körperlichen Übergriffe so schwer, dass die Frauen ins Krankenhaus gebracht werden mussten.

»Das Leben der Frauen ist sehr schwierig hier. Der spanische Einfluss hat seine Spuren hinterlassen. Aus rechtlicher und sozialer Sicht zählt nur der Mann, die Frau hingegen ist wertlos«, meinte Dora nüchtern.

»Man müsste den Frauen beibringen, welche Rechte und welche Pflichten sie haben«, überlegte Lara.

»Ich bin ganz deiner Meinung. In den letzten Jahren sind sogar einige Gesetze zum Schutz der Frau verabschiedet worden. Aber es herrscht immer noch zu viel Ungerechtigkeit. Ein weiteres Problem ist, dass die meisten von ihnen keine Ausbildung haben und vom Land kommen.«

»Und die Männer nutzen ihre Unwissenheit aus!«

»Ganz genau! Es ist ein soziales Problem, das vor allem die unteren Schichten betrifft, zum Teil aber auch die Mittelschicht«, erklärte Dora. »Ich will dir von einem der vielen Schicksale berichten. Eine junge Frau aus Toroy, einem kleinen Dorf in der Nähe von Cuzco, kam mit siebzehn Jahren in die Stadt, um als Haushälterin zu arbeiten. Sie war sehr hübsch, aber vollkommen naiv. Die Hausherrin war Inhaberin eines Geschäfts. Das Mädchen musste im Haus arbeiten. Der Sohn, ein Jurastudent, nutzte die Abwesenheit der Mutter und verging sich an ihr. Unglücklicherweise wurde sie schwanger.

Mutter und Sohn behielten sie während der Schwangerschaft bei sich, doch nach der Geburt nahmen sie ihr das Kind weg und schickten sie fort. Sie stand auf der Straße, todunglücklich, ohne irgendjemanden, der ihr hätte helfen, der sie hätte beschützen können. Schließlich begegnete sie einer Frau, die Mitleid mit ihr empfand und ihr, nachdem sie ihre Geschichte angehört hatte, anbot: ›Ich kann dich zwar nicht mit zu mir nach Hause nehmen, aber wenn du möchtest, bringe ich dich zum Kloster. Ich kenne die Dominikanerschwestern und werde sie um Hilfe bitten.‹

Sie begleitete die junge Frau zum Kloster, wo man ihr Unterkunft gewährte. Sie durfte im Kongregationshaus wohnen und musste dafür die Räume des Internats sauber halten. Dort lebte sie von nun an. Zwar erhielt sie keinen Lohn, nur hin und wieder ein kleines Trinkgeld, aber man gestattete ihr, die Schule zu besuchen.

Einige Jahre vergingen, und der junge Mann, der sie vergewaltigt hatte, war inzwischen Rechtsanwalt geworden. Da das Mädchen sehr hübsch war und er sie zu seiner Geliebten machen wollte, begab er sich auf die Suche nach ihr. Er fand heraus, wo sie wohnte, und begann ihr aufzulauern, wenn sie auf dem Weg zum Unterricht war. Schließlich brachte er sie mit einem Heiratsversprechen dazu, sich heimlich mit ihm zu treffen. Da er sie aber jede Nacht sehen wollte, ließ er den Nonnen über eine dritte Person eine Reihe von Lügengeschichten über die junge Frau zukommen, damit sie wegen unmoralischen Verhaltens aus dem Kloster verstoßen werde. Leider glaubten die Nonnen die Geschichten und schickten sie fort. Als der Anwalt davon erfuhr, mietete er ihr ein schäbiges Zimmer, wo er sie nach Belieben besuchen konnte. Damit sie für ihren Lebensunterhalt sorgen konnte, verschaffte er ihr eine Arbeit als Verkäuferin in einem Laden.

Wenn sie ihn an sein Heiratsversprechen erinnerte, sagte er nur: ›Gib mir noch etwas Zeit, ich muss mich beruflich erst etablieren.‹

Die junge Frau musste alles tun, was er von ihr verlangte, da sie niemanden hatte, den sie um Hilfe bitten konnte. Von morgens bis abends arbeitete sie in dem Geschäft und bediente die Kunden. Als Lohn erhielt sie täglich eine warme Mahlzeit und monatlich eine kleine Summe. Der Anwalt kam immer gegen Mitternacht zu ihr, schlief bei ihr und ging bei Tagesanbruch wieder fort. Jedesmal wenn sie ihn darum bat, doch endlich klare Verhältnisse zu schaffen, antwortete er: ›Hab noch ein wenig Geduld, Liebling. Um zu heiraten, muss ich erst etwas Geld beiseitelegen.‹

Das Mädchen war in ihn verliebt und gab die Hoffnung nicht auf. Irgendwann wurde sie wieder schwanger. Doch um Schwierigkeiten zu vermeiden, überredete er sie zu einer Abtreibung. Der Eingriff erfolgte auf unsachgemäße Weise, und sie erlitt gesundheitlichen Schaden. Daraufhin suchte sie ihn in seiner Kanzlei auf, aber statt sich verantwortlich zu zeigen, schrie er nur: ›Raus hier! Du hast mir schon zu viele Unannehmlichkeiten bereitet. Ich will dich nie wieder sehen!‹

Vollkommen allein und ohne ärztliche Versorgung verschlechterte sich ihr Zustand von Tag zu Tag. Vor Kummer und Schwäche verlor sie immer mehr an Gewicht und wurde immer blasser: All ihre Schönheit schwand dahin. Der Mann, der für ihr Unglück verantwortlich war, kümmerte sich nicht um ihre Gesundheit. Sie musste mehrfach ins Krankenhaus eingeliefert werden. Dank der großzügigen Hilfe eines Onkels, von dem sie seit Jahren nichts gehört hatte, konnte sie schließlich genesen. Nach ihrer Entlassung aus dem Krankenhaus fand sie Arbeit in einem Restaurant.

Später lernte sie einen anderen Mann kennen, gab ihre Arbeit auf und lebte mit ihm zusammen. Sie bekam zwei Kinder von ihm und gewann bald ihre alte Schönheit zurück. Ihr Mann war Automechaniker und Lackierer, aber er trank viel und brachte wenig Geld mit nach Hause. Um ihn zu unterstützen, nahm sie erneut Arbeit als Verkäuferin in einem Haushaltswarengeschäft an. Eines Tages traf sie auf der Straße mit dem Anwalt zusammen, der sie betrogen hatte. Wieder begann er ihr nachzustellen und sie zu belästigen. Diesmal setzte sie sich zur Wehr, doch er drohte ihr: ›Du bist meine Frau. Dein Mann weiß nicht, dass du ein Kind von mir hast. Wenn du nicht nett zu mir bist, werde ich ihm alles verraten, was zwischen uns war.‹

Doch sie ließ sich von seiner Drohung nicht einschüchtern und gab seinem Drängen nicht nach. Im Gegenteil: Sie verlangte von ihm, dass er ihr den Sohn zurückgebe.

Eines Tages nahm sie eine Veränderung an ihrem Mann wahr. Zwar war er ihr gegenüber auch sonst weder zärtlich noch sonderlich gesprächig und blieb manchmal tagelang ohne eine Erklärung von zu Hause fort. Wenn sie ihm Fragen stellte oder ihn nicht hineinlassen wollte, trat und schlug er sie. An jenem Tag schrie er sie an: ›Ich weiß, dass du die Geliebte eines Rechtsanwaltes bist, du Hure!‹

Sie hatte ihm vor ihrer Eheschließung ihre ganze Geschichte erzählt und setzte sich nun heftig gegen seine Vorwürfe zur Wehr. Der Anwalt war es, der ihr auflauerte und sie bedrohte. Doch anstatt seiner Frau beizustehen und ihr zu helfen, beschimpfte er sie weiterhin.

Von ihrem Mann wurde sie schlecht behandelt, der Anwalt belästigte sie, und sie selbst musste versuchen, das familiäre Gleichgewicht zu wahren, und sich um ihre beiden Kinder kümmern.

Irgendwann kam sie zu mir und erzählte von ihrem Leid. Ich kannte den Anwalt bereits und wusste, dass er eine einflussreiche, skrupellose Person war. Die ganze Situation war sehr kompliziert. Zum Glück erwähnte die Frau ihren Onkel. Ich ging zu ihm und erklärte ihm die ganze Angelegenheit. Er war ein bekannter Staatsanwalt. Als er die Geschichte seiner Nichte hörte, ließ er den Anwalt sofort vor Gericht stellen und erreichte die Rückgabe des Sohnes an seine Mutter sowie eine Schadensersatzleistung. Sie trennte sich von ihrem Mann und eröffnete einen eigenen Laden. Dank des Gerichtsurteils unterließ es der Anwalt in Zukunft, sie zu belästigen. Ist das nicht unfassbar? Erst vergewaltigt er sie, dann nutzt er ihre Naivität aus, und am Ende versucht er, sie mit Gewalt und Drohungen zurückzugewinnen. Ein Mann des Gesetzes, dessen Arbeit darin besteht, die Rechte anderer zu verteidigen! Ausgerechnet dieser Mann begeht ein derartiges Unrecht und unterdrückt einen anderen Menschen.«

»So etwas kommt in gebildeteren Schichten vermutlich eher selten vor«, bemerkte Lara.

»Denk das nicht. Selbst wenn zwei Menschen sich lieben, ist der soziale Druck oft so hoch, dass es zu tragischen Situationen kommt. Ich könnte dir noch eine Geschichte erzählen… aber dir würden wahrscheinlich die Tränen kommen.«

»Das glaube ich nicht«, entgegnete Lara. »Ich habe schon so vieles gehört und gesehen. Ich kann mir nicht vorstellen, dass es etwas gibt, was mich noch stärker berührt.«

»Gut, dann werde ich erzählen. Es ist die Geschichte zweier junger Leute, die der Mittelschicht angehören. Er studierte Medizin an der Nationaluniversität, sie Pädagogik an der katholischen Universität. Er war dunkelhäutig und stammte aus der Gegend um Puno, sie war eine Weiße, Tochter einer der reichsten und angesehensten Familien von Cuzco. Die beiden verliebten sich ineinander. Sie verabredeten sich, gingen gemeinsam spazieren und hielten sich in den Armen – all das, was Verliebte normalerweise tun.

Als die Familie des Mädchens davon erfuhr, begannen die Probleme, denn sie sahen diese Beziehung nicht gern. Der Vater, ein hochmütiger Mensch, sagte zu ihr: ›Ich will nicht, dass du dich mit diesem Jungen abgibst. Er ist deiner nicht wert, und außerdem ist er ein Indio!‹

›Vater, warum duldest du unsere Liebe nicht? Nur weil seine Haut dunkler ist als unsere? Er ist intelligent, und ich mag ihn. Was soll daran schlimm sein, dass er ein Indio ist?‹ ›Beflecke nicht die Ehre deiner Familie‹, entgegnete der Vater zornig.

Auch die Mutter sprach mit der Tochter. ›Dieser Junge ist nichts für dich. Er ist dir sozial unterlegen. Keiner von uns würde eine Heirat billigen.‹

›Warum mischst du dich in mein Leben ein? Ich liebe ihn und möchte mit ihm zusammenleben‹, widersetzte sich das Mädchen.

Die Eltern beschlossen, nicht mehr darüber zu sprechen, in der Hoffnung, dass die Liebe ihrer Tochter versiegen und sie es sich anders überlegen würde. Die Geschwister des Mädchens fingen an, schlecht über den Jungen zu reden, und erfanden immer neue Schimpfnamen für ihn. Da er klein war, nannten sie ihn ›halber Mann‹ oder ›Zwerg‹, und da er obendrein nicht besonders hübsch war, schimpften sie ihn auch ›Biest‹. Wenn sie beide zusammen sahen, riefen sie spöttisch ›die Schöne und das Biest‹.

Die junge Frau war sehr verliebt und ertrug jeden Spott. Da die Sticheleien, an denen sich mittlerweile auch die übrigen Verwandten beteiligten, nicht die gewünschte Wirkung zeigten, gingen die Geschwister nach und nach zu Beleidigungen über. Angesichts der unverändert ablehnenden Haltung ihrer Familie überredete das Mädchen ihren Geliebten, den sie auf keinen Fall verlieren wollte, heimlich zu heiraten. So würde sie für immer seine Frau sein. Zuerst war er nicht damit einverstanden. Er hielt den Zeitpunkt noch nicht für gekommen. Doch schließlich gab er nach und willigte ein. Sie heirateten in einem weit entfernten Standesamt, auch die kirchliche Trauung wurde vollzogen.

Während der Feierlichkeiten war die Kirche fast leer. Nur der Priester, der die Messe zelebrierte, der Küster, die Trauzeugen und das Paar, das seinen Bund vor Gott einging, waren anwesend.

Dem Pfarrer hatten sie gesagt, dass sie auf Reisen seien, dass sie es eilig hätten und heiraten wollten. Er hatte keinerlei Einwände und glaubte, sie würden nur aus Liebe heiraten.

Am Ende der Messe, nach der Beglückwünschung, meinte er: ›Noch nie hat mich eine Trauung so bewegt. Es ist das erste Mal, dass ich ein Paar sehe, das ohne Familie und ohne Freunde heiratet.‹

Nach der Heirat kehrten die beiden Eheleute zurück nach Hause, als wäre nichts geschehen: sie zu ihren Eltern, und er, um sein Studium fortzusetzen, in seine kleine Wohnung. Monatelang verbargen sie ihr Geheimnis, trafen sich hin und wieder und versuchten, gegenüber den Eltern des Mädchens zu verheimlichen, dass ihre Liebe andauerte.

Doch wenn der Teufel am Werk ist, kommt jedes Geheimnis ans Licht. Eines Tages wurde der Küster vor Gericht zitiert. Der Bruder des Mädchens war als Anwalt der Klägerseite dort. Es ging um ein Sexualdelikt, das der Küster auch tatsächlich begangen hatte. Der Anwalt setzte alles daran, ihn hinter Gitter zu bringen. Die Versuche der Verteidigung, mit der Gegenseite zu verhandeln, waren vergeblich, der Anwalt ließ nicht mit sich reden. Angesichts dieser ausweglosen Situation gab es für den Küster nur noch einen Weg. Er wusste von der geheimen Eheschließung und wandte sich nun vertraulich an den Bruder der Braut: ›Herr Doktor, wenn ich Ihnen etwas Interessantes über Ihre Familie berichten würde, wären Sie dann bereit, mir zu helfen, unbescholten aus der ganzen Angelegenheit herauszukommen?‹

›Willst du etwa behaupten, du weißt etwas über meine Familie, das ich nicht weiß?‹

›Es ist ein Geheimnis, das ich Ihnen nur unter der Bedingung anvertraue, dass Sie in diesem Prozess mit sich reden lassen.‹

›Was weißt du? Was soll das heißen?‹, rief der Anwalt drohend.

›Es hat etwas mit Ihrer jüngsten Schwester zu tun.‹

Überrascht und voller Zorn schrie der Anwalt: ›Rede endlich, Elender. Was ist mit meiner Schwester? Wehe, du verschweigst etwas!‹

Doch der Küster blieb stur. ›Erst will ich eine schriftliche Bescheinigung dafür, dass die Gegenseite verhandlungsbereit ist und die Klage zurückzieht.‹

Schließlich willigte der Anwalt ein.

Sobald der Küster sich in Sicherheit wiegte, begann er zu erzählen: ›Herr Doktor, Ihre Schwester hat heimlich einen Medizinstudenten geheiratet.‹

›Woher willst du das wissen?‹, fragte der Anwalt.

›Die Trauung hat in der Kirche stattgefunden, in der ich tätig bin.‹

Nachdem der Anwalt die gerichtliche Angelegenheit zur Zufriedenheit der Klägerseite geregelt hatte, überprüfte er, ob die Angaben des Küsters der Wahrheit entsprachen. Ohne zu zögern rief er die Verwandtschaft zusammen und berichtete, was vorgefallen war. Alle waren sich darüber einig, dass die junge Frau hart bestraft werden müsse. Als sie aus der Universität zurückkam, passten sie sie ab, drängten sie in ein Auto und fuhren mit ihr vor die Stadt. Man wollte gemeinsam über sie richten.

Der Anwalt, der besonders erzürnt war, ergriff im Namen aller das Wort: ›Stimmt es, dass du heimlich geheiratet hast?‹

›Wer behauptet das?‹, gab die junge Frau ausweichend zurück.

Der Bruder ließ keinerlei Ausflüchte zu und sagte mit drohender Stimme: ›Antworte auf meine Frage: Hast du geheiratet oder nicht? Wir verlangen klare Worte!‹

Das Mädchen hatte begriffen, dass die Verwandten bereits über alles Bescheid wussten. Es blieb ihr nichts anderes übrig, als leise zu gestehen: ›Ja, ich habe geheiratet.‹

›Du hast ohne unsere Zustimmung und gegen unseren Willen geheiratet!‹, schrie der Vater außer sich vor Wut.

›Ich musste es heimlich tun, denn ihr habt erbarmungslos gegen mich angekämpft. Irgendwann hätten wir uns trennen müssen, dabei will ich einfach nur ein Leben lang mit ihm zusammen sein, denn ich liebe ihn‹, rief sie unter Tränen.

›Ist dir die Familie, dein Name gar nichts wert? Haben soziale Stellung und Ehre keinerlei Bedeutung für dich?‹, fragte die Mutter aufgebracht.

›All das mag euch vielleicht wichtig sein‹, verteidigte sie sich, ›aber ich hatte nur einen Wunsch: den Mann heiraten zu können, den ich liebe und den ihr nicht akzeptieren wollt. Er wird nun für immer an meiner Seite sein.‹

Die Eltern und Geschwister beschimpften sie auf jede erdenkliche Art und Weise. Nachdem sie sich Luft gemacht hatten, verkündete der Vater sein Urteil: ›Für uns bist du gestorben, du existierst nicht mehr! Deine Mutter und ich erkennen dich nicht länger als unsere Tochter an. Wage es ja nicht, jemals zu uns zurückzukehren oder in der Öffentlichkeit zu behaupten, dass du zu uns gehörst.‹

Die Geschwister stimmten ihm einhellig zu. Sie ließen das Mädchen zurück mit nichts als dem, was sie auf dem Leib hatte, stiegen in ihre Autos und fuhren davon. Von ihrer Familie verstoßen, lief sie verzweifelt weinend ins nächste Dorf, von wo aus sie den Bus in die Stadt nahm. Sie eilte zu ihrem Mann und erzählte ihm, was vorgefallen war, ohne zu ahnen, dass bereits eine weitere schlechte Nachricht auf sie wartete: Die Eltern der jungen Frau hatten die Angehörigen des jungen Mannes von der heimlichen Eheschließung in Kenntnis gesetzt und so den Bruch zwischen ihnen und dem Sohn herbeigeführt. Ab sofort erhielt er kein Geld mehr für sein Studium. Die beiden jungen Leute waren von ihren Familien verbannt worden und mussten von nun an ohne jegliche finanzielle Unterstützung auskommen.

Die Kommilitonen, die wussten, wie aussichtslos ihre Situation war, versuchten, ihnen zu helfen: Einer bot ihnen einen Platz zum Übernachten an, andere gaben ihnen ein wenig Geld, damit sie sich Nahrung und Kleidung kaufen konnten.

Da sie sich liebten, waren sie entschlossen, die Sache gemeinsam durchzustehen. Er wollte sein Studium an den Nagel hängen und sofort anfangen zu arbeiten. Sie aber widersprach: ›Du musst weiterstudieren und Arzt werden. Ich werde mein Studium abbrechen. Auch wenn unsere Eltern unsere Liebe nicht dulden, werden sie uns nicht voneinander trennen können. Wichtig ist, dass wir zusammenhalten und unsere Probleme gemeinsam lösen.‹

Sie nahm sogleich Kontakt mit allen möglichen Freundinnen auf und bot sich an, für sie Kleider zu nähen. Sie lieh sich eine Nähmaschine und Geld und machte sich sofort an die Arbeit.

Sie gab alles für ihre Liebe und nahm klaglos unzählige Schwierigkeiten in Kauf. So lebten sie glücklich zusammen und schafften es, ihr Leben ohne finanzielle Unterstützung ihrer Familien zu meistern. Er arbeitete in seiner Freizeit als Tischler, sie weiterhin als Schneiderin. Obwohl die Angehörigen der jungen Frau in derselben Stadt wohnten, kamen sie nicht auf den Gedanken, ihr zu helfen oder Frieden mit ihr zu schließen. Auch sie selbst wandte sich nie mit einer Bitte an ihre Familie.

Wenn sie einen ihrer Verwandten auf der Straße traf, wurde sie von ihnen beschimpft oder gar bespuckt. Doch die eigentlichen Schwierigkeiten des Paares begannen erst, als sie schwanger wurde. Die Tatsache, ein Kind zu bekommen, würde ihrem Wunsch, dem Ehemann zu helfen, Grenzen setzen. Sie hätten eine Person mehr durchzufüttern, und außerdem würde sie nicht mehr so viel arbeiten können. Ihr Mann war wiederum sofort bereit, sein Studium aufzugeben und sich eine Arbeit zu suchen. Doch sie blieb unbeugsam und wollte davon nichts wissen, obwohl sie wusste, dass nun noch größere Mühen auf sie zukommen würden.

Sie versuchte, auf alle erdenkliche Arten zu sparen und die häuslichen Ausgaben in den Griff zu bekommen. Als Tochter reicher Eltern hatte sie vor ihrer Ehe ein verschwenderisches Leben geführt. Doch jetzt begriff sie, wie mühsam es war, sich sein Geld zu verdienen, und wie viel Ersparnisse wert sein konnten. Weder als sie schwanger war noch bei der Geburt des Kindes, die in einem städtischen Krankenhaus erfolgte, meldeten sich ihre Angehörigen. Sie wussten genau, wo sie wohnte und in welch schwierigen wirtschaftlichen Verhältnissen sie lebte, aber sie wollten sie nicht sehen.

Ein einziges Mal hatte die junge Frau den Versuch unternommen, Kontakt aufzunehmen, war aber auf entschiedene Ablehnung gestoßen. Nun wusste sie, dass man sie endgültig verstoßen hatte und dass ihre Familie nie wieder Teil ihres Lebens sein würde. Sie war traurig und bisweilen entmutigt oder verärgert, aber niemals hoffnungslos. Sie arbeitete weiterhin und versuchte, mit dem wenigen Geld, das sie verdiente, so gut wie möglich über die Runden zu kommen.

Seit dem Bruch mit der Familie war einige Zeit vergangen, das Kind war mittlerweile zwei Jahre alt. Da sie sich kein Kindermädchen leisten konnten, nahm die Frau es bei ihren Einkäufen auf den Märkten immer mit.

Eines Tages machte sie sich wieder auf den Weg zum Markt. Da sie derart in ihre Sorgen vertieft war, bemerkte sie nicht, dass ihr die Mutter auf dem Gehweg entgegenkam. Erst als sie ihr gegenüberstand, begriff sie, wen sie vor sich hatte. Sie wusste, dass sie die Mutter nicht ansprechen durfte. Weil ihr die ablehnende Haltung schier unerträglich war, wich sie ihr, mit dem Kind an der Hand, aus, ohne sie anzusehen. Die Mutter blieb stehen und betrachtete die beiden. Es war das erste Mal, dass sie ihren Enkel sah, der aus einer Verbindung hervorgegangen war, die sie nie akzeptiert hatte.

Als der Kleine die Frau erblickte, die ihn so aufmerksam musterte, schaute er ihr in die Augen und lächelte ihr zu. Es war wohl die Kraft der Familienbande, die plötzlich in beiden erwacht war. Der eindringliche, zärtliche Blick des Enkels löste etwas in der Frau aus. Sie spürte, wie sich ihr Leib zusammenzog, und musste innehalten. Reglos und stumm, wie verzaubert, sah sie der Tochter und ihrem Kind nach. Der Kleine drehte sich zu ihr um und schaute sie an, bis seine Mutter mit ihm in der Menge verschwand.

Als die Frau nach Hause kam, war sie tief bewegt, Tränen liefen ihr über die Wangen. Ihre Muttergefühle standen im Widerstreit zum Urteil der Familie. Sie hatte den innigen Wunsch, den Enkel in die Arme zu schließen. Sie hatte ihn in ihr Herz geschlossen und wusste, dass sie ihn nur dann wiedersehen würde, wenn sie ihre Tochter akzeptierte. Noch am selben Tag sprach sie mit ihrem Mann und den Kindern. Sie widersetzte sich ihnen, ergriff Partei für die Tochter und drohte, von zu Hause fortzugehen, wenn es zu keiner Versöhnung kommen würde.

Angesichts derartiger Entschlossenheit gaben die Angehörigen nach. Die Ehe wurde von nun an von allen akzeptiert und die junge Frau wieder in den Kreis der Familie aufgenommen. Auch das Enkelkind war selig. Ihm allein war es zu verdanken, dass das Eis zwischen den beiden Parteien und der falsche Stolz der Familie gebrochen werden konnten.«

Lara war sichtlich bewegt. Die Geschichte, die Dora erzählt hatte, war so unglaublich, entsprach aber leider der Wahrheit.

»Siehst du«, meinte Dora, »solche Dinge kommen auch in bürgerlichen, kultivierten und gebildeten Kreisen vor. Ich könnte dir noch viele Geschichten erzählen, die alle von Unterdrückung, Ausbeutung, Misshandlung und Demütigung handeln.

Aber es gibt auch die Kehrseite der Medaille: Viele gutmütige Männer werden von ihren Frauen ausgenutzt. Sie leben auf seine Kosten, amüsieren sich die ganze Zeit über, kaufen teure Kleider, essen fein, schlafen viel, genießen das Leben und lassen ihren Mann schuften, bis er umfällt. Sie haben alles, was er verdient, unter Kontrolle, nehmen es ihm weg, erlauben ihm nicht, seinen Eltern etwas zukommen zu lassen, und unterbinden jeden Kontakt mit seiner Familie.«

Lara hörte aufmerksam zu. Sie kannte solche Frauen. »Man muss unbedingt eine Lösung für diese Probleme finden«, erwiderte sie. »Männer und Frauen müssten so erzogen werden, dass sie die Rechte und Pflichten kennen, die sich aus dem Zusammenleben oder der Ehe ergeben.«

»Das wäre das Beste, aber mit unserem derzeitigen Bildungssystem lässt sich das nicht umsetzen. Männer und Frauen werden nicht dazu erzogen, eine Familie zu gründen. Die Ausbildung dient einzig und allein dazu, sie auf das Arbeitsleben vorzubereiten. Nicht einmal die elementarsten Dinge des Lebens werden ihnen beigebracht. Sie sind nicht darauf vorbereitet, eine Liebesbeziehung einzugehen, eine Ehe zu schließen oder Kinder in die Welt zu setzten.«

»Warum wird dagegen nichts unternommen? Auch bei uns in Europa haben wir diese Probleme.«

»In den meisten Fällen hat es damit zu tun, dass wir uns dessen gar nicht bewusst sind, und deshalb nicht nach einer Lösung suchen«, erklärte Dora.

»Ihr müsst versuchen, über eine veränderte Familienpolitik etwas zu crreichen.«

»Das ist sehr schwierig. Die bildungspolitisch Verantwortlichen halten sich an die Vorgaben der Wirtschaftsmächte und der Großkonzerne. Ihnen geht es allein darum, eine unwissende Masse von Konsumenten heranzuziehen. In den Bildungsstätten werden oft nur Grundkenntnisse vermittelt. Menschliche Werte wie Aufrichtigkeit, Gerechtigkeit, gegenseitige Achtung, Mitgefühl, Freundschaft, Verständnis, Freigebigkeit und Hilfsbereitschaft bleiben dabei ganz außen vor.

Heutzutage werden die Kinder in den Schulen zu Heuchelei, Egoismus und Verantwortungslosigkeit erzogen, sie lernen verwerfliches und unrechtmäßiges Verhalten und das Recht des Stärkeren, das sich durch Geld oder Muskelkraft erzwingen lässt. Es entsteht der Wunsch, anders zu erscheinen, als man tatsächlich ist. Die Folgen sind sinnlose Ausbeutung und ein Leben auf Kosten anderer sowie die Vorstellung, dass man, um erfolgreich zu sein und zu Macht zu gelangen, streiten, plündern, rauben, lügen und betrügen muss. Aus diesem Blickwinkel betrachtet kann die Frau nur als das schwache Geschlecht gelten.«

»Diese Doppelmoral existiert auch anderswo auf der Welt. Sie ist insbesondere unter Politikern, Unternehmern, kirchlichen Würdenträgern und bestimmten anderen Berufsgruppen verbreitet. Dazu kommt noch das Problem der Vorherrschaft des Mannes«, stellte Lara bedauernd fest.

»Der Machismus ist sehr weit verbreitet. Die Spanier haben ihre Frauen über Jahrhunderte hinweg zu Hause eingesperrt und ihnen nur gestattet, die Wohnung in Begleitung des Dienstmädchens oder Ehemanns zu verlassen, um zur Messe zu gehen. Die Frau war die Hüterin der Tugend, der Familienehre und der Treue. Sie musste den Haushalt führen, ihrem Mann gefallen, die Kinder großziehen und sich aufopfern.«

»Aber ist dieses Modell nicht mittlerweile überholt? Schließlich befinden wir uns im einundzwanzigsten Jahrhundert«, entgegnete Lara.

»Hier hat sich nicht viel geändert. Die Frau gilt als Bürger zweiter Klasse, die ihrem Mann untergeordnet ist. Bis 1920 durften Frauen nicht auf die Universität. Die erste Frau aus Cuzco, die sich dort einschrieb, musste sich gegen den Spott und die Wut der Männer zur Wehr setzen, denn sie hatte mit einem sozialen Muster gebrochen, das ebendiese ihr auferlegt hatten. Schuld daran ist unsere Gesellschaft und vermutlich auch die Religion. Die Priester legen sie falsch aus und verhindern so Reformen. Hier in Peru widersetzen sich die Pfarrer im Namen der Kirche einer liberalen Erziehung, der Geburtenkontrolle und einer kreativen Form der Bildung.«

Geduldig hörte Lara all die Vorwürfe an, die Dora gegen die katholische Kirche vorbrachte. Im Grunde ihres Herzens konnte sie den Argumenten dieser Frau nicht widersprechen. Dora war katholisch erzogen worden, hatte ein von Nonnen geführtes Internat besucht und wurde damals dazu gezwungen, täglich in die Messe zu gehen und die heilige Kommunion zu empfangen. Immer wieder hatten die Schwestern versucht, ihr einzutrichtern, dass sie als Frau dem Manne untergeordnet sei. So war im Laufe der Zeit ihre Abneigung gegen die Kirche entstanden, aus der sie schließlich ausgetreten war.

»Im Grunde erleben wir in Europa genau dasselbe Drama. Zwischen dem 15. und 16. Jahrhundert hat die Kirche Tausende von Frauen auf dem Scheiterhaufen verbrannt, weil sie es gewagt hatten, in der männlich dominierten Gesellschaft einen eigenständigen Gedanken zu äußern. Die Kirche war nie ganz unbeteiligt, wenn zwei Staaten gegeneinander Krieg führten. Selbst bei den beiden Weltkriegen hat sie mitgeredet, wenn auch hinter vorgehaltener Hand. Jetzt mischt sie sich in das Intimleben der Leute ein, widersetzt sich der Geburtenkontrolle und einer angemessenen Sexualerziehung«, bekräftigte Lara.

»Ich kenne die Geschichte der katholischen Kirche. Diese Institution war in der Vergangenheit in Besitz großer Ländereien und hat die armen Gläubigen nur ausgebeutet. Lange Zeit haben die Vertreter des Integralismus den Menschen Liebe, Frieden und Brüderlichkeit gepredigt, aber es waren nur leere Worte, die reine Heuchelei, verstehst du? Deshalb gehe ich nicht mehr in die Kirche. Ich brauche diesen Ort nicht, um mit Gott zu sprechen. Ich ziehe es vor, ihm im Stillen meiner Seele zu begegnen«, erklärte Dora.

»Was kannst du durch deine Arbeit für die Frauen bewirken?«, wollte Lara wissen.

»Ich bemühe mich darum, die Arbeit der Polizistinnen zu unterstützen. Tagtäglich sind sie mit Frauen und deren Schwierigkeiten konfrontiert. Sie wissen, wie sie ihnen helfen könnten, haben aber auf Grund des Systems wenig Möglichkeiten. Sie tragen Uniformen und genießen einige Privilegien, sind aber selbst wiederum männlichen Vorgesetzten unterstellt. Nicht einmal die Justiz ist unparteiisch. Bei uns kann ein Mann seine Frau schlecht behandeln, ohne dass die Polizei oder gar die Gerichte auch nur einen Finger krümmen, denn, wie du dir denken kannst, wird auch dort alles von Männern dominiert.«

Lara war sehr beeindruckt davon, wie mutig die junge Sozialarbeiterin sich gegen all diese Dinge zur Wehr setzte. Welche Kraft musste es sie gekostet haben, die Fesseln abzulegen, die sie an eine erdrückende und repressive Religion gebunden hatten, und sich stattdessen der Welt zu öffnen. Dora war sehr gebildet und ernsthaft an den sozialen Problemen ihres Landes interessiert, sie hatte Anthropologie, Sozialpädagogik und Soziologie studiert.

»Einige von uns sind auf der Suche nach einer Lösung der familiären und frauenspezifischen Probleme«, sagte sie. »Ich weiß genau, dass man die Gesetze ändern und eine Reihe von Gesellschaftsschemata umstoßen muss. Allerdings ist das in einer männlich geprägten Gesellschaft nicht so einfach. Ich fühle mich ziemlich ohnmächtig, aber man tut, was man kann.«

»Wie könnte man diesen Schwierigkeiten nur begegnen? Woher kommt all der Widerstand?«, fragte Lara voller Interesse.

»Das Ganze ist sehr komplex. Letztlich liegt es an dem abendländischen patriarchalischen Modell, das die Spanier hier eingeführt haben und das immer noch wirkungsmächtig ist. Vor der spanischen Eroberung gab es in Peru ein matriarchalisches Modell der Familie, das die Rolle der Frau in der Gesellschaft betonte. Dieses Modell, das von jeher existierte, wurde von den Verfechtern der abendländischen Kultur und insbesondere von der Kirche aufs Schärfste bekämpft.

Im alten Peru spielte die Frau eine sehr wichtige Rolle. Deshalb kam sie auch in den Genuss einer guten Erziehung und Ausbildung.«

»Welchen Einfluss hatten die Medien auf die Entwicklung der Familie?«

»Um ehrlich zu sein, keinen sehr positiven. Radio, Fernsehen und Presse suggerierten einen neuen Idealtyp der Familie: der Vater ehrwürdig und ernst, die Mutter schön, schlank und lächelnd, die Kinder wohlerzogen und gut gekleidet. Ein vollkommen unrealistisches Weltbild, in dem der Mann arbeitet, gut verdient und die Frau zu Hause bleibt, um die Kinder großzuziehen. Die Wirklichkeit sieht ganz anders aus. Es gibt wenig Arbeit, und beide müssen ihren Teil zum mageren Familieneinkommen beitragen.

Dieses verzerrte Idealbild lässt den Mann als energische, Respekt einflößende, unabhängige Persönlichkeit erscheinen, die in der Lage ist, für das tägliche Brot zu sorgen. Die Frau dagegen ist ein zartes, unsicheres und im Vergleich zum Mann einfältiges Geschöpf. Er hat Durchsetzungsvermögen und ist besitzergreifend. Sie ist lediglich Trostspenderin und Sexualobjekt des Mannes.«

»Aber genau das wurde doch von den Frauen abgelehnt. Sie haben sich längst von der Diktatur der Männerherrschaft befreit und ihre wirtschaftliche Unabhängigkeit erlangt. Heutzutage leben Frauen geschieden, getrennt von ihrem Partner, gehen arbeiten und ziehen ihre Kinder alleine groß«, entgegnete Lara.

»Auf diese Weise löst man die Probleme der Frau und der Familie nicht. Die Realität hat gezeigt, dass es die perfekte Familie, die perfekte Ehe nur im Kino oder im Fernsehen gibt.«

»Meinst du nicht, dass sich etwas gegen diese Missverhältnisse unternehmen lässt?«

»Ein Lösungsansatz könnte in der Rückbesinnung auf die

alte Form der Andenfamilie liegen. Dieses Modell beruht auf dem Gemeinschaftsprinzip. Die Leute lebten in einer offenen Familie, die Kinder waren Teil der Gemeinschaft. Mann und Frau gingen eine Beziehung ein, weil sie sich mochten, sie lebten gerne zusammen. Wenn sie Kinder hatten, betrachteten sie diese nicht als ihren Besitz. Sie selbst waren nur die leiblichen Eltern, die Erziehung erfolgte gemeinsam mit den anderen Erwachsenen, den geistigen Eltern. So hatten die Kinder viel mehr Möglichkeiten, sich zu entfalten, da sie durch unterschiedliche Persönlichkeiten geprägt wurden. Die Jungen lernten vom Vater, von den Onkeln und übrigen Männern. Den Mädchen wurde alles Notwendige von der Mutter, den Tanten und anderen Frauen beigebracht. Auf diese Weise bereicherten die Kinder ihre Seele und ahmten nicht nur ein Vorbild nach.

In dieser Form der Familie kommt die Bedeutung der Mutterschaft zum Tragen, ein Privileg, durch das die Rolle der Frau mehr Gewicht bekommt. In der alten Andengesellschaft war daher der Wirkungskreis der Frau von großer Bedeutung und allgemein anerkannt. Die Versorgung der Kinder, die Zuwendungen an den Ehemann, das Zubereiten der Speisen und Getränke, das Weben und Fertigen der Kleidung sowie die gesamte Haushaltsführung nahmen einen großen Teil des Tages der Frauen in Anspruch, die all diese Arbeiten gemeinsam bewältigten.

Innerhalb der Gemeinschaft waren sich alle Erwachsenen freundlich gesinnt. Wenn ein Paar nicht mehr gut miteinander auskam, konnte es sich trennen. War ein Kind da, brauchte es dabei keine traumatischen Erlebnisse zu fürchten. Eine Trennung war nichts Bedrohliches, denn es konnte immer auf die gemeinsame Unterstützung aller zählen. Innerhalb dieser Gemeinschaften war das Leben sehr transparent, es herrschte gegenseitiges Vertrauen. Die Menschen lernten, offen, aufrichtig und uneigennützig zu sein.«

»Vielleicht könnte uns dieses Modell helfen, unsere familiären Probleme in den Griff zu bekommen. Es ist sehr anregend und zeigt interessante Möglichkeiten auf. Wer hat diese Form der Gesellschaft gegründet?«, fragte Lara voller Begeisterung.

»Die *Mamakuna*, die »weisen Frauen«. Sie entwarfen und entwickelten in den vergangenen Jahrhunderten eine Gesellschaft des allgemeinen Wohlstandes, die ganz auf die verantwortungslose Ausbeutung und Vernichtung der Ressourcen unserer Erde verzichtete. Hier in den Anden errichteten sie eine Gesellschaft der Liebe, des Friedens und des Miteinanders. Auf dieser Grundlage wurde das *Tawantinsuyo*, die geistige Herrschaft über vier Regionen, geschaffen. Als die Männer die Macht ergriffen, setzte sich eine materialistische Regierungsform durch, und es entstand das berühmte Inkareich, ein Volk von Kriegern.«

»Meinst du, dass der Einfluss der abendländischen Kultur sehr schädlich für die peruanische Familie war?«

»Eure Gesellschaft ist chauvinistisch und hat den Status der Frau vollkommen abgewertet. Sie wurde gezwungen, den Mann als Oberhaupt und Mittelpunkt der Familie zu akzeptieren. Wenn eine Frau aus diesem Schema ausbrechen will, wird sie von den Männern und selbst von Frauen hart kritisiert und bekämpft. Viele unterdrückte Frauen kommen deshalb gar nicht auf die Idee, sich zu befreien.«

»Es stimmt, dass auch wir Frauen in Europa in dieser Form der Abhängigkeit leben, ohne uns darüber im Klaren zu sein, insbesondere dann, wenn nur der Mann arbeiten geht.«

»Im Laufe des kulturellen Anpassungsprozesses sind immer mehr Frauen in die Produktion gegangen, aber dort werden sie nur ausgebeutet. Wenn die Frau nicht arbeiten geht, muss sie ihren Körper vermarkten. Liebe und Zuneigung, die Voraussetzungen für eine harmonische Partnerschaft, wurden durch ein wirtschaftliches Tauschgeschäft ersetzt. Die Ehefrau sagt: Dieser Mann ist der Richtige, denn er gibt mir ein Zuhause und alles, was ich sonst noch brauche. Was spielt es für eine Rolle, ob ich ihn liebe oder nicht. Ich gebe ihm meinen Körper. Nach dem Motto: Ich gebe dir, und du gibst mir.«

»Wie traurig so eine Art von Familie ist. Gibt es keine Gesetze, die so etwas unterbinden?«

»Das peruanische Familienrecht könnte absolut fortschrittlich sein, aber es funktioniert leider nicht, denn die Rechtsprechung liegt fast ausschließlich in den Händen der Männer.«

»Man muss etwas dagegen unternehmen«, überlegte Lara. »Man sollte die feministische Befreiungsbewegung, die in Europa entstanden ist, hier bekannt machen und die Frauen dabei unterstützen, gegen die Unterdrückung der Männer anzukämpfen.«

»Ich habe oft über diese Bewegung nachgedacht«, erwiderte Dora skeptisch. »Ich habe selbst eine Zeit lang in Europa gelebt und kenne eure Lebensart und die feministische Befreiungsbewegung. Vielleicht ist sie für euch hilfreich, weil ihr auf diese Weise eure Probleme angehen und lösen könnt. Aber hier bei uns ist die Situation ganz anders als in den hochindustrialisierten Ländern.

Ihr versucht, eure Probleme auf eine Art und Weise zu bewältigen, die eurer Umwelt angemessen ist. Genauso müssen wir nach Lösungsmöglichkeiten suchen, die für uns geeignet sind. Wenn wir auf das westliche Modell zurückgreifen wollen, müssen wir es so verändern, dass es zu unseren Lebensgewohnheiten passt, andernfalls kann es nicht funktionieren. Viele Mädchen und junge Frauen kommen vom Land, wo noch die alte Andenkultur vorherrscht, in die westlich geprägten Städte. Sie arbeiten als Hausangestellte, kommen so in Kontakt mit dem neuen Familientypus und passen sich dem städtischen Leben an. Aus einem Bedürfnis der Anpassung heraus und wegen des sozialen Drucks müssen sie, sobald sie ihre eigene Familie gründen wollen, die beiden Modelle miteinander verbinden.«

Lara hörte aufmerksam zu. Diese Frau bewies, dass sie sich sehr genau mit dem Thema auskannte.

»Ich habe noch so viele Fragen an dich. Wie würdest du zum Beispiel versuchen, diese Gesellschaft zu verändern? Ich habe das Gefühl, dass wir mit unserem europäischen Vorbild in einer Krise stecken. Was du mir beschrieben hast, scheint eine interessante Lösung zu sein. Vielleicht ist es genau das, wonach wir seit Jahrzehnten suchen.«

»Offen gestanden ist eine Antwort auf deine Frage ziemlich schwierig. Ich würde mit einer spezifisch weiblichen Erziehung beginnen. Ich habe einmal einen Vortrag von einem Andenforscher gehört. Er berichtete von einem Bildungszentrum für Frauen, das in der Vergangenheit existierte und sich *Akllawasi* nannte. Ich habe über seine Worte nachgedacht und bin zu dem Schluss gekommen, dass es die ideale Form der Erziehung ist, um das Problem zu lösen.«

»Aber wir haben bereits gegen die Unterdrückung und die Unterwerfung durch den Mann angekämpft und unsere Situation verändert«, unterbrach Lara sie, als müsse sie ihre Position verteidigen.

»Was du sagst, stimmt«, erwiderte Dora, »aber noch ist nicht klar, wohin euch das geführt hat. Sowohl bei den Männern als auch bei den Frauen lässt sich vielmehr ein großes Maß an Einsamkeit verzeichnen. Eure abendländische, männlich geprägte Gesellschaft steckt hinsichtlich der familiären Werte in einer Krise. Eine neue kosmische Phase ist angebrochen, die uns dem Weiblichen näher bringen wird. Man muss eine Lösung finden und dabei auch nach Alternativen Ausschau halten, die uns andere Kulturen zu bieten haben. Das Modell der Andenfamilie könnte dabei durchaus von Nutzen sein.«

Lara war sehr beeindruckt von dem Eifer, mit dem Dora ihren Standpunkt vertrat.

»Es macht mir großen Spaß, mich mit dir zu unterhalten«, rief sie aus. »Etwas möchte ich dich noch fragen: Als ich gestern auf dem Markt war, sah ich, wie eine Indiofrau von einer Weißen beschimpft und sogar tätlich angegriffen wurde, nur weil sie ihr aus Versehen den Weg abgeschnitten hatte. Leider konnte ich nicht einschreiten, weil ich als Ausländerin nicht das Recht dazu habe. Lässt sich gegen derartige Ungerechtigkeiten nicht irgendwie vorgehen?«

»Solche Dinge sehe ich tagtäglich, meine Liebe. Sie sind das Ergebnis der Rassendiskriminierung, die uns in der Vergangenheit von den Europäern auferlegt wurde. In diesem Land fühlen sich die Weißen und westlich orientierten Mestizen den Indios überlegen und nehmen sich das Recht heraus, Leute mit dunkler Hautfarbe zu diskriminieren. Diese sozial und kulturell bedingte Aggression richtet sich vor allem gegen die Hausangestellten. Wenn eine junge Frau vom Land kommt, bringt sie ihre Sprache und ihren Glauben mit. Der Hausherr bewertet seine eigene Kultur höher und ist ihr gegenüber feindselig eingestellt, nur weil sie Quechua oder Aymará spricht. Diese Frauen werden auf Grund ihrer Rasse, ihrer sozialen und kulturellen Herkunft geächtet, ausgebeutet und diskriminiert. Dazu kommen sexuelle Belästigungen seitens der Hausherren oder ihrer Söhne. Eine landesweite Umfrage hat ergeben, dass sechzig Prozent aller jungen Männer aus der sozial gehobenen Schicht ihre ersten sexuellen Erfahrungen mit dem Dienstmädchen machen. Viele dieser Frauen werden dabei schwanger und müssen daraufhin das Haus ihres Arbeitgebers verlassen.«

»Gibt es denn keine Organisation, die sich für die Rechte dieser Frauen stark macht?«, warf Lara voller Empörung ein.

»Es gibt solche Bewegungen, aber den entsprechenden Köpfen geht es hauptsächlich um Imagepflege und darum, im Fernsehen, bei sozialen Kundgebungen, im Radio oder in der Zeitung in Erscheinung zu treten. Diese Verbände kümmern sich nicht wirklich um die Rechte der Frauen, auch wenn sie das Gegenteil behaupten. Am Weltfrauentag haben sich einige von ihnen mit Spruchbändern und Parolen auf die Straße begeben, aber insgesamt war die Beteiligung sehr gering.«

»Was für eine Lösung könnte man bloß anbieten?«, überlegte Lara.

»Ich denke, dass man sich auf die Vergangenheit zurückbesinnen muss«, erwiderte Dora ernst. »Man müsste sich das Wissen der Frau aus vergangenen Jahrhunderten wieder aneignen. Vielleicht liegt darin eine mögliche Lösung unserer Probleme.«

Lara war davon überzeugt, dass die feministische Befreiungsbewegung bei der Problemlösung eine wichtige Rolle spielen könnte. Aber das, was sie soeben über jene alte Organisation gehört hatte, die die Rechte der Frau verteidigt hatte, nötigte sie dazu, ihre Position zu überdenken und Dora Recht zu geben.

Um alle Ziele zu erreichen, müsste man das *Akllawasi*, jene auf die Bildung der Frauen abzielende Institution, die während der spanischen Eroberung und Kolonialisierung verschwunden war, neu errichten. Auf den Fundamenten jener alten Erfahrung könnte eine neue Bildungsinstitution entstehen, die den Bedürfnissen des Landes angemessen wäre.

7
Reise in die Vergangenheit

Am nächsten Morgen, während des Frühstücks, fasste Lara den Entschluss, ihren Aufenthalt in Cuzco und ihre vergebliche Suche nach den *Amaru Runakuna* zu beenden. Sie gab sich geschlagen und wollte ihre Reise nun als ganz gewöhnliche Touristin fortsetzen. Bevor sie nach Puno und La Paz aufbrechen würde, wollte sie noch die geheime Inkastadt Machu Picchu besichtigen. Es sollte der Höhepunkt ihres Aufenthalts in Cuzco werden.

Man hatte ihr gesagt, dass die Tour mindestens einen Tag in Anspruch nehmen würde. Deshalb hatte sie die Möglichkeit eines Tagesausflugs sofort verworfen. Statt den Zug zu nehmen, der frühmorgens losfuhr und bei Sonnenuntergang zurückkam, wollte sie alles in Ruhe angehen, um einen genauen Eindruck der Landschaft zu gewinnen. Von anderen Touristen hatte sie gehört, dass der Weg über den so genannten »Inkapfad« drei Tage dauern würde. Dabei hatte man Gelegenheit, weitere Fundstätten zu besichtigen, bevor man schließlich Machu Picchu erreichte. Diese Alternative schien Lara die reizvollste zu sein. Als die Reisebüros öffneten, holte sie weitere Informationen ein.

Überall wurde die gleiche Route zu gleichen Tarifen angeboten, doch Lara fand den Preis überteuert und suchte nach einer günstigeren Möglichkeit. Zufälligerweise lernte sie noch am selben Abend, als sie in einem vegetarischen Restaurant zu

Abend aß, eine Gruppe italienischer Touristen kennen, die vor kurzem genau die Tour, die Lara interessierte, unternommen hatten.

»Es ist sehr eindrucksvoll«, erzählte ihr Luca, ein junger Mann mit freundlichem Gesicht. »Du wirst begeistert sein. Die Landschaft ist wunderschön! Wir sind langsam gelaufen und haben insgesamt drei Tage gebraucht. Es war ein wunderbares Gefühl, als wir die kleine Stadt endlich erreichten. Wir waren wirklich hingerissen.«

»Was meinst du, Luca, muss man sich unbedingt einer Gruppe anschließen, oder kann man auch alleine gehen?«

»Du solltest dich mit anderen zusammentun.«

»Habt ihr Leute getroffen, die alleine unterwegs waren?«

»Wir haben kleine Gruppen von zwei oder drei Leuten getroffen. Sie hatten Rucksäcke und Zelte dabei und versorgten sich selbst mit Essen.«

»Das könnte ich doch auch.«

»Zieh nicht alleine los. Es ist wirklich besser, du gehst mit einer Gruppe«, meinte Luca. »Da fällt mir gerade ein, dass in unserem Hotel ein paar junge Deutsche wohnen, die den Weg ohne Führer zurücklegen wollen. Vielleicht kannst du dich ihnen anschließen?«

»Schön. Können wir zu ihnen und mit ihnen reden?«

»Gerne. Gehen wir zum Hotel, vielleicht haben wir Glück, und sie sind gerade da.«

Sie trafen sie tatsächlich an, und Lara erklärte ihnen, was sie vorhatte. Max, ein großer, muskulöser, leicht gebräunter junger Mann in Bergstiefeln, antwortete ihr: »Wenn du willst, kannst du mitkommen. Aber eines muss dir klar sein: Wir können nur jemanden gebrauchen, der gut zu Fuß ist. Wir haben keine Lust, deinetwegen Verzögerungen in Kauf zu nehmen. Wenn du nicht mit uns Schritt halten kannst und zurückbleibst, gehen wir ohne dich weiter.« Dann fügte er noch hinzu: »Wir nehmen den Zug morgen Früh um sechs.«

»Seid unbesorgt. Ich bin sehr ausdauernd und habe schon einige Touren in den Alpen mitgemacht. Ihr könnt euch auf mich verlassen«, entgegnete Lara lächelnd.

»Dann sehen wir uns also morgen Früh am Bahnsteig«, meinte Max. Daraufhin verabschiedeten er und seine Freunde sich von ihr.

Luca sah ihnen nach und wandte sich dann Lara zu, die begeistert rief: »Gleich morgen geht es los. Welch ein Glück, dass ich sie kennen gelernt habe. Auf diese Weise spare ich eine Menge Geld.«

»Ich bin nach wie vor der Meinung, dass du einen Fehler machst und ein zu hohes Risiko eingehst«, erwiderte Luca. »An deiner Stelle würde ich eine organisierte Reisegruppe vorziehen. Wer weiß, in was für Schwierigkeiten du mit diesen nicht gerade vertrauenswürdigen Leuten gerätst.«

Vor dem Schlafengehen traf Lara noch einige Reisevorbereitungen. In einen Rucksack von mittlerer Größe packte sie ihren Schlafsack, eine Taschenlampe, einige Lebensmittel, Wechselkleidung, Medikamente, Süßigkeiten und den Kompass. Sie hatte kein Zelt bei sich, war sich aber ganz sicher, bei einem der Mitreisenden unterzukommen.

Während sie an die bevorstehende Reise dachte, verspürte sie plötzlich ohne ersichtlichen Grund eine innere Unruhe. Die Angst vor dem Unbekannten war in ihr erwacht. Sie hatte schon andere abenteuerliche Reisen unternommen, aber diesmal war ihr dabei nicht ganz geheuer. Ihr weiblicher Instinkt sagte ihr, dass sie auf der Hut sein müsse. Sie versuchte, den beunruhigenden Gedanken zu verdrängen. »Jetzt ist es zu spät«, überlegte sie. »Ich habe mein Wort gegeben und kann keinen Rückzieher mehr machen.«

Sie legte sich ins Bett, ohne sich auszuziehen, um gleich für die Reise bereit zu sein. Als es plötzlich laut an ihre Tür klopfte und sie aufschreckte, hatte sie das Gefühl, erst wenige Stunden geschlafen zu haben.

»Einen Moment bitte.«

»Es ist fünf Uhr, meine Dame. Sie wollten geweckt werden«, rief der Hotelbesitzer von draußen.

»Ja. Vielen Dank«, raunte Lara hinter verschlossener Tür und sagte dann laut zu sich selbst: »Gut, das Abenteuer kann beginnen.«

Sie schlüpfte in ihre schweren Bergstiefel, schnürte sie fest zu, setzte den Hut auf und band sich die leichte Jacke um die Taille. Dann schwang sie sich den Rucksack über die Schultern und kontrollierte, ob sich alles Notwendige in der Gürteltasche befand: Geld, die Tabletten gegen Höhenkrankheit und Sonnencreme. Sie zog die Tür hinter sich zu und ging hinunter in das Hotelrestaurant. Dort nahm sie ein kleines Frühstück zu sich. Danach gab sie die Schlüssel an der Rezeption ab.

»In drei Tagen bin ich wieder zurück«, erklärte sie. »Würden Sie mir bitte ein Zimmer freihalten? Mein Gepäck lasse ich hier.«

»Gerne. Bei Ihrer Rückkehr wird ein Zimmer für Sie bereit stehen«, sagte der Hotelbesitzer lächelnd. »Wollen Sie Cuzco verlassen?«

»Ja, ich möchte mir Machu Picchu anschauen«, antwortete Lara.

»Viel Glück für die Reise.«

»Danke, das werde ich brauchen.«

Mit schnellen Schritten eilte sie auf die Straße. Um diese Uhrzeit wimmelte es von Leuten, Indio- und Mestizenfrauen mit großen Hüten und weiten Kleidern. Einige transportierten Pakete auf den Schultern, andere trugen ihre in farbige *Mantas* gehüllten Kinder auf dem Rücken.

Vorsichtig bewegte sich Lara durch die Menge. Man hatte sie gewarnt und ihr geraten, die Augen offen zu halten, da Ausländerinnen häufig Opfer von Taschendieben wurden. Als sie zum Bahnhof kam, schaute sie sich suchend nach ihren Begleitern um und entdeckte sie auf dem Gleis, von dem aus ihr Zug abfuhr. Max grüßte sie mit einer Handbewegung, die anderen nahmen überhaupt keine Notiz von ihr.

»Ich bin bereit. Ich muss mir nur noch schnell eine Fahrkarte kaufen«, sagte sie lächelnd.

Sie trat an den Schalter. »Einmal zweiter Klasse bis Kilometer 88.«

Der Fahrkartenverkäufer reichte ihr mechanisch die Fahrkarte. »Macht 10 *Soles*.«

Lara gab ihm das Geld und bedankte sich für die Fahrkarte.

Der Mann hinter dem Schalter antwortete nicht mehr, er musste andere Leute bedienen. Lara eilte zu dem Zug nach Quillabamba. Er war vollkommen überfüllt. Die Leute drängten sich in den Gängen, und Lara hatte Schwierigkeiten, bis zu ihren Begleitern vorzudringen.

Sie setzte sich neben Max auf die Bank. Die beiden anderen beachteten sie kaum. Offenbar waren sie wenig begeistert davon, sie mitzunehmen. Nur Max bemühte sich, freundlich zu sein, und antwortete auf ihre Fragen. Er zeigte ihr den Weg auf einer Karte, deutete auf einen Punkt und meinte: »An dieser Stelle kommen wir etwa gegen zehn Uhr an. Von dort aus geht es über den als »Inkapfad« bekannten Weg nach Machu Picchu.«

Lara hörte ihm zu und betrachtete ihn dabei eingehend: Aus seinen stahlblauen Augen sprach Verschlossenheit, das spitze Kinn und die schmalen Lippen gaben ihm etwas Unbeirrbares, seine ernste und besonnene Art zu sprechen zeugte von starker Willenskraft. Als sie einmal in Deutschland war, hatte sie ähnliche Gesichter gesehen, aber das von Max war besonders interessant. Auch seine großen, starken Hände und die langen, knochigen Gliedmaßen wirkten anziehend auf Lara.

Während der Zugfahrt sah sie aus dem Fenster, um sich einen Eindruck von der Gegend zu verschaffen. Die trockene

Gebirgslandschaft wich nach und nach begrünten Landstrichen und einer üppigeren Vegetation. Sie dachte an ihre erfolglose Suche nach einem *Curandero* und daran, in welcher Armut die meisten Menschen in und um Cuzco lebten. Jedes Mal, wenn der Zug hielt, stiegen Dutzende von Frauen und Kinder ein, um Speisen oder handwerkliche Produkte anzubieten.

Kurz vor dem Zielbahnhof schrie ein Eisenbahnangestellter durch alle Waggons: »Reisende bis Kilometer 88 – wir werden in Kürze eintreffen.«

Nach wenigen Minuten hielt der Zug, und viele der Reisenden stiegen aus. Die meisten von ihnen waren Ausländer. Hier begann der Weg, der drei Tage in Anspruch nehmen sollte.

Lara und ihre Begleiter setzten die Rucksäcke auf und wanderten los. Zunächst ging es ein Stück die Gleise entlang bis zu einer Brücke. Dort befand sich ein Informationsbüro, in dem sie ihre Personalien angeben mussten. Danach überquerten die vier, zusammen mit anderen Touristen, die Brücke. Nun begann der eigentliche Teil ihrer Wanderung. In gleichmäßigem Tempo ging es voran, doch Lara merkte sofort, dass die anderen viel längere Schritte machten, da sie viel größer waren als sie. Manchmal musste sie regelrecht laufen, um sie einzuholen.

Die Stunden vergingen, und Lara verspürte Müdigkeit. Der Rucksack wurde immer schwerer, und sie hatte Mühe, mit den anderen Schritt zu halten. Sie waren Lara an Körperkraft weit überlegen.

Zu Beginn der Wanderung legten einige Gruppen ein hohes Tempo vor, als ob sie untereinander im Wettstreit stünden. Lara und ihre deutschen Begleiter waren als Erste losgelaufen, blieben aber nach und nach hinter den anderen zurück. Max meinte dazu: »Wir müssen langsam gehen, um unsere Kräfte einzuteilen. Die anderen werden bald müde sein und ihren Zeitplan nicht einhalten können. Wir dagegen kommen ausgeruht an unser Ziel.«

Lara vertraute seinen Worten. Nur ab und zu hielt sie am Wegesrand inne, schoss einige Fotos und lief dann wieder hinter ihren Begleitern her. Die Landschaft war von außergewöhnlicher Schönheit: ringsum Berge und Wolken, eine üppige Vegetation, bunte Blumen, Schmetterlinge und Vögel, die während ihrer stundenlangen Wanderung unaufhörlich um sie herumschwirrten.

An einer Stelle entdeckte Lara einen besonders schönen großen, blauen Schmetterling. Sie wollte ihn fotografieren, aber er hielt nicht still. Sobald sich Lara einer Blüte näherte, auf der er sich niedergelassen hatte, flog er zur nächsten. Sie mühte sich ab, ihn aufs Bild zu bekommen, und folgte dem Falter immer weiter. Dadurch verlor sie viel Zeit und nach und nach die Orientierung. Sie merkte gar nicht, dass sie vom Weg abgekommen war.

Als sie endlich daran dachte zurückzukehren, befand sie sich auf einer schmalen Lichtung, die wie ein Weg aussah, der aber nicht weiterführte. Sie kehrte zurück und wählte einen Trampelpfad. Aber weit und breit keine Spur von ihren Begleitern.

Auf ihrer Suche nach der richtigen Route schlug sie die unterschiedlichsten Richtungen ein – ohne Erfolg. Schließlich musste sie einsehen, dass sie sich verlaufen hatte.

Erst überkam sie Angst, nach und nach stieg Panik in ihr auf. Sie war vollkommen allein inmitten der Wildnis. Entkräftet und mutlos lehnte sie sich an einen Baum, um die schmerzenden Beine auszuruhen und die Schrammen zu untersuchen, die sie sich bei ihrer verzweifelten Suche zugezogen hatte. Von der großen Anstrengung schmerzte ihr der Brustkorb. Sie hatte das Gefühl, die Lunge müsse ihr zerspringen, so heftig ging ihr Atem. Schweiß lief ihr den Rücken hinunter.

Lara versuchte, sich zu beruhigen und einen Ausweg aus ihrer misslichen Lage zu finden. Nur indem sie Ruhe bewahrte, konnte sie diese schwierige Situation meistern. Allmählich ging ihr Atem ruhiger. Sie schaute hinauf in den leicht bewölkten Himmel und dann auf die Uhr: drei Uhr nachmittags. Im Wald war es vollkommen still. Nichts rührte sich, überall nur Bäume und Sträucher. Sie sah sich um und begann, laut um Hilfe zu schreien. Niemand antwortete. Ihre Schreie waren vergeblich, der Wald blieb weiterhin stumm.

Sie wollte nicht länger warten und beschloss, über einen Abhang hinunter bis zum Fluss vorzudringen. Sie rutschte aus, verfing sich in Zweigen und hatte große Mühe, sich durch das Gestrüpp zu kämpfen. Endlich fand sie einen schmalen Pfad, der durch das Unterholz führte.

Lara war vollkommen erschöpft. Der Rucksack wog schwer wie Blei, aber sie wagte es nicht, ihn abzusetzen. Sie wollte die verlorene Zeit aufholen und folgte dem Pfad daher zügig bis zur Bergspitze. Oben angekommen musste sie entdecken, dass sich vor ihr immer neue, dicht bewaldete Berge erstreckten: soweit das Auge reichte, nur baumbestandene, grüne Gipfel. Weiter unten, zu ihrer Rechten, schlängelte sich, wie ein Silberband, der Fluss Urubamba. Zu ihrer Linken lagen weitere Berge, die an eine tiefe Schlucht grenzten.

Lara wusste, dass sich irgendwo dort in der Ferne ihre Begleiter befanden. Aber sie vernahm nicht den geringsten Laut, der von menschlicher Gegenwart gezeugt hätte. Nur die Geräusche der Natur waren zu hören, Vogelgezwitscher, Krächzen, Schreie, Geheul und das Rauschen des Flusses. Ihr Blick fiel über ein schier endloses Meer aus Bäumen. Trotz der großen Müdigkeit lief sie weiter. Plötzlich hörte sie in einiger Entfernung ein Knacken. Kurz darauf tauchte vor ihr eine menschliche Gestalt auf. Lara begann, laut um Hilfe zu rufen und mit den Armen zu fuchteln. Die Person blieb stehen, und Lara atmete erleichtert auf. Ein hoffnungsvolles Lächeln breitete sich auf ihrem Gesicht aus: Endlich war sie auf jemanden gestoßen, mit dem sie ihren Weg fortsetzten konnte.

»Wie schön, dass ich jetzt wieder Begleitung habe«, sagte sie sich zufrieden.

Der Mann kam auf sie zu. Als Lara endlich sein Gesicht erkennen konnte, erstarrte ihr Lächeln. Dieser Mann war bestimmt kein Wanderer. Sie versuchte, ihr Misstrauen zu überspielen, und fragte: »Sind Sie auch auf dem Weg nach Machu Picchu?«

»Nein, ich komme gerade von dort«, antwortete er und kam näher an sie heran.

»Könnten Sie mir bitte den Weg dorthin zeigen?«, versuchte sie es weiter.

Als Antwort erhielt sie einen heftigen Schlag ins Gesicht. Dann wurde sie von den starken Armen des Mannes gepackt und niedergeworfen. Sie wälzten sich auf dem Boden, Lara schrie dabei laut um Hilfe.

»Sei still!«, herrschte er sie an. »Niemand kann dich hier hören. Wir sind ganz allein. Sei lieber nett und freundlich zu mir.«

Lara spürte, dass ihr am ganzen Körper kalter Schweiß hinablief. Sie hatte wahnsinnige Angst, dieser Kerl würde sie vergewaltigen und danach vielleicht sogar umbringen. Mit aller Kraft setzte sie sich zur Wehr. Ihr Leben stand auf dem Spiel. Im Kampf hielten sie sich umschlungen, wälzten sich durch das Gebüsch und knickten überall Zweige ab. Dabei konnte Lara das Gesicht des Mannes aus nächster Nähe betrachten. Sein Blick war finster. Er versuchte mit aller Kraft, ihr die Hose hinunterzuziehen, und versetzte ihr mit seiner schwieligen Hand immer wieder Fausthiebe. Trotz der Benommenheit, die sie verspürte, wehrte sie sich weiterhin aus Leibeskräften.

Sie drehte und wand sich hin und her, um dieser menschlichen Bestie zu entkommen, und stemmte sich dabei so gut es ging mit den Beinen ab. Der erhitzte Körper ihres Angreifers lastete schwer auf ihr. Mit Bissen versuchte sie, sich aus seinem Griff zu befreien. Plötzlich spürte sie, dass etwas Hartes ihr in die Seite drückte, und ihr fiel das Messer ein, das in einem Futteral an ihrem Gürtel befestigt war.

Sie musste versuchen, den Mann abzulenken. Sie winkelte die Beine an und sammelte all ihre Kräfte, um sich auf die Seite zu drehen und die rechte Hand frei zu bekommen. Doch vergeblich – ihr Gegner war ihr überlegen. Aber schließlich schaffte sie es doch: Fieberhaft öffnete sie den Verschluss des Futterals, zog das Messer heraus und setzte es dem Angreifer an den Hals.

Überrascht und erschrocken ließ er von ihr ab und wich ein Stück zurück, auf der Suche nach einem Stein oder Stock, mit dem er sie entwaffnen konnte. In wenigen Sekunden war Lara wieder auf den Beinen, warf den Rucksack ab und schrie aus voller Kehle, außer sich vor Wut und Empörung: »Wenn du dich auch nur einen Schritt näherst, bringe ich dich um, du verdammter Bastard, du Frauenschänder. Los, komm schon. Zeig, wie stark du bist, jetzt wo ich ein Messer habe. Es wird mir ein Vergnügen sein, dir damit den Bauch aufzuschlitzen.«

Der Mann wich zunächst einige Schritte zurück und ergriff dann ängstlich die Flucht. Lara schrie ihm hinterher: »Elender Feigling! Vergreifst dich nur an den Schwächsten. Los, komm her und kämpf mit mir.«

Als sie sah, dass er verschwunden war, steckte sie das Messer zurück in die Hülle. Dann klopfte sie die Erde aus ihren Kleidern, entfernte Dornen und Laub, steckte das Hemd in die Hose, die der Mann ihr bereits geöffnet hatte, und band sich das zerzauste Haar zusammen. Ihre Wangen brannten, die Arme und Schultern schmerzten. Während sie ihr Gesicht reinigte, merkte sie, dass aus einem Mundwinkel Blut tropfte. Gleichzeitig verspürte sie Schmerzen. Sie nahm den Rucksack, den sie zu Boden geworfen hatte, und packte alles ein, was noch umherlag.

Als sie wieder richtig zu Atem gekommen war, machte sie

sich auf den Weg. Doch nach wenigen Schritten hielt sie erneut inne. Noch zwei Tage Fußmarsch lagen vor ihr, zwei Tage ohne Begleitung. Wem würde sie begegnen?

Plötzlich überkam sie Angst, die Angst vor dem Alleinsein. Sie wusste, dass sie ganz auf sich allein gestellt war. Nirgends auch nur ein Zeichen menschlichen Lebens: An diesem Ort gab es nur sie. Lara blieb reglos stehen und versuchte, in Ruhe über ihre Situation nachzudenken. Sie hatte keine Lust mehr weiterzulaufen. Sie spürte, wie ihr etwas die Kehle zusammenschnürte, und panische Angst überfiel sie. Alles um sie herum nahm einen teuflischen Ausdruck an. Sie war vollkommen allein, weit weg von ihren Freunden oder Menschen, die sie kannte. Schon einmal in ihrem Leben hatte sie ein derartiges Gefühl gehabt. In diesem Moment begriff sie, dass sie immer alleine gewesen war, selbst wenn sie sich in Gesellschaft befunden hatte: Ihr ganzes Leben lang war sie alleine gewesen. Ihr einziger Gefährte war Gianni gewesen. Jetzt hatte sie nicht einmal mehr ihn, und es gab niemanden, in dessen Armen sie hätte Zuflucht suchen können. Fernab von jeglicher Zivilisation, inmitten der Wildnis und in unmittelbarem Kontakt mit der Natur fand sie endlich Zeit zum Nachdenken. Sie begriff, dass es im Grunde sie selbst war, die sich ihre Einsamkeit geschaffen hatte, jene Isolation, die sie gefangen hielt, sie erdrückte und von allen entfremdet hatte.

Allein in diesem Wald war sie ein Nichts. Ihr war klargeworden, dass sie geselliger werden musste. Von nun an wollte sie versuchen, mehr auf andere zuzugehen, denn ihre Einsamkeit hatte sie sich größtenteils selbst zuzuschreiben.

Sie rief sich ihre vergangenen Erfahrungen ins Gedächtnis, dachte an die Menschen, die ihr nahestanden, die ihr Aufmerksamkeit und Zuneigung entgegengebracht hatten. Wie traurig, dass sie das nie zu schätzen gewusst hatte. Die einzige Ausnahme bildete Gianni. Ihm hatte sie alles gegeben. Nun, da er nicht mehr an ihrer Seite war, hatte sie alles verloren.

Viele Namen tauchten plötzlich aus der Erinnerung empor: Monica, Paolo, Lisa, Maria, Marinella, Luca, Antonella, Diego… Wenn sie wüssten, in welcher Situation sie sich gerade befand, wären sie ihr sofort zu Hilfe geeilt und hätten ihre Freundschaft unter Beweis gestellt. Aber sie waren weit weg und ahnten nicht, was sie im Moment durchmachte.

Die Erinnerung an all diese Menschen ließen in ihr eine Mischung aus Dankbarkeit und Selbstmitleid aufkommen. Nun begriff sie, was einen Menschen in den Tod oder in den Wahn treiben konnte: ein Leben ohne Offenheit gegenüber seinesgleichen! Die Einsamkeit, mit der man sich auch inmitten anderer Menschen umgeben kann! Jetzt würde sie vielleicht einsam sterben müssen.

Schon als Kind hatte sie andere Menschen gemieden, da sie meinte, auf Ablehnung zu stoßen. Sie hatte sich oft im Schlafzimmer eingeschlossen und ihren Geschwistern nicht erlaubt hineinzukommen. Oft stritt sie mit ihrer Familie, insbesondere mit dem Vater. Sie lieferten sich heftige Wortgefechte, und häufig wurde sie dabei laut. Ihre Schwester Monica hatte immer wieder versucht, mit ihr zu reden, doch Lara zog sich stets zurück. Sie hatte ihre Familie im fernen Kalabrien zurückgelassen und lange Zeit mit keinem von ihnen sprechen wollen. Sie blieb so lange verschwunden, bis die anderen nach ihr suchten.

»Wenn ich diese Prüfung lebend überstehe, werde ich meine Familie um Verzeihung bitten«, gelobte sie. »Ja! Ich will alles, was ich empfangen habe, reichlich zurückgeben!«

Dann fiel ihr wieder Gianni ein. Was hatte sie alles für ihn getan! In diesem Augenblick verschmolzen in ihr Trauer, Bitterkeit, Schmerz und zärtliche Zuneigung.

»Es ist besser, ich kehre um und gehe zurück zum Bahnhof«, überlegte sie, obwohl sie gleichzeitig eine Energie in sich spürte, die sie antrieb, weiterzugehen.

Die Zeit verging rasch. Bald würde es anfangen zu dämmern. Sie musste die Brücke zum Bahnhof noch vor Einbruch der Nacht erreichen. Lara graute vor der Finsternis. Sie hatte gehört, dass die Nacht im Wald sehr unheimlich sein konnte. So nahm sie all ihre Kraft zusammen und zwang ihre müden Beine vorwärts. Entschlossen schritt sie voran, immer mit der Hand auf dem Futteral, in dem das Messer steckte. Hin und wieder strich sie sogar zärtlich darüber, wie um sich dafür zu bedanken, dass es sie vor einer brutalen Vergewaltigung bewahrt hatte.

Da sie nicht wusste, welche Richtung sie einschlagen sollte, folgte sie dem Weg abwärts. Die Füße schmerzten, aber sie wagte es nicht, eine Pause einzulegen. Jenseits der Bäume entdeckte sie schließlich den Pfad, der sich wie ein Hoffnungsfaden in Serpentinen einen Hügel hinaufschlängelte. Die Gewissheit, in der Nähe des richtigen Weges zu sein, gab ihr die Kraft, um weiterzulaufen.

Manchmal, wenn unbekannte Geräusche aus dem Wald drangen oder ein Zweig sich bewegte, überkam sie wieder die Angst. Sie hatte das Gefühl, als lauere ihr irgendjemand aus dem Hinterhalt auf. Vielleicht derselbe Mann wie zuvor? Unruhig schaute sie sich nach allen Seiten um und zückte ihr Messer. Um sich Mut zu machen, rief sie laut: »Sollte es wieder dieser Kerl sein, werde ich ihm den Bauch aufschlitzen und das Messer in die Brust rammen. Wenn ich schon hier sterben muss, dann wenigstens nicht allein. Früher oder später erwischt es schließlich jeden.«

So lief sie mit weit ausholenden Schritten voran, immer auf der Hut und mit dem Messer in der Hand, das ihr ein Gefühl der Sicherheit verlieh. Nach vielen Stunden Wanderschaft erreichte Lara endlich die Brücke. Als sie sie überquert hatte, seufzte sie erleichtert auf. Jetzt erst fühlte sie sich wirklich sicher. Sie hatte ihre Lektion gelernt. Von nun an würde sie sich auf ihren Instinkt verlassen!

Lara verbrachte die Nacht am Bahnhof und nahm am

nächsten Morgen den Zug nach Aguas Caliente. Dort versorgte sie ihre Wunden, gönnte sich einen Tag Pause und brach am nächsten Morgen nach Machu Picchu auf.

Sie erzählte niemandem von ihren Erlebnissen. Nur die Schmerzen, die sie am ganzen Körper verspürte, bereiteten ihr Sorgen. In der vergangenen Nacht hatte sie ein Beruhigungsmittel eingenommen und, da die angstvolle Unruhe in ihr nicht nachlassen wollte, hatte sie am nächsten Morgen eine weitere Dosis geschluckt. Jetzt ging es ihr gar nicht gut. Sie fühlte sich wie betäubt.

»Es müssen die Nachwirkungen dieses Medikaments sein«, versuchte sie sich selbst zu beruhigen, während sie im Bus saß, der sie zu ihrem Ziel bringen sollte.

Als sie in Machu Picchu eintrafen, ging Lara als Erstes in das dortige Restaurant, um etwas zu trinken. Ihren Rucksack ließ sie an der Garderobe zurück. Nachdem sie ihren Eintritt bezahlt hatte, lief sie mit flinken Schritten der kleinen Stadt entgegen und mischte sich unter die Leute, die sich durch den Eingang drängten. Das Wetter war besser, als sie erwartet hatte, und Lara fühlte sich plötzlich viel befreiter und ausgeruhter. Auch die Schmerzen hatten nachgelassen, nur ihr Geist war noch verwirrt. Mit dem Fotoapparat über der Schulter steuerte sie auf den höher gelegenen Teil der Stadt zu.

Das Panorama war sehr beeindruckend. Lara verspürte Erleichterung und fand endlich die innere Ruhe, die sie gesucht hatte. Dieser Ort war Balsam für ihre Wunden. Sie stieg hinauf zu den ganz oben gelegenen Ruinen. Von dort konnte sie alle Teile dieser großartigen Stadt bewundern. Sie erschien ihr wie ein kostbarer Edelstein. Je länger sie sie betrachtete, umso stärker wurde in ihr das Gefühl, all das schon lange zu kennen, schon einmal hier gewesen zu sein.

»Alles ist mir so vertraut, vor allem die Pyramide und die Ebene dort«, bemerkte sie, während sie sich umsah.

Zu ihrer Rechten schien die Sonne auf einen Teil der Pyramide und erzeugte ein wunderbares Spiel aus Licht und Schatten. Dieser Anblick löste in Lara eine ungeheure Kette von Erinnerungen aus. Es war einfach unglaublich! Unzählige Male hatte sie dieses Bild im Traum vor Augen gehabt. Die Stadt rief Erlebnisse in ihrem Gedächtnis wach, als habe sie früher schon einmal hier gelebt.

Hingerissen blickte sie auf die Mauern, die sich wie auf einem grünen Teppich ausbreiteten, umgeben von ungeheuren Bergen, riesigen Kolossen aus Granit. Der Stadt gegenüber erhob sich, gleichsam als ihr strenger Wächter, der Berg Wayna Picchu.

Lara fühlte sich auf einmal ganz merkwürdig, wie berauscht. Sie versuchte, wieder zu Atem zu kommen. Dicht neben ihr befand sich ein flacher, gleichmäßig geformter Stein. Dort ließ sie sich nieder, um sich etwas auszuruhen. Während sie dalag, wurde ihr Körper von einer seltsamen Schwere erfasst. Immer stärker wurde sie von diesem Gefühl durchdrungen, das sie in eine neue Dimension, in eine andere Zeit eintreten ließ.

Vor ihren Augen zog eine Schar von Frauen vorbei, die in fein gearbeitete, weite Tuniken gehüllt waren. Mit gemessenem Schritt liefen sie langsam und feierlich einher, angeführt von einer alten Priesterin, der die kleine Gruppe offensichtlich unterstand. Die jungen Priesterinnen wandelten an ihr vorbei, mit zu Boden gesenktem Blick und vollkommen schweigsam. Plötzlich hob eine von ihnen den Kopf und schaute Lara in die Augen. Sie verspürte einen innerlichen Stoß und einen plötzlichen Sog an Energie, der sie ganz und gar erfasste. Als sie wieder zu Bewusstsein kam, wurde ihr klar, dass diese junge Priesterin niemand anders war als sie selbst. Sie fühlte sich lebendig im Körper dieser Frau. Jetzt war sie Teil jener schweigend voranschreitenden Schar. Vor dem Haupttor der Stadt blieben sie stehen. Die alte Priesterin begann nun zu sprechen, wie eine Mutter zu ihren Töchtern, energisch und gleichzeitig voller Zuneigung: »Bald werdet ihr in die Stadt der weisen Frauen eintreten. Um dieses Vorrecht zu erlangen, musstet ihr euren Verstand, eure Fähigkeiten, eure Großzügigkeit und vor allem eure Menschenliebe unter Beweis stellen. Ihr seid die Auserwählten, die alle Prüfungen des *Akllawasi* bestanden haben. Ihr seid die Juwelen unseres Volkes, denn ihr seid wahre Frauen. Deshalb dürft ihr in dieser geweihten Stätte leben. Hier werdet ihr eure Aufgabe vollenden und zu einer Säule der Liebesenergie werden. Aus Liebe, allein aus Liebe, opfert ihr euch für eure Nächsten. Dieser Ort ist geheim. Nur *Qoya* und *Mamakuna* wissen von ihm. Er ist ein Zentrum spiritueller Macht, von hier aus dringen alle Gebete für unser Volk bis zum Göttlichen vor. Machu Picchu ist die Stadt der weisen Frauen, ein Ort der Liebe gegenüber allen Menschen, und jede von euch ist eine Säule dieser Energie.«

Das Erlebnis wurde jäh unterbrochen, Lara erwachte aus ihrem Traum, denn plötzlich hatte sich ihr mit viel Lärm eine Touristengruppe genähert. Der Führer der Gruppe, der dunkelhäutig, aber westlich gekleidet war, redete unaufhörlich. Seine laute, raue Stimme drang an ihr Ohr und ließ sie langsam zu sich kommen.

»Doktor Manuel Ballon Chávez zufolge gibt es in Machu Picchu insgesamt zweihundertsechzehn verschiedene Gebäude. Achtzig von ihnen bestehen aus vier Wänden, es waren vermutlich Schlafsäle. Weitere achtzig haben drei Wände und dienten möglicherweise als Werkstätten. Außerdem gibt es noch vierzig von zwei Seiten begrenzte Einfriedungen. Es könnte sich dabei um Lagerräume handeln. Bei den übrigen sechzehn Bauwerken weiß man nicht, welche Funktion sie hatten. All diese aus Stein errichteten Gebäude weisen unterschiedliche architektonische Stilrichtungen auf. Der zentrale Teil der Stadt, dort, wo der runde Turm steht, war gleichzeitig der heiligste Teil.

Zugang zu dieser Stadt hatte bloß eine kleine Elite. Die zweihundertsechzehn Gebäude wurden nur von wenigen Auserwählten bewohnt. Das Dienstpersonal, das sehr zahlreich gewesen sein muss, lebte in einfacheren Behausungen. Es waren vor allem Wächter, Verwalter und Leute, die sich um die Herstellung von Waren und den Erhalt der Straßen kümmerten, Boten, Maurer, Töpfer, Landarbeiter, Weber, Goldschmiede, Spinnerinnen und zahlreiche Diener, die den Obersten, die Priester und die führende Elite mit Speisen und Getränken versorgten.

Um zu begreifen, welches Leben die alten Peruaner in dieser Stadt führten und was sie verabscheuten, muss man sich vor Augen führen, wer diese Leute waren und was sie taten. Aber es wird uns niemals gelingen, sie vollständig zu verstehen. Nachdem es den alten Peruanern gelungen war, die raue Umgebung urbar zu machen, errichteten sie ihre Stadt im Einklang mit ihrer eigenen geistigen Einstellung und entsprechend den örtlichen Gegebenheiten. Sie wählten diesen Ort, weil sich das Land von hier aus leicht bewachen und verteidigen ließ. Außerdem gab es reichlich Wasser und fruchtbaren Boden.«

Der Touristenführer hielt einen Moment inne, als suche er nach der richtigen Formulierung, und fuhr dann mit seinen Erklärungen fort.

Lara, die unterdessen wieder vollkommen wach war, lauschte angestrengt seinen Worten. Was er erzählte, interessierte sie sehr.

»Auf dieser Seite liegt der Machu Picchu, der alte Berg, den manche auch den ›Sonnenberg‹ nennen«, erklärte der Führer und deutete nach oben. Dann drehte er sich um und zeigte auf die gegenüberliegende Seite. »Das ist der Wayna Picchu, der junge Berg, auch ›Mondberg‹ genannt. Genau zwischen diesen Bergen wurde die Stadt Machu Picchu errichtet, ein Meisterwerk der Bautechnik und Architektur.

Hier stellten die alten Peruaner ihre Kunstfertigkeit, ihre wissenschaftlichen und technischen Kenntnisse unter Beweis. Alles, was ihr hier seht, wurde durch die Hände dieser Menschen erschaffen. Das Wasser wird über beachtliche Entfernungen hinweg durch geschlossene, geheime Kanäle geleitet, und die Tatsache, dass das System heute noch funktioniert, beweist, dass diese Anlage ein Meisterwerk der Ingenieurskunst ist.« Erneut legte der Führer eine Pause ein und gab seinen Zuhörern Gelegenheit, die Landschaft zu bewundern, bevor er seine Erklärungen wieder aufnahm.

»Hiram Bingham begann hier seine Forschungsarbeiten mit dem Fällen der Bäume, denn die gesamte Stadt war von üppiger Vegetation überwuchert. Danach folgten die ersten Ausgrabungen. Dabei stieß man auf die Knochen von insgesamt hundertachtundsiebzig Personen. Davon waren hundertfünfzig weiblichen Geschlechts.«

Die Touristen sahen sich erstaunt an, dann erhob sich ein Raunen, und schließlich schrie einer von ihnen: »Es lebe die Frau!« Diese Bemerkung rief allgemeine Heiterkeit hervor. Auch der Führer musste lächeln und fuhr dann fort: »Machu Picchu ist eine kosmopolitische Stadt. Menschen aller Nationen, jeglicher Hautfarbe und sozialer Herkunft kommen hierher. Diese großartige Architektur aus der Zeit vor der spanischen Eroberung ist die Nummer eins unter Perus Touristenattraktionen, insbesondere jetzt, da die Stadt zum Weltkulturerbe erklärt worden ist. Es ist ein historisches Heiligtum, das mehr als 32 592 Hektar Land umfasst und vom peruanischen Staat unterhalten wird.«

Damit hatte der Führer seine Erklärungen vorläufig beendet. Er lief einige Schritte voraus und rief dann: »Kommt jetzt bitte mit mir. Wir werden durch das Haupttor eintreten. Mir nach, bitte.«

Lara folgte der Gruppe, um weiter zuhören zu können. Sie schaute sich um und gesellte sich hin und wieder zu den anderen Touristen, die all die Plätze, Straßen und Treppen besichtigten.

Zwischendurch hatte Lara den Wunsch, alleine zu sein, um über ihr Traumerlebnis nachdenken zu können. Sie wollte die Stadt mit allen Sinnen wahrnehmen. Sie ließ sich auf einem Stein nieder und betrachtete voller Bewunderung die alten Mauern. Wie viel Mühe es gekostet haben mochte, sie zu errichten. Die Stufen waren in den Stein gehauen und wiesen in alle vier Himmelsrichtungen.

Die eindrucksvollen und architektonisch interessant gestalteten, steinernen Bauwerke und Wohnstätten waren fast alle ohne Überdachung. Dicht neben dem Haupttempel befand sich ein in Stein gemeißelter Brunnen. Lara schaute hinauf zum Gipfel des Machu Picchu. Langsam stieg der Nebel auf, der ihn schon bald umhüllen würde.

Ein wenig unruhig begab Lara sich nun auf den Weg zur Sternwarte, die sich *Intiwatana* nannte: ein pyramidenförmiges Bauwerk mit Stufen, die in den oberen Teil des Observatoriums führten. Dort angekommen entdeckte Lara an der höchsten Stelle einen facettierten Stein und überlegte, welche Funktion er wohl haben mochte. Sie war ganz in Gedanken vertieft, als eine Touristengruppe hinzukam und sie eine Antwort auf ihre Frage erhielt: »Dieser Stein dient der Zeitmessung und der Bestimmung der Jahreszeiten. Mit seiner Hilfe lassen sich Sonnenwende sowie die Tag-und-Nacht-Gleiche ermitteln und die Sterne beobachten. Er liefert astronomische Informationen, hat aber noch weitere Funktionen …«

Den Rest des Satzes konnte Lara nicht mehr verstehen, da der Führer seine Stimme senkte, als würde er der Gruppe, die den Stein umringte und sich dabei an den Händen hielt, ein Geheimnis verraten. Nach einer kurzen Schweigepause fuhr er mit lauter Stimme fort: »Wir haben die Energie dieses Steins gespürt – das ist der Beweis dafür, dass hier ein starkes energetisches Zentrum ist. Folgt mir jetzt bitte …«

Lara blieb stehen, um alles um sich herum besser wahrnehmen zu können. Sie empfand das landschaftliche Szenario dieser Stadt als außergewöhnlich, ja geradezu überwältigend schön. Es gab kaum etwas Vergleichbares: das Klima, das Land, die geografischen Besonderheiten, die Granitberge mit ihren Steilhängen und schwindelerregenden Abgründen.

Die Landschaft war fantastisch: schneebekrönte Gipfel, dunkel bewaldete Täler und weit unten der Fluss Urubamba, der sich seinen Weg durch ein tiefes Tal bahnte.

Auch die schier endlosen Abhänge und die steil aufragenden, majestätischen Gipfel beeindruckten Lara sehr. Als die Touristengruppe verschwunden war, blieb sie, von einem Gefühl tiefen Friedens durchdrungen, zurück. Ihr Geist war frei, losgelöst von jeglichen Gedanken, eingetaucht in vollkommene Leere.

Für einen kurzen Moment fand sie das Gleichgewicht und die innere Harmonie, die ihr in all den furchtbaren Monaten der Einsamkeit abhanden gekommen waren. Die Energie dieses Ortes zog die Menschen in eine andere spirituelle Dimension, jenseits aller irdischen Freuden. Solange sie an diesem Ort verweilte, war sie von einem Gefühl des Friedens und der Seligkeit erfüllt.

Der Nebel hatte bereits die Berggipfel eingehüllt und verschleierte den Himmel. Das helle Grün der Vegetation nahm durch das Spiel der Schatten eine graugrüne Farbe an.

Einer merkwürdigen Vorahnung folgend, stieg Lara hinab zu den Fundamenten des kreisförmigen Bauwerks. Als ob ihr die Natur ein ganz besonderes Schauspiel zuteil werden lassen wollte, war die rechte Seite eines mit Stufen versehenen Felsens in gleißendes Sonnenlicht getaucht. Wie in Ekstase lief Lara weiter. Wieder geschah etwas Seltsames mit ihr: Ihr war, als würde sie in eine andere zeitliche Dimension eintreten. Sie sah sich selbst in Priestergewänder gehüllt. Da begriff sie, dass sie in der Vergangenheit schon einmal in dieser Stadt gelebt hatte und nun zurückgekehrt war. Ein Gefühl der Freude und der Trauer überkam sie.

Es war die Freude darüber, sich wieder zu Hause zu fühlen. Doch beim Anblick der unbewohnten Stadt, die nur noch Fremde besuchten, um sich an ihrer Schönheit zu berauschen, ohne den heiligen Ort zu würdigen, empfand sie Trauer. Tränen liefen ihr die Wangen hinab. Aus einer unbestimmten Sehnsucht heraus musste sie weinen.

Gleichsam von selbst trugen sie ihre Füße in den weiter unten gelegenen Teil von Machu Picchu. Dort traf sie erneut auf die Touristengruppe, der sie vor dem Haupttor begegnet war. Ohne sie zu beachten, lief sie an ihr vorbei und schlug eine bestimmte Richtung ein, als sei sie bestens mit der Umgebung vertraut.

Um diese Uhrzeit waren in dem Stadtviertel, das Lara nun besichtigte, keine Besucher. Sie war ganz allein. Wie seltsam alles war. Sie steuerte auf den am tiefsten gelegenen Teil der Stadt zu und betrat nun mit zitternden Knien und pochendem Herzen ein Haus. Ein Schrei entfuhr ihr, sie stöhnte auf, dann wurde ihr übel. In ihrem Kopf begann sich alles zu drehen, und sie stürzte. Wie im Schlaf richtete sie sich wieder auf und lehnte sich gegen die Wand. Ihre Lippen formten sich zu einem wehmütigen, schmerzerfüllten Klagen: »Was hat man dir angetan, geliebte Stadt? Warum verfallen deine Mauern, und warum sprechen deine Töchter nicht mehr? Warum sind deine Häuser zerstört worden? Wo ist die alte Fröhlichkeit geblieben? Nun zertrampeln Fremde deinen Boden. Geliebte Stadt, ich bin zurückgekehrt. Erinnerst du dich an mich? Meine Schritte folgten diesen Pfaden, während ich ins Gebet oder in meine Spinnarbeit vertieft war. Wie oft habe ich sie beschritten!«

Lara weinte bitterlich, und zwischen Tränen und Schluchzen ließ sie all ihren Gefühlen freien Lauf. Endlich fiel der Schmerz von ihr ab, und sie kam wieder zu Bewusstsein: Etwas in ihr hatte sich gelöst.

Als die anderen Touristen sie eingeholt hatten, saß Lara immer noch an die Mauer gelehnt da. Man sah ihr an, dass sie geweint hatte. Deshalb näherte sich nun eine Frau aus der Gruppe und fragte: »Ist dir etwas zugestoßen? Kann ich dir helfen?«

»Nein, es ist alles in Ordnung«, antwortete Lara. »Ich bin nur tief bewegt wegen dieser Stadt.«

Eine weitere Touristin trat hinzu und bekräftigte: »Du hast Recht, diese Stadt ist wunderbar, großartig, einfach umwerfend. Ich habe immer davon geträumt, sie kennen zu lernen.«

Lara sah sie an. Wie oberflächlich, wie nichtssagend ihre Worte waren.

Die Gruppe entfernte sich und mit ihr die beiden Frauen. Lara blieb in einer Art Trance zurück. Vor ihrem inneren Auge zogen wie in einem Film eine Reihe von Szenen vorbei. Sie sah Frauen in Priestergewändern, die sich an diese Stätten begaben, um spirituelle Praktiken auszuüben.

Lara war gebannt von ihrer Vision. Ihr wurde mit einem Mal klar, dass sie diesen Teil der Stadt sehr gut kannte. Sie stand auf und begann umherzulaufen. An jeder Straßenabzweigung wusste sie bereits im Voraus, was sie hinter der Biegung erwarten würde.

Nach und nach breitete sich in ihr eine gewisse Schwermut aus. Die Aufregung war zu viel gewesen, sie fühlte sich plötzlich ein wenig schwach und müde. Aber ihr Bewusstsein hatte sich erweitert. Um der aufkommenden Niedergeschlagenheit zu entgehen, begab Lara sich auf den Weg in den höchstgelegenen Teil der Stadt. Neben einer strohgedeckten Hütte ließ sie sich nieder und blieb dort lange Zeit sitzen, als würde jener Ort sie hypnotisieren.

So gänzlich in ihre Betrachtungen versunken, fand Lara zu ihrer Ausgeglichenheit und Ruhe zurück. Während ihr erneut Tränen kamen, war sie diesmal von einem Gefühl der Freude durchdrungen. Diese Stadt gehörte zu ihr. Sie war zu etwas zurückgekehrt, das ihr am Herzen lag und das sie vermisst hatte. Warum und seit wann, vermochte sie nicht zu sagen; sie wusste nur, dass diese Ruinen einst das Lebenszentrum der Priesterinnen waren und dass sie selbst in einem früheren Leben einmal hier gewesen war.

Sie hätte noch eine Ewigkeit hier bleiben mögen. Doch sie vernahm bereits die Pfiffe der Wächter, das Zeichen dafür, dass es Zeit war zu gehen.

Lara schaute auf die Uhr. Es war zwanzig nach vier. Sie hatte ein Ticket nach Cuzco. Der Zubringerbus sollte um halb fünf abfahren. Wenn sie sich nicht beeilte, würde sie ihren Zug verpassen.

Sie wagte es nicht, noch länger zu bleiben. Ein andermal würde sie mit mehr Zeit und vielleicht in Begleitung wiederkommen. Widerstrebend nahm sie ihre kleine Tasche mit dem Fotoapparat und rannte los.

Zügig eilte sie die Stufen hinab, die zwischen den Fußwegen durch das Ackerland führten, überquerte die Terrassenanlagen, folgte der Straße, hastete durch den Ausgang und schaffte es gerade noch rechtzeitig, ihren Rucksack zu holen und den Bus zu erreichen.

»Steigen Sie ein, wir haben schon auf Sie gewartet. Wenn Sie noch länger gebraucht hätten, wären wir ohne Sie gefahren«, sagte der Fahrer reichlich ungehalten.

Zügig legte der Bus die kurvenreiche Strecke zum Bahnhof zurück. Lara schaute aus dem Fenster. Alles kam ihr so vertraut vor – als würde sie einen guten alten Bekannten treffen: die Abhänge, Blumen, Bäume und Flüsse. Zwar konnte sie sich ihre Gefühle nicht erklären, aber sie wusste, dass sie auf Bruchstücke ihrer eigenen Existenz gestoßen war. Plötzlich fiel ihr ein, was der Großvater ihr geantwortet hatte, als sie ihn einmal fragte, warum er sich nicht vor dem Tod fürchtet.

»Weil mein Geist unsterblich ist. Dieses Leben ist nur ein Teil unserer Existenz. Wir haben schon andere Lebenswege hier auf Erden beschritten. Der Körper geht zugrunde, aber der Geist lebt weiter.«

8
Wenn du bereit bist, erscheint der Meister

Während ihres Aufenthalts in Cuzco hatte Lara in einem der Reisebüros die Bekanntschaft mit Aurelio gemacht. Er war Touristenführer, ein Mann mittleren Alters, mit aufrichtigem Blick und klaren Augen, aus denen seine einfache Gemütsart sprach. Wenn er ernst war, bekam er einen durchdringenden Ausdruck, als wollte er seinem Gegenüber in die Seele blicken. Lara fühlte sich angezogen von seinem männlichen Gesicht mit den fein geschwungenen Augenbrauen, der breiten Stirn und dem langen Haar. Er sah aus wie ein Indianer aus einem Film.

Gleich bei ihrer ersten Begegnung war sie sehr fasziniert von ihm gewesen. Selbst sein Pumablick gefiel ihr. Aber sie war auf der Hut. Immer wieder versuchten Männer sie rumzukriegen, doch sie traute keinem von ihnen. Als sie Aurelios Charakter besser kennen lernte, öffnete sie sich ihm nach und nach immer mehr. Wenn er den anderen Touristenführern Witze erzählte, lachte er wie ein kleiner frecher Junge. Er ließ gerne ironische Bemerkungen fallen, aber wenn es um spirituelle Dinge ging, wurde er ernst und konnte zuhören.

Lara hatte das Gefühl, dass sie ihm vertrauen konnte, ohne missverstanden zu werden. Deshalb erzählte sie ihm eines Nachmittags von ihrer bisher erfolglosen Suche nach den *Amaru Runakuna,* den *Curanderos* des Wassers und des Feuers. Aurelio hörte ihr aufmerksam zu, sah sie mit einer gewissen Neugierde an und sagte schließlich: »Ich weiß, dass es diese Leute gibt. Aber du wirst Schwierigkeiten haben, sie zu treffen. Sie bleiben lieber im Verborgenen. Du darfst nicht jeden, der dir über den Weg läuft, nach ihnen fragen, so wirst du sie nie finden. Ich würde dir empfehlen, nicht in der Stadt zu suchen, sondern in ein kleines Dorf zu gehen und bei einer Familie zu leben. Von dort aus könntest du weiterkommen.«

Lara dachte über diese Möglichkeit nach: Ganz sicher würde es einen Weg geben, mit den Leuten, die sie suchte, in Kontakt zu kommen. Aurelio war einer der wenigen Touristenführer, die sie von nun an regelmäßig aufsuchte. Etwas in ihrem Inneren sagte ihr, dass er ihr nützlich sein könnte. Nachdem sie sich öfter mit ihm unterhalten hatte, keimte in ihr ein, wenn auch unbewusstes, Gefühl der Zuneigung zu ihm auf. Sie mochte ihn.

Um ihn herauszufordern, gab sich Lara ihm gegenüber bisweilen verführerisch. Sie wollte ihm den Kopf verdrehen, merkte aber, wie er sie jedes Mal, wenn sie ihm ein Kompliment machte, seltsam eindringlich ansah. Er hörte ihr zu und schaute sie an, als suche er etwas in ihrem Inneren. Eines Tages enthüllte er ihr: »Ich weiß, wo es einen dieser *Curanderos* gibt, nach denen du suchst. Einer der Fahrer aus unserer Firma hat mir von ihm erzählt. Aber er lebt sehr weit weg.«

Lara war angesichts dieser Nachricht außer sich vor Freude. Vielleicht würden sich nun endlich weitere Möglichkeiten eröffnen.

»Aurelio, meinst du, wir könnten ihn treffen?«

»Ich bin mir nicht sicher. Aber ein Versuch schadet nichts.«

»Wenn dieser Mensch die Wahrheit gesagt hat, gibt es irgendwo einen von diesen *Curanderos*. Vielleicht ist es Tata Condori«, rief sie hoffnungsvoll.

»Freu dich nicht zu früh und erwarte nicht zu viel. Lerne, geduldig zu sein und nichts zu überstürzen. Ich werde weitere Informationen einholen.«

Laras anfängliche Aufregung war verflogen, aber in ihrem Herzen keimte neue Hoffnung auf. Sie bemühte sich, ihre Ungeduld zu verbergen. Nach einigen Tagen erhielt sie einen Anruf von Aurelio: »Ich habe gute Nachrichten für dich. Am besten verabreden wir uns für heute Abend...«

»Gerne. Sag mir, wo und wann. Wollen wir zusammen essen gehen?«

»Einverstanden. Wir treffen uns auf dem Exerzierplatz. Von dort aus sehen wir weiter. Sagen wir um sieben?«

»Prima. Bis dann«, antwortete Lara hocherfreut.

Als sie den Hörer aufgelegt hatte, dachte sie über Aurelio nach. Immer wenn sie ihn sah, erwachte etwas in ihrem Inneren. Die Zeit, die räumliche Entfernung und das Alleinsein zeigten ihre Wirkung, brachten sie aber nicht von ihrem eigentlichen Ziel ab: einen oder eine *Amaru Runakuna* zu finden, um Gianni an ihre Seite zurückzuholen.

Sie trafen sich an der verabredeten Stelle und einigten sich auf ein Restaurant außerhalb der Stadt. Während Lara das Essen bestellte, berichtete Aurelio, was er in Erfahrung gebracht hatte: »Gestern habe ich zufällig mit dem Fahrer gesprochen. Ich weiß jetzt mit Sicherheit, dass es diesen *Curandero* gibt. Er lebt ziemlich weit entfernt von Cuzco in einer kleinen Gemeinde. Vielleicht ist es genau der, den du suchst. Ich habe eine Reihe von Nachforschungen angestellt und Freunde vor Ort gebeten, sich umzuhören. Aber ich wollte dir nichts sagen, bevor ich nicht sicher war, dass diese Person vertrauenswürdig ist.«

Lara sah ihn dankbar an. Sie wusste, dass er ihr helfen wollte, und sagte deshalb leise: »Danke, Aurelio. Ich bin sehr froh, deine Bekanntschaft gemacht zu haben. Meinst du, dieser *Curandero* kann mir weiterhelfen?«

»Vielleicht. Ich weiß, dass er in der Nähe des Dorfes Huacallullo lebt. Nach unseren Gesprächen über die *Amaru Runakuna* habe ich lange nachgedacht: Du hast meine Neugierde geweckt. Wenn du möchtest, werde ich dich auf deiner Suche begleiten.«

»Wie weit ist der Ort entfernt, an dem er wohnt?«

»Von Cuzco aus etwa zweihundertvierzig Kilometer. Wegen der Entfernung mache ich mir jedoch keine Sorgen. Das Problem ist, dass kein Zug oder Bus bis dorthin fährt. Wir müssen erst nach Espinar und von dort weiter in Richtung Coporaque. Aber vielleicht könnten wir uns einfach einen Wagen mieten.«

»Besorge uns einen Fahrer, egal zu welchem Preis. Hauptsache, wir kommen ans Ziel«, rief Lara begeistert.

»Damit ist es noch nicht getan. Wir werden auch ein gutes Stück laufen müssen. Ich hoffe, du bist bei guter Kondition.«

»Wettläufe habe ich früher fast immer gewonnen, und außerdem bin ich sehr widerstandsfähig.«

»Jetzt kommt das Unangenehmste, aber ich muss es dir sagen. Sollten wir das Glück haben, ihn zu finden, bedeutet das noch nicht, dass er bereit ist, uns zu empfangen. Selbst wenn man es schafft, einen der *Curanderos* ausfindig zu machen, wollen diese sich nicht zu erkennen geben, andere legen Gleichgültigkeit an den Tag, manche sind abweisend oder regelrecht unhöflich.«

»Wir können ihm ja sagen, dass wir in der Lage sind, ihn gut zu bezahlen«, meinte Lara.

»Dieses Thema ist in seiner Gegenwart absolut tabu. Die echten *Curanderos* haben eine andere Art, ihre Zeit und ihre Bereitschaft zu bemessen. Für sie zählen die Gedanken, Gefühle und Bedürfnisse der Leute, die zu ihnen kommen. Wenn du ihnen nicht sympathisch bist, kannst du ihnen alles Gold dieser Erde versprechen, sie werden dich trotzdem fortschicken.«

»Wir werden es versuchen. Ich will ihn unbedingt kennen lernen und mit ihm sprechen. Was meinst du?«

»Es heißt, er sei ein berühmter *Curandero*, der sich auf seine

Arbeit versteht. Er lebt auf dem Land, an einem abgeschiedenen Ort. Dort zähmt er Pferde, züchtet Kühe und Kampfstiere. In seiner Hütte empfängt er die wenigen Menschen, die ihn um Hilfe ersuchen. Ich habe mit einigen Leuten gesprochen, die ihn kennen. Sie sagen, er sei sehr gutherzig. Er verfügt über weitreichende Kenntnisse und hat schon viele Krankheiten geheilt. Wir werden einen Weg finden, mit ihm Kontakt aufzunehmen.«

»Nur Mut! Ich werde alle Kosten übernehmen«, sprudelte es aus Lara heraus. »Du bist aus der Gegend und kennst dich hier aus. Ich kann dir einen Vorschuss geben. Meinst du, dass zweihundert Dollar genügen?«

»Ja, ganz bestimmt.«

Am nächsten Tag rief Aurelio sie an: »Ich habe einen Fahrer gefunden, der bereit ist, uns nach Coporaque zu bringen, bis dahin, wo die Straße aufhört. Wir sollten auf jeden Fall Vorbereitungen für eine mehrtägige Reise treffen. Den ersten Teil legen wir im Auto zurück, den Rest zu Fuß oder mit Pferden. Wir werden sehen, was sich ergibt.«

An diesem Nachmittag packte Lara den großen Rucksack: den nötigen Schutz gegen Kälte und Staub, aber auch getrocknete Lebensmittel, Zwieback und Schokolade. Dann unternahm sie noch einen letzten Spaziergang durch Cuzco.

Zeitig am nächsten Morgen kamen Aurelio und der Fahrer, ein magerer Mestize in einem verschlissenen Overall, um sie mit dem Wagen abzuholen. Die beiden Männer kannten sich offenbar gut. Der Fahrer grüßte Lara mit einer flüchtigen Geste. Schweigend öffnete er den Kofferraum, und Lara verstaute ihren Rucksack neben dem von Aurelio.

Kurz darauf fuhr das Auto in schnellem Tempo der Stadtgrenze entgegen und hinaus aufs Land. Nach und nach verschwanden die Häuser, ringsum erstreckten sich Felder. In der Ferne konnte man die Eukalyptuswälder sehen.

Lara war aufgeregt. Eine ungeheure Neugierde hatte sie

ergriffen. Sie wollte unbedingt an das Ziel ihrer Reise gelangen. Der Wunsch zu kämpfen und Giannis Liebe zurückzugewinnen erfüllte sie gänzlich. Das war der eigentliche Zweck ihrer Suche. Wenn das, was sie gehört und gelesen hatte, stimmte, würde sie sich wie ein Krieger auf den Kampf vorbereiten.

Schweigend und in Gedanken versunken betrachtete Lara durch das Fenster die vorbeiziehende Landschaft. Für einen Augenblick vergaß sie Aurelios Gegenwart, der die Augen geschlossen hatte und friedlich schlief. Seine Gesichtszüge waren entspannt wie die eines Kindes. Wenn er wach war, wirkte er dagegen sehr männlich, sowohl in seiner Art, sich zu bewegen, als auch bei allem, was er tat. Sein spielerischer Geist, der Ernst, mit dem er an seine Arbeit ging, sein freundliches Wesen und die guten Manieren gefielen Lara. Nach drei Stunden erreichten sie ein kleines Dorf, das aus wenigen einfachen Häusern bestand. Als der Fahrer anhielt, erwachte Aurelio. »Lasst uns eine Pause machen und frühstücken«, schlug er vor.

Die drei betraten einen winzigen Laden. In einer Ecke befand sich ein Tisch mit ein paar Stühlen. Aurelio sprach mit der Besitzerin und bestellte drei Coca-Mate-Tees, etwas Brot und Käse.

»Wir müssen mit dem vorlieb nehmen, was da ist«, erklärte er Lara. »Du kannst hier nicht dieselben Annehmlichkeiten erwarten wie in Cuzco. Die Realität auf dem Land ist eine ganz andere. Am besten ist, du gewöhnst dich an das, was man dir anbietet, da du ohnehin keine andere Wahl hast.«

Lara nickte zustimmend, sah ihm in die Augen und lächelte. Ihre weißen Zähne, die zu einem Lächeln geformten Lippen und das durch den Fahrtwind in Unordnung geratene Haar wirkten unglaublich reizvoll. Nach dem Essen wandte sich Aurelio an den Fahrer: »Wir sollten gleich weiterfahren, sonst kommen wir erst in der Nacht an unseren Zielort.«

Das Auto setzte sich in Bewegung, fuhr erst langsam, dann

immer schneller. Ihre Strecke führte über Lancomayo nach Espinar. Trotz der hohen Geschwindigkeit, mit der sie unterwegs waren, lag noch ein weiter Weg vor ihnen. Erst viele Stunden später legten sie bei einer kleinen Häusergruppe am Straßenrand erneut eine Pause ein. In einem ländlichen Gasthof aßen sie Gemüsesuppe mit Fleisch und gekochten Kartoffeln. Diesmal genehmigten sie sich ein Bier.

»Ein Drittel der Strecke fehlt uns noch«, erklärte der Fahrer. »Wir werden bei Sonnenuntergang eintreffen.«

Allmählich spürte Lara die Erschöpfung von der seit dem Morgen andauernden Fahrt. Das Gesäß war taub, von den zahlreichen Stößen und dem ständigen Ruckeln des Wagens schmerzte ihr Rücken. Bei Sonnenuntergang trafen sie in Coporaque ein.

»Wir können nur bis hierher mit dem Auto fahren«, sagte Aurelio. »Ab jetzt geht unsere Reise zu Fuß weiter.«

Die beiden holten ihre Rucksäcke aus dem Wagen, setzten sie auf und schritten dann auf eines der Häuser zu. Aurelio rief dem Fahrer über die Schulter zu: »Such einen Platz, wo du den Wagen abstellen kannst, am besten in einem Schuppen, und dann komm uns nach. Wir werden die Nacht hier verbringen.«

Aurelio schien mit allem in diesem Dorf vertraut zu sein, er kannte die Gegend offenbar recht gut. Nachdem sie einige Häuser passiert hatten, klopfte er energisch an eine Tür.

»Guten Abend«, grüßte er, als ihm geöffnet wurde. »Wir suchen zwei Zimmer für heute Nacht. Außerdem brauchen wir für morgen ein paar Pferde. Könnt ihr uns weiterhelfen?«

»Ich kann euch zwei Zimmer anbieten«, antwortete die Person in der Tür. »Was die Pferde betrifft: Sie sind leider alle vergeben, unterwegs nach Checcani. Möglicherweise kehrt heute Abend noch eines zurück. Das könntet ihr dann haben.«

Lara und Aurelio sahen sich fragend an. Schließlich meinte Lara: »Von mir aus könnten wir auch zu Fuß gehen.«

»Es ist ziemlich weit«, entgegnete Aurelio. »Ich habe dabei nicht so sehr die Entfernung im Kopf, als vielmehr unser Gepäck. Die Vorräte in meinem Rucksack sind sehr schwer, und selbst wenn wir alles aufteilen, würde unsere Kraft nicht ausreichen, sie die ganze Zeit zu schleppen.«

Erst jetzt fiel Lara wieder ein, dass sie ihm Geld für die Beschaffung von Lebensmitteln und für den Fahrer gegeben hatte. Deshalb entschuldigte sie sich schnell: »Ich wusste nicht, dass wir so viel Gepäck dabeihaben. Was machen wir jetzt?«

»Lasst uns erst einmal etwas essen. Dann werden wir bei anderen Leuten nachfragen, die Lasttiere haben. Die Rucksäcke können wir hier an unserem Schlafplatz lassen.«

Aurelio entledigte sich seiner Last und lief dann auf ein anderes Haus zu.

»Hoffentlich ist die Frau da, die ich kenne«, sagte er zu Lara gewandt, während er an die Tür klopfte. »Vielleicht kann sie uns mit ein paar Pferden weiterhelfen, oder wenigstens mit einem …«

Die Tür ging auf, und eine kleine, rundliche Indiofrau mit vorspringenden Wangenknochen und einem Lächeln auf dem Gesicht erschien.

»Josefa, wir brauchen zwei Pferde. Kannst du uns welche vermieten, oder zumindest eines?«

»Es tut mir leid«, antwortete sie. »Ich würde dir gerne weiterhelfen, aber ich habe keine.«

»Wenn dir jemand einfällt, der ein Pferd haben könnte, sag mir Bescheid. Wir sind dort vorne in dem Laden.«

Sie liefen zu dem kleinen Geschäft, das gleichzeitig ein Landgasthaus war. Die Tische und Stühle waren bunt zusammengewürfelt. Die Wirtin trug einen schweren dunkelblauen Umhang über den Schultern.

»Haben Sie etwas zu essen für uns?«, fragte Aurelio. »Wir sind hungrig.«

»Ich kann euch eine Suppe und ein Hauptgericht zubereiten.«

»Gerne. Wir sind zu dritt.«

Sie nahmen an einem der Tische Platz. Schon kurz darauf kam die Suppe mit Reis und gekochten Kartoffeln, dazu gab es für jeden einen Coca-Mate-Tee.

»Dieses Getränk ist wichtig, um sich für die Nacht aufzuwärmen. Außerdem hilft es gegen die Höhenkrankheit«, erklärte Aurelio.

Während sie ihren Tee austranken, erschien ein ärmlich gekleideter kleiner Junge, der sich mit verschmitztem Blick vor Aurelio aufbaute und sagte: »Seid ihr auf der Suche nach einem Pferd?«

»Ja«, erwiderte Aurelio. »Wir brauchen eigentlich zwei.«

»Wir haben nur eines«, erklärte der Junge.

»Kannst du nicht noch ein zweites auftreiben?«

»Das ist zur Zeit nicht möglich. Wenn ihr das Pferd mieten wollt, werde ich euch begleiten.«

»Ist das Pferd eher ruhig oder sehr lebhaft? Es muss nämlich diese Frau tragen, die nicht reiten kann.«

»Das Pferd läuft ruhig, auch wenn man kein guter Reiter ist.«

»In Ordnung. Mit wem soll ich über den Preis verhandeln?«

»Mit meinem Vater.«

Aurelio erhob sich und eilte hinter dem Kleinen her, der schnell vorausgelaufen war. Nach ein paar Minuten kam er bereits wieder zurück. »Wir haben es geschafft. Für morgen bekommen wir ein Pferd, auf dem du reiten kannst. Das Gepäck laden wir hinten drauf.«

»Aber wir können doch noch ein zweites für dich mieten.«

»Nein«, entgegnete Aurelio. »Begreifst du nicht? Es ist hier anders als in Europa. Manchmal bekommt man für Geld eben nicht alles.«

»Aber ich kann nicht reiten.«

»Das macht nichts. Du wirst es lernen.«

Dieser Ritt sollte Lara noch lange Zeit als schmerzhafte Erinnerung für ihren Rücken und ihr Gesäß im Gedächtnis bleiben.

Die drei bewegten sich auf einem staubigen Weg vorwärts, der durch eine graue Gebirgslandschaft mit spärlicher Vegetation führte: nichts als verdorrtes Gras und Flechten. Die kahlen Felsen erinnerten an eine Mondlandschaft. Manchmal kamen sie an kümmerlichen Wasserläufen vorüber, an denen ein wenig mehr Grün wuchs. Hochstämmige Pflanzen hatten hier, wegen der großen Trockenheit und der niedrigen Temperaturen, kaum eine Überlebenschance. Nachts sank das Thermometer häufig unter null Grad.

Sie kamen nur schleppend voran. Aurelio lief sehr langsam, und Lara hatte große Mühe, sich auf dem Pferd zu halten. Ab und zu bäumte es sich auf, vielleicht weil es spürte, wie unerfahren seine Reiterin war. Dann zog Pablito, der kleine Junge, es gewaltsam am Zügel. Er lief mit kurzen, aber schnellen Schritten über den ausgedörrten Boden und hinterließ dabei die Spuren seiner aus alten Reifen hergestellten Sandalen, die Schutz gegen die spitzen Steine boten. Er war ärmlich gekleidet: alte, am Gesäß geflickte Hosen, ein graues, ziemlich schmutziges Hemd, ein an den Ellenbogen zerlöcherter Pullover, ein großer, abgewetzter Hut und ein Poncho über den Schultern. Außer ein wenig Proviant für den Rückweg hatte er nichts bei sich. Es schien, als sehe der Junge in diesen Wanderungen über trockene und einsame Pfade, mit denen er ein wenig Geld verdiente, den einzigen Sinn seines Lebens. Da es für die Erwachsenen kaum Arbeit gab und die Armut sehr groß war, fingen viele Kinder bereits mit fünf Jahren an, Gelegenheitsarbeiten zu verrichten, um die Familie zu unterstützen.

Während einer Pause erzählte Aurelio Lara von den *Curan-*

deros. Sie lebten in einer Art Gemeinschaft, die durch ihre Verbundenheit mit *Pachamama* geeint wurde. Die geheimnisvollen *Amaru Runakuna*, auf deren Suche sie sich befanden, waren die am höchsten angesehenen *Curanderos*. Sie lebten im Verborgenen. Ihre Praktiken waren geheim, sie hatten eine eigene Sprache, mit der sie sich untereinander verständigten.

Nur die Indios schafften es, mit ihnen in Kontakt zu treten. Für Mestizen und Weiße war es fast unmöglich. Diese Tatsache beunruhigte Aurelio ein wenig, und er sah sehr nachdenklich aus, während sie weiterwanderten. Auch für ihn würde es eine ganz neue Erfahrung werden: Schon seit jeher hatte er den Wunsch verspürt, den Schritt ins Ungewisse zu wagen, der möglicherweise sein Leben verändern würde.

Aurelio war ein Mann mit festen Grundsätzen, ein Idealist ohne feste familiäre Bindung. In seiner Jugend hatte er als Kellner in einem Restaurant gearbeitet. Nach mehreren Versuchen war es ihm schließlich gelungen, sich bis zum Hotelier emporzuarbeiten. Er baute sein Unternehmen nach und nach aus und war damit sehr erfolgreich.

Als er einen gewissen Lebensstandard erreicht hatte, nahm sein Verlangen nach materiellen Dingen ab, und in ihm erwachte der Wunsch, sich selbst besser kennen zu lernen. Warum war er auf der Welt? Was hatte er aus seinem Leben gemacht? Deshalb war sein Interesse für Lara und ihre Suche so groß, aus diesem Grund kam er mit ihr.

Um das Schweigen zu brechen, das nur von dem Geräusch seiner Schritte und dem Stampfen der Hufe begleitet wurde, wandte er sich an Lara: »Wenn meine Nachforschungen stimmen, dann ist der Mann, den wir suchen, einer der wenigen, die der wahren Schule der *Curanderos* in den Anden angehören, einer der berühmten *Amaru Runakuna*. Hier in Kisma Quata existierte früher eine Schule der Weisheit, ein Ort, an dem die Menschen lernten, zu sich selbst zu finden und sich zu begreifen.«

»Hoffentlich treffen wir die richtige Person«, antwortete Lara. Von den Anstrengungen der Reise klang ihre Stimme erschöpft. »Ich bin mit so vielen Hoffnungen losgereist und war doch bisher nichts weiter als eine ganz gewöhnliche Touristin. Ich habe es immer noch nicht geschafft, einen *Curandero* zu treffen.«

»Wenn dein Schicksal es so will, wirst du einem begegnen. Aber fordere es nicht heraus.«

Da sie noch einen langen Weg vor sich hatten, begann Lara, von sich zu erzählen: wer sie war, wie sie in Italien lebte, und warum sie hergekommen war. Auch Aurelio vertraute ihr Dinge aus seinem Leben an, gestand ihr seine Vorlieben und Wünsche. Dann unterhielten sie sich über die Probleme des Tourismus und die verschiedenen Möglichkeiten, die er bot. Da sie beide in derselben Branche arbeiteten, der sie letztlich ihre Bekanntschaft verdankten, waren sie sich über vieles einig.

Sie hatten einen grauen Hügel erklommen. Nun folgte ein beschwerlicher Abstieg über einen schmalen, steinigen Pfad. Von oben konnte man einige Hütten erkennen. Sie näherten sich offenbar einem kleinen Hirtendorf.

»Von dieser Siedlung aus müssen wir zu einer Ortschaft, an der es mehrere Seen gibt«, erklärte Aurelio. »Man hat mir erzählt, dass der Mann, den du suchst, dort lebt.«

Als sie in das Dorf kamen, trafen sie nur ein paar Kinder an, die erzählten, dass die Erwachsenen fort wären, um das Vieh zu weiden. Die drei ruhten ein wenig aus, aßen etwas und boten auch den Kindern, die sie neugierig umringten, von den Speisen an. Die Hütten in dieser ausgedörrten Landschaft waren einfach und bescheiden.

Kurz darauf brachen sie nach Huacallullo auf, wo sie bei Einbruch der Dämmerung eintrafen. Sie ließen ihre Rucksäcke in einem der Häuser zurück und schlugen einen kaum als solchen erkennbaren Pfad ein. Nur Pablitos scharfen Augen war es zu verdanken, dass sie ihn überhaupt fanden. Der Weg führte eine Böschung entlang, direkt auf die Hütte des *Curanderos* zu. Das Pferd kam nur mühsam voran. Lara fürchtete, es könnte abrutschen, und wäre lieber zu Fuß gegangen. Sie begann zu zweifeln, ob sich all die Mühen überhaupt lohnten.

Nachdem sie etwa eine Stunde gelaufen waren, hielt Pablito plötzlich inne und sagte etwas zu Aurelio. Dieser gab Lara ein Zeichen, vom Pferd zu steigen und zu ihm zu kommen. Sie liefen auf eine Hütte zu, die in der Nähe eines Sees am Fuß eines Felsens lag und so vor Wind geschützt war.

»Hier lebt der Mann, nach dem wir suchen. Hoffentlich ist er da«, meinte Aurelio, als sie auf die Tür zutraten. Der Eingang war durch zwei gekreuzte Pflöcke versperrt, die das Vieh daran hindern sollten einzudringen. Aurelio rief einige Worte auf Quechua durch die Tür. Da niemand antwortete, rief er lauter.

Kurz darauf erschien ein Mann in der Tür. Er war etwa ein Meter fünfundsechzig groß, gut gebaut und muskulös. Sein Gesicht war von zahlreichen Falten durchzogen. Er trug ungekämmtes Haar, hatte volle Lippen, einen bronzefarbenen Teint und funkelnde Augen. Sein Blick war fest und durchdringend, seine Kleidung schlicht wie die der Bauern aus der Umgebung.

Mit flinken, katzenartigen Bewegungen kam er auf sie zu. Aurelio lächelte ihn an, sprach einige Worte auf Quechua und erhob die Hand zum Zeichen der Freundschaft. Der Mann erwiderte den Gruß. Dann unterhielten sie sich eine Weile in dieser Sprache, die Lara nicht verstand. Sie selbst beschränkte sich darauf, zu lächeln und die beiden zu beobachten. Während Aurelio sprach, deutete er immer wieder auf Lara. Der *Curandero* betrachtete sie aufmerksam. Lara fühlte sich unwohl unter seinen durchdringenden Blicken, lächelte aber weiterhin. Kurz darauf kam Aurelio zu ihr.

»Er sagt, er hat nicht das Bedürfnis, dich kennen zu lernen. Aber ich habe ihn davon überzeugen können, dass es gut wäre, ein paar Worte mit dir zu wechseln«, erklärte er.

Lara wollte unter allen Umständen einen guten Eindruck erwecken. Deshalb blickte sie ihn freundlich an und sagte: »Ich heiße Lara. Ich bin aus Cuzco gekommen, um Sie kennen zu lernen. Ich brauche Ihre Hilfe.«

Der *Curandero* verzog keine Miene, nur seine Augen waren nun starr auf sie gerichtet. Er sprach nicht. Aurelio trat dazwischen, um das Schweigen zu brechen. »Die junge Frau ist deshalb hergekommen, weil ich ihr erzählt habe, dass du ein *Curandero* bist.«

»Ich bin überhaupt kein *Curandero*«, verkündete er, »und selbst wenn ich einer wäre, was will sie von mir?«

Angesichts der feindseligen Haltung des Mannes wurde Lara klar, dass es schwierig werden würde, mit ihm ins Gespräch zu kommen. Aber sie wollte versuchen, sein Vertrauen zu gewinnen: »Ich bin von sehr weit her gereist, weil ich einen echten *Curandero* kennen lernen wollte.«

»Und wozu brauchst du einen *Curandero*, was willst du von ihm?«, fragte er unwirsch.

»Ich möchte ihn um Hilfe bitten bei meinen Lebensproblemen. Ein Freund hat mir gesagt, dass ich sie nur mit Hilfe eines *Curanderos* lösen kann.«

Der Mann betrachtete sie erneut und sah ihr dabei tief in die Augen. Dann entgegnete er knapp: »Dein Freund hat die Unwahrheit gesprochen. Jeder muss seine Probleme selbst lösen. Wie kommst du dazu zu glauben, ich müsse die deinen lösen? Ich kann und will dir nicht helfen.«

»Aber ich schaffe es nicht allein. Ich brauche Hilfe«, flehte Lara.

»Es sind immer wieder die gleichen Ausreden: Ihr versucht immer, anderen die Last aufzubürden, die ihr selber tragen müsst. Lerne, deine Probleme selbst anzugehen, denn dein Weg auf Erden ist dazu da, sie zu lösen, und nicht, sie auf andere abzuwälzen.«

Lara wusste nicht, was sie antworten sollte, denn im Grunde hatte dieser Mann Recht. Sehr oft hatte sie sich als Opfer gesehen und sich an andere Menschen geklammert. Auch diesmal war sie letztlich hergekommen, um jemanden zu finden, der ihr aus ihren Schwierigkeiten heraushelfen sollte.

Der *Curandero* unterbrach ihre Gedanken. »Ich habe sehr viel zu tun und wäre längst fertig mit meiner Arbeit, wenn ihr mich nicht davon abgehalten hättet.«

»Es tut mir leid«, entschuldigte sich Lara. »Ich wollte Sie nicht stören.«

»Wenn du mich nicht stören wolltest, hättest du gar nicht erst herkommen dürfen«, fiel er ihr ins Wort.

»Nun gut, dann werden wir jetzt eben gehen.« Lara fühlte sich in ihrem Stolz verletzt.

»Tut das«, antwortete er zufrieden.

Aurelio hatte zunächst nur schweigend zugehört und den *Curandero* dabei aufmerksam beobachtet. Doch nun griff er vermittelnd ein: »Diese Frau möchte, dass du ihr zeigst, wie sie auf ihren Weg zurückfinden und ihre Probleme in den Griff bekommen kann. Bitte, hilf ihr.«

Der *Curandero* überlegte einen Augenblick. »Ihr könnt morgen wiederkommen. Vielleicht habe ich es mir dann anders überlegt«, sagte er und fügte barsch hinzu: »Im Moment möchte ich weder mit dir noch mit ihr sprechen.«

Lara war niedergeschlagen und tief gekränkt: Ein Mann wagte es, sie abzuweisen. Unterdessen unterhielten sich Aurelio und der *Curandero* weiterhin auf Quechua und betrachteten dabei die Landschaft. Was sie wohl besprachen? Vielleicht waren es wichtige Dinge... Dann verabschiedeten sie sich, und der *Curandero* verschwand in der Hütte.

Aurelio wandte sich an Lara: »Lass uns ins Dorf zurückkehren, bevor es vollkommen dunkel wird. Wir werden uns erst einmal eine Unterkunft suchen. Morgen kommen wir wieder. Wer weiß, vielleicht hat er es sich bis dahin anders überlegt und ist bereit, mit dir zu reden.«

Plötzlich spürte Lara Wut in sich aufsteigen. Sie war von jeher daran gewöhnt, dass alle Männer taten, was sie von ihnen verlangte.

»Er ist ein ungehobelter Mensch, ein Rüpel. Was bildet er sich ein, wer er ist?«, bemerkte sie verärgert.

»Wenn du die *Curanderos* verstehen willst, musst du lernen, bescheidener zu sein«, entgegnete Aurelio. »Sobald du sie besser kennst, wirst du merken, dass es Leute sind, die dich auf die Probe stellen.«

Die beiden machten sich zu Fuß auf den Weg zurück ins Dorf. Pablito war mit dem Pferd vorausgegangen, um etwas zu essen aufzutreiben. Lara war immer noch sehr erbost, im Gegensatz zu Aurelio, der ruhig und gut gelaunt neben ihr her lief. Das Verhalten ihres Freundes brachte sie nur noch mehr auf. Verärgert sagte sie: »Ich weiß nicht, was es zu lachen gibt, wenn ich wütend bin.«

»Wir können nichts machen«, antwortete er. »Wir müssen Geduld haben, nachsichtig mit ihm sein und hoffen, dass er es sich anders überlegt. Die *Curanderos* haben, im Gegensatz zu uns, kein Interesse an Touristen. Sie brauchen keine Kunden. Wenn du ihn kennen lernen willst, musst du hierbleiben und freundlich zu ihm sein, um nach und nach sein Vertrauen zu gewinnen. Andernfalls erreichst du gar nichts.«

Diese Worte stimmten sie versöhnlich. Etwas ruhiger sagte sie daher: »Gut, ich werde deinen Rat befolgen und Geduld haben.«

»Es tut mir leid, dass ich nicht länger bleiben kann. Aber es wartet viel Arbeit auf mich in Cuzco. Du wirst im Haus einer der Dorfbewohner übernachten. Aber rechne nicht mit allzu viel Komfort. Es gibt hier kein fließendes Wasser, kein elektrisches Licht und keine Geschäfte. Du wirst leben müssen wie alle anderen auch. Versuche unterdessen, Freundschaft mit dem *Curandero* zu schließen. Selbst für uns ist das nicht leicht. Es wird mehrere Tage dauern, bis er Vertrauen zu dir fasst. Aber mit etwas Geduld wirst du seine Gleichgültigkeit dir gegenüber durchbrechen.«

»Wenn andere das geschafft haben, dann schaffe ich es auch. Aber ich kann dir versichern, dass ich größte Lust hätte, ihn zum Teufel zu jagen und zurück nach Cuzco zu gehen.«

»Du musst dich rasch entscheiden. Wenn du willst, kannst du mit mir zurückfahren. Ich muss so bald wie möglich wieder in Cuzco sein.«

»Nein, ich bin entschlossen, hierzubleiben«, sagte sie in herausforderndem Ton. »Niemand wird mich daran hindern, meine Ziele zu erreichen.«

Am nächsten Morgen begab sich Aurelio zusammen mit Pablito auf den Rückweg. Zuvor hatte er sich noch davon überzeugt, dass es seiner Freundin gut ging und dass sie jederzeit problemlos nach Cuzco zurückkehren konnte, falls etwas schief laufen sollte. Lara hatte lange darüber nachgedacht, wie wichtig ihr diese Begegnung tatsächlich war und ob es sich wirklich um die Person handelte, die sie suchte. Angesichts der Informationen, die sie von Aurelio bekommen hatte, war sie nahezu sicher, einem *Amaru Runakuna* begegnet zu sein. Aber sie wollte der Sache selbst auf den Grund gehen.

Nachdem Aurelio abgereist war, unterhielt sie sich mit Dominga Cutipa, der Frau, bei der sie wohnte. Sie war Mutter zweier Kinder. Florencio war erst wenige Monate alt. Sie trug ihn, in eine bunte Decke gehüllt, auf dem Rücken. Eine himmelblaue Haube, die seine rötlichbraune Haut und die dunklen Augen betonte, bedeckte den Kopf. Das zweite Kind, Antonia, war ein Mädchen von zwölf Jahren. Manchmal, wenn die Mutter arbeiten musste, half sie, den kleinen Bruder zu versorgen.

Zur Zeit lebte Dominga alleine mit den beiden Kindern. Ihr Mann arbeitete in einem Bergwerk. Sie war sehr hilfsbereit, und Lara hoffte, von ihr einiges über den *Curandero* zu erfahren.

»Was ist das für ein Mensch, den wir gestern aufgesucht haben?«

»Meinst du Tata Sabino? Er ist ein *Hatu Runakuna* und kann einfach alles. Er führt und berät uns, er heilt, ja er begleitet sogar beim Sterben, wenn unser Körper nicht mehr weiterleben will.«

»Seit wann ist er als Heiler tätig? Ist er ein guter *Curandero*?«

»Es gibt in dieser Gegend keinen besseren. Es heißt, er sei von Leonidas Qalachuwa, dem *Curandero* des Regens, unterrichtet worden, und dieser habe ihm seine Macht übertragen. Nach seinem Tod hat Tata Sabino mit der Heiltätigkeit begonnen.«

Lara beschloss, den *Curandero* gegen Mittag erneut aufzusuchen. Er wirkte nicht sonderlich überrascht, als sie bei ihm auftauchte. »Ich wusste, dass du kommen würdest. Aber ich habe gerade keine Zeit für dich, denn ich habe viel zu tun. Komm morgen wieder, vielleicht bin ich dann weniger beschäftigt.« Dann verschwand er.

Lara hatte begriffen, dass sie sehr viel Geduld aufbringen musste und nichts überstürzen durfte. An diesem Tag unternahm sie mehrere Spaziergänge ins Gebirge, dachte über all die Menschen nach, die sie kannte, und auch über ihr eigenes Leben. Als sie zum dritten Mal bei dem *Curandero* erschien, wies er sie erneut ab: »Heute ist es wolkig, das muss ich ausnutzen. Die Felder lassen sich besser bestellen, wenn die Sonne nicht scheint. Wir können heute nicht miteinander reden.«

Lara glaubte, eine gute Gelegenheit gefunden zu haben, um seinem Misstrauen und seiner beharrlichen Ablehnung entgegenzuwirken, und schlug deshalb vor: »Ich helfe dir bei der Feldarbeit. Währenddessen können wir uns unterhalten.«

»Ihr Stadtmenschen wisst gar nicht, was es auf den Feldern zu tun gibt. Ich arbeite lieber allein, es würde viel zu lange dauern, dir alles zu erklären. Vielleicht kann ich dich morgen empfangen«, entgegnete er in einem Ton, der keine Widerrede zuließ.

Tag um Tag stellte der *Curandero* Laras Geduld auf die Probe. Obwohl sie sich elend und unwillkommen fühlte, ging sie immer wieder zu ihm.

Nach und nach veränderte sich seine düstere, unpersönliche Haltung ihr gegenüber. Er sprach nun über das Wetter, ließ Bemerkungen über das Leben oder über sich selbst fallen und begann schließlich, sie ein wenig aufzuziehen, um sie auf diese Weise zu reizen. Doch Lara reagierte beherrscht, versuchte zu lächeln und nahm seine Worte widerspruchslos hin. Eines Tages sagte er zu ihr: »Offenbar bist du gar keine Frau: Dein Gang, deine Denkweise, deine Art zu reden sind die eines Mannes.«

In einer anderen Situation hätten diese Worte sie verletzt. Doch jetzt nahm sie sie mit Gleichmut auf, denn sie wusste, dass er sie damit provozieren wollte. Von nun an lachte sie sogar über sich selbst und ertrug alle Scherze des *Curanderos*. Jede Bemerkung, die ihrem Dasein als Frau galt, nahm sie aufmerksam auf.

»Das stimmt nicht«, entgegnete sie ihm einmal lächelnd. »Ich bin eine Frau, das kann ich dir beweisen.«

Nach dieser Antwort sah er sie forschend an, lachte und sagte herausfordernd: »Du bist nichts anderes als ein Mann im Körper einer Frau. Um mir das Gegenteil zu beweisen, musst du zu mir kommen und bei mir leben.«

Diese Worte lösten in Lara einen Selbstschutzmechanismus, eine gewisse Furcht und Scheu aus. Der Gedanke, Tage und Nächte alleine mit ihm zu verbringen, erschreckte sie. Doch sie gab sich einen Ruck und dachte bei sich: »Wenn er die Geheimnisse der Schlangenmenschen kennt, werde ich während unseres Zusammenlebens erfahren, wer er ist und was er weiß. Nach und nach wird er mich vielleicht in seinen Lehren unterweisen.«

Noch am selben Abend packte sie ihre Sachen und zog in seine Hütte. Sie war bereit, allen Schwierigkeiten zu trotzen und allen Prüfungen zu begegnen. Während des ersten Tages bei ihm bereitete er das Mittagessen zu und lud sie ein, mit ihm zu essen. Auch um die Mahlzeit für den Abend kümmerte er sich. Dabei erklärte er Lara jeden einzelnen Arbeitsschritt. Wieder aßen sie gemeinsam.

Die Speisen waren schlicht, die Mahlzeiten bescheiden. Doch alles war sehr schmackhaft und gänzlich ungewohnt im Vergleich zu dem, was Lara aus der Stadt kannte.

Am folgenden Tag stand der *Curandero* sehr zeitig auf. Bevor er das Haus verließ, erklärte er Lara: »Ich muss arbeiten und werde einige Stunden fort bleiben. Aber zum Essen komme ich zurück. Hast du dir gemerkt, wie ich es gestern gemacht habe? Jetzt bist du an der Reihe, das gilt auch für die kommenden Tage.«

Lara sah ihm in die Augen und erwiderte: »In Ordnung. Ich werde das Essen zubereiten, aber unter einer Bedingung: Du musst mir helfen, den Abwasch zu erledigen.«

Tata Sabino sah sie ernst an, dann sagte er lächelnd: »Das ist deine Aufgabe, ich habe meine eigenen. Du bist als Frau geboren. Wenn du jetzt ein Mann bist, ist das nicht meine Schuld. Um eine Frau zu werden, musst du lernen, einen Haushalt zu führen. Wenn du hier kochst, ist das eine gute Übung. Im Übrigen habe ich dich nicht darum gebeten, herzukommen. Ich habe dir nur einen Vorschlag gemacht, und du hast ihn angenommen. Du bist es, die hier sein will.«

Lara verspürte den Wunsch, seinen Worten zu widersprechen. »Du kannst mir wenigstens helfen, alles sauber zu halten«, meinte sie.

»Merkst du, dass du argumentierst wie ein Mann? Du willst mich zu dieser Arbeit verpflichten, weil du nicht weißt, wie man einen Haushalt besorgt«, entgegnete er vorwurfsvoll.

Lara wusste sehr wohl, wie man putzt, kocht und all die

übrigen Dinge im Haushalt verrichtet, aber sie zog aushäusige Arbeiten bei weitem vor. Deshalb hatte sie die Hausarbeit immer mit Gianni teilen wollen und hoffte nun, dasselbe hier durchsetzen zu können. »Ich kenne all diese Arbeiten«, verteidigte sie sich. »Aber wenn zwei Menschen zusammenleben, ist es in meinem Land so üblich, dass beide gemeinsam Ordnung halten. Jeder hat seinen Aufgabenbereich.«

»Du erledigst alle Arbeiten im Haus, ich verrichte andere Dinge außerhalb«, sagte der *Curandero* sehr bestimmt.

»Warum? Machst du überhaupt keine Hausarbeit?«

»Solange du hier bist, sehe ich dazu keine Notwendigkeit«, antwortete er lachend.

Lara schwieg eine Minute, dann brach es aus ihr heraus: »Ihr Männer seid hart zu uns Frauen. In dieser Gegend, ebenso wie in Cuzco, habe ich gesehen, dass die Frauen schwere und schmutzige Arbeiten verrichten. Die Männer dagegen gehen nur einer einzigen Tätigkeit nach und tun sonst nichts weiter.«

»So siehst du es, so sieht es der Rest der Welt. Ich werde es dir erklären: Die Männer sind dazu geboren, eine bestimmte Aufgabe zu erfüllen, die Frauen zur Erfüllung einer anderen. Du willst die Männer dazu zwingen, das zu tun, was Aufgabe der Frau ist.«

»Du solltest einsehen, dass Frauen und Männer gleich sind«, wandte sie ein.

Tata Sabino sah sie mehrere Minuten lang aufmerksam an. Dann erklärte er lächelnd: »Das ist die größte Lüge, die ich jemals gehört habe. Wer hat dir gesagt, dass Männer und Frauen gleich sind? Wir sind verschieden und verspüren doch ein gegenseitiges Verlangen. Ich bin ein Mann und habe das Verlangen nach einer Frau. Aber du bist keine Frau. Du hast den Körper einer Frau, doch dein Geist ist der eines Mannes, du denkst wie er. Wenn du dich nicht änderst, wirst du nie eine Frau werden.«

Der *Curandero* ging hinaus und ließ Lara allein im Haus zurück. Sie war nun sich selbst überlassen und dachte über ihre Rolle als Frau nach. Tata Sabino hatte sicher seine Gründe, warum er Männer und Frauen nicht als gleich erachtete. Sie musste diese Unterschiede entdecken. Immer wieder fragte sie sich: Wer sind die Männer? Was ist das Besondere an ihnen? In den folgenden Tagen versuchte sie mit den wenigen Mitteln, die ihr zur Verfügung standen, ihren Aufgaben als Frau gerecht zu werden. Während sie ihre Arbeit verrichtete, dachte sie daran, dass sie und Gianni sich früher all diese Dinge geteilt hatten. Wenn sie spät nach Hause kam, bereitete er das Essen zu. Er bügelte sogar ihre Kleider. Sie hatten versucht, sich alle anfallenden Aufgaben zu teilen, da sie beide arbeiten gingen. Doch hier in den Anden war es ganz anders. Mann und Frau mussten sich in ihrer Verschiedenheit begegnen, um in Harmonie miteinander leben zu können.

Aurelio hatte sie gewarnt, dass der *Curandero* sie sogar fortschicken könnte, wenn sie seine Anweisungen nicht befolgte. Sie hatte sich daher fest vorgenommen, zunächst bei allem einzuwilligen. Doch eines Tages meinte der *Curandero* zu ihr: »Ich habe beschlossen, dass du einen Mann aus dem Dorf heiratest.« Bei diesen Worten konnte sie ihre Wut nicht länger unterdrücken. Deshalb erwiderte sie: »Warum meinst du, dass ich jemanden aus dieser Gegend heiraten sollte? Denkst du, ich will Zeit meines Lebens dieselben Arbeiten verrichten wie die Frauen vor Ort? Du bist verrückt! Wer weiß, was du noch alles einfordern wirst?«

»Du kannst ja gehen«, sagte er lachend. »Ich habe dich nicht darum gebeten, zu mir zu kommen und bei mir zu leben.«

Die Vorstellung, nach Cuzco zurückzukehren, gefiel Lara überhaupt nicht. Deshalb versuchte sie ihn umzustimmen: »Aber ich bin doch deine Freundin. Du kannst nicht von mir verlangen, dass ich gehe, nur weil ich nicht heiraten will.«

»Du bist nicht meine Freundin«, sagte er bestimmt.

»Wir leben unter einem Dach, wir haben viele Tage gemeinsam verbracht, und du sagst, ich bin nicht deine Freundin?«

»Nein«, antwortete der *Curandero*, »denn du bist keine Frau.«

»Und wenn ich keine Frau bin, was muss ich tun, um eine zu werden?«

»Ganz einfach: Such dir einen Mann, lebe mit ihm zusammen und genieße es. Versuche, eine Frau zu sein und kein Mann, andernfalls wirst du nicht glücklich.«

Die Sätze des *Curanderos* hatten sich Lara tief ins Gedächtnis geprägt: »Du bist keine Frau, du bist ein Mann.« Wenn sie alleine war, dachte sie oft darüber nach. Sie konnte ihm nicht in allem Recht geben. Unterdessen wiederholte Tata Sabino immer und immer wieder: »Denke daran, was ich dir geraten habe: Suche dir einen guten Mann, lebe dein Leben und vergiss deine jetzigen Vorstellungen. Versuche, eine Frau zu sein. Frauen können keine Gleichheit fordern, denn sie sind uns überlegen.«

Lara fand, dass der Zeitpunkt gekommen sei, seine wahren Absichten herauszufinden. »Wenn das, was du sagst, stimmt, dann lehre mich, eine Frau zu sein, denn ich möchte eine sein. Bis jetzt hat mir nur noch niemand gezeigt, wie ich es werden kann.«

Der *Curandero* sah ihr tief in die Augen, dann senkte er den Blick und sagte: »Es ist eine schwierige Aufgabe. Ich weiß nicht, ob du bis zum Äußersten gehen willst.«

»Ich bin zu allem bereit!«, erklärte Lara entschlossen. »Ich muss lernen, eine Frau zu sein, um den Mann zurückzugewinnen, den ich verloren habe.«

»Aber du wirst deine Geduld, deine Zähigkeit, ja deine gesamte Persönlichkeit auf die Probe stellen müssen. Du musst deine Lebenseinstellung ändern«, erwiderte der *Curandero*. »Die Prüfungen, denen du dich unterziehen musst, die Aufgaben, die du auszuführen hast, werden dir hart erscheinen. Ich will dir einige nennen.«

Lara dachte an ihr bisheriges Leben, an all das, was sie erlebt hatte und was nun auf sie zukommen sollte. Sie hätte sich von einem Teil ihrer Selbst verabschieden, die kulturellen Vorbilder, ihre Moralvorstellungen und ihren Glauben verändern müssen. Mit einem Mal überkam sie das Gefühl, all dem nicht gewachsen zu sein. Sie war nunmehr entschlossen zu gehen. Der *Curandero* brachte sie hinunter ins Dorf. Auf ihrem Weg dorthin sprachen sie kein Wort. Aber als sie sich trennten, meinte er freundlich: »Vergiss nicht meinen Rat. Suche dir einen Mann und genieße das Zusammensein mit ihm. Mach's gut!«

Dann drehte er sich um und trat den Rückweg an.

Lara sah ihm nach. Sie hatte das Gefühl, gescheitert zu sein, so wie sie auch mit Gianni gescheitert war. Da sie nicht den Mut aufbrachte, um ihn zu kämpfen, würde sie ihn für immer verlieren. Ein Gefühl der Verzweiflung breitete sich plötzlich in ihr aus. Sie spürte, wie sich in ihrem Inneren etwas löste und die andere Seite in ihr erwachte: ihre Kämpfernatur, der Teil in ihr, der um der Liebe willen zu allem fähig war. Sie fing an zu laufen und rannte so schnell ihre Beine sie trugen. Endlich erreichte sie Tata Sabino, der schon ein gutes Stück vorangekommen war.

»Warte auf mich. Ich habe es mir anders überlegt.«

Der *Curandero* lächelte. »Ich wusste es. Ich habe es in meinem Herzen gespürt. Du bist eine entschlossene Frau. Jetzt müssen wir jemanden finden, der dir deinen Weg zeigt.«

»Du wirst das tun!«, rief Lara sehr bestimmt.

»Wer weiß«, entgegnete er, »aber zuerst musst du dich einigen Prüfungen unterziehen, um mir zu beweisen, dass du es wert bist, meine Schülerin zu sein. Warte hier auf mich. Ich muss rasch ein paar Dinge besorgen, die ich benötige.«

Mit diesen Worten entfernte er sich und ging auf ein nahegelegenes Haus zu. Lara versuchte unterdessen, Ordnung in ihre Gedanken zu bringen. Während sie nachdachte, kam ein Brautpaar vorbeigeritten. Der Mann trug Jeans, einen roten Poncho mit schwarzen und gelben Streifen, eine wollene Kappe unter dem Sombrero und ein rotes Halstuch zum Schutz vor Kälte und Wind.

Die Frau war mit bunten Röcken und einem Schultermantel bekleidet, ihr Kopf war unbedeckt. Jeder ritt auf seinem Pferd, der Mann auf einem weißen, die Frau auf einem schwarzen. Laras Aufmerksamkeit wurde von den farbenfrohen Kleidern der Braut angezogen. Doch noch mehr beeindruckte sie ihr Gesicht, in dem sich der Kampfgeist dieser Frau spiegelte. Ihre Augen verrieten Bestimmtheit, Lippen und Kinn sprachen von ihrem eisernen Willen und dem Wunsch, die eigenen Ziele entschlossen zu verfolgen. Die Sicherheit, mit der diese Frau ihr Pferd lenkte, kam aus ihrem tiefsten Inneren.

Ihr selbst fehlte das, was dieser Frau eigen war: Genau das hatten ihr die Männer und Frauen vor Ort zu verstehen gegeben. Lara schaute ihr zu, wie sie zügig dahinritt und mit den Füßen im Steigbügel ihr Pferd geschickt zu führen verstand. Sie lächelte und sah aus wie eine Amazone, eine Kriegerin. Doch gleichzeitig wirkte sie auch sehr weiblich neben ihrem Mann.

Lara verfolgte die beiden mit den Augen, bis sie in der Ferne verschwanden. In diesem Augenblick wurde sie gewahr, dass der *Curandero* sie beobachtete. Lächelnd kam er auf sie zu.

Intuitiv begriff Lara, dass nun ihre gemeinsame Zeit mit dem Meister begonnen hatte. Graue Wolken zogen auf, und der Himmel verdunkelte sich. Für sie war der Moment der großen Entscheidung gekommen. Es ging um die grundlegende Frage ihres Lebens: War sie eine Kämpferin, oder war sie es nicht?

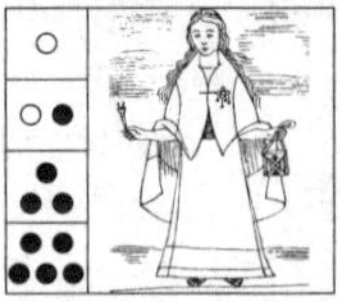

9
Auf dem Weg, eine Frau zu werden

Am folgenden Tag begleitete Lara den *Curandero* zu einem Fest. Obwohl sie nicht reiten konnte, hatte Tata Sabino ihr zu diesem Anlass ein Pferd besorgt. Auf ihrem Weg dorthin hatte sie große Mühe, sich im Sattel zu halten. Im Dorf waren Hunderte von Reitern versammelt: Männer, Frauen und Kinder in farbenfrohen Kleidern, die äußerst geschickt zu Pferde waren.

Die Männer trugen ausladende Reithüte, bunte Ponchos und um den Hals gewickelte Schals. Die Frauen hatten über ihre schwarzen Kleider, die mit zahlreichen farbigen Mustern verziert waren, verschiedenfarbige Mäntel geworfen, die hinter dem Rücken gekreuzt wurden. Ihre Köpfe waren unbedeckt. Die Reiter scharten sich zusammen, um daraufhin einzelne Gruppen zu bilden, und eröffneten das Fest.

Sie standen dicht gedrängt beisammen. Die Pferde wieherten vor Freude und Ungeduld. Die Männer wirkten ernst und stolz, nur hin und wieder wechselten sie ein paar Worte. Die Frauen flüsterten miteinander oder unterhielten sich leise, während sie mit den Zügeln in der Hand ihre Tiere unter Kontrolle hielten.

Nachdem alle von ihren Pferden gestiegen waren, begannen sie auf einem großen freien Platz mit einer Reihe ritueller Tänze. Die bunten Kleider der Tänzer bildeten ein Meer aus Farbe. Sie hielten sich bei den Händen und formten eine Art Zug, die Männer mit ihren derben Reitstiefeln, die Frauen barfüßig. Sie tanzten nach einem bestimmten Rhythmus und stimmten dabei Lieder über Liebe, Trauer, Kampf und Krieg an.

Die jungen Männer waren gekommen, um ihre Reitkünste unter Beweis zu stellen. Für einige von ihnen sollte heute das Leben an der Seite der Geliebten beginnen, die sie vor den Augen der Öffentlichkeit heimführen würden.

Nach dem Fest kehrten Lara und der *Curandero* schweigend nach Hause zurück. Während sie über die fast vollkommen verdorrte Steppe galoppierten, versuchte Lara so gut es ging, das Gleichgewicht zu halten. Wenn sie anhielt, ritt der *Curandero* einfach weiter, ohne Rücksicht auf sie zu nehmen. Sie hatte große Mühe, ihn einzuholen und mit ihm Schritt zu halten.

Während des Festes hatte sie den Reitkunststücken der Teilnehmer zugesehen und auch dem Spiel der Entführung zu Pferd beigewohnt. Der Mann musste den Widerstand der Frau brechen und in vollem Galopp von seinem Pferd aus auf den Rücken des Tieres seiner Auserwählten wechseln.

Wer es nicht schaffte, sei es aus Mangel an Geschicklichkeit oder weil die Frau sich widersetzte, wurde von den Zuschauern ausgelacht. Die Männer versuchten, die Frauen ihrem Willen zu unterwerfen, aber bisweilen setzte die Frau sich derart zur Wehr, dass der Mann dabei als Verlierer hervorging.

Während die beiden über verdorrtes Weideland und spärlich sprießendes Grün langsam einen Hügel hinabritten, erklärte der *Curandero*: »Um im Leben voranzukommen, musst du wie ein Reiter sein – in jeder Situation zum Risiko bereit, wachsam und in jedem Augenblick allgegenwärtig.«

Lara verstand den Sinn dieser Worte zunächst nicht. Erst am nächsten Tag, als er sie zu dem Platz führte, auf dem er die Pferde zähmte, kam sie dahinter.

»Du hast ernsthaft beschlossen, eine wahre Frau zu werden«, meinte er zu ihr. »Die erste Aufgabe, die du zu erfüllen hast, wird sein, ein Pferd zu reiten. Dann musst du dich auf seinen Rücken stellen, eine Drehung in der Luft machen und mit den Füßen auf dem Boden landen. Ich werde es dir vormachen, damit du weißt, wie ich es meine.«

Mit einem Satz schwang er sich auf ein weißes Pferd, das sich in seiner Nähe befand, und ritt über den Platz. Dabei wurde er immer schneller, bis er schließlich zum Sprung ansetzte und mit den Füßen auf dem Pferderücken zu stehen kam, ohne dabei die Zügel loszulassen. Wie durch Zauberei gelang es ihm, mit einer merkwürdigen Bewegung unter dem Tier hindurchzutauchen, gleich darauf wieder auf seinem Rücken zu stehen und eine Drehung in der Luft zu vollführen. Als er vom Pferd stieg, meinte er zu ihr: »Das Leben ist voller Herausforderungen und Prüfungen. Wir alle sind auf der Welt, um unsere Probleme zu lösen. Du hast ein Problem, das dich quält, und möchtest es lösen. Wenn du dazu meine Hilfe einforderst, musst du zunächst einmal das tun, was ich dir vorgeführt habe.«

Lara war sehr erstaunt über das, was Tata Sabino ihr gezeigt hatte. Diese Prüfung zu bestehen, erschien ihr nicht nur äußerst schwierig, sondern nahezu unmöglich. Außerdem hatte sie keinerlei Erfahrung mit Pferden. Doch der *Curandero* blieb unerbittlich: »Wenn du dich von mir unterweisen lassen willst, musst du dich dieser kleinen Prüfung unterziehen.«

Lara wollte sich nicht geschlagen geben. Sie war bereit, diese Aufgabe zu erfüllen, um die Hilfe des *Curanderos* zu empfangen. Um sich Mut zu machen, sagte sie zu sich selbst: »Ich liebe Gianni über alle Maßen, deshalb werde ich es versuchen. Wenn ich dieser Herausforderung nicht gewachsen bin, so wird mir zumindest die Gewissheit Auftrieb geben, dass ich wirklich um ihn gekämpft habe.«

Sie antwortete daher: »Ich werde tun, was du von mir verlangst. Ab morgen fange ich an zu üben.«

»Nein«, entgegnete er entschieden. »Du wirst jetzt anfangen.«

»Also gut«, willigte Lara ein und wollte ihr Pferd besteigen.

»Du sollst deine Aufgabe nicht mit diesem Tier erfüllen«, erklärte der *Curandero*. »Ich werde dir eins aussuchen. Komm mit.«

Mit leichten Schritten schlug er einen Pfad ein, und Lara folgte ihm. Kurze Zeit später erreichten sie eine Niederung. Vor ihnen lag eine Koppel, auf der sich einige Pferde befanden. Die beiden näherten sich der Umzäunung und betrachteten die Tiere.

»Siehst du das schwarze Pferd?«, fragte der *Curandero*. »Mit ihm zusammen sollst du deine Prüfung bestehen.«

Beim bloßen Anblick dieses lebhaften Tieres, das sie ansah, ausschlug und seiner ganzen Feindseligkeit Ausdruck verlieh, verspürte Lara einen Kloß im Hals.

»Ist es gezähmt? Kann man darauf reiten?«, fragte sie besorgt.

Der *Curandero* antwortete lachend: »Bisher ist noch niemand auf ihm geritten. Dieses Pferd ist einem besonderen Zweck vorbehalten. Ich wusste, dass jemand kommen und mich um Hilfe bitten würde. Deshalb habe ich es für diese Person aufgehoben. Wenn es dir gelingt, auf ihm zu reiten, ist es deines. Mit ihm zusammen wirst du dich der Prüfung stellen!«

Als Lara das ihr zugewiesene Pferd näher betrachtete, entfuhr ihr unwillkürlich ein Ausruf der Bewunderung: »Ah, was für ein Prachtstück!«

Das Tier war von oben bis unten schwarz wie die Nacht. Wenige Augenblicke zuvor wirkte es noch gleichgültig, doch jetzt näherte es sich ihr und sah sie dabei an. Sie tauschten Blicke aus. Lara hatte das Gefühl, als spreche aus seinen Augen der unbezähmbar starke Charakter eines ungebundenen Wesens, das mit allen Mitteln um seine Freiheit kämpfen würde. Es wieherte, schüttelte sich und bäumte sich auf. Dann vollführte es einen heftigen Satz, wie um zu zeigen, dass es zum

Kampf bereit war und sich nicht so einfach bezwingen lassen würde.

»Du hast einundzwanzig Tage Zeit, um mir zu beweisen, dass ihr beide, du und dieses Pferd, Freunde seid, dass ihr euch gut versteht und bei diesem Unterfangen unzertrennlich seid«, meinte der *Curandero* und fügte dann, scheinbar wie zum Spott, hinzu: »Ich gebe dir einen guten Rat: Rede mit ihm und erkläre ihm, dass du den Wunsch hast, eine wahre Frau zu werden. Schildere ihm dein Problem und bring ihn dazu, dich auf seinem Rücken zu tragen. Wenn du das geschafft hast, reitest du ganz ruhig und beschreibst dabei einen kleinen Kreis. Dafür und für die anderen Übungen kannst du den Reitplatz benutzen.«

Lara schenkte den nüchternen Worten des *Curanderos* kaum Beachtung. Sie beobachtete das Tier, das sich energisch und kraftvoll auf der Koppel bewegte. Es wirkte unbezwingbar, voller Freiheitsdrang und zeigte keinerlei Interesse für die anderen Tiere.

Lara sah es unverwandt an. Sie spürte, wie etwas in ihrem Inneren aufbrach und ein verborgener Teil ihres Selbst zum Vorschein kam. Während sie es beobachtete, hatte sie das Gefühl, mit ihm zu verschmelzen: Sie war es, die galoppierte, sie spürte die Luft, die während des Laufens durch die Nüstern ein- und ausströmte, den Schweiß, der ihr hinunterlief, den eigenen Geruch und den der anderen Tiere. Sie war frei und stolz darauf. Sie fühlte sich stark und bereit, dafür zu kämpfen, sich von allen Fesseln zu befreien. Dies alles geschah innerhalb weniger Sekunden, dann holte die Stimme des *Curanderos* sie wieder zurück in ihren eigenen Körper.

»Das Pferd hat keinen Namen. Wir wissen nicht, wer seine Eltern waren. Eines Tages tauchte es in der Steppe auf, und es hat ziemliche Mühe gekostet, es hierher zu bringen. Im Grunde seid ihr beide euch ähnlich. Ich hoffe, ihr werdet euch gut verstehen.«

Als der *Curandero* sich entfernte, blieb Lara schweigend zurück. Zum ersten Mal verspürte sie das Bedürfnis, ihre eigene wilde Natur kennen zu lernen. Dieses Pferd hatte sie in ihr wachgerufen.

Lara wollte zunächst alles Mögliche über Pferde in Erfahrung bringen. Sie ging in das Dorf, in dem zahlreiche Reiter lebten, und versuchte, mit dem einen oder anderen in Kontakt zu kommen. Fast alle hatten langjährige Erfahrung im Reiten und waren in der Lage, nahezu jedes Pferd zu bändigen. Nur mit einem Lasso ausgerüstet begaben sie sich auf die Suche, fingen in der Steppe ein Wildpferd ein, bändigten es innerhalb kürzester Zeit und konnten es von da an lenken, wohin sie wollten. Von klein auf hatten sie Kontakt zu den Tieren, und bereits im Alter von zwölf Jahren waren sie im Umgang mit Pferden bestens vertraut.

Unter den zahlreichen Menschen, mit denen Lara gesprochen hatte, schien ihr Eusebio Kusi der Fähigste und für sie Geeignetste zu sein. Offenbar verstand er ihr Problem. »Eusuko«, wie ihn die Leute im Dorf nannten, war ein Mann von über sechzig Jahren. Seit seiner Jugend zähmte er Pferde und war deshalb unglaublich vertraut mit ihnen. Er kannte sie genau und konnte sie verstehen.

Nachdem Lara ihm ihr Problem geschildert und er das Pferd aufmerksam beobachtet hatte, meinte er zu ihr: »Es ist eines der edelsten Tiere, die ich in meinem Leben gesehen habe. Du wirst es kaum mit Gewalt bändigen können. Es würde lieber sterben, als seine Freiheit verlieren. Nur mit Liebe und Zuneigung kannst du es gefügig machen. Du musst lernen, mit ihm zu kommunizieren. So wird es dich als seine Freundin akzeptieren, als eine Gefährtin, mit der es sein Leben teilt. In den ersten Tagen solltest du gar nichts unternehmen. Gewöhnt euch aneinander, behalte es im Auge, verbringe so viel Zeit wie möglich mit ihm, am besten den ganzen Tag.«

Lara befolgte seinen Rat. Die ersten Tage verbrachte sie damit, es eingehend zu beobachten, und hielt sich so oft wie möglich in seiner Nähe auf.

Jedes Mal wenn das Pferd sie kommen sah, wurde es unruhig, wieherte, schnaubte und brachte ihr sein ganzes Misstrauen entgegen. Doch je mehr Zeit sie miteinander verbrachten, desto zutraulicher wurde es. Es drehte sich sogar suchend nach ihr um. Bisweilen, wenn es hungrig war, vollführte es Sprünge auf der Koppel. Dann brachte Lara ihm Futter, aber es nahm keinerlei Notiz von ihr. Wenn sie sich ihm näherte, legte es die Ohren an, wenn sie versuchte, über den Zaun der Koppel zu steigen, nahm es sofort eine drohende Haltung ein, drehte sich um sich selbst, machte Anstalten, als wolle es nach ihr ausschlagen, und verdrehte den Hals, um nach ihr zu schnappen. Manchmal sah es sie mit seinen schwarzen Augen aufmerksam an, als sei sie sein Rivale. Andere Male wirkte es wie ein Kind, das sich Hilfe suchend umsieht; seine Ohren waren dabei in ihre Richtung gespitzt.

Gleich zu Beginn suchte Lara nach einem Namen für das Pferd, um besser mit ihm kommunizieren zu können. Sie beschloss, es Pacha zu nennen, was so viel bedeutet wie »Raum und Zeit«. Sie hatte gehört, wie Eusebio dieser Name über die Lippen kam, als er das Tier zum ersten Mal gesehen hatte. Lara sprach ihn in der Gegenwart des Tieres immer und immer wieder aus, während sie sich ihm dabei langsam näherte. Allmählich fand es sich damit ab, obwohl es sie noch nicht akzeptieren wollte.

Die folgenden Tage verbrachte Lara damit, das Pferd zu beobachten, es immer wieder beim Namen zu nennen und ihm schmackhaftes Futter zu reichen. Sobald es sich selbst überlassen war, weidete es neben den anderen Tieren. Es bewegte sich frei in der Ebene, trabte und galoppierte mit ganzer Leidenschaft und Energie.

Lara hatte gleich zu Beginn bemerkt, dass Pacha einen starken Einfluss auf die anderen Tiere ausübte und dass es seiner Natur widersprach, zu gehorchen oder Lasten zu befördern.

Dieses Pferd wollte frei sein wie der Wind, wollte galoppieren und ließ es nicht zu, dass irgendein Mensch sich ihm näherte. Es einzufangen war nur deshalb möglich gewesen, weil es sich gerne in Gesellschaft seiner Artgenossen aufhielt.

Wenn jemand versuchte, sich ihm zu nähern, scharrte es mit den Vorderläufen, um Macht und Stärke zu demonstrieren. Es wollte zeigen, dass es frei und unabhängig war und nicht bereit, sich jemandem unterzuordnen.

Im Laufe der folgenden Tage bemerkte Lara, dass Pacha sie kaum noch aus den Augen ließ und all ihre Bewegungen verfolgte. Um sich ihm zu nähern, vollzog Lara eine Reihe kleiner Schritte. An einem der ersten Tage war sie an ihn herangetreten und hatte dabei ihr Leben riskiert. Das Pferd hatte ihr mit dem Kopf einen derartigen Stoß versetzt, dass sie zu Boden fiel, und wenn sie sich nicht so flink weggedreht hätte, hätte es sie noch mit seinen Hufen erwischt. Pacha setzte alles daran, Lara von sich fernzuhalten und sie zu entmutigen. Wahrscheinlich glaubte er, sie mit seinem drohenden Gebaren vertreiben zu können. Offenbar spürte er Laras Entschlossenheit. Sie versuchte, ihn mit ihrer Stimme zu besänftigen, blieb bei ihm, brachte ihm Futter und sprach zärtlich auf ihn ein. Sie wollte ihm ihre Liebe zeigen.

»Komm, Schatz, ich tu dir nichts. Wir beide müssen Freunde werden und zusammen ausreiten«, raunte sie ihm liebevoll zu. Doch Pacha wurde dadurch nur noch wütender. Er spitzte die Ohren, richtete sie nach vorn, dann wieder nach hinten und zeigte so seinen offenen Widerstand. Lara wiederholte immer wieder seinen Namen und sprach zu ihm, während sie auf ihn zuging. »Beruhige dich, Pacha, dir passiert nichts. Bleib ruhig, ich bin hier, um dich zu beschützen und zu pflegen. Ich will deine Freundin sein.«

Aber das Pferd blieb stur und ließ es nicht zu, dass Lara sich ihm näherte. Bei einem ihrer Versuche nutzte Pacha den Augenblick, in dem sie unaufmerksam war, vollzog eine Drehung und versetzte ihr einen heftigen Tritt. Lara wurde mehrere Meter zurückgeschleudert. Einige Leute, die alles beobachtet hatten und sahen, dass sie ziemlich übel zugerichtet war, eilten ihr zu Hilfe. Sie kamen auf die Koppel und verscheuchten das Pferd.

Am folgenden Tag kehrte Lara zurück. Trotz ihrer Prellungen und Verletzungen war sie fest entschlossen, die Prüfung zu bestehen. Erneut trat sie an Pacha heran, um ihm zu zeigen, dass sie weder Groll gegen ihn hegte, noch Angst hatte. Diesmal war sie jedoch sehr vorsichtig. Durch sein Schnauben gab er ihr zu verstehen, dass er nicht bereit war, auf sie einzugehen. Aber Lara redete ihm weiter gut zu, wie eine Mutter ihrem störrischen Kind.

Eines Tages nahm Eusebio ein Lasso und fing Pacha damit ein. Dann ging er langsam auf ihn zu. Pacha war außer sich vor Wut, bäumte sich auf und versuchte mit allen Mitteln, sich von der Schlinge um seinen Hals zu befreien. Schließlich gelang es Eusebio, ihn zu beruhigen, und es schien, als würde zwischen den beiden eine Verständigung stattfinden.

Kaum hatte Eusebio Lara das Lasso übergeben, begann Pacha, sich um sich selbst zu drehen, um sich von der Leine zu befreien. Aber Lara hielt sie fest, gab nicht nach und sprach unaufhörlich mit zärtlicher Stimme auf ihn ein. Sie versuchte, den Abstand zwischen sich und dem Pferd langsam zu verringern. Dabei musste sie an Eusebios Worte denken: »Du darfst keine Angst zeigen. Gib deiner Zuneigung Ausdruck. Wenn es merkt, dass du dich fürchtest, nimmt dich das Tier als Feind wahr und versucht, dich zu zerstören. Bist du ihm gegenüber aber gelassen und voller Vertrauen, wird es sich nach und nach beruhigen.«

In den folgenden Tagen versuchte Lara wieder, sich Pacha anzunähern. Eusebio, der Lara bei ihren Bemühungen helfen wollte, war es gelungen, dem Pferd Halfter und Leine anzulegen. So konnte sich Lara bis auf eine bestimmte Entfernung heranwagen. Zunächst trennten sie noch einige Meter voneinander, doch nach und nach wurde die Distanz immer geringer. All das geschah unter dem wachsamen Blick Eusebios, der Lara immer wieder zeigte, wann der Zeitpunkt gekommen war, den nächsten Schritt zu tun.

Endlich kam der Augenblick, in dem sie den Rappen zum ersten Mal berührte. Pacha wich zurück und versuchte, sie zu beißen. Auch Lara ging einen Schritt zurück, allerdings mehr aus Vorsicht denn aus Angst. Doch sie ließ nicht locker und unternahm immer neue Versuche, ihn zu streicheln, bis sie es schließlich schaffte, eine Hand auf sein Fell zu legen. Bei der Berührung zuckte er zusammen, aber er ließ sie gewähren.

In diesem Moment richtete er seinen Blick auf Lara, so, als sei sie jemand, dem er vertrauen konnte. Von nun an durfte sie seine Schnauze und den Hals berühren und ihn streicheln. Schon nach wenigen Tagen legte er seinen Kopf auf Laras Schulter. Diese langsame Annäherung erfolgte unter Anleitung des alten Pferdebändigers Eusebio, der Lara bereits ins Herz geschlossen hatte.

»Erst wenn Pacha seine Angst überwunden hat, erst wenn er begreift, dass du seine Freundin bist und ihn nicht einsperren willst, wird er es zulassen, dass du auf ihm reitest«, meinte er. »Dieses Pferd hat eine enorme Durchsetzungskraft und ist eines der eigensinnigsten und stärksten, die ich jemals gesehen habe, vielleicht sogar eines der schnellsten. Immer wenn es dir gelingt, dich ihm ein weiteres Stück zu nähern, hast du schon viel erreicht.«

Lara wusste, dass er Recht hatte. Tief in ihrem Inneren spürte sie, dass diese Herausforderung nach und nach ihren Kampfgeist weckte. Wenn sie sich nun der Koppel näherte, um Pacha Wasser oder Futter zu bringen, kam er gleich auf sie zu, wieherte freudig, richtete die Ohren auf und sah sie freundlich an.

»Der nächste Schritt wird sein, dass du ihn dazu bringst, dich auf seinen Rücken setzen zu lassen«, erklärte Eusebio, der sich sehr über ihre Fortschritte freute.

Der Pferdebändiger hatte ihr erklärt, dass der Augenblick kommen würde, in dem Pacha ihr ein Zeichen geben würde, entweder um sich ihr weiter anzunähern oder um sie abzuweisen. Zwischen Eusebio und Pacha gab es eine Art der Verständigung, ähnlich der zwischen einem Vater und seinem Sohn. Beide wussten, was der andere brauchte, sie verstanden sich. Eusebio brachte ihn dazu, sich den Sattel anlegen zu lassen. Doch zuvor lehrte er Lara das Reiten. Viele Tage lang gab er ihr auf einem seiner eigenen Pferde Unterricht. Er zeigte ihr, wie man aufstieg, wie man trabte und galoppierte. Er erklärte ihr, dass Pferde sehr intelligente Tiere sind, dass Reiter und Tier eine Einheit bilden müssen, dass man sich dem Pferd gegenüber verständlich machen muss und rohe Gewalt oder die Peitsche dabei überflüssig sind. Wenn Reiter und Pferd sich verstehen, funktioniert das Zusammenspiel. Jeder Ritt wird zu einer Herausforderung, bei der zwei Lebewesen, wie in einem Spiel, gemeinsam ihren Weg zurücklegen.

Eines Morgens fasste Lara den Entschluss, den nächsten Schritt zu wagen. Sie nahm den Sattel und ging auf Pacha zu. Die beiden sahen sich in die Augen. Offenbar spürte er, dass nun eine neue Phase ihrer Freundschaft beginnen sollte. Er ließ sich von ihr tätscheln, den Sattel anlegen und zum ersten Mal die Gurte festschnallen, die den Sattel sicherten. Lara legte ihm auch die Zügel an, hielt sie jedoch locker in der Hand.

Sie strich ihm zärtlich über den Hals und zog sanft an seiner Mähne. Dann näherte sie ihr Gesicht seiner Schnauze. Sie waren mittlerweile vertraut miteinander wie zwei Freunde. Beide wussten, dass er sie früher oder später auf seinem

Rücken tragen würde und dass sie gemeinsam Großes leisten konnten.

Eusebio beobachtete Lara bei allem, was sie tat. Er sah in ihr eine entschlossene Frau, die, um an ihr Ziel zu gelangen, bereit war, das Unmögliche zu vollbringen. Dieses Pferd zu bändigen, war durchaus nicht einfach, und sein Vertrauen zu gewinnen war keine leichte Aufgabe. Doch mit Liebe, Einfühlungsvermögen und Hingabe war es ihr gelungen. Sie hatte dem Pferd begreiflich gemacht, dass zwischen ihnen Freundschaft und Eintracht herrschen sollte. Lara schnallte nun den Bauchgurt fest. Pacha protestierte mit einem Wiehern, doch sie gab ihm ein paar liebevolle Klapse auf den Hals und sprach beruhigend auf ihn ein.

Dann wartete sie geduldig, wie er auf diese neue Situation reagieren würde. Sie unternahm keinen Versuch, auf seinen Rücken zu steigen, denn sie hatte noch Eusebios Warnung im Ohr, alles in kleinen Schritten zu erarbeiten. »Wenn du Geduld hast und ein wenig von deiner Eile opferst, wirst du letztlich viel Zeit sparen. Pferde sind wie Kinder. Du musst ihnen mit Liebe begegnen, Verständnis für sie zeigen und ihnen helfen, wenn sie der Hilfe bedürfen. Es ist wichtig, den richtigen Moment abzupassen, an dem du zum ersten Mal aufsitzt.«

Als Pacha fertig gesattelt war, wälzte er sich auf dem Boden. Lara streichelte ihn dabei unablässig weiter. Dann setzte sie sich auf seinen Rücken und raunte ihm liebevoll zu: »Steh auf, Pacha. Komm, steh auf.«

Als habe das Tier sie verstanden, erhob es sich nun. Lara hielt sich mit aller Kraft am Sattel fest. Als Pacha das Gewicht auf seinem Rücken spürte, bockte er ein wenig. Doch Lara kraulte seinen Hals, und er beruhigte sich nach und nach. Dann redete sie ihm gut zu, und schließlich setzte er sich langsam mit seiner kostbaren Last in Bewegung.

Endlich war es ihr gelungen, den Widerstand des Tieres zu brechen. Pferd und Reiterin waren auf einmal wie Geschwister, teilten ein gemeinsames Schicksal. Die ersten Schritte taten sie auf dem Reitplatz, dann schlug Lara einen Trab an, der in einen Galopp überging.

Eusebio war ein großartiger Reitlehrer. Er hatte Lara gezeigt, wie sie Pachas Vertrauen gewinnen konnte. Ihr war nicht entgangen, dass dieser Mann eine geheimnisvolle Kraft, eine Art Zauber, auf die Pferde ausübte. Seiner Meinung nach gab es kein Pferd, das sich nicht reiten ließ, auch wenn das Tier, das Lara gebändigt hatte, besondere Achtung verdiente. Pacha lernte schnell, Laras Befehle zu befolgen, zusammen bildeten sie eine Einheit. Eusebio brachte Lara nun bei, wie man im Stehen reitet. Einige Male fiel Lara dabei vom Pferd, aber ohne sich ernsthaft zu verletzen. In ihrer Entschlossenheit, alles zu erlernen, hatte sie Eusebios Anweisungen sehr genau zugehört und sie dann in die Praxis umgesetzt. Zuerst war es ihr schwer gefallen. Aber durch ihr stetiges Üben, sowohl mit Pacha als auch mit dem Pferd ihres Lehrers, gelang es ihr, sich mit einem einzigen Sprung auf Pachas Rücken aufzurichten und im Stehen, an seinen Hals geklammert, zu galoppieren. Mit all den Fortschritten, die sie verzeichnen konnte, verfolgte sie nur ein einziges Ziel: die Prüfung zu bestehen und in der Kunst unterwiesen zu werden, eine wahre Frau zu sein.

Nun war es an der Zeit für den letzten Schritt: Eusebio forderte Lara dazu auf, an einem Wettkampf teilzunehmen, der während des Festes der Jungfrau von Coporaque stattfand. Bei ihrer Ankunft sah Lara eine große Zahl von Männern und Frauen in farbigen Kleidern, alle hatten ihr eigenes Pferd dabei. Unter all den Indios stach Lara hervor: ein weißer Fleck inmitten einer Schar bronzefarbener Menschen. Sie war stolz darauf, dabei zu sein, das Wiehern der Pferde zu hören, die sich dicht aneinanderdrängten und ihre Hälse streckten, um sich gegenseitig zu beschnuppern oder nach dem anderen zu schnappen. Ihr Verhalten zeigte, dass sie unruhig waren und bereit zum Wettkampf.

Auch Pacha wirkte ein wenig nervös. Doch Lara streichelte ihn und sprach zu ihm wie eine Mutter zu ihrem Kind. Mit zärtlichen Worten gab sie ihm zu verstehen, dass keinerlei Gefahr bestand. Die Zahl der Tiere war beeindruckend. Noch nie hatte sie so viele Reiter und Pferde auf einmal gesehen.

Die Männer mit ihren Sombreros, den Halstüchern, farbigen Ponchos und grauen Hosen hielten die Tiere fest am Zügel. Einige von ihnen hatten bereits getrunken, man merkte es an ihrer Euphorie und ihrer Redseligkeit. Die anderen verhielten sich dagegen vollkommen ruhig. Dieser Wettkampf war ein großes Ereignis. Alle wollten ihre Fähigkeiten als Reiter unter Beweis stellen.

An dem Turnier nahmen auch zahlreiche Frauen teil, die ungeduldig auf den Beginn warteten.

Im ersten Teil der Wettspiele sollte der schnellste Reiter ermittelt werden. Es war daher wichtig, ein möglichst großes Pferd zu haben. Die Teilnehmer stellten sich nebeneinander in einer Reihe auf und galoppierten nach dem Startsignal los, alle in der Hoffnung, das Rennen zu gewinnen. Einige versuchten es sogar mit Tricks: Sie schnitten den anderen den Weg ab oder hinderten sie am Weiterkommen, obwohl sie wussten, dass es genaue Wettkampfvorschriften gab, die man einzuhalten hatte.

Die Pferde waren lebhaft, schnell und kraftvoll. Aber unter all diesen Tieren stach Pacha durch seine Energie, seine Behändigkeit und ungeheure Schnelligkeit hervor. Mit Lara auf dem Rücken hatte er sich flink in Bewegung gesetzt und galoppierte nun mit aller Kraft. Um zu vermeiden, dass andere Reiter sie auf ihrer Strecke behinderten, hatten sie einen schmalen Pfad gewählt.

Pacha galoppierte auf den Hügel zu und dann ein gutes Stück den Hang hinauf. Als sie auf der anderen Seite wieder hinabritten, hatten sie bereits einen guten Vorsprung herausgeholt. Wegen der hohen Geschwindigkeit hatte Lara anfangs

Mühe, sich im Sattel zu halten. Aber Eusebio hatte ihr beigebracht, dass sie sich beim Bergabreiten ausschließlich auf die Steigbügel stützen durfte, den Körper im Gleichgewicht halten und ihre Aufmerksamkeit auf alles um sie herum richten musste. So schaffte sie es, nicht vom Pferd zu fallen. Pacha konnte seinen Vorsprung halten und ging als Sieger aus dem Rennen von Coporaque hervor.

Es war allgemein üblich, den besten Reitern mit großer Achtung und Respekt zu begegnen. Als Lara zu den anderen zurückkehrte, wurde sie daher mit Jubel empfangen.

Der erste Teil der Wettspiele war zu Ende. Es folgten die Kunststücke zu Pferde. Die Reiter sollten ihre Geschicklichkeit unter Beweis stellen. Einige ritten im Stehen, andere ohne Zügel. Manche vollführten während des Ritts Drehungen, wieder andere schlängelten sich im vollen Lauf unter dem Bauch ihres Pferdes durch.

Auch Lara nahm an dieser Vorführung teil. Sie schaffte es, im Stehen zu reiten, und es gelang ihr sogar, dabei eine Drehung in der Luft zu vollführen. Zu Beginn konnte sie hören, dass einige Leute sie auspfiffen, und ihr waren Zweifel gekommen, ob sie alles schaffen würde. Aber dann fiel ihr wieder Eusebios Rat ein: »Wenn du vor ihnen stehst, lass nicht zu, dass sie dich auslachen.«

Sie musste Spott und Pfiffe ertragen, da sie eine Fremde war und sich auf einen Wettkampf mit Männern eingelassen hatte. Immer wieder rief sie sich Eusebios Worte ins Gedächtnis: »Bewahre Ruhe, sage dir immer wieder, dass du es schaffst, und beobachte dich selbst, während du die Übungen durchführst. So wirst du den Sieg davontragen.«

Sie, eine Frau, hatte bewiesen, dass sie den anderen Reitern ebenbürtig war. Als der Wettkampf zu Ende ging, kamen alle Männer und Frauen auf sie zu, um ihr zu gratulieren. Viele von ihnen hatten ihre Gesichter verhüllt. Einige trugen Schals, die sie fest bis über die Nase gebunden hatten, so dass nur noch die Augen zu sehen waren. Andere hatten das Gesicht mit farbigen Bändern verhängt, wieder andere trugen Mützen, die Kopf und Hals vollständig bedeckten. Einer der Reiter kam auf sie zu und hob den Hut, der über und über mit bunten Bändern geschmückt war und sein Gesicht vollständig bedeckte. Als er ihn abnahm, erkannte Lara, dass es Tata Sabino war. Er lächelte ihr zu und sagte: »Meinen Glückwunsch! Den ersten Teil deiner Prüfung hast du geschafft. Du bist als Siegerin aus diesem Wettbewerb hervorgegangen, ohne dir auch nur eine Schramme zuzuziehen.«

Lara war glücklich. Die vielen Stürze, all die Fehler, die sie begangen, die Schwierigkeiten, die sie zu überwinden hatte, waren vergessen. Eusebios geduldiger Arbeit hatte sie es zu verdanken, dass sie bis an diesen Punkt gelangt war.

Froh, die Prüfung bestanden zu haben, suchte Lara noch in derselben Nacht den *Curandero* auf.

»Zeigst du mir nun, wie ich eine wahre Frau werde?«

Er sah sie mit einem spöttischen Lächeln an und erwiderte: »Noch nicht. Ich habe eine weitere Prüfung für dich vorgesehen. Du musst auf einem wilden Stier reiten und ihn zu Boden zwingen.«

Lara erstarrte wie ein Stein. Wut stieg in ihr auf, am liebsten hätte sie Tata Sabino geohrfeigt. Doch sie beherrschte sich, verbarg ihren Zorn und zog sich in ihr Zimmer zurück. Dort machte sie sich Luft, indem sie mit Händen und Zähnen ein Handtuch zerfetzte. Dann dachte sie darüber nach, was sie am folgenden Tag zu tun hätte.

Sie konnte nicht einschlafen und war in Gedanken bei der ihr bevorstehenden Prüfung. Ihr fielen die Viehhüter ein, die den Rindern nachsetzten. Sie hatte sie während ihrer Ritte mit Pacha beobachtet. Um die Leittiere einzufangen, benutzten sie bisweilen kein Lasso, sondern sprangen auf den Rücken des Tieres, packten es bei den Hörnern und zwangen es zu Boden.

Lara hatte auch Männer gesehen, die auf wilden Stieren geritten waren. Genau das sollte ihre Prüfungsaufgabe sein. Sie musste es schaffen, es gab keine andere Wahl. Um sich Mut zu machen, sagte sie zu sich selbst: »Wenn Sabino glaubt, er könne mir damit Angst einjagen, irrt er sich. Ich, Lara De Santis, werde ihm zeigen, dass ich auch diese Prüfung bestehen kann. So leicht wird er mich nicht los, zumindest nicht, bevor er mir nicht gezeigt hat, wie ich eine wahre Frau werde.«

Am folgenden Tag suchte sie Eusebio auf. Die beiden verband nunmehr eine innige Freundschaft. Lara war sogar Taufpatin seiner zwölfjährigen Tochter Dorotea geworden. Bei den Feierlichkeiten schloss Lara mit Eusebios Frau Brigida sowie mit den übrigen Angehörigen Freundschaft. Sie hatten gemeinsam gegessen und *Chicha* und *Canazo* getrunken, zwei für die Anden typische Getränke. Eusebio wollte für seine Hilfe keinerlei Geld annehmen, da er, wie er selbst meinte, dazu keine Muskelkraft hatte aufwänden müssen. Lara machte daher seiner Tochter ein schönes Geschenk und bedachte auch Brigida mit Kleidung und Speisen. Nach langem Bitten nahm Eusebio schließlich ein Hemd und eine Hose an. Doch über die Geschenke für seine Angehörigen freute er sich mehr.

Lara hatte sich vorgenommen, sich auf die bevorstehende Prüfung in aller Ruhe vorzubereiten. Sie wollte den alten Pferdebändiger erneut um Hilfe bitten. Er würde ihr diesen Wunsch nicht abschlagen. Eusebio hörte ruhig zu und versicherte ihr, dass sie auf ihn zählen konnte. Er war der Meinung, dass es für Lara kein großes Problem sei, die Prüfung zu bestehen.

»In diesem Fall ist es wichtig, die Angst abzulegen, indem man lernt, sich ihr zu stellen«, erklärte er. »Oft ergreifen wir aus Angst die Flucht, ohne zu sehen, wie weit wir bereits gekommen sind. Manchmal greifen wir aus Angst sogar zur Lüge. Es gibt nur einen Weg, sie zu überwinden: Man muss sie erkennen und ihr begegnen. Du hast viel von mir gelernt. Du bist nun bereit, dir weitere Techniken anzueignen.«

In den folgenden Tagen übte Lara, wie man während des Reitens vom Pferd steigt und wie man vom Rücken eines Pferdes auf den eines Rindes wechselt. Eusebio war wirklich ein Meister, der sich unter einem Mantel der Bescheidenheit verbarg. Wenn man bedachte, dass er noch nicht einmal lesen konnte! Er hatte einen gesunden Menschenverstand, eine ausgezeichnete Beobachtungsgabe und einen wachen Geist, und er konnte sich immer verständlich machen.

Laras schlanker, geschmeidiger Körper hatte durch die vielen Übungen eine amazonenhafte Muskulatur bekommen. In kurzer Zeit war sie flink und kräftig geworden, jederzeit bereit zu reagieren. Mit Pacha hatte sie lange Ausritte unternommen, war zahlreichen Gefahren begegnet, hatte Hunger und Durst gelitten. Pacha hatte gelernt, Kekse und Käse zu fressen, sie selbst hatte gelernt, sich mit Hafer und Gerste zu begnügen.

Wenn sie eine Ruhepause einlegten, beobachtete Lara häufig die Natur. Manchmal dachte sie dabei auch über ihr bisheriges Leben nach, während Pacha das spärliche Gras abweidete. Bisweilen unterbrach Pacha ihre Gedanken, indem er sich ihr leise näherte, sie mit seiner Schnauze an der Schulter berührte und sie seinen warmen Atem spüren ließ. Manchmal legte er auch seinen Kopf in ihren Schoß. Andere Male wiederum verharrte er reglos in ihrer Nähe, um ihr Schatten zu spenden.

Lara vergötterte dieses Pferd. Es diente ihr zur Fortbewegung und war ihr Begleiter bei allen Abenteuern. »Warum sind wir uns derart zugetan? Kann man sich in ein Pferd verlieben? Kann ein Pferd lieben?« Diese und andere Fragen kamen ihr in den Sinn. Sie wusste, dass zwischen ihr und Pacha eine große Nähe bestand, dass sie sich verständigen konnten.

Wenn sie in Gedanken versunken war oder im Stillen über

etwas nachdachte, kam Pacha, stupste sie mit seiner Schnauze und verlangte Zuckerstückchen oder Streicheleinheiten von ihr. Auch wenn sie traurig war, kam er zu ihr, als wolle er sie trösten. Als Lara das Gefühl hatte, ausreichend vorbereitet zu sein, bat sie Tata Sabino, zur Prüfung antreten zu dürfen. Er führte sie zunächst auf einen großen Platz, auf dem sich hinter hohen Palisaden zahlreiche Kampfstiere mit riesigen Hörnern drängten. Hier und dort saßen einige Viehhüter, die ihre Pferde an einem der Pfähle festgebunden hatten.

Lara fröstelte es. Sie wusste, dass diese Tiere sie mit einem Stoß töten konnten. Sie wusste, dass viele, die sich auf dieses Abenteuer eingelassen hatten, von den gewaltigen Hörnern durchbohrt wurden. Einige waren dabei unter fürchterlichen Qualen gestorben.

An diesem Ort, fernab von jeglicher Zivilisation, wo es weder Ärzte noch irgendeine medizinische Versorgung gab, würde sie dem Tod begegnen. Jetzt ging es nur darum, zu überleben oder zu sterben. Hier dachte niemand über die Zukunft nach. Man lebte in der Gegenwart, und zwar so, dass diese wirklich immer *gegenwärtig* war. Nun hieß es, der Angst zu begegnen. Eusebio hatte ihr gesagt, dass eine Auseinandersetzung mit der eigenen Angst für sie gleichsam ein Spiel mit einem Teil ihres Lebens sein würde. Nur wenn sie sich selbst auf die Probe stellte, würde sie ihre Möglichkeit zu einem Sieg erkennen.

Ihr Blick fiel auf den am gefährlichsten wirkenden Stier. Seine Hörner waren riesig. Wenn er sie damit durchbohren würde, könnte sie das mit dem Leben bezahlen. Der *Curandero* schien ihre Gedanken zu erraten und meinte zu ihr: »Dieses Tier wird deine Beute sein. Du musst es unterwerfen.«

Für einen kurzen Augenblick zögerte Lara, sie hatte Angst. Doch als die ganze Herde freigelassen wurde und auf die Steppe zurannte, setzte auch sie zum Galopp an. Sie durfte kein

Lasso benutzen. Ihre einzige Waffe waren die Hände. Lara beugte sich nach vorn und flüsterte Pacha ins Ohr: »Liebling, pass gut auf. Nähere dich vorsichtig und halte Abstand, damit ich hinüberspringen kann.«

Als ob Pacha Laras Worte verstanden hätte, ritt er zügig hinter dem Stier her.

Die neugierigen Zuschauer warfen sich vielsagende Blicke zu. Ein Mann mit Hirtenmantel schwang sich auf ein großes Pferd mit weißer Schnauze und unterbrach sein Gespräch mit dem Reiter eines kleineren, aber dafür kräftigeren und wendigeren Pferdes. Kurz darauf folgten auch die übrigen Reiter auf ihren kleinen Tieren, den berühmten *Chiros*, die wegen ihrer großen Widerstandsfähigkeit und Schnelligkeit sehr beliebt waren.

Andere Männer blieben stehen und beobachteten das Geschehen. Sie schlossen Wetten ab, ob jene Fremde es schaffen würde, die Prüfung zu bestehen, mit der sie selbst ihre eigene Männlichkeit unter Beweis gestellt hatten. Eusebio ritt ganz in der Nähe der Herde, allzeit bereit, seiner Schülerin zu Hilfe zu eilen, falls es nötig sein sollte.

Lara und Pacha verfolgten das Tier, das eilig vor ihnen floh. Doch plötzlich drehte es sich um und rannte auf sie zu. Mit einer geschickten Drehung wichen die beiden der Gefahr aus. Nun befanden sie sich dicht neben dem Stier. Lara ritt noch schneller und hielt sich Seite an Seite mit ihm. Sie spürte, wie das Adrenalin durch ihren Körper schoss und all ihre Angst mit einem Mal verschwand.

»Jetzt oder nie«, schrie sie, und schon im nächsten Augenblick befand sie sich auf dem Rücken des Stiers.

Sie hatte den richtigen Zeitpunkt abgepasst. Nun ergriff sie die Hörner des Tieres, hielt sie fest, so wie sie es gelernt hatte, und drehte seinen Kopf zur Seite, während sie mit ihren Füßen bremste und dabei eine tiefe Furche in den Boden zog. Dem Stier blieb nichts anderes übrig, als sich zu Boden fallen zu lassen. Lara schaffte es, ihn in dieser Position zu halten, bis die Reiter kamen. Mit einem Satz sprangen sie von ihren Pferden und fesselten den Stier an den Läufen.

»Sehr gut! Du hast es geschafft!«, riefen sie anerkennend. »Man sieht, dass du eine wahre Frau bist, die der eigenen Angst begegnen kann, die Schritt für Schritt ihr Ziel verfolgt, ohne sich umzusehen, den Blick fest auf das gerichtet, was sie erreichen will.«

Dann schafften sie eine Kuh herbei und verlangten, dass sie aufstieg. Diese Übung war sehr viel einfacher. Man musste von hinten aufspringen, einen Augenblick lang sitzen bleiben und dann wieder abspringen. Als Lara auch diese Prüfung bestanden hatte, war Sabino der Meinung, man könne auf die letzte Prüfung, nämlich von einem Pferd auf ein anderes zu springen, verzichten. Lara würde dies mit Leichtigkeit bewerkstelligen.

Um all das zu erreichen, hatte sie sich immer wieder Eusebios Worte ins Gedächtnis gerufen: »Wenn ich wirklich will, dann kann ich.«

Seit jenem Nachmittag begegneten die Reiter und Reiterinnen Lara mit Achtung und Bewunderung. Selten hatte es jemand geschafft, sich im Laufe nur weniger Wochen auf gleiche Höhe mit ihnen zu begeben. Immer wieder hatten sie mit angesehen, wie Fremde gescheitert waren. Doch nun gab es eine Frau, die bereit war, ihr Leben zu riskieren, so zu leben wie sie selbst und von ihnen zu lernen. Zu Beginn hatten sie geglaubt, dass sie es nicht schaffen würde. Doch nun wussten sie, dass man sich über niemanden ein Urteil bilden darf, ohne ihn vorher handeln zu sehen.

In diesem Augenblick begriff Lara, dass sie sich die Achtung der tapferen Reiter der Steppe erworben hatte, jener Menschen, die um der Liebe, um des Ansehens und um der Leidenschaft willen kämpften. Für sie zählte weder Geld noch materieller Besitz, sondern allein Anerkennung, Ehre und Erfahrung, die das Ergebnis jahrelanger Arbeit, harten Trainings und eines einfachen Lebens in den unwirtlichen Hochebenen der Anden war.

Für die Menschen, mit denen Lara nun zusammen war und die seit Generationen in dieser Gegend lebten, waren ihre Pferde nicht nur Transportmittel, sondern auch Vertraute und Freunde. Die Vorfahren dieser Männer und Frauen hatten Túpac Amaru, einem berühmten Anführer, bei seinem Aufstand gegen die spanische Krone Ende des 18. Jahrhunderts zur Seite gestanden. Viele dieser Reiter kämpften zweimal im Jahr miteinander, um ihre Männlichkeit und ihren Mut unter Beweis zu stellen.

In dieser Gegend gab es zahlreiche Riten, mit denen Männer und Frauen sich zu Pferde ihre Liebe gestehen konnten. Wenn zum Beispiel ein junger Mann einer Frau den Hof machte und sie ihm zu verstehen geben wollte, dass sie Interesse hatte, nahm sie ihm den Hut vom Kopf und ritt in schnellem Galopp davon. Der Mann musste sie einholen, sie während des Ritts um die Taille fassen und auf sein Pferd ziehen. Dadurch wurde der Beginn ihrer Liebesbeziehung besiegelt.

Die Frauen ritten sehr schnell. Sie saßen fest im Sattel, waren stark und abgehärtet durch das beschwerliche Leben in den Bergen und das raue Klima. Sie waren wahre Amazonen, die sich nur aus Liebe, nur wenn sie selbst es wollten, einem Mann hingaben.

Als der *Curandero* seine Arbeit beendet hatte, führte er ein Ritual durch, um *Pachamama* versöhnlich zu stimmen. Er segnete Lara mit geweihten Heilkräutern und gab ihr *Chuya*, das Wasser, das Körper und Seele reinigt, zu trinken. Nachdem die Glut die Opfergaben an die Göttin verzehrt hatte, richtete er seinen Blick auf die weiße Asche und sagte: »Nun akzeptiere ich dich als meine Schülerin. Deine Ausbildung wird an einem entlegenen Ort erfolgen. Du wirst in die Wälder gehen und eine Meisterin kennen lernen. Wir beide werden deinem Leben eine Richtung geben. Wenn du willst, kannst du zuvor noch einmal nach Cuzco zurückkehren und dich ein paar Tage ausruhen.«

Bei dem Gedanken daran, diesen Ort zu verlassen, begann Lara, um Pacha zu fürchten. Sie hatte ihn in ihr Herz geschlossen und hätte sogar ihr Leben für ihn gegeben. Als Eusebio zu ihr kam, gestand sie ihm ihre Sorge: »Tata Sabino hat gesagt, dass meine Ausbildung weit entfernt von hier erfolgen wird. Was soll aus Pacha werden, wenn ich fort bin? Wird er leiden? Ich mag ihn so sehr und will ihn nicht zurücklassen.«

»Überlasse ihn mir. Ich kann ihm verständlich machen, dass du zurückkehren wirst. Die Pferde verstehen mich.«

»Ich danke dir von ganzem Herzen, Eusebio. Du bist mein wahrer Lehrer gewesen. Ohne deine Hilfe hätte ich die Prüfungen, die mir auferlegt waren, niemals bestanden.«

»Ich habe dir nur ein paar Ratschläge gegeben. Deinen Erfolg hast du dir selbst zu verdanken. Du willst, deshalb kannst du.«

In jener Nacht fand Lara keinen Schlaf. Sie lag im Bett, wälzte sich von einer Seite auf die andere und dachte unaufhörlich an Pacha. Er war ihr Freund, ihr Vertrauter. Sie hatte ihn lieben gelernt und konnte ihn nicht einfach zurücklassen. Wenn es sein musste, würde sie ihn mit nach Italien nehmen. Nichts sollte sie beide mehr trennen. Eher wollte sie auf Tata Sabinos Unterweisungen verzichten als auf ihn.

Sie weinte, denn ihr Leben war erneut an einem Wendepunkt angelangt. Wegen Gianni war sie hierhergekommen, nun wollte sie wegen Pacha nicht mehr fort von hier. Sie wollte nicht auf ihr Pferd verzichten. Gemeinsam waren sie durch die Steppe galoppiert; wie vertraut ihr sein Geruch war, sein warmer Atem, wenn sie ihn streichelte, die Hitze seines Körpers, sein Wiehern, mit dem er seiner Freude Ausdruck verlieh oder ihr einfach zu verstehen geben wollte, dass er da war.

Unter Tränen rief sie: »Ich werde nicht auf ihn verzichten. Er hat mir so viel gegeben. Eher will ich Gianni verlieren als Pacha!«

In diesem Augenblick hörte sie ihr Pferd wiehern. Es war über den Zaun gesprungen und hatte das Gehege verlassen. Im morgendlichen Dämmerlicht sahen sie sich in die Augen. Plötzlich begriff sie, dass er sie verlassen würde. Er hatte seine Aufgabe erfüllt und würde nun fortgehen, um ihr Gelegenheit zu geben, ihr eigenes Leben zu leben und einen Mann zu lieben. Pacha galoppierte davon. Lara lief ihm verzweifelt hinterher und schrie wie eine Verrückte: »Geliebter Pacha, komm zurück. Du darfst mich nicht verlassen! Bitte, kehre um. Ich brauche dich. Jetzt wo ich dir begegnet bin, werde ich dich nie wieder verlassen …«

Das Pferd hielt einen Moment inne, als würde es zögern. Lara rannte hinter ihm her. Immer wieder rief sie unter Tränen seinen Namen. Doch nachdem Pacha sie noch einmal angesehen hatte, galoppierte er davon. Barfuß eilte Lara ihm nach. Die Steine verletzten ihre Füße, sie stolperte, fiel hin, richtete sich wieder auf, zog sich Wunden an Gesicht und Händen zu. Den ganzen Tag lang folgte sie ihrem Pferd, von einem Ort zum nächsten. Ihre Ausdauer schien übermenschlich, als wenn ihr Leben von diesem Tier abhinge.

Die Nacht war bereits hereingebrochen, Lara war müde und gab schließlich auf. Ihre Kleider waren zerrissen. Überall hatte sie blaue Flecken, Verletzungen und Schrammen. Sie kehrte nach Hause zurück. Dort warteten Eusebio, seine Frau und seine Tochter auf sie. Sie hatten überall nach ihr gesucht, nachdem sie bemerkt hatten, dass die Tür offen stand und die Hütte leer war. Auch Tata Sabino war nicht zu Hause, da er nach Coporaque gegangen war.

»Pacha hat mich heute Morgen verlassen, bei Anbruch der Dämmerung«, schluchzte Lara.

Eusebio hörte ihr ruhig zu. Als Lara sich all ihren Schmerz

von der Seele geredet hatte, erklärte er ihr: »Ich hätte dich warnen sollen. Tiere, insbesondere die Pferde, können unsere Gedanken verstehen. Sie nehmen sie auch über große Entfernungen hinweg wahr.«

»Willst du damit sagen, er hat von dem inneren Konflikt gewusst, den ich letzte Nacht durchlebt habe?«, fragte sie voller Verwunderung.

»Möglich ist es. Unsere Vorfahren waren davon überzeugt, dass viele Tiere im Voraus wissen, was ihren Besitzern zustoßen wird«, erwiderte Eusebio.

Noch in derselben Nacht, während Lara ihre Wunden versorgte, fand sie sich mit ihrem Unglück, mit dem Verlust und dem damit verbundenen Schmerz, ab. Sie begriff, dass Pacha ihre Gedanken gelesen und sie deshalb verlassen hatte. Sie wusste nun, dass er fortgegangen war, um kein Hindernis auf ihrem Weg zu sein. Ein wenig erleichtert fragte sie sich: »Kann man Liebe und Schmerz für ein Pferd empfinden? Wo mag sich Pacha in diesem Moment befinden? Leidet er unter der Trennung?«

Zwei Tage später begab Lara sich auf den Weg zurück nach Cuzco. Bis zur Straße ritt sie auf einem von Eusebios Pferden. Der alte Pferdebändiger begleitete sie.

Sie war immer noch betrübt über den Verlust von Pacha und hatte die Trennung noch nicht ganz überwunden. Bevor sie sich verabschiedeten, überreichte Eusebio ihr ein Paket.

»Es ist ein Geschenk meiner Frau. Ich hoffe, es gefällt dir. Es wurde genau in deiner Größe angefertigt.«

Lara öffnete das Paket. Es enthielt ein für die Gegend typisches farbiges Kleid.

»Richte deiner Frau einen herzlichen Dank aus und tausend Dank auch an dich für alles, was du mir beigebracht hast. Kannst du mir nicht noch mehr Ratschläge geben? Ich könnte sie gut gebrauchen«, sagte sie traurig.

»Du darfst dich niemals von jemand anderem abhängig

machen. Suche immer Sicherheit und Kraft in dir selbst. Gute Reise, und komm zu uns zurück.«

»Bis bald, Eusebio. Ich verdanke dir so viel. Ich weiß nicht, wie ich es wiedergutmachen kann.«

»Du verdankst mir nichts. Ich habe dir bloß eine Richtung gezeigt«, entgegnete der alte Pferdebändiger.

Voller Dankbarkeit sah Lara diesen bescheidenen Menschen an und hatte plötzlich das Gefühl, als sei er von einem Lichtkranz umgeben, der seinen ganzen Körper unter dem blauen Himmel der Andensteppe erstrahlen ließ.

Bescheidenheit ist die Lehre des Meisters.

10
Suche nach dem Schutzgeist der Frau

Sobald Lara nach Cuzco zurückgekehrt war und sich in ihrem Hotelzimmer eingerichtet hatte, suchte sie Aurelio in seinem Reisebüro auf. Sie wollte ihn wiedersehen, ihm von ihren Erlebnissen berichten und, vor allem, einen Augenblick mit ihm alleine verbringen. Aurelio war ein Mensch, mit dem sie ungezwungen reden konnte, ohne dabei das Gefühl zu haben, abgeurteilt zu werden. Außerdem war er der einzige Freund, den sie in dieser Stadt hatte. Als sie das Reisebüro betrat, sah sie ihren Freund von mehreren Personen umringt. Wie so häufig, wenn er nicht gerade arbeiten musste, gab er gerne lustige Geschichten zum Besten. Kaum hatte er Lara erblickt, unterbrach er sich und kam lächelnd auf sie zu. Er war sichtlich erfreut darüber, sie heil und gesund wiederzusehen.

»Lara, wie schön, dass du wieder da bist.«

»Ich wollte dir erzählen, was ich inzwischen alles erlebt habe.«

»Heute Abend habe ich Zeit. Wenn du Lust hast, gehen wir in unser Stammlokal essen. Dabei können wir uns unterhalten. Ich habe leider gleich eine Touristenführung.«

Als sie am Abend gemeinsam im Restaurant saßen, schilderte Lara ihre Erlebnisse. Aurelio hörte ihr aufmerksam zu. Er war neugierig, was sie ihm zu berichten hatte. Was hatte sie die ganze Zeit über getan? Wie hatte sie gelebt? Und vor allem: Hatte ihr die Begegnung mit Tata Sabino weitergeholfen?

Während Lara sprach, sah Aurelio ihr in die Augen, als wolle er sich vergewissern, ob sie noch bei Verstand war. Nachdem er sie eingehend betrachtet hatte, meinte er lächelnd: »Entweder du bist eine leichtsinnige und verantwortungslose Person, oder aber du bist eine mutige Frau, die zu allem bereit ist, um an ihr Ziel zu kommen. Ist es dir derart wichtig, das zu finden, was du suchst, dass du dabei sogar dein Leben aufs Spiel setzt? Oder ist es bloß ein Trugbild, ein Hirngespinst, das dir deine Existenz zerstören wird?«

»Nein«, widersprach Lara. »Dieser Weg ist Teil meines Lebens. Erst wenn ich mir selbst bewiesen habe, dass ich den Mann, den ich liebe, an meine Seite zurückholen kann, werde ich meinen inneren Frieden finden.«

Aurelio setzte dieser Antwort nichts entgegen, sondern betrachtete seine Freundin schweigend. Während sie aßen, fragte er sich, wie es möglich war, dass diese Frau ihren Mann tatsächlich so wahnsinnig liebte. Lara hatte ihm von ihrer gescheiterten Ehe und dem Grund ihres Aufenthaltes in Cuzco erzählt. Er dachte, dass sie ihr Leben für einen Mann riskierte, der nicht mehr der Ihre war und den sie vielleicht nie zurückerobern konnte.

In diesem Moment begriff er, dass Lara keine Konformistin war. Sie hatte es ihm bereits gesagt, und nun bewies sie es durch ihre Taten. Mit Beharrlichkeit, Zähigkeit, Mut und Verstand war es ihr innerhalb kurzer Zeit gelungen, etwas zu vollbringen, was für viele sehr schwer oder nahezu unmöglich gewesen wäre: die Schülerin eines Schlangenmenschen zu werden. Als er sie in Huacallullo zurückließ, hatte er befürchtet, sie werde eine Dummheit begehen, denn sie hatte ihm erklärt: »Ich bin bereit, alles aufs Spiel zu setzen, um meine Ziele zu erreichen, und niemand wird mich davon abbringen.«

»Wenn man etwas will, muss man etwas dafür geben«, hatte Aurelio sie gewarnt. »Wenn du die Schülerin dieses Mannes werden willst, musst du ihm deine Zeit und deine Kraft geben,

Bereitschaft zeigen und vor allem deine gesamten Wertvorstellungen ändern.«

Bei dieser Gelegenheit hatte er ihr auch erklärt, dass der Weg der Schlangenmenschen sehr beschwerlich sei und dass es leichtere Ziele gab, die sie sich stecken konnte. Doch sie war keinen Schritt zurückgewichen. Ihre Zähigkeit hatte die ersten Früchte getragen.

Als sie Aurelio die ihr bevorstehenden Prüfungen aufzählte, begann er, um ihre Unversehrtheit zu fürchten. Selbst er als Mann zweifelte daran, sie zu bestehen, da ihm wahrscheinlich der Mut fehlen würde. Aurelio schätzte Lara sehr und wollte nicht, dass sie sich in Gefahr begab. Deshalb versuchte er, sie dem Einfluss von Tata Sabino zu entziehen. Die Freundin hatte ihm erzählt, dass sie während ihrer Unterweisung durch den *Curandero* andere Orte aufsuchen würde, um dort weitere Prüfungen abzulegen. Der nächste Schritt auf ihrem Weg sollte in den Wäldern erfolgen. Um ihr weitere Schwierigkeiten zu ersparen, erklärte Aurelio: »Ich habe hier in Cuzco jemanden kennen gelernt. Auch er kann dir zeigen, wie du eine *Curandera* wirst, ohne dass du dabei so viele Prüfungen bestehen musst.«

»Ich will gar kcine *Curandera* werden. Ich will nur den Mann zurückerobern, den ich verloren habe. Das ist mein einziges Ziel, und Tata Sabino soll mir helfen, dieses Ziel zu erreichen.«

Nach diesen Worten nahmen Laras Gesichtszüge einen abweisenden Ausdruck an. Sie befürchtete, etwas zu Persönliches von sich freigegeben zu haben: die Tatsache, dass es für sie nur einen einzigen Mann auf der Welt gab, für den sie bereit war, alles zu tun. Aus reiner Liebe würde sie sich opfern und jegliche Schwierigkeiten auf sich nehmen. Sie wollte Gianni zurückgewinnen. Sie liebte ihn mit jeder Faser ihres Körpers und würde nie aufhören, ihn zu lieben, auch wenn er ihr gegenüber so grausam gewesen war.

In ihrem tiefsten Inneren herrschte gleichzeitig ein Gefühl von Liebe und Hass gegenüber jenem Mann, der sie zuerst so glücklich gemacht hatte und sie dann durch sein Fortgehen so hatte leiden lassen.

Sie wollte noch einmal neu beginnen mit Gianni, denn niemals würde sie es akzeptieren können, dass nach einer Trennung jeder seinen eigenen Weg ging. Lara war gänzlich davon überzeugt, dass sich ihre Wege erneut kreuzen würden, wenn sie nur gemeinsame Ziele und Ideale hätten. Sie wollte sich nicht mit der Realität abfinden.

Sie hatte nicht begriffen, dass Stabilität und Harmonie innerhalb einer Partnerschaft auch dadurch geschaffen werden, dass das Interesse des Mannes an der Frau bestehen bleibt, dass zu Hause eine herzliche Atmosphäre vorherrscht, die beiden Geborgenheit und Ruhe gibt. Die Sexualität ist eine der entscheidenden Faktoren für die Stabilität einer Beziehung. Je besser eine Frau ihren Mann sexuell kennt, umso mehr wird ihre Bindung dadurch gefestigt.

Lara hatte sich um diesen Aspekt nie gekümmert. Außerdem hatte sie nie jemand in die Geheimnisse der Ehe eingeweiht oder ihr Ratschläge gegeben. Dazu kam, dass sie sich selbst kaum kannte. Deshalb hatte Gianni sie mit einer anderen Frau hintergangen. Doch nun bereitete sie sich darauf vor, ihn an ihre Seite zurückzuholen.

Einige Tage später kam Tata Sabino nach Cuzco und erklärte: »Zunächst musst du dich in die Wälder des Amazonas begeben. Dort wirst du dich mit deiner Angst vor dem Alleinsein auseinander setzen.«

Bevor ihr Mann sie verlassen hatte, war Lara immer im Kreise ihrer Familie, ihrer Freunde oder Kollegen gewesen. Auch bei der Arbeit hatte sie immer mit anderen Menschen zu tun gehabt. Nun begriff sie, wie wichtig es war, der eigenen Einsamkeit zu begegnen, die sie so sehr fürchtete und die sie immer versucht hatte zu vermeiden.

In ihrem Alltagsleben war sie stets darum bemüht gewesen, den anderen ihre Unabhängigkeit zu beweisen: als Frau, die sich selbst genügte und niemand anderen brauchte. Doch im Grunde hatte sie Angst vor der Einsamkeit. Alleine zu sein bedeutete, sich mit sich selbst auseinander setzen zu müssen. Nur die Mutigen versuchen es und lernen so sich selbst kennen. Die anderen füllen ihre Existenz mit tausend Dingen aus, um auf diese Weise den Kontakt mit dem eigenen Inneren zu vermeiden.

Lara verbrachte noch einige Tage in Cuzco, um sich auszuruhen. Dann brach sie, wiederum in Begleitung von Aurelio, nach Puerto Maldonado auf. Von dort ging es weiter zu jenem Ort, an dem sie Tata Sabino treffen sollte. Nach einer langen Reise, erst mit dem Bus, dann mit dem Einbaum, waren Lara und Aurelio endlich bis zum Urwald vorgedrungen.

Während sie den Fluss entlangfuhren, lauschte Lara den Geräuschen des Waldes. Bei der Vorstellung, eine ihr völlig fremde Umgebung zu betreten, wurde sie von einer gewissen Unruhe erfasst. Die Luft war erfüllt vom Summen der Insekten, dem Zwitschern der Vögel, dem Schreien wilder Tiere und den Rufen der Männchen auf der Suche nach ihren Weibchen.

Erschöpft von der langen Reise, kamen sie endlich ans Ziel. Lara folgte Aurelio, der auf eine kleine Siedlung zusteuerte. In einer der Hütten würde sie wohnen. Es war eine Bambushütte, durch deren Wände das Tageslicht fiel. Von außen drangen unablässig die Geräusche des Waldes herein, das Zirpen der Grillen, das Quaken der Frösche, das Geschrei der Affen und anderer Tiere. Als Lara ihre Hütte betreten hatte, legte sie ihr Gepäck ab und streckte sich auf dem Lager aus, das durch ein Moskitonetz geschützt war. Ermüdet von der großen Hitze, schlief sie ein, ohne den Geräuschen ringsum weiter Beachtung zu schenken. Als sie erwachte, fragte sie sich voller Angst: »Welche Aufgabe werde ich hier erfüllen müssen? Welche Prüfung muss ich bestehen?«

Während sie ihre Glieder streckte, fiel ihr ein, warum sie sich an diesem Ort befand. Der *Curandero* hatte ihr gesagt, dass sie einen Teil ihrer Lehrzeit im Wald verbringen müsse, um mit der Raubkatze der Nacht, dem Jaguar, in Kontakt zu kommen.

Zuerst hatte sie es für einen schlechten Scherz gehalten, doch dann begriff sie, dass es ihm ernst war. Nun befand sie sich hier im Wald, fernab von jeglicher Zivilisation, in einem Dorf des Machiguenga-Stammes, das an einem Fluss gelegen war. Sie wurden von Leuten beherbergt, die Lara nicht kannte. Sie hatte halb nackte Frauen und Kinder gesehen, aber keine Männer.

Lara hatte nur einige Stunden geruht und war deshalb noch ein wenig verschlafen. In einer Ecke der schlichten Hütte befand sich ein Behälter mit Wasser. Sie wusch sich Gesicht und Hände, um sich zu erfrischen und richtig wach zu werden. Dann beschloss sie, einen kleinen Spaziergang durch den Wald zu unternehmen. Auf ihrem Weg dachte sie darüber nach, wie unglaublich es war, dass ihr Wunsch, eine wahre Frau zu werden, sie in diese Wälder geführt hatte.

Während sie ihren Gedanken über das, was sie erwartete, nachhing, blickte sie immer wieder um sich, um nicht die Orientierung zu verlieren. Sie stand nun in unmittelbarem Kontakt mit der Natur, umgeben von einem undurchdringlichen Wald, und lauschte auf all die Geräusche ringsum. Obwohl sie mit dem Einbaum gekommen waren, hätte Lara nicht zu sagen vermocht, ob sie sich zwischen zwei weit auseinander liegenden Flussarmen oder inmitten einer Lagune befanden.

Das helle Grün der umliegenden Berge und das milchige Grün des aufsteigenden Nebels lagen wie ein feiner Schleier über dem Wald. Sie erkannte, dass sie sich in der Nähe eines großen Flusses befinden mussten und dass sie auf ihrem Weg hierher lediglich auf einen Seitenarm abgebogen waren.

Für einige Menschen war der Urwald des Amazonas eine grüne Hölle, andere dagegen sahen in ihm einen Ort, an dem sich, fernab vom hektischen und unruhigen Leben in der Zivilisation, die Knoten der eigenen Existenz lösen ließen. Man traf hier auf giftige Schlangen oder Raubtiere, die einen Menschen in wenigen Minuten töten konnten. Aber es war auch der ideale Ort, um das Überleben zu erlernen, denn man musste immer auf der Hut sein. Der Wald war ein Ort der Einsamkeit. Er trug den Klang des Todes in sich.

Bisweilen konnte man in diesem grünen Ozean, der sich fortwährend veränderte, die feine Melodie des Abendwindes vernehmen, der zart durch das dichte Blattwerk strich. Oder die schrille und laute Melodie eines plötzlichen Regengusses, die Gewalt des Sturms, das Donnern eines Gewitters, bei dem flammende Blitze gegen die Bäume geschleudert wurden.

Es gab kristallklare Quellen, erfrischende Wasserfälle, an deren Ufern wilde Orchideen wuchsen, auf denen Hunderte von Schmetterlingen in allen Farben saßen und ein wunderbares Bild der Ruhe boten. Aber es war auch der Lebensraum der gefährlichen *Otorongos*, wie man hier die Jaguare nannte, und zahlreicher anderer wilder Tiere, die um das eigene Überleben kämpften.

Für einige war der Wald mit seiner fantastischen Landschaft, seinen Flüssen, Ufern und der üppigen Vegetation wie ein Paradies. Eine Vielzahl verschiedener Baumarten streckte seine Zweige hinauf ins Sonnenlicht, das nur schwach durch das dichte Blätterdach drang. Lara beruhigte die Entdeckung, dass mitten in diesem Grün hier und dort, wie aus dem Nichts, kleine Dörfer auftauchten. Der Wald war ein privilegierter Ort, an dem Männer und Frauen lernen konnten, ihren Mut und ihre Kraft zu entwickeln, um der Gegenwart gewachsen zu sein, und weder Beute noch Jäger zu werden. Hier musste der Mensch mit Pflanzen und Tieren im Einklang leben.

Die wenigen Wege und schlechten Straßen, auf denen alte

Autos und Lastwagen fuhren, verbanden die größeren Siedlungen untereinander. Sie wirkten wie schmale, helle Bänder, die sich durch einen grünen Teppich zogen.

In der Regel waren die Flüsse der geeignetste Kommunikations- und Transportweg, das Zentrum für alle Aktivitäten innerhalb des Waldes. Alles in den Dörfern war auf sie ausgerichtet. Nur vom Fluss aus ließ sich die Vielfalt der hier existierenden Flora und Fauna bewundern. Die Bewohner des Waldes bewegten sich hauptsächlich auf dem Wasser fort, entweder mit Motorbooten oder mit einfachen Einbäumen. Man reiste bevorzugt im Morgengrauen oder am Nachmittag. Dabei musste man ständig den Himmel im Auge behalten, um die Windrichtung und die Veränderungen in der Natur zu beobachten.

Entlang der Flussufer befanden sich einige Anlegestellen. Mancherorts dienten lediglich einfache Baumstümpfe zur Befestigung der Boote. Von dort aus führten in den Boden gehauene Stufen zu den auf Pfählen errichteten Hütten.

Während der Regenzeit reichte das Wasser bis unter die Häuser. Die Dächer waren mit Palmblättern bedeckt, die Wände bestanden aus Schilf, der Boden aus Holz. Matten und Moskitonetze schützten vor unliebsamen Eindringlingen und gewährten ungestörte Ruhe.

Lara war einem schmalen Pfad gefolgt und bis zum Fluss Pariamanu gelangt. Es dämmerte bereits, und sie konnte das eindrucksvolle Schauspiel des Sonnenuntergangs auf der gegenüberliegenden Seite des Flusses bewundern. Die Wolken, die sich vor die Sonne schoben, wirkten wie riesige Feuerschlote und goldene Quasten. Mit dem Einbruch der Dunkelheit zeichneten sich die Umrisse der Bäume und das Uferprofil nunmehr als schwarze Schatten ab.

»Für alle, die die Natur und das Abenteuer lieben, ist dies ein Schauspiel, das jegliche Vorstellung übertrifft«, dachte Lara.

Tatsächlich hielten die dichten Wälder einen exotischen Anblick bereit. Hier traf man auf die Nachfahren der alten Inkas, die berühmten Machiguengas, die in diesem Gebiet die Traditionen ihrer Vorfahren bewahrten.

Lara war hingerissen von der abendlichen Landschaft. Vor sich sah sie einen der Zuläufe des Amazonas, des mächtigsten Flusses der Erde.

Aurelio, der ihr still gefolgt war, unterbrach ihre Gedanken: »Ich wollte dich nicht vorher stören. Du solltest dich erst einmal ausruhen und dir einen Eindruck von der Umgebung verschaffen. Es warten große Anstrengungen auf dich, wenn du Tata Sabinos Lehren befolgen willst. Aber jetzt wird es dunkel, und ich muss dich vor drohenden Gefahren beschützen, denn noch kennst du den Wald nicht gut genug.«

Als sie die Worte des Freundes hörte, durchfuhr sie ein Schauer. Eine ungeahnte Angst überfiel sie bei dem Gedanken daran, dass sie sich früher oder später allein in diesen unbekannten und geheimnisvollen Wald begeben sollte. Sie nickte, um anzudeuten, dass sie die ihr bevorstehende Aufgabe, wenn auch widerstrebend, akzeptierte.

Ihr waren schauerliche Geschichten über Wahnsinn und Tod zu Ohren gekommen, Berichte über Vipern oder andere Giftschlangen und fantastische Geschichten über Frauen in Schlangengestalt. Die Wildnis war eine ganz neue Erfahrung für Lara. Sie wusste, dass nur die Tapfersten und Mutigsten sich dort hineinwagen durften.

»Ich hoffe, ich werde überleben«, sagte sie mit ergebener Stimme, wie eine Verurteilte, die sich mit ihrem Schicksal abfindet.

»Ich bin sicher, du schaffst es. Du bist eine entschlossene Frau«, antwortete Aurelio in der Hoffnung, ihr ein wenig Mut machen zu können. »Ich werde dir das Wichtigste beibringen, solange wir auf Tata Sabino warten.«

Der *Curandero* traf einige Tage später ein. Er hatte eine

große, unförmige Tasche mitgebracht. Tata Sabino hatte diesen Ort ausgewählt, um Laras Charakter zu festigen und um ihr Gelegenheit zu geben, sich selbst kennen zu lernen. Es galt, den Individualismus dieser Frau zu zerschlagen. Er musste sie dazu bringen, ganz in der sie umgebenden Welt aufzugehen. Dafür gab es keinen geeigneteren Ort als den Wald.

Im Wald sind die Menschen Wesen, die in ihrer Umgebung auffallen. Um zu überleben, müssen sie sich zu Gruppen zusammenschließen. Als Einzelner kommt man nicht weiter, denn man verstößt damit gegen die Gesetze des Waldes und gegen die Grundregeln der Natur in ihrer ursprünglichen und wilden Form. Tata Sabino war zuversichtlich, dass seine Schülerin genügend Kraft haben würde, die Prüfung zu bestehen.

»Bevor du dich der Aufgabe stellst, um derentwillen du hier bist, musst du lernen, dich an diesem Ort wohl zu fühlen«, riet er ihr. »Du musst die Ordnung der Natur begreifen, musst in Kontakt mit deiner Umwelt treten, dich in vollkommener Harmonie mit ihr befinden. Nur so kannst du überleben.«

Lara hörte den Worten des Meisters schweigend zu. Sie wusste, warum sie hier war. Sie musste sich den Geist des Jaguars zu Eigen machen und eins werden mit der Natur.

»Die Zivilisation hat mit Gewalt versucht, den Wald zu beherrschen«, fuhr der *Curandero* fort. »Die alten Spanier drangen mit großer Brutalität ein, doch schon bald mussten sie umkehren. Die modernen Menschen haben Straßen gebaut, benutzen Autos und Traktoren. Doch die Straßen haben weder den starken Regenfällen noch den wuchernden Baumwurzeln standgehalten und wurden zerstört. Was kann man daraus lernen? Versuche dich anzupassen, sonst wirst du vernichtet.«

»Mit meinem Verstand kann ich dir folgen. Aber ich verspüre eine unbezwingbare Angst«, erwiderte Lara besorgt. »Der Wald erschreckt mich. Alles hier ist vollkommen neu und unbekannt für mich.«

Der *Curandero* sah in das angespannte Gesicht seiner jungen Schülerin. Um sie zu beruhigen, erklärte er: »Für eine Frau ist es nicht schwer, mit dem Wald in Kontakt zu kommen, sobald sie erst ihre Angst abgelegt hat. In der Vergangenheit lebten in dieser Gegend die berühmten *Mamakuna*, weise Frauen, Kriegerinnen, Jägerinnen, Fischerinnen und Sammlerinnen.

Sie lebten in Dörfern, die nur von Frauen errichtet wurden. Sie waren frei und unabhängig von den Männern, da sie für sich alleine sorgen konnten und sich ohne Schwierigkeiten im Wald zurechtfanden. Du bist auch eine Frau, aber du hast Angst vor dem Unbekannten.

Bei jedem Schritt musst du deinen Verstand und deine Intuition gebrauchen. Lerne, wie die Eingeborenen und die Kolonialherren hier sesshaft werden konnten. Sie haben sich an die Gegebenheiten des Waldes angepasst und seine Gesetze verinnerlicht.«

»Aber der Wald ist furchterregend, vor allem nachts«, entgegnete Lara.

»Das stimmt. Aber gerade die Nächte bergen jene Magie und jene Rätsel, die der Mensch zu entschlüsseln sucht. Nur so kannst du reifen, erkennen und dich den Geheimnissen des Lebens stellen.«

»Wenn es keinen anderen Weg gibt, bin ich bereit, mein Leben zu riskieren«, antwortete Lara entschlossen, obwohl sie große Angst verspürte.

»So ist es recht. Ich werde dir Anweisungen geben, wie du mit dem Wald in Kontakt treten kannst. Deine erste Aufgabe wird es sein, dich mit viel Geduld und Verstand darauf vorzubereiten, sein Wesen zu erfassen und dich anzupassen. Danach wirst du eine Nacht allein im Wald verbringen. Doch dafür musst du zuvor drei Tage fasten. Erst wenn du bereit bist, werde ich dir den Ort zeigen, an dem du bleiben wirst, und dir sagen, was du zu tun hast.«

Ein Schauer lief ihr über den Rücken und erfasste ihren gesamten Körper. Der Gedanke daran, alleine im Wald zu bleiben, insbesondere bei Nacht, schien ihr unerträglich. Schon die Tatsache, in einer Hütte zu leben, die weitab vom Dorf und den anderen Menschen lag, beunruhigte sie. Die bevorstehende Prüfung war daher eine große Herausforderung für ihre Seele, die sich nach menschlicher Gesellschaft sehnte. Lara wusste, dass sie sich der Gefahr stellen musste, um an ihr Ziel zu gelangen.

»Wenn das die Aufgabe ist, die ich zu erfüllen habe, um zu überleben, werde ich weitergehen«, rief sie wild entschlossen.

Sie nahm die Herausforderung an, denn sie wusste, dass sie keine andere Wahl hatte. Auch die anderen Prüfungen hatte sie unversehrt überstanden. Nun vertraute sie auf ihren Mut und ihren Verstand.

»In wenigen Tagen wirst du mit dem Fasten beginnen. Unterdessen werde ich dir beibringen, hier zu leben«, erklärte der *Curandero*, der sich sehr über die Entschlossenheit seiner Schülerin freute. »Erstens: Jeden Morgen nach dem Erwachen sollst du dreimal *Pachamama* mit folgenden Worten anrufen: ›Oh kosmische Mutter, geliebte Mutter, du lässt uns leben in deinem Leib. Ich danke dir, dass ich hier sein darf. Ich danke dir, dass du mich ernährst. Ich danke dir, dass du mich beschützt.‹

Zweitens: Jeden Tag stellst du dir eine Aufgabe und legst den Zeitpunkt fest, an dem du sie erfüllst. Du darfst auf keinen Fall den Zeitpunkt und die Menge der Arbeit verändern.

Drittens: Entledige dich einer Sache, die dir sehr am Herzen liegt, aber lasse sie nicht aus den Augen. Wenn du zum Beispiel gerne rauchst, so rauche nicht, aber bewahre die Zigaretten in deiner Nähe auf.

Viertens: Iss nicht alles, was du essen möchtest. Führe es nur zum Mund und lege es dann beiseite.

Fünftens: Beobachte genau den Wald. Suche ihn von rechts

nach links und von oben nach unten ab. Schließe dann die Augen und versuche, ihn dir in allen seinen Einzelheiten vorzustellen.

Sechstens: Betrachte einen Einbaum. Frage dich, wie schnell er ist, wie lange es gedauert hat, ihn zu bauen, welches Material verwendet wurde und wie lange es halten wird.

Siebtens: Stelle dir zehn Minuten lang das Schlimmste vor, das dir im Wald zustoßen könnte. Danach denke an das Beste, das dir passieren könnte.

Achtens: Denke zehn Minuten über das Für und Wider deiner Handlungen oder der der anderen nach.

Neuntens: Denke eine Stunde lang über dein Leben nach.

Ziel dieser Übungen ist es, deine Willenskraft zu stärken. Deshalb musst du sofort damit beginnen.«

»Ich werde tun, was du gesagt hast. Ich hoffe nur, dass es etwas nutzt«, meinte Lara voller Hoffnung.

»Wenn du die Übungen richtig durchführst, nutzen sie«, versicherte Tata Sabino.

So wurde Lara nach und nach mit dem Wald vertraut. Sie unternahm zahlreiche Spaziergänge, führte die Übungen zur Stärkung ihres Willens durch und hörte den Ratschlägen von Tata Sabino, Aurelio und Otino aufmerksam zu.

Kurz nach ihrer Ankunft in dem Dorf hatte sie Otino kennen gelernt. Sie war eine scheue, alte Frau, die keine Angst davor hatte, die Nächte allein und weit entfernt vom Dorf zu verbringen. Durch ihre Hilfe hatte Lara nach und nach begriffen, dass der Wald ein Ort war, an dem man tatsächlich leben konnte.

Otino trug stets einen Baumwollrock, der mit geometrischen, durch die Formen des Waldes inspirierten Mustern verziert war. Sie hatte ihn selbst hergestellt.

Die alte Machiguenga, die mit ihrer Rechten flink die Spindel drehte und in der Linken den rohen Baumwollfaden hielt, lächelte Lara zu. Im Schutz ihrer Hütte, die im Tal, ein wenig abseits von den anderen gelegen war, enthüllte sie ihr, während sie spann, einen Teil ihrer Geheimnisse als Frau.

Otino war im Wald zur Welt gekommen und aufgewachsen. Ihr gesamtes Leben hatte sie hier zugebracht. Deshalb kannte sie ihn genau. Glücklicherweise hatte sie gleich bei ihrer ersten Begegnung mit Lara eine Zuneigung zu ihr entwickelt. Bei ihrer Ankunft war sie in ihre Arbeit vertieft gewesen. Doch als sie Aurelio in seinem Boot kommen sah, hatte sie diese sofort unterbrochen, war ihm entgegengegangen und hatte ihn begrüßt.

Als Aurelio ihr Lara vorstellte, sah die Alte sie freundlich an. Von diesem Augenblick an bemühte Lara sich darum, Otinos Vertrauen zu gewinnen. Sie lächelte ihr zu und sprach mit ihr. Die scheue Frau konnte zwar nicht alles verstehen, was Lara ihr sagte, aber sie schien den Sinn zu erfassen, ohne lange Worte darüber zu verlieren. Als sie erfuhr, dass Lara sich der Prüfung der »Mondbahn« unterziehen würde, riet sie ihr: »Du musst in den Wald gehen, als würdest du einen Tempel betreten. Vertraue auf den Großen Geist und betrachte das Unbekannte und die Finsternis als Elemente des Weiblichen. Wir brauchen keine Angst vor der Nacht und den Schatten zu haben, denn wir sind ein Teil davon.«

Lara dachte lange über diese Worte nach, bevor sie bekümmert gestand: »Ich habe Angst vor den Schlangen. Wenn mich eine beißt, werde ich sterben.«

Otino sah sie mitleidig an. Sie hatte großes Verständnis für sie, denn auch sie war eine Frau. Außerdem wusste sie, dass Lara fernab von der Natur aufgewachsen war, in einer Welt der Maschinen, des Geldes und der Waffen. Um sie zu beruhigen, erklärte sie: »Nicht alle Schlangen sind giftig. Einige sind sehr wichtig, um das Gleichgewicht des Waldes aufrechtzuerhalten, denn sie ernähren sich von Nagetieren, Insekten und Eiern. Nur sehr selten greifen sie Menschen an. Manche sind scheu und fliehen. Nicht einmal Vipern fallen dich an, höchstens, wenn sie spüren, dass du Angst hast, oder wenn sie sich bedroht fühlen. Es gibt hier Giftschlangen wie die *Coralillo*, die *Huamanchaco* und die *Jergoncillo*, aber nicht dort, wo du hingehst.«

»Auch vor Fledermäusen und giftigen Insekten fürchte ich mich.«

»Wenn es so weit ist, werde ich dir helfen und dich schützen«, versicherte ihr die Alte mit ruhiger Stimme.

Um sich der Prüfung unterziehen zu können, musste Lara fasten. Der *Curandero* hatte deshalb Otino um Hilfe gebeten, die genau wusste, wie das Fasten durchzuführen war. Für diese alte spirituelle Zeremonie, die unter den *Curanderos* der Wälder verbreitet war, wurden Bananen nach bestimmten Regeln zubereitet. Wer sich der Prüfung unterziehen wollte, begann mit dieser Kur, bei der nach und nach die Menge der Bananen verringert wurde, bis man schließlich nur noch Wasser zu sich nahm.

Bevor der dritte Fastentag zu Ende ging, zerkleinerte Otino einige Pflanzen, die sie im Wald gesammelt hatte. Als der Zeitpunkt gekommen war, an dem Lara sich in den Wald begeben sollte, strich sie ihr die so gewonnene grünliche Paste auf den gesamten Körper.

»Mit dieser Salbe werden sich dir weder Insekten noch wilde Tiere nähern«, versicherte sie, »denn sie riechen, dass du ein Bewohner dieser Gegend bist.«

Dort, wo Otino die Masse aufgetragen hatte, stach sie tatsächlich kein Insekt. Der Geruch war dermaßen intensiv, dass es Lara die Tränen in die Augen trieb. Aber sie ertrug ihn.

Während die Machiguenga sie ein zweites Mal damit einrieb, wiederholte sie: »Im Wald musst du Geduld haben, ruhig bleiben und kaltes Blut bewahren. Auf keinen Fall darfst du dich von deiner Angst besiegen lassen. Das wäre dein Ende. Sei stark und entschlossen.«

»Danke für all die Ratschläge, die du mir in den letzten

Tagen gegeben hast. Ich hoffe, sie werden mir nützen«, antwortete Lara mit leiser Stimme.

»Folge den Anweisungen, und sie werden dir Nutzen bringen. Ich wünsche dir viel Glück für die Prüfung, und mögen die Geister des Waldes dich schützen«, rief die Alte, wie um ihr Kraft zu spenden.

Bevor sie aufbrachen, bot Otino dem *Curandero* noch ein Glas *Masato* an, jenes leicht alkoholhaltige Getränk, das in der Gegend weit verbreitet war. Während Tata Sabino trank, fiel Lara ein, welchen Widerwillen sie empfunden hatte, als sie es zum ersten Mal zu sich nahm. Vor allem bei dem Gedanken daran, dass zu seiner Zubereitung die Yucca-Pflanze gekaut, anschließend ausgespuckt und diese Masse dann vergoren wurde. Sie hatte sich überwinden müssen, davon zu trinken, denn Aurelio hatte ihr zuvor eingeschärft: »Einen angebotenen *Masato* abzulehnen, kommt für die Einwohner einer Schmähung gleich.«

Da er ihr immer wieder angeboten wurde, hatte sie sich schließlich an den Geschmack gewöhnt.

Während sie zum Fluss liefen, dachte Lara an die vergangenen Tage, die sie damit verbracht hatte, die Natur zu beobachten, den Geräuschen des Waldes zu lauschen, ihre Übungen durchzuführen und zu meditieren. Manchmal hatte sie sich einsam gefühlt, obwohl sie täglich mehrere Stunden in Gesellschaft des *Curanderos* verbrachte. Er war unnahbar, sprach nur das Nötigste, schenkte ihr keine besondere Aufmerksamkeit, zeigte ihr gegenüber keinerlei Nachsicht und schien bisweilen geradezu erbarmungslos.

Nach drei Tagen des Fastens fühlte Lara sich geschwächt. Doch ohne sich darum zu kümmern, führte sie der *Curandero* am vierten Tag zu einem am Ufer befestigten Einbaum.

»Nun beginnt deine Prüfung. Beeile dich und steig ein«, befahl er ihr mit harter Stimme.

Als sie in das Boot stieg, spürte Lara Erschöpfung. Das

Schaukeln des Bootes verursachte ihr Übelkeit, es fiel ihr schwer, das Gleichgewicht zu halten, und sie hatte große Mühe, nicht ins Wasser zu fallen. Jede ihrer Bewegungen brachte das kleine Boot zum Schwanken. Sie sammelte all ihre Kräfte und versuchte, es sich im vorderen Teil bequem zu machen.

Jetzt erst löste der *Curandero* das Tau, gab dem Boot einen Stoß und sprang auf. Er setzte sich ans hintere Ende und begann, kräftig zu rudern. Dabei sprach er kein Wort. Lautlos und ohne Schwierigkeiten glitt das kleine Fahrzeug im Wasser voran.

Beide schwiegen. Voller Unruhe dachte Lara unablässig daran, wie sie dem Unbekannten begegnen konnte. Der *Curandero* ruderte und ließ dabei die Ufer des Pariamanu nicht aus den Augen. Sie verharrten in Schweigen, bis sie an eine Mündung kamen, an der sich zwei Flüsse vereinten.

»Von nun an fahren wir gegen den Strom«, erklärte der *Curandero*, während er das Boot in den Wasserlauf zu ihrer Linken lenkte. »Ein Stück flussaufwärts befindet sich die Stelle, an der du diese Nacht verbringen wirst und beweisen kannst, dass du deine Nerven unter Kontrolle hast.«

Durch die große Anspannung spürte Lara einen bitteren Geschmack im Mund, außerdem fühlte sie sich verwirrt. Sie sah ihren Begleiter an und fragte ein wenig erstaunt: »Woher weißt du, wann wir ankommen? Ich habe das Gefühl, der Wald sieht überall gleich aus.«

»Man muss gut beobachten können. Aber sei unbesorgt. Wir werden unser Ziel nicht verfehlen. Ich kenne den Ort sehr gut, denn ich bin schon oft dort gewesen.«

Nach diesen Worten schwieg er wieder und ruderte weiter, viele Stunden lang. Plötzlich steuerte er das Boot auf eine Stelle am Ufer zu, als ob er einem Hinweisschild folgen würde. Mit Hilfe des Ruders ließ er es auf den weißen Sandstrand gleiten. Als der Einbaum auf Grund lief, sprang Tata Sabino eilig an Land, zog ihn ein Stück hinaus und befestigte ihn an einem Baumstumpf, der beinahe vollkommen mit Sand bedeckt war. Dann befahl er Lara mit ruhiger Stimme: »Hier wirst du bleiben. Nimm deine Sachen und steig aus.«

Sie gehorchte wie ein Roboter und nahm die wenigen Dinge, die sie hatte mitnehmen dürfen, aus dem Boot: eine Decke, eine Ration Wasser, ein Messer und einen Knüppel.

»Du wirst eine Nacht mitten im Wald verbringen. So lernst du, deinen Charakter zu stärken. Folge mir zügig und pass auf, dass du nicht stolperst.«

Tata Sabino bahnte sich einen Weg durch die Vegetation. Seine Bewegungen waren flink und lautlos wie die einer Katze. Lara folgte ihm schweigend. Sie war sich der Gefahr bewusst, in die sie sich begab. Doch nun war es zu spät, um umzukehren.

Der *Curandero* führte sie einen schmalen Pfad entlang. Mit der Machete in der Hand drang er immer weiter in das Dickicht vor und schlug dabei Büsche und Pflanzen nieder, um sich einen Durchgang zu bahnen. Die abgeschlagenen Zweige und niedergetrampelten Halme markierten ihren Weg. Nur ein aufmerksames Auge konnte den kleinen Pfad inmitten der dichten Vegetation erkennen. Die beiden liefen weiter, bis sie an einen umgestürzten Baumstamm kamen, der als Brücke über einen schmalen Fluss diente. Lara hatte große Mühe, das Gleichgewicht zu halten und an das andere Ufer zu gelangen. Dem *Curandero* bereitete es dagegen keinerlei Schwierigkeiten.

»Es ist nicht mehr weit«, erklärte er. »Folge mir leise und sei wachsam.«

Lara erwiderte nichts, sondern lief nachdenklich wie eine Verurteilte, die zum Schafott geführt wird, hinter ihm her. Nachdem sie ein gutes Stück zurückgelegt hatten, führte der *Curandero* sie auf eine kleine Lichtung. Ihnen gegenüber stand ein gewaltiger Baum: eine mächtige, hochgewachsene *Lupuna*.

»Wir sind an dem heiligen Ort angelangt«, sagte er zu ihr gewandt, während er sein Bündel ablegte und die Dinge herausholte, die er als *Curandero* benötigte: den Medizinbeutel, *Mantas* und eine Decke. Nachdem er einen Teil des Erdreichs von Laub und Geäst befreit hatte, breitete er die Decke darüber aus. Er legte eine farbige *Manta* darauf und stellte eine kleine Glutpfanne in eine Ecke. Auf der *Manta* ordnete er sechs Meeresmuscheln an, die mit einer Flüssigkeit gefüllt waren: eine in jeder Himmelsrichtung und zwei in der Mitte. Dann entfachte er in der Glutpfanne ein Feuer. Als die ersten Zweige verbrannt waren, streute er Lara die Asche über den Körper. Sie erkannte am Geruch, dass es sich um heilige, bestimmten Ritualen vorbehaltene Pflanzen handelte.

Alles geschah mit ungeheurer Geschwindigkeit. Nach einem ersten Augenblick des Staunens sah Lara sich genauer um: Sie war umgeben von einer undurchdringlichen Pflanzenwelt. Noch konnte sie es nicht glauben, hier zu sein, und wie um Schutz zu suchen, fragte sie ihn mit hoffnungsvoller Stimme: »Ist es unbedingt nötig, mich an diesem Ort alleine zu lassen?«

Ohne sie anzusehen und ganz auf seine Tätigkeit konzentriert, antwortete er mit ruhiger Stimme, als wenn er ihre große Angst nicht spüren würde: »Nur wenn du an diesem Ort eine Nacht verbringst, kannst du mir beweisen, dass du dem Pfad von *Amaru* folgen willst. Nur so werden wir erfahren, ob du mit den Kräften, die in deinem Inneren existieren, in Kontakt treten und auf diese Weise mit deiner nicht sichtbaren Natur arbeiten kannst.«

Lara widersprach nicht, denn es wäre zwecklos gewesen. Tata Sabino sprach nur das Nötigste, und sie selbst beschränkte sich darauf, ihm zuzuhören. Otino hatte sie gewarnt, dass der *Curandero* ein sehr empfindlicher Mensch sei, dass er jegliches Zögern bezüglich seiner Anweisungen und jeglichen Ungehorsam seiner Schüler schwer bestrafen würde.

Während sie Tata Sabino beobachtete, hatte sie das Gefühl, zu halluzinieren. Alles kam ihr so unwirklich vor. Der *Curandero* kümmerte sich nicht um die Geräusche des Waldes. Er schien das Geschrei, die Rufe, das Pfeifen und den Gesang ringsherum nicht wahrzunehmen. Von einem Augenblick zum nächsten hatte er sich in einen Priester verwandelt, der heilige Rituale vollzog und dabei in einer Hand die rauchende Glutpfanne hielt. Er wandte sich ihr zu und befahl: »Geh zum Fuße des Baumes, denn ich muss diesen Ort von negativen Energien befreien und dich mit dem nötigen spirituellen Schutz zurücklassen, damit du reiche Erfahrung sammeln kannst.«

Er nahm etwas Glut und füllte sie in eine flache Schale. Dann streute er eine Mischung aus heiligen Kräutern darüber und begann, um den Baum herumzulaufen, neben dem Lara kauerte.

»Was soll ich tun?«, fragte Lara, ihre Stimme war schwach.

»Knie nieder und bete, während ich den Zugang zu einer anderen Dimension öffne und mit den Schutzgeistern der Menschen spreche. Vor allem muss ich dich dem Schutzgeist der Frauen empfehlen.«

Der *Curandero* sprach Quechua, während er alle vier Himmelsrichtungen anrief und daraufhin die in den vier Muscheln befindliche Flüssigkeit in die jeweilige Richtung verspritzte.

Schließlich kippte er die Flüssigkeit der beiden verbleibenden Muscheln in ein Loch, das er in die Erde gegraben hatte. Zuvor jedoch platzierte er dort ein in bunte Bänder gewickeltes Päckchen, das er durch den Rauch der heiligen Kräuter gezogen und anschließend Laras Körper damit berührt hatte. Nachdem er diese Handlung vollzogen hatte, näherte er sich ihr, legte ein weiteres, etwas kleineres Päckchen zu ihren Füßen nieder und befahl ihr: »Puste dreimal hintereinander auf diese für *Pachamama* bestimmte Gabe. So wirst du an diesem Ort sicher sein.

Nur wenn du keine Angst zeigst, wird dir nichts geschehen.

Hier am Fuße dieses Baumes wirst du die ganze Nacht über wachen. Reinige alles und mache es dir so bequem wie möglich, während ich meine Aufgabe zu Ende führe. Ich werde die Schutzkreise ziehen, innerhalb derer du verweilen kannst. Schlafe nicht ein, bleibe wach und verlasse auf keinen Fall die Kreise, solange ich fort bin.«

Mit diesen Worten holte er aus seiner Tasche verschiedene Pulver hervor, mit denen er um den Baum herum einen Kreis nach dem anderen zog. Der Stamm der *Lupuna* war an einer Stelle ein wenig ausgehöhlt, sodass Lara bei einem Gewitter dort hätte Schutz suchen können. Auch im Falle eines Angriffes würde er ihr Rückendeckung geben.

Lara betrachtete aufmerksam den Boden, säuberte ihn und sammelte dann einige herabgefallene Blätter, um sich ein Lager zu bereiten. Sie wollte sich noch etwas suchen, womit sie sich schützen konnte, und begann deshalb, trockene Zweige zu sammeln, um während der Nacht Feuer zu haben.

Als hätte der *Curandero* ihre Gedanken gelesen, warnte er sie: »Das Feuer schlägt nicht nur die Tiere in die Flucht, sondern auch die Geister des Waldes. So wirst du seine Geheimnisse nicht ergründen können.«

Lara hielt inne. Während sie versuchte, sich ihr Lager ein wenig bequemer einzurichten, meinte der *Curandero*: »Es ist bereits spät. Ich muss jetzt gehen. Morgen werde ich dich abholen. Ich warne dich erneut: Schlafe nicht ein, bleibe wachsam und übertrete auf gar keinen Fall die Kreise, die ich zu deinem Schutz gezogen habe.

Solange es Nacht ist, musst du innerhalb ihrer Grenzen bleiben und auf alle Geräusche achten, die du um dich herum wahrnimmst, alles beobachten, was du um dich herum siehst. Ich sage es abermals: Verlasse niemals die Kreise, denn es wäre dein Ende. Denke daran, dass die Tiere dir hier am wenigsten anhaben können. Es sind die unsichtbaren Wesen, die diese Orte bevölkern und deine Nerven auf eine harte Probe stellen. Erst wenn sie in dir eine furchtlose, von Liebe erfüllte Frau erkennen, werden sie anfangen zu reden und dir einen Rat geben. Viel Glück und vor allem viel Mut. Leb wohl.«

Daraufhin vergrub der *Curandero* die in der Glutpfanne verbliebene Asche unter der Erde, schloss den Medizinbeutel, lud sein Bündel auf die Schultern und schlug den Weg zu einem schmalen Pfad ein, auf dem er eilig verschwand. Angsterfüllt, matt und einsam blieb Lara am Fuße des Baumes zurück.

Im Lauf der Stunden und mit dem Hereinbrechen der Dämmerung steigerte sich Laras Unruhe angesichts all der Geräusche des Waldes. Der Ruf zahlreicher Vögel war zu vernehmen, der Wind, der durch die Blätter strich, das Brüllen der Bären, das Summen von Insekten, das Grunzen des *Wangana*, des Wildschweins, das sich in Rudeln fortbewegt, der Schrei des *Tokon*, des Affen mit dem langen Schwanz, das Geräusch des *Ronsoko*, des größten, etwa ein Meter langen und fast hundert Kilo schweren Nagetiers des Urwaldes und der Lockruf des *Apashira*, des Chamäleons auf Partnersuche.

Plötzlich wurden all diese Geräusche durch ein heftiges Gewitter unterbrochen, das sich ganz in der Nähe entlud. Ein starker Regen setzte ein, das Rauschen war bis hin zu Laras Lagerplatz zu hören.

Tagsüber ließ sich dieser Lärm, der einen durchdrang, noch ertragen. Doch allmählich senkten sich die Nebel herab und tauchten das helle Grün der Bäume in ein dunkles Licht. Bei Sonnenuntergang bekamen viele Pflanzen einen grünlich-goldenen Schimmer. Beim Einbruch der Nacht wurden die Farben immer düsterer.

Kurz darauf war die gesamte großartige Landschaft in Schwarz getaucht, der Himmel leuchtete dagegen blutrot. Der Wald wirkte plötzlich bedrohlich, und Lara verspürte eine immer stärker werdende Beklemmung. Sie vernahm Kreischen, das Quaken von Fröschen und das Summen von Insekten.

Dieser Lärm bedrängte sie, nahm auf tückische Weise ihren Geist gefangen. Ihre Unruhe, die Furcht und Angst, die sie bereits zuvor verspürt hatte, wurden nun noch verstärkt. Die Nacht zeigte sich in all ihrer Gewalt, und Laras Fantasie begann wie wild zu arbeiten: Sie glaubte zu hören, wie sich unbekannte Wesen an Lianen hinabließen. Oder waren es vielleicht *Otorongos*?

Man hatte ihr erzählt, dass Frauen, speziell ihr Blut, eine besonders schmackhafte Beute für die *Otorongos* seien. Vielleicht witterte gerade in diesem Moment einer von ihnen, dass hier eine einsame, schutzlose Frau saß? Doch vielleicht war es auch eine Schlange, die sich um den Stamm der *Lupuna* ringelte? Lara stellte sich vor, dass eine Anaconda, jene bis zu neun Meter lange Riesenschlange, oder die giftige *Sushupi* sich in diesem Moment lautlos durch die Bäume schlängelte.

Ihre Anspannung stieg, und der Schweiß lief ihr in Strömen hinab, während sie jener infernalischen Musik, jener Mischung aus Schreien, Brüllen und undefinierbaren Geräuschen, lauschte. Das Konzert der Natur, das man bei Tag im Wald vernahm, hatte sich in der Nacht in eine Kakophonie aus furchterregenden und abstoßenden Klängen verwandelt.

Lara bekam eine Gänsehaut. Sie dachte daran, dass es der reine Wahnsinn war, sich an diesen Ort begeben zu haben, und dass sie vielleicht niemals lebend von hier fortkommen würde.

In Cuzco hatte man ihr die Geschichte eines jungen Deutschen erzählt, der sich im Wald verirrt hatte und deshalb eine Nacht dort verbringen musste. Als seine Begleiter ihn am nächsten Tag fanden, hatte er den Verstand verloren. Den Freunden blieb nichts weiter übrig, als ihn mit gefesselten Händen zum Flughafen zu bringen und ihn mit einem Flugzeug in sein Heimatland zu schicken.

Vielleicht würde ihr Ähnliches widerfahren, wenn sie nichts dagegen unternahm. Einzig und allein der Baum, unter dem sie Schutz suchte, gab ihr etwas Sicherheit, und vielleicht noch die Tatsache, dass sie mit einem Messer und einem Knüppel bewaffnet war. Sie war bereit, sich zu verteidigen. Aber dazu musste sie sich wach halten.

Tata Sabino hatte ihr eingeschärft, nicht einzuschlafen. Sie durfte es nicht zulassen, von der Angst überwältigt zu werden. Um sich herum vernahm sie das Summen der Insekten, das Quaken der Kröten und Frösche, den Gesang der Nachtvögel und die Rufe der Fledermäuse. Doch was sie am meisten beunruhigte, waren die Schreie der Raubtiere ganz in ihrer Nähe.

Um sie vor bösen Geistern zu schützen, hatte ihr Otino eine Kette geschenkt, die sie zuvor in einem Sud aus heiligen Kräutern getränkt hatte. Sie bestand aus schwarzrot gepunkteten und graugrünen Bohnen. Otino war davon überzeugt, dass diese Kette sie beschützen, ihr Mut und Kraft geben würde.

Plötzlich hörte Lara, dass sich im Unterholz etwas bewegte. Es klang wie Schritte, die sich näherten. Deutlich vernahm sie das Rascheln von trockenem Laub und beiseite geschobenen Zweigen. Bestimmt war es ein großes und kräftiges Tier. Sollte es ein *Otorongo*, ein *Sagino*, eine Anaconda oder gar ein Kaiman sein? Sie verspürte den Wunsch wegzurennen, zu fliehen, sich aus jener tödlichen Falle zu befreien. In ihrer Verzweiflung hätte sie am liebsten geschrien, doch etwas schnürte ihr die Kehle zu: Sie brachte keinen einzigen Ton hervor.

Sie fühlte sich wehrlos und schwach an jenem Ort der Finsternis, an dem jedoch keine Stille herrschte. Im Gegenteil, die nicht enden wollenden Geräusche drangen tief in ihr Inneres ein. Das Geschrei, das Heulen, Krächzen und Rufen der Tiere verstärkten in ihr nur ein bisher ungeahntes Gefühl der Angst und des Schreckens.

Lara verspürte einen Klumpen in der Kehle, der Mund war trocken, ihr Kiefer verkrampft. Die Angst hatte sie in ein Wesen verwandelt, in dessen Innerem Chaos herrschte. Instinkt und Verstand kämpften gegeneinander an.

Sie wollte fliehen, aber sie wusste, dass sie sich im Wald verirren würde, wenn sie den Kreis verließ. Sie wollte schreien, aber ihr war klar, dass sie auf diese Weise nur die Raubtiere anlocken würde.

Um sich zu beruhigen, schloss sie die Augen, hielt sich die Ohren zu und versuchte, an nichts zu denken. Aber dennoch drangen die schrillen Geräusche des Waldes bis zu ihr vor und bohrten sich mit aller Gewalt in ihr Bewusstsein. Vielleicht würde sie verrückt werden, vielleicht bedeutete dies ihr Ende. Wenn es Seelenqualen gab, so war dies eine der schlimmsten.

Lara war mit den Nerven am Ende. An den Baumstamm gekauert unternahm sie übermenschliche Anstrengungen, um sich zu beruhigen und Ordnung in ihre Gedanken zu bringen. Sie musste Ruhe bewahren, ansonsten würde die Angst sie verzehren, sie ins Chaos stürzen. Verzweifelt suchte sie nach einem Ausweg aus dieser Hölle. Glücklicherweise fiel ihr der Rat der alten Machiguenga wieder ein: »Schließe die Augen, halte dir mit den kleinen Fingern die Ohren zu und spiele mit dem Daumen und den übrigen Fingern. Lenke deine Aufmerksamkeit auf die Fingerspitzen. Während du mit dem Daumen jeden Finger berührst, stelle dir vor, dass etwas von einem Finger zum nächsten läuft. Wenn das nichts nutzt, stelle dir vor, ein Baum zu sein.«

Sie begann mit der ersten Übung und fand vorübergehend Ablenkung. Doch schon bald ergriff erneut Unruhe von ihr Besitz. Dann versuchte sie, sich vorzustellen, ein Baum zu sein. Doch es wollte ihr nicht gelingen, denn nun vernahm sie deutlich ein Zischen, als würde sich ihr eine große Schlange nähern. Als dieses Geräusch schwächer wurde, schwoll der Lärm erneut an.

Sie wünschte sich einen Mann an ihre Seite, der sie beschützte. Plötzlich wurde sie von einer großen Traurigkeit ergriffen. In ihrer Einsamkeit und Verlassenheit fiel ihr wieder das treulose Verhalten Giannis ein. Lara durchlebte nun Augenblicke der Wut, des Schmerzes, der Ohnmacht und Abscheu. Sie verspürte Übelkeit. Ein bitterer Geschmack breitete sich in ihrem Mund aus, und der Magen begann sich zusammenzukrampfen. Während sie an ihr vergangenes Leben dachte, wurde sie von heftigen Gefühlen ergriffen, die ihre Furcht verdrängten.

Doch dann überfiel sie erneut die Angst. Als hätte sie eine infernalische Welt betreten, nahmen die Umrisse der Bäume plötzlich groteske Formen an.

Riesige, grauenhafte, fürchterliche, abstoßende und unflätige Wesen umgaben sie und lachten sie in ihrem Unglück aus, während andere schemenhafte Gestalten von grotesker und bedrohlicher Form sich ihr näherten, gleich wieder verschwanden und dabei unablässig spitze Schreie ausstießen.

Als diese Erscheinungen verschwunden waren, tauchten neue, gigantische, viele Meter hohe Geschöpfe auf. Die grauenerregendsten und furchtbarsten Dinge, die sie jemals in ihrem Leben gesehen hatte, spielten sich vor ihren Augen ab. War es Wirklichkeit oder Einbildung, was sie dort sah? Lara war zu Tode erschrocken und wie gelähmt. Kalter Schweiß lief ihr in Strömen hinab, und vor Angst musste sie ihre Blase entleeren. In ihrer Verzweiflung betete sie darum, dass diese Wesen ihr nichts antaten, sie wollte schreien, sie mögen verschwinden und sie alleine lassen. Doch sie brachte kein Wort heraus, konnte nicht einmal flüstern. Es war ein furchtbarer Albtraum.

In diesem Augenblick des Grauens fielen ihr die Worte Otinos ein: »Die Angst hat einen Geruch. Die Geister und wilden Tiere spüren, wenn ein Mensch Angst hat. Dann ist der Zeitpunkt für einen Angriff günstig.« Um den Geruch der Angst zu mindern, sollte sie einige Male tief einatmen und langsam wieder ausatmen. Dann musste sie die Erde spüren, sich eins mit ihr fühlen und mehrmals hintereinander sagen: »Ich bin stark, denn ich bin eine Tochter der Erde. Ich bin in meinem

Element, und niemand kann mir etwas anhaben. Auch die Liebe meiner Schwestern hält mich aufrecht.«

Mit lauter Stimme sagte Lara diese Worte immer wieder vor sich her. Langsam beruhigte sie sich. Ihr Geist war nun viel klarer, und sie spürte, dass sie der Einsamkeit gewachsen war. In Wahrheit war sie gar nicht einsam. Neben ihr gab es Millionen von Frauen auf dieser Erde, die alle ihre Schwestern waren, denn auch sie waren Töchter der Erde. Lara biss die Zähne zusammen, hielt ihre Waffen fest in der Hand und sprach sich Mut zu: »Viele Männer und Frauen haben alleine eine Nacht im Wald verbracht, ohne dabei zu sterben. Warum sollte mir das nicht auch gelingen? Außerdem hilft mir die Kraft meiner Liebe. Ich liebe einen Mann, und ich werde bis zum Letzten um ihn und mich kämpfen. Ich, Lara De Santis, werde mich nie geschlagen geben.«

Langsam erwachte in ihr die Kämpferin, und mit einem Mal verschwanden die gespenstischen Erscheinungen, die infernalischen Wesen lösten sich auf und wichen einem hellen Schimmer.

Alles um sie herum war plötzlich wie erleuchtet, und wunderschöne weibliche Wesen erschienen vor ihr.

Eine junge Frau in einem orangefarbenen Kleid saß unter dem knochigen Stamm eines *Caimito*. Umrahmt von Blumen sah sie aus wie eine Jungfrau, wie ein unschuldiges Mädchen.

In einem »Brotbaum« saß eine Frau mit lieblichem Blick. Sie trug eine rosafarbene Tunika, die mit fuchsienfarbenen Bändern geschmückt war. In ihrem Schoß lag ein mit Früchten gefüllter Korb, eine Frucht hielt sie in ihrer Rechten. Ihr Gesicht war zart gebräunt, und ihr blondes Haar wurde von einer weißen Blumenkrone geschmückt.

Neben einer *Chonta*-Palme stand eine dunkelhaarige Frau in einem grünen Kleid, mit einem Diadem aus roten Rosen. Sie hatte die Hand zum Gruß erhoben. Lara war sehr beeindruckt. Nun kam gemessenen Schrittes eine Frau auf sie zu, die aussah wie eine Königin oder Göttin. Sie trug ein orangegoldenes Kleid und einen roten Mantel, der ihre Schultern bedeckte. Sein Saum war mit Ornamenten verziert.

Der Blick dieser großen Frau war eindringlich, klar und voller Liebe. Ihr zart gebräuntes Gesicht wurde von langem schwarzen Haar umrahmt, mit dem der Wind zu spielen schien. Sie trug eine goldene, schneckenförmige Krone auf dem Kopf und hielt eine Frucht in der Hand, die mit ihrem Glanz alles erleuchtete. Hinter ihr war ein mächtiger Jaguar, der ihr wie ein Wächter folgte.

Dieses wunderschöne Geschöpf blieb vor Lara stehen, die sie voller Staunen und Bewunderung betrachtete und von ihrer lieblichen Stimme wie verzaubert war.

»Tochter der Erde, du bist hierhergekommen, um deine Ehe zu retten? Begreifst du nicht, dass du die Lösung deines Problems in dir selbst suchen musst? Vergeblich suchst du die Lösung bei den anderen. Das Geheimnis ist, zu lieben, um geliebt zu werden. Wenn Mann und Frau beschließen, ihren Lebensweg gemeinsam zu beschreiten, geben sie einen Teil ihrer Seele und nehmen einen Teil der Seele ihres Partners. Wenn beide sich wohlgesonnen sind, gehen sie einem Paradies entgegen. Wenn sie nicht im Einklang miteinander stehen, führt sie ihr Weg in eine Hölle.«

»Aber meine Beziehung ist gescheitert, obwohl ich geliebt habe.«

»Viele scheitern in der Ehe, weil sie sich selbst nicht kennen und auch nicht ihren Partner. Du musst daher genau darauf achten, wem du dein Herz schenkst, wem du dich hingibst. Wäge ab, inwieweit du in der Lage bist, den Spross deiner Liebe weiter wachsen zu lassen. Viele Beziehungen werden zerstört, wenn das Herz der Frau nicht stark genug ist, um eine Enttäuschung zu ertragen. So stirbt die Liebe. Rufe dir immer wieder ins Gedächtnis, dass das Glück der Menschheit dem empfindsamen Herzen der Frau entspringt und sich entfaltet. Ihr Verstand bringt Güte und Mitleid hervor, die im Mann das Gefühl der Liebe erwachen lassen.«

»Was muss ich tun, um den Mann, den ich liebe, für immer zurückzugewinnen?«, fragte Lara verzweifelt.

»Du musst ihn dazu bringen, dass er dich wieder begehrt. Bediene dich dazu der Weisheit der Liebe. Denn Schönheit, Charakter und Begabung reichen nicht aus, um ewige Liebe zu erwecken, und erst recht nicht die blinde Hingabe. Du musst die sexuelle Energie als Element der Anziehung nutzen. Die weise Frau beherrscht das Herz des Mannes, sie bekommt alles von ihm, ohne darum bitten zu müssen. Als Frau musst du dir deiner Macht bewusst sein. Du kannst damit großes Unheil anrichten, aber auch großes Glück bereiten.«

»Warum bin ich gescheitert, obwohl ich glaubte, ihm alles gegeben zu haben?«, entgegnete Lara.

»Du bist gescheitert, weil du dich selbst nicht kennst. Außerdem fehlt es dir zur Gründung einer Familie an Wissen und Erfahrung. Du bist nicht durch und durch weiblich, ihr beide, du und dein Mann, habt euch nicht vollständig ergänzt. Wäre dir das gelungen, hätte keine Frau, und mag sie noch so schön sein, ihn dir jemals wegnehmen können.«

»Was muss ich also tun, um meinen Partner zu halten?«

»Wenn du als Frau geliebt werden willst, versuche, weise zu sein. Bewahre dir dein Mitgefühl und deine Liebenswürdigkeit. Sei aufrichtig, einfach, offen und heiter. Wenn du dir für die Zukunft einen Mann suchst, mit dem du deinen Lebensweg beschreiten willst, wähle ihn nicht mit den Augen, sondern mit dem Herzen.«

Mit diesen Worten führte sie den Jaguar dicht an Lara heran. Das Tier ging auf sie zu, leckte ihr die Hände und legte sich dann zu ihren Füßen nieder. Lara spürte einen leichten Windhauch, der das glänzende Fell der Raubkatze umspielte. Die Frau begann wieder zu sprechen: »Mein Lieblingstier bietet dir seine Freundschaft und seinen Schutz an, damit du eine wahre Frau werden kannst, eine *Intip Chinan*. Doch dazu musst du lernen, das Gleichgewicht zu wahren, du musst der Sanftmut deines Herzens und deiner Zärtlichkeit und Sorge um die anderen Ausdruck verleihen und außerdem bereit sein, dich für die Liebe zu opfern.

Nutze bei all deinen Handlungen den Verstand deines Herzens. Nimm das Leben so, wie es ist, erfülle es mit Liebe, mit Lachen, mit Leiden und Glück. Sei dir immer bewusst, dass die Frau die Quelle des Lebens ist. Der Mann befruchtet, doch die Frau bringt den Samen zum Keimen. Daraus erwächst ihr Recht auf Mutterschaft.

Lebe gänzlich in der Gegenwart und gib dich ganz dem hin, was du gerade tust. Sei keine bloße Betrachterin des Lebens, sondern stehe durch dein Handeln mittendrin.

Sag unseren Schwestern in deinem Land, dass wir der Ruhepol sind, um den herum die Welt sich bewegt, dass sich der Mann allein dank uns entfalten kann und dass das Göttliche, um Fleisch zu werden, immer unserer bedarf. Die Frau ist die Brücke zwischen dem Göttlichen und den Menschen. Wer die Geheimnisse des Göttlichen entdecken will, muss das Herz der Frau erobern. An dem Tag, an dem du wirklich eine Frau geworden bist, wirst du diese Frucht auf deinem Weg finden. Leb wohl.«

Kaum war der Satz zu Ende gesprochen, verschwand die Erscheinung und mit ihr das gesamte Gefolge. Nur ein Lichtschimmer blieb zurück. Doch auch dieser löste sich nach und nach auf, und die Dunkelheit mit all ihren gellenden Geräuschen breitete sich erneut aus.

Das nächtliche Treiben des Waldes war unheimlich. Doch Lara fühlte sich nun sehr viel ruhiger und dachte nicht mehr an schreckliche Dinge. Die Erscheinung hatte ihr Sicherheit gegeben. Das Schlimmste, was ihr in den folgenden Stunden passieren konnte, war, dass ein wildes Tier sie angriff. Aber auch diese Angst fiel von ihr ab, denn die Erscheinung hatte ihr versichert, dass der schimmernde Jaguar sie beschützen würde.

Lange Zeit dachte sie über die Worte jenes Geschöpfs nach. Wie merkwürdig, dass es im Wald in Gegenwart dieser engelsgleichen Wesen vollkommen still geworden war und nach ihrem Verschwinden all die Geräusche von neuem angehoben hatten. Wenig später stimmten die Vögel ihr Konzert an, und Lara vernahm in der Ferne einen Hahn. Nach und nach veränderte sich der Wald, die Dunkelheit wich, langsam wurde es hell. Sie befolgte den Rat des *Curanderos* und hielt sich wach. Hin und wieder schloss sie nur kurz die Augen, aber sie ließ sich nicht vom Schlaf überwältigen.

Als die Sonne aufging, wurde es vollkommen still. Die Stimmung war gespannt, als ob alle Lebewesen sich auf etwas Großartiges vorbereiten würden. Der Tag hatte begonnen. Die Wolken am Himmel färbten sich rotgolden und orange. Die Stille wurde erneut von Pfiffen, fröhlichen Schreien und Liebesgesängen abgelöst. Je weiter die Sonne durch das Pflanzenreich vordrang, desto stärker schwoll der Gesang an.

Alles, was zuvor so bedrohlich gewirkt hatte, nahm nun schöne und harmonische Gestalt an. Die bis dahin tiefschwarzen Blätter der Bäume schimmerten zunächst dunkelgrün, dann hellgrün und bekamen schließlich, mit zunehmendem Licht, eine fast gelbliche Färbung.

Überall blühten farbige Blumen. Lara konnte sogar einige Tiere beobachten, die sich durch das Blattwerk bewegten. Ein Schwarm Papageien flog mit großem Geschrei vorbei, andere Vögel stimmten in das Morgenkonzert ein, um die Ankunft des neuen Tages gebührend zu feiern. Auch sie selbst war von einer Fröhlichkeit erfüllt, und das Leben erschien ihr schöner als je zuvor.

Als der *Curandero* kam, stand die Sonne bereits hoch am Himmel. In einer Tasche brachte er geröstete Bananen und etwas Wasser. Sie dankte dem Himmel, dass sie diese Prüfung überlebt hatte. Sie war überglücklich und brannte darauf, einem anderen Menschen von ihren Erlebnissen zu berichten, von all dem Schrecklichen und Wunderbaren.

Einige Stunden später saßen sie bereits wieder im Boot, um über die Wasser des Pariamanu in das Dorf zurückzukehren. Lara sah den *Curandero* an. Diesmal zeigte er sich gesprächig und fragte Lara nach allen Einzelheiten der vergangenen Nacht. Sie berichtete von ihren Erlebnissen, von den furchtbaren Augenblicken, in denen sie mit der Angst gekämpft hatte. Dann erzählte sie von der Erscheinung der lichtumfluteten Frau und ihrer Gefolgschaft.

Tata Sabino hörte aufmerksam zu, fragte hin und wieder nach und meinte dann: »Die Figur, die du mir beschrieben hast, ist der Geist des Waldes, die Göttin Kaametza. Ihr Begleiter ist Itu, der schimmernde Jaguar, Geist des *Otorongo*.«

»Hast du sie nach dem Fasten auch schon einmal gesehen?«, wollte Lara wissen, die nach einer Erklärung für jene Erscheinung suchte. Sie hatte es sich im hinteren Teil des Bootes bequem gemacht, um sich von den Anstrengungen der so erlebnisreichen Nacht zu erholen.

Tata Sabino suchte offenbar nach den richtigen Worten, als er ihr jetzt von seinen eigenen Erfahrungen berichtete.

»Auch mir sind sie erschienen, als ich meinen Weg begann, und zwar genau an der Stelle, an der du die letzte Nacht verbracht hast. Es gibt Leute, die sie gesehen haben, nachdem sie *Ayawaska* getrunken hatten.«

»In Cuzco hat man mir geraten, hier im Wald *Ayawaska* zu probieren. Hast du Erfahrung damit?«

»Das erste Mal, als ich an einer *Ayawaska*-Zeremonie teilnahm, war ich achtundzwanzig Jahre alt. Ich war sehr neugierig, denn es hieß, dass diese Pflanze Träume hervorriefe. Unsere *Curanderos*, die Medizinmänner und Magier des Waldes, bereiten aus ihr einen Trank zu, mit dessen Hilfe man in eine andere Dimension gelangt.«

»Wozu nimmt man *Ayawaska*?«

»Der Saft der *Ayawaska* gilt als heiliges Getränk, mit dem wir unserer eigenen Existenz nachspüren und über uns hinausgehen können. Mit *Ayawaska* habe ich erfahren, wie meine vergangenen Leben waren. Denn wir haben viele Leben, aber nur eine Existenz. Das Leben ist eine Erfahrung, die unsere Existenz bei all ihren Reisen erleben muss.«

»Sag mir, wozu diente es früher?«

»Mit Hilfe dieses Getränks öffneten unsere Vorfahren die Türen zu Raum und Zeit. Sie reisten in die Vergangenheit und in die Zukunft oder erlebten die Gegenwart. Wenn sie nicht reisen wollten, heilten sie damit die Leiden des Körpers und der Seele.«

»Darf man von dem *Ayawaska* trinken, das einem die *Curanderos* in Cuzco anbieten?«

»Ich würde es nicht trinken«, er dämpfte seine Stimme, als wolle er ihr ein Geheimnis anvertrauen. »Als ich jung war, gab es noch viele gute *Curanderos*. Heutzutage hantiert jeder mit dem *Ayawaska*, der von sich behauptet, ein *Curandero* zu sein, auch wenn er gar keiner ist. Diese verantwortungslosen Menschen haben viel Schaden bei denen angerichtet, die es tranken. Die Pflanze ist entweiht worden, vor allem durch diejenigen, die sich an Touristen und Neugierigen bereichern wollen. Es ist sehr gefährlich, an einer ihrer Zeremonien teilzunehmen.«

»Aber du hast es getrunken und so deine Erfahrung gesammelt.«

»Als ich davon probiert habe, war ich mit einem *Curandero* zusammen, der die Pflanze sehr gut kannte. Er hatte siebenundzwanzig Jahre lang Erfahrung mit ihr gesammelt, wusste, wie sie zuzubereiten war, und mischte sie mit anderen Pflanzen. Durch meine Erfahrung war es mir geglückt, bis in meine Kindheit zurückzublicken. Ich habe meinen Vater verloren, als ich noch sehr jung war, und ich hatte nur noch verschwommene Erinnerungen an ihn. Mit Hilfe des *Ayawaska* war er mir ganz nahe in jener Nacht und sprach mit großer Klarheit zu mir: ›Du musst gut sein, dich anständig benehmen, sei stark und zum Risiko bereit.‹ Bei Anbruch der Morgendämmerung, als auch die Wirkung des Tranks nachließ, löste sich sein Bild auf.«

»Ich habe gehört, dass die *Ayawasquero-Curanderos* es regelmäßig trinken.«

»Wenn ein *Curandero* dieses heilige Getränk zu sich nimmt, spürt er, dass eine ungeheure Macht, einem Lichtstrahl gleich, aus der höchsten Höhe oder tiefsten Tiefe dessen entspringt, was er vor sich sieht. So kann er das Leben desjenigen, den er heilen oder den er in seiner Lehre unterweisen will, in aller Klarheit erkennen. Als mein Meister mich unterwies, rieb er mich einmal ein und hauchte mich mit Tabakrauch an. Dann sagte er: ›Du wirst nicht hier leben. Eines Tages wirst du fortgehen. Ich sehe dich durch ein verdorrtes Land reiten. Ich habe dir den Rauch ins Gesicht geblasen, damit du dich verteidigen kannst, damit du stark bist und Schutz hast. Du bist für mich ein geistiger Sohn. Durch das *Ayawaska* sind wir zu einer Einheit geworden. Vergiss nicht, was du erlebt hast.‹

Damals wollte ich ihm nicht glauben. Doch im Laufe der Jahre erkannte ich, dass all das, was er vorhergesehen hatte, Wirklichkeit wurde. Nun lebe ich in den Kordilleren, obwohl ich in den Wäldern geboren bin. Ich weiß, wo man im Schatten der Bäume rasten kann, ich kenne die Ruhe spendenden Wälder und Seen und habe gelernt, wie man überlebt. Lange Zeit habe ich selbst dort zugebracht.«

»Erzähl mir mehr von deinen Eindrücken«, bat Lara ihn.

Der *Curandero* strich sich über den Mund und lächelte geheimnisvoll. »Wie ich bereits gesagt habe, war meine erste Erfahrung mit *Ayawaska* sehr merkwürdig. Ich hatte das Gefühl, in einen Spiegel zu schauen, als wenn ich zwei Körper hätte, die ich sehen und berühren kann. Ich lag ausgestreckt in der Hütte des *Curanderos* und lachte, als mir dort mein Vater erschien. Ich habe es öfter getrunken, um mehr zu erfahren.

Bevor ich *Ayawaska* zu mir nahm, habe ich immer erst Bekanntschaft mit dem jeweiligen *Curandero* gemacht, um sicher zu gehen, dass er es richtig zubereitet. Andernfalls kann es schwere Schäden im Gehirn verursachen. Manchmal musste ich tagelang mit einem Boot reisen, um einen *Curandero* zu treffen. Einer von ihnen war sehr berühmt. Er lebte auf einer Insel inmitten eines Flusses. Dieser *Ayawasquero-Curandero* wurde *Qanchis-atiyniyoq* genannt, der ›*Curandero* mit den sieben Mächten‹. Er kam aus dem tiefen Wald.«

An dieser Stelle brach der *Curandero* ab und ruderte schweigend weiter. Eine große Stille war entstanden. Lara wagte nicht, sie zu durchbrechen.

Noch am selben Nachmittag suchte Lara Otino auf. Sie wollte ihr für ihre hilfreichen Ratschläge danken. Sie traf die Alte in ihrer Hütte an, wo sie damit beschäftigt war, die Stoffe zu färben, die sie zuvor gewebt hatte. Otino empfing sie mit einem strahlenden Lächeln, das sich noch verstärkte, als Lara ihr von der Erscheinung der Göttin Kaametza berichtete.

»Diese Göttin erscheint nur den Frauen, die etwas verändern wollen«, erklärte sie. »Du musst nun über dein Leben nachdenken und überlegen, welche Richtung du einschlagen willst. Bist du in dich gegangen? Hast du wirklich entdeckt, wer du selbst bist? Du weißt nicht, was du denkst. Höre auf dein Inneres, erkenne deine wahre Natur und lasse dich nicht täuschen, denn das könnte dich niederwerfen.«

»Was soll ich tun?«, fragte Lara ein wenig beunruhigt.

»Bevor du etwas beginnst, besinne dich und höre auf deine innere Stimme. Das wird dir helfen, dich vor neuen Gefahren zu schützen, und den Problemen, die auf dich zukommen, zu begegnen. Dein Mut und dein Selbstvertrauen haben bewirkt, dass die Göttin das Wort an dich gerichtet hat. Der Geist des

Otorongo ist bereits in dich gedrungen, um dir begreiflich zu machen, dass niemand dir Macht geben kann. Die Macht liegt in dir selbst. Du selbst musst sie ergreifen. Wenn du das tust, wird die Frucht der Göttin in deine Hände fallen, wo auch immer du sein magst.«

Nachdem Lara sich zwei Tage lang ausgeruht hatte, verließ sie zusammen mit Aurelio in einem Einbaum das Machiguenga-Dorf. Tata Sabino war bereits zuvor abgereist. Bei ihrer Abfahrt winkte sie Otino, die an der Anlegestelle stand, noch ein letztes Mal zu. Durch das Licht der Sonnenstrahlen lag ein ungeheurer Glanz in den Augen der alten Frau, die mit der einen Hand eine zerteilte Frucht hochhielt. Lara begriff sofort, was sie ihr damit sagen wollte: »Du kennst noch nicht einmal die Hälfte deiner Kraft. Erst wenn du dir selbst begegnest, wird die wahre Lara entstehen.«

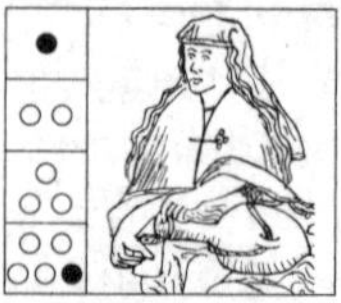

11 Bekanntschaft mit einer Meisterin

Bei Laras Ankunft in dem Hotel in Cuzco überreichte ihr der Portier zusammen mit der Anwesenheitsbescheinigung, die sie unterschreiben sollte, zwei Briefe aus Italien. Einer trug Antonellas, der andere Diegos Absender. Sie öffnete zuerst den Brief der Freundin und überflog ihn eilig. Antonella war sehr besorgt um sie und fragte, wie lange sie noch in Peru bleiben wolle und ob sie bezüglich der Scheidung schon zu einem Entschluss gekommen sei. Der Brief endete mit den Worten:

»Liebe Lara, während du in ferne Länder reist, vergnügt sich dein Exmann weiterhin mit dieser abscheulichen Person. Schicke ihm wenigstens eine Ohrfeige, oder komm zurück und mach ihm die Hölle heiß. Ich habe einen Plan entworfen, mit dem du ihn garantiert zurückholen kannst. Sei ganz herzlich umarmt und melde dich bald.«

Der Ton des zweiten Briefes war dagegen sehr nüchtern:

»Liebe Lara, schon seit Wochen habe ich nichts mehr von dir gehört. Wenn du diese Zeilen liest, ruf mich bitte in meinem Büro oder auf dem Handy an. Ich muss dir mitteilen, dass Gianni die Unterlagen für die Scheidung eingereicht hat. Es wird eine Anhörung geben. Bitte teile mir mit, was du zu tun beabsichtigst. Viele Grüße auch von Petunia. Lass dich umarmen und pass auf dich auf, Diego.«

Sie beschloss, sofort bei Diego anzurufen. Es war elf Uhr

abends, in Italien musste es also fünf Uhr am Nachmittag sein. Sie spielte nervös mit einem Bleistift, während das Freizeichen ertönte. Endlich hörte sie die ruhige Stimme des Freundes am anderen Ende der Leitung:

»Hallo, wer spricht da?«

»Ich bin es, Lara. Ich habe gerade deinen Brief gelesen und musste dich sofort anrufen. Wie steht es mit meinen Angelegenheiten, gibt es etwas Neues?«, fragte sie ein wenig besorgt.

»Was das Haus betrifft, hat sich noch nichts ergeben. Für die Scheidungsangelegenheiten habe ich dir einen guten Rechtsanwalt besorgt. Und selbst? Wie geht's dir? Alles in Ordnung? Wann kommst du zurück?« Diego bombardierte sie regelrecht mit Fragen.

»Ich weiß es noch nicht. Es geht mir sehr gut, und ich habe viel erlebt. Gerade komme ich aus dem Urwald. Kannst du dich weiter um alles kümmern, bis ich zurück bin?«

»Geht in Ordnung. Der Anwalt braucht Informationen über die Einkünfte deines Mannes«, erwiderte Diego.

»Nach meiner Rückkehr werde ich sehen, was sich machen lässt. Aber an seinem Geld bin ich ohnehin nicht interessiert. Ihn will ich haben, und ich hoffe, ihn zurückzugewinnen«, gestand Lara.

»Du bist optimistisch! Hoffentlich verläuft alles so, wie du es dir vorstellst. Ich wünsche dir, dass du es schaffst.«

»Danke, Diego, du bist ein echter Freund. Vor allem aber hast du ein großes Herz. Ich hoffe, wir sehen uns bald wieder. Ich muss jetzt auflegen, denn das Guthaben auf meiner Telefonkarte ist aufgebraucht. Bis bald, Diego, ich werde dir schreiben.«

»Bis bald, Lara, viel Glück und pass auf dich auf.«

»Keine Sorge. Ich hoffe, ich komme heil zurück und …«, – klick – die Verbindung war unterbrochen.

Ihre Gedanken wanderten sofort zu Gianni. Sie setzte alles daran, ihn zurückzuerobern, ließ sich auf tausend Gefahren ein, während er sorglos mit ihrer Rivalin, dieser verabscheuungswürdigen Blondine, herumzog. Voller Wut kaufte sie noch eine zweite Telefonkarte und rief ihn in seinem Büro an. Sie wusste, dass er um diese Zeit dort sein musste. Endlich hob Gianni ab: »Büro Forlani, guten Tag…«

»Hallo, Gianni, ich bin es, Lara. Ich rufe von sehr weit weg an. Hast du ein paar Minuten Zeit für mich? Ich muss dich sprechen. Es ist sehr wichtig für mich.«

»Was willst du, Lara? Ich kann nicht mit dir reden. Du gibst mir ständig das Gefühl, der Schuldige zu sein.«

Tatsächlich hatte sie ihn immer nur angerufen, um sich bei ihm zu beklagen, ihre Gespräche endeten immer im Streit. Doch diesmal wollte sie nur die Zweifel beseitigen, die sie sich selbst und ihm gegenüber hegte. Deshalb sagte sie eilig: »Gianni, diesmal wird es nicht so sein. Ich möchte nur wissen, was passiert ist. Was habe ich falsch gemacht? Nur du kannst mir die Antwort darauf geben.«

»Ich verstehe nicht, was du meinst.«

»Ich meine… was ging in dir vor, als du dich mit ihr getroffen hast und mich anschließend zu Hause ›mein Liebling‹ nanntest? Was hat dir bei mir gefehlt? Alle sagen, dass ich gut aussehe. Viele Männer haben versucht, mich rumzukriegen. Einer von ihnen wollte mich sogar heiraten. Er hatte viel Geld und sah wirklich gut aus. Warum hast du mich verlassen, obwohl ich dich so sehr liebe?«

»Willst du wissen, was geschehen ist? Ich werde es dir sagen, auch wenn du es nicht begreifen wirst. Sie hat mir das Gefühl gegeben, ein richtiger Mann zu sein. Wenn ich mit ihr zusammen bin, bin ich König des Universums.«

»Und warum hast du mir das nicht gleich zu Beginn eures Verhältnisses gesagt? Warum hast du so lange gewartet, bis du gegangen bist?«

»Ich wollte sehen, was euch beide unterscheidet, und außerdem wollte ich unsere Ehe nicht zerstören. Aber wir hatten keine Chance mehr. Im Bett warst du nach wie vor wie ein Eisklotz.«

»Und wenn ich dir verspreche, dass alles ganz anders wird? Dieses Problem habe ich für dich gelöst, Liebling, für dich allein. Ich schwöre dir, ich bin jetzt eine richtige Bombe«, log Lara in ihrer Verzweiflung.

»Ich glaube dir kein Wort. Das ist leeres Gerede, damit ich's mir noch einmal anders überlege. Und selbst wenn es wahr wäre, ist es bereits zu spät für uns. Wir haben uns gegenseitig zu sehr verletzt. Ich will die Scheidung.«

»Ich kann nicht auf dich verzichten, Gianni. Ich werde bis zum Schluss um dich kämpfen, denn ich liebe dich. Ich werde alles daran setzen, damit wir wieder zusammenkommen.«

»Es reicht! Du bist ja vollkommen verrückt. Vergiss mich.«

Lara hätte gerne noch länger mit Gianni gesprochen, aber er legte einfach auf.

In diesem Moment fühlte sie sich hilflos und verzweifelt. Der Mann, den sie liebte, hatte sie abgewiesen. Doch sie konnte nicht aufhören, ihn zu lieben, und musste immer an ihn denken. Das Beste wäre, sie würde ihn vergessen, ihn aus ihrem Gedächtnis streichen und sich einen anderen Mann suchen, sonst würde sie die Erinnerung an ihn ewig verfolgen. Die Worte ihres Großvaters fielen ihr ein, der bei Liebeskummer stets zu sagen pflegte: »Der König ist tot, ein neuer König hat den Thron bestiegen. Es lebe der König!«

Lara sehnte sich nach einem Mann. Sie fühlte sich einsam und hatte das Bedürfnis nach Trost. Nur zu Aurelio hatte sie Vertrauen. Er war vorsichtig, zurückhaltend und brachte ihr vor allem sehr viel Achtung entgegen. In den Wäldern hatte er viele Nächte in einem Raum mit ihr verbracht, ohne auch nur einen einzigen Annäherungsversuch zu unternehmen. Er gefiel ihr in seiner Art.

Aurelio hatte sie für den folgenden Abend zum Essen eingeladen, aber sie hatte abgelehnt. Doch jetzt fühlte sie sich einsam und hatte das Bedürfnis, ihn zu sehen. Deshalb rief sie ihn in seinem Reisebüro an.

»Lara… du hast es dir anders überlegt? Ich kann es kaum glauben. Schön, dass du die Einladung annimmst. Ich hatte mich schon damit abgefunden, alleine essen zu gehen.«

»Wir Frauen überlegen es uns oft anders, vor allem, wenn es um eine Einladung am Abend geht.«

»Ich bin froh, dass du so unentschlossen bist. Treffen wir uns um sieben am Brunnen?«

»Einverstanden, Aurelio, bis dann.«

Sie gingen gemeinsam essen und unternahmen anschließend einen Spaziergang durch die Altstadt. Aurelio gab ein paar Anekdoten zum Besten, und beide lachten viel. Sie liefen dicht nebeneinander. Aurelio begleitete Lara bis zum Hotel. Statt ihm, wie sonst, zum Abschied die Hand zu geben, umarmte Lara ihn und gab ihm einen Kuss.

Sie wusste, dass alles ein wenig zu schnell ging, aber sie sehnte sich sehr nach einem Mann an ihrer Seite. Aurelio war ihr sympathisch, und sie fühlte sich von ihm angezogen. Bis vor kurzem hatte sie dieses Gefühl nicht zugelassen, um keine falschen Hoffnungen in ihm zu wecken. Nun spürte sic, dass sie ihn begehrte und dass sie früher oder später mit ihm im Bett landen würde.

Als er am nächsten Abend bei Einbruch der Dämmerung vorbeikam, um sie in ihrem Hotelzimmer abzuholen, in dem sie so oft zusammengesessen und sich unterhalten hatten, verspürte sie den Wunsch, noch ein wenig mit ihm alleine zu bleiben. In der vergangenen Nacht hatte sie ihn auf den Mund geküsst, und er hatte ihren Kuss leidenschaftlich erwidert. Sie wusste nun, wie sehr er sie mochte. Das Problem war nur, dass sie nicht wusste, wie sie beginnen sollte.

»Aurelio, du hast einmal gesagt, dass du weißt, was eine Frau fühlt, wenn du ihr in die Augen siehst. Sieh mich an. Sag, was siehst du in meinen Augen?«

Aurelio schaute sie an, dann schloss er sie in seine Arme und küsste sie. »Ich sehe Verwirrung, Trauer und das Bedürfnis nach Liebe.«

»Du hast nicht alles gesehen. Ich will es dir sagen: Ich begehre dich.«

»Lara, das kommt mir alles so seltsam vor, ein wenig zu plötzlich. Du gefällst mir. Aber ich würde es lieber langsam angehen, dich erst noch besser kennen lernen.«

»Und ich hatte geglaubt, du bist ein Lebemann, ein Don Juan. Aber du bist ein Anfänger, einer, der keine Ahnung hat.«

»Ich bin nicht der, für den du mich hältst. Für mich ist die Liebe eine ganz besondere Sache.«

»Willst du nun, oder willst du nicht?«

Als Antwort fasste er sie um die Taille, drückte sie an sich und zog ihr, während er sie unaufhörlich küsste, die Kleider aus. Seine Bewegungen waren zärtlich, er entkleidete sie langsam und führte sie dann sanft zum Bett hinüber. Dabei zog er sich rasch die eigenen Kleider aus, ohne sie auch nur ein einziges Mal aus seinen Armen zu lassen.

»Lara, du zitterst und bist schweißgebadet. Fühlst du dich nicht wohl?«

»Es ist nur die Erregung. Ich kann nichts dafür.«

Sie spürte, wie ihr Herz laut klopfte, während er liebevoll ihre Schultern und den Rücken mit Küssen bedeckte. Es gefiel ihr, dass er keine Eile hatte und ihr Zeit ließ, sich zu entspannen und mit ihm vertraut zu werden. Sie fühlte sich wunderbar in seinen Armen. Niemals hätte sie zu hoffen gewagt, Derartiges zu empfinden.

Sie spürte, wie die Wärme seines Körpers sie erregte, auch sein Geruch war angenehm, hatte etwas Besonderes. Mit ruhigen, natürlichen Bewegungen ertastete er ihren gesamten Körper. Er streichelte sie zärtlich mit den Händen, berührte mit der Zungenspitze ihren Hals und gab ihr das Gefühl, sich ganz und gar fallen lassen zu können. Behutsam drehte er sie um und streichelte ihren Nabel und Intimbereich. Sie öffnete sich vollständig, wie eine Blüte im Sonnenlicht. Zuerst drang er ganz sanft in sie ein, doch als er spürte, wie ihr Körper sich unter ihm bog, wurde der Rhythmus seiner Bewegungen schneller und kraftvoller. Laras Lust trieb ihn immer weiter an, und er verspürte eine große Befriedigung, als er merkte, wie sich ihre Erregung auf seinen Körper übertrug. Jetzt waren sie in ihrer Lust vereint. Aurelio streichelte und küsste sie und zog sie noch fester an sich. Ihre Seelen schienen in dieser Umarmung zu verschmelzen. Niemals zuvor hatte Lara eine so große Befriedigung empfunden, eine so brennende Lust weiterzumachen.

An diesem Abend schliefen sie noch zweimal miteinander. Danach fühlte Lara sich unglaublich entspannt. Zum ersten Mal seit langer Zeit waren ihr Körper und ihre Seele von Glück, Frieden, Harmonie und Ruhe durchdrungen. Diese intime Begegnung hatte die Sorgen und Ängste, die sie schon so lange mit sich herumtrug, in etwas Positives verwandelt und ihrem Leben einen neuen Sinn gegeben. Nachdem die Erregung verflogen war, überkam sie Müdigkeit. Vertraulich schmiegte sie sich an Aurelios Brust und fiel kurz darauf in tiefen Schlaf. Als sie erwachte, war es bereits dunkel. Beide verspürten Hunger und Durst. Sie zogen sich an und verließen das Hotel, um etwas essen zu gehen.

Während sie sich im Restaurant gegenüber saßen, war Lara sehr schweigsam. In ihrem Inneren arbeiteten zwei Kräfte gegeneinander: einerseits ihre Liebe zu Gianni, andererseits jenes Gefühl des Friedens und der Ruhe, das sie mit Aurelio empfunden hatte.

In diesem Moment fühlte sie sich unglücklich: Sie hatte zwei Männer. Den einen liebte sie, von dem anderen wurde sie geliebt. Sie sah Aurelio an. Sie wollte ihm nicht wehtun. Während sie miteinander schliefen, hatte sie sich auf die Lippen beißen müssen, um nicht auszurufen: »Ich liebe dich!« Sie hatte einen Moment der Lust durchlebt, doch jetzt, ohne die Erregung, wurde ihr klar, welche Folgen diese Worte gehabt hätten. Wenn sie sich weiterhin trafen, würde das den Untergang ihrer Beziehung mit Gianni besiegeln. Sie liebte ihn immer noch und würde Aurelio, den sie sehr schätzte, aber nicht wirklich liebte, damit nur verletzen.

»Sehen wir uns morgen?«, fragte er.

»Würde es dir etwas ausmachen, wenn wir uns übermorgen treffen? Ich muss mir erst einmal Klarheit über meine eigenen Gefühle dir gegenüber verschaffen. Ich schätze dich sehr und möchte dir nicht wehtun.«

»Bist du böse auf mich, wegen dem, was heute geschehen ist?«

»Nein, im Gegenteil. Ich danke dir dafür. Es war wunderschön, das Schönste, was mir passieren konnte. Ich bin nur ein bisschen durcheinander. Ich liebe immer noch Gianni, und gleichzeitig fühle ich mich sehr wohl bei dir. Noch nie habe ich so starke Lust empfunden. Wenn wir uns sehen, würde ich am liebsten gleich wieder mit dir schlafen wollen, aber das ist nicht alles. Eigentlich will ich mehr. Gib mir Zeit, Aurelio, damit ich über meine Gefühle nachdenken kann.«

»Wenn das so ist, dann nimm dir die Zeit, die du brauchst. Du weißt, wo du mich findest. Ich muss dir gestehen, dass ich dich liebe. Du gefällst mir, aber ich respektiere deine Entscheidung und wünsche das Beste für dich.«

»Danke, Aurelio, du bist sehr verständnisvoll. Du wirst immer in meinem Herzen bleiben. Lass mich erst meine Probleme lösen, dann sehen wir weiter.«

Als Lara ins Hotel zurückkehrte, fand sie eine Nachricht von Tata Sabino vor. Er forderte sie auf, zu ihm zurückzukehren, um mit der Unterweisung fortzufahren. Am nächsten Tag rief sie Aurelio an und teilte ihm ihre Abreise mit. Dann unternahm sie einen kurzen Spaziergang und versuchte, Ordnung in ihrer Gefühlswelt zu schaffen. Am Abend ging sie mit

Aurelio essen. Anschließend liefen sie Arm in Arm durch die Straßen. Er begleitete sie noch zurück zum Hotel. Sie küssten sich zum Abschied. Lara wusste, dass sie miteinander schlafen würden, wenn sie ihn hereinbitten würde. Aber sie wollte Liebe und nicht bloß Sex. Deshalb hatte sie beschlossen, mit ihrer Unterweisung fortzufahren. Aus diesem Grund war sie nach Peru gekommen, sie wollte ihr Ziel nicht aufgeben.

Am Morgen des übernächsten Tages erreichte sie Huacallullo. Tata Sabino erwartete sie aufbruchbereit mit zwei Pferden.

»Ich wusste, dass du kommen würdest«, sagte er, »deshalb habe ich schon alles vorbereitet. Wir müssen sofort in das Dorf Cheqa reiten, dort lebt eine Frau, die dir weiterhelfen wird.«

Lara war erstaunt darüber, dass Tata Sabino sie zu einer Frau bringen wollte.

»Ich dachte, meine Ausbildung würde nur mit dir erfolgen. Warum schickst du mich jetzt zu einer Frau?«

»Sie wird dir helfen, den männlichen Teil in dir zu entdecken. Danach werden wieder wir beide zusammenarbeiten«, antwortete der *Curandero* mit heiterer Stimme und fügte dann entschlossen hinzu: »Es ist jetzt Zeit zum Aufbruch.«

Obwohl Lara noch müde von der letzten Reise war, packte sie rasch ihre Sachen, lud sie aufs Pferd und stieg auf. Dann ritt sie los. Sie war dem Rat ihres Meisters gefolgt und trug die Kleidung der Einheimischen: einen Filzhut, einen bunten Schal, Röcke und anstelle der typischen Sandalen ein Paar Stiefel. In den Satteltaschen hatte sie alles Nötige verstaut. Es war Mittag, als sie aufbrachen. Der *Curandero* galoppierte voraus und drückte sich dabei an sein Pferd. Deutlich konnte Lara seine breiten Schultern, den kräftigen Hals, den muskulösen Rücken und die flinken, kraftvollen Bewegungen seiner Gliedmaßen erkennen.

Tata Sabino ritt schnell und elegant voran. Lara folgte ihm

mit einigem Abstand. Jetzt, wo sie selbst gut reiten konnte, suchte sie sich ihren eigenen Rhythmus. Die Zeit der schmerzenden Füße und Gesäßmuskeln war vorbei. Sie war nun ans Reiten gewöhnt.

Die beiden galoppierten durch die Steppe und folgten schließlich einem Weg über die Hochebene, der durch spärliches Gestrüpp und zwischen kleinen Queniua-Sträuchern hindurchführte. Dann schlug der *Curandero* einen Pfad ein, der so schmal war, dass man ihn kaum erkennen konnte. Doch offensichtlich kannte er ihn sehr genau. Wie hätte es sich sonst erklären lassen, dass er den kaum vorhandenen Spuren so mühelos folgen konnte?

Der Himmel war wolkenverhangen. Trotzdem blendete Lara das Tageslicht so stark, dass es ihr Tränen in die Augen trieb. Doch sie hielt sich tapfer im Sattel. Sie ritten den ganzen Nachmittag. Bei Sonnenuntergang gelangten sie an eine Schlucht. Von hier aus ging es auf einem schmalen Weg bergab.

Sie waren von hohen Bergen umgeben. Auf manchen Abschnitten konnten sie reiten, doch bisweilen mussten sie ihre Pferde am Zügel fassen und zu Fuß weiterlaufen. Einige Wegstellen waren so schmal, dass sie nur mit äußerster Vorsicht vorankamen. Lara achtete auf jeden ihrer Schritte, vor allem, wenn es über Geröllfelder ging.

Die erste Nacht verbrachten sie in einer Höhle. Am nächsten Tag setzten sie ihre Reise fort und legten nur Pausen ein, um zu essen oder die Tiere zu füttern und zu tränken. Bei Einbruch der Dämmerung erreichten sie ein kleines Dorf. Am Rande der Siedlung befand sich eine einzelne Hütte.

»Siehst du das einsame Haus da hinten?«, fragte der *Curandero*.

Lara nickte.

»Dort wohnt Mama Maru, die Frau, die dir helfen wird, deine Seele zu entdecken.«

Lara antwortete nicht. Die Worte des *Curanderos* waren sehr überraschend gekommen. Sie blieb stehen, sah sich um und dachte an Mama Maru, der sie dank Tata Sabino begegnen sollte.

Sie wollte sie kennen lernen, aber nicht ihre Schülerin werden. Die Vorstellung, von ihr unterwiesen zu werden, war ihr unangenehm.

Tata Sabino sprang mit einem Satz vom Pferd und lief, gefolgt von Lara, auf die Hütte zu. Niemand öffnete, die Tür war versperrt. Aber es waren frische Spuren von Schritten zu erkennen.

»Mama Maru ist nicht da. Ich werde sie suchen. Warte so lange hier«, sagte der *Curandero*.

Er sprang aufs Pferd und galoppierte davon. Lara blieb zurück. Sie betrachtete die Landschaft und die kleine Hütte, die an einige bestellte Felder grenzte. Das Land war trocken und verdorrt, die Gegend wirkte einsam. Ihr wurde langsam kalt. Sie wartete in der Dunkelheit und sah, wie der Mond hinter den Bergen aufging. Seine Strahlen erleuchteten alles ringsherum.

Neben der kleinen Hütte befanden sich einige Umzäunungen. Lara entdeckte Spuren von frischem Kot, ein Zeichen dafür, dass hier Tiere lebten. Wahrscheinlich war die Frau, nach der sie suchten, eine Schafhirtin, die noch unterwegs war, ihr Vieh zu weiden. Kurz darauf sah Lara die beiden *Curanderos*, die sich der Hütte näherten. Sie kamen zu Fuß und unterhielten sich lebhaft. Tata Sabinos Pferd trottete hinterher.

Lara stand Mama Maru gegenüber. Im Mondlicht sah sie eine schlicht gekleidete Frau. Ihr geschmeidiger Körper, ihre gesamte Erscheinung strahlte Energie und Lebenskraft aus. Die *Curandera* musterte Lara von Kopf bis Fuß, sah sie einen Augenblick lang schweigend an und sagte dann: »Wenn du mir gehorchst, kannst du bleiben. Aber wenn du zu viel fragst und nicht tust, was ich dir sage, musst du verschwinden.«

Lara wusste zunächst nicht, was sie erwidern sollte. Dann nickte sie langsam, um zu zeigen, dass sie mit allem einverstanden war. Sie wusste, dass sie eine selbstsichere, bestimmte und energische Frau vor sich hatte, die sich durchsetzen konnte.

»Ich werde dir zuhören, gehorchen und alles tun, was du mir befiehlst. Denn ich bin gekommen, um zu lernen, und genau das werde ich tun.«

Die alte *Curandera* merkte, dass ihre zukünftige Schülerin eine sehr entschlossene Person war, die in der Lage sein würde, sich ihre Lehre zu Eigen zu machen. Doch zunächst musste sie dieser Frau viele der Vorstellungen austreiben, die ihr durch die Gesellschaft, in der sie lebte, eingeimpft worden waren.

Zeitig am nächsten Morgen begab sich Tata Sabino auf den Rückweg. Lara blieb in dem Raum zurück, in dem sie von nun an wohnen sollte. Mit zu Boden gesenktem Blick gab sie sich ihren Gedanken hin. Sie verspürte Unruhe und ein wenig Angst, aber sie wollte es nicht zeigen.

Mama Maru beobachtete sie und versuchte, aus ihrem Verhalten herauszulesen, was sie dachte. Tata Sabino hatte ihr von Lara erzählt und sie um Hilfe gebeten. Um diese Frau zu verändern, musste sie sie zunächst von ihrer Unsicherheit befreien. Zu diesem Zweck würde sie sich ihr gegenüber hart und erbarmungslos geben müssen. Außerdem entsprach diese Haltung einer langen Tradition, die sich unter den Schlangenmenschen herausgebildet hatte. Doch Mama Maru hielt es für klüger, nicht mit Lara darüber zu reden, bevor sie sie nicht besser kennen gelernt hatte. Von Tata Sabino hatte sie erfahren, dass diese Frau sehr zielstrebig war. Aber sie wollte sicher gehen, dass sie den nötigen Mut aufbrachte, um die ersten Schritte zu machen.

Mama Maru gewährte ihrer zukünftigen Schülerin einige Tage Ruhe. Sie zeigte ihr die umliegenden Dörfer und behielt sie dabei genau im Auge. Als sie sicher war, das Risiko eingehen zu können, erklärte sie Lara, was sie zu tun hatte, damit sie ihre Schülerin werden konnte.

»Du musst bei Nacht von einem Dorf ins nächste und wieder zurück laufen.«

Lara glaubte zunächst, die *Curandera* würde sich einen Scherz erlauben. Doch als sie ihren festen und unbeweglichen Blick sah, begriff sie, dass es nur eine Möglichkeit gab: Sie musste gehorchen.

Noch am selben Nachmittag begaben sie sich in das Dorf Cheqa. Sie aßen zu Abend und saßen bis neun Uhr abends zusammen. Dann verließen sie das Dorf. Die wenigen Menschen, denen sie unterwegs begegneten, schüttelten die Köpfe, als sie sahen, wohin die beiden unterwegs waren, denn die Nacht war finster und der Mond nirgends zu sehen. Die beiden Frauen hatten den Weg zum Friedhof eingeschlagen.

»Hier beginnt deine Reise. Dieser Weg führt in das Dorf Huatira. Du wirst einen Gegenstand abholen, den ich im Haus von Julián Chiuchi zurückgelassen habe. Danach gehst du denselben Weg bis dahin zurück, von wo wir gekommen sind. Ich warte dort auf dich.«

Lara hörte den Anweisungen der *Curandera* schweigend zu. Sie waren bereits zusammen in Huatira gewesen. Nun sollte sie den Weg alleine und bei Nacht zurücklegen. Obwohl sie Furcht verspürte, senkte sie nur den Blick und willigte ein. Ihr Schicksal stand fest. Sie wusste, dass sie keine zweite Chance bekommen würde, wenn sie diese Aufgabe nicht bewältigte.

»Gut. Wann glaubst du, dass ich zurück sein werde?«

»Gegen Mitternacht wirst du an dein Ziel gelangen, und etwa um drei Uhr morgens wirst du wieder hier eintreffen. Viel Glück und kehre heil zurück.«

Nach diesen Worten drehte sich die *Curandera* um und schlug den Weg nach Cheqa ein. Hier und da konnte man einen schwachen Kerzenschimmer erkennen, elektrisches Licht gab es in diesem Dorf noch nicht.

Als Lara allein war, überfiel sie Angst, und am liebsten hätte sie geweint. Sie wusste, was ihr bevorstand. Zwar hatte sie dank Tata Sabino bereits erfahren, was es heißt, eine Nacht in den Wäldern zu verbringen, aber sie verspürte immer noch Furcht.

Vor ihr lag der Pfad, der in der Dunkelheit kaum zu erkennen war. Obwohl ihre Beine vor Aufregung zitterten, lief sie los. Um ihre Angst zu verdrängen, versuchte sie, an alles Mögliche zu denken und keinerlei Unsicherheit oder Furcht aufkommen zu lassen. Sie wusste, dass die Angst, in welcher Erscheinungsform auch immer, ihr schaden würde.

Langsam tastete sie sich voran. Je länger sie lief, desto mehr gewöhnten sich ihre Augen an die Dunkelheit. Sie konnte den Pfad nun schon besser erkennen. Trotz der schlechten Sicht holte sie bei jedem Schritt weit aus. Ihr Blick war dabei fest auf den Boden gerichtet. Als sie zum Horizont aufsah, hatte sie plötzlich das Gefühl, dass sich schwarze, bedrohliche Schatten erhoben: gespenstische Erscheinungen aus dem Jenseits.

Von den Bewohnern in Huacallullo hatte sie haarsträubende Geschichten über teuflische Wesen gehört, die sich auf einsamen Wegen, in verlassenen Ruinen und an verwunschenen Orten befanden. So ganz auf sich allein gestellt und von der Finsternis umgeben, spielte ihr die Einbildungskraft nach und nach immer übler mit. Die Schatten kamen ihr vor wie groteske Wesen. Eines von ihnen schien sich ihr in seiner vollen Größe in den Weg zu stellen, und Lara glaubte in diesem Augenblick, ihrem sicheren Tod entgegenzugehen. Doch die Erfahrungen, die sie im Wald gesammelt hatte, gaben ihr das nötige Selbstvertrauen, um weiterzulaufen. Immer wieder musste sie beim Näherkommen feststellen, dass jene vermeintlichen Wesen lediglich Sträucher oder riesige Kakteen waren.

Plötzlich vernahm sie ein Gemurmel, als würden sich zwei oder drei Personen miteinander unterhalten. Sofort musste sie an Straßenräuber denken. Sie war vollkommen allein und würde sich nicht zur Wehr setzen können. Ihre Angst wurde immer stärker, doch sie musste ihren Weg fortsetzen und war bereit, sich allen Gefahren zu stellen. Gleichmäßig schritt sie voran. Nach und nach beruhigte sie sich, denn bisher hatte es noch keine ernsthafte Bedrohung gegeben. Sie war bereits seit zwei Stunden unterwegs, und dank ihrer Entschlossenheit war es ihr gelungen, das Grauen zu besiegen. Sie folgte dem Pfad bis zum Fuße eines Hügels. Plötzlich war ihr, als sei ein überirdisches Wesen in ihrer Nähe. Sie hatte ein merkwürdiges Gefühl, auch wenn sie nirgendwo etwas entdecken konnte. Eine unbekannte Macht nahm von ihr Besitz und hielt sie gefangen. Ihre Nasenlöcher weiteten sich mit einem Mal, Schweiß lief ihr den Rücken hinab, ein merkwürdiges Kribbeln erfasste ihren ganzen Körper.

Jetzt packte sie wirklich die Angst. Etwas drückte ihr die Kehle zu, sie wollte schreien und fliehen. Ein furchtbares Grauen überkam sie, ihr gesamter Körper bebte, Panik breitete sich in ihr aus. Sie wollte fortlaufen, den Weg zurück, den sie gekommen war. Ihr Gesicht war leichenblass, die Augen quollen hervor, und der Mund war vor Entsetzen weit geöffnet. Sie riss die Arme hoch und begann erst verzweifelt, dann immer wütender zu schreien: »Nein! Nein! Lasst mich in Ruhe! Lasst mich frei! Richtet euer Unheil woanders an!«

Kaum hatte sie diese Worte ausgesprochen, spürte sie, wie ihr Mut erwachte und ihr die Fesseln löste. Nach und nach beruhigte sie sich und erkannte, dass sie verloren gewesen wäre, wenn sie ihrer Angst nicht etwas entgegengesetzt hätte. Sie war entschlossen, alles aufs Spiel zu setzen und sagte sich: »Nun bin ich schon seit über zwei Stunden unterwegs und immer noch am Leben. Ich habe noch eine Stunde Weg vor mir. Wenn ich jemandem begegne, der mir etwas antun will, werde ich mich zur Wehr setzen und kämpfen, so gut ich kann. Aber ich lass mich nicht von der Angst besiegen.«

Um sich Mut zu machen, trat sie mit dem Fuß gegen ein paar umherliegende Steine, spannte die Muskeln an und ballte ihre Hände zu Fäusten. Sie war bereit, sich zu verteidigen. Um nicht wieder von einem Grauen gepackt zu werden, begann sie, mit lauter Stimme zu rufen: »Bei mir habt ihr keine Chance. Haut ab. Ich habe keine Angst vor euch. Ich bin stärker als ihr.«

Diese Worte gaben ihr noch mehr Kraft, entschlossen schritt sie voran. Ihre Kämpfernatur war erwacht. Sie war bereit, für ein Ziel ihr Leben aufs Spiel zu setzen.

Nach und nach fielen Traurigkeit, Enttäuschung und Angst von ihr ab, sie fühlte sich plötzlich erleichtert. Der Kampf war vorläufig eingestellt. Um Mitternacht kam sie in Huatira an. Hier und da bellten ein paar Hunde, sie kam sich vor wie ein Gespenst, als sie durch das schlafende Dorf eilte. Mama Maru hatte ihr den Weg beschrieben, und so gelangte sie schließlich zu dem Haus von Julián Chiuchi. Sie klopfte an die Tür. Einige Minuten später sah man ein Licht aufflammen, und eine Stimme war zu hören: »Wer klopft da noch so spät?«

»Ich bin es, Lara. Ich soll etwas für Mama Maru holen.«

»Ach so.«

Schlaftrunken öffnete der Mann die Tür. Beim Anblick der Fremden sagte er: »Warte einen Moment.« Kurz darauf kam er mit einem Päckchen zurück.

Im Kerzenschein betrachtete Lara das Gesicht des Mannes: Er war etwa fünfundvierzig Jahre alt und wirkte sehr einfach. Die Augen lagen tief in den Höhlen, über den vollen Lippen sprang die Nase stark hervor. Er gähnte und sah ihr nicht in die Augen, sondern blickte zu Boden, während er ihr das Päckchen überreichte.

»Das ist für Mama Maru.«

»Danke«, antwortete Lara und wandte sich zum Gehen. Die Tür schloss sich hinter ihr.

Das Päckchen war nicht besonders groß. Lara verstaute es in dem kleinen Rucksack, den sie bei sich trug. Eilig trat sie den Rückweg an. Sie versuchte, sich abzulenken und die Erinnerung an das, was sie auf dem Hinweg erlebt hatte, zu verdrängen.

Als sie sich dem Hügel näherte, vernahm sie Stimmengemurmel und Schritte. Sie spürte, wie Unsicherheit und Angst erneut in ihr aufstiegen. In diesem Augenblick erhob sich ein Wind, der Boden begann zu vibrieren und mit ihm all die Pflanzen und Sträucher. Die Blätter verursachten merkwürdige Geräusche, als würden Gegenstände hinabfallen.

Sie merkte, dass jemand ihre Röcke anhob. Etwas berührte sie von hinten, ergriff ihre Beine und wollte sie nach oben ziehen. Am liebsten wäre sie fortgelaufen, aber vor Schreck blieb sie wie angewurzelt stehen. Verzweifelt versuchte sie voranzukommen, stolperte und stürzte zu Boden. Sie richtete sich auf, um vor dem zu fliehen, was sie gefangen hielt.

»Ich bin verloren, aber ich werde mich bis zum Äußersten verteidigen«, dachte sie.

Dann stieß sie einen gellenden Schrei aus, richtete sich wieder auf und spürte eine Kraft aus ihrem Inneren aufsteigen: »Wer auch immer ihr seid, hört auf, mich zu quälen, und verschwindet oder aber kämpft mit mir von Angesicht zu Angesicht. Ihr könnt mich nicht besiegen, denn ich bin sehr stark. Ich bin eine Kriegerin und habe keine Angst, auch wenn ich sterben muss.«

Sie drehte sich um, entschlossen, den Angreifern in die Augen zu blicken. Jetzt erst bemerkte sie, dass niemand hinter ihr war. Entweder waren jene überirdischen Wesen verschwunden, oder aber alles war ein Streich ihrer Fantasie und des Windes gewesen. In diesem Augenblick fielen ihr Mama Marus Worte ein: »Wenn man in positiven Worten denkt, antwortet der Geist auf positive Weise. Denkt man dagegen in negativen Worten, antwortet der Geist negativ.«

Lara war nun voller Zuversicht. Während sie weiterlief, begann sie, mit lauter Stimme zu singen und sich auf diese Weise Mut zu machen. Wenn sie unheimliche Gestalten vor sich auftauchen sah, sagte sie zu sich selbst: »Es sind nur Sträucher oder irgendwelche anderen Pflanzen. Hier ist nichts, was mir etwas anhaben kann. Tote können einem nichts tun, nur vor den Lebenden muss ich auf der Hut sein.«

Als sie bereits ein gutes Stück zurückgelegt hatte, sah sie plötzlich einen Schimmer am Himmel. In der Ferne, gen Osten, ging langsam der Mond auf. Die Königin der Nacht war gekommen, um sie auf ihrem Weg zu begleiten und zu führen. Im Mondlicht fiel es ihr viel leichter voranzukommen, ohne dabei zu stolpern. Sie hatte keine Angst mehr und ließ nun ihren Gedanken freien Lauf. Wer nachts auf Wanderschaft ist, muss einen besonders starken Willen haben.

Es war bereits drei Uhr früh. Lara hörte den Ruf eines Nachtvogels. Ihre Beine trugen sie immer weiter in Richtung Cheqa. Als sie am Eingang des Friedhofs vorbeikam, sagte sie: »Mögen die Toten in Frieden ruhen.«

Kurz darauf erreichte sie das Dorf. Einige Hunde, die ihre Ankunft bemerkt hatten, begannen zu bellen. Sie kam zu dem Haus, in dem Mama Maru sie erwartete, und klopfte an die Tür. Die *Curandera* öffnete. Vor ihr stand Lara, ein leichtes Lächeln auf den Lippen, mit glänzenden Augen, ungekämmtem Haar und dem Päckchen in der Hand. Sie hatte die Prüfung bestanden.

Nach dieser Erfahrung akzeptierte Lara die Gefahr als einen Teil ihrer Unterweisung. Mama Maru hatte ihr gesagt: »Man muss im Leben den Mut haben, Schritte zu vollziehen, auch wenn sie möglicherweise falsch sind. Zum Weg der Weisheit gehört, keine Angst vor dem Irrtum zu haben, denn aus unseren Enttäuschungen, Niederlagen und Fehlern können wir lernen. Wer standhaft bleibt und aus jedem Sturz seinen Nutzen zieht, wird den Sieg davontragen.«

Die *Curandera* hatte Lara aufgetragen, sich auf den Gipfel eines Berges zu begeben und dort bestimmte Übungen auszuführen. Auf ihrem Weg dorthin hatte sie lange über die Worte der Meisterin nachgedacht. Als sie ans Ziel gelangt war, setzte sie sich auf einen flachen Stein und betrachtete die Landschaft, die friedliche Natur ringsum. Nichts störte diese Ruhe, außer ein leichter Wind, der hin und wieder etwas auffrischte. Mama Maru hatte ihr aufgetragen, sich immer wieder zu fragen: »Wer bin ich?«

In den letzten Tagen hatte Lara sich diese Frage häufig gestellt, ohne eine Antwort darauf zu finden, denn ihr Geist war von dem Gedanken an Gianni beherrscht. Um nicht immer an den Mann denken zu müssen, der ihr so viel Leid zugefügt hatte, bat sie Mama Maru um Hilfe. Sie hatte Lara erklärt, wie sie ihren Geist mit bestimmten Übungen reinigen konnte.

»Suche einen ruhigen Ort auf«, hatte sie ihr gesagt, »lege dich mit dem Rücken auf die Erde, schließe die Augen und atme gleichmäßig ein und aus. Hebe die Hände, strecke sie und halte die Finger geschlossen. Dann breite langsam, sehr langsam deine Arme aus, konzentriere deine Aufmerksamkeit auf die Fingerspitzen und spreize die Arme.«

Zu Beginn war ihr die Übung schwergefallen, doch nach und nach gelang es ihr, auf diese Weise ihren Geist zu befreien. Manchmal wurde sie dabei von einem tiefen Schlaf übermannt. Als sie in der Lage war, ihren Geist von allen Gedanken frei zu halten, und die Kontrolle über ihn gewonnen hatte, ging sie zum nächsten Schritt über. Nun musste sie sich der Natur öffnen. Mama Maru hatte ihr erklärt, dass ihr Geist dazu in einen Zustand der vollkommenen Passivität übergehen müsse.

»Lass es nicht zu, dass ein fremder Gedanke dich ablenkt. Wenn dies doch geschieht, so verhindere, dass sich daraus weitere Gedanken entspinnen: Bringe ihn sofort zum Stoppen.«

Sie hatte die Anweisungen genau befolgt und dabei bemerkt, dass der Geist sich gerne an Belanglosigkeiten und Oberflächlichkeiten klammert. Sie erinnerte sich, dass ihr das Meditieren in den ersten Tagen ziemlich schwergefallen war. Sie war verzweifelt gewesen, weil sie keine Ruhe gefunden hatte.

In der Vergangenheit hatte sie ihr Leben immer mit Musikhören oder anderen Beschäftigungen ausgefüllt. Nur so war es ihr gelungen, ein wenig zu entspannen.

Wenn sie nichts zu tun hatte, wurde sie sofort von tausend Ängsten und Sorgen befallen: Gefühlsprobleme, Schuldgefühle, Angstvorstellungen, Trauer und Schmerz. Hatten diese Gefühle sie einmal ergriffen, zerrten sie an ihr und zogen sie in einen Abgrund.

»Um dieser Falle zu entgehen«, hatte ihr die *Curandera* erklärt, »musst du, wann immer ein fremder Gedanke sich deiner bemächtigen will, sofort etwas dagegen tun: Halte inne, singe oder schreibe, aber lasse es nicht zu, dass der Gedanke weiter in dich eindringt. Gib deinem Handeln eine andere Richtung, so wird sich auch dein Gedanke verändern.«

Nachdem sie diese Übungen durchgeführt hatte, befahl ihr die Meisterin, auf den Berg zu steigen und über sich selbst nachzudenken. Sie war sehr entschieden: »Ergründe deine Gedanken und Gefühle. Sie können dir viel mehr verraten als irgendein Meister. Denn jeder Gedanke und jedes Gefühl zeigen dir, wer du bist.«

Laras Aufgabe war es nun, ihre Gefühle und Gedanken aufrichtig zu hinterfragen. Sie durfte die Welt nicht länger täuschen und vorgeben, eine andere zu sein. Sie durfte sich selbst nicht belügen. Früher hatte sie ihre wahre Persönlichkeit aus Angst, kritisiert zu werden, hinter künstlichem Lächeln und falschen Worten versteckt, die ihre wahren Gedanken und Gefühle verschleierten. »Sehr interessant… hübsch… schön… großartig… Frieden… Ruhe… Liebe.« Wie oft hatte sie diese

Worte benutzt, um ihre eigene Unsicherheit zu verbergen. Nun musste sie feststellen, dass sie ihr bei der Suche nach sich selbst nicht viel weiterhalfen.

Mama Maru hatte ihr aufgetragen, auf dem Berggipfel zu bleiben, um darüber nachzudenken, wie ihre bisherigen Gedanken und Gefühle ihr Leben beeinflusst hatten. Lara begann nun, einen nach dem anderen zu hinterfragen und zu analysieren. Sie hatte mittlerweile gelernt, mit ihnen umzugehen, und wusste sich davor zu schützen, dass diese Gedanken sie überwältigten. Wichtig war, sie abzufangen, sobald sie auftauchten. Sie musste sich darauf beschränken, sie zu beobachten.

Als Erstes setzte sie sich mit dem Gefühl des Grauens auseinander, das in ihr zurückgeblieben war, als ihr mit kaum neun Jahren zum ersten Mal Gewalt widerfuhr. Ein Erwachsener, ein Freund ihres Großvaters, hatte versucht, sie zu vergewaltigen. Wenn sie als kleines Mädchen bei den Großeltern war, hatte sie diesen Menschen immer mit einer Umarmung begrüßt und gerne mit ihm gespielt. Doch eines Tages, als sie alleine waren, hatte er versucht, sie zu missbrauchen. Lara hatte angefangen zu weinen und war weggelaufen.

Als sie über dieses Erlebnis nachdachte, wurde ihr klar, dass ihre Furcht vor Männern aus jener lang vergangenen Zeit stammte.

Das zweite Gefühl, das sie beschäftigte, war sehr schmerzlich. Als junges Mädchen hatte sie viele Verehrer, aber keiner von ihnen konnte ihr Interesse wecken. Eines Tages lernte sie einen Mann kennen, der zehn Jahre älter war als sie. Er wirkte selbstsicher und ungezwungen. Sie war sehr beeindruckt von seiner Persönlichkeit. Dem Mann entging diese Wirkung nicht, und er begann, Lara den Hof zu machen. Eine Zeit lang gingen sie zusammen spazieren und unterhielten sich, oder er lud sie zum Essen ein.

Lara hatte viele Hoffnungen auf ihn gesetzt und nahm daher seine Einladung an, mit in seine Wohnung zu kommen. Dort bot er ihr Alkohol an, bis sie betrunken war, und vergewaltigte sie anschließend. Er hatte ihre jugendliche Unerfahrenheit ausgenutzt und drohte ihr nun, sie umzubringen, wenn sie auch nur ein Sterbenswörtchen von dem verraten würde, was vorgefallen war.

Dieser Stachel, die Erinnerung an ihre erste sexuelle Erfahrung, hatte sich tief in ihr Inneres gebohrt. Jedes Mal, wenn sie daran zurückdachte, wurde sie von starken, schmerzhaften Gefühlen gepackt, die sich in Misstrauen gegenüber den Männern und in Wut gegen sich selbst verwandelten. »Wie dumm ich doch war. Er hat ein Spiel mit mir getrieben, mich ausgenutzt«, hatte sie sich immer wieder gesagt.

Jetzt begriff sie, dass dieser Schmerz auch eine Lehre enthielt: Unerfahrenheit kann großen Schaden anrichten und tiefe Wunden hinterlassen. Die erste sexuelle Begegnung vergisst man nie, selbst wenn sie übel ausgeht.

Sie begann, über den Grund des Scheiterns ihrer Beziehung zu Gianni nachzudenken. Sie begriff, dass jenes Erlebnis ihre Einstellung zur Sexualität sehr stark geprägt hatte und Ursache für ihre Frigidität war. Das hatte sich auf ihre Ehe ausgewirkt.

Viele Stunden lang beschäftigte sie sich eingehend mit den verschiedenen Gedanken, hinter denen sich ihre Persönlichkeit verbarg. Sie wollte endlich erfahren, wer sie wirklich war. Mama Maru hatte ihr gesagt, dass sie nach ihrer Rückkehr aus den Bergen über ihre Gedanken sprechen müsse.

Als Lara zurückkam, saß die *Curandera* in ihrer Hütte und meditierte. Lara wollte sie dabei nicht stören. Mama Maru hatte ihr erklärt, dass die stille Meditation seit jeher die beste spirituelle Nahrung sei.

Lautlos setzte sich Lara neben die Tür. Kurze Zeit später öffnete die *Curandera* die Augen, als würde sie aus einer Lethargie erwachen. Sie drehte sich zu Lara um und sah ihr fest in die Augen. Lara begann sofort zu erzählen: »Ich habe getan, was du mir aufgetragen hast, und bin mir jetzt über einige meiner Probleme bewusst.«

Sie berichtete von ihren Gedanken, Gefühlen und den Lehren, die sie aus all ihren schlimmen Erfahrungen gezogen hatte.

Mama Maru hörte ihr ruhig, aufmerksam und voller Verständnis für ihre Probleme zu. Schließlich sagte sie: »Die Gefühle, die dir aus Schmerz und Gewalt, aus Trauer und Wut ob einer unerfüllten Liebe und aus einem geplagten Gewissen erwachsen sind, beherrschen dich immer noch sehr stark. Sie haben dein vergangenes Leben beeinflusst, ebenso wie sie deine Gegenwart und deine Zukunft beeinflussen werden.«

»Was muss ich tun, um all das zu überwinden?«

»Du wirst dich einigen geistigen Übungen unterziehen müssen, um diesen Gedanken in Zukunft weniger Gewicht zu verleihen.«

»Aber ich will das alles nicht vergessen«, entgegnete Lara sehr entschlossen.

»Du brauchst nichts zu vergessen. Aber du kannst den Wert jener Erinnerungen verändern. Wenn du ihnen weniger Bedeutung beimisst, wird das Schreckliche daran nach und nach verblassen.«

»Wie kann ich sie verändern?«

»Lebe sie noch einmal in Gedanken durch. Gehe zurück in die Zeit, als du alles erlebt hast. Fälle kein Urteil, sondern beobachte nur, was geschehen ist. Dann frag dich, wie du reagieren würdest, wenn du es heute erleben würdest. Versuche zu begreifen, was geschehen ist, und verzeihe dir selbst. Die Erlebnisse deiner Vergangenheit sind Teil deiner Erfahrung, ohne sie wärst du in deinem Leben nicht dorthin gelangt, wo du jetzt bist. Jetzt geht es darum, bestimmte Einstellungen, Gefühle und Gedanken zu verändern.«

»Wie soll das gehen?«

»Ganz einfach: Versuche zu begreifen, dass du nicht mehr das junge Mädchen von damals bist und dass dir deshalb die Erinnerungen daran nicht weiterhelfen. Deine Vorstellungen, Wünsche und Gefühle haben sich verändert, deshalb musst du auch deine Gedanken verändern. Gehe erneut auf den Berg und denke diesmal darüber nach, wer du gerne sein würdest, nicht, wer du warst, sondern wer du in Zukunft sein kannst. Meditiere und schaffe Ordnung in deinen Gedanken. Projiziere deine positive Einbildungskraft in die Zukunft.«

Lara verließ erneut das Haus, und die *Curandera* vertiefte sich wieder in ihre Übungen.

Während sie dem Pfad hinauf in die Berge folgte, dachte sie an all das, was sie in Zukunft tun wollte, und gelobte sich: »Wenn ich dieses Abenteuer heil überstehe, werde ich meine Lebensweise und auch die Einstellung zu meiner Arbeit ändern.« Zeitlebens hatte sie für andere gearbeitet. Jetzt kamen ihr die eigenen Fähigkeiten zu Bewusstsein, und sie fasste einen Entschluss: Sie wollte unabhängig werden, sich eine Arbeit suchen, bei der sie nicht von anderen dirigiert wurde. Gleich darauf überfiel sie der Gedanke, dass die Männer sie niemals so arbeiten lassen würden, da sie eine Frau war. Doch dann begriff sie, dass ihr diese Einstellung durch die patriarchalisch geprägte Gesellschaft auferlegt wurde, und sie musste an Mama Marus Worte denken: »Das Unglück der Frauen besteht darin, dass sie ihre Rolle innerhalb der Gesellschaft falsch verstanden haben und den Mann als überlegen betrachten. Sie haben die große Macht der Frauen nicht erkannt, die sich in ihrer sexuellen Energie verbirgt, in ihrer Fähigkeit, zu lieben und neues Leben zu schenken. Viele empfinden das als Einschränkung, aber die Zukunft der Menschheit wird immer von dieser Macht abhängen.«

Lara hatte sich immer ein Kind gewünscht, doch dann hatte sie aus Angst vor dem Ungewissen darauf verzichtet. Jetzt dachte sie, dass sie eines Tages eine liebevolle Mutter sein wollte.

Als sie zurückkehrte, war die *Curandera* gerade damit beschäftigt, eine alte Frau, die unter Rheuma litt, zu massieren. Die Alte grüßte sie. Ihr Blick war ruhig und freundlich. Im Laufe der Jahre hatte sie gelernt, dass man das Leben mit Geduld und Optimismus nehmen muss. Aus ihren Augen sprach weder Hass noch Trauer oder Bitterkeit, sondern allein die Bejahung ihrer Existenz.

Mama Maru wandte sich an Lara, während sie weitermassierte: »Morgen werde ich in die Berge gehen, um Mama Maria aufzusuchen und sie zu massieren. Du kommst mit mir. Ich rate dir, etwas Wechselkleidung mitzunehmen.«

»Glaubst du, es wird regnen?«

»Man weiß nie, was passiert«, war die rätselhafte Antwort der *Curandera*.

Am nächsten Morgen brachen sie auf. Lara nahm Wechselkleidung und ein zweites Paar Schuhe mit. Mama Maru hatte darauf bestanden, ohne dass Lara begriff, weshalb. Sie fand diesen Aufwand übertrieben. Immer weiter drangen sie ins Hochgebirge vor. Nachdem sie viele Stunden gewandert waren, tauchten vor ihnen zwei Berge auf, zwischen denen sich eine Niederung befand.

»Siehst du den Felsen?«, fragte die *Curandera*. »Dort müssen wir hin.«

In der Ferne erkannte man eine graue Felswand, an deren Fuß eine Hütte gelegen war. Zu beiden Seiten weideten Lamas und Alpakas.

»Dort wohnt Mama Maria. Sie hilft ihrer Nichte bei der Arbeit.«

Sie wanderten weiter ihrem Ziel entgegen. Als sie an eine sumpfige Stelle gelangten, an der einige Alpakas grasten, beschlossen sie, eine Abkürzung zu nehmen. Lara hatte nicht darüber nachgedacht, warum die *Curandera* ein Seil und einen Stab mitgenommen hatte und warum sie so vorsichtig einen Fuß vor den anderen setzte. Die Meisterin lief voran. Doch plötzlich hielt sie inne und sagte zu Lara: »Jetzt bist du an der Reihe vorauszugehen.«

Lara lief an ihr vorbei, und während sie sich ihren Weg durch den Schlamm und die feuchte Erde suchte, merkte sie, dass ihre Füße immer weiter einsanken. Ohne es zu merken, war sie in den Treibsand geraten, der von Gras und Wasserpflanzen bedeckt war.

Sie hatte nicht genügend auf den Weg geachtet. Der Schlamm reichte ihr bereits bis zu den Knien. Sie drehte sich um und rief nach Mama Maru, die einige Meter zurückgeblieben war. »Hilfe! Mama Maru, ich versinke. Ich bin in einen Sumpf geraten.«

Da bemerkte sie, dass die Meisterin sie aus sicherer Entfernung und mit einem belustigten Lächeln beobachtete.

»Bitte, hilf mir, Mama Maru. Schnell, tu etwas!«, rief sie verzweifelt, während ihre Beine immer weiter einsanken.

Die *Curandera* stand nur ruhig da und sah ihr zu, anstatt ihr zu Hilfe zu eilen oder Hilfe herbeizuholen. Lara unternahm verzweifelte Versuche, sich aus dieser tödlichen Falle zu befreien. Sie spürte, wie der Sumpf sie nach und nach zu verschlingen drohte. Die *Curandera* rührte sich nicht vom Fleck und dachte nicht daran, ihr beizustehen. Sie schien sogar zu lachen und ihren Spaß an diesem Schauspiel zu haben.

Lara rief verzweifelt, flehte, schrie und weinte. Angesichts Mama Marus ungerührter Haltung kamen ihr die schlimmsten Befürchtungen. Es gab keine Rettung, sie würde im Sumpf versinken. Der Schlamm reichte ihr bereits bis zum Nabel. Je mehr sie sich bewegte, umso tiefer sank sie ein. Sie war sich mit einem Mal sicher, in diesem Sumpf ums Leben zu kommen. Niemand würde jemals erfahren, wo sie geblieben war.

In Laras Innerem herrschten Angst, Wut und ein Gefühl der Ohnmacht. Sie glaubte sich verloren und begann nun, hemmungslos zu weinen, wobei sie immer wieder flehte:

»Mama Maru, lass mich nicht sterben. Zieh mich hier raus. Rette mich, ich bitte dich!«

Aber die *Curandera* blieb reglos wie eine Statue stehen und machte keine Anstalten, ihr zu helfen. Laras Angst und Verzweiflung schlugen nach und nach in Wut um. Sie spürte den feuchten Sand, der ihr bereits bis zur Brust reichte, merkte, wie ihr Körper immer tiefer einsank und von der Feuchtigkeit umschlossen wurde.

Sie war in eine Falle gegangen, bestimmt war das ihr Ende. Mama Marus Gesicht schien ihr mit einem Mal einen mörderischen Ausdruck zu bekommen. Angesichts dieser vollkommenen Ohnmacht erwachte plötzlich etwas in ihr. Eine ungeahnte, tiefe Wut stieg in ihr auf, und sie begann zu brüllen. Mit lauter Stimme stieß sie alle Verwünschungen und Beschimpfungen aus, die ihr nur in den Kopf kamen, Worte, die sie bisher nicht gewagt hatte auszusprechen. Flüche und Hasstiraden kamen ihr über die Lippen, sie war außer sich und schrie ununterbrochen, ohne sich darum zu kümmern, dass ihr durch das wütende Herumfuchteln mit den Armen der Schlamm mittlerweile bis zum Hals reichte. In ihrer Aufregung bemerkte sie nicht, dass sie kurz davor war, gänzlich zu versinken. Sie schrie und fluchte wie eine Wahnsinnige. All das, was sie in vielen Jahren in sich angestaut hatte und niemals gewagt hatte herauszulassen, schleuderte sie jetzt jener Frau entgegen, die, wie sie glaubte, ihr Ende besiegeln sollte. Drohend fuchtelte sie mit ihren Fäusten und achtete nicht darauf, dass sie auf diese Weise nur noch tiefer einsank.

Als ihre Wut den Höhepunkt erreicht hatte, warf ihr die *Curandera* ein Seil zu. Mit durchdringender Stimme befahl sie: »Fasse es und halte dich gut fest. Ich werde dich herausziehen.«

Im Bruchteil einer Sekunde veränderte sich Laras Gemütszustand. Von einem Überlebenswillen getrieben, ergriff sie das rettende Seil und wickelte es mehrfach um die Hände, damit es ihr im feuchten Schlamm nicht entgleiten konnte.

Ohne große Anstrengung zog Mama Maru sie an eine sichere Stelle, und unter Zuhilfenahme eines Pfahls, auf den Lara sich stützen konnte, half sie ihr aus dem Sumpf. Als Lara in Sicherheit war, sagte Mama Maru mit ruhiger Stimme, als sei nichts Besonderes geschehen: »Dort hinter dem Gebüsch ist eine Quelle. Leg die nassen Sachen ab, wasch dich und zieh dann die trockenen Kleider an.«

Während Lara sich mit dem Quellwasser wusch und die frischen Kleider anzog, dachte sie daran, wie ihre Angst in Wut umgeschlagen war und wie sie ihren gesamten Zorn der *Curandera* entgegengeschleudert hatte. Mama Maru war zwar schuld daran, dass sie in den Sumpf geraten war, aber sie hatte Lara damit nur zeigen wollen, dass Angst und Schrecken sich in blinde Wut verwandeln können, die einen dazu bringt, Dinge zu sagen, die man sonst nie sagen würde. Sie sollte begreifen, wie heftig sich ihre Gefühle verändern konnten. Das war wichtig, um die eigene Reaktion zu testen.

Die *Curandera* trat an sie heran, als hätte es diesen Zwischenfall nicht gegeben, lächelte und fragte: »Nun, wie fühlst du dich, nachdem du all dem Unglück deines Lebens Luft gemacht hast? Ich glaube, du hast dich von einer schweren Last befreit.«

»Ich bin verwirrt und habe das Gefühl, in eine andere Dimension gelangt zu sein. Ich fühle mich freier. Bitte entschuldige, dass ich all meinen Hass, den Groll und die Bitterkeit meiner vergangenen Jahre an dir ausgelassen habe.«

»Mach dir darüber keine Gedanken. Du bist dir selbst begegnet. Ich war nur ein Werkzeug, um deine Angst in Wut umzulenken. Dieser Übergang war wichtig, um dir begreiflich zu machen, dass beide Gefühle in dir wohnen und bei drohender Gefahr zum Vorschein kommen können. Die Angst ist ein typisch weiblicher Mechanismus. Sie ermöglicht es uns, den gebührenden Abstand zu halten und, falls nötig, Vorsichtsmaßnahmen zu treffen oder, im schlimmsten Fall, uns zu unterwerfen. Die Wut dagegen ist männlich. Sie ist aggressiv, gewaltig und ungestüm. Sie trübt den Verstand, ist ein wilder Impuls, eine Triebfeder, die uns zum Kampf anspornt und dazu, uns zu verteidigen, auch wenn wir gar nicht in Gefahr sind. Solange du nicht begreifst, dass diese beiden Elemente in deinem Inneren existieren, solange wirst du nicht du selbst sein. Akzeptiere dich so, wie du bist, und du wirst deinen inneren Frieden finden.«

Lara erkannte, dass sie eine Frau vor sich hatte, die über große Menschenkenntnis verfügte. Das hatte sie mit dieser Prüfung bewiesen. Während sie zurückkehrten, dachte Lara daran, dass auf dem Weg zur Weisheit die Erfahrung viel dienlicher ist als die Theorie.

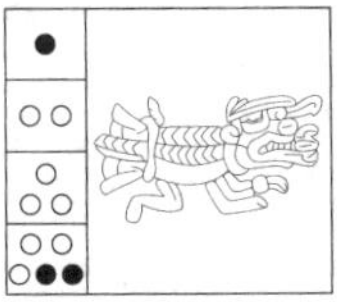

12
Angst schwächt

Lara lebte bereits seit mehreren Wochen bei der *Curandera*. Um von ihr als Schülerin akzeptiert zu werden, hatte sie sich verschiedenen Prüfungen unterziehen müssen, mit denen sie ihren Charakter und ihre Fähigkeiten unter Beweis stellen sollte. Zu diesem Zweck griff Mama Maru auf das unmittelbare Naturerlebnis zurück. Lara hatte fast ausschließlich in der Stadt gelebt. Hier befand sie sich dagegen in einer natürlichen Umgebung, fernab von der Zivilisation, in einer Welt, die nur aus Bergen, kleinen Dörfern und dem ruhigen Leben der Bauern bestand. Ein idealer Ort, um sich selbst zu begegnen.

Sie waren die ganze Nacht mit dem Bus unterwegs gewesen und erreichten nun den Colca Canyon, die tiefste Schlucht der Erde. An diesem Ort sollte Lara weitere Prüfungen bestehen, um auf diese Weise eine selbstsichere Frau zu werden.

Der Fahrer brachte das Fahrzeug an der ihm genannten Stelle zum Stoppen. Die beiden Frauen luden ihr Gepäck ab und stellten es an den Straßenrand, während der Bus bereits davonfuhr.

Lara rieb sich den Schlaf aus den Augen und streckte die Beine durch, die ihr im Lauf der langen Fahrt taub geworden waren. Sie hatte das Bedürfnis, ihre Glieder zu bewegen, und lief ein Stückchen auf und ab. Doch dann hielt sie inne. Voller Staunen betrachtete sie die Landschaft: Vor ihr lag das

Weideland des Hochgebirges, zu ihren Füßen öffnete sich ein Abgrund.

Sie fühlte sich immer noch ein wenig benommen. Der Wind frischte auf und zwang sie, die Augen zu schließen. Als sie sie wieder öffnete, war sie gänzlich zu sich gekommen und konnte nun das Panorama in seiner ganzen Schönheit bewundern. In der Ferne, jenseits der Schlucht, erhoben sich die schwarzgrauen Berge mit ihren schneebedeckten Gipfeln. Einige waren über sechstausend Meter hoch.

Lange Zeit betrachtete Lara jene Landschaft, die sich im Türkisblau des Himmels verlor. Hier oben in viertausend Metern Höhe wuchsen nur wenige Sträucher. Ihr Blick wanderte weiter zu der einige Kilometer entfernt gelegenen Ortschaft Chivay. Von der Anhöhe aus konnte Lara in das »Tal des Feuers« blicken. Dieser Name stammte von einem Fotoreporter, der in jener Gegend einen Dokumentarfilm gedreht hatte. Die Einheimischen nannten den Abgrund nur die Colca-Schlucht.

Die Farbe der Felder reichte von reinem Weiß bis hin zu Orangegelb. Nur einige Wälder in der Nähe des Flusses schimmerten grün. Dort befanden sich Siedlungen, in denen Tausende von Indios lebten.

Lara schaute Mama Maru an. Die Meisterin lächelte, während sie sich ihr Bündel auf den Rücken lud. Sie trug einen farbigen Rock und einen blauen Schal zum Schutz gegen die Kälte. Nun erhob sie sich und setzte den mit bunten Bändern geschmückten schwarzen Hut auf. Sie war gekleidet wie eine Frau aus dem Tal. Auch Lara trug solche Kleider und dazu die typischen Sandalen der Anden.

Obwohl die beiden nicht auffallen wollten, war dies kaum zu verhindern, denn Laras Haar und ihre Art, sich zu bewegen, verrieten sofort ihre europäische Herkunft. Bisher hatten sie noch kein Wort miteinander gesprochen, doch nun erklärte die *Curandera*: »In diesem Tal liegen die berühmten Dörfer der Collaguas und Cabanas. Ihre Bewohner haben gelernt, in

Einklang mit der Natur zu leben. Viele Jahrhunderte vor der spanischen Eroberung kamen weise Menschen in das Tal, die aus ihren Städten fliehen mussten, weil kriegerische Völker dort eingedrungen waren. Die Leute hier stammen ursprünglich aus dem Gebiet südlich des Titicaca-Sees. Sie sprachen Aymará und lebten mit den Cabanas zusammen, die aus der Region nördlich von Cuzco eingewandert sind und nur Quechua sprachen.

Die Collaguas und die Cabanas errichteten zahlreiche Dörfer. Sie lebten friedlich miteinander und teilten die Errungenschaften, die jeder von ihnen machte. Die Collaguas waren Medizinleute und verstanden sich auf die Heilkunst. Die Cabanas kannten sich dagegen hervorragend in der Landwirtschaft aus. Dank ihres Wissens über die Natur konnten die Menschen in diesem Tal überleben. Sie legten große Terrassenlandschaften an, um dort Kartoffeln, Mais, *Quinoa* und *Qaniwa*, Knollengemüse und andere Produkte anzubauen.

Noch heute leben die Nachfahren der Cabanas und Collaguas von Landwirtschaft und Viehzucht. Sie achten und lieben die Natur und sind die Erbauer der größten Terrassenanlage Perus. Das medizinische Wissen ist dagegen mit der spanischen Eroberung nach und nach verloren gegangen.«

Lara hatte schweigend zugehört, aber im Grunde interessierte sie das Gerede nicht. Sie fragte sich nach dem Grund dieser Reise. Kaum hatte die *Curandera* aufgehört zu sprechen, nutzte Lara die Gelegenheit, um nachzufragen: »Du hast mir noch nicht verraten, warum wir eigentlich hier sind.«

»Wir werden deine Widerstandsfähigkeit und körperliche Verfassung auf die Probe stellen und Situationen begegnen, die deinen Charakter stärken sollen.«

»Was willst du damit sagen?«

»Du wirst bestimmte Praktiken ausführen, um dich selbst besser kennen zu lernen. Du wirst deine Kräfte messen, deiner Angst begegnen und dich von deiner Furcht befreien. Du wirst begreifen, was es bedeutet, eine Frau zu sein, wirst deine Fähigkeiten ans Licht bringen und sie in eine Richtung lenken. Jetzt wandern wir in das Dorf Yanqui«, schloss Mama Maru und schlug einen kaum wahrnehmbaren Pfad ein, der bergab führte.

Während sie den schmalen Weg hinabliefen, betrachteten sie schweigend die großartige Landschaft mit ihren hohen Bergen und tiefen Tälern. Weit unten sah man den Colca-Fluss, der sich wie ein silbernes Band durch die weißgrauen Felsen zog.

An den steilen Hängen, etwa hundert Meter oberhalb des Flusses, befanden sich die Terrassenanlagen, auf denen die Bauern des Tals das Lebensnotwendige anbauten.

Die Colca-Schlucht war der besiedelte Teil des Colca-Canyons. Sie war von Bergen umgeben, deren Gipfel mit ewigem Eis bedeckt waren, von geheimnisvollen Landschaften, in denen der Condor beheimatet war, jener größte Vogel der Erde, der mit einer Flügelspannweite von bis zu vier Metern majestätisch durch die Lüfte glitt. In den siebzehn Dörfern, die zu beiden Seiten des Flusses lagen, lebten Tausende von Bauern, die jeden Morgen zu *Pachamama*, der Mutter Natur, beteten. Sie erhörte ihr Flehen und spendete reiche Ernte. Die Bewohner des Tals waren heiter und gastfreundlich. Nur wenn man sie provozierte, erwachte ihre kriegerische Natur. Doch sobald der Zorn verflogen war, zeigte sich erneut ein Lächeln auf ihren Gesichtern.

Viele Stunden lang folgten sie dem Weg ins Tal hinab. Mama Maru kannte ihn offenbar gut. Schließlich erreichten sie die Felder von Yanqui. Sie liefen durch Eukalyptuswälder, überquerten die geometrisch angeordneten Terrassen und erreichten den Weg, der ins Dorf führte.

In Yanqui aßen die beiden in einem kleinen Restaurant, ruhten ein wenig aus und schlugen dann, mit ihrem Gepäck auf dem Rücken, den Weg zum Fluss ein. Eine alte Brücke führte zum anderen Ufer. Hier setzten sie ihren Weg in das Dorf Ichupampa fort, das sie nach einigen Stunden erreichten. Sie rasteten, aßen zu Mittag und begaben sich dann, erfrischt und ausgeruht, auf den Weg in das Dorf Lari.

Während ihrer Wanderung sprach Mama Maru kaum ein Wort und antwortete auf Laras Fragen nur, wenn es unbedingt nötig war. Lara ihrerseits dachte weiter über ihr Leben nach, über ihre gescheiterte Ehe und ihren Aufbruch nach Peru. Tausend Gedanken schossen ihr durch den Kopf.

Als sie den Eingang des Dorfes erreichten, schlug Mama Maru die Richtung zum Dorfplatz ein und begann zu erzählen: »Vor ein paar Jahren gab es hier ein Erdbeben. In diesem Dorf und in einigen Nachbardörfern wurden viele Häuser zerstört. Die Regierung wollte, dass die Bewohner sich in einer anderen, sichereren Gegend ansiedeln, aber sie gingen darauf nicht ein.«

»Und mit welcher Begründung?«

»Vielleicht bedeutet dem modernen Menschen die Erde nichts mehr. Das gilt zumindest für all jene, die sich durch die Ausbeutung der Natur bereichern wollen, ohne über die Folgen nachzudenken. Doch für den Indio ist die Erde wie eine Mutter. Deshalb liebt und achtet er sie, verteidigt sie und ist ihr treu bis in den Tod.

Vor ein paar Jahren beabsichtigte eine ausländische Bergbaugesellschaft, ein Goldvorkommen zu plündern, aber die Bauern dieser Gegend widersetzten sich. Sie wollten nicht, dass die Firma in ihr Land vordrang. Durch Betrug und mit Hilfe korrupter Politiker hatte diese Gesellschaft große Ländereien von den Gemeinden erworben. Doch die Bauern verhinderten den Beginn der Arbeiten. Die Gesellschaft wandte sich an die Regierung, die ihre Sicherheitskräfte zur Unterstützung schickte. Männer und Frauen wehrten sich gegen die Eröffnung des Goldbergwerks und erklärten, dass sie bis zum Äußersten um ihr Land kämpfen würden. Als die Beauftragten der Regierung kamen, waren die Indios zum Krieg bereit, und es gab ein fürchterliches Massaker. Trotz der Zensur der Medien kam der betrügerische Kauf ans Licht. Studenten und Gewerkschaften setzten sich für das Anliegen der Einheimischen ein und errichteten Schützengräben und Barrieren in Arequipa. Angesichts dieses Volksaufstandes zog sich die Bergbaugesellschaft zurück, und der Plan, die Mine auszubeuten, wurde aufgegeben.

Die Sachverständigen der Regierung fragten die Bevölkerung: ›Warum wollt ihr das Bergwerk nicht? Ihr könntet dort arbeiten.‹

Die Leute erklärten, warum sie sich dagegen gewehrt hatten: ›Wir wollen nicht, dass der Nerv durchtrennt wird, der unserem Land seine Energie zuführt. Wenn die Bergbaugesellschaften anfangen, ihre Tunnel zu graben und die Metalle abzubauen, zerstören sie damit den Zufluss der Energie. Die Erde hat dann keine Kraft mehr, ihre Wärme geht verloren, und das Klima verändert sich. Außerdem würde ein Bergwerk unser Land, unser Wasser und unsere Luft verschmutzen und viele andere Probleme mit sich bringen. Wir hätten keinen Frieden mehr.‹«

»Daran habe ich überhaupt nicht gedacht. Vielleicht haben sie Recht. Vielleicht ist es aber auch nur Aberglaube. Was denkst du darüber?«, wollte Lara wissen. Das Thema interessierte sie sehr.

»Ich akzeptiere den Standpunkt der Einheimischen. Viele Bergbaufirmen verursachen Umweltverschmutzung und zerstören die bestehenden Ökosysteme.«

»Aber du hast nicht auf meine Frage nach den Erdnerven geantwortet. Glaubst du, es gibt einen Zusammenhang zwischen Metallvorkommen und Energiefluss?«

»Ja, den gibt es. Früher kannten die Weisen dieser Gegend die Natur und den Menschen viel besser als die heutigen Wissenschaftler. Darüber hinaus waren sie großartige Ökologen.

Es gab hier in der Vergangenheit eines der größten Zentren für Pflanzenzucht und Heilkunde der Anden.

Leider wurden diese Weisen mit der Ankunft der spanischen Eroberer von fanatischen und unwissenden Soldaten verfolgt und umgebracht. Man hatte keinerlei Achtung vor ihrem Wissen. Dadurch gingen die alten Kenntnisse, Techniken und Heilverfahren verloren, die dem damaligen europäischen Wissensstand weit voraus waren.

Die wenigen Menschen, die ihren Verfolgern entkamen, hielten sich versteckt oder zogen in höher gelegene Regionen. So konnte ein kleiner Teil unseres Wissensschatzes, der insbesondere die Heilkunst betrifft, gerettet werden. Selbst im letzten Jahrhundert machten noch Geschichten von berühmten *Curanderos* die Runde, die einen Teil dieser Kenntnisse bewahrt hatten. Daraus lassen sich einige Lehren ziehen:

Die Errungenschaften eines Volkes entstehen im Laufe vieler Jahre durch gewissenhafte Arbeit und Erfahrung. Doch Gier, Egoismus, Fanatismus, Unkenntnis und Gewalt können sie im Handumdrehen zerstören.

Um einen Menschen großzuziehen, bedarf es viel Liebe, Opferbereitschaft und Geduld. Für seine Erziehung muss man einiges geben. Doch die mörderische Hand der Gewalt und des Krieges können ihn innerhalb von Sekunden töten.

Wenn die Religion in den Händen skrupelloser Menschen liegt, bringt sie nicht Harmonie und Frieden, sondern kann zu einer Quelle der Macht, der Manipulation und des Unfriedens werden.«

»Warum sind wir hierhergekommen?«

»Damit du den Sinn des Lebens begreifst und erkennst, dass der Frieden und die Ruhe einer Familie oder eines ganzen Volkes innerhalb eines Augenblicks durch den Egoismus anderer Menschen zerstört werden können. Du zum Beispiel hast dich sicher gefühlt, bis dich plötzlich dein Mann verlassen hat.«

»Ja, so hat meine Tragödie begonnen. Seitdem ist mein Leben zu einer Hölle geworden«, gab Lara bedauernd zu.

»Sehr oft ist die Tragödie keine Strafe, sondern eine Herausforderung. Das Leben ruft dir zu: »Steh auf und tu etwas!« Es liegt an dir, ob du die Herausforderung annimmst oder dich von den Ereignissen unterkriegen lässt«, bemerkte die *Curandera*.

»Deshalb bin ich hier. Ich will eine Lösung für mein Eheproblem finden.«

»Ich verstehe, dass du, ebenso wie die meisten anderen Frauen, einen Mann an deiner Seite haben willst, auch wenn er dich schlecht behandelt. Frauen sind stark, aber sie haben zu wenig Selbstvertrauen. In eurer Gesellschaft greift man auf die Ehe zurück, um die Frau sexuell zu unterdrücken. Es ist eine Institution, die die Stellung des Mannes begünstigt. Auf diese Weise kann er sich eine Sklavin halten.«

»Das kann sein. Aber ich liebe meinen Mann.«

»Hinter dem Wort ›Liebe‹ verbirgt sich oft Unsicherheit und die Angst davor, alleine zu leben. Nur die weise Frau ist frei, denn sie kennt keine Angst mehr, sie hat die Ketten, die ihren Geist gefangen hielten, abgelegt. Du bist hier, um frei zu werden und dich entscheiden zu können. Darin liegt deine Stärke: in der Fähigkeit, deine Entscheidungen selbst zu treffen. Doch dazu musst du dich vom Geist der Lari Malika inspirieren lassen.«

»Was hat dieses Dorf mit jenem Geist zu tun?«, fragte Lara überrascht.

»Dieses Dorf ist dafür berühmt, dass es hier vor langer Zeit eine Gruppe von Weisen und *Curanderos* gab, die den Frieden liebten und eine friedliche Gesellschaft errichtet hatten. Durch Blindheit, Gier und den Egoismus einiger Menschen wurde sie jedoch zerstört. Der Einmarsch der Spanier brachte Terror und Gewalt, ein Kapitel abendländischer Barbarei. Die Wenigen, die der Zerstörung entkamen, gaben ihr Wissen mündlich weiter. So blieb ein kleiner Teil unserer Kultur erhalten. Du siehst: Die Machtgier der Regierenden reicht aus, um einem weit entfernten Volk großes Leid zuzufügen.

Im letzten Jahrhundert lebte hier eine großartige *Curandera*, eine Meisterin, die sich besonders auf die Heilkunst verstand. Sie hieß Malika.

Seit Jahrhunderten wurde ihr Volk gezwungen, unter der erbarmungslosen Aufsicht christlicher Priester in Reservaten zu leben. Sie unterstanden der heiligen Inquisition, die die Frauen versklavte und ihre Männer einschüchterte. Die christlichen Priester waren der Meinung, dass die Frau nur dazu da sei, ihren Mann zu befriedigen, dass sie sich ihm unterwerfen müsse. Keine Frau durfte frei sein, andernfalls wurde sie verbrannt.

Malika erkannte, dass sie eine Sklavin war, und fasste den Entschluss, sich zu befreien. Zu ihrem Glück lebte sie im letzten Jahrhundert und wurde daher nicht von der Kirche verfolgt, die bereits an Macht und Einfluss verloren hatte. Außerdem wurde sie von ihrem Volk in Schutz genommen. Die Geistlichen behaupteten, sie sei eine Hexe, die mit dem Teufel im Bund stehe. Doch die Indiobauern waren davon überzeugt, dass sie eine *Curandera* war.

Malika sprach mit den Elementen der Natur. Wenn sie wollte, dass es regnet, verschob sie nach Belieben die Wolken und redete mit dem Wind. Kam ein Wirbelsturm auf, trat sie vors Haus und sprach mit lieblicher Stimme: ›Bruder Wind, beruhige dich. Triff uns nicht mit solcher Gewalt, streichele uns, wir sind deine Geschwister.‹

Der Wind legte sich wie durch Zauberei. Das lässt sich so erklären: Wenn eine Frau weise ist, hat sie die Macht, sich in der Natur Gehör zu verschaffen.

Da die *Curandera* in Lari lebte, nannten die Leute aus den umliegenden Dörfern sie Lari Malika. Sie wohnte in einem Haus, dessen Grundmauern noch existieren.«

Während sie weiter durch die Straßen liefen, erklärte Mama Maru ihr, was sie in Lari tun würden: »Wir werden im Haus von Sebastián Cutipa wohnen. Er weiß bereits von unserer Ankunft. Wir bleiben so lange bei ihm, wie du brauchst, um dich auf die großen Prüfungen vorzubereiten.«

Lara war sehr besorgt. Sie wusste nicht, welche neuen Prüfungen ihr bevorstanden. Die *Curandera* hatte diesbezüglich absolutes Stillschweigen bewahrt.

Lari lag am Fuße eines Berges. Die Felder waren fast alle bewässert. Doch es gab auch einen Landstrich, der keine Verbindung zum Wasser hatte und nur während der Regenzeit bestellt werden konnte. Als die beiden Frauen auf den Dorfplatz kamen, sahen sie, dass die Bewohner ein Fest feierten.

»Das ist ein günstiger Augenblick«, meinte Mama Maru. »So kannst du die Leute während der Feierlichkeiten kennen lernen. Wenn du willst, kehren wir später zurück.«

An einer Seite des Platzes sah man viele Einheimische, die gemeinsam zu den Klängen einer Musikantengruppe tanzten. Rechts davon erhob sich eine mächtige Kirche.

Die beiden Frauen kümmerten sich nicht um die neugierigen Blicke. Sie überquerten den Platz und bogen in eine Straße ein. Nach kurzer Zeit hielt Mama Maru inne.

»Das ist das Haus von Sebastián Cutipa. Hier werden wir wohnen. Hoffentlich ist er da.«

Sie klopfte an die Tür, und vor ihnen erschien ein etwa siebzigjähriger Mann. Sein fast dreieckiges Gesicht war von zahlreichen Falten durchzogen. Er hatte kleine schwarze Augen und dunkle Augenbrauen. Auf dem Kopf trug er einen abgewetzten dunkelbraunen Hut, der mit einem grauen Band verziert war. Ein Pullover und eine dunkelblaue Hose schützten ihn vor dem rauen Klima. Als der Alte Mama Maru sah, lächelte er ihr zu und zeigte seine schlechten Zähne.

»Herzlich willkommen bei mir zu Hause, *Mamita*«, begrüßte er sie. »Macht es euch bequem.«

Mama Maru erwiderte den Gruß und überreichte ihm ein Päckchen.

»Ich hoffe, wir stören dich nicht. Wir werden ein paar Tage bleiben.«

»Nein, natürlich nicht«, erwiderte er. »Im Gegenteil. Ich freue mich, dass ihr meine Gäste seid.«

Sebastiáns magerer Körper war gut gebaut. Trotz des hohen Alters wirkten seine Bewegungen flink und energisch. Er war schweigsam, zurückhaltend und lebte ganz allein, aber an seinem Lächeln war zu erkennen, dass er sich über den Besuch freute. Er führte die Frauen in eine Kammer, deren Boden aus gestampfter Erde bestand. Das Dach war mit Stroh gedeckt, die Wände bestanden aus Stein.

»Hier werdet ihr schlafen, *Mamita*. Ich habe Felle und Wolldecken bereitgelegt.«

»Das ist Lara«, stellte Mama Maru ihre Begleiterin vor.

Der Alte sah sie eindringlich an, dann begann er zu lächeln. Er konnte nicht glauben, dass eine Frau aus dem Ausland, die genauso gekleidet war wie die Leute aus dieser Gegend, in seinem Haus zu Gast war. Warum begleitete sie Mama Maru? Diese und viele andere Fragen gingen ihm durch den Kopf, aber er wollte nicht aufdringlich wirken und zog sich leise zurück. Dann verließ er das Haus, um auf die Felder zu gehen. »Ich bin bald wieder zurück«, verabschiedete er sich. »Ich muss das Vieh holen. Ruht euch aus oder geht auf das Fest. Nachher essen wir zusammen.«

»Morgen wird ein anstrengender Tag. Wir sollten uns ein wenig ausruhen. Aber wenn du willst, können wir auch auf das Fest gehen«, meinte Mama Maru zu Lara gewandt.

»Ich bin müde und ziemlich mitgenommen von den Anstrengungen. Wir sind den ganzen Tag gewandert. Warum sind wir nicht mit dem Bus gekommen? Ich habe gesehen, dass er bis hierher fährt.«

»Zu Fuß lässt sich besser Ordnung in die Gedanken bringen. Man sieht dann klarer. Das ist es, was du brauchst: klare Vorstellungen und eine Richtung für dein Leben«, erklärte die *Curandera*.

In jener Nacht, während sie in der Kammer lag, die man ihr zugewiesen hatte, dachte Lara über all die Dinge nach, die sie gerade erlebte.

Die *Curandera* hatte ihr gesagt, dass sie am folgenden Tag einen Ort aufsuchen würden, der sich in 4500 Metern Höhe befand.

»Dort wirst du lernen, mit dem Wasser in Kontakt zu kommen – ein wichtiger Schritt auf deinem Weg zur wahren Frau.«

Lara hatte sie nur angesehen, weil sie wusste, dass weitere Fragen zwecklos waren. Was sie wohl erwarten würde? Mama Maru fand immer Wege, ihr das Leben schwer zu machen. Sie hatte keine Lust, länger darüber nachzudenken, und schlief ein.

Am folgenden Morgen brachen sie sehr zeitig auf. Nachdem sie die Felder durchquert hatten, schlugen sie den Weg in die Berge ein. Sie trugen Decken, Felle und Lebensmittel auf den Schultern, all das, was sie während ihres Aufenthaltes dort oben benötigten.

Die *Curandera* ging mit langsamen Schritten voran und atmete dabei gleichmäßig. Lara hatte Mühe, ihr zu folgen, denn ihre Kräfte verließen sie bald. Nach einiger Zeit hielt sie inne. Mama Maru sah sie an und sagte: »Du musst natürlich und ohne Anstrengung atmen. Versuche, deine Bewegungen mit dem Rhythmus deiner Atmung in Einklang zu bringen. Du wirst sonst zu schnell müde, und wir kommen nicht an unser Ziel.«

Lara begann nun, gleichmäßig Luft zu holen und ihre Bewegungen darauf abzustimmen. Langsam kam sie wieder zu Atem. Doch es kostete sie viel Kraft, sich in derartiger Höhe zu bewegen. Sie war es einfach nicht gewohnt, in viertausend Metern Höhe zu laufen.

Mama Maru, die sie beobachtet hatte, meinte: »Deine Atmung muss zirkulieren. Lass die Luft ganz von allein in deine Lungen treten, und wenn du das Bedürfnis hast auszuatmen, lass sie frei heraustreten. Es ist wichtig, dass du gleichmäßig und ohne Anspannung atmest.«

Lara konzentrierte sich noch mehr auf ihre Atmung und fand nach und nach den Rhythmus, der ihr ein besseres Vorankommen gestattete.

Bei Sonnenuntergang erreichten sie eine Hütte, die am Fuße eines Hügels lag. Tür und Fenster waren sehr klein. Aus einer Ecke des Daches stieg Rauch auf. Sie riefen laut, und eine Stimme antwortete von drinnen.

»Es sind Schäfer«, erklärte Mama Maru, »Freunde von Sebastián. Wir werden die Nacht hier verbringen. Morgen brechen wir in Richtung der Seen auf, die sich hinter den Hügeln befinden.«

Sie betraten die Hütte. Als sich ihre Augen an die Dunkelheit gewöhnt hatten, erkannten sie eine alte Frau und ein Kind, die vor einem Feuer saßen. Es reichte kaum aus, um den Raum zu erwärmen. Lara beobachtete Mama Maru, die auf die Frau zusteuerte.

»Mama Simona, wir sind Freunde von Tata Sebastián. Wir möchten die Nacht hier verbringen und haben dir etwas mitgebracht.« Damit überreichte sie ihr ein kleines Päckchen.

»Danke, vielen Dank für das Geschenk. Wir haben gestern erfahren, dass ihr kommen würdet. Setzt euch zu uns«, sagte die Frau, wobei sie Lara nicht aus den Augen ließ. Offenbar war sie neugierig, warum Mama Maru eine Fremde hierhergebracht hatte.

Das kleine Mädchen sah die beiden fröhlich an und ließ ihre schwarzen Augen nicht von ihnen ab. Sie lächelte und zeigte dabei eine Reihe weißer Zähne.

An diesem Abend legten sie sich zeitig zur Ruhe, denn sie waren müde von der langen Wanderung. Lara nahm noch einen Aufguss aus Kokablättern zu sich und fiel dann in einen tiefen Schlaf. Sie hatte das Gefühl, gerade erst die Augen geschlossen zu haben, als sie spürte, wie eine Hand sie berührte, um sie wachzurütteln.

»Steh auf, Lara!«, rief eine Stimme. Es war Mama Maru, die vor ihr stand. »Wir müssen los, sonst wird es zu spät.«

Lara hätte liebend gern noch länger geschlafen. Obwohl sie mehrere Stunden hier verbracht hatten, fühlte sie sich noch nicht richtig ausgeruht. Aber sie durfte nicht liegen blieben, denn die *Curandera* hatte ihr befohlen aufzustehen.

Um sich vor Kälte und Wind zu schützen, zog sie warme Kleider an und trat dann hinaus ins Freie. Es war noch dunkel, am Himmel sah man die Sterne. Über ihr leuchtete die Venus. Es musste etwa drei Uhr morgens sein. Zu ihrer Linken schimmerte in all seiner Pracht das Kreuz des Südens.

Sie war noch verschlafen und folgte Mama Maru, die den Weg hinauf zum Berg eingeschlagen hatte, wie ein Roboter. Doch die frische Morgenluft ließ sie langsam zu sich kommen. Schließlich gelangten sie zum Gipfel. Von nun an ging es bergab.

»Dort unten liegen drei Seen«, sagte die *Curandera* und deutete auf einen Punkt. »Das ist einer von ihnen. Die beiden anderen sind etwa zwei Kilometer entfernt.«

Langsam näherten sie sich dem See, dessen Umrisse Lara wegen der Dunkelheit nicht genau erkennen konnte. Sie kniff die Augen zusammen und sah nun, dass in der Nähe einiger Felsen eine große Menge Wasser aus dem Erdinneren austrat. Die beiden Frauen hielten inne, ohne dass Lara wusste, was sie vorhatten.

Mama Maru nahm ein Bündel von ihren Schultern, knotete es auf und legte es auf die Erde. Sie holte eine Glutpfanne, etwas Kohle und einen Beutel mit heiligen Kräutern hervor. Dann stellte sie die Glutpfanne auf, zündete die Kohlen an und entfachte ein Feuer. Kurze Zeit später schimmerte die

Glut wie ein Rubin. Die *Curandera* trat nun näher an das Ufer des Sees heran.

»Mama Qocha, Mutter *Amaru*, Mutter des Wassers, du bist die Wächterin über die Gefühle der Frau. Wir stehen vor dir und bitten dich um Eingebung und Vorstellungskraft.«

Dann streute sie eine Handvoll Kräuter über die brennende Glut. Weißlicher Rauch stieg auf, und ein angenehmer Geruch verbreitete sich. Danach kniete sie am Ufer nieder, zog ein Päckchen hervor und schleuderte es ins Wasser. Dabei sprach sie: »Mama Qocha, Mutter des Sees, nimm meine Gabe an. Geister des Wassers, Geister dieser Quelle, verleiht dieser Frau Intuition und aufrichtige Gefühle.«

Lara hörte schweigend zu. Noch hatte sie keinerlei Vorstellung davon, was bald darauf geschehen sollte. Als Mama Maru ihre Gebete beendet und sich mehrfach gegen den See verneigt hatte, wandte sie sich ihr zu, sah ihr fest in die Augen und sagte: »Zieh dich aus!«

»Was?«, rief Lara überrascht aus.

»Ich habe gesagt, zieh dich aus, und zwar ganz.«

»Aber es ist kalt hier«, protestierte Lara.

»Genug! Zieh dich aus. Ich befehle es dir.«

Lara wusste, dass sie keine andere Wahl hatte, und begann sich auszuziehen. Sie spürte die eiskalte Bergluft. Unterdessen hatte Mama Maru eine kleine Tasse hervorgeholt, in die sie etwas Wasser füllte. Lara dachte zunächst, die *Curandera* würde sie damit nass spritzen. Umso größer war ihre Verwunderung, als diese sich die Hände damit wusch und dann zu ihr sagte: »Steig in den See.«

In über viertausend Metern Höhe war das Wasser nicht nur kalt, sondern eisig. Kaum hatte Lara ihre Fußspitzen eingetaucht, bekam sie am ganzen Körper eine Gänsehaut. Doch die *Curandera* blieb ungerührt: »Spring ins Wasser und tauche ein paar Mal unter. Schwimme zehn Meter und kehre dann zurück.«

Lara traute ihren Ohren nicht. War Mama Maru verrückt geworden, oder was ging hier vor sich? Um diese Zeit in einen See springen? In dieser Höhe und bei dieser Kälte würde sie sich sicher eine schlimme Lungenentzündung holen. Aber die *Curandera* befahl mit fester Stimme: »Spring oder zieh dich wieder an. Du weißt aber, dass ich dich nicht länger unterweisen werde, wenn du aufgibst.«

Lara hatte so viel dafür getan, Mama Marus Vertrauen zu gewinnen, und ihr viele Male versichert, dass sie bereit sei, die härtesten Prüfungen auf sich zu nehmen. Nun war es an der Zeit, ihr Wort zu halten, denn Mama Maru hatte ihr immer wieder gesagt: »Was das Leben unter den Indios so menschlich macht, ist, dass sie ihr Wort halten. Ein Mensch ist nur dann ein *Runa*, wenn er sein Wort hält.«

Lara hatte Angst, sich zu erkälten, aber sie wollte unbedingt die Prüfung bestehen. Sie trat näher ans Ufer, streckte erst den einen Fuß hinein, dann den zweiten, spritzte sich ein wenig Wasser auf die Brust und sprang dann hinein. Sie spürte die beißende Kälte auf ihrer Haut. Ihr war klar, dass sie mindestens zehn Meter in diesem eisigen Wasser schwimmen musste. Sie nahm all ihre Kräfte zusammen und schwamm los, ohne weiter auf die erbarmungslose Temperatur zu achten, die ihren Körper umgab. Es kam ihr vor, als würden sich tausend Nadeln in ihre Haut bohren. Um diesem unangenehmen Gefühl entgegenzuwirken, bewegte Lara ihre Arme und Beine so schnell sie konnte. Auf diese Weise erzeugte sie Wärme und Energie.

Sie schwamm zügig. Mit flinken Bewegungen entfernte sie sich vom Ufer und kam kurz darauf zurück, denn sie wollte so schnell wie möglich der schneidenden Kälte entkommen. Als sie das Ufer erreichte und aus dem Wasser stieg, spürte sie, wie warm und angenehm die Luft war.

Mama Maru reichte ihr eine Decke und ein Handtuch. Lara trocknete sich sorgfältig ab und wickelte ein Handtuch um das nasse Haar, dabei klapperte sie mit den Zähnen. Sie massierte sich und rubbelte sich dann mit einem rauen Tuch ab. Danach zog sie sich an, hüllte sich in eine Decke und kauerte sich in eine Mulde. Ein merkwürdiges Gefühl hatte sie ergriffen. Es kam ihr vor, als würde das Leben in ihren Körper zurückkehren, sie fühlte sich von einer wohligen Wärme durchdrungen.

Bevor sich die beiden auf den Weg zurück zur Hütte begaben, warteten sie den Sonnenaufgang ab. Als die ersten Strahlen auf den See fielen, sah Lara, dass sich ein Lichtstreifen auf dem Wasser gebildet hatte, der von einem Ufer zum anderen reichte.

»Das ist der ›See der Inkas‹«, erklärte ihr Mama Maru. »Hier nahmen unsere Vorfahren ein Bad, um frische Energien zu tanken, hier ließen sie all ihre Schwächen zurück. In diesen Wassern sammelten sie die magnetischen Kräfte, die von der Nacht behütet wurden. So gewannen sie an Schönheit und stärkten vor allem ihre Intuition.

Es war Malikas Lieblingssee. Ihr Geist ist immer noch anwesend. Durch dein Bad bist du mit ihr in Kontakt getreten. Setz dich jetzt hierher«, befahl die *Curandera*.

Lara war bereits angezogen, doch da ihr Haar immer noch feucht war, setzte sie vorsichtshalber den Hut auf. Dann kauerte sie sich neben der *Curandera* nieder, die in der Hocke saß und anfing, kehlige Laute auszustoßen. Dabei sah sie mit halb geschlossenen Augen in Richtung der Sonne. Einen Moment lang hielt sie inne und sagte: »Hast du gehört, wie es klingt? Mach es genauso und schau dabei mit leicht geöffneten Augen in die Sonne. Auf diese Weise nimmst du die Energie, die sie in diesem Augenblick auf dich strahlt, direkt in dich auf.«

Die beiden Frauen stießen nun gemeinsam diesen Laut aus, solange bis die *Curandera* Einhalt gebot. Lara war nach und nach zur Ruhe gekommen. Zu Beginn hatte sie noch mit den Zähnen geklappert, doch nun ging es ihr gut. Sie konnte immer noch nicht begreifen, dass sie nach dem Bad in dieser Höhe nicht zu Eis erstarrt war. Irgendetwas musste in dem Wasser sein, das dies verhinderte. Obwohl es so eisig war, verlieh es dem Körper Kraft, und er zeigte keine außergewöhnlichen Reaktionen.

Auf ihrem Weg zurück zur Hütte erklärte die *Curandera*: »Bei den Aufgaben, die dir das Leben stellt, musst du wie die Frau sein, die in den See springt. Das Leben ist voller Herausforderungen, und wir Menschen müssen uns bewähren, indem wir sie annehmen. Auch wenn wir dabei leiden, ist es der Mühe wert, denn unser Leben wird dadurch reicher. Wir reifen, werden verständiger und erwachsener.«

Lara dachte daran, wie oft sie Herausforderungen gemieden, vor ihnen die Augen verschlossen hatte. Nur sehr selten hatte sie sich ihnen gestellt. Doch sie war erfolglos geblieben, denn sie hatte nicht gekämpft und schließlich eine Niederlage erlitten.

Die *Curandera* schien ihre Gedanken zu erraten und fügte hinzu: »Im täglichen Kampf kann man siegen oder besiegt werden. Wichtig ist, dass man weiterkämpft. Auch wenn man verletzt ist, darf man nicht aufgeben. Hindernisse zu überwinden, stärkt uns selbst, denn es zwingt uns, uns mit der eigenen Angst auseinanderzusetzen, Mut zu zeigen und zu handeln, um ihnen begegnen und sie besiegen zu können. Nur wer kämpft, wer dabei sowohl Fantasie als auch Verstand gebraucht, tapfer und willensstark ist und alles übersteht, kann am Ende triumphieren.«

»Ich hatte Angst. Unter anderen Umständen hätte ich diese Prüfung nicht auf mich genommen. Ich muss gestehen, dass ich entsetzt war.«

»Wir alle haben Angst. Angst ist menschlich, und ihr zu begegnen heißt, dem Unbekannten entgegenzutreten. Man braucht Mut und Willenskraft, um zu handeln und die Angst zu überwinden«, antwortete die *Curandera*.

Lara befand sich in Begleitung einer Frau, die reich an Erfahrung und Wissen war. Um zu der Gemeinschaft der *Curanderos* zu gehören, hatte Mama Maru die Herausforderungen des Lebens angenommen, war ihnen begegnet und hatte gesiegt. Nur so war es ihr gelungen, in den Kreis der *Amaru Runakuna* aufgenommen zu werden, einer Gruppe von Personen, die alle ihre Angst überwunden, ihre Tapferkeit, ihren Verstand und ihre Kühnheit unter Beweis gestellt hatten, die ihre Aufgabe, ihre Bestimmung kannten und deshalb das Privileg hatten, als ein *Amaru* zu gelten.

In der modernen Gesellschaft wird aus Angst geschwiegen, man versteckt sich, unterwirft sich oder heuchelt den anderen etwas vor. Viele Menschen hassen sich, wagen aber nicht, es zu sagen. Andere wiederum lieben sich, haben aber nicht den Mut, es zu gestehen. Viele spielen und geben vor, jemand anderes zu sein, als sie tatsächlich sind. Aus Angst wurde eine falsche Welt errichtet, in der alles auf Konventionen beruhte. Die Menschen mussten anziehen, was ihnen nicht gefiel, Feste veranstalten, um den Schein zu wahren, und an sinnlosen Versammlungen teilnehmen. Sie gaben sich nach außen hin fröhlich und glücklich, ohne es zu sein.

Die modernen Menschen haben unzählige Ängste: die Angst, ihre Arbeit zu verlieren, die Angst davor, was die anderen über sie denken, die Angst, die Konventionen nicht zu wahren, die Angst, bald zu sterben. Diese Ängste beherrschen ihre Existenz. Mama Marus Aufgabe bestand darin, ihrer jungen Schülerin beizubringen, die Angst zu überwinden, indem sie sie Gefahren aussetzte.

Lara war sehr nachdenklich geworden. Dass die *Curandera* ihr befohlen hatte, mitten in der Nacht ins Wasser zu springen, war nur ein kleiner Vorgeschmack auf die Prüfungen, denen sie sich unterziehen musste, um der Angst entgegenzuwirken. Ihre Zukunft war vollkommen offen. Vorläufig war sie am Leben und befand sich auf Wanderung. Sie hatte eine weitere Prüfung bestanden, und in ihr wuchs nach und nach eine Art Sicherheit dem Leben gegenüber.

Mama Maru verzichtete auf lange Erklärungen und sagte nur: »Hindernisse tauchen auf, wenn du sie am wenigsten erwartest. Dann musst du ihnen begegnen. Wichtig ist, seine Erfahrungen dann zu machen, wenn der richtige Zeitpunkt gekommen ist.«

Lara nickte zustimmend. Sie hatte begriffen: Es kam darauf an, sich den Prüfungen zu stellen, ohne darauf zu warten, dass jemand sie antrieb oder dazu zwang, dies zu tun. Wenn ihr Mann, ihre Mutter oder ihr Vater von ihr verlangt hätten, sich in jenes eiskalte Wasser zu stürzen, hätte sie es sicherlich nicht getan. Doch hier war sie mit einer fremden Frau zusammen, die sie nur unter einer Bedingung als ihre Schülerin akzeptierte: Sie musste ihr blind gehorchen, denn nur so konnte sie etwas erreichen.

Sie kamen zu der Hütte, in der sie übernachtet hatten. Nachdem Mama Simona die Lamas und Alpakas hinausgelassen und zu einem etwa fünfhundert Meter entfernten Weideplatz geführt hatte, war sie zusammen mit der Kleinen zurückgekehrt, um auf die beiden zu warten. Die alte Hirtin, die nur Quechua sprach, lächelte und gab ihnen ein Zeichen, dass sie ihr in die Hütte folgen sollten. Sie hatte eine Suppe zubereitet, die sie auf Tontellern servierte. Sie war warm und hatte eine beigegraue Farbe. Während des Essens erklärte die *Curandera* an Lara gewandt: »Diese Suppe, die sich *Lagua* nennt, besteht aus Gerstenmehl und getrockneten Kartoffeln. Sie gibt uns die nötige Kraft, um von einem Ort zum anderen zu gelangen.«

Lara erwiderte nichts. Eigentlich hätte sie lieber etwas anderes zu sich genommen als diese fade Mahlzeit. Doch sie hatte den strikten Befehl, dasselbe zu essen wie die Meisterin und auch dasselbe zu tun wie sie. Deshalb aß sie weiter, und nach und nach empfand sie den Geschmack der Suppe als angenehm. Die Alte brachte auf Bitten Mama Marus auch einen Aufguss aus Coca-Blättern.

»Die Leute hier brauchen dieses Getränk nicht«, erklärte die *Curandera*. »Sie sind an die Höhe gewöhnt. Aber du musst es trinken, denn man merkt, dass du darunter leidest.«

Als sie ihre Malzeit beendet hatten, begann Mama Maru, von Mama Simona zu erzählen.

Die Frau lebte mit ihrer Enkelin zusammen und hütete die Lamas und Alpakas, die ihrem Mann gehört hatten. Sie wollte nicht im Dorf leben, weil ihr das Leben dort zu kompliziert erschien.

»Kompliziert?«, rief Lara erstaunt aus. »In der Stadt zu leben ist kompliziert. Dort führt man ein unruhiges Dasein. Aber wir sind selber schuld, dass wir uns diesen Käfig gebaut haben, der uns das Leben schwer macht.«

»Hier sind die Menschen mit sehr wenig zufrieden. Sie ernähren sich einfach, arbeiten und leben ihr Leben auf ihre Weise«, bemerkte die *Curandera*. Dann fügte sie hinzu: »Heute ist ein sehr schöner Tag, es herrscht Ruhe und Frieden. Ich muss einige Behandlungen vornehmen. Es werden Leute herkommen, die wissen, dass ich hier bin, um sich von mir heilen zu lassen.«

Als sie aus der Hütte traten, warteten dort bereits einige Leute auf die *Curandera*. Sie waren verwundert, sie in Begleitung von Lara anzutreffen.

»Kann ich dabei sein, wenn du sie behandelst?«

»Ich arbeite lieber alleine. In der Zwischenzeit kannst du auf den Hügel dort wandern. Oben befindet sich ein weißer Felsen, auf dem sich gut ausruhen lässt. Von dort kannst du die Landschaft überblicken, deinen Gedanken freien Lauf lassen und nachdenken. Wenn du Hunger bekommst, suche dir ein paar Wurzeln.«

Die *Curandera* zog eine Knolle aus der Tasche und hielt sie Lara hin: »Sieh dir diese Wurzel an. Sie wächst an bestimmten Stellen dicht unter der Oberfläche. Du erkennst sie an den weißen Blüten und den gelblichgrünen Blättern.«

Mama Maru fing an, die Knolle, die außen hellbraun war, mit den Fingernägeln zu schälen. Im Inneren war sie weiß.

»Probier davon! Du wirst sehen, dass sie dir schmeckt«, sagte sie.

Lara nahm ein Stück, um zu kosten. Sie hinterließ einen süßlichen Geschmack im Mund, ähnlich wie der einer Karotte.

Nachdem sie die ganze Knolle aufgegessen hatte, nahm Lara eine Decke und schlug den Pfad zum Hügel ein. Mit langsamen Schritten stieg sie bergauf. Unterwegs traf sie auf die grasenden Lamas und Alpakas. Als sie an den Tieren vorbeikam, hoben sie ihre Köpfe, streckten die Hälse aus und sahen sie mit aufgestellten Ohren an. Dann sprangen sie davon, geführt von der kleinen Josefa, die neben ihnen herlief. Der Aufstieg war ein wenig mühsam. Doch Laras Körper hatte sich inzwischen daran gewöhnt, und so lief sie weiter, bis sie zu der Stelle kam, von der Mama Maru gesprochen hatte.

Sie fand einen flachen Felsen, auf den sie sich setzte. Zu ihrer Rechten lagen hohe Berge, zu ihrer Linken sah sie auf zwei Felswände. Die alles beherrschende Farbe war grau. Nur der Himmel leuchtete blau, aber hier und da sah man Wolken, die nach Nordwesten zogen. Zu ihren Füßen lag der See, in dem sie eine wertvolle Erfahrung gesammelt hatte.

Vor ihr breitete sich eine weitläufige Landschaft aus. Sie befand sich auf dem Dach der Welt: ringsum gewaltige Berge, Hochebenen, Gletscherspalten und gelbgrünes Weideland. Von hier aus konnte man die Colca-Schlucht und den Fluss erkennen, der sich wie eine gigantische Schlange von oben hinabschlängelte, um sich im Tal zu verlieren.

Von einer geheimnisvollen Kraft angezogen, begab sich Lara auf den Abstieg hinunter zum See. Sie näherte sich dem Ufer. Die Wasseroberfläche kräuselte sich leicht im Wind. Unter dem türkisblauen Himmel schimmerte der See zartblau. Lara betrachtete das gelblichgrüne Weideland, die zum Teil schneebedeckten, zum Teil gelbgrauen Berge, die sich im Wasser spiegelten, und begriff, dass die Natur ewig, stark und mächtig war.

Lange beobachtete sie die Bewegung des Wassers, das Spiel der Wellen im Wind. Etwas trieb sie dazu, noch dichter an das Ufer heranzutreten. Sie beugte sich hinab und trank einen Schluck Wasser.

In diesem Augenblick vernahm sie ein Murmeln und kurz darauf einen überirdischen, geheimnisvollen, zarten Klang, der aus der Tiefe des Sees aufstieg. Erstaunt beugte sie sich weiter vor, um besser hören zu können. Ihr Gesicht spiegelte sich im Wasser. Für einen kurzen Moment betrachtete sie es, dann war sie wie hypnotisiert von jener kristallklaren Oberfläche. Eine wohltönende Stimme kam aus der Tiefe des Sees: »Allzeit geliebte Tochter… wenn du frei sein willst, musst du friedlich voranschreiten, solange Frieden herrscht, und kämpferisch in Zeiten des Konflikts. Höre auf deine innere Stimme und folge ihr. Deine Stärke liegt darin, deine eigenen Entscheidungen zu fällen und entsprechend zu handeln.

Du bist stark, auch wenn du selbst nicht daran glaubst. Aber du musst deinen Geist, deine Gefühle und deine Triebe unter Kontrolle halten, denn sie sind wild. Wenn du weißt, wie du mit ihnen umgehen musst, nutze sie mit Weisheit. Glaube nicht an das, was die anderen sagen, und denke nach, bevor du handelst. Bedenke, dass es immer Menschen gibt, die dich beeinflussen wollen. Hör nicht auf sie, und lass dich niemals von deinen Zweifeln lähmen. Der Zweifel ist Teil unseres Geistes. Um ihn im Gleichgewicht zu halten, müssen wir den Verstand des Herzens benutzen.

Folge deinem Herzen, wenn du deine Entscheidungen triffst. Verliere dich nicht im Detail, sondern handle. Denke immer daran, dass du verantwortlich bist für das, was du tust. Darin besteht die Kunst des Lebens. Akzeptiere dich ganz und gar als Frau. Ich werde dir immer mit Rat zur Seite stehen. Nun trinke aus dem Kelch zu deinen Füßen, um deine Seele zu erfrischen und den Bund mit mir zu schließen. Lebe wohl, meine Tochter.«

In diesem Moment verstummte die rätselhafte Stimme, und auch das Gesicht verschwand. Lara tauchte die Hände ins Wasser und trank davon, wie aus einem Kelch des Lebens. Sie fühlte sich befreit von Schmerz und Trauer, von einem Gewicht, das jahrelang auf ihr gelastet hatte. Es schien, als trete sie in einen neuen Bewusstseinszustand ein: in ihr Dasein als wahre Frau.

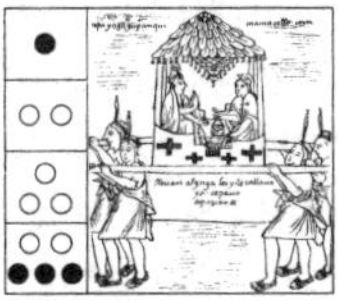

13
Liebe ist die Morgenröte der Ehe

Im Laufe der Zeit lernte Lara die *Curandera* immer besser kennen und erkannte nach und nach, wie schwierig das Leben an ihrer Seite war. Um eine wahre Frau zu werden, würde sie noch viele Hindernisse überwinden müssen. Sie wusste, dass ihr weitere schwere Prüfungen bevorstanden, aber sie war eine tatkräftige Frau und dazu bereit, allen Schwierigkeiten zu trotzen.

Die Strecke, die sie an diesem Morgen zurücklegten, war ziemlich beschwerlich, da sie schweres Gepäck auf dem Rücken trugen. Mama Maru lief langsam den schmalen Pfad voran, der am Rande eines Steilhanges entlangführte. Sie mussten sehr aufpassen, um nicht abzurutschen. Ein falscher Schritt, und sie wären in den Abgrund gestürzt.

Mama Maru wollte mit Lara nach Tocayo, das etwa einen Tagesmarsch vom Fluss entfernt lag. Der Weg führte von Pinchollo aus zunächst in Serpentinen hinauf und schlängelte sich dann in leichten Windungen über schmale Pässe bis zu einer Hängebrücke, über die man nach Tapay gelangte. Von dort aus ging es weiter durch mehrere Dörfer.

Langsam verließen Lara die Kräfte, denn die Last auf ihrem Rücken wog schwer. Obwohl ihr Körper robust und widerstandsfähig war und ihr das Wandern in den Bergen nichts mehr ausmachte, hatte sie das Gefühl, kaum noch mit Mama Maru Schritt halten zu können. Die alte *Curandera* lief energisch und flink voran, als wäre ihr Gepäck federleicht. Lara litt hingegen unter dem Gewicht und musste immer wieder Pausen einlegen, um auszuruhen und zu Atem zu kommen. Die *Curandera,* die ihre Erschöpfung bemerkt hatte, meinte während einer solchen Rast: »Wenn du weiter so läufst, wirst du bald keine Kraft mehr haben. Du musst deinen Schritt und deine Atmung aufeinander abstimmen. Sie müssen im Einklang sein, dann wirst du nicht müde. Das ist das ganze Geheimnis.«

Lara erwiderte nichts, aber im Stillen hegte sie einen gewissen Groll: »Ich hab viel zu weite Kleider an, trage unbequeme Sandalen, bin bepackt wie ein Esel, schleppe vierzig Kilo mit mir herum und soll meine Atmung kontrollieren. Das ist unmöglich. Mir ein derartiges Gewicht aufzubürden, ist eine Zumutung, eine Missachtung meiner Würde.«

Als hätte sie Laras Gedanken erraten, drehte Mama Maru sich zu ihr um und meinte: »Wenn du im Leben vorankommen willst, musst du zuversichtlich sein, auch wenn dein Geist pessimistisch ist. Die Würde zeigt sich nicht darin, wie man sich kleidet oder schmückt, sondern darin, welchen Wert man sich selbst beimisst, und auch in der Art, wie man sich bewegt und läuft.«

»Und wie laufe ich? Was denkst du von mir?«

»Du läufst wie ein Mann. Deine Bewegungen müssen weiblicher werden.«

»Ich weiß nicht, wie das geht. Ich glaube, ich habe es verlernt. Bisher hat mich noch nie jemand darauf aufmerksam gemacht.«

»Um es erneut zu lernen, mache folgende Übung. Sage dir im Stillen: Ich bin eine große Frau! Sag es mehrmals hintereinander. Dann hebe deinen Kopf und richte den Blick auf den Horizont. Dein Körper muss dabei aufrecht und gerade sein. Bewege dich mit leichtem Schritt und auf den Fußspitzen vorwärts. Sieh, wie ich laufe.«

Lara blickte zu Mama Maru hinüber, und erst jetzt bemerkte sie, dass ihre Art zu laufen, trotz des hohen Alters und der schweren Last, die sie mit sich trug, rhythmisch und voller Anmut war. Lara versuchte sie nachzuahmen, doch sie gab es bald auf, denn es kostete sie noch größere Mühe. Mama Maru hatte sie beobachtet und meinte: »An deinem Gang erkennt man, dass du eine zu geringe Selbstachtung hast. Wenn du ihn verändern willst, musst du deine Bewegungen mit einer Vorstellung begleiten. Stelle dir vor, du bist eine große Frau. Entscheidend ist, was du selbst von dir denkst. Es genügt nicht, die Brust vorzustrecken, die Schultern zu heben und den Blick nach vorn zu richten, wenn in deinem Inneren negative Gedanken vorherrschen. Bisher hast du geglaubt, nicht viel wert zu sein. Du hast dich immer unterschätzt, trotz deiner Qualitäten. Was hast du damit erreicht? Nichts, außer dass die Leute deine Person zu wenig achten.

Steh aufrecht, laufe mit lockerem, anmutigem Schritt, auch wenn du eine Tonne Gewicht auf dem Rücken trägst. Denk vor allem daran, dass du eine schöne, starke und mächtige Frau bist, die keine Müdigkeit kennt. Sage dir immer wieder: Ich bin schön, ich bin kostbar, ich bin eine große Persönlichkeit.«

»Aber das hieße, mich selbst zu wichtig zu nehmen, mein Ego aufzublähen«, wandte Lara ein.

»Besser so, als überhaupt kein Ego zu haben. Lerne, dich selbst zu achten und dich als eine wichtige Frau zu empfinden, denn das bist du. Wenn du vor dir selbst nichts wert bist, brauchst du nicht zu hoffen, dass du es für andere bist.«

Als Lara diese Worte hörte, begriff sie mit einem Mal eine Ursache ihres inneren Konflikts. Sie wusste, dass Mama Maru Recht hatte. Jahrelang hatte sie zu wenig Selbstwertgefühl gehabt, hatte versucht, anderen zu gefallen, und war von deren Urteil abhängig gewesen. Sie hatte Angst gehabt, ihnen zu widersprechen, insbesondere ihrem Mann. Was hatte sie damit erreicht? Er hatte sie beiseite geschoben wie ein altes Möbelstück.

Mama Maru lief schweigend weiter. Ihr Gang wirkte sehr weiblich, aber mit jedem ihrer Schritte bezeugte sie, dass sie frei war und stolz darauf, eine Frau zu sein.

Lara versuchte, sie nachzuahmen, und dachte dabei unaufhörlich an die Worte der *Curandera*. Sie kümmerte sich nicht länger um die Last auf ihrem Rücken und die Kleider, die sie trug, sondern dachte über ihre Einstellung zum Leben nach. Wenn sie als große Frau gelten wollte, musste sie sich verändern. Mama Maru unterbrach ihre Gedanken: »Bald werden wir eine Hochebene erreichen. Von dort führt der Weg hinab zur schmalsten Stelle des Canyon, die von einer Brücke überspannt wird. Um über den Fluss zu gelangen, müssen wir sie überqueren.«

Während sie dem Weg zur Hochebene folgten, betrachtete Lara die tiefen Schluchten und Abgründe zu ihrer Linken. Von weitem wirkten die beiden Frauen mit ihrem Gepäck wie zwei Ameisen und nicht wie zwei menschliche Wesen.

Kurz darauf begann der Abstieg. Sie erreichten eine *Meseta*, die mit dem blassgelben Weideland der Kordilleren bewachsen war. Trotz der spärlichen Vegetation lebten hier Tiere, aber weit und breit war kein Mensch zu sehen.

»Wem gehört das Vieh dort? Man sieht gar keine Hirten«, fragte Lara neugierig.

»Sie gehören zur Gemeinde Pinchollo«, erwiderte Mama Maru. »Sie weiden hier, und jeder der Bewohner weiß, welche Tiere ihm gehören. Sie sind durch bunte Bänder im Ohr oder durch ein Brandzeichen gekennzeichnet.«

»Wie barbarisch«, rief Lara. »Ich finde es unerhört, dass man den armen Tieren noch im einundzwanzigsten Jahrhundert Derartiges antut.«

»So ist es eben. Hier ist die Zeit stehen geblieben, die Errungenschaften der Stadt sind den Menschen in dieser Gegend fremd. Sie führen ein hartes, karges Dasein, aber sie leben in der Gegenwart.«

Schweigend wanderten sie weiter. In der Ferne zogen Wolken gen Westen. Als sie das Ende der *Meseta* erreicht hatten, folgten sie einem schmalen, felsigen Pfad bergab. Sie mussten sich auf jeden Schritt konzentrieren. Unten angelangt, schlugen sie den Weg zu einer Hängebrücke ein, die aus Tauen und Holzbalken gemacht war. Sie war etwa dreißig Meter lang und so gearbeitet, dass die seitlich geknüpften Taue als Geländer dienten. Das bot den Menschen, die sie benutzten, zumindest etwas Sicherheit.

»Wir werden diese Brücke überqueren und danach noch einige Stunden laufen, bis wir Tocayo erreichen«, sagte Mama Maru, als sei nichts dabei. »Folge mir und achte darauf, wo du die Füße hinsetzt. Die Taue an den Seiten werden dir helfen, das Gleichgewicht zu halten.«

Mit entschlossenem Schritt ging die *Curandera* auf die Brücke zu, fasste die Seile und begann hinüberzulaufen. Bevor Lara ihr folgte, sah sie hinab. Tief unter ihr rauschte der Fluss. Ein Zittern durchlief ihren Körper, ihr wurde schwindelig. In diesem Moment erfasste ein kräftiger Ostwind die Brücke und bewegte sie hin und her wie eine Schaukel.

»Müssen wir unbedingt dort hinüber? Gibt es keinen anderen Weg?«, fragte Lara entsetzt.

»Nein, es gibt keinen anderen Weg«, antwortete Mama Maru, die bereits ein Stück vorausgegangen war. »Alle nehmen diese Brücke, und auch wir werden es tun. Komm jetzt!«

Mit diesen Worten lief sie weiter dem anderen Ufer entgegen. Dabei hielt sie mit den Händen die seitlichen Taue umklammert und trat mit festem Schritt auf die hängenden Balken.

Im Wind begann die Brücke immer stärker zu schwanken. Sie jetzt zu betreten, war ein waghalsiges Unterfangen. Lara war voller Entsetzen. Es schnürte ihr die Kehle zusammen, der Magen rebellierte, und sie spürte, dass ihre Blase sich entleerte. Todesangst überfiel sie, und kalter Schweiß lief ihr über den Rücken.

Mama Maru hatte bereits die Mitte der Brücke erreicht, doch Lara stand immer noch reglos da, die Augen starr auf den Abgrund gerichtet. Trotz des Windes setzte die *Curandera* ihren Weg in aller Ruhe fort. Als sie die andere Seite erreicht hatte, schrie sie Lara zu: »Lauf herüber! Worauf wartest du?«

»Ich kann nicht, nicht mit all dem Gepäck. Ich schaff es nicht«, rief sie verzweifelt zurück.

»So ein Unsinn! Du kannst es, du wirst es schaffen. Zögere nicht länger und komm herüber!«, befahl die *Curandera*. Ihre Stimme klang fest, so als würde sie keinen Widerspruch dulden.

Lara musste sich vorwagen, andernfalls hätte Mama Maru sie hier alleine zurückgelassen, dessen war sie sich sicher. Zitternd näherte sie sich der Brücke. Sie hatte Angst, durch die Lücken hindurchzufallen und in den Fluss zu stürzen, der sich unzählige Meter tief unter ihr wie ein schmales Silberband entlangzog.

»Sieh nicht auf den Fluss«, schrie ihr Mama Maru von der anderen Seite zu. »Lauf einfach über die Querbalken und halte dich an den seitlichen Tauen fest, wie ich es dir erklärt habe.«

Lara zögerte. Ohne das Gepäck hätte sie vielleicht einen Versuch unternommen, aber so hatte sie Angst, das Gleichgewicht zu verlieren. Sie war wie gelähmt, das Herz schien ihr vor Aufregung fast zu zerspringen. Von Panik ergriffen, blieb sie wie angewurzelt stehen.

»Lauf los«, hörte sie die beharrliche Stimme der *Curandera*.

Lara war vor Schreck wie versteinert, ihr Gesicht leichenblass. Mama Maru erkannte die Situation. Mit sicherer Stimme rief sie ihr zu: »Da deine Angst dich daran hindert, die Brücke zu betreten, musst du versuchen, dich zu beruhigen. Atme langsam ein und aus und stelle dir dann eine stabile, gut konstruierte Brücke vor. So wirst du nicht hinunterfallen. Stelle dir vor, du überquerst sie ohne Schwierigkeiten.«

»Das kann ich mir nicht vorstellen. Diese Brücke schwankt.«

»Tu, was ich gesagt habe, oder du wirst mich nie wieder sehen.«

Lara atmete tief ein, dann schloss sie die Augen und stellte sich eine fest verankerte Brücke vor. Mit aller Macht kämpfte sie gegen die Anspannung und die bedrohliche Angst an, nahm ihren ganzen Mut zusammen und betrat die schwankenden Balken. Trotz ihrer Angst kam sie zunächst gut voran. Doch als sie etwa die Mitte erreicht hatte, frischte der Wind auf, und die Brücke begann, heftiger zu schaukeln.

»Lauf weiter, bevor der Wind noch stärker wird«, rief die *Curandera*.

In diesem Moment spürte Lara, wie das Gepäck verrutschte, sie verlor beinahe das Gleichgewicht. Starr vor Schreck klammerte sie sich an die seitlichen Taue. Dabei schrie sie verzweifelt um Hilfe.

Die *Curandera* eilte herbei, als sei die Brücke ein ebener Weg, rückte das Gepäck zurecht und befahl dann mit ruhiger Stimme: »Lauf weiter. Wenn du abrutschst, werde ich dich an die Hand nehmen und dir helfen.«

Mama Marus Nähe flößte Lara Mut ein. Sie lief weiter, obwohl die Brücke bedenklich schwankte. Mit zitternden Händen hielt sie die Taue umklammert und beschleunigte ihre Schritte.

Die *Curandera* folgte ihr. Langsam näherten sie sich der anderen Seite, und Mama Maru meinte aufmunternd: »Es fehlen nur noch wenige Meter. Lauf weiter, hab keine Angst. Den größten Teil hast du bereits hinter dir.«

Als Lara sah, dass sie kurz vor dem Ziel war, wurden ihre

Schritte sicherer. Als sie das andere Ufer erreichte, zeichnete sich auf ihren Lippen ein zufriedenes Lächeln ab, und sie rief: »Ich habe es geschafft. Ich habe diese verdammte Brücke überquert.«

»An deiner Stelle würde ich nicht so fluchen. Die Brücke hat uns geholfen, von einer Seite auf die andere zu gelangen. Wenn wir einen anderen Weg gegangen wären, hätten wir mindestens zwei Tage länger gebraucht und hätten außerdem den Fluss im Auge behalten müssen. Die Brücke hat uns diese Mühen erspart. Du wirst im Leben immer wieder vor Entscheidungen gestellt, die Gefahren mit sich bringen und deine Existenz bedrohen. Doch um deine Probleme zu lösen, musst du alle Waffen anwenden, mit denen dich die Natur ausgestattet hat. Du musst deine Vorstellungsgabe, deinen Verstand, deine Vernunft und deine Wahrnehmung nutzen, auf alte Erfahrungen zurückgreifen und aus den Fehlern lernen, die du gemacht hast, um dann mit Mut und Kraft zu handeln. So wird man mit seinen Problemen fertig.«

Lara hörte schweigend zu, während sie hinter Mama Maru herlief. Auf dieser Brücke hatte sie einen Teil ihrer Ängste zurückgelassen: ihre Höhenangst, die Angst, hinabzustürzen, ihre Unsicherheit und das Schwindelgefühl. Sie hatte gesiegt.

»Auf deinem Lebensweg hält das Schicksal zahlreiche Herausforderungen für dich bereit, um deinen Mut auf die Probe zu stellen«, erklärte die *Curandera*. »Du musst deine Entscheidungen rasch fällen, darfst sie nicht aufschieben, denn das vergrößert nur deine Qual. Wenn du Angst hast, wird sie dadurch nur noch verstärkt und zerstört dich am Ende. Trete ihr entgegen, und du wirst sehen, dass sie von dir abfällt.

Alleine hättest du diese Brücke nicht überquert. Du hast es getan, weil ich vorangegangen bin. Jetzt weißt du, dass du es kannst, und deine Angst wird von Mal zu Mal geringer werden. Du hast gehandelt, um diese Erfahrung zu machen. Nur wenn du eine Entscheidung fällst und einen Schritt nach vorne wagst, handelst du wirklich.

Es ist wichtig, nicht untätig zu verharren, denn die Angst kann lähmen; sie lässt sich nur bekämpfen, indem man handelt. Der Unterschied zwischen einem Held und einem Feigling liegt in seiner Haltung. Der Feigling weicht aus und bleibt stehen, der Held dagegen schreitet voran. Vielleicht geht er drauf bei dem, was er tut. Doch sehr viel wahrscheinlicher ist, dass er davonkommt.«

»Aber im alltäglichen Leben muss ich mich solchen Situationen nicht stellen«, wandte Lara ein. »In meinem Land gibt es keine derartigen Brücken. Bei uns sind sie fest und stabil.«

»Gewiss«, antwortete Mama Maru. »Ihr stellt nur sichere Dinge her. Aber es gibt andere Unsicherheiten, mit denen ihr leben müsst. Zum Beispiel eure Sorge um die Zukunft. Wo werde ich arbeiten? Wie wird mein Leben sich gestalten, wenn ich einmal alt bin?

Vor allem du, in deinem Alter. Du fühlst dich allein, bist weit weg von deinem Heimatland und den Menschen, die dir etwas bedeuten. Du bist von Schmerz erfüllt wegen dieser jüngeren Frau, die dir deinen Mann weggenommen hat. Sie hat deine Familie zerstört. Doch du hast nicht gekämpft, hast bloß allen gezeigt, wie dumm und untätig, wie abhängig, ängstlich und unglücklich du bist.«

Diese Bemerkung ließ in Lara Erinnerungen aufsteigen, die sie verdrängt hatte.

»Mein Mann hat mich verlassen und will nichts mehr von mir wissen. Er hat unsere Ehe zerstört. Er war mein Ein und Alles, ich habe ihm alles gegeben, meine Jugend, meinen Körper, mein Herz. Ich habe nur für ihn gelebt«, klagte Lara erbittert, während ihr Tränen über das Gesicht liefen.

Mama Maru blickte ihr fest in die Augen. Sie zeigte keinerlei Mitgefühl mit dem Schmerz ihrer Schülerin, denn sie wusste, dass Mitleid der Entwicklung von Laras Persönlichkeit nicht dienlich war. Falsche Erziehung und eine männlich geprägte Gesellschaft hatten in ihr von Kindheit an eine Mischung aus Unwissenheit, Antriebslosigkeit und Angst verankert und sie zu einer Persönlichkeit werden lassen, die vom Mann abhängig war.

»Mit Weinen löst du deine Probleme nicht. Finde dich damit ab, dass du der Grund für seine Untreue bist. Du hast ihm zu wenig gegeben und vergessen, dass der Große Geist dir Intuition und Weiblichkeit verlieh, um einen Mann an deiner Seite zu halten. Du hast ihn verloren, weil du dir deiner eigenen Natur nicht bewusst bist. Du kennst dich selbst nicht und bist daher auch unfähig, die Männer zu kennen.

Du hast ihm keine wahre Liebe gegeben, hast es zugelassen, dass die Eintönigkeit der Ehe euren Bund zerstört. Du wusstest nicht, dass Ehemänner wie Feuer sind. Sie erlöschen, wenn man ihre Glut nicht schürt. Deine Unsicherheit und dein Gefühl der Unterlegenheit haben ihr Übriges getan. Du hast vergessen, dass es die Frau ist, die Leben schenken kann und wenn nötig auch den Tod. Deshalb ist sie die Herrscherin des Himmels, die Königin der Welt, Schöpferin der Tiere und Herrin der sinnlichen Liebe, der Ehe und der Mutterschaft.«

»Ich habe getan, was ich konnte. Du weißt nicht, wie sehr er mich verletzt hat.«

»Du willst dich rechtfertigen und zeigst damit nur deine Unwissenheit und Feigheit. Du willst deinen Mann bekehren, indem du ihm vorhältst: ›Du bist schuld an unserem Scheitern, mein Glück liegt in deinen Händen.‹ Du willst ihn festhalten, indem du sagst: ›Du bist mein Ein und Alles. Ich liebe dich, auch wenn du mich verlassen hast.‹ Um deine Feigheit vor dir selbst zu rechtfertigen, redest du dir ein: ›Er ist der einzige Mann für mich. Wir sind seelenverwandt. Ohne ihn kann ich nicht leben, nur er kann mich glücklich machen.‹

So hast du dir eine Scheinwelt aufgebaut, du nährst dich von falschen Hoffnungen und bist unglücklich. Zu hoffen, dass andere einen glücklich machen oder die eigenen Bedürfnisse befriedigen, heißt, ihnen eine zu große Last aufzubürden. Die Kunst, glücklich zu sein, hat viel mit persönlicher Verantwortung zu tun. Mit deinem Gefühl der Abhängigkeit hast du dich selbst gelähmt, dein eigenes Glück und dein Vertrauen in eine erfüllte Ehe geschmälert und ihn damit zur Untreue getrieben.«

»Willst du damit sagen, dass ich der Grund für all das bin?«

»Du musst dir klar machen, dass Untreue nicht der Normalfall ist, sondern Symptom für ein Problem, und dass sie die Ehe zerstören kann. Ein Seitensprung kann auch in einer an sich stabilen und harmonischen Ehe vorkommen, wenn die entsprechenden Bedingungen dafür gegeben sind.«

»Er hat mir gesagt, dass es deshalb passiert ist, weil er sexuelle Befriedigung gesucht hat und mich für frigide hält.«

»Sexualität spielt bei Untreue immer eine Rolle, aber sie ist selten der wahre Grund. Sie ist ein Symptom dafür, dass in der Partnerschaft etwas nicht stimmt.«

»Schuld an allem ist diese Frau, die ihn mir ausgespannt hat. Sie haben sich sogar heimlich getroffen.«

»Ich glaube nicht, dass sie ihn dazu gedrängt hat, jenen Schritt zu tun. Sie war lediglich der Auslöser. Die Untreue und das Abenteuer bekommen dadurch Gewicht, dass sie sich im Verborgenen abspielen. Bei Licht betrachtet verlieren sie an Bedeutung. Deshalb kann die Ehe einen Akt der Untreue überstehen, wenn das Problem erkannt wird.«

»Aber mein Mann hat mir gesagt, dass er mich nicht mehr liebt und deshalb gegangen ist.«

»Er ist gegangen, weil er sich nicht mit dem Problem auseinandersetzen wollte. Er hat der außerehelichen Beziehung den Vorzug gegeben. Häufig lügen die Partner, wenn sie ihre Untreue rechtfertigen wollen, und behaupten, dass ihre Liebe erloschen sei, seit sie sich auf Abenteuer eingelassen haben. Oder sie sagen einfach: ›Alle machen das so, warum nicht auch ich?‹ Manche sind so zynisch zu sagen: ›Du hast mich dazu getrieben‹, oder: ›Die andere ist viel jünger‹. Viele tun so, als sei es nichts Ungewöhnliches, denn sie glauben, dass Trennung und Scheidung nach einem Akt der Untreue unvermeidlich seien.«

»Deshalb bin ich hier. Ich will kämpfen, will von dir lernen, wie ich meine Ehe retten kann. Du musst mir beibringen, den nächsten Schritt zu gehen, zu leben, zu lieben und mein Herz erneut zu öffnen.«

»Um dir helfen zu können, musst du mir eine Frage ganz ehrlich beantworten. Was verstehst du unter einer Ehe?«

»Es ist die Gemeinschaft zweier Personen, die eine Familie gründen, Kinder zeugen und ein gemeinsames Leben führen wollen, die gemeinsame Ideale teilen und versuchen, glücklich zu sein.«

»Wie weit entfernt du von dem bist, was eine Ehe sein kann! Die wahre Ehe ist eine Seelengemeinschaft auf drei verschiedenen Ebenen des Seins: dem Denken, dem Empfinden und dem Willen, eine Einheit zu bilden. Die Ehe ist eine Schule, in der der Mann lernt zu lieben und die Frau seine Lehrerin ist. Sie muss ihm den Weg der Liebe zeigen, ihn zum Licht führen und aus der Finsternis befreien.

Um das zu schaffen, muss die Frau auf die Stimme ihres Herzens hören, ihrer Intuition folgen, das Verlangen spüren, zu lernen und zu erfahren, wie man in andere Dimensionen gelangt. Nur so kann sie ihrem Mann zeigen, dass es eine magische Welt gibt, in der alles möglich ist. Damit das gelingen kann, müssen Mann und Frau gegenseitige Nähe und Sympathie aufbauen, gemeinsame Interessen und Ideale hegen, sich verständigen und vor allem durch ihre sexuelle Beziehung eine Seelengemeinschaft schaffen.«

»Ich glaube, dass Mann und Frau sich zusammentun, um in Liebe vereint füreinander da zu sein, ohne dass Sexualität dabei eine allzu große Rolle spielt«, wandte Lara ein.

»Du irrst dich, wenn du glaubst, ich würde dir helfen, eine derartige Ehe zu retten. Noch hast du Gelegenheit, dein Leben weiter unwissend und unglücklich zu führen. Geh, kehre zurück in dein Land und lebe dieses Trugbild einer Ehe aus. Ich kann dir nur beibringen, wie man liebt.«

»Willst du damit sagen, dass du nicht einverstanden bist mit dem, was ich über die Ehe denke?«

»Es ist, als würdest du mich fragen: Willst du frei sein oder eine Sklavin? In eurer Gesellschaft ist die Ehe eine Institution der Männer, mit der sie die Macht der Frau beschneiden. Mit diesem Vertrag erhält der Mann eine Sklavin, die für ihn kocht, die Wäsche wäscht und das Haus in Ordnung hält. Obendrein zwingt er sie dazu, zu arbeiten, Kinder zu bekommen und ihm als Sexualobjekt zu dienen. Letztlich ist die Frau sein Objekt, sie gehört ihm, und wenn er sie nicht mehr braucht, schiebt er sie beiseite, lässt sie stehen wie ein altes Möbelstück.«

Diese Gedanken hatte Lara schon oft gehegt, aber sie wollte sie nicht zulassen, sie wollte Mama Marus Standpunkt nicht teilen.

»Die Ehe hat sich verändert. Sie ist nicht mehr so wie früher, als die Frau nur zu Hause bleiben musste. Heutzutage geht sie auch arbeiten und teilt sich mit ihrem Mann die Hausarbeit.«

»Versuche nicht, etwas zu rechtfertigen, was Unrecht ist. Bisweilen preist die Sklavin ihr eigenes Sklavendasein. Dein Mann hat dich wegen einer Jüngeren verlassen, als du fünfunddreißig Jahre alt warst. Jetzt willst du ihn zurückgewinnen, um das gleiche Leben fortzusetzen wie zuvor, um sein Objekt zu bleiben. Dabei musst du zum Subjekt werden, zur Herrin über dich und dein Schicksal.«

»Aber ich liebe ihn, Mama Maru. Ich weiß, dass er der Mann meines Lebens ist. Niemals werde ich einen anderen lieben können. Ich habe es schon probiert. Aber nur mit Gianni fühle ich mich glücklich.«

»Du willst also weiter abhängig bleiben von einem Mann. In Wahrheit hast du Angst vor dem Alleinsein, bist unsicher und ohne Selbstvertrauen. Du hast keine Achtung vor dir selbst. Er war geduldig mit dir, hat deine Unsicherheit und deine Fehler hingenommen. Zum Ausgleich dafür hatte er ein Lustobjekt. Doch irgendwann ist er jener Frau begegnet, die ihm zu größerer Lust verhalf, und er hat nicht lange gezögert, sich deiner zu entledigen.«

»Was würdest du an meiner Stelle tun?«

»Als Erstes würde ich mir einige Fragen stellen. Brauche ich, um glücklich zu werden, wirklich diesen Mann? Habe ich ihn wirklich aus Liebe geheiratet oder vielmehr aus Unsicherheit? Lohnt es sich, ihn wieder zurück an meine Seite zu holen? Du musst diese Fragen ehrlich beantworten.

Weißt du, woher das Wort Ehe stammt? In einer weiblich geprägten Kultur leitet es sich aus der Wurzel *matriz** ab, was so viel wie ›wichtig‹, ›mütterlich‹, ›Erneuerin‹, ›Fortpflanzerin‹, ›Schöpferin‹ und ›Erleuchtende‹ bedeutet. Ziel einer solchen Ehe ist die spirituelle Erhebung der gesamten Menschheit. In der männlich geprägten Gesellschaft ist sie dagegen lediglich ein Vertrag, der wirtschaftliche, soziale und rechtliche Dinge regelt, oder eine Übereinkunft, ein Vorrecht, das es dem Mann erlaubt, eine Frau zu haben, ihr Herr zu sein, über sie zu bestimmen und sie bisweilen sogar auszubeuten.«

»Ich wusste nicht, dass es zwei so unterschiedliche Vorstellungen von der Ehe gibt.«

»An deiner Stelle würde ich über den Zweck der Ehe nachdenken und mir dann eine Reihe weiterer Fragen stellen. Warum habe ich ihn geheiratet? Warum will ich mit ihm zusammenbleiben? Bin ich in den letzten Jahren geistig gewachsen? Wann, wie und warum habe ich mich während unseres Zusammenlebens verändert? Was kann ich alleine erreichen?

* Das italienische Wort für *Ehe* ist »matrimonio« (A.d.Ü.).

Du musst vor allem bedenken, dass er dich wegen einer anderen verlassen hat. Deine Ehe ist nicht im Laufe der Jahre in die Brüche gegangen.«

»Er hat mir gestanden, dass er mich verlassen hat, weil ich im Bett eine Katastrophe war. Aber mir geht es nicht um Sex. Ich will wieder mit ihm zusammenleben, weil ich ihn liebe. Doch er will noch nicht einmal mit mir reden.«

»Das Problem vieler Paare ist die mangelnde Verständigung. Dazu kommen wirtschaftliche Überlegungen. Aber die sexuelle Beziehung spielt eine entscheidende Rolle. Sie ist eine der Faktoren, durch die die Stabilität einer Partnerschaft geschaffen wird. Je besser eine Frau ihren Mann sexuell kennt, desto stärker kann sie die Bindung zwischen sich und ihm festigen.

Wenn ein Mann sich mit einer Frau sexuell nicht befriedigt fühlt und sie es nicht bemerkt, muss er es ihr sagen. Viel Unglück und Leid entsteht wegen mangelnder Verständigung auf sexueller Ebene, wegen eines falschen Rollenverständnisses oder weil man auf gesellschaftlich vorgegebene Muster zurückgreift. Er hätte mit dir über das Problem sprechen und nach einer Lösung suchen müssen, bevor er den Weg ins Unglück einschlug.«

»Das ist es, was mich am meisten ärgert. Wir haben nie offen darüber geredet. Er hat mich schon eine ganze Weile betrogen und somit seinen Treueschwur gebrochen«, bemerkte Lara.

»Männer sind dann untreu, wenn sie die wahre Liebe nicht kennen. Von Natur aus denkt der Mann in erster Linie an seine sexuellen Bedürfnisse. Kein sexuell unbefriedigter Mann bleibt treu, wenn sich ihm die passende Gelegenheit bietet. In eurer chauvinistischen Gesellschaft wird der Mann dazu erzogen, untreu zu sein, die Frau soll aber nur einem gehören. Ihr wird die Treue als eine Tugend dargestellt.«

»Aber Gianni war anders. Er war treu und hat mich geliebt. Diese verdammte Frau hat ihn verdorben.«

»Nimm ihn nicht in Schutz! Er ist ein Mann, den du erst noch kennen lernen musst. Denk nicht, dass er ein Heiliger ist. Außerdem ist die Treue, die einem von anderen auferlegt wird, eine psychologische Form der Sklaverei, die nichts mit Liebe zu tun hat. Die aufgezwungene Treue beruht auf gesellschaftlicher Dressur. Man zwingt dir so lange eine Rolle auf, bis du dich mit ihr identifizierst. Liebe ist veränderlich, sie lebt und kann daher auch sterben. Die Treue bleibt dagegen bestehen, denn sie gründet sich auf drei gesellschaftliche Faktoren: den Glauben, die Pflicht und die Ehrbarkeit.«

»Willst du damit sagen, es gibt in der Partnerschaft keine Treue?«

»Es gibt sie, wenn sie freiwillig entsteht. Wenn man Liebe gibt oder als ein Geschenk nimmt, das einen erhöht, befreit und das Bewusstsein erweitert, dann verwandelt sie sich in Treue. Aber wenn man sie einfordert oder von außen auferlegt, wird sie zur Sklaverei. Liebe und Treue können nicht eingefordert werden, denn dadurch werden sie falsch und leer, sind reine Heuchelei. Erwächst die Treue dagegen aus der Freiheit, so macht sie aus dir keine Sklavin, sondern eine Herrin deiner selbst, denn du folgst damit der Stimme deines Herzens.«

»Gianni hatte gelobt, mir treu zu bleiben, und auch ich war ihm treu. Diese Frau hat ihn verändert.«

»Wenn ein Partner Treue gelobt und sich dann nicht daran hält, zeigt das, dass er nicht wirklich geliebt hat.

In eurer Gesellschaft ist die Treue ein falscher Wert, der sich auf eine Doppelmoral gründet. Es gibt eine Moral für Männer und eine für Frauen, eine für den Herrn und Gebieter und eine für den Diener und Sklaven.«

»Wie kann eine Frau den Mann, den sie liebt, an ihrer Seite halten, ohne dass ihr Leben durch seine Untreue zur Hölle wird?«

»Erstens: Du musst begreifen, dass Paradies und Hölle in

dir selbst sind. Sie sind keine geografischen Orte, sondern Gefühls- und Seelenzustände deines Seins.

Zweitens: Die Frau muss mit dem forschenden Blick der Liebe die unzähligen Situationen erkennen, die den Mann mit Freude oder Schmerz erfüllen, und muss das Gleichgewicht halten.

Drittens: Du musst einsehen, dass Liebesabenteuer selbst stabile und harmonische Ehen zerstören können. Deshalb muss die Frau ständig auf der Hut sein.

Viertens: Liebesabenteuer gehen mit Sexualität einher, denn für den Mann kommt sexuelle Befriedigung vor der Liebe.

Fünftens: Seitensprünge bekommen dadurch Gewicht, dass sie zu lange geheim gehalten werden. Deckt man sie sofort auf und lässt nicht zu, dass sie sich weiterentwickeln, verlieren sie an Bedeutung.

Sechstens: Eine Ehe kann einen Seitensprung verkraften, wenn zwischen den Eheleuten ein offener und ehrlicher Dialog herrscht, mit dem sich das Problem lösen lässt.

In eurer sexuell unterdrückten Gesellschaft muss die intelligente Frau, um ihre Ehe zu retten, die Dumme spielen, wenn es um das Verhalten ihres Mannes gegenüber anderen Frauen geht, und so tun, als sei nichts geschehen. Im Namen der Harmonie und des Wohls der Familie hat sie sich in alles zu fügen. Von ihr wird verlangt, dass sie die Untreue des Mannes verzeiht, solange das Ganze kein Aufsehen erregt. Der Mann aber wird künftig für seine Seitensprünge Frauen wählen, die verschwiegen und zurückhaltend sind. Er selbst wird schweigen wie ein Grab.«

»Ich wollte ihm seinen Ehebruch verzeihen und noch einmal von vorne beginnen. Aber er will weder mit mir reden noch zu mir zurückkehren. Das macht mich sehr wütend.«

»Du kannst dich deiner Wut entledigen, indem du herausfindest, was du für dich selber tun kannst, und dann selbst entscheiden und über dein Schicksal bestimmen. Bereite dich jetzt darauf vor, unabhängig zu werden. So wird dich niemand mehr demütigen können«, riet ihr die *Curandera*.

»Das Einzige, was ich mir in diesem Moment wünsche, ist, seine Liebe zurückzugewinnen, bevor es zu spät ist und ich ihn für immer verliere. Ohne ihn bin ich ein Nichts. Er ist für mich wie die Luft, die ich atme.«

»Siehst du? Ich hatte Recht. Du verharrst weiterhin in einer Situation der Abhängigkeit. Aber das ist keine Liebe. Mit deiner Einstellung gehst du einer Katastrophe entgegen und treibst den Mann, den du vorgibst zu lieben, ohne es zu wollen immer weiter in die Arme einer anderen Frau.«

»Aber was soll ich denn tun?«, fragte Lara bekümmert.

»Zunächst versuche herauszufinden, ob er für dein weiteres Leben wirklich wichtig ist oder ob du dich einem Trugbild hingibst. Wenn du dir Klarheit verschafft hast und ihn weiter an deiner Seite halten willst, musst du lernen, eine weise Liebeskünstlerin zu werden. Nur wenn dir das gelingt, wirst du ihn ohne Schwierigkeiten zurückgewinnen können.«

»Genau deshalb bin ich hier. Ich bereite mich auf den Kampf vor. Aber meine Rivalin ist jung und hat ihn fest im Griff. Außerdem bin ich viele tausend Kilometer weit entfernt von ihm. Er will mich nicht sehen, und ich habe nur wenig Hoffnung.«

»Solange ihr nicht geschieden seid, ist er immer noch dein Mann. Hier bereitest du dich darauf vor, die Bessere zu sein. Wegen dem Alter deiner Rivalin würde ich mir keine Gedanken machen. Es stimmt, dass junge Frauen das Sagen haben, aber Frauen, die sich auf die Weisheit der Liebe verstehen, sind immer im Vorteil.

Die Kunst, mit Männern umzugehen, muss von klein auf gelernt werden. Sie kann von Äußerlichkeiten abhängen, aber eine viel größere Rolle spielt dabei ein gesunder Instinkt und ein hohes Maß an katzengleicher Schläue. Denk immer daran, dass Liebe eine Suche ist, Heirat eine Eroberung und die Scheidung eine Kapitulation. Nimm deinen Geist zu Hilfe, während du dich auf den Kampf vorbereitest: Stell dir vor, dass er zu dir zurückkehrt. Du musst es dir täglich vorsagen, fest daran glauben, dass es so sein wird.«

»Und wenn es bei meiner Rückkehr nicht so ist?«

»Das wird sich zeigen. Doch unterdessen hast du bei diesem Gedanken unbeschwerte Momente erlebt. Was geschehen wird, siehst du morgen. Warum willst du die Zukunft in die Gegenwart holen? Die Zukunft gehört Gott, nicht den Menschen.«

»Ich brauche die Gewissheit, ihn nicht zu verlieren. Für ihn bin ich zu allem fähig, denn ohne ihn hat mein Leben keinen Sinn«, antwortete Lara traurig.

»Hier bereitest du dich darauf vor, eine Liebeskriegerin zu werden. Mit der Zeit wirst du lernen, dass es nur einen Weg gibt, einen Mann zurückzugewinnen: Du musst das tun, was du selbst begehrst. Wenn du dich von deinen Tabus befreist und von dem Verbot, dich nach Belieben mit einem Mann zu vereinen, wirst du deine Macht und dein Wissen zurückerlangen und eine großartige Frau werden. So wirst du ihn erobern und auch seine Macht vergrößern: Das ist es, was der Mann sucht.

Ob du ihn zurückgewinnst, hängt von verschiedenen Faktoren ab. Was weißt du über deinen Partner, wie groß sind deine Fähigkeiten, welche Erfahrungen hast du gesammelt und inwieweit wirst du darum kämpfen, ihn in deinen Bann zu ziehen? Was wirklich geschehen wird, ist nicht vorhersehbar, denn an diesem Spiel sind zwei bis drei Personen beteiligt. Und außerdem, warum glaubst du, dass er der einzige Mann für dich ist? Hast du nie daran gedacht, dass das Scheitern eurer Ehe für euer beider Zukunft positiv sein kann? Die Ehe ist der längste Lauf. Man muss zäh und geduldig sein, um ihn zu einem guten Ende zu führen. Die Ehe bleibt ein aufregendes Abenteuer, eine Aufgabe und Herausforderung an die Lebenskunst.«

»Ich hoffe nur, dass sich alles zum Guten wendet. Aber wenn sich mir etwas in den Weg stellt, bin ich bereit zu kämpfen. Ich will keine Luftschlösser bauen. Wenn ich meinen Mann verliere, dann nur im Kampf, denn er ist mein, er gehört ganz und gar mir.«

»Sei nicht besitzergreifend. Du bist lediglich Herrin über dein eigenes Leben und kannst nicht verlangen, dass ein anderer dir sein Leben widmet, wenn er nicht dazu bereit ist. Wenn du sagst, dass du dich ihm ganz und gar hingeben willst, klingt das, als würdest du ihm ein Geschäft vorschlagen: ›Ich gebe dir dies, und dafür gibst du mir das.‹ Das ist ein Handel und keine Gabe! Du musst ihm etwas schenken, nur so erfährst du Hingabe und Liebe. Wenn du nur einen Tausch betreiben willst, bleibt eure Beziehung kühl und ohne Herzlichkeit.«

»Genau das kann ich an mir nicht akzeptieren.«

»Du musst dich akzeptieren, wie du bist. Wenn du dich nicht selbst akzeptierst und dich gering achtest, wie willst du dann darauf hoffen, dass dein Partner dich akzeptiert? Denke immer daran, dass die wahre Liebe Freiheit mit sich bringt, die blinde Leidenschaft dagegen Sklaverei.«

Die beiden Frauen folgten dem schmalen, gewundenen und unebenen Pfad. Mama Maru lief schweigend voraus. Lara war so in ihre Gedanken vertieft, dass sie kaum auf den Weg achtete. Sie war zum Gespött derer geworden, die sie und Gianni als glückliches Paar gekannt hatten. Sie hatte alles daran gesetzt, um der Welt zu zeigen, dass sie ein Traumpaar waren, ewig und treu vereint, doch nun begriff sie, dass der zur Schau gestellte Schein ein Feind des häuslichen Glücks ist, der ebenso wie die Eifersucht eine Partnerschaft zerstören kann.

Noch etwas anderes war ihr aufgefallen. Fast allen Herzensbrechern und Schurken stand eine gute Ehefrau zur Seite. Sie hatte die Vorstellung verinnerlicht, dass bei einem Ehebruch niemals der Mann, sondern immer die Frau der Verlierer ist. In der westlichen Gesellschaft wurde nicht er, sondern sie von den anderen verurteilt.

Es war bereits Mittag, und Lara verspürte Hunger. Als ob Mama Maru ihre Gedanken erraten hätte, hielt sie kurze Zeit später inne und zog gerösteten Mais, gebratenes Fleisch und Wasser aus ihrem Bündel.

»Lass uns etwas essen und ein wenig ausruhen.«

Sie ließen sich in der Nähe des Weges, der so schmal war, dass er nur zu Fuß passiert werden konnte, auf einem Stein nieder und nahmen ihr spärliches Mahl zu sich. Während sie kaute, sah die *Curandera* auf den Pfad, der sich in der Ferne verlor. Lara dachte weiter über ihr Unglück nach. Sie war einsam, verlassen, ohne Arbeit und weit entfernt von der Heimat. Aus einem Gefühl der Verzweiflung und Ohnmacht heraus stieß sie einen Seufzer aus, den auch die *Curandera* nicht überhörte.

»Ich bin so traurig, das Schicksal hat mir übel mitgespielt. Nicht einmal hier finde ich mein Glück«, jammerte sie.

»Glück muss man sich aufbauen, man findet es nicht. Es erwächst aus dem Handeln. Durch die Vernunft, das Gefühl und den Willen nimmt es Form und Gestalt an. Um glücklich zu sein, musst du Vertrauen in deine eigenen Kräfte haben und bei deinen Handlungen auf sie zurückgreifen. Du musst deinen Idealen treu bleiben. Das Glück ist für alle erreichbar. Durch eine fruchtbare Handlung können wir vieles herbeiführen, ohne dabei auf ein Wunder hoffen zu müssen oder darauf, dass der Himmel uns schickt, was wir uns wünschen. Wir müssen handeln und unser Schicksal selbst in die Hand nehmen. Außerdem darfst du nicht vergessen, dass man, um glücklich zu sein, auch glauben muss, glücklich zu sein, denn Glück ist in erster Linie ein Geisteszustand.«

Noch während sie sprach, packte die *Curandera* den Rest des Proviants ein und bereitete alles zum Aufbruch vor. Sie erhob sich, lud das Gepäck auf den Rücken und meinte lächelnd: »Uns fehlt noch ein gutes Stück Weg. Wenn wir nicht erst in der Nacht ins Dorf kommen wollen, müssen wir ab jetzt etwas schneller laufen.«

»Aber ich kann nicht mehr«, erwiderte Lara, ohne sich zu rühren. »Können wir nicht noch ein bisschen ausruhen? Ich bin müde, und meine Muskeln schmerzen.«

»Wir müssen weiter, wenn du die Nacht nicht an diesem Ort verbringen willst. Wenn du nicht mitkommst, lasse ich dich hier. Ich werde auf jeden Fall in das Dorf gehen«, sagte die *Curandera*, die bereits im Begriff war loszulaufen.

»Nein, nein, das kannst du mir nicht antun«, rief Lara, während sie sich mühsam erhob.

»Natürlich kann ich das. Glaub nicht, dass ich dein Schutzengel bin.Du bist hergekommen, um eine wahre Frau zu werden, und musst lernen, dich für das Leben zu stählen und weiterzugehen, auch wenn du müde bist.«

Widerwillig nahm Lara ihr Gepäck auf den Rücken. Sie spürte, wie ihre Beine zitterten und der Rücken schmerzte. Die Last, die sie schleppte, schien mit jedem Schritt schwerer zu werden, aber dennoch folgte sie der *Curandera*. Nach einer Weile drehte sich Mama Maru zu ihr um: »Lauf weiter, auch wenn du müde bist. Stell dir vor, du trägst etwas ganz Leichtes auf deinem Rücken. Denk an etwas Schönes oder ruf eine angenehme Erinnerung in dir wach. Du wirst sehen, das vertreibt deine Müdigkeit.«

Lara versuchte, sich den schönsten Tag ihres Lebens ins Gedächtnis zu rufen. Doch die Schmerzen in den Beinen lenkten sie immer wieder ab. Mit mechanischen Bewegungen und weit ausholenden Schritten folgte sie Mama Maru. Sie musste dafür alle Energie aufbringen und sich immer wieder mit den Händen abstützen.

Sie war vollkommen erschöpft, aber sie musste weiterlaufen, um jeden Preis. Während sie voranschritt, beinahe am

Ende ihrer Kräfte, spürte sie auf einmal, dass etwas in ihrem Inneren aufbrach. Sie hatte das Gefühl, ein Feuerwerk würde freigesetzt, und merkte, wie eine ungeheure Energie in ihre Muskeln strömte. Urplötzlich fühlte sie sich leicht und stark. Lara lief weiter, ohne zu begreifen, was mit ihr geschehen war. Sie spürte, dass sie voller Lebenskraft steckte. Das Gefühl der Erschöpfung war verflogen, und sie schritt voran, als habe sie einen neuen Motor, der ihren Muskeln frischen Antrieb gab.

»Ich bin gar nicht mehr müde, irgendetwas in mir hat sich verändert.«

»Du hast die Grenze der Erschöpfung überschritten, dein Körper greift nun auf Reserven aus tieferen Muskelschichten zurück. Wenn du bereit bist, Opfer zu bringen und auch unter großen Anstrengungen fortzufahren, setzt sich etwas in deinem Inneren in Bewegung. Ungeahnte Kräfte steigen in dir auf, und du spürst eine Energie, die viel stärker ist als je zuvor.«

Tatsächlich fühlte Lara eine neue Energie, die sich mit aller Gewalt in ihrem Körper ausbreitete und bis in die Zehen und Fingerspitzen reichte. Mit dieser neu gewonnenen Kraft konnte Lara mühelos mit Mama Maru Schritt halten: »Auch du greifst auf diese Reserven zurück, aber was geschieht, wenn sie erschöpft sind?«, fragte sie mit typisch weiblicher Neugier.

»Sie ist unerschöpflich, denn es ist eine innere Energie, die mit der Natur verknüpft ist. Doch sie ist in Vergessenheit geraten. Die Menschen können nicht mehr auf sie zurückgreifen. Nur wenigen Männern und Frauen gelingt es, unter großen Anstrengungen, Opfern und Entbehrungen und mit Hilfe unermüdlicher Übungen, sie sich zunutze zu machen.«

In der Ferne sahen sie einen Mann auf sich zukommen.

»Das ist Marco«, erklärte Mama Maru ganz selbstverständlich. »Wahrscheinlich will er das Vieh holen, das er jenseits der Brücke zurückgelassen hat.«

»Willst du behaupten, dass er dieselbe Brücke überqueren wird wie wir?«

»Ja. Die Leute gehen diesen Weg sehr oft, dabei müssen sie auch das Vieh hinüberführen.«

Der Bauer kam immer näher. Ein brauner Hut schützte sein bronzefarbenes Gesicht vor der starken Sonneneinstrahlung. Er trug sein Gepäck auf den Schultern, und unter den verschlissenen Kleidern zeichnete sich sein kräftiger, muskulöser Körper ab. Die Hosenbeine waren bis zu den Knien aufgekrempelt, seine Füße bekleideten Sandalen.

»Hallo, *Mamita*, der Himmel führt dich in diese Gegend«, rief er Mama Maru zu. »Kommt ihr von weit her?«

»Ja, wir sind seit heute Morgen unterwegs. Wir hoffen, am Nachmittag in Situa anzukommen.«

»Wenn ihr eine Unterkunft braucht, könnt ihr zu mir kommen. Ich werde ungefähr zur gleichen Zeit wie ihr eintreffen.«

»Das kann nicht sein«, widersprach Lara. »Die andere Seite der Brücke ist noch ziemlich weit entfernt.«

»Ich laufe sehr schnell. Mit all den Abkürzungen, die ich nehme, brauche ich nur wenige Stunden für die Strecke. Bis bald.«

Er lief eilig davon und war bald nicht mehr zu sehen. Die beiden Frauen blickten sich schweigend an. Dann meinte Mama Maru: »Marco hat sich auf Rinderhaltung spezialisiert, aber er besitzt auch Lamas und Alpakas. Er lebt mit seiner Familie im Dorf. Er hat zwei Kinder und unterstützt seine Eltern und Großeltern.«

»Nur wenige Menschen kümmern sich bei uns um ihre Eltern und Großeltern.«

»Bei uns ist das ganz normal. Die Jungen helfen den Alten und stehen ihnen bei. Es gibt hier keine alten Menschen, die Hunger leiden oder im Elend leben, denn ihre Kinder sorgen für sie, selbst wenn sie noch so arm sind. Wir werden alle einmal alt.«

Lara erwiderte nichts, sondern nickte nur zustimmend. Sie dachte an ihre Familie, die sie in Kalabrien zurückgelassen hatte.

Wieder schien Mama Maru ihre Gedanken gelesen zu haben, denn sie sagte: »Es tut nicht gut, in unangenehmen Erinnerungen zu graben. Versuche, dir die schönen Dinge ins Gedächtnis zu rufen. Denke jeden Tag an drei erfreuliche Ereignisse und vermeide die unerfreulichen. Denn Letztere hindern dich daran zu wachsen, sie saugen dich aus. Was war dir heute besonders angenehm?«

Lara überlegte einen Augenblick. Sie hatte über Müdigkeit geklagt, über den schlechten Weg, den langen Marsch und vor allem über die Last auf ihrem Rücken. Keinen Augenblick lang hatte sie einen fröhlichen Gedanken gehegt, als ob es im Leben nur Schmerz, Elend und Mühe gäbe.

An Laras Schweigen erkannte die *Curandera*, dass sie nicht an die guten Seiten des Tages gedacht hatte. Um ihr weiterzuhelfen, meinte sie: »Es ist ein schöner Tag. Die Sonne wärmt uns den Rücken, und wir müssen nicht frieren. Der leichte Wind erfrischt uns. Wir haben gegessen. Viele Menschen haben nichts zu essen, wir dagegen schon. Wir müssen dem Leben für all diese Geschenke danken.«

Mit diesen Worten unterstrich Mama Maru, dass sie eine Optimistin war und ihrer Reise auch gute Seiten abgewinnen konnte.

»Morgen ist ein neuer Tag«, fügte sie hinzu. »Doch heute geht es uns gut, wir sind gewandert und haben die Landschaft genossen.«

Während ihrer Wanderung hatte Lara nur über ihre Müdigkeit, ihre Irrtümer und ihr Scheitern nachgedacht. Sie war gar nicht dazu gekommen, sich umzusehen und die Gegend zu bewundern.

Für sie war alles Zwang und Pflicht. Doch Mama Maru zeigte ihr, dass es auch eine andere Sicht auf das Leben gab, eine zuversichtliche Art, die Dinge von ihrer guten Seite zu betrachten und Schmerz, Unglück und Sorgen beiseitezuschieben. Es kam darauf an, positiv zu denken, die Reise zu genießen, sich bewusst zu machen, dass einem ein weiterer Tag im Leben gegeben war, und man sollte Himmel und Erde für dieses Geschenk danken.

Lara musste an all die Menschen denken, die ihr nahestanden. Was ihre Freundinnen jetzt wohl taten? Vielleicht saßen sie im Büro, vielleicht in einem Konzert oder im Theater. Mailand war eine Großstadt mit reichem kulturellen Angebot, Vergnügungsmöglichkeiten und Arbeitsplätzen. Es war ein Ort, an dem es sich gut leben ließ, aber auch eine Falle, in die man tappte und ein Sklavendasein führte. Dann dachte sie an Gianni. Was mochte er gerade tun? Vielleicht war er bei der Arbeit oder mit Freunden in einem Restaurant. Möglicherweise befand er sich in Begleitung dieser abscheulichen Blondine… Am liebsten hätte sie dieser Person den Hals umgedreht. Sie war viele tausend Kilometer von ihrer Heimat entfernt und fühlte sich einsam. Aber sie war hier, weil sie es so wollte. Mit Mama Marus Hilfe hatte sie begriffen, dass ihr Leben nur ihr gehörte, unabhängig davon, was Gianni tat. Wenn sie sich jetzt auf dieser Wanderung befand, dann deshalb, um sich selbst zu finden, um eine wahre Frau zu werden. Sie hatte einen beschwerlichen Weg eingeschlagen, der Schmerzen, Opfer und Mühen forderte. Es war der Versuch, ihre verlorene Liebe, wenn irgend möglich, zurückzugewinnen.

Niemals hätte sie es für möglich gehalten, dass es sie hierher verschlagen würde. Doch an dem Tag, als Diego ihr von Peru erzählte, hatte sie gespürt, wie sich in ihrem tiefsten Inneren etwas bewegte, und dieses Gefühl hatte sie dazu getrieben, diese Reise zu unternehmen.

Sie wusste nicht, welche Folgen ihr Handeln haben würde, aber es war ein Schritt, den sie gehen musste, ob sie wollte, oder nicht. Sie begegnete allem mit großer Entschlossenheit, versuchte, sich selbst zu begreifen, sich wirklich kennen zu lernen.

»Die Welt ist so, wie du sie dir zurechtlegst, voller Glück oder voller Unglück«, begann die *Curandera* wieder.

»Meinst du, wir könnten selbst entscheiden, wie wir die Welt sehen wollen?«, fragte Lara.

»Es gibt zwei unterschiedliche Haltungen im Leben«, antwortete Mama Maru. »Die einen denken immerzu nach, aber setzen nichts in die Tat um, die anderen vereinen Denken und Handeln und lassen so ihre Vorstellungen Wirklichkeit werden.«

»Aber ich habe Angst vor dem Leben«, gestand Lara.

»Weil du Angst hast, deinen Weg zu wählen, weil du befürchtest, einen Fehler zu begehen, und daran zweifelst, ob du die richtige Richtung eingeschlagen hast. Mache dir klar, dass es keine größere Qual gibt, als sich für einen Weg zu entscheiden und dann den Rest seines Lebens darüber nachzugrübeln, ob die Entscheidung richtig war. So lebst du in ständiger Unsicherheit, wie Tausende andere Menschen auch.

Damit du mich besser verstehst, werde ich dir die Sage von *Pachamama* erzählen. Sie wird dir helfen, darüber nachzudenken, was wirklich ist und was nicht:

In dem See Sintu Qocha lebte die Göttin *Pachamama*. Sie war eine vornehme Frau, trug ein buntes Kleid, das von einem fein gewebten Band zusammengehalten wurde, eine mit Ornamenten und Fransen verzierte rote *Manta*, die mit Wolle in sieben verschiedenen Farben besetzt war, und auf ihrer Brust prangte das Bildnis einer Taube mit einer Blumenkrone.

Ihr Gesicht war sehr gütig, aber sie war eifersüchtig, wegen der Liebe, die die Männer den anderen Göttinen entgegenbrachten. *Pachamama* besaß ein Haus am Fuße des Berges Umacollo. Es war aus Stein gebaut, mit einem Dach aus goldgelbem Stroh. Neben dem Haus lagen Felder, auf denen das Vieh weidete. Es gab dort alle Arten von Tieren: Kühe, Schafe, Lamas und Alpakas. Jeden Morgen wurden sie hinaus auf das Weideland getrieben und kamen bei Sonnenuntergang wieder zurück in ihre Stallungen.

In einiger Entfernung befand sich ein See, an dem das Vieh der gesamten Umgebung zusammenkam, um zu trinken. Die Leute, die dort gewesen waren, erzählten, dass das Sonnenlicht auf der Wasseroberfläche an manchen Stunden des Tages so gespiegelt wurde, dass es aussah wie versilbert.

Die Reisenden, Viehzüchter und Bauern, die in die Gegend kamen, liebten und achteten *Pachamama* sehr, denn obwohl sie Herrin über alles in der *Pampa* war, gab sie allen großzügig davon ab.

Die Leute erzählen, dass die Göttin auch einen Palast im See besaß und man beobachten konnte, wie sie, gefolgt von einem schönen weißen Hund, in das Wasser stieg und wieder herauskam. Die Göttin nahm oft Menschengestalt an und lebte in der Hütte.

Auch zu Besuchern, die hin und wieder vorbeikamen, war sie sehr großzügig. Wenn ein Fremder ihr Land betrat, wurde er herzlich empfangen. Wen sie sympathisch fand, der kehrte mit einer großen Herde Lamas zurück nach Hause. Wer ihr Hündchen gestreichelt und Freundschaft mit ihm geschlossen hatte, wurde von *Pachamama* noch reichlicher beschenkt.

Nicht alle Hirten oder Fremde waren gut, bisweilen kamen Leute, die leicht erregbar waren. Einmal geriet ein misstrauischer, aufbrausender Mann in die Gegend, der in jedem Lebewesen einen Feind witterte. Als er die Ebene erreicht hatte, auf der sich das Haus befand, dachte er: ›Mal sehen, ob ich dort nicht etwas zu essen finde und mir ein wenig Brot stibitzen kann, um meinen Hunger zu stillen.‹

Als er sich dem Haus näherte, erschien der weiße Hund und begann zu bellen. Statt das Tier zu beruhigen, nahm der Mann die Steinschleuder, zielte und traf es mit einem Stein. Der Hund schrie vor Schmerz und sank zu Boden. In diesem Moment trat *Pachamama* hinaus, um zu sehen, was vor sich ging.

Als die Göttin merkte, dass der Mann ihren Hund verletzt hatte, erhob sie die Stimme zum Protest, doch als einzige Antwort wurde auch sie von einem Stein getroffen. Voller Empörung stieß sie einen Schrei gen Himmel aus, und im selben Augenblick begann die Erde zu beben, von der *Pampa* bis hin zu den Hügeln.

Sie eilte zum See, und hinter ihr scharten sich Lamas, Schafe, Kühe und Alpakas, um ihr ins Wasser zu folgen, wo sie allesamt nach und nach verschwanden.

Zum Schluss erbebte auch der See, das Wasser begann zu brodeln und dehnte sich immer weiter in Richtung ihres Hauses aus. Es bedeckte alle Umzäunungen, Wiesen und Weiden. Als die Fluten sich wieder zurückzogen, blieb dort, mitten im kargen Heideland, ein riesiger, schwarzer Felsen mit einem Loch in der Mitte zurück.

Als der Übeltäter dieses Schauspiel sah, rannte er entsetzt davon, doch er wurde unter einem einstürzenden Berg begraben.

Es wird erzählt, dass die Hütte seitdem nicht mehr existiert und *Pachamama* den Menschen nicht mehr so oft erscheint. Sie zeigt sich nur noch wenigen Hirten, die immer wieder zu ihr kommen, sie um Verzeihung für den Frevel jenes Fremden bitten und in das Loch im Felsen Gaben wie Koka, Süßigkeiten, Meeresschnecken, Seesterne oder duftende Pflanzen legen, als Geschenk für die Mutter und Herrin aller Tiere.

Wenn sie die Gaben annimmt, tauchen plötzlich, wie durch Zauberei, weitere Tiere in den Gehegen auf, und das Vieh vermehrt sich auf wunderbare Weise. Würde sie es nicht wollen, würden sich die Schafe nicht vermehren, die Gehege blieben leer, und es gäbe wenig Vieh. *Pachamama* ist das Symbol des Lebens: Sie besitzt alles«, erklärte die *Curandera*, nachdem sie ihre Geschichte beendet hatte. »Wenn du bittest, bekommst du, wenn du suchst, dann findest du, und wenn du nach einem Herzen verlangst, steht es dir offen. Wenn du nicht bittest, bleibt alles gleich, wenn du nicht suchst, brauchst du nicht zu hoffen, etwas zu finden, und wenn du nicht an die Tür des Herzens klopfst, wird es sich dir nicht öffnen. Wenn du misstrauisch, engherzig und grausam bist, wird dir nichts gelingen. Vor allem, wenn du böse Worte und Verwünschungen ausstößt.

Aus Unwissenheit bist du in deiner Ehe gescheitert. Niemand hatte dir zuvor erklärt, wie du dein Heim behaglich gestalten kannst. Es gibt keine Schulen, in denen du hättest lernen können, eine gute Ehefrau oder eine wahre und glückliche Frau zu werden. *Pachamama* ist wie eine Lehrerin des Lebens. Sie stellt uns in jeder Hinsicht auf die Probe, um zu sehen, ob wir es wert sind, glücklich zu sein oder nicht.

Was dein Problem betrifft, warum verschließt du dich? Warum versteifst du dich darauf, die Liebe eines einzigen Mannes zu empfangen, wo es so viele bessere als ihn gibt? Du nährst dich von Hoffnungen, die nicht realistisch sind, hängst romantischen Fantasien nach. Wenn du aber willst, dass sie in Erfüllung gehen, musst du hart arbeiten. Erst dann wirst du deine Fähigkeiten und Stärken erkennen.«

Lara antwortete nicht, denn sie war in Gedanken sehr weit weg: in einer Fantasiewelt der ewigen Liebe, der Seelenverwandtschaft, mit einem Traumprinzen und einem glücklich vereinten Paar. Wie im Märchen: Sie verliebten sich, heirateten und lebten glücklich und zufrieden.

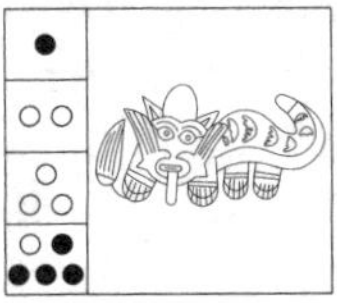

14 Der Wille besiegt die Angst

An diesem Morgen waren sie zeitig aufgestanden und nach Huacana aufgebrochen, einem kleinen Dorf am Fuße der Berge. Schweigend wanderten die beiden Frauen auf ihrem Weg, der an dem Schneefeld von Chullunkuya vorbeiführte. Es herrschte ein eisiges Klima. Lara hatte vergessen, sich mit Kakaobutter und Sonnencreme einzureiben. Ihre Haut war von der Sonne gerötet und die Lippen von der trockenen Kälte der Kordilleren rissig und rau.

Ihr Gesicht und die Lippen brannten, während sie durch das Gestrüpp vordrangen. Immer wieder bohrten sich die spitzen Stacheln der Pflanzen in ihre Haut und verursachten ihr Schmerzen. Ohne auf das Unbehagen ihrer Schülerin zu achten, begann Mama Maru zu sprechen: »Heute werden wir den ganzen Tag wandern und erneut prüfen, ob du in der Lage bist, eine wahre Frau zu sein.«

In den vergangenen Tagen hatte sich Lara harten Prüfungen unterzogen. Die *Curandera* hatte von ihr verlangt, über ein Seil zu laufen, das sie einige Meter hoch über einem See gespannt hatte. Sie war über glühende Kohlen gegangen und, nur gesichert mit einem Seil, am Rande eines Abgrunds entlanggelaufen.

Diese Prüfungen, bei denen sie ihre physischen und psychischen Kräfte unter Beweis stellen musste, dienten dazu, ihr Selbstvertrauen zu stärken.

Nun befanden sie sich auf dem Weg zu einem Ort, der nach Meinung der *Curandera* für Laras Entwicklung von großer Bedeutung war. Mama Marus Kräfte waren schier unerschöpflich. Leicht und flink bewegte sie sich voran, als würde sie niemals müde. In ihrer Funktion als Meisterin stellte sie Lara vor immer neue Aufgaben und machte ihr das Leben schwer.

Die Sonne ging beinahe schon unter, als sie schließlich an eine große Steilwand aus Granit gelangten. Nachdem sie ihr Gepäck abgelegt hatten, bog die *Curandera* die dichten Zweige eines Busches zur Seite. Vor Laras erstaunten Augen erschien der Eingang zu einem Tunnel, der durch einen riesigen flachen Stein versperrt war.

»Dies ist der Ort, um mutige Frauen auf die Probe zu stellen. Ich hoffe, dass es mir gelingt, den Zugang zu öffnen.«

Nach einigen Versuchen schaffte es Mama Maru, den Stein zu drehen und die Öffnung freizulegen. Gleich darauf begab sie sich in das Innere der Höhle und wurde von der Dunkelheit geschluckt. Von außen wirkte dieser geheime Ort wie ein schwarzer Stollen. Lara wartete und fing langsam an, sich Sorgen um sie zu machen. Mama Maru hatte keine Laterne mitgenommen und war bereits eine ganze Weile fort. Beunruhigt sah Lara auf den Höhleneingang, ohne zu bemerken, dass sich die *Curandera* ganz in ihrer Nähe befand. Statt aus der Öffnung zurückzukommen, trat sie von hinten an Lara heran. Sie war an einer anderen Stelle ins Freie gelangt.

»Ich hatte schon Angst, dass dir dort drinnen etwas zugestoßen ist«, sagte Lara, erleichtert darüber, sie heil und gesund wiederzusehen.

»Ich habe mir nur den Ort genauer angesehen, an dem du deine nächste Prüfung bestehen sollst«, erklärte die *Curandera*. »Du wirst im Dunkeln durch den Tunnel gehen und so einer anderen Form der Angst begegnen. Außerdem musst du beweisen, dass du in der Lage bist, dich zu orientieren. Der

Gang ist etwa vierhundert Meter lang, weiter drinnen wird er zu einem wahren Labyrinth. Man kann sich leicht verirren, wenn man den Weg nicht kennt.«

»Ich hoffe, ich werde ihn finden«, antwortete Lara ein wenig erschrocken.

»Ich gebe dir ein Schnurknäuel mit. Während du dich vorantastest, musst du es abwickeln. Wenn du es nicht verlierst, kannst du jederzeit umkehren. Solltest du es jedoch verlieren, wirst du dich in einem der unzähligen Gänge dieses Labyrinths verirren.

Zunächst muss ich dich allerdings auf die Prüfung vorbereiten. Lass uns hier auf diesem Platz niedersetzen, der frei von Dornen und Gestrüpp ist. Bevor du die Höhle betrittst, muss ich dich mit den Schutzelementen versehen. Ich rate dir, dir positive Gedanken ins Gedächtnis zu rufen und dir auf diese Weise Mut zu machen, während ich alles vorbereite.«

Mama Maru knüpfte ihr Bündel auf und zog eine Glutpfanne, eine *Unkhuna*, den rituellen Umhang, ein Päckchen mit *Wiraqoya*, der heiligen Pflanze, deren Duft die Schutzgeister der Menschen mögen, die unvermeidlichen Kokablätter, Blüten und andere Utensilien für die religiöse Zeremonie heraus.

Als Erstes bereitete sie alles für das Ritual vor, das *Pachamama* gelten sollte. Auf einer *Manta* breitete sie in einer bestimmten Ordnung die Zutaten aus. Als alles bereit lag, entzündete sie die trockenen Zweige in der Glutpfanne und streute, sobald genügend Glut entstanden war, eine Mischung duftender Kräuter darüber. Der weißliche Rauch der heiligen Pflanzen stieg langsam in den blauen Himmel auf.

Mit ihren knochigen Händen hielt Mama Maru die rauchende Glutpfanne in die Höhe, während sie die Schutzgeister der vier Himmelsrichtungen, die Geister der Berge und den eigenen Schutzgeist anrief. Dann begann sie, auf Quechua zu beten, hob dabei die *Unkhuna* an, auf der sie die Opfergaben bereitgelegt hatte, und strich damit über die rauchende Glutpfanne.

Nach dem Gebet erhob sie sich und schüttete in jede Himmelsrichtung einen Kelch mit Flüssigkeit aus. Dann faltete sie die *Manta* mit allem, was darauf lag, zusammen, sog dreimal den Hauch des Lebens in sich auf und befahl Lara, das Gleiche zu tun. Sie befolgte die Anweisung, wie schon so oft, wenn sie religiösen Zeremonien beigewohnt hatte.

Während das Feuer erneut aufflammte, nahm die *Curandera* ein Fläschchen und schüttete sich ein wenig Flüssigkeit auf die Hände. Ein angenehmer Duft verbreitete sich ringsum. Sie befahl Lara, näher heranzukommen, und sagte zu ihr: »Schließ die Augen und spreize Arme und Beine. Ich muss deinen Körper reinigen, damit kein Geist deinen Weg stören kann.«

Lara gehorchte. Sie rührte sich nicht und hielt die Augen geschlossen. Dabei spürte sie, wie ein Regen aus duftenden Tropfen auf ihren Körper niederging. Als Mama Maru wieder zu sprechen begann, begriff sie, dass alles vorbei war, und öffnete die Augen: »Es ist so weit! Jetzt kannst du den Tunnel betreten. Ich werde derweil die Zeremonie und die Darbringung beenden. Sieh zu, dass du zurechtkommst.«

Die *Curandera* führte ihre Schülerin zum Eingang der Höhle, zog ein Knäuel aus rohem Faden hervor, band das eine Ende an einen Strauch am Eingang und legte den übrigen Teil in einen kleinen, runden Korb, in dem sich ein Schlitz befand. Durch diesen konnte der Faden sich abrollen. Dann befestigte sie den Korb an Laras Gürtel.

»Während du dich fortbewegst, wickelt er sich ab«, erklärte sie. »Vergiss nicht, dass sich zu beiden Seiten des Tunnels Abzweigungen befinden. Du musst deiner Intuition folgen, um an das andere Ende zu gelangen.«

»Muss ich alleine und ohne Licht gehen?«

»Natürlich. Ich habe es getan, und du wirst dasselbe tun.

Dies ist eine Prüfung, mit der du deine Intuition unter Beweis stellen kannst und lernst, deine Angst zu beherrschen.«

Voller Sorge blickte Lara auf den Eingang. Nichts als undurchdringliches Dunkel war zu sehen. Entsetzen überkam sie, sie spürte die Angst vor dem Unbekannten. Sie hatte sich bereits zahlreichen harten Prüfungen unterzogen, aber diese übertraf in ihrer Grauenhaftigkeit alles bisher Gewesene. Es hieß nun allen Ernstes, dem Unbekannten entgegenzugehen.

Lara wurde von einer Unruhe erfasst, ein Schauer lief ihr den Rücken hinab. Die Zunge wurde trocken, und sie verspürte einen herben Geschmack. Sie würde gegen die Angst vor dem Unbekannten, gegen die Stille und die Finsternis ankämpfen müssen.

Bisher hatte sie ihre Aufgaben im hellen Tageslicht oder im Freien ausgeführt. Jetzt würde sie sich in vollkommene Dunkelheit begeben, in einen geschlossenen Raum, in dem sie sich, um voranzukommen, nicht einmal aufrichten konnte. Mama Maru hatte sie gewarnt, dass der Tunnel kaum anderthalb Meter hoch sei. Vollkommen allein sollte sie sich durch die Finsternis tasten, ohne zu wissen, was auf sie zukam.

Lara war wie gelähmt. Schon immer hatte sie Angst vor der Dunkelheit, der Finsternis und vor Gespenstern gehabt. Selbst in ihrer Wohnung hatte sie oft geglaubt, im Dunkeln Gestalten aus dem Jenseits, Geister oder andere Wesen zu entdecken, und mit aller Macht versucht, sie aus ihren Gedanken zu vertreiben. Nun stand sie der Schwärze dieses Tunnels gegenüber, der sie an den Schlund eines riesigen Ungeheuers erinnerte. Noch immer konnte sie sich nicht vorstellen, wie sie sich beim Betreten fühlen würde.

In diesem entscheidenden Moment fielen ihr die Worte Tata Sabinos ein: »Nur die wahre Frau ist in der Lage, dem Unbekannten zu begegnen und es zu überwinden.«

Sie wollte eine wahre Frau sein, deshalb war sie bei Mama Maru. Sie wollte erfahren, inwieweit sie bereit war, sich aus

Liebe zu einem Mann zu opfern. Sie wusste, dass ihr eine harte Prüfung bevorstand, die sie zerstören konnte, wenn sie sich von ihrer Angst gefangennehmen ließ. Sie hatte keine andere Wahl.

Lara ballte die Fäuste so fest zusammen, dass sich die Fingernägel ins Fleisch bohrten, holte tief Luft und wagte die ersten Schritte. Je weiter sie sich ins Innere vortastete, desto stärker umfing sie die alles beherrschende, erdrückende Finsternis des Tunnels. Es war die schwärzeste Nacht, die sie jemals erlebt hatte. Ein langer Weg lag vor ihr, bei dem ihr die Augen nichts nutzten.

Ihr Herz schlug wie wild. Sie spürte, wie sich ihre Gedärme zusammenzogen, der Mund war trocken, sie zitterte. Lara hatte große Angst, aber sie musste versuchen, sie zu überwinden. Während sie gebückt den Gang entlanglief, griff sie prüfend nach dem Körbchen mit dem Faden, dem einzigen Gegenstand, der ihr die Sicherheit gab, hier wieder herauszukommen. Mama Maru hatte sie gewarnt: »Wenn du dieses Fadenknäuel verlierst, läufst du Gefahr, dich in dem Labyrinth zu verirren und nie wieder hinauszufinden.«

Angsterfüllt tastete sie sich voran. Sie hielt den Kopf gesenkt, ihre Sinne waren geschärft, um jeglicher Gefahr entgegenzutreten. Tausende negative Gedanken schossen ihr durch den Kopf. Sie fürchtete, sich zu verletzen, hatte Angst vor dem Tod. Unsicher blieb sie stehen und verspürte nur den Wunsch, aus jener Falle zu entkommen und zum Eingang zurückzukehren. Aber sie blieb, wo sie war. Sie hatte das Gefühl, dass dieser dunkle Tunnel sie nach und nach gefangen nahm.

Genau in diesem Augenblick erwachte in ihr die Kämpferin. Sie wusste, dass es zu spät war umzukehren. Mutig drang sie weiter in das Innere des Berges vor und stützte sich dabei an einer Seite der Höhle ab, wie es ihr die *Curandera* geraten hatte. Mit gesenktem Kopf, leicht vornübergebeugt, setzte sie ihren Weg fort. Sie musste sehr aufpassen, um nicht gegen einen der herabhängenden Felsen zu stoßen. Mama Maru hatte ihr einen wattierten Hut gegeben, der die Stöße abfangen sollte. Auch eine Laterne hatte sie dabei. Doch die *Curandera* hatte ihr eingeschärft: »Benutze sie nur im äußersten Notfall. Wenn ich von außen Licht sehe, bist du in meinen Augen gescheitert und nicht würdig, diesen Weg fortzusetzen.«

Lara schritt mutig voran, aber die alles beherrschende Dunkelheit rief negative Bilder und alle möglichen Angstvorstellungen in ihr wach. Jetzt wusste sie, was es heißt, Angst vor dem Unbekannten zu haben. Sie zitterte am ganzen Körper, das Herz schien ihr fast zu zerspringen, sie hatte das Bedürfnis, die Gedärme zu entleeren, ein Kribbeln breitete sich auf ihrer Haut aus.

Obwohl die Luft im Tunnel kühl war, lief Lara der Angstschweiß am ganzen Körper hinab. Stirn, Rücken, Brust und Hände waren feucht, die Kehle dagegen trocken. Sie hätte alles darum gegeben, dieser Prüfung zu entgehen und fortzulaufen. Aber die vergangenen Erfahrungen hatten sie gefestigt, und die Kriegerin in ihr spornte sie dazu an, durchzuhalten.

Sie musste sich dem stellen, was sie am meisten fürchtete: der Angst vor der Dunkelheit, vor der Einsamkeit, dem Unbekannten, dem Unvorhersehbaren. Es herrschte vollkommene Stille. Sie spürte, dass ihre Schläfen pulsierten, als ob kleine Hämmerchen auf ihren Schädel einschlügen, spürte die Schläge ihres Herzens in der Brust vibrieren. In der absoluten Stille waren nur ihre eigenen Schritte und das Rascheln ihrer Kleider zu hören.

Die Vorstellung, dass Mama Maru es bereits vor ihr geschafft hatte, gab ihr die Kraft weiterzulaufen. Auch sie würde es schaffen. Dieser Gedanke gab ihr die nötige Ruhe, um nicht vor Entsetzen loszuschreien.

Der zweite Gedanke, mit dem sie sich beruhigte, war: »Wenn eine ernsthafte Gefahr bestünde, hätte Mama Maru mich nicht losgeschickt.«

Doch die Angst lauerte im Hinterhalt, drang in ihr Bewusstsein und spielte ihr immer wieder übel mit. Ein leichter Wind strich über ihr Gesicht, und etwas berührte ihre Stirn. Sofort musste Lara an Fledermäuse denken. Schon glaubte sie, dass eine von ihnen auf sie zugeflogen kam, um sie zu beißen. Sie stellte sich vor, dass Tausende von Fledermäusen sie gleichzeitig angriffen. Voller Angst drückte sie sich an den Felsen und hielt schützend die Hände vor das Gesicht. Nichts geschah, niemand griff sie an. Doch die Angst hatte mittlerweile jede Faser ihres Köpers ergriffen.

Während sie über den feuchten Boden lief, stolperte sie plötzlich über etwas, das sich rasch bewegte. Sie griff mit einer Hand danach, und ließ es im nächsten Augenblick voller Entsetzen wieder fallen. Es schien eine lange Schlange zu sein, die ihr den Weg versperrte. Sie fühlte sich hilflos und verwundbar. Aber sie musste die Herausforderung annehmen. Sie brachte genügend Willen auf, sich dem Kampf zu stellen und weiterzugehen. In der Dunkelheit setzte sie sich mit Händen und Füßen zur Wehr, schrie, um sich Mut zu machen, und schlug mit Fäusten und Füßen um sich. Als sie merkte, dass sie nicht gebissen wurde, beruhigte sie sich. Vorsichtig tastete sie mit der Hand nach dem sich bewegenden Etwas und erkannte mit einem Mal, dass es lediglich eine Holzschlange war, die sich bewegte, als sei sie echt. Lara begriff, dass irgendjemand sie zurückgelassen hatte, um die Angst derjenigen, die hier vorbei mussten, noch zu verstärken. Langsam gewann sie ihre Fassung zurück und akzeptierte, dass dieses Labyrinth ein Ort voller Hindernisse war, die sie überwinden musste. Für einen Moment blieb sie ruhig stehen, um nachzudenken.

Viele Frauen vor ihr hatten sich dieser Prüfung gestellt und sie bestanden. Andere dagegen waren gescheitert, waren wahnsinnig geworden und hatten sich von ihrer Angst besiegen lassen. In diesem Moment fiel ihr ein, was der Großvater ihr immer wieder gesagt hatte: »Das Wort Angst existiert in meinem Wortschatz nicht, und es sollte auch für dich nicht existieren, denn du bist eine De Santis, mein liebes Enkelkind.«

Ihr Großvater hatte das während des Krieges bewiesen. Als Partisan war er immer zu den waghalsigsten Manövern bereit gewesen und hatte überlebt. Er hatte Tage und Wochen allein in den gefährlichsten Wäldern zugebracht. Später betrieb er in den Wäldern Südamerikas Handel mit Kautschuk. Im Alter von achtzig Jahren war er in seinem Bett gestorben.

Auch sie würde nicht umkehren, würde weitergehen und sich allen Herausforderungen stellen, die auf sie zukamen. Mit allen erdenklichen Mitteln versuchte, sie ausfindig zu machen, wo sie sich befand. Sie musste ihre Sinne öffnen, vor allem den Geruchssinn, ihr Gehör und den Tastsinn. Mit den Händen fuhr sie suchend über die Höhlenwände, um herauszufinden, wie sie beschaffen waren. Sie bestanden aus gleichmäßig geformten, regelmäßig angeordneten Steinen, die, der Form des Tunnels entsprechend, zu kleineren und größeren Blöcken behauen waren und in einer Richtung verliefen. Während sie sich blindlings vorwärtstastete, berührte sie immer wieder den Boden und musste dabei feststellen, dass er feucht war. Die Steine über ihrem Kopf waren sehr viel größer und bildeten eine Art Dach. Dieser Gang war in einer ganz bestimmten Absicht erbaut worden. Hier sollten Mut, Willenskraft sowie die Beherrschung der physischen und geistigen Fähigkeiten der Schüler auf die Probe gestellt werden.

Lara wusste, dass sie sich vorwärtsbewegen musste, ohne dabei an Unangenehmes zu denken. Je weiter sie kam, desto näher rückte ihr Ziel.

Mama Maru hatte ihr geraten: »Verlasse dich immer auf deinen Instinkt. Was zählt, ist der erste Eindruck.«

Es war nicht leicht sich zu orientieren. Sie tastete sich voran in der Hoffnung, den richtigen Gang gewählt zu haben. Bald gelangte sie zu der Gewissheit, dass in einigen Metern Entfernung eine Wand verlief, die weiter geradeaus führte. Wenn sie sich irrte, konnte sie zur Not immer noch das Fadenknäuel benutzen.

Was Lara in jenen Augenblicken erlebte, war viel schlimmer als jegliche Form von Furcht oder Grauen, die ein Mensch in seinem alltäglichen Leben erfährt. Wenn sie ihre Gefühle und Gedanken nicht so gut unter Kontrolle gehabt hätte, wäre sie vor Angst verrückt geworden. Sich in diesen Gängen fortzubewegen, war für sie eine furchtbare Qual; um heil hinauszugelangen, brauchte sie stählerne Nerven.

Sie musste daran denken, dass dies nur eine von vielen Prüfungen war und dass ihr weitere, noch schwerere bevorstanden. Während sie weiterlief, sprach sie laut zu sich selbst, um sich Mut zu machen. Ihre Stimme hallte wie ein Echo in den dunklen Gängen. Sie war nicht hier, weil sie es gewollt hatte, sondern weil es keine andere Möglichkeit gab, den Menschen, den sie liebte, zurückzugewinnen.

Aus Liebe war sie hier, um sich der Herausforderung zu stellen und dabei ihr Leben zu riskieren.

Tränen liefen ihr die Wangen hinab, rannen hinunter bis zum Kinn. Mitten in der Finsternis machte sie ihrem Schmerz Luft, weinte und biss gleichzeitig die Zähne zusammen. Auf diesen Wahnsinn hatte sie sich nur deshalb eingelassen, weil sie einen Mann liebte, der sich wahrscheinlich nicht im Geringsten dafür interessierte, was sie für ihn tat. Dieses Gefühl, jemandem Liebe entgegenzubringen, ohne dass sie erwidert wird, veränderte allmählich ihre Einstellung gegenüber dem Ehemann. In diesem Moment begriff sie, dass sie allein war, dass sie es hinnehmen musste, nur sich selbst zu haben: Das war ihre einzige Gewissheit.

Plötzlich erhellte sich ihr Geist, und sie glaubte, ihren

Großvater vor sich zu sehen, der zu ihr sprach: »Geliebte Enkelin, bei all den guten und schlechten Beziehungen, die du in deinem Leben haben wirst, gibt es nur eine Liebe, derer du gewiss sein kannst: die zu dir selbst. Liebe dich selbst, lebe für dich und im Einklang mit dir selbst. Kümmere dich um die Schönheit deines Körpers und deines Geistes, weil du es willst, und nicht, um Männer damit anzuziehen. Akzeptiere dich, wie du bist, und sei mit dir selbst zufrieden. Auf diese Weise kannst du auch alleine leben und brauchst keine Angst vor der Einsamkeit zu haben. Deine Liebe wird nach und nach wachsen und nicht nur dir genügen, sondern so reichlich sein, dass du sie anderen schenken kannst. Dann bist du bereit, einen anderen Menschen zu lieben.«

»Ich habe Angst davor zu lieben, denn ich könnte wieder verlassen werden und ins Unglück stürzen, so wie jetzt«, antwortete sie im Geiste.

»Wenn du kein Vertrauen hast, verschenkst du eine Gelegenheit, deine Liebe zu geben. Suche nicht nach Sicherheit. Das Leben an sich ist nicht vorherbestimmt, sondern nur das Spiel, glücklich oder unglücklich zu sein. Wenn du das Verlangen hast, einen Mann zu lieben, so liebe ihn, ohne dafür etwas zu fordern. Hilf ihm, glücklich zu sein. Wenn du ihn glücklich machst, warum sollte er dich dann verlassen? Wenn du ihn dagegen unglücklich machst, warum sollte er dann bei dir bleiben? Führe ihn auf dem Weg der Liebe und folge dabei deinem Herzen. Sei dir bewusst, dass du ein heiliger Tempel bist, den er betreten kann, um mit dem Göttlichen in Kontakt zu kommen. Nur so wird deine Liebe ewig dauern. Auf Wiedersehen, ich bin immer bei dir und wünsche mir, dass du glücklich wirst.«

Im Moment des Abschieds verspürte Lara eine tiefe Traurigkeit. Sie weinte immer noch, und ihre Klagen, Seufzer und Schreie erhoben sich inmitten der dunklen Gänge. Doch als ob sich ihre Seele mit einem Mal von aller Bitterkeit befreit hätte, ging plötzlich eine Veränderung in ihr vor. In ihrem Inneren schien das alte Band der Leidenschaft endgültig zu zerreißen, und nach und nach verblasste das machtvolle Bild Giannis, bis es schließlich ganz verschwunden war. Ihr wurde klar, dass sie die Trauer der Vergangenheit ablegen musste, um weiterzuleben und glücklich zu werden. Von diesem Augenblick an betrachtete sie den von ihr eingeschlagenen Weg als etwas, womit sie sich an sich selber messen und zeigen wollte, dass sie eine wahre Frau war, die man als solche zu achten hatte.

Nie wieder würde sie es zulassen, dass andere über sie bestimmten. Sie durfte keine weiteren Kompromisse eingehen oder sich unterdrücken lassen. Hier erfuhr sie an sich selbst, dass es nichts Schädlicheres für den Menschen gab, als sich selbst zu gering zu schätzen und die eigenen Fähigkeiten zu verkennen, etwas alleine zu schaffen. Die Worte der *Curandera* fielen ihr wieder ein: »Der größte Teil der Menschheit wird von seinen Leidenschaften, von falschen Hoffnungen gelenkt und ist in Schranken gefangen, die uns daran hindern, dorthin zu gelangen, wo jeder von uns hingelangen kann.«

In jenem Augenblick begriff Lara, wie wichtig diese Erfahrung für sie war. Nur indem sie zu dem Bewusstsein gelangte, eine mutige Frau zu sein, konnte sie aufhören, vergeblich nach der Bestätigung der anderen zu suchen. Denn die Selbstachtung beginnt mit der eigenen Würde. Wenn wir von anderen geachtet werden wollen, müssen wir zunächst uns selbst achten.

Sie versuchte zu lächeln, auch wenn sie das Gefühl hatte, vor Angst fast zu sterben. Sie stimmte ein Lied an, obwohl sie sich immer noch fürchtete. Sie wollte all die schrecklichen Gedanken vertreiben und den Sinn jener Worte verinnerlichen, die Mama Maru stets wiederholt hatte: »Die Gefahr ist oft nicht so groß, wie sie scheint. Die eingebildete Angst ist sehr gefährlich. Deshalb stirbt der Feigling täglich ein Stück mehr, der Mutige stirbt dagegen nur einmal. Es sterben viel mehr Menschen an ihrer unbegründeten Angst als an wirklicher Gefahr.«

Angesichts dieser Worte hielt Lara einen Augenblick lang inne und dachte: »Mama Maru ist beherzt hineingegangen und ohne einen Kratzer wieder hinausgelangt. Sie hatte keine Angst, weil keine wirkliche Gefahr bestand. Also ist auch meine Angst unbegründet. Ich muss bloß den anderen Ausgang suchen. Das Schlimmste, was passieren kann, ist, dass ich ihn nicht finde. Aber ich kann immer dorthin zurückkehren, von wo ich gekommen bin. Ich brauche nur den Faden hinter mir aufzuwickeln.«

Auf diese Weise beruhigte sie sich, und es gelang ihr, die Angst unter Kontrolle zu halten. Nach und nach wich die feindselige Finsternis einem beruhigenden Dunkel. Das Gefühl des Grauens, das sie am Anfang zu ersticken drohte, fiel langsam von ihr ab, und Frieden, Ruhe und Stille breiteten sich in ihr aus. So konnte sie sich selbst begegnen. Hin und wieder hielt sie an, um auszuruhen und nachzudenken.

Jetzt wurde ihr klar, dass sie sich immer zu gering geachtet hatte. Sie musste alle Ketten der geistigen Gefangenschaft zerschlagen, mit allen Konventionen und Vorgaben ihrer Gesellschaft brechen. Sie wusste nun, dass sie allem, was sie quälte, entgegentreten konnte. Zuerst würde sie sich von den vielen Gedanken befreien, die sie einschränkten und daran hinderten, auf ihrem Weg voranzukommen.

So vollkommen allein hatte sie Gelegenheit, über ihr Leben nachzudenken, und erkannte nun, dass sie auch in ihrer zivilisierten Welt sich selbst verwirklichen und zufrieden leben konnte. Sie musste nur ihren Verstand gebrauchen, um sich an die alltäglichen Gegebenheiten, die Spannungen, Sorgen, die Aufregungen und den Druck, anzupassen, die sich aus einem hektischen und bewegten Leben ergaben. Lara begriff, dass es ihr möglich sein würde, Ruhe und Frieden zu finden, wenn sie nur ihre Nerven unter Kontrolle hielt. Konkretes

Handeln, Meditation, Entspannung und körperliche Übungen waren der Weg, um Spannungen abzubauen.

Zwar war sie in diesem Moment zutiefst enttäuscht, denn sie hatte all ihre Hoffnungen auf einen Mann gesetzt, aber sie gab sich deshalb nicht geschlagen. Jetzt wusste sie, dass sie sich verändern und alleine glücklich werden konnte, dass sie ihr Glück mit anderen teilen konnte. Dazu würde sie Prioritäten setzen müssen, und sie gelobte sich feierlich: »Von nun an werde ich mich dem Leben stellen und nicht länger um einen Mann, sondern für mich selbst kämpfen. Denn nun weiß ich, dass ich selbst die wichtigste Person bin. Das Leben gehört mir, ich muss lernen, es zu leben und es von all seinen Seiten zu lieben. Was macht es schon, wenn ich nicht perfekt bin? Wichtig ist, dass ich glücklich bin.«

Diese Gedanken halfen ihr, bis zum Ende des Tunnels vorzudringen. Die Angst vor der Dunkelheit verschwand, und sie gewann endgültig die Kontrolle über sich zurück. Sie verspürte Ruhe und inneren Frieden. Im Stillen dachte sie: »Wenn ich diese Prüfung lebend überstehe, will ich mich nie wieder beklagen.«

Lara tastete sich voran und ließ sich dabei von ihrem Instinkt leiten. Auch wenn sie manchmal glaubte, vom Weg abgekommen zu sein, bewahrte sie Ruhe und versuchte, sich zurechtzufinden. Sie hatte ihr inneres Gleichgewicht gefunden. Plötzlich sah sie in der Ferne einen schwachen Schimmer. Nach und nach wich die Finsternis, und ein Lichtstreifen wurde erkennbar, der den Gang erhellte.

Je weiter sie vorankam, desto stärker wurde der Lichtschein. Der Gang verlief hier im Zickzack. Nach etwa dreißig Metern sah sie schließlich helles Licht von außen hereindringen. Noch im Halbschatten kroch sie auf allen vieren dem Ausgang entgegen. Sie hatte es geschafft! Sie hatte die Prüfung bestanden!

Draußen wartete Mama Maru auf sie. Aber anstatt sie zu

beglückwünschen, sagte sie schlicht: »Jetzt musst du dorthin zurückkehren, von wo du gekommen bist, und dabei den Faden aufwickeln.«

Für einen kurzen Augenblick packte Lara die Wut, am liebsten hätte sie die *Curandera* zum Teufel geschickt. Doch dann fiel ihr ein, dass jede Prüfung eine Lehre birgt und dass sie hergekommen war, um zu lernen. Widerwillig kehrte sie in den Gang zurück, aber diesmal wusste sie, dass sie ihn durchqueren konnte, denn sie hatte es bereits einmal geschafft. Wieder kamen ihr negative Gedanken, Zweifel und Unruhe. Doch rasch gewann sie ihre Selbstsicherheit zurück und schritt zum anderen Ende der Höhle, während sie dabei den Faden aufwickelte.

Es war ihr gelungen, Anspannung, Angst und Grauen zu überwinden. Ihr kam zu Bewusstsein, dass sie eine Frau war. Zeit ihres Lebens hatte sie versucht, eine perfekte Frau zu sein. Was hatte sie dadurch gewonnen? Auf diese Frage hatte sie bisher noch keine Antwort gefunden. Aber sie gelobte sich, eine wahre Frau zu werden, sobald sie zurück ans Tageslicht gelangt war, keine Traumfrau, keine perfekte Frau, sondern ganz einfach eine Frau.

Nach diesen Überlegungen fühlte sie sich von einer Last befreit, die sie immer mit sich herumgetragen hatte. Jetzt würde sie all die sozialen Konventionen zum Teufel jagen, all die Gedanken und Regeln, die sie dazu gezwungen hatten, sich jemand anderem zu unterwerfen. Ein letztes Mal wickelte sie den Faden auf das Knäuel und trat dann hinaus ans Licht. Mama Maru erwartete sie lächelnd.

»Hast du gemerkt? Es gibt kein erstes ohne ein zweites Mal. Die erste Erfahrung ist sehr heftig, die zweite dagegen schon sehr viel leichter. Am Anfang hattest du Angst, aber nach und nach hast du dich davon überzeugt, dass du es schaffen kannst. Das zweite Mal ist es dir sehr viel leichter gefallen. Ich habe unterdessen *Apu Quotallaulli* angerufen, den Schutzgeist und Vater der Frauen, damit er dich beschützt, deinen Gedanken Klarheit verleiht, dir zu Beharrlichkeit bei deinen Vorsätzen verhilft und dir zeigt, wie du dir selber begegnen kannst. Ich sehe, dass er dir geholfen hat.«

Lara hörte der *Curandera* schweigend zu. Noch hatte sie die vergangenen Erlebnisse nicht ganz verdaut. Sie versuchte sich vorzustellen, was passiert wäre, wenn Angst und Grauen sich ihrer bemächtigt hätten. Vielleicht wäre sie gestorben. Aber sie lebte und dankte, wem auch immer sie danken konnte, dafür, dass sie lebte und im Vollbesitz ihrer fünf Sinne war.

»Wenn der Schutzgeist und Vater der Frauen auch mein Beschützer ist, dann danke ihm in meinem Namen«, rief sie aus.

»Er ist ein liebevoller Wächter, ein gütiger Vater«, erklärte Mama Maru. »Er kümmert sich um seine Töchter, du stehst unter seinem Schutz, denn ich habe von Anfang an darum gebetet.«

Lara wollte mehr wissen über den Vater der Frauen. Als müsse sie erst in ihrem Gedächtnis graben, begann Mama Maru nach kurzem Zögern, von den Bergen zu erzählen, in denen *Apu Quotallaulli* lebte.

»Oft habe ich in einsamen Nächten das Bild der Natur vor Augen gehabt und darüber nachgedacht, wie die Berge mein Dasein beeinflussen, wie ein Teil meiner Seele als Echo in ihnen widerhallt. Es gab einen Berg, den ich nicht kannte und der mir manchmal im Traum erschien. Auf meiner ersten Reise nach Cabanaconde, auf die ich mich begeben hatte, um Mais einzukaufen, sah ich bei meiner Rückkehr nach Chivay hinauf zum Quotallaulli, an dessen Fuße sich das Dorf befand. Ich war überrascht. Es war der Berg aus meinen Träumen. Eine Alte aus der Gegend, Santusa Taku, erklärte mir, warum er mir so oft im Schlaf erschien. Sie nahm mich mit zu sich nach Hause und erzählte mir zum ersten Mal die Geschichte des Berges, der die Frauen beschützt.

Apu Quotallaulli ist der Schutzgeist des Dorfes Chivay,

Herr und Gebieter über das Land, aber auch Vater der Frauen. An ihn wenden wir uns, wenn wir uns wünschen, dass unsere Töchter den rechten Weg finden, eine gute Ehe schließen, ihre Ausbildung beenden, Reisen überstehen oder Arbeit finden. Früher, lange bevor du und ich geboren wurden, war die Natur dort anders. Dort, wo sich jetzt der Berg befindet, gab es einen See, an dessen Ufern ein Dorf lag, in dem Männer und Frauen glücklich miteinander lebten.

Doch das Glück dauert niemals ewig. Eines Tages kamen aus dem Süden Fremde, die es auf die Reichtümer des Dorfes abgesehen hatten. Es waren wilde, schwer bewaffnete Krieger, die seit jeher daran gewöhnt waren, zu stehlen und sich an anderen zu bereichern, ohne selbst zu arbeiten. Mit Stärke und Waffengewalt setzten sie sich durch.

Die Bewohner des Dorfes waren friedliebend, aber sie hielten sich zum Kampf bereit. Die Männer wählten einen Anführer und stürmten hinaus, um ihr Land, ihre Frauen und Töchter zu verteidigen. Da sie in der Minderheit waren, zogen auch die Söhne mit in den Krieg, um ihr Dorf zu verteidigen. Sie verschanzten sich auf halber Höhe, während die Frauen und Mädchen oben auf dem Hügel in Sicherheit blieben.

Unter lautem Geschrei näherten sich zahlreiche Angreifer. Die Männer aus dem Dorf erwarteten sie in ihren Festungen, die sie in aller Eile errichtet hatten. Trotz ihrer Angst vertrauten sie darauf, sich verteidigen zu können und dem Feind Verluste zuzufügen. Sie glaubten, die Eindringlinge zurückdrängen zu können, da sie selbst die Gegend viel besser kannten. Aus ihrer Stellung heraus wollten sie kämpfen und ihnen Einhalt gebieten.

Doch die Gegner waren listig und in der Kriegskunst bewandert. Außerdem hatten sie Spione und teilten ihre Streitkräfte in zwei Gruppen. Die größere Gruppe sollte von vorne angreifen, während die kleinere, aber besser bewaffnete aus dem Hinterhalt stürmen würde.

Die Einwohner kämpften mit aller Entschlossenheit, aber sie wurden niedergemetzelt, kein männlicher Dorfbewohner blieb am Leben. Die Frauen, die von oben zusahen, wie ihre Männer starben, begannen zu weinen und zu flehen, und riefen den Schutzgeist des Dorfes an.

Apu Quotallaulli erhörte ihre Rufe sofort. Als er sah, dass seine Töchter in Gefahr waren, verwandelte er sich in einen Krieger mit schillernden, bunten Kleidern. Mit seiner Steinschleuder begann er, riesige Felsbrocken gegen den Feind zu schleudern, und tötete viele der Angreifer. Dann bewaffnete er sich mit leuchtenden Blitzen und feuerte sie unter lautem Donnern ab. Die Eindringlinge flohen entsetzt und kehrten niemals wieder zurück.

Durch *Apu Quotallaullis* Hilfe waren die Frauen gerettet worden, nicht aber die Männer. Die Gottheit näherte sich den weinenden Frauen und sagte: ›Meine Töchter, eure Männer haben mich nicht um Hilfe gebeten, ich dachte, dass sie diese nicht brauchen.‹

Die Älteste sagte: ›Und jetzt, mein Vater? Was sollen wir ohne unsere Männer tun? Wer wird uns beschützen?‹

Apu Quotallaulli dachte kurz nach und erwiderte dann: ›Folgt mir in meine Gefilde, in die Berge, dort wird euch ewiger Schutz gewährt.‹

Alle Frauen, von der Ältesten bis hin zum jüngsten Mädchen, machten sich auf den Weg zu der Wohnstätte der Gottheit. Doch der Berg war sehr hoch. Erschöpft und hungrig vom langen Aufstieg machten viele von ihnen Rast, obwohl *Apu Quotallaulli* sie gewarnt hatte: ›Ihr dürft auf keinen Fall innehalten, ehe ihr nicht in mein Reich gelangt seid.‹

Die Frauen, die sich, von Müdigkeit überwältigt, für einen Augenblick setzten, erstarrten zu Felsstatuen. Aus diesem Grund kann man, wenn man in Richtung des Quotallaulli blickt, eine große Anzahl versteinerter Gestalten sehen.

Jene Frauen, die ihre Reise ohne Pause fortsetzten, erreichten das Land des *Apu Quotallaulli,* lebten unter seinem Schutz in einer anderen Dimension auf fruchtbarem Boden, in einem wunderschönen Dorf.

Apu Quotallaulli ist ein liebevoller Vater, der sich um seine Töchter kümmert.

Wenn ein Mann eine Gefährtin sucht, nähert er sich seinem Reich. Er muss bis auf den Gipfel steigen und ein Opfer darbringen. Apu Quotallaulli zu erreichen, ist nicht leicht. Man bekommt dabei Kopfschmerzen, verspürt Müdigkeit, Schwindel, Übelkeit und vor allem Angst. Wem es gelingt, diese Prüfung zu bestehen, wer sich als stark, tapfer und widerstandsfähig erweist, von dem fällt, sobald er den Gipfel erreicht hat, wie durch ein Wunder, alle Müdigkeit ab. Mit frischem Mut und verändert kehrt er ins Dorf zurück, wo er die Frau trifft, die für ihn bestimmt ist. *Apu Quotallaulli* hat sein Gebet erhört, in sein Herz gesehen und schließlich den Entschluss gefasst, ihm eine seiner Töchter anzuvertrauen.

Um an das Ereignis zu erinnern, feiern die Leute jedes Jahr ein Fest. Sie kleiden sich bunt und begehen rituelle Kämpfe, um ihre Tapferkeit und Widerstandsfähigkeit unter Beweis zu stellen. Drei Tage hintereinander tanzen sie den *Witi-Witi.* Während der Feierlichkeiten treffen die Frauen auf ihren Partner, sie vereinigen sich und zeugen Kinder.

Ich wusste nicht, dass die Berge sprechen können, bis sie eines Tages zu mir gesprochen haben. Als ich noch ein Kind war, hat meine Mutter sie um Hilfe gebeten. Sie war eine arme Witwe mit sechs Kindern. Das Leben war ein Trauerspiel, und jeder Tag brachte neues Leid. Eines Nachts, es war absolut finster, die düsterste aller Nächte, erschien ein geheimnisvoller Indio. Er war sehr groß, seine Bewegungen waren gewandt, er zeigte nicht die geringste Müdigkeit.

Meine Mutter und ich liefen hinter ihm her. Sie hielt mich bei der Hand, ihre Wärme flößte mir Mut ein. Wir waren sehr lange unterwegs. Als wir beinahe am Ende unserer Kräfte waren, vernahmen wir ein Signal. Vor unseren Augen erschien ein Mann mittleren Alters, der sehr vornehme, edle Kleider und goldene Sandalen trug. Alles deutete darauf hin, dass er ein Herrscher war. Während er sich uns näherte, hörte ich ein furchterregendes Geräusch, die Erde begann unter seinen Schritten zu beben. Er beugte sich zu meiner Mutter herab und sagte: ›Tochter, ich habe deine Gebete erhört. Kehre zurück nach Hause. Von nun an werde ich mich um dich kümmern. Aber du darfst mich niemals vergessen.‹ Dann stapfte er davon und verlor sich mit dröhnenden Schritten zwischen den Hügeln.

Seit jenem Tag wendete sich bei uns alles zum Guten, wir hatten reichliche Ernten und gesundes Vieh. Meine Mutter sagte immer: ›Es ist *Apu Quotallaulli*, der uns beschützt‹, und sie brachte ihm Dankesopfer.«

Als Mama Maru ihre Erzählung beendet hatte, wandte sie sich mit ihrem Rat an Lara: »*Apu Quotallaulli*, der Vater und Schutzgeist der Frauen, hat über dich gewacht, hat dir Urteilskraft, Vertrauen und Sicherheit gegeben und vor allem gelobt, dich anzuerkennen.

Es ist zwecklos, bei anderen das zu suchen, was du für dich selbst willst. Auch wenn du es bei dem Mann suchst, an den du dein Herz verloren hast, führt dich das bei deinem Bedürfnis nach Liebe nicht weiter. Dein Glück hängt von dir ab. Keiner kann es dir besser bereiten als du selbst. Es ist sinnlos zu glauben, dass nur er dich glücklich machen kann. Widme ihm nicht all dein Denken und dein Leben. Denke zunächst an dich selbst und begreife, dass dein Leben nur für dich von Bedeutung ist. Dazu musst du dich stärker schätzen lernen.«

»Das habe ich bereits getan. Dort drinnen in der Finsternis habe ich erkannt, wo mein Fehler lag, und begriffen, welche meine Schranken waren«, antwortete Lara.

»Ich freue mich, dass es so ist. Nun bist du bereit, die nächsten Schritte zu gehen, um dich noch besser kennen zu lernen, um zu erfahren, wer du bist. Das ist ein Gesetz des Lebens: ›Wer sich selbst nicht kennt, kann niemals die anderen kennen.‹

Jetzt, wo du dich besser kennst, wirst du erfahren, dass du dich selber lenken und deinem eigenen Weg folgen kannst.«

Die alte *Curandera* verharrte einen Moment lang in Schweigen und fuhr dann fort: »Du hast eine lange Reise vor dir und musst lernen, alleine oder in Begleitung zu gehen. Aber besser allein als in schlechter Begleitung.«

»Auch das habe ich begriffen, ich bin mir dessen jetzt bewusst. Bis vor wenigen Stunden habe ich noch für jemand anderen gelebt. Jetzt weiß ich, dass es in erster Linie darauf ankommt, für sich selbst zu leben«, erklärte Lara voller Überzeugung.

Mama Maru hörte ihr zu und zog dabei aus ihrer Tasche, die sie um die Taille trug, ein sonderbares Kleid aus verschiedenfarbigem Garn, das sie Lara überreichte. »Dies ist das Symbol des Wissens, das es erlaubt, auch im Dunkeln zu sehen«, erklärte sie. »Ich schenke es dir. Es soll dein Leben lenken. Denke nach, bevor du zur Tat schreitest, gehe in dich und wäge ab, so wirst du deinen Weg sicher gestalten und begreifen, wie wichtig die Wahl deines Partners ist. Denn nicht immer begegnet man dem Richtigen. Wenn dir danach ist, auf deinem Weg jemanden an deiner Seite zu haben, so gib dem den Vorzug, dem du bei seiner spirituellen Suche beistehen kannst. Auf diese Weise kannst du deinem Lebensentwurf folgen.«

»Ich hoffe, dass es so sein wird«, antwortete Lara voll Dankbarkeit für ihre Meisterin.

In ihrem Inneren gingen zahlreiche Veränderungen vor sich, viele Gefühle waren in Bewegung gekommen: Liebe, Zufriedenheit, Frohsinn, Schmerz, Wut und Trauer.

Als sie zurückkehrten, sah Lara hinauf zu den grauen Bergen am Horizont. Sie waren von einem zarten Nebelschleier umhüllt und deshalb nicht klar erkennbar. Lara wusste, dass man an klaren Tagen alle Formen und Umrisse bis ins kleinste Detail erkennen konnte.

Genau so war ihr Leben – noch hatte sich nicht alles vollkommen erhellt. Doch eines Tages, wenn sie ihre Seele von all dem Überflüssigen, den Wunden, den traurigen Erinnerungen und den Fesseln, die einen Menschen gefangen halten, befreit hätte, würde sie sich selbst erkennen: deutlich, klar und unverfälscht.

Auf dem Weg zurück ins Dorf mussten sie sehr vorsichtig laufen, denn die Nacht war hereingebrochen, und die Sicht wurde immer schlechter. Am Firmament tauchten immer mehr Sterne und Planeten auf. Lara hatte keine klaren Vorstellungen darüber, wie sie ihren zukünftigen Partner wählen sollte. Deshalb wandte sie sich an Mama Maru, in der Hoffnung, sie könne ihr einen guten Rat geben oder ihr helfen, ihren Weg zu finden: »Ich möchte einem Mann begegnen, den ich liebe und der der andere Teil meiner selbst ist.«

»Um den anderen Teil deiner selbst zu treffen, musst du verschiedene Männer kennen lernen. Du musst das Risiko auf dich nehmen, auf deinem Weg Fehler zu begehen, und Täuschungen und Enttäuschungen hinnehmen. Wenn du nicht aufgibst, wirst du ihn eines Tages treffen.«

»Was muss eine Frau über die Männer wissen?«

»In erster Linie muss sie wissen, welche Bedürfnisse der Mann hat.«

»Kannst du mir sagen, welche das sind?«

»Männer und Frauen haben nicht immer dieselben Bedürfnisse. Deshalb ist es wichtig zu wissen, dass der Mann im Allgemeinen vier Dinge von einer Frau erwartet. Erstens muss sie ihrer Familie ein Zuhause bieten. Sie muss in der Lage sein, diese zu lenken, zu ordnen und in ein Nest der Geborgenheit zu verwandeln, in dem er seine Freude und die Lust am Leben findet. Mit einem Wort, sie muss geschickt sein.

Zweitens muss sie eine Frau mit Persönlichkeit und gutem Charakter sein, selbstsicher, klug, fröhlich und mit Sinn für Humor, sie muss Freude am Leben haben und heiter sein im Umgang mit anderen, eine gesellige Frau, die ihm Selbstwertgefühl gibt und auf die er stolz sein kann. Sie soll in allen öffentlichen Situationen die Probleme bewältigen und sich in der Gesellschaft Geltung verschaffen können.

Der dritte, für den Mann entscheidende Aspekt ist, dass sie seine Bedürfnisse und Gelüste kennt. Dazu gehört vor allem das Essen und Trinken. Viele Männer sind den Frauen auf Grund von Gaumenfreuden erlegen. Deshalb heißt es auch: ›Liebe geht durch den Magen‹.

Der vierte Aspekt, den die Männer meistens nicht zugeben, ist, dass die Frau Spaß am Sex hat. Sie darf keine Hemmungen haben, muss Freude, Humor, Verstand, Zärtlichkeit und Sinnlichkeit zeigen und sich auf die Kunst der körperlichen Liebe verstehen.

Von diesen vier Bedürfnissen ist das letzte für den Mann das wichtigste, ohne dass er sich dessen bewusst ist. Vielleicht ist er sogar bereit, seine soziale Stellung zu opfern oder es hinzunehmen, dass sie keine gute Hausfrau oder Köchin ist, aber sie muss die Geheimnisse der Liebe kennen und ihm zu größter Wollust verhelfen.

Für den Mann ist sexuelle Befriedigung sehr wichtig. Das liegt in seiner Natur, denn es ist die einzige Art, wie er die Einheit mit sich selbst herstellen, sich eins mit dem Universum fühlen und an der Kategorie des Göttlichen teilhaben kann. Es ist das einzige Mittel, mit dem eine Frau ihn über *Pachachaka*, über die Brücke der Energie, zum zeitlosen Universum führen kann. Auf diese Weise eröffnet sie ihm die vierte Dimension und hilft ihm, sein Bewusstsein zu erweitern. Der Mann strebt nach Wissen, denn das gibt ihm Macht.

Die Frau sucht in der sexuellen Vereinigung dagegen eine Liebesbindung und die Verwandlung des Mannes. Das bloße

Bewusstsein ohne Verwandlung ist keine Weisheit, die bloße Verwandlung ohne Bewusstsein keine Beziehung. Die Frau, die sich auf diese Kunst und dieses Wissen versteht, ist eine Göttin auf Erden und wird von den Männern immer geliebt und verehrt werden.«

Lara hörte aufmerksam zu. Tatsächlich hatte der vierte Aspekt ihre Ehe zum Scheitern gebracht. Als Mama Maru ihre Erklärungen beendet hatte, sagte sie daher zu ihr: »Ich habe am eigenen Leib erfahren, wie wichtig der vierte Aspekt ist.« Bei diesen Worten wurde sie sehr ernst und nachdenklich.

Schweigend setzten die beiden Frauen ihren Weg durch die dunkle Nacht fort, die nur spärlich von den Sternen am Firmament erleuchtet wurde. Plötzlich unterbrach Mama Maru die Stille: »Ich habe dir erzählt, was ein Mann von einer Frau will, jetzt musst du mir erzählen, was eine Frau von einem Mann erwartet.«

Lara fand auf diese Frage keine klare Antwort, ihre Vorstellungen waren noch verworren. Bevor sie das alles erlebt hatte, galten ihre Gedanken nur einem Mann: Gianni. Doch jetzt waren andere Vorstellungen in ihr erwacht. Sie wollte darüber erst sprechen, nachdem sie sich Klarheit verschafft hatte. Sie wusste noch nicht genau, was sie von einem Mann erwartete, konnte noch nicht deutlich formulieren, welche Eigenschaften er haben müsste. Deshalb gestand sie Mama Maru: »Ich weiß nicht, was ich dir antworten soll. Ich habe mir diese Frage nie gestellt. Ich kann gar nicht begreifen, wie ich all die Jahre habe leben können, ohne zu wissen, was wir erwarten, wenn wir auf der Suche nach einem Mann sind.«

»Ich will es dir sagen«, erwiderte Mama Maru. »In erster Linie wünscht sich die Frau einen fröhlichen, positiv gestimmten Mann, der bereit ist, allen Situationen des Alltags zu begegnen und die Probleme zu lösen. In zweiter Linie will sie, dass ihr der Mann Sicherheit gibt. Diese kann physisch, materiell und emotional sein, aber es muss Sicherheit sein. Dann muss der Mann gesellig sein, sich mit jedem auseinandersetzen und unterhalten können, vor allem mit ihr. Der letzte und wichtigste Punkt ist, dass er sie liebt, begehrt, sie achtet, ihr Zärtlichkeit und Zuneigung entgegenbringt und sie als unentbehrlich in seinem Leben empfindet.

Für Liebe und Zuneigung würde die Frau auf alle anderen Aspekte verzichten und einen Teil ihres Lebens schenken. Aus Liebe ist sie zu unsagbaren Opfern bereit. Vor allem aber kann sie vergeben.«

Lara dachte über Mama Marus Worte nach und begriff, dass es eines der größten Rätsel war, auf die bisher nur wenige eine Antwort gefunden hatten: Was will eine Frau von einem Mann, und was erhofft sich ein Mann von einer Frau?

Wenn eine Frau diese Fragen nicht beantworten kann, führt sie ein Leben ohne Sinn und wird ihren Wunsch nach einem Partner nicht erfüllt sehen. Der Mann wird ewig weiter nach jener Frau suchen, die seine Bedürfnisse und sein Begehren kennt, sein Verlangen stillt und der er sich ganz und gar hingeben kann.

»Was hast du früher gedacht, wie dein Mann sein soll?«, fragte Mama Maru.

»Ich hatte einen schönen, kämpferischen, ehrgeizigen und klugen Mann im Kopf.«

»Und jetzt, wo du klarere Vorstellungen hast, wie soll dein Mann sein?«

Lara dachte lange nach. Dann antwortete sie: »Ich wünsche mir einen Mann mit viel Selbstvertrauen, der mir erlaubt, an seiner Seite zu gehen, statt mich zu Hause einzusperren. Er soll mehr wollen als eine schöne Frau mit gutem Geschmack, er soll ein Mann mit Idealen, mit wachem Geist und Verstand sein. Er muss ehrgeizig, mutig, aufrichtig, zurückhaltend und großzügig sein. Er soll mich lieben, mir zuhören und mein Herz jeden Tag aufs Neue erobern können, er soll zärtlich und voller Zuneigung sein, um so gemeinsam mit mir einen Weg der Liebe zu beschreiten.«

»Sehr gut! Du hast nun klare Vorstellungen und darfst dir deshalb nicht irgendeinen Mann nehmen. Finde den besten unter ihnen, zeige ihm, dass du das hast, was er sich von einer Frau wünscht. Wenn du ihn ganz erobert hast, arbeite an seiner Verwandlung und lenke ihn dann in die Richtung, die dir zu seiner Erleuchtung am besten erscheint. Ein Mann ist ein rohes Gebilde, den die Frau im Laufe von Jahren in ein edles Individuum verwandeln muss. Auf diese Methode hat die weise Frau seit jeher zurückgegriffen, um ihre Mission auf Erden zu erfüllen.«

Lara erwiderte nichts. Langsam näherten sie sich dem Haus, in dem sie sich bald ausruhen würden. Sie wusste nun, dass sie einen rohen Diamanten suchen musste, um ihn sorgfältig zu bearbeiten und aus ihm einen wertvollen Edelstein zu gewinnen. Sie dachte an ihr zukünftiges Leben und sagte sich: »Ich weiß, dass ich zunächst mich selbst lieben und all das Wissen erlangen muss, das es mir ermöglichen wird, meine Fähigkeiten mit denen eines Mannes zu vereinen und so einen Weg der Liebe und Transzendenz zu beschreiten.«

Kurz bevor sie die Hütte betraten, in der sie übernachtet hatten, hob Lara den Blick zum Firmament und sah einen Kometen, der seine leuchtende Spur am Himmel hinterließ, gleichsam zum Zeichen dafür, dass sie jetzt wusste, welchen Weg sie zu gehen hatte.

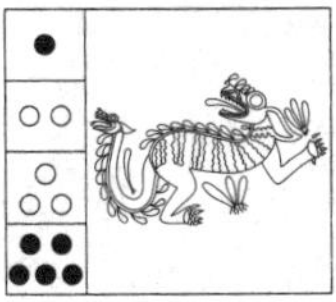

15
Die Brücke zur kosmischen Dimension

Als Tata Sabino dem Haus von Mama Maru entgegenritt, erkannte er Lara, die vor der Hofmauer saß. Sie war damit beschäftigt, einen Bausch Wolle, der auf ihrem Schoß lag, zu verspinnen. Mit der einen Hand formte sie einen Faden von gleichmäßiger Stärke, mit der anderen drehte sie die Spindel.

Tata Sabino sprang mit einem Satz vom Pferd und trat leise an Lara heran, um sie besser betrachten zu können. Sie hatte sich verändert: Ihr blasses, hübsches und zartes Gesicht war von der Sonne gebräunt, hatte einen bronzenen Teint bekommen. Zu der äußerlichen Schönheit war eine innere Schönheit hinzugekommen, die in ihrem ganzen Ausmaß zur Geltung kam. Der Anblick dieser jungen Frau verriet Harmonie, Klarheit und Einigkeit mit sich selbst.

Lara war ungekämmt und wie eine einfache Andenfrau gekleidet. Sie trug einen bunten Rock, ein braunes Hemd und einen roten Pullover. Gesicht und Hals waren mit einem Schal bedeckt. Nur der Hut fehlte. Das lange Haar, mit dem der Wind sein Spiel trieb, wurde von einem farbigen Stirnband zusammengehalten.

Ohne zu bemerken, dass sie beobachtet wurde, spann sie weiter. Sie war äußerst geschickt im Umgang mit der Spindel. Ihre Bewegungen verrieten, dass sie sehr viel selbstsicherer geworden war. Sie hatte begriffen, dass ihr Weg auf der Erde einen Sinn hatte, und wie wichtig es war, das eigene Leben selbst in die Hand zu nehmen.

Tata Sabino erkannte sofort, dass Mama Maru ihre Aufgabe erfüllt hatte. Sie hatte Lara ihre Fähigkeiten als Frau gezeigt, sie selbstgenügsam und unabhängig werden lassen. Lara ihrerseits hatte aus Liebe zu dem Mann, der sie verlassen hatte, das Unmögliche vollbracht. Für einen Wunschtraum war sie bereit gewesen, sich all den Prüfungen zu unterziehen, die Mama Maru ihr auferlegt hatte.

Tata Sabino hoffte, dass Lara die ungesunde Abhängigkeit von ihrem Mann nun gänzlich überwunden hatte, dass sie sich klargemacht hatte, dass er nicht ihr Besitz, sondern lediglich ein Gefährte auf ihrem Weg durch das Leben war, und dass sie mit Eifersucht und Besitzansprüchen bloß ihre eigene Unsicherheit verschleierte.

»Hallo, Lara, ich bin wieder da«, begrüßte er sie.

»Tata Sabino! Ich habe noch gar nicht mit dir gerechnet«, erwiderte sie sichtlich erfreut.

»Ich bin gekommen, weil ich von Mama Maru erfahren habe, dass sie dir all das beigebracht hat, was du lernen musstest«, erklärte der *Curandero* rundheraus.

Lara antwortete nicht, sondern nahm seine Worte bloß mit einem freundlichen Lächeln auf. Sie wusste, dass seine Rückkehr das Ende der Lehrzeit bei Mama Maru bedeutete – das Ende eines Lebensabschnittes, der reich an bisweilen dramatischen, aber immer lehrreichen Erfahrungen gewesen war, wie zum Beispiel jene, die sie gefesselt unter der glühenden Wüstensonne machte. Nun würde sie ihre Ausbildung unter Tata Sabinos Leitung abschließen.

Während der *Curandero* zu Mama Maru in die Hütte trat, betrachtete Lara die beiden Pferde, das weiße von Tata Sabino und ein dunkelbraunes mit hellen Flecken. In diesem Augenblick fiel ihr Pacha, ihr Pferd, wieder ein. Sie hoffte, dass er immer noch frei war, wie er es immer gewollt hatte, dass er sich durch die Steppe bewegte, ohne von irgendjemandem abhängig zu sein.

Mama Maru hatte ihr angekündigt, dass die Rückkehr des *Curanderos* das Zeichen für ihren Aufbruch sei. Lara verlor keine Zeit, packte rasch ihre Sachen zusammen und hielt sich für die Abreise bereit. Als sie die Hütte betrat, in der die beiden *Curanderos* sich lebhaft miteinander unterhielten, hörte sie zufällig mit, was Mama Maru über sie sagte. »Hier ist die Taube, die du mir anvertraut hast. Du hattest mich gebeten, sie dir ausgeglichen wieder zurückzugeben. Ich musste hart daran arbeiten, aber schließlich haben wir es geschafft. Lara ist sehr entschlossen und schreitet sofort zur Tat. Das sind sehr positive Seiten an ihr. Sie hat nun ihren Weg gefunden und kann ihrem Leben einen Sinn geben.« Dann wandte sie sich lächelnd ihrer Schülerin zu und fuhr in mütterlichem Ton fort: »Tochter … du musst gehen, denn noch bist du nicht ausreichend darauf vorbereitet, deine Mission auf Erden zu erfüllen. Du wirst weitere Erfahrungen sammeln. Bei mir hast du gelernt, zusammen mit einer Frau einem Teil deiner selbst zu begegnen. Nun wirst du dich wieder durch einen Mann unterweisen lassen. Nur so kannst du die menschliche Natur besser kennen und begreifen lernen.«

Mama Maru verharrte einige Minuten in Schweigen, als müsse sie nach den passenden Worten suchen. Dann begann sie wieder zu sprechen: »Durch Tata Sabino wirst du erfahren, was ein Mann ist. Ohne dieses Wissen würdest du immer wieder in die alten Muster zurückverfallen. Hier hast du gelernt, deine männlichen Seiten zu nutzen. In einer Frau leben beide Geschlechter: eine männliche Seele in einem weiblichen Körper. Bei mir hast du deine männliche Seele entdeckt. Jetzt musst du deinen weiblichen Körper erkunden, und dieser Mann wird dir dabei helfen.«

»Danke, Mama Maru, für die Geduld, die du mit mir hattest.« Lara verneigte sich leicht und faltete die Hände zum

Zeichen der Ehrerbietung. Dann fügte sie hinzu: »Mein Abschied ist nicht endgültig. Eines Tages werde ich zurückkommen, um dich wiederzusehen, geliebte und verehrte Meisterin.«

Leidenschaftlich schloss Lara die *Curandera* in die Arme und verharrte so einige Minuten, während ihr Tränen der Freude und des Schmerzes über die Wangen liefen. Dann löste sie sich aus der Umarmung, denn sie wusste, dass der Moment der Abreise gekommen war.

»Auch dir sei Dank für deine Gesellschaft und dafür, dass ich einem anderen Menschen behilflich sein konnte. Komm zu mir zurück, wann immer du willst. Nimm das, es ist für dich und soll dich immer an unsere gemeinsame Zeit erinnern.«

Mit diesen Worten reichte sie ihrer Schülerin ein Täschchen, das etwas zu enthalten schien. »Ihr müsst jetzt unverzüglich aufbrechen, wenn ihr auf der Hochebene nicht von der Nacht überrascht werden wollt.«

Die beiden Frauen traten hinaus. Tata Sabino belud eilig die Satteltaschen. Lara beobachtete ihn aufmerksam, während er die letzten Vorbereitungen traf: Sein Köper war kräftig und robust, seine Bewegungen energisch. Er war ein wenig kleiner als Lara und sehr gut gebaut. Trotz des weiten Ponchos und der darunter befindlichen Kleidung ließ sich der Wuchs seines Körpers erkennen. Der *Curandero* hatte die Kraft und den Schwung eines Stieres und die Geschmeidigkeit eines Pumas.

Lara wusste, dass sie diesen Körper früher oder später kennen lernen würde. Dieses Bewusstsein rief in ihr ganz neue Empfindungen wach. Sie spürte, wie in ihrem tiefsten Inneren ein Gefühl der Leidenschaft erwachte und eine unbestimmte Angst sie überfiel. Doch dann beruhigte sie sich wieder. Schließlich hatte sie den schwierigsten Teil der Unterweisungen bereits überstanden. Der *Curandero* war ihr gegenüber bisweilen grausam, fast sadistisch gewesen, doch Mama Maru hatte sich sehr viel härter und erbarmungsloser gezeigt. Mit ihr hatte Lara es geschafft, der Angst, der Wut und dem Unbekannten zu begegnen. So hatte sie gelernt, wie man das Leben in der Gegenwart lebt und nicht in der Vergangenheit oder in der Zukunft.

In diesem Augenblick drehte Tata Sabino sich zu den beiden Frauen um und sagte: »Wir müssen jetzt aufbrechen, um das Haus von Satuko zu erreichen, wo wir die Nacht verbringen werden.«

Er trat auf die *Curandera* zu, verneigte sich zum Abschied und sprang mit einem Satz auf sein Pferd.

»Bis bald, Mama Maru. Beim nächsten Vollmond bin ich zurück«, rief er ihr zu, bevor er eilig davongaloppierte.

Lara setzte sich ihren Hut auf, den sie mit einer Schnur unter dem Kinn befestigte. Während sie ihr Pferd bestieg, wandte sich Mama Maru erneut an sie: »Ich hoffe, dass deine Wünsche in Erfüllung gehen. Du gehörst nun zu den Frauen, die aus Liebe, aus reiner Liebe zu allem fähig sind. Viel Glück! Mögen die Schutzgeister der Menschen und vor allem der Schutzgeist der Frauen deine Wege lenken. Bis bald, Tochter.«

Lara hielt einen Augenblick lang nachdenklich inne. Sie war traurig, diese großartige Frau verlassen zu müssen, und wollte sich noch nicht von ihr trennen. Deshalb wandte sie sich, obwohl sie bereits im Sattel saß, mit einer Frage an sie: »Kannst du mir einen Rat geben, wie mein Eheproblem zu lösen ist?«

»Denke immer daran, dass dein Leben dir selbst gehört, dass es für dich wichtiger ist als jedes andere Leben. Ich hoffe, du vergisst das nicht. Männer sind nicht anders als Frauen: Es gibt gute und schlechte unter ihnen. Du musst deinen Partner wählen. Du darfst dich nicht irgendeinem beliebigen Mann anvertrauen. Wähle den besten unter ihnen. Suche nicht mit dem Auge des Körpers, sondern mit dem Auge des Herzens. So wirst du deinem zukünftigen Gefährten begegnen. Mit viel Geduld und Liebe wird es dir gelingen, ihn zu formen und einen großen Mann aus ihm zu machen. So baust du dir deine Ehe und deine Familie auf.«

»Haben es die Frauen, denen es gelungen ist, eine glückliche Ehe zu führen, ebenso gemacht?«, wollte Lara wissen.

»Ja. Es ist der Weg, den kluge und liebende Frauen seit ewigen Zeiten gehen«, erwiderte die *Curandera* mit einem verschmitzten Lächeln. »Sie nutzen auch die Kraft der sexuellen Energie. Das wirst du mit Tata Sabino lernen. Nun zögere nicht länger und folge ihm. Auf Wiedersehen!«

Mit diesen Worten gab sie Laras Pferd einen Klaps auf die Hinterbacke. Im raschen Galopp folgte das Tier Tata Sabino, der sich bereits in einiger Entfernung befand. Stundenlang ritten die beiden Meister zu Pferde nun nebeneinander her. Lara hatte sich sehr verändert: Sie war eine erfahrene Frau geworden und wirkte auch zu Pferde wie eine echte Amazone. Sie strahlte mehr Selbstsicherheit und Selbstvertrauen aus und wusste nun, dass jeder Sturz ein Teil des Lebens war. Es kam allein darauf an, sich wieder aufzurichten. Während sie durch die Steppe ritten, dachte Lara unaufhörlich über Mama Marus letzte Worte nach.

Die beiden Reiter näherten sich langsam einem grauen Bergmassiv, das um diese Stunde aussah, als sei es von einem weißen, durchschimmernden Mantel umhüllt, der die Umrisse verschwimmen ließ. Sie durchquerten einen Bach, folgten einer Schlucht und mussten schließlich vom Pferd steigen und zu Fuß weitergehen, da ihr Pfad mit Gesteinsbrocken übersät war. Plötzlich drehte Tata Sabino sich zu Lara um und meinte anerkennend: »Ich bewundere die Veränderung, die mit dir vorgegangen ist. Du wirkst viel heiterer, ausgeglichener und klarer. Noch fehlt dir ein Teil des Wissens unserer geheimen Lehre, das dir noch mehr Sicherheit und Stärke verleihen wird. Auf den ersten Blick wirst du zerbrechlich erscheinen, aber gerade in dieser Zerbrechlichkeit liegt deine Stärke verborgen. Bei den Männern ist es genau umgekehrt:

Hinter unserer offensichtlichen Stärke verbergen wir unsere Schwäche.«

»Ich verstehe nicht, was du meinst. Kannst du deutlicher werden?«, drängte Lara und sah ihn dabei mit glänzenden Augen an.

»Die Frau wird mit einer inneren Macht geboren, die sie mit jemandem teilen will. Der Mann dagegen sucht diese Macht, um andere zu beherrschen.«

»Ich verstehe dich immer noch nicht. Bitte, erkläre es mir genauer.«

»Es ist ganz einfach. *Pachamama* hat den Frauen eine Macht verliehen, derer sie sich mit Liebe bedienen sollen. Die meisten Frauen haben jedoch vergessen, dass sie diese Macht besitzen und wie sie von ihr Gebrauch machen können. Die wenigen, die sich ihrer noch bewusst sind, nutzen sie, um in der Welt und im Bett zu herrschen.«

»Und was ist das für eine Macht?«, fragte Lara neugierig. »Wenn ich als Frau sie besitze, wie konnte es dann geschehen, dass meine Ehe gescheitert ist?«

»Weil du sie nicht angewandt hast. Um dich der Macht in dir zu bedienen, musst du wissend, mutig, willensstark und vor allem dazu bereit sein, im Stillen zu handeln. Hinter jeder Geschichte einer verlassenen, verletzten Partnerin verbirgt sich eine Frau, die ihre eigene Persönlichkeit, ihre eigenen Fähigkeiten nicht kennt, und ein selbstsüchtiger Mann, der sie in diesen Zustand gezwungen hat.«

»Was fehlt mir also, damit ich nicht mehr leiden muss?«

»Dir fehlt die Fähigkeit, deine innere Energie zu steuern und dich auf diese Weise mit dem Universum zu verbinden. Dazu musst du dich selbst besser kennen lernen, sowohl im Schmerz als auch in der Freude.«

Bei diesen Worten fielen Lara die oft mit schmerzlichen Erfahrungen verbundenen Unterweisungen durch Mama Maru ein, und sie unterbrach Tata Sabino abrupt: »Ich habe schon genügend Schmerz erlitten. Jetzt möchte ich die Freuden kennen lernen.«

»Der Zeitpunkt für den neuen Weg ist jetzt gekommen. Auf ihm werden wir deine Weiblichkeit erkunden. Du wirst mit allen Sinnen begreifen, wie Männer die Frauen und wie Frauen die Männer sehen.«

Lara erwiderte nichts, sondern sah ihn nur aufmerksam an. Sie wollte herausfinden, wie dieser Mann, der sie unterweisen und Mama Marus Werk vollenden würde, auf sie reagierte. Der *Curandero* wirkte vollkommen ruhig. Der klare Blick und die halb geöffneten Lippen in dem sonnengebräunten Gesicht verliehen ihm ein geheimnisvolles Aussehen. Seine Brust und die muskulösen Schultern, die sich unter den Kleidern abzeichneten, zeugten von Durchsetzungsvermögen.

Auch der *Curandero* betrachtete Lara eingehend. Ihr ungekämmtes Haar wurde von einem Hut bedeckt, den sie mit einer Schnur unter dem Kinn befestigt hatte. In ihrem Blick lag keinerlei Angst, nur fragende Neugier. Lara sah ihm direkt in die Augen und versuchte, in seinem tiefsten Inneren zu lesen. Ihre gesamte Haltung offenbarte, dass sie eine Kriegerin war, die sich jeder Herausforderung stellen würde.

Tata Sabino hätte seine Schülerin gerne noch länger betrachtet, aber der Pfad verengte sich, und sie mussten hintereinander laufen. Er ging voran.

Lara folgte ihm mit dem Pferd am Zügel. »Was werden wir jetzt tun?«, fragte sie sich. »Welcher Prüfung wird er mich unterziehen?« Doch mit ihrem unbezwingbaren Geist beschloss sie, allen Schwierigkeiten zu begegnen. Als sie sich schließlich einer Ebene näherten, auf der sie wieder reiten konnten, sah sie ihm entschlossen in die Augen und sagte: »Ich bin zu allem bereit. Befehle mir und ich werde gehorchen. Um mein Ziel zu erreichen, werde ich mich jeder Prüfung unterziehen.«

Tata Sabino lächelte, sah sie dabei unverwandt an und antwortete geheimnisvoll: »Das, was dich erwartet, ist sehr leicht, vielleicht aber auch sehr schwierig. Es hängt von dir ab, davon, ob du dich öffnest oder verschließt, ob du dich hingibst oder nicht.«

»Wenn es so weit ist, werde ich es dir zeigen«, antwortete Lara selbstsicher.

Ihre Antwort rief bei dem *Curandero* eine Mischung aus Anerkennung, Bewunderung und Achtung hervor. Dieses Gefühl wurde noch verstärkt, als Lara ihren Blick auf ihn heftete. Ihre Pupillen glänzten, und aus den Augen schien ein gleißendes Licht zu strömen. Lara strahlte nunmehr die Wärme und innere Schönheit einer reifen Frau aus, eine Energie, die sich auf Sicherheit und das Vertrauen in sich selbst gründet. In diesem Moment hatte sie eine ungeheuer faszinierende und anziehende Wirkung.

Um den Zauber des Augenblicks zu brechen und sich nicht vollständig in das Netz ihrer Weiblichkeit zu verstricken, änderte der *Curandero* seine freundliche Haltung ihr gegenüber und sagte barsch: »Uns fehlt noch ein gutes Stück Weg. Wir müssen die Pferde besteigen und zügig galoppieren, denn unsere Reise wird noch viele Stunden dauern.«

»Wann fangen wir mit der Unterweisung an?«, fragte Lara ebenso entschlossen.

»So wie der Hengst die Stute nur während ihres Zyklus aufsucht, so geht auch der Mann zum richtigen Zeitpunkt zur Frau«, erwiderte er kurz angebunden.

Lara musste angesichts dieses etwas rohen Vergleichs lachen und sah ihn dabei eindringlich an. Der Wind spielte mit ihrem Haar, erfasste ein paar Strähnen und bedeckte damit ihre schönen Augen. Lara versuchte, ihren Begleiter zu reizen. Sie nahm eine fast katzenhafte Haltung ein, lächelte, öffnete die sinnlichen Lippen und zeigte ihre weißen Zähne. Dann streckte sie sich, um ihre Glieder zu lockern. Sie wusste, warum sie mit Tata Sabino zurückkehrte, Mama Maru hatte es ihr unmissverständlich erklärt: »In dem Augenblick, in dem Mann und Frau sich vereinen, lernt sie, ihn zu verstehen und zu begreifen. Du kennst die Männer noch nicht.«

Lara war im Begriff, etwas zu erleben, was noch vor wenigen Monaten völlig undenkbar für sie gewesen wäre. Konnte sie sicher sein, dass Tata Sabinos Kenntnisse und seine Unterweisungen ihr dazu verhelfen würden, die Männer besser zu verstehen? Seit sie ihren Weg mit den *Curanderos* eingeschlagen hatte, musste sie erkennen, dass sich im Mann eine eigene, tiefe Welt verbirgt. Sie war bereit zu lernen. Früher hatte sie geglaubt, alles zu wissen, doch dann war ihr ihre Unkenntnis bewusst geworden, und nun wollte sie diese unbekannte Welt vollständig erkunden.

Wie oft hatte sie in der Vergangenheit von Schicksalen gehört, die ihr das Gefühl gaben, Mann und Frau zu begreifen. Viele Menschen hatten ihr von schwierigen Situationen berichtet, von guten und schlechten Erfahrungen, die Männer wie Frauen zu Grunde gerichtet hatten. Sie hatte geglaubt, dass es nur eine Frage der mangelnden Verständigung sei, bis sie eines Tages das Drama am eigenen Leib erfahren musste.

Lara betrachtete Tata Sabino mit noch größerer Aufmerksamkeit. Er war ein reifer Mann von über fünfzig Jahren, aber trotz der Falten, die das raue Klima in seinem sonnenverbrannten Gesicht hinterlassen hatte, wirkte er jugendlich, kraftvoll und energisch.

Aus seinen Augen sprachen Entschlossenheit, Mut, Stärke und Tapferkeit, die geschlossenen Lippen zeugten von einem starken Willen.

»Wir müssen uns beeilen und an den Fuß jenes Berges gelangen. Dort befindet sich eine Hütte, in der wir Schutz vor der nächtlichen Kälte finden«, erklärte Tata Sabino, während er mit einem Satz auf sein Pferd sprang.

Lara hielt einen Moment nachdenklich inne, dann bestieg auch sie ihr Pferd und ritt los, um den *Curandero*, der sich bereits ein gutes Stück entfernt hatte, nicht ganz aus den Augen zu verlieren. Während sie eilig ihr Pferd lenkte, musste sie unaufhörlich daran denken, was sie in den folgenden Tagen erwarten würde.

Kurze Zeit später hatte sie ihren Gefährten eingeholt. Viele Stunden ritten sie schweigend nebeneinander her. Obwohl die Nacht bereits hereinbrach, setzten sie ihren Weg fort. Endlich gelangten sie an den Fuß des Berges, an dem sich die Hütte befand, in der Tata Sabinos Freund wohnte. Als sie dort ankamen, war es bereits spät, doch das Mondlicht gestattete eine spärliche Sicht. Tata Sabinos Freund war nicht da, aber er hatte die Tür nicht verschlossen. Sie traten ein. Während Lara das Essen vorbereitete, befreite der *Curandero* die Pferde von den Sätteln und lud das Gepäck ab. Beide waren müde und hungrig.

»Satuko ist nicht da. Wahrscheinlich bringt er das Vieh gerade auf einen anderen Weideplatz«, erklärte der *Curandero* beim Essen.

Lara antwortete nicht, sondern nickte nur, während sie weiterkaute: Sie hatte Hunger und das Bedürfnis, sich auszuruhen.

Zeitig am nächsten Morgen setzten sie ihre Reise fort und gelangten am Abend nach Huacallullo. Sie machten einige Besorgungen und begaben sich dann zu der Hütte des *Curanderos*. Die Tatsache, dass sie nun zum Ausgangspunkt ihres Abenteuers zurückgekehrt war, löste in Lara heftige Gefühle aus. Sie hatte sich in der Zwischenzeit ein Recht erobert.

Eilig sprang sie vom Pferd, streckte sich wie eine Katze, beugte sich, um die Glieder zu lockern, nach beiden Seiten und führte dann, mit aufrechtem Gang und kleinen Schritten, ihr Pferd am Zügel. Sie band es an einen Pflock, lud die Satteltaschen ab, löste die Riemen, mit denen der Sattel festgeschnallt war, und versorgte das Tier mit Futter und Wasser.

Sie war froh, die Reise hinter sich gebracht zu haben, und

lächelte zufrieden, als sie nun, die Decken auf die Schultern geladen, in der einen Hand die Satteltaschen, in der anderen den Sattel, mit flinken Schritten die Hütte betrat. Nachdem alles an seinem Platz war, begann sie, das Abendessen vorzubereiten.

Während sie schweigend aßen, betrachtete Lara ihr Gegenüber mit eindringlichem, katzenhaftem Blick und lächelte ihm mit leicht geöffneten Lippen zu. Noch immer versuchte sie, den *Curandero* zu reizen, ihn in ihr verführerisches Spiel hineinzuziehen. Sie wusste längst, warum sie hier war, und wollte alles vorantreiben. Ohne sich aus der Ruhe bringen zu lassen, erklärte der *Curandero* in aller Deutlichkeit: »Beim nächsten Neumond werden wir mit deiner Unterweisung beginnen. Versuche jetzt nicht, dein Netz auszuspannen, um mich zu fangen. Ich kenne dein Spiel.«

Auf Laras Gesicht zeichnete sich Ernüchterung und Enttäuschung ab, während der *Curandero* unbeirrt weitersprach: »Hier wirst du die Kunst, eine wahre Frau zu sein, vervollkommnen und lernen, deine innere Energie zu lenken. Doch um zur Weisheit zu gelangen, muss man bereit sein zu beobachten, abzuwägen und Erfahrung zu sammeln. Erst wenn du deine sexuellen Energien nach deinem Willen steuern kannst, wirst du deinen Körper mit Licht erfüllen und so andere Menschen anziehen und für dich empfänglich machen.«

»Ich verstehe nicht, wovon du sprichst. Kannst du es mir genauer erklären?«, fragte sie.

Tata Sabino lächelte, reckte im Sitzen ein wenig die Glieder und sah sie verständnisvoll an. Ihm war klar, dass die meisten Menschen sehr wenig über ihren Körper und seine Energien wissen. Deshalb setzte er seine Erklärung fort: »Es gibt sieben Sonnen, die im Inneren des Menschen kreisen und farbiges Licht ausstrahlen. Diese Sonnen sind in ein dreifaches Dreieck eingefügt. Dem ersten Dreieck unterstehen alle Funktionen des Bewusstseins, dem zweiten die Funktionen des Unterbewussten, des Unbewussten und des Instinktes und das dritte trägt dazu bei, die instinktiven Funktionen unter der Führung des Geistes zu zügeln.

Die Sonnen sind Energiezentren, die Licht, Wärme und Anziehungskraft ausstrahlen. Sie unterstehen dem Geist, der sie durch das Denken, das Fühlen und den Willen aktivieren kann. In der ersten Sonne ruht *Amaru*, die Feuerschlange. Um ihn zu erobern, muss man weise sein. Die zweite Sonne lenkt das elementare Wasser des Lebens und ermöglicht das Wachstum. Die dritte Sonne bewegt das Element des Feuers und ermöglicht die alchemistische Praktik. Die vierte Sonne wirkt auf das Element der Luft. Mit ihr gelangt man zu Intuition, Inspiration und Vorahnung. Der fünften Sonne untersteht der Klang. Durch sie kann man die Stimmen aller Wesen vernehmen. Die sechste Sonne lenkt den Verstand, denn sie ist der Thron des Geistes. Durch sie gelangt man zur Weisheit. Die siebte Sonne lenkt das Licht und führt zur Erleuchtung.

Da der Geist ein spirituelles Instrument ist, kann er die Energie der Sonnen vergrößern und verkleinern, sie stärker oder schwächer werden lassen. Je nachdem, wie schnell sich die Sonnen bewegen, strahlen sie ein Licht aus, das den Körper erhellt und umgibt. Dieser Lichtkörper wurde von den alten Peruanern *Illa* genannt. Er ist Ausdruck der inneren Schönheit.

Bei einer Frau ist die körperliche Schönheit lediglich eine äußere Hülle, die mit den Jahren verwelkt. Die *Illa* dagegen, die innere Schönheit, wächst mit jedem Schritt, den die Frau auf dem eigenen spirituellen Weg vollzieht. Wenn sie diese innere Schönheit gut pflegt, gelingt es der Frau, ein positives Bild von sich nach außen zu tragen, ein Gefühl der inneren Ausgeglichenheit zu vermitteln und eine Atmosphäre der Liebe sowie des Vertrauens unter den ihr nahen Personen zu schaffen.«

»Worin besteht diese innere Schönheit, und wie kann sie mir helfen, eine wahre Frau zu sein?«

»Die *Illa* ist ein Licht, sie ist die Offenbarung der machtvollen sexuellen Energie und Emanation der kosmischen Energie des in Bewegung befindlichen Universums. Durch die Bewegungen des Körpers und des Geistes kann diese Energie in Licht verwandelt werden. Das in unserem Inneren entstehende und den gesamten Körper durchdringende Licht ist meistens sehr schwach. Aber unter Anwendung bestimmter körperlicher und sexueller Praktiken kann es verstärkt werden. Mit Hilfe von Körperbewegungen, dem Ausdruck von Gefühlen, Gedanken und Vorstellungen projiziert es sich nach außen. Die *Illa* hat die Form eines Eies.«

»Aber wie hilft mir das in meinem Leben weiter?«, wollte Lara wissen, die noch immer nicht begriff.

»Es ist sehr wichtig, dass du dich mit diesen Praktiken vertraut machst, nur so kannst du deine eigene Persönlichkeit auf andere Menschen projizieren und ihre Aufmerksamkeit fesseln. Du musst begreifen, dass die wahre Schönheit das Wesen eines Menschen enthüllt. Nur durch diese nach Belieben ausgestrahlte magnetische Energie kann eine Frau andere Menschen anziehen. Daran werden wir hier arbeiten«, erklärte Tata Sabino.

Lara hatte die Worte ihres Meisters so verstanden, als handle es sich um Übungen, mit denen diese Energie vergrößert würde, und fragte deshalb: »Was muss ich tun, um das innere Licht zu verstärken?«

»Du musst arbeiten, zahlreiche Übungen durchführen, körperliche Erfahrungen sammeln, lernen, dich richtig zu bewegen und in Erscheinung zu treten. Mit mir wirst du erfahren, was es heißt, weiblich zu sein, eine Frau mit Instinkt und Intuition. Du wirst das richtige Maß an katzenhafter Schläue entwickeln.«

Lara richtete ihre blauen Augen auf ihn. Sie wollte in seinem Inneren lesen. Doch er hielt die Lippen leicht geschlossen und legte eine abweisende Haltung an den Tag.

»Willst du damit sagen, dass wir beide uns als Mann und Frau begegnen?«, fragte sie ein wenig unsicher.

Mama Maru hatte ihr erklärt, dass sie sich unter Tata Sabinos Anleitung als Frau kennen lernen würde und dass sie sich ihm dazu vollkommen hingeben musste. Ihre Worte hatten in Lara eine gewisse Unruhe hervorgerufen. »Wenn du dich ihm schenkst, wirst du erfahren, wie er ist. Nur so kann eine Frau den Mann begreifen.«

Vor ihrer Bekanntschaft mit der *Curandera* wären diese Worte für Lara schockierend gewesen. Nur aus Liebe hätte sie sich früher einem Mann hingegeben. Jetzt dagegen war alles anders. Mama Maru hatte ihr erklärt, dass sich in früheren Zeiten die *Amaru Runakuna*, die Schlangenmenschen, die Priester und Priesterinnen der Liebe, für viele Stunden mit ihren Schülern vereinten. Ihr Ziel war nicht nur ein Lustgewinn oder der Orgasmus. Sie wollten zu spiritueller Transzendenz gelangen, indem sie sich der anschwellenden sexuellen Energie bedienten. Deshalb war sie nun bei Tata Sabino, einem Priester der Liebe, der sie in seiner Lehre unterweisen würde.

Die *Curandera* hatte ihr gezeigt, dass sie sich von ihren Fesseln befreien und den Mut aufbringen musste, ihr Denken zu verändern, wenn sie als eine »weibliche« Frau erscheinen wollte. Die Erfahrungen, die Lara bei ihrer Meisterin sammeln konnte, hatten sie sehr verändert. Deshalb wünschte sie sich jetzt brennend, den sexuellen Akt als eine Kunst und eine Form der Erkenntnis zu erleben und zu vertiefen.

Als habe Tata Sabino ihre Gedanken gelesen, erklärte er nun in klaren Worten: »Mit mir wirst du die heilige und höchste Form der körperlichen Liebe erlernen. In dieser mystischen sexuellen Verbindung, die ihre Entsprechung in der kosmischen Einheit findet, wirst du das Bewusstsein deiner selbst und der dir eigenen Energien erlangen. Du wirst dich in der Lust erleben. Zusammen werden wir deine Sinnlichkeit und deine Sexualität entdecken. Dazu werden wir Haltungen einnehmen und Techniken anwenden, die deine sexuellen Energien steuern und deinen Geist für übersinnliche, stille Welten öffnen, um so neue Ebenen des Bewusstseins zu erreichen.«

»Ich habe bereits eine Menge Kenntnisse über Sexualität. Es wird mir nicht schwer fallen, dich zu befriedigen«, stellte Lara klar.

Der *Curandero* hörte ihr zu, lächelte dann ironisch und sagte: »Die meisten Menschen sind hinsichtlich sexueller Dinge vollkommen unwissend, obwohl alle glauben, sich auszukennen. Das ist genauso wie mit einer Pizza: Alle backen sie, aber nur wenigen gelingt sie wirklich gut. Hier wirst du lernen, welche Rolle der sexuelle Akt für den Menschen spielt, wie man durch ihn zu Weisheit gelangt und wie sich Mann und Frau mit seiner Hilfe gegenseitig verstehen können. Wenn du das Heilige der körperlichen Liebe begriffen hast, wirst du mit Bewusstsein lieben, dich von Eifersucht, Anspruchsdenken, Vorwürfen und Erwartungen befreien.«

»Willst du damit sagen, dass wir auf unbewusste Weise lieben?«

»Ja, die Unwissenden lieben unbewusst. Nur die Götter lieben mit Bewusstsein. Wenn du bewusst liebst, verwandelst du dich in eine Göttin. Aber sei dir darüber im Klaren, dass diese Art der Liebe als eine Übung beginnt und zu einer Haltung wird, zu einer Einstellung des Herzens und des Geistes. So entsteht auf ungezwungene Weise ein Band der Energie zwischen zwei Menschen, die sich lieben, eine Vereinigung der Seelen, die sich gemeinsam auf die Suche nach dem Paradies begeben, eine Fürbitte der Liebe an das Göttliche. Auf ganz natürliche Weise werden beide die Dimension der unendlichen Liebe erreichen, frei wie der Wind sein und dennoch geeint in einem gemeinsamen Schicksal.«

»Wie schön. Ich hoffe, dass mir das gelingt«, erwiderte Lara.

»Bisher habe ich dir mit Worten erklärt, was wir tun werden. Nun folgt die Praxis. Schritt für Schritt wirst du die verschiedenen Elemente der heiligen sexuellen Vereinigung erlernen. Wenn Mann und Frau die bewusste Liebe praktizieren, erwacht in ihnen der Wunsch, dass der geliebte Partner die ihm innewohnende Perfektion erlangt. So entspringt ihren Herzen ein Liebeshymnus, während ihre Körper den Tanz der Liebe vollführen. Morgen früh wirst du mit den Übungen beginnen, die dich auf diesen Abschnitt in deinem Dasein als Frau vorbereiten.«

Früh am nächsten Morgen kam Tata Sabino mit seiner roten *Curandero*-Tasche zu Lara. Sie hatte ihn erst wenige Male damit gesehen, und zwar dann, wenn sie gemeinsam in den Dörfern der Umgebung unterwegs waren, um sich um die Kranken zu kümmern. Sie wusste nicht, warum er diese Tasche dabei hatte, als er ihr Zimmer betrat. Ohne große Umschweife richtete der *Curandero* nun das Wort an Lara: »Zieh dich vollständig aus und binde dein Haar zusammen. Ich muss dich von allen Unreinheiten deiner Seele reinwaschen.«

Lara war sehr erstaunt über seine Aufforderung und wusste nicht, wie sie reagieren sollte. Es war noch sehr zeitig, ihr war kalt, und es wäre das erste Mal, dass Tata Sabino sie nackt sähe. Sie verspürte ein wenig Scham und fragte daher: »Muss ich wirklich alles ausziehen?«

»Ja, alles. Du musst ganz nackt sein. Beeil dich!«, befahl er und verließ das Zimmer.

Während Lara sich entkleidete, kam der *Curandero* zurück. Er brachte eine Glutpfanne mit einigen brennenden Kohlestücken, öffnete seine Tasche und entnahm ihr die Dinge, die er für die religiöse Zeremonie brauchte. Er ordnete alles auf einer Decke an, die er auf dem Boden in einer Ecke des Zimmers ausgebreitet hatte. Dann ging er wieder hinaus, ohne sich weiter um Lara zu kümmern. Kurz darauf kehrte er erneut zurück. Diesmal hielt er eine mit Blütenblättern und Kräutern gefüllte Tonschale in der Hand, auf die er eine weißliche Flüssigkeit verteilt hatte.

Vor Laras erstaunten Augen warf der *Curandero* einige Kräuter in die Glut. Weißlicher Rauch stieg auf, und alles ringsum wurde in eine Vielzahl heiliger Düfte getaucht. Nun schwenkte Tata Sabino mehrmals hintereinander ein kleines weißes Paket, an dem ein weißes und ein gelbes Band befestigt waren, durch den Rauch. Dabei rief er mit lauter Stimme: »*Pachamama,* heilige Mutter, Göttin der Natur, Schutzgeist der Menschen, Schutzgeist und Beschützer der Frauen, nehmt dieses Opfer. Ich bitte euch, helft dieser jungen Frau bei dem Schritt, den sie in wenigen Tagen vollziehen wird, Apu Qotoni, Apu Sawanqueya ...« Nach und nach zählte er all die Berge der Umgebung auf. Dann sprach er eine Reihe von Gebeten in Quechua. Als er damit fertig war, drehte er sich zu Lara um, die vor Kälte zitterte, und befahl: »Leg dich in die Mitte des Zimmers, spreize Arme und Beine und schließe die Augen. Bewege dich so lange nicht, bis ich es dir sage.«

Lara gehorchte, aber sie schloss die Augen nicht ganz, sondern ließ einen kleinen Spalt offen. Sie war neugierig und wollte sehen, was vor sich ging.

Mehrmals hintereinander führte der *Curandero* die rauchende Glutpfanne zu ihren Armen und Beinen und blies Rauch auf ihren Körper. Dann nahm er das kleine weiße Paket und begann, ihr damit sanft den gesamten Körper zu massieren. Dabei betete er unablässig. Danach legte er das Paket und die Glutpfanne in eine Ecke, stellte die Tonschale zwischen ihren Beinen auf, fischte mit den Händen die Blütenblätter und Kräuter aus der Flüssigkeit und rieb sie von oben bis unten damit ein. Als wäre es damit nicht genug, kippte er zum Schluss mit Hilfe eines kleinen Kruges die restliche Flüssigkeit auf ihren nackten Körper.

»Ich bin so weit. Du kannst dich jetzt abtrocknen und anziehen, während ich die Zeremonie beende«, erklärte er. »Ich muss dieses Opfer in der *Kantaya* verbrennen und die verbliebenen Blütenblätter und Kräuter, die ich für deine Reinigung gebraucht habe, aufsammeln.«

Tata Sabino nahm die Glutpfanne sowie das Päckchen und verließ das Zimmer. Unterdessen zog Lara sich an und versuchte sich aufzuwärmen. Der Boden war feucht. Sie nahm einen Besen zur Hand, um die umherliegenden Blüten- und Pflanzenreste zusammenzukehren.

Nach einer Viertelstunde kam der *Curandero* zurück, ordnete die Geräte, die er bei dem Ritus verwendet hatte, und verstaute sie sorgfältig in seiner Tasche. Dabei erklärte er Lara, was er getan hatte. »Bevor wir mit der Unterweisung beginnen, musste ich deinen Körper und deine Seele reinigen. Will man die heilige Liebe praktizieren, müssen Körper und Seele rein sein. Nun werde ich dich Schritt für Schritt zur heiligen sexuellen Vereinigung führen. Indem wir die sexuelle Energie nutzen, um uns geistig zu erheben, wird uns die sexuelle Alchemie gelingen.«

»Was ist sexuelle Alchemie?«, fragte Lara neugierig.

»Sie dient dazu, deine männliche Seele mit deinem weiblichen Körper zu versöhnen, die Einheit deines Seins herzustellen. Durch die heilige sexuelle Verbindung arbeiten wir vereint daran, die sexuelle Energie in göttliche Energie zu verwandeln. Auf diese Weise wird sich dein Bewusstsein erweitern.«

Als Lara diese Worte hörte, hatte sie das Gefühl, in eine andere Wirklichkeit einzutreten. Sie war verwirrt, denn Tata Sabino sprach über den Liebesakt wie über etwas Heiliges. Man hatte ihr beigebracht, dass Sexualverkehr sündig und schmutzig sei. Deshalb fragte sie nun: »Was werden wir in den nächsten Tagen tun?«

»Du wirst dich vorbereiten, meditieren, Atemübungen betreiben, Körper und Geist trainieren, tanzen und singen.«

»Ich dachte, du bringst mir neue sexuelle Techniken bei.«

»Du weißt nichts über sexuelle Praktiken und sexuelle Energien. Du bist wie die meisten Menschen in eurer westlichen Zivilisation und glaubst, dass der Geschlechtsakt allein eine Frage der Technik sei.«

»In der Schule hatten wir auch Sexualerziehung. Ich denke, ich kenne mich ganz gut aus.«

»Es hat dir nicht viel genutzt, um deine Ehe zu retten. Ich will dir erklären, weshalb: Die Kenntnisse, die man dir über sexuelle Dinge vermittelt hat, sind nur sehr bruchstückhaft. In eurer chauvinistischen Gesellschaft hat man der Frau die Abneigung gegen den Sexualverkehr eingeimpft, um sie zu manipulieren. So konnte sich das Wissen über Sexualität nicht entwickeln, obwohl es so wichtig ist. Es wird nicht angewandt und nicht zur Vollendung gebracht.«

»Wenn das so ist, sage mir, wo ich beginnen soll«, rief Lara voller Ehrfurcht für ihren Meister aus.

»Ich will dir die Übungen erklären, mit denen du beginnen musst. Pass gut auf. Wir fangen mit der Atmung an.

Die erste Übung: Schließe die Augen, steh aufrecht und lass die Arme herunterhängen. Atme langsam ein, während du die Arme anspannst und ausgestreckt so weit wie möglich über den Kopf hebst. Lehne dich ein Stück nach hinten, halte einen Moment lang den Atem an, bis du das Bedürfnis hast, auszuatmen. Dann lasse die Luft entweichen und senke die Arme dabei bis auf Brusthöhe. Nun neige den Kopf zur Brust, bis dein Kinn sie berührt. Deine Arme sind unterdessen in die Ausgangsstellung zurückgekehrt. Diese Übung musst du jeweils zehn Mal hintereinander machen.

Die zweite Übung: Schließe die Augen, lege Daumen und Mittelfinger auf die Halsschlagader unterhalb der Ohren, hinter dem Kieferknochen. Du wirst deinen Herzschlag spüren. Bei jedem Atemzug soll es vier Mal schlagen. Atme ganz natürlich, mit geschlossenen Augen. Konzentriere dich auf deine

Atmung und versuche, sie mit dem Herzschlag in Einklang zu bringen. Sobald dir dies gelungen ist, atme zunächst jeweils zehn Mal hintereinander, bis du dich schließlich auf dreißig Atemzüge gesteigert hast.

Die dritte Übung: Zieh dich an einen ruhigen Ort mit geeigneter Temperatur zurück und entkleide dich vollständig. Lege dich auf den Rücken, entspann dich, lass alle Muskeln locker, vom Kopf bis zu den Füßen. Kein Muskel darf mehr angespannt sein. Du sollst es bequem und angenehm haben. Dann beginnst du, zärtlich und liebevoll deinen Körper zu berühren. Streichle ihn überall, nur nicht im Intimbereich. Konzentriere dich auf das, was du erlebst und empfindest, wenn du dich berührst. Akzeptiere die Lust, die dein Körper verspürt. Wenn du irgendwo Schmerzen hast, massiere dich.

Die vierte Übung: Lege dich wieder auf den Rücken, die Arme an den Seiten. Winkle die Beine leicht an, stütze dich dabei mit den Fußsohlen ab, entspanne dich, schließe die Augen und konzentriere dich nun darauf, die Muskeln des Unterleibes anzuspannen. Bringe die Muskelanspannung in Einklang mit der Bauchatmung. Wiederhole diese Übung jeweils zehn Mal.

Die Übungen dienen dazu, Körper und Seele zu einen. Bei den Frauen aus den hochzivilisierten Gesellschaften, die von der Natur entfremdet leben, fließt die sexuelle Energie nicht frei und mit ganzer Kraft zwischen Körper und Seele. Das wiederum beeinflusst den Prozess der sexuellen Alchemie und verhindert die Verwandlung in Lichtwesen.«

Tagelang beschäftigte sich Lara mit diesen Übungen und wiederholte sie immer und immer wieder in bestimmten Abständen. Es fiel ihr nicht schwer, ihre Atmung zu regulieren, denn das hatte sie bereits bei Mama Maru gelernt. Mit der dritten Übung gelang es ihr, sich vollkommen zu entspannen und wunderbar angenehme Gefühle in sich zu wecken. Zu Beginn verspürte sie angesichts ihres Lustempfindens ein wenig

Scham. Doch nach und nach akzeptierte sie es und fand schließlich nichts Schlimmes mehr daran, sich zu streicheln und sich selbst körperliche Lust zu bereiten. Die vierte Übung schien ihr dagegen nutzlos, aber sie spürte, dass das Gewebe und die gesamte Unterleibsmuskulatur dadurch gestärkt wurden.

Als sie Tata Sabino von ihren Eindrücken berichtete, erwiderte er nur: »Diese Übungen zeigen dir, wie empfänglich dein Körper für Berührungen ist. Auf diese Weise nimmt er aktiv und ohne jegliche Abhängigkeit an der sexuellen Beziehung teil.«

»Du meinst, sexuell unabhängig vom Mann?«

»Du darfst nicht glauben, dass dein sexuelles Lustempfinden allein dadurch geweckt wird, dass dein Partner dich streichelt, liebkost und geschickt zum Orgasmus führt. Das würde bedeuten, dem Mann eine zu wichtige Rolle zuzuschreiben, sowohl hinsichtlich des Rechts auf Lust als auch hinsichtlich der Verantwortung für diese. Ohne deine aktive Beteiligung wirst du schwerlich zum Orgasmus gelangen und schließlich ihm die Schuld daran geben.«

Lara fiel ein, wie oft sie eine passive Rolle gespielt hatte, wenn sie mit ihrem Mann geschlafen hatte, in der Hoffnung, dass er ihre nicht immer wache Lust erwecken würde. Oft hatte sie dabei das Gefühl gehabt, sich auf dem Altar der Liebe zu opfern. Deshalb fragte sie nun: »Kannst du mir das genauer erklären?«

»Um sich mit einem Mann zu vereinen, braucht die Frau viel Aufmerksamkeit, Liebkosungen und erotische Berührungen, aber sie muss sich auch auf das Spiel einlassen. Sie muss ihren Körper empfänglich machen und all ihre Sinne öffnen. Was hindert dich daran, dich selbst zu streicheln, dich zärtlich zu massieren und deinem Körper Liebe zu schenken?«

»An diese Möglichkeit habe ich gar nicht gedacht. Jetzt, wo ich es selbst erlebt habe, kann ich unabhängiger sein.«

In den folgenden Tagen wiederholte Lara die Übungen. Bisweilen war sie dabei allein, andere Male berührte sie den nackten Körper des *Curanderos*. Stundenlang streichelte, massierte und liebkoste sie sich; wenn beide zusammen waren, streichelten sie sich gegenseitig überall, außer im Intimbereich.

Manchmal küssten und umarmten sie sich auch. Ohne Scham und frei von Schuldgefühlen gaben sie sich ihrer sinnlichen Freude hin. Auf diese Weise wuchs das gegenseitige Vertrauen. Tata Sabino hatte ihr erklärt: »Mit Liebkosungen, Küssen und Umarmungen befriedigen wir unsere kindliche Seele. Dieses Bedürfnis darf nicht unterdrückt werden.«

Meister und Schülerin verständigten sich durch die Sprache ihrer Körper. Zu Beginn der Übungen hatte Lara sich noch bei jeder Berührung gehemmt gefühlt, und es hatte sie Überwindung gekostet, diese zu akzeptieren. Später fand sie es ganz natürlich, sich berühren zu lassen und jemand anders zu berühren.

Durch den gegenseitigen Körperkontakt lernte sie den *Curandero* immer besser kennen, und es gelang ihr, sich auf seine Zärtlichkeiten einzulassen. Es gab Augenblicke, in denen sie es ohne Widerstand zugelassen hätte, dass er in sie eindringt, wenn er es nur gewollt hätte. Manchmal verspürte sie sogar den brennenden Wunsch danach.

Während dieser Begegnungen begriff Lara nach und nach, dass einige Teile des Körpers sehr viel empfänglicher waren als andere. Sie entwickelte bestimmte Vorlieben, wenn sie Tata Sabino berührte, und auch sie selbst ließ sich an bestimmten Stellen besonders gerne streicheln. Er schien es zu mögen, wenn sie seine Arme und Beine mit kräftigen Bewegungen massierte oder ihm sanft über die Brust und rings um die Genitalien fuhr. Sie dagegen verspürte besondere Erregung, wenn er ihren Hals, die Brüste, den Nabel, das Gesäß und die Beine streichelte. Tata Sabinos Art, sie mal sanft, mal stärker zu berühren, rief in ihr Lust und sexuelle Begierde hervor.

Der *Curandero* war der Meinung, dass Lara ihre eigene und auch seine Sinnlichkeit ausreichend begriffen und erlebt hatte. Nun ging es darum, sie die übrigen Sinne, das Sehen, Hören, Riechen und Schmecken entdecken zu lassen. Zu diesem Zweck nutzte er mit großem Geschick all die Dinge, die um sie herum vorhanden waren.

Tata Sabino ließ Lara tanzen und sang ihr dabei direkt ins Ohr. Manchmal massierte er ihren gesamten Körper mit etwas Öl. Sie verspürte dabei große Lust und den Wunsch, sich hinzugeben, sich besitzen zu lassen. Ihr Geschlecht vibrierte. Dieses Gefühl übertrug sich durch die Wirbelsäule auf alle Teile ihres Körpers und verursachte ein heftiges Kribbeln.

All diese rein sinnlichen Praktiken zielten allein darauf ab, den Automatismus zu zerschlagen, den Lara beim Liebesakt verinnerlicht hatte. Viele Tage lang wiederholten die beiden die Übungen, ohne sich dabei ein einziges Mal sexuell zu vereinen.

Tata Sabino beobachtete genau, welche Fortschritte seine Schülerin machte. Eines Tages erklärte er ihr: »Ich habe dir gezeigt, auf welche Weise du deinen Körper sensibilisieren kannst, nun werden weitere Übungen folgen, mit denen du lernst, deine Energie zu steuern. Von nun an wirst du mit erotischen Empfindungen arbeiten. Mache folgende Übungen.

Erstens: Lege dich auf den Rücken, streichle dich und spiele mit deinem Körper. Lasse diesmal keinen seiner Teile aus. Erkunde aufmerksam deine Lippen, deine Brüste, den Nabel und die Schamlippen. Streichle deine Vagina, spiele mit ihr, und wenn du Lust verspürst, unterdrücke sie nicht. Genieße es. Es ist dein Körper, der dir dieses Gefühl gibt.

Es ist nichts Unrechtes daran, Lust zu verspüren. Lass alle Tabus, Beschränkungen und Vorurteile fallen. Das alles sind rein kulturelle Produkte, mit denen du dich in die Abhängigkeit vom Mann begibst. Sie nutzen dir nichts bei der Entdeckung deines Körpers, deiner Sinnlichkeit und Sexualität.

Durch diese Erfahrungen wirst du deine Lust befreien. Nur so kannst du in Liebe und nicht auf Grund von sexueller Abhängigkeit mit einem Mann zusammenleben. Wiederhole diese Übung zweimal am Tag. Nimm dir dafür so viel Zeit, wie du brauchst.

Die zweite Übung wird dir helfen, deine erotische Ausdauer zu stärken und dich selbst besser zu begreifen. Schließe die Augen, atme gleichmäßig und versuche, alle Muskeln zu entspannen, so lange, bis du ein großes Wohlbehagen verspürst und das Gefühl hast, in den Wolken zu schweben. Lege die Hände in Höhe der Eierstöcke auf den Unterleib und spanne nun die Unterleibs- und Aftermuskeln leicht an. Bewege das Becken in wellenförmigen Bewegungen von unten nach oben. Während dieser Übung wird sich ein Gefühl der Wärme in dir ausbreiten, und deine Lust und Erregung werden sich steigern. Führe diese Bewegung jeweils zwanzig Mal aus.

Die dritte Übung erfolgt während des Urinierens. Schließe die Augen und konzentriere dich auf das, was du tust. Du musst herausfinden, welcher Muskel sich bewegt, wenn du den Urin zurückhältst. Am besten ist es, wenn du dabei ruhig und entspannt bist. Versuche es immer wieder, uriniere und spanne dann mit aller Kraft an. Wenn dir das mehrmals hintereinander gelungen ist, probiere es ohne Urin. Wiederhole die Übung, indem du die Bewegung zunächst jeweils zehn bis dreißig Mal machst. Steigere dich dann von Tag zu Tag bis auf dreihundert Mal.

Viertens: Steh mit leicht gespreizten Beinen, beuge die Knie, bis dein Gesäß auf Kniehöhe ist, dann erhebe dich langsam wieder. Konzentriere dich darauf, diese Bewegung mit deiner Atmung in Einklang zu bringen. Diese Übung sollst du jeweils zehn Mal machen.

Fünftens: Setz dich auf die Bettkante, einen Stuhl oder Schemel, so dass deine Vagina nicht aufliegt. Fette deinen Mittelfinger ein und führe ihn sanft zum Venushügel. Suche nach einem kleinen Vorsprung und massiere ihn vorsichtig. Es ist ein sensibler Punkt. Halte die Augen geschlossen und streichle ihn so lange weiter, bis du merkst, dass er größer wird. Führe diese Übung mindestens fünf Mal hintereinander aus oder so lange, bis es dir gelingt, dein Lustempfinden auf diesen Punkt zu konzentrieren. Du brauchst keine Bedenken zu haben, wenn du dabei Harndrang verspürst oder wenn es zum Orgasmus kommt.«

Als Lara diese Übung ausführte, verspürte sie ein lustvolles Wohlbehagen. Sie war kurz vor dem Orgasmus. Jedes Mal wenn sie ihre erogenen Zonen berührte, stieg eine Wärme in ihr auf, die sich kurz darauf in sexuelle Erregung verwandelte. Nach mehreren Versuchen hatte sie schließlich den sensiblen, etwa linsengroßen Punkt gefunden. Sobald sie ihn massierte, steigerte sich nach und nach ihr Lustempfinden, bis sie fast den Höhepunkt erreichte. Lara bemerkte, dass ihr Herzschlag dabei schneller wurde. Während des Zustands höchster Erregung erreichte er hundertzwanzig Schläge pro Minute. Sobald die erotische Empfindung nachließ, wurde er wieder langsamer, bis er schließlich in seinen normalen Rhythmus zurückfiel.

Tata Sabino beobachtete Laras Entwicklung genau und kam zu dem Schluss, dass nun der Zeitpunkt gekommen war, um ihr einen Teil des Wissens über die sexuelle Vercinigung zu enthüllen, die Mysterien der sexuellen Magie, die nur die großen Priester und göttlichen Herrscher kannten und anwandten. Dieses Wissen war geheim, es war der verborgene Schlüssel zur Macht, den man nicht jedem beliebigen Sterblichen überließ. »Denk immer daran, dass alles Leben nur dem Geschlechtsakt zu verdanken ist«, erklärte er ihr. »Jeder Mensch ist das Ergebnis der sexuellen Praktik seiner Eltern. Sexuelle Energie ist eine Emanation der kosmischen Mutter. Weibliche und männliche Atome vereinen sich, um neues Leben entstehen zu lassen. So verbindet sich zum Beispiel ein Wasserstoffatom mit einem Kohlenstoffatom, um das Sonnenlicht zu schaffen. Wasserstoff ist männlich, Kohlenstoff dagegen weiblich. Die sexuelle Energie ist Quell der Schöpfung und des Lebens.

Das menschliche Leben ist waches Bewusstsein, der Tod dagegen eine Rückkehr in das Unbewusste, den schlafenden Samen. Man muss sich vereinen, um Leben zu schöpfen, muss das Sperma wecken und es im Mutterleib dem Ei zuführen. Das Bewusstsein steuert den Prozess des Heranreifens. So kommen wir ins Leben.

Auf einer tieferen Ebene ermöglicht es uns die sexuelle Energie, eine Brücke zu errichten, die die sichtbare Welt mit der unsichtbaren verbindet. Auf diese Weise ist die sexuelle Praktik, wenn sie in der Seele verankert ist, der Ausgangspunkt für den Körper, um zu Bewusstsein, zu Wahrheit, ja bis zu Gott zu gelangen.

Der bewusst und mit Liebe erlebte Sexualakt erlaubt es dem Paar, andere Dimensionen der Natur zu erkennen und zu erleben. Die sexuelle Vereinigung ist das Instrument, mit dem sich die großen Geheimnisse des Universums begreifen lassen, mit dem man sich in andere Welten begeben, zu anderen Dimensionen aufsteigen, in Raum und Zeit, in die Vergangenheit und in die Zukunft reisen kann, so wie das unsere Vorfahren taten. Wenn wir weiterkommen wollen, müssen wir über dieses Instrument verfügen.«

»Sind Sexualakt und Sexualität dasselbe?«, wollte Lara wissen.

»Nein. Der Sexualakt, die sexuelle Vereinigung, ist eine Energie, die sich in allen Formen des Lebens findet. Sie ist natürlich und lebenswichtig. Sexualität ist dagegen eine kulturelle Auslegung, die die sexuelle Vereinigung begünstigen oder ihr zuwiderlaufen kann. Sie wird durch religiöse Interessen bestimmt. In einer patriarchalischen Gesellschaft ist die Religion gegenüber dem Sexualakt negativ eingestellt, eine matriarchalische Kultur sieht ihn dagegen positiv.«

»Willst du damit sagen, dass wir selbst entscheiden, ob wir ihn als pervers oder göttlich betrachten? Ich war auf einer katholischen Klosterschule. Man hat mir immer wieder gesagt, dass geschlechtliche Liebe etwas Sündiges und Schmutziges sei.«

»Die geschlechtliche Vereinigung ist eine Energie, die nicht unterdrückt werden darf. Die sexuelle Energie kann dich in den Himmel erheben oder in den Abgrund stürzen, je nachdem, wie du sie anwendest. Entscheidend dafür sind deine Einstellung und deine Gedanken: Wenn du glaubst, dass der Geschlechtsakt sündig und schmutzig sei, gehst du dem Abgrund entgegen. Erachtest du ihn dagegen als heilig, spirituell und lebenswichtig, wirst du in den Himmel aufsteigen. Die sexuelle Vereinigung als Ursprung des Lebens findet sich bei allen Tieren, Pflanzen, ja sogar Gesteinen. Sexualität gibt es dagegen nur beim Menschen.«

»Ich würde gerne mehr über die sexuelle Energie erfahren«, bekannte Lara.

»Du musst nur dem Weg *Amarus* folgen oder Schülerin einer hohen Initiationsschule werden, damit dir das erhabene Wissen über die sexuelle Vereinigung offenbart wird. In vergangenen Zeiten war dieses Wissen ein Quell der Weisheit, der Macht, der Freiheit und Erleuchtung.«

»Gibt es keine Möglichkeit, dieses Wissen in unserer modernen Welt zu vermitteln? Man könnte doch alte Handbücher einsehen«, überlegte Lara.

»In deiner ›modernen‹ Welt gibt es sehr viele Widerstände gegen diese Form des Wissens. Heutzutage wird es bekämpft und verteufelt. Die Werbung wertet die Frau zu einem reinen Lustobjekt ab und verfälscht jegliche Form des sexuellen Wissens. Man verbreitet pornografische Schriften, bedient sich der Angst vor ansteckenden Krankheiten oder greift auf die Religion zurück, um die sexuellen Beziehungen unter Kontrolle zu halten.«

»Aber wir sind alle hinreichend darüber informiert.«

»Es ist nur ein oberflächliches Wissen. In eurer Kultur ist der Geschlechtsakt kein Gegenstand der Wissenschaft oder der Philosophie. An dem Tag, an dem eure Gesellschaft eine Wissenschaft der sexuellen Vereinigung entwickelt und auf die Menschen anwendet, wird eine neue Art von Mensch entstehen und eine neue Ära der Weisheit beginnen.«

»In unserer westlichen Zivilisation ist bereits einiges in Bewegung geraten«, erklärte Lara.

»Das liegt daran, dass gerade ein neuer kosmischer Zyklus, das Zeitalter des Wassermanns, anbricht. In dieser neuen Ära muss der moderne Mensch lernen, sexuell bewusster zu leben und die Wissenschaft der sexuellen Alchemie voranzutreiben. Aus astrologischer Sicht werden die Sexualdrüsen durch den Planeten Uranus beeinflusst, der im Zeichen des Wassermanns steht. Diese zyklische Phase hat Einfluss auf das Bewusstsein und führt zu einer geistigen Revolution, an deren Ende der Mensch über sich selbst hinausgeht. Wenn dieser Prozess im Menschen behindert oder gar zum Stillstand gebracht wird, kann er jedoch dessen Untergang herbeiführen.«

»Meinst du damit, der Mensch müsse sich an diesen Zyklus anpassen?«, fragte Lara interessiert.

»Genau so ist es. Sobald es Mann und Frau gelingt, ihre sexuelle Energie aufeinander abzustimmen, erwacht in ihnen ein Gefühl wahrer Liebe und Dankbarkeit. In Freundschaft und Kameradschaft geeint, beschreiten sie gemeinsamen ihren Weg zu einem höheren Bewusstsein, dem Überbewusstsein: eine Reise des Glücks, des Lichts, der Unsterblichkeit und Wahrheit tritt an die Stelle von Leid, Dunkelheit, Sterblichkeit und Falschheit.«

»Ich hoffe, dass ich diese Dimension irgendwann erreiche«, warf Lara ein, die aufmerksam zugehört hatte.

»Das wirst du, sobald du die Praktiken des *Pachachaka* beherrschst. Im Laufe der Unterweisungen wirst du die Auflösung des ›Ich‹ erleben und in das ›Wir‹ eintreten. Für einen kurzen Augenblick wirst du die Zeit verschwinden, den Raum sich ausdehnen sehen und in die göttliche Dimension der Liebe, Schönheit und Wahrheit aufsteigen. Diese Erfahrung geht sehr tief und offenbart die anderen Dimensionen des Seins. Sie wird dein Weltbild und dein Leben verändern.«

»Wenn ihre Kraft so groß ist, wie kommt es dann, dass wir diese Energie nicht kennen und gebrauchen?«

»Die sexuelle Energie ist ein Quell ungeheurer Macht. Wird sie fehlgelenkt, kann sie zu einer wahren Katastrophe führen. Doch das Wissen um sie verleiht dem Menschen die Macht, sich selbst neu zu schaffen, über sich selbst hinauszugehen. Dank der sexuellen Alchemie, die zu höchster Erregung führt, vollzieht sich im Menschen eine gewaltige Revolution des Bewusstseins. Die Unwissenheit wirft den Menschen dagegen zurück auf den Materialismus, die Bestialität und die Dummheit. Am Ende ist er nichts weiter als ein Zweibeiner, der die Erde verunreinigt und vergiftet. Der Unwissende verabscheut die sexuelle Praktik, er betrachtet sie als ordinär und schmutzig. Meistens sind es unbefriedigte Menschen, die nach Liebe, Zärtlichkeit, Leidenschaft, Verführung und Wollust hungern.«

Tata Sabino hatte beschlossen, seine Schülerin in die geheime Praktik des *Pachachaka* einzuweihen, mit deren Hilfe sich eine Brücke der Energie errichten lässt, die Raum und Zeit vereint. *Pacha* bedeutet auf Quechua »Raum und Zeit«, *chaka* bedeutet »Brücke«. Für diese Praktik bedient man sich der Atmung, der Bewegung, der Muskelanspannung sowie der bildlichen Vorstellung und Meditation.

In aller Ruhe und Stille vollzogen sie die ersten Schritte auf dem Weg zur Vereinigung ihrer Körper und Seelen. Sie hatten sich auf die spirituelle Reise hin zur Ekstase begeben. Beide wussten, dass die sexuelle Energie auf gefährliche Weise flüchtig ist, dass sie jederzeit mit ungeheurer Geschwindigkeit hervorbrechen kann und man deshalb sehr vorsichtig mit ihr umgehen muss.

Von diesem Augenblick an arbeiteten sie gemeinsam daran, mit klarem Bewusstsein, geistiger Ruhe, offenen Sinnen, der Kontrolle ihrer Körpersäfte und innerer Offenheit das *Tinkuy*, den »heiligen Koitus«, zu erreichen. Mit sicheren Bewegungen folgte Lara ihrem Lehrer, der sie Schritt um Schritt zu erhabener Ekstase führte. Ihre Atmung war aufeinander abgestimmt, ihre Energien vereinten sich, zärtlich halfen sie einander auf ihrer Reise in schwerelose, der Zeit enthobene Welten.

Der Weg war nicht leicht, doch in ihrem unumstößlichen Entschluss, eine wahre Frau zu werden, überwand Lara alle Schwierigkeiten. Tata Sabino hatte ihr erklärt, dass die sexuelle Begegnung auf dieser Ebene einer kosmischen Feier gleichkäme, mit der man sich der Dimension der Liebe annähert. Der Mann erkennt dabei die Frau als Göttin an und die Frau das Göttliche im Mann.

Beide wussten, dass die sexuelle Energie auf feinstofflicher Ebene millionenfach schneller ist als die Gedankenwellen. Dank dieses Bewusstseins gelang es ihnen, sich der erhabenen Ekstase anzunähern. Tata Sabino war sehr zufrieden mit seiner Schülerin.

»Nun werden wir uns dem *Hatun Tinkuy* zuwenden, dem sexuellen Initiationsakt. Wenn wir über eine längere Zeit hinweg vereint bleiben, können wir einen äußerst starken elektromagnetischen Austausch herstellen, eine spezielle Alchemie, die zu einer Implosion des Bewusstseins führt. Es ist jetzt sehr wichtig, dass du deine Atmung und deine Bewegungen genau aufeinander abstimmst. Je länger wir sexuell vereint bleiben, umso eher wird es uns gelingen, die Pforte zu öffnen, die uns den Weg zur erhabenen kosmischen Mutter weist. Dazu musst du deine Aufmerksamkeit auf das dritte Auge richten.«

Als Lara diese Praxis vollständig beherrschte, merkte sie,

dass ihre Sicht auf das Leben und die Natur sich erweiterte. Vor ihren Augen lag eine neue, unbekannte Welt. Die nachfolgenden Erfahrungen zeigten ihr, dass sie die Lehren, die ihr erteilt worden waren, verinnerlicht hatte. Zufrieden rief sie daher aus: »Ich fühle mich wie neugeboren. Etwas in mir hat sich verändert, meine Sicht auf die Welt hat sich erweitert.«

»Das ist ganz natürlich, denn die heilige sexuelle Verbindung sorgt für einen starken energetischen Austausch«, erklärte der *Curandero*. »Wenn du bereit bist, führe ich dich bis zum *Paqari Tampu*, dem Ursprung *Pachamama*s, der kosmischen Mutter.«

»Um das zu erreichen, werde ich mein ganzes Sein, meine ganze Energie einsetzen«, rief Lara begeistert.

Tata Sabino begann mit zärtlichen Bewegungen, sie lenkte ihn und suchte dabei nach der größtmöglichen Übereinstimmung. Während des Aktes entstand ein Gefühl der Lust, das unaufhaltsam, wie die Wellen des Meeres, immer stärker und stärker wurde. Lara und Tata Sabino verschmolzen in einem Ozean der Liebe und Zärtlichkeit.

Für einen Augenblick sah der *Curandero* Lara direkt in die Augen. Es war das Zeichen dafür, alle Energie zu sammeln und sie nach oben zu schleudern. Die beiden bewegten sich unaufhörlich mit gleichmäßigen Bewegungen und ließen dabei eine große Energiewelle entstehen. Durch den Rhythmus ihrer aufeinander abgestimmten Atmung gelang es ihnen, ihre Energien zu vereinen und den großen Sprung zu vollziehen.

Lara sah sich aus ihrem Körper geschleudert, sie verlor das Gefühl für die Zeit, aber sie konnte spüren, dass sie sich rasch ausdehnte. Die kosmische Reise und ihre Bewusstseinserweiterung vollzogen sich ungeheuer schnell. Sie sah Planeten, Sonnen und Galaxien an sich vorüberziehen. So gelangte sie zum Ursprung des Universums, dorthin, wo die Planeten und Sterne entstehen. Sie sah die unvergleichliche Schönheit des Lichts, lauschte nie zuvor vernommenen himmlischen Melodien, ließ sich vom Duft und dem Aroma des Lebens durchtränken und fand sich in einem Paradies wieder, in dem die Große Mutter sie geborgen hielt. Sie sah sich von einem Sog der Liebe erfasst und weinte vor Glück.

Diese Erfahrung hatte nur wenige Sekunden gedauert, aber Lara hatte begriffen. Als sie wieder in den bewussten Zustand zurückkehrte, war sie von Liebe erfüllt, einer ewigen, immerwährenden Liebe, die aus ihren Augen sprach.

»Nun weiß ich, was es heißt, zu lieben: Es ist das Schönste, das Wunderbarste und Erhabenste, was es gibt!«, rief sie tief bewegt. Ihr Gesicht strahlte dabei vor Glück.

Tata Sabino hörte ihr zufrieden zu. An den leuchtenden Augen seiner Schülerin erkannte er, dass sie den heiligsten Altar der *Pachamama* erreicht hatte, zu dem nur wenige Sterbliche gelangen. Aus Liebe, aus reiner Liebe, war es ihr gelungen, die zeitlichen und räumlichen Energien aufeinander abzustimmen, eine energetische Brücke zu errichten und sie zu überqueren. Lara hatte begriffen, dass sich das Bewusstsein in Raum und Zeit bewegen lässt und dass sich der Mensch auf die kosmische Reise begeben kann. Noch etwas war ihr klar geworden: Um in die andere Dimension zu gelangen, muss man wissend sein, Risiken auf sich nehmen und schweigen können.

Sie wusste nun, dass jeder Mensch sein Leben selbst in der Hand hat.

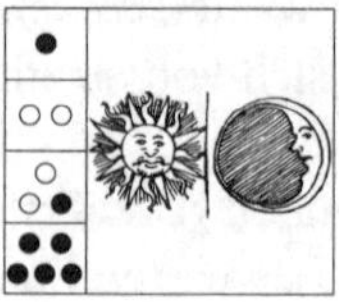

16
Das Licht kommt von innen

Nach ihrer Erfahrung mit dem *Pachachaka* begab sich Lara zu Tata Eusebio. Sie hatte ihn vor vielen Wochen das letzte Mal gesehen. Jetzt verspürte sie den Wunsch, ihn wiederzutreffen, seinen weisen Worten zu lauschen. Der alte Pferdebändiger war gerade damit beschäftigt, einen beschädigten Sattel zu reparieren. Als er Lara kommen sah, lief er ihr freudestrahlend entgegen.

»Wie geht es dir, Patin? Es freut mich, dass du zurückgekommen bist.«

»Ich komme, weil ich dich um Rat bitten möchte. Ich bin verwirrt, vielleicht aber auch einfach nur verrückt. Ich spüre etwas in mir, ein nie zuvor gekanntes Glücksgefühl. Gleichzeitig kommt es mir so vor, als hätte ich die Grundprinzipien des Universums begriffen.«

»Zusammen mit Tata Sabino kann man zu Weisheit gelangen und in die weite kosmische Dimension vordringen.«

»Das ist es, was mich beunruhigt. Während wir das *Pachachaka* praktizierten, habe ich einfach zu viele unglaubliche Dinge erlebt.«

»Versuche nicht, die magische Welt mit einem Mal zu begreifen. Hab keine Angst vor dem Irrtum, wenn du nach neuen Einsichten suchst. Auf dem Weg der Weisheit kann jeder Mensch sich kennen und begreifen lernen.«

»Habe ich all das wirklich erlebt?«

»Vertiefe deine Erfahrungen, ohne zu viel darüber nachzudenken. Es ist ein Geheimnis, das du mit der Zeit begreifen wirst. Wenn du versuchst, die Gefühle zu erklären, die das *Pachachaka* auslöst, wirst du es dadurch nur zerstören. Du bist bereits sehr weit gekommen, du kannst nicht mehr zurück, geh bis zum Ende. Jede Suche ist ein Akt des Vertrauens. Das Leben würdigt dieses Vertrauen und führt dich durch ein Mysterium. So gelangst du zu Weisheit und Einsicht.«

»Ich habe zu viele Erfahrungen durchlebt, um umzukehren, ich weiß im Moment nur nicht, wo ich mich befinde.«

»Du bist auf dem Weg, eine *Mama*, eine Meisterin des Lebens, zu werden.«

»Wie soll ich das verstehen?«

»Zur Weisheit gelangst du durch die Hingabe an andere, durch deine vollständige Hingabe an einen Mann, durch die Einsamkeit, in der du lange Zeit gelebt hast, durch Schmerz und Leid, die du mit Mama Maru erfahren hast, und schließlich durch die Freuden, die du mit Tata Sabino teiltest. Es schließt sich ein Kreis in deinem Leben, und ein neuer öffnet sich.«

Die Worte Eusebios hatten Lara nachdenklich gestimmt. Der Alte war ein Quell des Wissens, ein Meister der Demut, der Hilfsbereitschaft und vor allem der Klarheit. Um das Thema zu wechseln, erkundigte Lara sich nach Pacha. Das war der eigentliche Grund ihres Kommens gewesen.

»Irgendjemand hat ihn durch die Steppe galoppieren sehen. Er ist frei, und er liebt seine Freiheit. Das Schicksal hat ihn benutzt, um dir eine Richtung zu weisen. Er hat seine Aufgabe erfüllt, es gibt nichts mehr, was ihn zurückhält. Suche nicht nach ihm. Wenn er dich sehen will, wird er zu dir kommen. Er weiß, dass du hier bist.«

»Danke, Tata Eusebio. Deine Worte sind immer so tröstlich. Ich danke dem Himmel, dass ich dir begegnet bin.«

Die Tage vergingen sehr rasch. Lara beschäftigte sich weiterhin mit den verschiedenen Übungen, die ihr halfen, ihre Energie zu lenken. Tata Sabino hatte ihr erklärt, dass sie Körper und Geist stärken und bewusst kontrollieren musste, wenn sie das *Illariy* praktizieren wollte.

»Der Mann ist halb Tier und halb Gott, je nachdem, welche Richtung er einschlägt. Ein zu ausgeprägter Materialismus führt ihn zu Barbarei, Egoismus, Geiz, Angst und Unwissenheit. Das Herz des Mannes lässt sich nur von innen heraus verändern, so wie es die *Mamakuna* vor vielen Jahrhunderten taten. Nur wenn der Mann auf einen spirituellen Weg geführt wird, lassen sich unsere Gesellschaftssysteme verbessern«, erklärte er mit Nachdruck.

»Ich bin bereit dazu, das Herz der Männer zu verändern. Meinst du, dass das der Weg ist, um die Welt aus ihrer gegenwärtigen Krise zu führen?«, fragte Lara neugierig.

»Ich bin davon überzeugt, dass wir in diesen für die Menschheit so schwierigen Zeiten der göttlichen Frau bedürfen, die durch ihre Alchemie das materialistische Herz des Mannes bewegt, ihn von seiner animalischen Last befreit, die ihn immer weiter in den Abgrund ziehen würde, und ihn stattdessen zum Göttlichen erhebt. Ein Teil dieser alchemistischen Formel ist die unwiderstehliche Macht der sexuellen Energie, die durch die Liebe freigesetzt wird. Ein anderer Teil ist das Wissen und das Bewusstsein nach dem Vorbild der alten Weisheit. Du befindest dich auf diesem Weg. Wir brauchen mehr Frauen wie dich.«

»Ich werde mich ganz und gar dieser Aufgabe widmen, du musst mir nur sagen, was ich tun soll.« Lara war bereit, jene schwierige Mission zu erfüllen und dazu beizutragen, das Herz des Mannes zu verändern.

»Wenn du diesen großen Schritt vollziehen und zu einer Liebesgöttin werden willst, musst du daran arbeiten, die drei Ringe, die sich im Inneren deiner Vagina befinden, anzuregen, denn zusammen mit der sexuellen Energie bringen sie die Alchemie der Liebe hervor.«

»Erzähl mir von diesen Ringen, wozu dienen sie?«

»Der erste Ring ist mit der Arterhaltung und der allgemeinen körperlichen Gesundheit verknüpft. Der zweite Ring steht in Beziehung zu den Sphären des Denkens, der Vorstellungen, der Gefühle und des Willens. Der dritte Ring ist der wichtigste, denn er ist mit dem göttlichen Geist des Mannes verbunden.«

Lara hörte gebannt zu.

»Du musst die sexuelle Energie in Bewegung setzen, die sich im *Amarucancha* verbirgt«, erklärte der *Curandero*, wobei er auf das Kreuzbein deutete. »Wenn du diese Energie weckst, wird sie durch all die kleinen Kanäle laufen, die sich, ausgehend von der Wirbelsäule, durch den gesamten Körper erstrecken. Erreicht diese Energie mit gleichmäßiger Kraft den Kopf, bringt sie einen Lichtkranz hervor. Die Menschen können dieses Licht normalerweise nicht sehen, da es für das menschliche Auge unsichtbar ist. Nur wer den zweifachen Blick hat, wird es wahrnehmen. Es ist entweder weißlich blau oder rötlich golden.«

»Was bewirkt dieser Lichtkranz bei den anderen?«, fragte Lara interessiert.

»Wenn man das *Illariy* praktiziert, muss man vor allem lernen, eine positive Energiewelle zu erzeugen, die durch ihre unwiderstehlichen Liebesschwingungen die gesamte Umgebung beeinflusst und bei allen Anwesenden ein Gefühl der Ruhe und Harmonie hervorruft.«

Für Lara waren diese Erklärungen sehr komplex, aber sie hörte weiterhin zu, überlegte, dachte nach und verfolgte alles mit großer Aufmerksamkeit.

»Beim Liebesakt hat die sexuelle Energie vier Ausdehnungsebenen«, fuhr Tata Sabino fort. »Jeder Mensch sollte sie kennen und sich nach ihnen richten, sonst wird er niemals jene magnetische Aura um sich errichten können, die andere

Menschen sanft in ihren Bann zieht. Eine Frau muss unbedingt wissen, wie sie von einer Ebene zur nächsthöheren und schließlich zur höchsten gelangt, damit sie jenes sexuelle Licht, jene Wärme hervorbringen kann, mit der sie die Ausdehnung der Liebe bewirkt.«

»Welche vier Ebenen sind das?«, wollte Lara wissen.

»Die erste sexuelle Ebene ist sehr materialistisch, gleichsam animalisch. Sie ist an die Arterhaltung geknüpft. Wir Menschen werden deshalb geboren, weil es unseren Eltern bei der Erkundung jener ersten Stufe gelungen ist, neues Leben zu zeugen. Dieser Schritt vollzieht sich auf körperlicher, geistiger und spiritueller Ebene. Denn wenn Mann und Frau sich vereinen, befruchtet der Samen des Mannes die Erde der Frau und die Frau wiederum mit ihrer Vorstellung den Geist des Mannes: gleichsam als würden Erde und Himmel verschmelzen. So entsteht neues Leben. Diese Stufe ist rein instinktiv und tief verwurzelt im Menschen. Früher oder später verspürt jeder das Bedürfnis, sich mit einem anderen zu vereinen, um die eigene Art zu erhalten.«

»Ich finde diese Überlegungen sehr plump«, warf Lara ein.

»Es ist daran nichts Verachtenswertes. Die Natur ist einfach so. Der Hengst sucht die Stute auf, um sie zu besteigen und zu befruchten. Der Mann macht es genauso.«

»Ohne Liebe wäre ich dazu nicht bereit.«

»Heben wir uns das Thema Liebe für später auf«, meinte der *Curandero*. »Ich werde dir unterdessen die zweite Ebene erklären. Während der sexuellen Vereinigung werden Energiewellen freigesetzt. Die wellenförmigen Bewegungen dieser sexuellen Energie lösen bei Mann und Frau Lustempfinden oder Schmerz aus. Die zweite sexuelle Ebene betrifft diese beiden Empfindungen. Nicht immer vereinen sich Mann und Frau zum Zwecke der Fortpflanzung. Meistens geht es ihnen darum, Lust zu empfinden, die sich allerdings bisweilen in Schmerz verwandeln kann.

Um der Lust willen können Männer und Frauen auch von ihrem Weg abkommen, den eigenen Partner verlassen, ihn hintergehen oder den Liebesakt zu einem Martyrium werden lassen. Um die sexuellen Handlungen zu steuern, bedient sich die Natur eines Mechanismus: auf der einen Seite das vielschichtige, wunderbare und ungeheure Verlangen, das uns überfällt, auf der anderen Seite die Befriedigung.

Die Menschen müssen große Willensanstrengungen vollbringen, um sich der anarchischen Kraft der erotischen Reize zu widersetzen. Die sexuelle Begierde kann gestillt werden, um danach unbeschadet wieder zu erwachen. Sexuelle Befriedigung bringt sie nicht zum Erlöschen, denn die Lust mindert lediglich für einen Augenblick das körperliche Verlangen, nicht aber das geistige, das erleuchtete Verlangen. Der Mensch muss seine ganze Geisteskraft aufwenden, um dieses zu stillen. Es wird ihm zum Bedürfnis, er selbst wird auf diese Weise zu einem Schöpfer.«

Lara musste daran denken, dass sie früher während des Geschlechtsaktes häufig gelitten hatte. Während ihr Partner sich an ihrem Körper erfreute, verspürte sie Widerwillen, Abscheu und war froh, wenn alles vorbei war.

Währenddessen fuhr der *Curandero* mit seiner Erklärung fort: »Die dritte Ebene ist mit Gesundheit und Vitalität verbunden. Der sexuelle Akt dient dazu, emotionale und geistige Spannungen abzubauen, die der Einzelne im Alltagsleben angestaut hat. Angst, Wut, Unsicherheit, traumatische Erlebnisse, Schmerz, Verzweiflung und Einsamkeit finden auf diese Weise ein Ventil. Ohne Sexualleben wird der Mensch aggressiv oder sogar krank. Auf dieser Ebene kämpft die Kraft der Liebe gegen die Kraft des Todes. Letztlich geht es um die Frage nach Krankheit oder Gesundheit.

Durch den sexuellen Akt können Spannungen abgebaut, aber auch aufgebaut werden. Die aufeinander abgestimmte, ausgeglichene Energie kann als lebensverlängernde Medizin verwendet werden und zur Unsterblichkeit führen. Wenn in einem Menschen die Kraft der Liebe siegt und die Schranken von Raum und Zeit überwindet, so wird dieser unsterblich.«

»Wie kann das sein?«, warf Lara ein.

»Wenn Mann und Frau sich nach bestimmten Regeln vereinen, regen sie die vitalen Funktionen des Körpers an. Im Penis und in der Vagina laufen die Nervenenden aller inneren Organe zusammen: Magen, Darm, Nieren, Herz, Lunge, Leber, Bauchspeicheldrüse.

Vollziehen Mann und Frau den Liebesakt bewusst, können sie dadurch einige oder alle ihre Organe stimulieren. Wenn sie sich dagegen auf unbewusste, unvollkommene Weise vereinen, so führt das nicht selten zu körperlichen Störungen. Der sexuelle Akt kann also sowohl heilsam sein, als auch Krankheiten auslösen. Wenn es den Partnern nicht gelingt, sich bewusst zu vereinen, wenn sie nicht bewusst mit ihren Energien spielen, kann ihnen das schaden.«

Lara fiel bei diesen Worten ein, dass bei einigen ihrer Freundinnen, nachdem sie geheiratet oder einen Partner gefunden hatten, eine Vielzahl körperlicher Gebrechen auftraten.

»Willst du damit sagen, Männer und Frauen können krank werden, wenn sie keinen erfüllenden Sex haben?«

»Das sexuelle Bewusstsein auf dieser Ebene hilft den Menschen, ihr Gleichgewicht zu wahren und zu erkennen, dass die unbefriedigende sexuelle Vereinigung körperliche Störungen beim Partner oder bei sich selbst hervorrufen kann«, erwiderte der *Curandero*.

Lara musste erneut an all die Menschen denken, die sie kannte. Sie konnte sich nicht erklären, weshalb es einigen sehr gut ging, andere dagegen angegriffen wirkten. Bisher war sie der Meinung gewesen, es handle sich um irgendwelche Krankheiten.

»Entscheidend ist die Tatsache, dass Mann und Frau oft aus

Unwissenheit eine unharmonische Verbindung eingehen, in die sie einen Teil ihrer selbst legen. Sie lassen ihre Energie nicht ausreichend spielen, nehmen Haltungen oder Stellungen ein, bei denen diese nicht fließen kann.«

Lara war diese Sichtweise vollkommen neu. Deshalb reagierte sie mit Schweigen und wartete auf weitere Erklärungen. Tata Sabino fuhr fort: »Das sexuelle Wissen ist von großer Bedeutung, vor allem deshalb, weil es uns den Weg zur Spiritualität weist. Auf der vierten sexuellen Ebene richtet der Mensch besonders viel Aufmerksamkeit auf den Tastsinn, der im Körper am ausgeprägtesten ist, und verbindet das Nervengeflecht des Kreuzbeins, in dem sich die Sexualdrüsen befinden, mit dem Nervengeflecht des Gehirns, wo die Zirbeldrüse ist. In einer Atmosphäre der Liebe und des gegenseitigen Verständnisses verbindet der Energiefluss Mann und Frau mit dem Weltgeist.

Auf dieser Ebene wird der Sexualakt zu einer kosmogonischen Feier, bei der der Mann in der Frau die Göttin erkennt und die Frau das Göttliche im Mann. So werden beide zu einem Götterpaar, denn sie erleben den Schöpfungsakt, den Ursprung des Lebens. Auf dieser Stufe muss der Sexualakt von einer bestimmten geistigen Haltung begleitet sein, eine Haltung, die man auch einem heiligen Tempel entgegenbringen würde. Der Höhepunkt ist in dem Augenblick erreicht, in dem wir der höchsten Vollendung am nächsten sind.

Auf dieser Ebene verwandeln wir uns in göttliche Wesen, gehen auf im Universum und werden eins mit ihm. Wir überschreiten die Grenze des Physischen und gelangen in eine ätherische Welt der ewigen Ekstase. Durch die sexuelle Vereinigung können Mann und Frau sich wirklich kennen lernen. Diese tiefgehende Bekanntschaft führt zu gegenseitigem Verständnis, eint die beiden in der Liebe, bringt ihnen Erleuchtung, befreit sie von allen irdischen Fesseln und verwandelt sie in kosmische Wesen.

Diejenigen, die diese Ebene erreichen, können in Raum und Zeit reisen, ferne und nahe Welten aufsuchen und in die verschiedenen Dimensionen eintauchen. Die *Amaru Runakuna*, die Priester und Priesterinnen der Liebe, befinden sich auf einer ständigen Reise, um zu lernen und zu begreifen.

Bei den Inkas, und ebenso bei allen großen Kulturen der Vergangenheit, bewahrten die göttlichen Herrscher und großen Lehrmeister ihr Geheimnis und verrieten keinem Sterblichen den Schlüssel zu ihrer Macht, außer denen, die durch eine der hohen Schulen der Initiationsmysterien gegangen waren. Dieses Wissen gibt einem die Macht über Leben und Tod.

Im Inka Ullu, dem Phallustempel von Chucuito in der Nähe der Stadt Puno, befand sich die heilige, geometrisch verschlüsselte Inschrift: ›Spender der Vernunft‹. Im Qoya Rakha, dem Tempel der Vagina in Macchu Pichu, stand dagegen: ›Führt in die Ewigkeit‹.«

Lara dachte daran, dass man ihr in ihrer Kultur immer wieder eingeschärft hatte, alle sexuellen Dinge seien verderblich, schlecht und pervers. Nun erzählte ihr Tata Sabino, dass sie ein Quell des Wissens und der Wandlung seien.

Der *Curandero* nahm seine Erklärungen wieder auf: »Sexualakt und Sexualität sind für uns Wissende wichtiger als Essen, Trinken und Bewegung. Wir sind heilige Wesen, denn wir sind ein Teil des großen Universums. Unser irdisches Dasein ist eine Prüfung, die wir bestehen müssen, um uns in Lichtwesen zu verwandeln.«

»Sind sich die heutigen Andenbewohner all dessen bewusst?«, fragte Lara.

»Nur diejenigen, die den Weg des Dienstes an Dritten gehen. In der Vergangenheit wurde dieses heilige Wissen in allen Bildungsstätten gelehrt. Der erhabenste Teil jener Wissenschaft war jedoch nur einer Elite vorbehalten, die sich um die Initiationsschule der *Amaru Runakuna* herum gruppierte. Der Großteil dieser Kenntnisse lag daher in den Händen der

Regierenden und Weisen, die breite Masse wusste sehr wenig darüber.

Als die Europäer einmarschierten und unsere Kultur zerstörten, wurde diese Wissenschaft geheim gehalten und nur wenigen Eingeweihten mündlich überliefert. Auch heute noch gibt es Kenntnisse über die heiligen Sexualpraktiken, die unter strenger Geheimhaltung vom Meister zum Schüler weitergegeben werden.

Dank jenes Wissens erreichten die alten Peruaner eine hohe Entwicklungsstufe, sowohl in materieller als auch in spiritueller Hinsicht. Sie schufen eine große Kultur, lösten ihre gesellschaftlichen Probleme und sorgten für allgemeinen Wohlstand. Leider kann dieses Wissen auch dazu verwendet werden, einzelne Menschen oder eine ganze Masse zu manipulieren. In der abendländischen Kultur liegt die Verbreitung desselben in den Händen der jeweiligen Machthaber, die es vorziehen, eine unwissende Masse vor sich zu haben, über die sie bestimmen können.«

»Das heißt also, dass uns etwas verschwiegen wird, was unsere Lebenssituation verbessern könnte?«

»Ich denke, man will dieses Wissen nicht verbreiten, um den Menschen weiterhin in einem Zustand der Sklaverei zu halten. Dazu bedient man sich auch der Angst und schärft uns immer wieder ein: ›Sex ist eine Sünde‹, ›Der Sexualakt ist ein Vergehen, ist pervers, du darfst ihn nicht genießen, er dient nur zur Zeugung von Nachwuchs‹. Wenn keine Angst im Spiel ist, tun alte Vorurteile ihre Wirkung: ›Erst wenn du verheiratet bist, darfst du Geschlechtsverkehr haben‹, ›Sex zehrt dich aus und ist schlecht für das Gehirn‹, ›Von zu viel Geschlechtsverkehr kannst du verrückt werden‹.«

»Genau das hat man mir früher in der Schule erzählt. Jetzt erkenne ich, dass mangelnde Bildung und meine Unwissenheit in Bezug auf sexuelle Dinge der Hauptgrund für das Scheitern meiner Ehe waren. Doch nun möchte ich unbedingt mehr erfahren. Was meinst du mit sexuellem Wissen und sexueller Unwissenheit?«

»Am besten erkläre ich es dir anhand von Zahlen. Von hundert Paaren wissen nahezu alle, dass man durch Sexualverkehr Kinder zeugt. Diese Stufe ist gänzlich instinktiv. Auf der zweiten Ebene muss das Paar für einen größeren Lustgewinn von der Vorstellungsgabe Gebrauch machen und kreativ werden. Diese Kreativität kommt auch auf anderen Gebieten zum Tragen. Künstler, Erfinder und Genies können sich auf dieser Ebene bewegen und nutzen sie zur Schaffung ihrer Werke. Wenn ein Paar jedoch in den Vorstellungen der monotheistischen Religionen verhaftet bleibt, denen zufolge der Geschlechtsakt Sünde ist, wird es sich nur schwerlich entspannen und wahre Lust empfinden können. Es entstehen Scham- und Schuldgefühle. Von hundert Paaren gelangt weniger als ein Drittel zu wirklicher Befriedigung. Die übrigen verspüren nur hin und wieder ein wenig Lust. Die meisten von ihnen erleben die Lust nicht wirklich. Aus Angst oder Unwissenheit lassen sie sie nicht zu.«

Der *Curandero* schwieg einen Moment lang und fuhr dann fort: »Ich habe bereits gesagt, dass der Geschlechtsakt eine Medizin sein kann, wenn er auf die richtige Art vollzogen wird. Aber in einer Umgebung, in der man diese Ebene vollkommen verschweigt, ist es unmöglich, solchen Nutzen aus ihm zu ziehen. So kommt es, dass von hundert Paaren höchstens zwei oder drei intuitiv begreifen, dass der Geschlechtsakt ein Quell für Gesundheit, langes Leben und Unsterblichkeit ist. Die anderen führen ein Leben in Verdruss, Schmerz und Leid, sie erkranken, altern frühzeitig oder stumpfen ab.

Die vierte Ebene ist die am wenigsten bekannte und gleichzeitig die wichtigste. Nur Heiligen, großen Persönlichkeiten, erhellten Geistern und Meisterinnen und Meistern des Menschengeschlechts ist es bisher gelungen, diesen vierten sexuellen Aspekt zu nutzen.

Das Wissen um diese Ebene ermöglicht eine Begegnung mit sich selbst, die Entdeckung dessen, was sich jenseits der Grenzen des Körpers befindet, den Aufstieg in andere Dimensionen. So lernt man die Gesetze des Universums, die großen Geheimnisse des Lebens zu begreifen. Man gelangt in die Sphären der Wahrheit, der Liebe und Freiheit. Erst so wird der Mensch wirklich menschlich.

Nur zwei bis drei Paare von tausend gelangen intuitiv bis dorthin. Es sind die *Qhapaqkuna*, die ›Glückseligen‹. Sie können alles erreichen, ihnen ist alles möglich. Wenn sie bitten, empfangen sie, wenn sie suchen, finden sie, wo sie anklopfen, wird ihnen Einlass gewährt. Um bewusst bis zu dieser Ebene aufzusteigen, muss man sehr viel lernen und Risiken auf sich nehmen, Entscheidungen fällen und bereit sein zu schweigen. Als Frau musst du wissend sein, dich hingeben, lieben und dich mitteilen. Nur so erreicht man diese Ebene, kann sich mit dem Weltgeist verbinden und Teil der *Qhapaqkuna* werden.«

Lara hatte den Erklärungen des *Curanderos* sehr genau zugehört. Aber die beiden hatten einen langen Tag hinter sich und waren müde. Deshalb brach Tata Sabino das Gespräch ab. »Wir werden morgen fortfahren«, sagte er. Dann verließ er die Hütte und verschwand in der Nacht.

»Bis morgen, Tata Sabino«, erwiderte Lara mit einem liebevollen Lächeln, nickte ihrem Meister zu und zog sich in ihr Zimmer zurück.

Bevor sie sich zu Bett legte, sah sie noch einmal hinauf in den Sternenhimmel. Dort oben schillerten Tausende von Lichtpunkten wie kleine Diamanten in der Stille der Nacht. Winzig klein erschien der Mensch angesichts der Unermesslichkeit des Universums, und doch war er gleichzeitig auch ein göttliches Geschöpf. Mit diesem Gedanken schlief Lara, von Müdigkeit überwältigt, ein. Als sie am nächsten Morgen erwachte, war Tata Sabino gerade mit einigen Übungen beschäftigt. Doch kaum hatte er Lara bemerkt, unterbrach er seine Tätigkeit.

»Wer nach Weisheit strebt, muss sich immer wieder bestimmten Übungen unterziehen, um den Körper geschmeidig zu halten, alle Muskeln zu aktivieren und den Energiefluss in dieser lebenswichtigen Region anzuregen«, erklärte er, während er auf den Bereich seines Körpers zwischen Hüfte und Taille deutete. »Jeden Morgen sollte man mindestens dreißig Minuten lang Gymnastik machen. Jedem Körperteil muss dabei ausreichend Zeit gewidmet werden.«

Tata Sabino erklärte ihr die Übungen, die bei regelmäßiger Wiederholung ihre Muskulatur stärken und den Energiefluss anregen würden. Von nun an beschäftigte Lara sich täglich damit. Sie spürte, wie ihre innere Energie zu fließen begann. Nach und nach wurde ihr gesamter Körper von einem Kribbeln und einem angenehmen Gefühl der Wärme erfasst. Tata Sabino hatte ihr geraten, die Muskeln nicht zu sehr zu beanspruchen, langsam und schrittweise vorzugehen. Sie befolgte seinen Rat.

In den folgenden Tagen erzählte Tata Sabino ihr von den erhabenen sexuellen Wahrheiten, vom Körper als einem heiligen Tempel der Seele und von der vollkommenen Entsprechung zwischen Makrokosmos und Mikrokosmos. Er erklärte Lara die kosmischen Prinzipien, die im Körper, jenem hehren Ort, gelten.

»Kein Tempel überragt den Körper an Heiligkeit, denn dieser ist eine Kultstätte, ein Bauwerk, das für den Dienst an Gott bestimmt ist. Die sexuelle Vereinigung ist nur das Mittel, um zu göttlicher Gemeinschaft zu gelangen.«

Er legte ihr jeden einzelnen Schritt auf der Reise durch die verschiedenen Dimensionen dar, von der physischen bis hin zur feinstofflichen Ebene, denn offenbar war er der Meinung, dass das Bewusstsein dieser physischen und feinstofflichen Bedingungen eine kreative Einstellung fördere.

»Mit der Begegnung der beiden Geschlechter begibt man sich auf eine Reise, auf die Suche nach dem eigenen Bewusstsein. Vertrauen und Erotik sind die Mittel, derer man sich dabei bedient. So kann man in einen zeitlosen, einen nondualen Raum eintreten, um schließlich zur Macht der Wandlung und zu befreiender Kraft zu gelangen. Die einmal geweckte sexuelle Energie führt zu höchster Befriedigung, zum Orgasmus, der einem für einen kurzen Moment Einblick in das eigene Innere gewährt. In diesem Augenblick werden sich die Menschen ihrer Bisexualität bewusst und nehmen zur Kenntnis, dass in jedem Mann eine Frau, in jeder Frau ein Mann existiert. Sie begreifen, dass die Zeugung nichts weiter ist als ein Beispiel der schöpferischen Kraft der Natur.«

Lara setzte die spirituellen Lehren Tata Sabinos in die Tat um und befolgte genauestens seine Anweisungen. Ihre Wissbegierde trieb sie immer weiter voran, und es zeigte sich, dass sie seine Unterweisungen verinnerlicht hatte und nunmehr bereit war, den nächsten Schritt zu vollziehen. Zufrieden meinte der *Curandero*: »Ich glaube, der große Moment ist gekommen, an dem wir uns dem *Illariy* zuwenden können, der bewussten Erleuchtung des Körpers. Wir werden sehen, ob du in der Lage bist, deine *Illa* auszudehnen.«

Noch am selben Tag führte Tata Sabino seine Schülerin in einen fensterlosen Raum, in den nicht das geringste Licht fiel. An diesem Ort vereinten sie ihre Körper und Seelen in der gemeinsam vollzogenen Ausdehnung ihrer Energien, die zur Erleuchtung führt. Sie stimmten ihre Atmung genau aufeinander ab, bis sie spürten, dass in jedem einzelnen ihrer Atome ein tanzender Quell des Lebens existierte, der von einer himmlischen Musik gelenkt wurde. Sie vernahmen ungeahnte Klänge und wurden schließlich von einem Lichtschein umhüllt, der von tausend Sonnen herzurühren schien. Während des Liebesaktes sah Lara sich selbst von einem Licht erhellt, das gleichmäßig aus ihrem gesamten Körper strahlte. Es schimmerte zunächst bläulich-weiß und nahm allmählich eine goldene Färbung an.

»Das ist die Emanation unseres göttlichen Lichtes«, erklärte der *Curandero*. »Es begleitet uns während unserer gesamten Existenz, in all den Leben, die wir durchlaufen. Durch meine Hilfe ist es dir gelungen, deine Energie auszudehnen. Du weißt jetzt durch eigene Erfahrung, dass wir Lichtwesen sind. Im nächsten Schritt werden wir sehen, ob du deine Energie alleine lenken und zur Erleuchtung gelangen kannst.«

»Ich bin bereit«, sagte Lara entschlossen.

»Rege deine Vorstellungskraft an, indem du dir die vergangenen Erfahrungen, die erhabensten Momente des Orgasmus in Erinnerung rufst, während derer du tanzende Lichtwesen vor Augen hattest. Sobald du ein angenehmes Gefühl verspürst, das sich immer weiter verstärkt, lenke bewusst deine Energie, so als wolltest du zum Orgasmus gelangen.

Denke daran, dass alles allein von dir abhängt, dass dir niemand auf deiner Suche nach Lust und Befriedigung helfen wird. Nimm deine Atmung zu Hilfe und spanne die Vaginalmuskeln im Rhythmus deines Herzschlages an. Vergiss nicht, Atmung und Herzschlag miteinander in Einklang zu bringen.«

Lara entspannte sich, lenkte die Aufmerksamkeit auf ihre Muskulatur, stimmte ihre Atmung auf den Herzschlag ab und begann nun, in schnellem Rhythmus die Innenmuskulatur ihrer Vagina anzuspannen. Sie merkte, wie diese nach und nach zu vibrieren begann und sich aus ihrem tiefsten Inneren eine Energie nach außen hin ausbreitete. Sie verspürte eine ungeheure Lust, vernahm seltsame Klänge und sah farbige Lichter. Schließlich wurde sie von dem starken Verlangen erfasst zu lachen. Während sie lachte, sah sie ihren Körper von einem silbrigweißen Licht umhüllt, das sich nach außen hin ausdehnte.

Tata Sabino beglückwünschte sie, während in dem Raum langsam wieder die Dunkelheit Einzug hielt.

»Du hast es geschafft!«, rief er. »Dir ist die Ausdehnung deiner Energie gelungen. Auf diese Weise hast du deinen Körper erleuchtet und deine persönliche Anziehungskraft gesteigert. Jetzt, wo du weißt, wie es geht, kannst du es so oft tun, wie du willst. Jedes Mal wird sich dabei ein Lächeln auf deinem Gesicht zeigen. Beschäftige dich weiterhin mit deinen Übungen, damit es dir in Zukunft gelingt, wann immer du es wünschst, vor allem auch bei Tageslicht.«

Lara war glücklich. In ihrem Inneren pulsierte eine Energie, die sie in eine Dimension der ewigen Liebe erhob. Ihr Herz hatte einen Weg gefunden, ihr Geist konnte zu seinem wunderbaren Ursprung zurückkehren. Diese außergewöhnliche Empfindung berauschte sie, ließ sie in einem Lächeln erstrahlen. Noch etwas anderes spürte sie in sich. Es schien ihr, als sei der Käfig, der sie bis dahin gefangen gehalten hatte, in tausend Stücke zersprungen. Endlich war sie frei.

Diese innere Energie strahlte durch alle Poren ihrer Haut: Nun hatte sie die Freiheit, wirklich zu lieben, hatte endgültig die Fesseln durchtrennt, mit denen sie an jenen Mann gebunden war, der sie so hatte leiden lassen. Sie fühlte jetzt wahre Ehrfurcht vor der absoluten Liebe.

Tata Sabino verstand das Gefühl der Leere, der Offenheit und Stille und wusste, wie sie zu jener Erfahrung der Nondualität gelangt war. Doch er wollte, dass sie diesen Augenblick bewusst erlebte, dass sie ihn wiederholen konnte, wann immer sie es wünschte. Deshalb flüsterte er ihr nun ins Ohr: »Konzentriere dich mit deiner Atmung auf das Zentrum deines Herzens. Wenn du es täglich übst, wird dein Atem nach und nach ruhiger, langsamer und sehr viel feiner werden. Dann erst ist deine Energie in einem natürlichen Fluss. Denke immer daran, dass bei jedem deiner Atemzüge das gesamte Universum mit dir atmet. Zu atmen heißt, einem unaufhaltsamen, gleichförmigen Kreislauf der Schöpfung und Ausdehnung, der Absorption und der Zerstörung zu folgen. Wenn ein Atemzug dem Herzen entspringt, weckt dieser alle Energien, und es entsteht eine Explosion, durch die jeder Funke des Bewusstseins in die Unendlichkeit geschleudert wird. So entstehen neue Welten. Leben bedeutet Bewegung. Ohne Bewegung gibt es nur den Tod.

Wenn es dir nicht gelingt, deine Atmung auf das Herz abzustimmen, läufst du Gefahr, dass die Energie nicht gleichmäßig aufsteigt. Das kann zu Angstgefühlen, Depressionen, ja sogar zu Wahnsinn führen.«

»Wie muss ich richtig atmen?«

»Sanft und auf natürliche Weise. Wenn du fröhlich bist, atme durch die Nase, wenn du erregt bist, durch den Mund. Zunächst musst du körperlich und geistig entspannen. Lass Ruhe und Frieden in deinen Körper und deinen Geist einziehen. Halte die Augen halb geschlossen, den Blick ins Unendliche gerichtet. Die Zungenspitze ruht am Gaumen. Atme nun langsam und ohne Anstrengung. Lege zwischen dem Ein- und dem Ausatmen eine Pause ein, bis dir bewusst wird, dass in dieser Pause das Göttliche liegt. Dies ist die zirkuläre Atmung des *Samay*, die es dir ermöglicht, jederzeit zum *Hatun Tinkuy* zu gelangen.«

Lara befolgte Tata Sabinos Anweisungen. Sie war von einer Liebe erfüllt, die auf das Universum und die gesamte Menschheit gerichtet war. Gleichzeitig verspürte sie eine große Ehrfurcht vor ihrem Meister. Sie erlebte Momente nie zuvor gekannten Glücks, eine bisher ungeahnte Befriedigung ihrer Bedürfnisse. Auf ihrem Gesicht lag ein Ausdruck vollkommener Zufriedenheit und unendlicher Freude, aus dem Inneren ihrer Augen erstrahlte ein Licht.

»Ich fühle mich vollkommen glückselig und von Liebe erfüllt. In mir hat eine freudige Explosion stattgefunden.«

»Du stehst in Kontakt mit deinem eigenen Sein. Dein Geist zeigt sich in deinem Denken und Fühlen. Du hast zur Einheit deines Seins gefunden, hast gelernt, dich zu *zentrieren*. Auf diese Weise wirst du zu Klarheit und innerem Frieden gelangen, nach denen du so lange gesucht hast. Jetzt weißt du, dass jede sexuelle Beziehung, die nicht göttlicher Liebe entspringt, nichts weiter ist als ein Trugbild, das an das Ego, das Verlangen und Besitzdenken gekoppelt ist und nichts mit dem *Tinkuy* zu tun hat.

Um eine wahre Frau zu sein, darfst du keine Angst haben, du musst frei und weise sein. Werde nicht zum Opfer niederer Instinkte oder einer egoistischen, besitzergreifenden und unterdrückenden Sexualität.

Die intime Begegnung zwischen Mann und Frau ist heilig, solange man dabei die Energie des Herzens nutzt. Ansonsten erwächst daraus Leid und Abhängigkeit. Die falsche, die gestörte Sexualität führt ins Verderben. In der heiligen sexuellen Verbindung wird dagegen der geteilte, dualistische Geist geeint. Sie zeigt uns, allen moralischen Grundsätzen zum Trotz, dass wir Götter sind.«

In den folgenden Tagen arbeitete Lara weiter daran, die Übungen und Praktiken, die ihr Tata Sabino gezeigt hatte, zu vervollkommnen. Den Rest der Zeit verbrachte sie in den Thermalquellen, unternahm gemeinsam mit dem *Curandero* einen Spaziergang oder Ausritt in die Berge, oder sie trafen sich mit Freunden zum Essen oder gingen auf einem der Dorffeste tanzen.

In dieser Atmosphäre entdeckte sie die außergewöhnliche Freiheit, Herrin über ihr eigenes Leben zu sein, keine Erwartungen zu haben, keine Pläne zu schmieden und sich keine Sorgen um die Zukunft zu machen. Lara bemerkte gar nicht, wie schnell diese ruhig verlebten Tage vergingen und dass der nächste Vollmond immer näher rückte.

Als sie in der nächsten, zauberhaften Vollmondnacht gemeinsam am Feuer saßen, um sich zu wärmen, enthüllte ihr Tata Sabino ein weiteres Geheimnis der heiligen sexuellen Praktik. Um die sexuelle Energie zu nutzen, musste sie acht Kontrollpunkte beherrschen, mit denen diese vorangetrieben werden konnte. Der *Curandero* erklärte ihr auch, wie sie die einundzwanzig geheimen Stellen ihres Körpers erkennen konnte, mit denen sich der Energiefluss anregen ließ, um schließlich zum *Hatun Tinkuy*, zur großen Vereinigung, zu gelangen.

»Nur durch eigene Erfahrung wirst du diese Punkte erkennen und lernen, mit ihnen umzugehen. Die Theorie hilft dir kaum weiter, wichtig ist die Praxis.«

Lara nickte stumm. Sie war voller Vertrauen ihrem Meister gegenüber und empfand mittlerweile eine tiefe Ehrfurcht und Liebe für ihn. Tata Sabino hatte ihr die Pforte zu einem wunderbaren, unbekannten Universum geöffnet.

Im schwachen Schein der Kerze ließ der *Curandero* sie sich nackt auf einem Teppich aus Alpakawolle ausstrecken. Während sie gleichmäßig atmete, begann er zu singen und massierte ihren Körper mit einem milden Öl. Lara schloss die Augen. Ein angenehmes Gefühl breitete sich in ihr aus, sie ließ sich von ihm führen und gab sich ganz den Zärtlichkeiten ihres Meisters hin, die viele Stunden lang andauerten. Sie spürte, wie sich nach und nach jede Faser ihres Körpers der Lust öffnete.

Dabei bemerkte sie, dass an einigen Stellen ihres Körpers das Lustempfinden besonders stark war. Ihr gesamter Leib vibrierte.

Bei jeder Berührung spürte Lara, dass ihr Körper ein Musikinstrument war, das wunderbare Klänge von sich gab. Ihre Beine vibrierten, die tiefsten Muskeln ihres Unterleibes dehnten sich aus, sie nahm die einzelnen Organe wahr, die sich nach jedem Höhepunkt entspannten und ihr ein Gefühl der Befriedigung gaben. Während ihr Blick in vollkommener Ekstase auf dem Gesicht ihres Meisters ruhte, entglitt sie langsam und ohne es zu bemerken in das Reich der Träume.

Als sie erwachte, lag Tata Sabino schlafend neben ihr. Eine leichte Bewegung genügte, um ihn zu wecken.

»Wir werden diese Praktiken einige Tage lang wiederholen, bis du sie bewusst und mit Hilfe deiner Einbildungskraft reproduzieren kannst. Dann erst werde ich dir beibringen, wie du deine Energie durch die Augen, deine Kehle oder jeden beliebigen anderen Teil deines Köpers nach außen projizieren kannst. Mit jedem Orgasmus befreist du dich von deinen Spannungen, reinigst deinen Energiekörper und stärkst ihn. Außerdem zielen all diese Übungen darauf ab, deine gewöhnliche Lust in göttliche Lust zu verwandeln, die dich deiner eigenen Einheit näherbringt und dir dein Wesen offenbart.

Durch diese Praktiken wirst du dir deiner Macht als Frau bewusst, die du nutzen kannst, um deine Beziehung zu einem Mann zu verbessern. Du wirst seine kurze Lust in ein beständiges Fließen langsamer Wellen verwandeln, ihn nach und nach an das Göttliche heranführen und ihm den Weg in die Dimension der Schönheit und Liebe weisen. Nur so kannst du deinen Lebensweg mit ihm beschreiten, ohne Angst zu haben, dass er dich verlässt. Denn du weißt nun gewiss, dass er dich anbetet, dich liebt und dass du für ihn die wertvollste aller Frauen bist.«

In den folgenden Tagen erlebte Lara die schönste Zeit ihres Lebens. Alles verlief ruhig und ungezwungen. Wie zwei Kinder spielten die beiden unter dem Wasserfall der Thermalquelle. Zwischen ihnen hatte sich eine tief reichende, intensive Verständigung entwickelt, bei der sie ohne allzu viele Worte auskamen. Sie lebten in einer Atmosphäre der Harmonie und der Liebe, in dem tiefen Einverständnis zwischen Mann und Frau, zwischen Meister und Schülerin.

Aus jeder Körperbewegung, jeder Geste und jedem Ausdruck in Laras Gesicht sprachen nun Macht und Weisheit, aber gleichzeitig auch Zartheit, Nachgiebigkeit, Frische und Weiblichkeit. Tata Sabino legte dagegen Unabhängigkeit, Unbefangenheit, Schweigsamkeit, Strenge und Festigkeit an den Tag.

Eines Nachmittags, als sie von den Thermalquellen zurückgekehrt waren, streckten sie sich nackt nebeneinander aus, als sei endlich der große Augenblick gekommen. Lara entspannte sich und begann, zarte, himmlische Töne von sich zu geben, einen Liebesgesang, der aus ihrem tiefsten Inneren entsprang und niemals zu enden schien. Tata Sabino strich ihr dabei zärtlich über den sich wellenförmig bewegenden Körper. Auf das sanfte Streicheln folgten kräftigere Umarmungen und zärtliche Liebesbisse. Ihre Zungen waren ineinander verschlungen, und Lara bebte am ganzen Leib, bis sich ihre Körper schließlich vereinten.

Laras Vertrauen und ihre Leidenschaft weckten die Schlange, die zusammengerollt in ihrem Innersten geschlummert hatte. *Amaru*, die Schlange der Energie, begann heftig zu vibrieren. In jenem Moment öffnete Lara die Augen und sah ihren Meister zärtlich und von unendlicher Liebe erfüllt an.

»Du hast es geschafft!«, rief Tata Sabino aus. »Du hast deine Energie durch deine Augen nach außen treten lassen. In deinem Blick habe ich die Flamme des Lebens gespürt und das Tor zu deinem wunderbaren Universum erkannt. Es ist, als hätte ich das gefunden, wonach ich in meinem eigenen Herzen schon immer gesucht habe.«

Lara entgegnete seinen anerkennenden Worten mit einem Zeichen der Ehrerbietung. Tata Sabino war wirklich ein Meister der Liebe, ein Halbgott. Hinter dem einfachen Viehzüchter verbarg sich ein großartiger Geist, der ihr den Weg zu einem Dasein als Liebesgöttin wies.

Um das nachdenkliche Schweigen zu durchbrechen, sagte der *Curandero* zu ihr: »Nun musst du das Ganze alleine, ohne meine Hilfe versuchen. Bediene dich dazu deiner Einbildungskraft und rufe dir die Erfahrung des *Pachachaka* ins Gedächtnis. Übe so lange, bis es dir gelingt, wann immer du willst.«

Mit diesen Worten öffnete Tata Sabino die Tür, und Tageslicht drang herein. Draußen strahlte die Sonne mit ganzer

Kraft. Lara hatte den Eindruck, als sei der Kopf des *Curanderos,* der sich direkt neben der Tür befand, von einem Lichtkranz umgeben.

Eine Weile betrachtete sie ihn staunend. Dann rief sie sich all die Szenen ihrer soeben durchlebten Erfahrung ins Gedächtnis zurück und begann, wie gerade zuvor, mit dem Anspannen und der kurz darauf folgenden Entspannung ihres gesamten Seins. Ihre Muskelfasern weiteten sich bei dem Gedanken an die vergangenen, wunderbaren Empfindungen. Ihr Gesicht nahm einen engelsgleichen Ausdruck an. Sie verspürte den brennenden Wunsch, zu lächeln und jemanden anzusehen. Sie richtete ihren Blick auf den *Curandero* und lächelte ihm zärtlich zu.

Tata Sabino nahm ihren Energiefluss auf. Während Lara ihm direkt in die Augen sah, erwiderte er ihr Lächeln und sagte zufrieden: »Jetzt kannst du deine Energie durch deine Augen nach außen projizieren, ohne dich dazu sexuell mit einem anderen Menschen zu vereinen. Wenn du die Aufmerksamkeit eines Einzelnen auf dich ziehen oder eine ganze Gruppe von Personen beeinflussen willst, greife auf diese Übung zurück. Ein Lächeln wird sich auf deinem Gesicht abzeichnen, aus deinen Augen wird ein Licht strömen, das sanft auf die anderen trifft und eine Atmosphäre der Nähe schafft.«

»Meinst du, mir ist es gelungen, die Energie durch meine Augen nach außen zu projizieren?«, fragte Lara, die noch ganz erstaunt war über ihren Erfolg.

»Es ist ein Licht entströmt, das bis in mein tiefstes Inneres vorgedrungen ist. Wenn ich den Mechanismus nicht kennen würde, der es hervorbringt, wäre ich deiner erlegen und würde dir bis an das Ende der Welt folgen. Ich würde, ohne zu zögern, mein Leben für dich geben.«

»Das wäre eine große Ehre für mich. Ich schätze dich so sehr und werde dich immer und ewig lieben. Ich danke dir«, rief Lara tief bewegt.

»Übe so lange, bis es dir keine Schwierigkeiten mehr bereitet. Wir müssen auch noch an der energetischen Kraft deiner Stimme arbeiten.«

In den folgenden Tagen übte sich Lara immer wieder in der Ausdehnung ihrer Energie durch die Augen, bis sie diese Praktik beherrschte. Während dieser Zeit erlebte sie eine vollkommene Harmonie zwischen sich und der Welt. Sie fühlte sich eins mit der Erde, beschützt und in ihrem Leib geborgen.

Tata Sabino hielt sich abseits, aber Lara spürte seine Nähe. Sie ließ sich nun von einer telepathischen Eingabe lenken und wusste, dass sie beide in absoluter Liebe verbunden waren, egal, wo sie selbst sich befand. Denn mit Tata Sabino war es ihr gelungen, bis zum Ursprungsquell der Liebe vorzudringen.

Als der *Curandero* von seinem Ausflug zurückkehrte, begann er, von der Bedeutung des Klangs zu sprechen: »Es besteht eine enge Verbindung zwischen dem Klang und den sexuellen Kräften. Die Seele ist mit der sphärischen Musik verbunden, denn Musik ist die Sprache des Göttlichen. Das gesamte Universum gründet sich auf den Klang. Die Götter sprechen zu dir durch die Klänge der Natur. Musik weckt in der menschlichen Seele Liebesgefühle, damit der Mensch die Sprache der Götter sprechen kann. Deshalb sind Gesang und Sprache so wichtig. Um die schöpferische Energie ins Erhabene zu steigern und sie dem Herzen zuzulenken, bedarf es des Gesangs. Damit sich die Seele sanft in den heiligen Raum ergießen kann, muss deine Sprache zu einer zarten Musik werden, sie muss voller Zuneigung, Liebe, Zärtlichkeit und Achtung sein.«

»Ich weiß, dass Musik und Sprache eine bestimmte Wirkung auf den Menschen haben, ich weiß nur nicht, worin das Geheimnis besteht, sie zu steuern.«

»Wir werden mit einigen Übungen beginnen. Gesang ist

nichts weiter als Sprache, die sich durch die Modulationen der Stimme in Musik verwandelt. Mit einigen Stimmübungen wirst du eine wohlklingende Stimme erhalten. Zunächst aber muss in dir das Bedürfnis erwachen zu singen, du musst die Liebe zum Gesang entdecken. Du hast musikalisches Empfinden, ein gutes Gehör und eine klangvolle Stimme. Mit ein wenig Übung werden wir gute Ergebnisse erzielen.«

»Ich will mein Bestes geben, denn ich singe sehr gerne, vor allem Liebeslieder«, rief Lara zufrieden aus.

»Als Erstes werden wir das Wort *Aumi* erklingen lassen. Atme ganz natürlich und lasse dann, ausgehend von deinem Nabel, einen tiefen, leisen Ton aufsteigen. Denk immer daran, dass dein Körper ein Musikinstrument ist. Das A muss dem Herzen entspringen, steige mit dem U bis zur Kehle auf, bringe mit dem M deine Lippen zum Schwingen, öffne diese mit dem I und lass dabei den Raum zwischen deinen Augenbrauen vibrieren. Der Klang muss rund sein, halte dabei die Augen geschlossen und spanne die Vaginalmuskulatur an. Wiederhole das Ganze fünfundzwanzig Mal.

Immer wieder brachte Lara diese Laute hervor. Schließlich meinte sie lachend: »Ich habe das Gefühl, eine Katze nachzuahmen. Es hört sich an wie ein Miauen.«

»Katzen verstehen sich besser auf die Gesetze der Natur als wir Menschen, sie halten inne und entspannen. Sie sind ein perfektes Beispiel dafür, wie eine Frau zu sein hat.«

Lara musste über diesen ironischen Kommentar lachen. Dann widmete sie sich wieder ihren Übungen. Sie übte täglich viele Stunden lang. Tata Sabino beobachtete sie dabei und ließ hin und wieder Bemerkungen fallen.

»Lerne von den Vögeln, die sich an ihrem eigenen Gesang erfreuen, sich an ihm berauschen und ihre gesamte Energie durch die Kehle lenken, bis sie die reine Freude des Klangs erleben. In diesem Augenblick erfüllt ihr Gesang alles um sie herum, die Schwingungen dehnen sich aus und erfassen die übrigen Stimmen, bis sie schließlich zu ihrem Ursprung zurückkehren. Der Gesang beschreibt eine Kreisbewegung. Er entsteigt dem Körper und wird von diesem verstärkt wieder aufgenommen. Doch um deiner Stimme Kraft zu verleihen, musst du *Amaru*, die Schlange des Feuers, erwecken.«

Lara übte sich weiter in jener Form des Gesangs, der in direkter Verbindung zu ihren Sexualorganen stand. Tata Sabino hatte ihr erklärt, dass jeder Laut eine bestimmte Wirkung auf den menschlichen Körper hat.

»Wenn du immer wieder den A-Laut singst, lässt du, ausgehend von den Lungen, deinen gesamten Körper vibrieren. Verwendest du dabei einen ganz bestimmten Rhythmus, kannst du dich an deine vergangenen Leben erinnern. Das U wirkt auf den Solarplexus, es weckt deine Intuition und deine telepathischen Fähigkeiten. Mit dem I bringst du die Hirnanhangdrüse und insbesondere die Zirbeldrüse zum Schwingen. So weckst du den Keim deiner Seele und kannst in die Zukunft sehen. Das M trägt besonders zur Entwicklung aller geheimen Kräfte bei.«

»Und was ist mit den übrigen Klanglauten?«

»Das E bringt die Schilddrüse zum Schwingen. Der Mann stärkt auf diese Weise seinen Mut und seine hellseherischen Fähigkeiten. Mit dem O lässt er die Hoden vibrieren, geht eine Verbindung mit dem Herzen ein und verwandelt so die Samenflüssigkeit. Sein Intuitionsvermögen wird gestärkt. Außerdem gibt es noch das S, ein Element geheimer Macht. Mit dem Klang lassen sich auch Krankheiten heilen. Man muss nur wissen, wie das geht, und die Energie von den Eingeweiden aus durch die Kehle steigen lassen.«

Lara befolgte Tata Sabinos Anweisungen genau. Beim A öffnete sie weit die Lippen und entspannte ihr Gesicht, das einen Ausdruck des Staunens annahm. Während sie das E erklingen ließ, lächelte sie verwundert. Mit dem I formte sie ein breites, strahlendes, verführerisches und anmutiges Lächeln.

Beim O bildeten die Lippen, wie zum Ausdruck angenehmer Überraschung, einen Kreis. Das U brachte sie mit halb geöffneten Lippen hervor, als wolle sie jemandem einen flüchtigen Kuss geben. Für das M hielt sie die Lippen geschlossen und ließ sie dabei vibrieren, beim S waren sie dagegen leicht geöffnet, die Zunge lag locker am Gaumen und hinderte die Luft am Entweichen.

»Nun musst du anfangen zu singen. Denk immer daran, deine Atmung auf die Bewegungen deiner Geschlechtsorgane abzustimmen. Halte den Ton, solange du ihn auf natürliche Weise hervorbringst«, empfahl ihr Tata Sabino, bevor er sie alleine ließ.

Tagelang verbrachte Lara mit Gesang, bis schließlich die Bewegungen ihrer Geschlechtsorgane und der Klang ihrer Stimme in eins verschmolzen. Als sie bemerkte, dass die Tiere der Umgebung sich um sie scharten, um ihr zuzuhören, begriff sie, dass ihr ein weiterer Schritt bei ihrer Verwirklichung als wahre Frau gelungen war. Eines Tages sang sie auch im Dorf. Männer und Frauen lauschten ihr in schweigender Bewunderung und ließen sich von den wunderbaren Klängen, die ihre Kehle hervorbrachte, in eine fantastische, magische Welt entführen. Einige Frauen fingen beim Klang dieser himmlischen Musik vor Erregung an zu weinen. Die Kinder und Männer lächelten erstaunt beim Anblick dieser Fremden, die sich in einen göttlichen Engel des Gesangs verwandelt hatte. Als Lara ihren Gesang beendet hatte, breitete sich zunächst tiefe Stille aus. Dann folgte, auf einen Ruf hin, der begeisterte Applaus der Anwesenden. Sie alle waren von Glück und Freude erfüllt.

Auch Tata Sabino lächelte zufrieden und sagte tief bewegt: »Du hast Frohsinn in dieses Dorf gebracht und hast die Seelen dieser Leute gereinigt, ihnen Heiterkeit, Freude und Zuversicht vermittelt. Deine Stimme kann nicht nur verzaubern, sie kann auch Hoffnung spenden. Du besitzt jetzt schöpferische Macht und musst deshalb sehr darauf achten, was du sagst. Bringe immer nur Gutes zum Ausdruck und folge dabei der Sprache deines Herzens, vermeide die groben, schmutzigen und anmaßenden Worte, denn das könnte die schöpferische Energie zerstören. Nun fehlt dir noch die dritte und letzte Übung. Mit ihrer Hilfe wird dein Gang wirkungsvoll. Gleich morgen fangen wir damit an.«

Sehr früh am nächsten Morgen kam Tata Sabino zu Lara, die bereits wach war. Seit sie den Weg der Männer und Frauen *Amarus* eingeschlagen hatte, war es ihr zur Gewohnheit geworden, früh aufzustehen, zu meditieren, ihre Übungen zu verrichten, sich mit kaltem Gebirgswasser zu waschen und dann einer Arbeit nachzugehen.

Tata Sabino kam gleich zum Thema: »Wenn eine Frau läuft, sitzt oder sich ausstreckt, ist die Haltung ihres Körpers an die schwachen und starken Regungen ihrer Körperenergien gebunden. Ihr Gang, all die geschmeidigen oder ungelenken Bewegungen ihres Kopfes, ihrer Hände, Füße und ihres gesamten Körpers sind entweder lebhaft oder langsam, und können erotische Momente wachrufen oder zerstören.

Die Bewegungen einer Frau sind eine Botschaft ihrer Weiblichkeit. Mit Hilfe der *Illa* können sie gestärkt werden und einer Persönlichkeit mehr Gewicht verleihen. Ich will dir erklären, was du zu tun hast. Du hast dich nun täglich darin geübt, deinen Körper und deinen Geist unter Kontrolle zu halten. Du bist in der Lage, dein Bewusstsein nach Belieben auf einen bestimmten Punkt auszurichten. Es wird dir daher nicht schwerfallen.«

»Wenn du mir sagst, was ich tun soll, werde ich deinen Anweisungen, so gut ich kann, folgen«, erwiderte Lara aus tiefster Überzeugung.

»Als Erstes musst du sehr intensiv an eine Person, ein dir wichtiges Ideal oder ein Bedürfnis denken. Dann denke daran, was du dir von dieser Person oder diesem Ideal versprichst. Arbeite nun mit deiner Vaginalmuskulatur, die du mit deiner

Atmung und deiner Wunschvorstellung in Einklang bringen musst. Danach laufe los, setz dich, streck dich aus und dreh dich.«

Lara atmete ruhig, fand eine Idealvorstellung, an die sie intensiv dachte, spannte die Muskeln ihrer Vagina an, bis sie spürte, dass in ihrem Inneren Energie freigesetzt wurde, und begann zu laufen. In diesem Augenblick hatte sie das Gefühl, auf einem weichen Untergrund, gleichsam auf Wolken, zu gehen, obwohl der Boden sehr hart war. Sie drehte sich zu ihrem Meister um und lächelte.

»Perfekt!«, rief der *Curandero* begeistert aus. »Es ist dir ohne Schwierigkeiten gelungen, denn du weißt bereits, wie du deine Energie beim Laufen einsetzen musst. Du bist nun eine wahre Frau, bist weise, mutig, willensstark und vor allem zurückhaltend. Du verkörperst in dir die Kriegerin und liebevolle, weibliche Heilerin.

Du bist jetzt bereit, anderen zu helfen. Mit deinem Zartgefühl und deiner Stimme kannst du dich einem Mann oder einer Masse gegenüber behaupten. Aus deinem Gesicht spricht Liebe, aus deinen Augen Sanftmut, dein Körper ist anmutig. Dein ganzes Wesen erscheint sanft, empfindsam, fein und edel, von Geist, Mitgefühl, Verständnis und Großmut erfüllt. So wirst du anderen Achtung und Respekt einflößen.

Du wirst wie der Balsam sein, der die Bitterkeit der anderen vertreibt, eine Göttin oder Fee, die mit ihrem Zauberstab Träume wahr werden lässt. Du wolltest eine wahre Frau werden. Dank deiner unermüdlichen Suche nach dem heiligen Wissen, dank deines Mutes, deines Fleißes, deiner Geduld, Liebe und Opferbereitschaft hast du es geschafft. Es gibt nichts mehr, was ich dich lehren könnte, du bist dort angelangt, wo du hinwolltest. Das Einzige, was mir zu tun bleibt, ist, dir etwas zu überreichen, das dich immer an das erinnern soll, was du aus Liebe getan hast.«

Tata Sabino begab sich in sein Zimmer, öffnete eine kleine

Holztruhe und holte aus einem farbigen Beutel etwas hervor, das er Lara mit folgenden Worten überreichte: »Das ist ein Symbol dafür, dass du den Ruhepol gefunden hast, von dem aus du die kleine und die große Welt bewegen kannst.«

Lara öffnete das Paket. Es enthielt die glänzende Frucht, die sie in den Händen der Göttin Kaametza hatte schillern sehen.

Sie war sehr bewegt. Freudentränen traten ihr in die Augen, sie musste gleichzeitig lachen und weinen und war vollkommen erfüllt von ihrem Glück. Sie hatte es geschafft! Aus ihrem tiefsten Inneren erklang ein Gesang der Zuversicht und Hoffnung. Es schien, als würde in diesem Moment die Natur mit ihr singen und die Vielzahl menschlicher Gefühle enthüllen. Singend umarmte sie Tata Sabino. Nie zuvor war ihre Stimme so lieblich, so kraftvoll, so verführerisch und dennoch so engelsgleich gewesen. In diesem Augenblick fielen ihr die Worte der Waldgöttin wieder ein: »An dem Tag, an dem du wirklich eine Frau geworden bist, wirst du diese Frucht auf deinem Weg finden.«

»Danke, Tata Sabino, tausend Dank für all die Anstrengungen, die du auf dich genommen hast, um mir zu helfen«, sagte sie, ohne ihn dabei aus ihrer Umarmung zu lassen.

Als Lara sich beruhigt hatte, wandte der *Curandero* sich mit einer ehrfurchtsvollen Geste an sie, so wie er es auch Mama Maru gegenüber getan hatte, zum Zeichen dafür, dass er sie als seine geistige Schwester anerkannte. Mit zufriedener Stimme sagte er: »Jetzt musst du nur noch den Schwur der *Intip Chinan* ablegen, der dich an uns, die *Amaru Runakuna*, bindet. Dazu werden wir uns in fünf Tagen an den heiligen Ort begeben.«

Lara bereitete sich auf alles vor, was sie in Gegenwart des *Hanan Amaru*, dem obersten Meister, im Inkatempel des Lichtes und der Zuversicht zu tun hätte. Zum verabredeten Zeitpunkt führte Tata Sabino sie an einen geheimen Ort in den Bergen. Sie reisten während der Nacht und achteten darauf, dass niemand ihnen folgte. Ihr Weg war finster und einsam. Als sie den Fuß eines Hügels erreichten, hielten sie inne und warteten. Einige Wachen tauchten auf. Tata Sabino sprach mit ihnen, und sie durften passieren. Sie gelangten zu einem Höhleneingang, neben dem sich ein flacher Stein befand. Nun folgten sie einem Gang, der über eine Rampe bis in einen in weißliches Licht getauchten Raum führte. Dort wurden sie von einer Schar von Männern und Frauen empfangen, der Geheimbund der *Amaru Runakuna*.

Auf ein Zeichen der obersten Meisterin hin legte Lara den vorgeschriebenen Eid ab: »Ich, Lara De Santis, rufe meine geistigen Brüder und Schwestern zu Zeugen auf und schwöre feierlich, dass ich, auch um den Preis meines eigenen Lebens, die heiligen Lehren dieses heiligen Ordens bewahren werde. Was ich gelernt habe, bleibt ein Geheimnis, das ich nur mit der Erlaubnis dieser Gemeinschaft verbreiten werde. Ich bin mir der Macht bewusst, die der Bund der *Amaru Runakuna* mir verliehen hat. Deshalb gelobe ich, dass mein Weg vorbildlich, klar und aufrichtig sein wird, dass ich an der Schaffung einer friedlichen Welt arbeiten werde, in der Liebe und Freiheit herrschen. Ich werde gegen die Unwissenheit ankämpfen, das Leben verteidigen, Kranke heilen und jedes Geschöpf ehren, das meinen Weg kreuzt.«

Wenige Tage später begab sich Lara zu Tata Eusebio und all den anderen Menschen, die sie in Huacallullo kennen gelernt hatte, um sich von ihnen zu verabschieden. Lara wurde umarmt, mit Geschenken bedacht und unter Tränen und Worten der Zuneigung bis an den Rand des Dorfes begleitet. Zusammen mit Tata Sabino ritt sie nach Coporaque, von wo aus sie ihr Weg zurück in die Zivilisation führen würde.

Nach einem mehrstündigen Ritt erreichten die beiden ihr Ziel, eine Busstation, von der aus noch am selben Tag ein Bus abfahren sollte. Lara besorgte sich ihre Fahrkarte und verbrachte die letzten gemeinsamen Augenblicke mit Tata Sabino.

Sie wäre gerne geblieben, aber sie konnte nicht. Sie musste zurück nach Europa und dort ihre Probleme lösen.

Der *Curandero* war ernst und nachdenklich, aber gleichzeitig auch sehr zufrieden. Lara würde dem Wunsch der *Amaru Runakuna* entsprechend handeln und für eine bessere Welt kämpfen, das spürte er.

Das Motorengebrumme des Busses unterbrach seine Gedanken. Während der Fahrer Laras großen Rucksack im Gepäckraum verstaute, wandte sie sich Tata Sabino zu und sagte mit bewegter Stimme: »Mein Abschied von dir ist nicht endgültig, ich bin sicher, dass ich zurückkehren werde. Ich wünsche mir nur, dass du mich nicht vergisst.«

Der *Curandero* sah sie lächelnd an und erwiderte: »Du weißt, dass es so ist! Du warst keine bloße Betrachterin des Lebens, sondern hast mitten im Geschehen gestanden. Nun lebst du gänzlich in der Gegenwart und wirst dich dem hingeben, was du gerade tust. Strahle Heiterkeit und innere Ruhe aus und bewahre dir deine lebhafte Vorstellungsgabe. Zeige Interesse und eine gesunde Opferbereitschaft für andere. Du bist klug und hast ein großes Herz. Du hast die angeborene Fähigkeit, die besten Seiten in einem Menschen zu entdecken und auf diese Weise sein Vertrauen zu gewinnen. Du bist eine außergewöhnliche Frau, ich werde dich nie vergessen. Komm zurück, wann immer du willst. Und nun lauf, sonst verpasst du noch den Bus und musst eine ganze Woche lang warten.«

Lara stieg in das bereits abfahrbereite Fahrzeug und winkte ihrem Meister zum Abschied noch einmal zu. Nach und nach verlor sich die Gestalt des *Curanderos* in der Ferne.

Nachwort

Willst du das Leben auf der Erde bewahren,
lehre deine Kinder, alle Lebewesen zu lieben,
seien sie noch so klein oder noch so groß.
Und zeige ihnen immer wieder, dass der Mensch
nur ein kleiner Faden im Teppich des Lebens ist.

Die Erziehung im 21. Jahrhundert braucht klare Ziele, um den Menschen dahin zu führen, sich selbst und andere zu lieben. Wir müssen uns vor Augen halten, dass die größten Übel der Menschheit in mangelnder Liebe gründen. Der friedfertige Mensch hat seine innere Harmonie gefunden, indem er sich selbst und andere liebt.

All unser Wissen sollte um die Liebe kreisen, denn sie ist die größte und wirkungsmächtigste allumfassende Energie, die das gesamte uns umgebende Universum vorantreibt und bewegt.

Ohne Liebe gibt es kein Leben, nur Leere, Chaos, Verwirrung und Gewalt. Wo Liebe herrscht, ist Magie, wir treten ein in eine Welt der Vorstellung und Fantasie, und können aus dem Quell der Kreativität schöpfen.

In den vergangenen Jahrhunderten und Jahrtausenden wurden die Lehren der Liebe von Generation zu Generation überliefert. In der heutigen kybernetischen Welt, in der sich alles mit ungeheurer Geschwindigkeit verändert, ist selbst der Kern der Familie, innerhalb dessen man Liebe geben und Liebe erfahren konnte, zerschlagen worden. Wir müssen neue Wege finden, die Liebe zu lehren.

Lieben heißt *Heilen*, es bedeutet *Hingabe*, *Erkenntnis* und das *Wiederfinden der Einheit*. Vor allem aber macht uns die Liebe zu *Halbgöttern*.

Ohne Liebe bleibt der Mensch ein bloßer Zweibeiner auf Erden. Er wird weiter Maschinen bauen, ganze Städte und großartige Bauwerke errichten, mit denen er seine Eitelkeit, seinen Stolz und seinen Egoismus befriedigen kann. Doch nichts von dem, was er hervorbringt, wird die Zeit überdauern.

Bisher hat sich unsere Gesellschaft nur zwischen Kämpfen, Kriegen, Sklaverei, Ausbeutung und Manipulation bewegt. Wir haben uns Mittel geschaffen, mit denen wir unsere Muskelkraft sparen, unsere Freizeit verlängern und uns an jeden beliebigen Ort der Welt begeben können.

Aber was haben wir dadurch erreicht? Sind wir wirklich glücklich?

Die Menschheit scheint dazu verdammt zu sein, sich abzuplagen, abzuhetzen und ein Leben zu führen, das es im Grunde nicht wert ist, so genannt zu werden.

Wofür das alles? Für ein Haus, ein Auto, ein wenig Geld auf der Bank oder eine Versicherung?

Das Pflichtbewusstsein, das allen Menschen eingeimpft wird, hilft einem nicht weiter, wenn die Stunde des Todes gekommen ist. Was nutzt es, viel erreicht und übermäßig gearbeitet zu haben, wenn man sein Leben dabei nicht gelebt hat?

Wollen wir dieses Erbe unseren Kindern hinterlassen?

Häufig sagen alte Menschen auf der Schwelle zum Tod: »Wenn ich jetzt noch einmal fünfzehn Jahre alt wäre, würde ich alles anders machen.«

All diese Überlegungen gaben den Anstoß zur Gründung der ersten »University of Life and Peace«, der »Universität des Lebens und des Friedens«, in dem kleinen Dorf Pachacutec in Peru. Dort errichteten Leute, die ihren Glauben an die Liebe noch nicht verloren haben, Stein um Stein eine Schule für Kinder. Sie hat sich zum Ziel gesetzt, den Kindern andere erzieherische Werte zu vermitteln als unsere bisher geltenden.

Erziehung kann sich auf Regeln, Strafen und Angst gründen, oder aber auf Liebe, Kreativität und Fantasie. Wir haben den zweiten Weg gewählt. Denn jeder zur Liebe erzogene Mensch kann im Kleinen dazu beitragen, eine bessere Welt zu schaffen.

Hernán Huarache Mamani

Danksagung

Mein Dank gilt allen Frauen, die mit ihrem Beitrag dieses Buch ermöglicht haben: der Dichterin und Schriftstellerin Cosima Di Tommaso für ihre wertvollen literarischen Ratschläge; Laura Maria Bianco und Simona Parise für ihre Übersetzung und Wahrung der Botschaft des Originaltextes; den Frauen des Verbands Mamani-Inca für ihr Vertrauen in das Projekt der Universität des Lebens und des Friedens; allen Frauen, denen ich begegnet bin und die mich indirekt dazu angeregt haben, dieses Buch zu schreiben.

Hernán Huarache Mamani

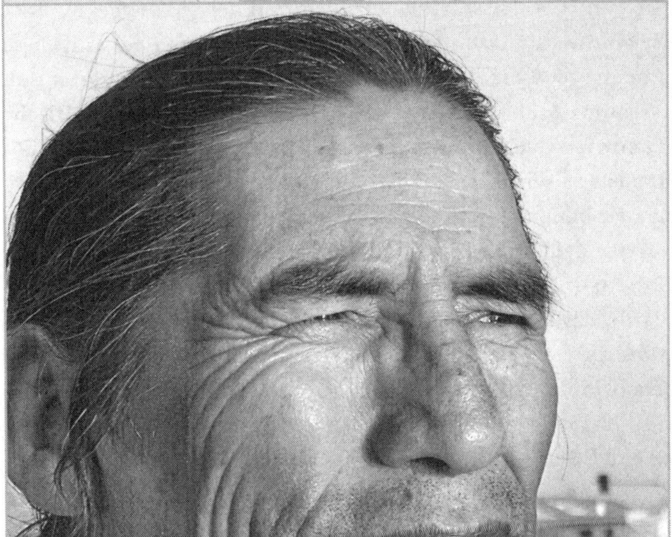

© privat

btb

www.btb-verlag.de

Über den Autor

Hernán Huarache Mamani ist vom Stamm der Quechua und einer der letzten in einer Ahnenfolge von Schamanen, die moderne Medizin mit der spirituellen Tradition der Inkas verknüpfen. Er wurde in Chivay, einem kleinen Dorf in den peruanischen Anden, geboren, studierte Wirtschaft an der Universität von Arequipa und arbeitete danach zunächst für das peruanische Landwirtschaftsministerium. Durch eine schwere Krankheit fand er zu seinen Inka-Wurzeln, ließ sich als *Curandero*, als Heiler, ausbilden, der mit den Methoden der traditionellen überlieferten Medizin arbeitet. Seitdem setzt er sich intensiv mit dem Erbe der Inka-Kultur auseinander und arbeitet seit Jahren dafür, der fast vergessenen Kultur seines Landes wieder Beachtung zu verschaffen. Er versucht, altes Wissen, Bräuche und Traditionen wieder erfahrbar zu machen. An der Universität San Augustin in Arequipa hat er einen Lehrstuhl für die Sprache der Quechua und Kultur der Anden inne. Mamani ist Mitbegründer des Kultur-Instituts I.N.C.A. (Native Institute of Andean Culture) in Arequipa. Seit 1996 verbringt er die Hälfte des Jahres in Europa, um auch dort sein Wissen zu verbreiten.

Besuchen Sie die Homepage des Autors:
www.mamani-inca.com.

Sein Leben als Curandero

Als er in seiner Jugend lebensbedrohlich erkrankte und die moderne Medizin nichts mehr ausrichten konnte, heilte sein Vater ihn mit Arzneien, deren Rezepturen seine Vorfahren an ihn weitergegeben hatten. Diese Erfahrung weckte in Mamani den Wunsch, sich intensiv mit den Traditionen der Anden zu beschäftigen.

Er machte sich auf die Suche nach den wenigen noch lebenden traditionellen Heilern, den *Curanderos*, um sich das alte Wissen anzueignen.

> *Ein* Curandero *ist ein Medizinmann, der heilt und sich gleichzeitig des „heiligen Charakters eines Volkes" bewusst ist.*

Curandero bedeutet auch „Priester-Heiler", oder „Mann der heiligen Heilkunst". Als Schüler eines Meisters und Bewahrers vergessener Geheimnisse, mit dem er auf einem heiligen Berg weitab der Zivilisation lebte, erlernte er das überlieferte magische und medizinische Wissen der Inkas, einer Kultur, die nach der Zerstörung des Goldenen und Silbernen Reiches durch die spanische Invasion in Südamerika 1535 als verloren galt.
Seine Frau war es, die ihn schließlich dazu überredete, seine Erfahrungen aufzuschreiben. Er selbst war zunächst skeptisch, doch heute sieht er das Schreiben als Chance, sein Wissen an viele Menschen weiterzugeben.

Die Heilkunst der Inkas

Die Heilkunst, die in den peruanischen Anden vor der Eroberung durch die Spanier praktiziert wurde, war komplex und hoch entwickelt. Eine wichtige Rolle spielte darin der Einklang zwischen Körper und Geist.
Mit der modernen westlichen Medizin ist sie nicht zu vergleichen. Sowohl die Heilmethoden als auch die Betrachtung des Menschen unterscheiden sich eklatant. Nach der Lehre der *Curanderos* bewegt sich der Mensch zwischen zwei Welten hin und her, der Realität und seiner Gedankenwelt, der Vorstellungskraft. Die beiden Ebenen existieren getrennt voneinander und sind dennoch verbunden.

Um eine vollständige Heilung zu ermöglichen, müssen die Symptome auf beiden Ebenen erkannt und behandelt werden. Neben Knochen, Haut, Muskeln etc. besteht der Mensch auch aus Energie, und diese Energie bestimmt die Lebensart und die Entscheidungen, die jeder Mensch trifft. Dieses Konzept einer „Lebensenergie" findet sich in vielen verschiedenen Traditionen und Philosophien – in Indien als „prana", in Japan als „chi" bekannt. Der *Curandero* beschäftigt sich daher nicht nur mit den physischen Symptomen, die er mit Kräutern behandelt, sondern auch mit den Krankheiten der Seele. Er ist nicht nur Heiler, sondern auch Botaniker, Psychologe und Soziologe.

Mamani über die Bedeutung der inneren Harmonie

„Indem wir etwas über uns selbst lernen, können wir dazu beitragen, dass Krankheiten sich bessern oder völlig verschwinden. Hier zeigt sich die Bedeutung der Berührung. Der Lehre nach kann ein Mensch, der in der Lage ist, diese sensorischen Kanäle zu nutzen, anderen Menschen helfen, die mit sich selbst uneins sind. Ein Mensch, der sich in einem Zustand vollkommener Harmonie befindet, kann einem anderen Menschen, dessen mentale Kräfte schwächer sind, helfen, indem er seine positive Einstellung an ihn weitergibt."

Die Macht der Berührung

„Die Menschen nutzen ihre Sinne immer weniger, und mit der Zeit verkümmern sie. In unserer Kultur betrachten wir den Tastsinn als allumfassenden Sinn, den Sinn, der uns zu Harmonie und Wissen führt. Sehen, Schmecken, Riechen und Hören sind auf den oberen Teil des Körpers, den Kopf, beschränkt; nur Berührung wird vom ganzen Körper wahrgenommen. Wenn jemand auch nur ganz sanft unser Haar streift, können wir es dennoch spüren: Der Tastsinn ist der wichtigste unserer Sinne. Wir nutzen ihn nicht nur, um miteinander zu kommunizieren, sondern auch, um Wissen zu erlangen. Verstehen und Wissen sind zwei verschiedene

Dinge: Ich verstehe etwas, weil ich darüber gelesen habe, Wissen hingegen basiert auf Erfahrung. Der Tastsinn ermöglicht es uns, viel Erfahrung zu sammeln und dadurch Wissen zu erlangen. Indem wir durch den Tastsinn, durch Berührung, unser Wissen erweitern, verbessern wir auch die nonverbale Kommunikation zwischen den Menschen.“

> *„Beschäftigen Sie sich intensiv mit ihren Sinnen, und lernen Sie, den Tastsinn, der von manchen dämonisiert wurde, neu zu schätzen. Es ist nichts Schlimmes daran, sich selbst oder andere zu berühren, sondern es tut uns gut, und wir profitieren davon: Wir lernen etwas über eine scheinbar neue Welt, eine Welt namens Mensch, die wir vergessen hatten.“*

Die Göttin der Weiblichkeit

Die Kultur der Inkas hat in den Anden bis heute überlebt, trotz der brutalen Zerstörung durch die Spanier 1533 und trotz der Dominanz der modernen Kultur.

Das Wohlergehen der Bevölkerung hatte einen hohen Stellenwert in der größten Zivilisation Südamerikas, die das heutige Kolumbien, Ecuador, Peru, Bolivien, Chile und Argentinien umfasste. Die landwirtschaftliche und technische Entwicklung war beeindruckend, es gab keinen Privatbesitz, jedoch eine ausgeklügelte Wirtschaftsplanung, das mathematische und technische Wissen war hoch entwickelt.

Der bemerkenswerteste Aspekt aus heutiger Sicht – und jener, der uns angesichts der Aktualität des Themas wohl am direktesten betrifft – ist jedoch die Stellung der Frau: Frauen waren vollkommen unabhängig, auch in finanzieller Hinsicht, sie konnten sich nach eigenem Gutdünken für einen Beruf entscheiden, konnten Priesterinnen, Kriegsherrinnen und

Regierungsoberhäupter werden; Hausarbeit wurde als Arbeit anerkannt und von der Gemeinschaft bezahlt.
Frauen wurden als Reinkarnation der Naturgottheit *Pachamama* („Mutter Natur") betrachtet, die sowohl über Weisheit als auch über Kreativität verfügt und den Respekt für die Natur versinnbildlicht.

Die Frau wurde als das erste Lebewesen auf Erden angesehen und mit den Kräften der Natur in Verbindung gebracht. Indem ihr göttliche Kraft zugesprochen wurde, galt die Natur (und nicht der Herrscher und Ausbeuter der Natur) als höchste Gottheit. Daraus entwickelte sich ein auf das Kollektiv orientiertes Gedankengut.

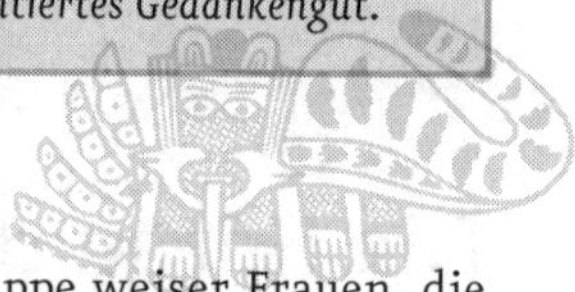

Die Lehre der Mamakuna

Zur Blütezeit der Inkas gab es eine Gruppe weiser Frauen, die *Mamakuna*, die für die Schaffung des gesellschaftlich und wirtschaftlich hoch entwickelten Reiches Tawantinsuyo verantwortlich waren. Die *Mamakuna* widmeten sich vor allem der Erhaltung des Friedens und der Bewahrung des Lebens in all seinen Erscheinungsformen. Ihre wichtigsten Ziele waren Liebe, die Suche nach der Wahrheit und Respekt für alle Lebewesen.
Der Geist dieser Frauen schuf eine von Gerechtigkeit und Naturverbundenheit geprägte Gesellschaft, in der Frauen einen hohen gesellschaftlichen Status genossen – und damit etwa auch sexuelle Freiheit oder die Möglichkeit, selbst über ihr Leben zu entscheiden –, ein Status, der in der Geschichte der Menschheit fast einmalig war.

Gleichberechtigung von Mann und Frau

Dieses kulturelle Modell basierte zwar auf der Zusammenarbeit von Mann und Frau, doch die Führungsaufgaben, also die Schaffung und Verwaltung des gesellschaftlichen und wirtschaftlichen Systems des Reiches, des Tawantinsuyo, blieb den *Mamakuna* vorbehalten.

Neben der „Yachaywasi", der auf Wissenschaft und Technologie spezialisierten Universität für Männer, gab es auch eine eigene Bildungsinstitution für Frauen, die „Akllawasi"; dort wurde etwa Kunst, Ernährung, Pädagogik, Kreativität, Religion, Intuition und Schutz des Lebens gelehrt. Beide Institutionen sollten die Entwicklung der Geschlechter gemäß ihren natürlichen Neigungen fördern; es war auch möglich, dass Frauen die Schule für Männer oder Männer die für Frauen besuchten.

Hernán Huarache Mamanis Projekte: „Universität des Lebens und des Friedens" und „I.N.C.A."

Mit der Gründung der „Universität des Lebens und des Friedens" soll der Traum von der Wiedererstarkung der Kraft des Weiblichen in Peru verwirklicht werden. Ihr liegt auf das Konzept der „Akllawasi" zugrunde, aus der die Mitglieder der *Mamakuna* hervorgingen. Eine solche Institution soll dazu beitragen, dass Männer und Frauen einander mit Würde und Respekt begegnen, sie soll finanzielle Unabhängigkeit schaffen und dadurch der Ausbeutung von Frauen entgegenwirken; darüber hinaus soll sie Wissen vermitteln, das mit gegenseitiger Achtung verbunden ist, und Absolventen hervorbringen, die sich der Erhaltung des Friedens und des Lebens widmen.
Prof. Mamani ist außerdem Mitbegründer des I.N.C.A. Instituts, das sich die Lehre, Verbreitung und Unterstützung der (im Laufe der Geschichte beinahe zur Gänze vernichteten) Kultur der Andenvölker zur Aufgabe gemacht hat.